Über dieses Buch

Diesen zweiten Band seines Romanzyklus ›Der Wartesaal‹ (dessen erster Teil ›Erfolg. Drei Jahre Geschichte einer Provinz‹ als Bd. 1650/1, 2 und dessen dritter Teil ›Exil‹ als Bd. 2168 vorliegen) schrieb Lion Feuchtwanger bereits im Exil in Sanary-sur-mer. Im Augenblick der Niederschrift ist das Romangeschehen Gegenwart – November 1932 bis Spätsommer 1933. Die unter den Geschwistern hervorragende Gestalt ist Dr. Gustav Oppermann, Fabrikant und Schriftsteller. Er verläßt, als die geistige Situation in Deutschland sich der Perfidie des nationalsozialistischen Ideals zu beugen beginnt, resignierend seine Heimat, kehrt aber zurück, als er Nachrichten über die Verfolgung und Mißhandlung seiner Familie erhält. Sein Neffe Berthold hat sich gleich in der Nacht, in der Gustav Oppermann seine Familie verläßt, durch den Nazi-Lehrer Vogelsang in die Enge gedrängt, das Leben genommen – sein Bruder Edgar wurde von SA-Schärlern als Chirurg aus seiner Klinik gejagt – sein Bruder Martin, Bertholds Vater, verhaftet. Gustav Oppermann, endlich zum politischen Widerstand entschlossen, scheitert: er wird verhaftet, ins Konzentrationslager Moosach verschleppt und derart behandelt, daß er schon bald stirbt.

Der Autor

Lion Feuchtwanger, geboren am 7.7. 1884 in München, gestorben am 21.12.1958 in Los Angeles, wurde nach vielseitigem Studium Theaterkritiker und gründete 1908 die Kulturzeitschrift ›Der Spiegel‹. Im Ersten Weltkrieg in Tunis interniert, gelang ihm die Flucht. Er wurde vom Militärdienst suspendiert und nahm dann an der Novemberrevolution teil. Von München ging er 1927 nach Berlin. Bei einer Vortragsreise durch die USA wurde er vom nationalsozialistischen Umsturz überrascht. In den Jahren 1933–1940 lebte er in Sanary-sur-mer (Südfrankreich); von dort aus besuchte er 1937 die Sowjetunion. 1940 wurde er in einem französischen Lager interniert, konnte fliehen und gelangte über Portugal in die USA.

Von Lion Feuchtwanger ist außerdem im Fischer Taschenbuch Verlag erschienen: ›Jud Süß‹ (Bd. 1748), ›Goya oder Der arge Weg der Erkenntnis‹ (Bd. 1923).

Lion Feuchtwanger

Die Geschwister Oppermann
Roman

Fischer Taschenbuch Verlag

Fischer Taschenbuch Verlag
1.–12. Tausend   Februar 1981
13.–20. Tausend   Februar 1982
21.–25. Tausend   Januar 1983
Ungekürzte Ausgabe
Umschlagentwurf: Jan Buchholz/Reni Hinsch
Fischer Taschenbuch Verlag GmbH, Frankfurt am Main
Lizenzausgabe mit freundlicher Genehmigung
des Aufbau Verlages, Berlin und Weimar
© Marta Feuchtwanger 1960
Gesamtherstellung: Hanseatische Druckanstalt GmbH, Hamburg
Printed in Germany
1280-ISBN-3-596-22291-5

Erstes Buch

Gestern

Das Menschenpack fürchtet sich vor nichts mehr als
dem Verstand. Vor der Dummheit sollten sie sich
fürchten, wenn sie begriffen, was fürchterlich ist.

Goethe

Als Dr. Gustav Oppermann an diesem 16. November, seinem fünfzigsten Geburtstag, erwachte, war es lange vor Sonnenaufgang. Das war ihm unangenehm. Denn der Tag wird anstrengend werden, und er hatte sich vorgenommen, gut auszuschlafen.

Von seinem Bett aus unterschied er ein paar karge Baumwipfel und ein Stück Himmel. Der Himmel war hoch und klar, kein Nebel war da wie sonst oft im November.

Er streckte und dehnte sich, gähnte. Riß, nun er einmal wach war, mit Entschluß die Decke des breiten, niedrigen Bettes zurück, schwang elastisch beide Beine heraus, stieg aus der Wärme der Laken und Decken in den kalten Morgen, ging hinaus auf den Balkon.

Vor ihm senkte sich sein kleiner Garten in drei Terrassen hinunter in den Wald, rechts und links hoben sich waldige Hügel, auch jenseits des ferneren, baumverdeckten Grundes stieg es nochmals hügelig und waldig an. Von dem kleinen See, der unsichtbar links unten lag, von den Kiefern des Grunewalds wehte es angenehm kühl herauf. Tief und mit Genuß, in der großen Stille vor dem Morgen, atmete er die Waldluft. Fernher kam gedämpft das Schlagen einer Axt; er hörte es gern, das gleichmäßige Geräusch unterstrich, wie still es war. Gustav Oppermann, wie jeden Morgen, freute sich seines Hauses. Wer, wenn er unvorbereitet hierher versetzt wurde, konnte ahnen, daß er nur fünf Kilometer von der Gedächtniskirche entfernt war, dem Zentrum des Berliner Westens? Wirklich, er hat sich für sein Haus den schönsten Fleck Berlins ausgesucht. Hier hat er jeden nur wünschbaren ländlichen Frieden und dennoch alle Vorteile der großen Stadt. Es sind erst wenige Jahre, daß er dies sein kleines Haus an der Max-Reger-Straße gebaut und eingerichtet hat, aber er fühlt sich verwachsen mit Haus und Wald, jede von den Kiefern ringsum ist ein Stück von ihm; er, der kleine See und die sandige Straße dort unten, die glücklicherweise für Autos gesperrt ist, das gehört zusammen.

Er stand eine Weile auf dem Balkon, den Morgen und die vertraute Landschaft ohne viel Gedanken einatmend. Dann begann er zu frösteln. Freute sich, daß er bis zu seinem täglichen Morgenritt noch eine kleine Stunde Zeit hatte. Kroch zurück in die Wärme seines Bettes.

Allein er fand keinen Schlaf. Dieser verdammte Geburtstag. Es wäre doch klüger gewesen, er wäre von Berlin fortgereist und hätte sich dem ganzen Trubel entzogen.

Nun er einmal hier war, hätte er wenigstens seinem Bruder Martin den Gefallen tun können, heute ins Geschäft zu gehen. Die Angestellten, wie sie schon sind, werden gekränkt sein, daß er ihre Glückwünsche nicht persönlich entgegennimmt. Ach was. Es ist zu ungemütlich, dazuhocken und sich die verlegenen Glückwünsche der Leute anzuhören.

Ein richtiger Seniorchef müßte so was freilich in Kauf nehmen. Seniorchef. Quatsch. Martin ist nun einmal der beßre Geschäftsmann, von Schwager Jacques Lavendel und den Prokuristen Brieger und Hintze ganz zu schweigen. Nein, es ist schon richtiger, daß er sich dem Geschäft so fern wie möglich hält.

Gustav Oppermann gähnt geräuschvoll. Ein Mann in seiner Situation hätte eigentlich die verdammte Pflicht, an seinem fünfzigsten Geburtstag besser aufgelegt zu sein. Sind diese fünfzig Jahre nicht gute Jahre gewesen? Da liegt er, Besitzer eines schönen, seinem Geschmack angepaßten Hauses, eines stattlichen Bankkontos, eines hochwertigen Geschäftsanteils, Liebhaber und geschätzter Kenner von Büchern, Inhaber des Goldenen Sportabzeichens. Seine beiden Brüder und seine Schwester mögen ihn, er hat einen Freund, dem er vertrauen kann, zahllose erfreuliche Bekannte, Frauen, soviel er will, eine liebenswerte

Freundin. Was denn? Wenn einer Ursache hat, an einem solchen Tag guter Laune zu sein, dann er. Warum, verflucht noch eins, ist er's nicht? Woran liegt es?

Gustav Oppermann schnaubt verdrießlich, wirft sich auf die andere Seite, klappt entschlossen die schweren Lider über die Augen, hält den großen, fleischigen, männlichen Kopf unbewegt auf dem Kissen. Er wird jetzt schlafen. Aber der ungeduldige Entschluß nützt nichts, er findet keinen Schlaf.

Er lächelt spitzbübisch, jungenhaft. Er wird es mit einem Mittel versuchen, das er seit seiner Jugend nicht mehr angewandt hat. Es geht mir gut, besser, am besten, denkt er. Und immer wieder, mechanisch: Es geht mir gut, besser, am besten. Wenn er das zweihundertmal gedacht hat, wird er eingeschlafen sein. Er denkt es dreihundertmal und ist nicht eingeschlafen. Dabei geht es ihm doch wirklich gut. Gesundheitlich, wirtschaftlich, seelisch. Er hat, das darf er wohl sagen, mit seinen fünfzig Jahren das Aussehen eines frühen Vierzigers. Und so fühlt er sich. Er ist nicht zu reich und nicht zu arm, nicht zu weise und nicht zu töricht. Leistungen? Der Dichter Gutwetter wäre nie durchgedrungen ohne ihn. Das ist schon einiges. Auch dem Dr. Frischlin hat er auf die Beine geholfen. Was er selber publiziert hat, die paar Schriften über Männer und Bücher des achtzehnten Jahrhunderts, es sind saubere Bücher eines musischen Menschen, nicht mehr, er macht sich nichts vor. Immerhin, für den Seniorchef eines Möbelhauses ist es allerhand. Er ist ein Mann mittleren Formats, ohne besondere Begabung. Das Mittlere ist das Beste. Er ist nicht ehrgeizig. Oder doch nicht sehr.

Noch zehn Minuten, dann endlich kann er sich für den Morgenritt fertigmachen. Er malmt ein wenig mit den Zähnen, er hat die Augen geschlossen, aber er denkt nicht mehr an Schlaf. Um ganz ehrlich zu sein, es bleibt ihm natürlich noch allerhand zu wünschen. Wunsch eins: Sybil ist eine Freundin, um die viele ihn mit Recht beneiden. Die schöne, gescheite Ellen Rosendorff mag ihn lieber, als er um sie verdient. Trotzdem: wenn heute ein bestimmter Brief einer bestimmten Person nicht einträfe, es wäre ihm eine arge Enttäuschung. Wunsch zwei: er rechnet natürlich nicht damit, daß der Minerva-Verlag über seine Lessing-Biographie mit ihm Vertrag schließt. Es ist auch nicht wichtig, ob in Zeitläuften wie den jetzigen Leben und Werk eines Autors, der vor hundertfünfzig Jahren gestorben ist, noch einmal beschrieben wird oder nicht. Aber wenn der Minerva-Verlag das Buch ablehnt, wird es ihm dennoch einen Stich geben. Wunsch drei: ...

Er hat die Augen aufgeschlagen, es sind braune, tiefliegende Augen. Er scheint doch nicht so zufrieden, so einverstanden mit dem Schicksal, wie er vor kaum einer Minute geglaubt hat. Senkrechte, scharfe Furchen über der kräftigen Nase, die dichten Brauen heftig zusammengezogen, starrt er angestrengt, finster, zur Decke. Merkwürdig, wie sein starkes Gesicht sogleich jede Wendung des ungeduldigen, oft wechselnden Sinnes widerspiegelt.

Er hat, wenn die Minerva-Leute den Lessing machen, mit der Fertigstellung noch mehr als ein Jahr zu tun. Machen sie ihn nicht, dann sperrt er das Manuskript, wie es ist, in die Schublade. Was dann soll er den Winter über tun? Er könnte nach Ägypten gehen, nach Palästina. Das hat er seit langem vor. Ägypten, Palästina muß man gesehen haben.

Muß man wirklich?

Quatsch. Wozu sich den schönen Tag mit solchen Betrachtungen verhunzen? Es ist gut, daß es endlich Zeit zum Morgenritt ist.

Er geht durch den kleinen Torgarten der Max-Reger-Straße zu. Sein Körper ist ein wenig füllig, aber gut trainiert, er geht mit steifen, raschen Schritten, mit ganzer Sohle auftretend, aber er trägt den schweren Kopf leicht. Der Diener Schlüter steht am Tor, gratuliert. Auch Bertha, Schlüters Frau, die Köchin, läuft heraus und gratuliert. Gustav, das Gesicht strahlend, dankt laut, herzlich, unter vielem Gelächter. Reitet fort. Er weiß, jetzt stehen sie, schauen ihm nach. Sie können nur konstatieren, daß er sich verdammt gut hält für einen Fünfziger. Er sieht übrigens zu Pferd besonders gut aus, größer, als er in Wirklichkeit ist; denn er ist ein bißchen kurzbeinig, aber von langem Oberkörper. Wie

Goethe, pflegt sein Freund aus dem Bibliophilenverein, der Rektor Francois vom Königin-Luise-Gymnasium, mindestens einmal alle vier Wochen zu bemerken.

Gustav trifft unterwegs manche seiner Bekannten, grüßt mit fröhlichem Handwinken, hält sich nicht auf. Der Ritt tut ihm gut. Er kommt angeregt zurück. Sich abbrausen und baden ist eine herrliche Sache. Er brummt vergnügt und falsch einige nicht ganz leichte Melodien vor sich hin, prustet mächtig unter der Dusche. Frühstückt reichlich.

Er geht hinüber in das Bibliothekszimmer, durchquert es einige Male mit seinem steifen, schnellen Schritt, mit ganzer Sohle auftretend. Freut sich des schönen Raumes und seiner sinnvollen Einrichtung. Setzt sich endlich an den mächtigen Arbeitstisch. Die weiten Fenster bilden kaum eine Trennung von der Landschaft, er sitzt wie im Freien, und vor ihm, ein dicker Haufe, liegt seine Morgenpost, die Geburtstagspost.

Gustav Oppermann sieht seine Post immer mit einer kleinen, freudigen Neugier. Man hat, von früher Jugend an, viele Antennen in die Welt hinausgestreckt: wie reagiert sie? Das da ist Geburtstagspost, Gratulationen, was sonst? Dennoch hat er die leise Hoffnung, es könnte da, aus diesen vierzig oder fünfzig Briefen, vielleicht etwas Erregendes in sein Leben hineinkommen. Er läßt die Briefe zunächst uneröffnet, teilt sie auf nach den Absendern, den angegebenen und den vermuteten. Da, er verspürt eine kleine, jähe Erregung, ist der Brief von Anna, der Brief, den er erwartet hat. Er hält ihn eine ganz kurze Zeit in der Hand. Ein kleines, nervöses Augenzwinkern. Dann geht ein jungenhaftes Strahlen über sein Gesicht, er legt den Brief abseits, ziemlich weit weg, will sich, ein Kind, das die begehrteste Speise für zuletzt aufbewahrt, diesen Brief aufsparen. Er beginnt die andern Briefe zu lesen. Glückwünsche. Sie gehen einem angenehm ein, aber sensationell sind sie nicht gerade. Er holt sich den Brief Annas wieder heran, wiegt ihn in der Hand, greift nach dem Brieföffner. Zögert. Ist schließlich froh, daß er durch einen Gast gestört wird.

Der Gast ist sein Bruder Martin. Martin Oppermann kommt

auf ihn zu, ein wenig schwer von Schritt wie immer. Gustav liebt seinen Bruder und gönnt ihm alles Gute. Aber, das muß er doch im stillen feststellen, Martin, der zwei Jahre jüngere, sieht älter aus als er. Die Geschwister Oppermann sehen sich ähnlich, alle Welt sagt es, sicher ist es so. Martin hat den gleichen großen Kopf wie er, auch seine Augen liegen ziemlich tief in den Höhlen. Aber Martins Augen wirken etwas trüb, sonderbar schläfrig; alles an ihm ist schwerer, fleischiger.

Martin streckt ihm beide Hände hin. „Was soll man sagen? Ich kann dir nur wünschen, daß alles bleibt, wie es ist. Ich wünsche dir's herzlich." Die Oppermanns haben brummige Stimmen, sie zeigen, mit Ausnahme Gustavs, ihr Gefühl nicht gern, an Martin ist alles gehalten, würdig. Aber Gustav spürt gut die Herzlichkeit.

Martin Oppermann hat sein Geschenk mitgebracht. Der Diener Schlüter bringt es herein. Aus einem großen Paket schält sich ein Bild heraus, ein Porträt. Es ist ein Brustbild, oval. Über einem flachen Kragen, wie man ihn in den neunziger Jahren trug, sitzt auf einem ziemlich kurzen Hals ein großer Kopf. Der Kopf ist fleischig und hat über tiefliegenden, ein wenig schläfrigen Augen, den Augen der Oppermanns, eine schwere, vorgewölbte Stirn. Der Kopf wirkt schlau, nachdenklich, behaglich. Es ist der Kopf Immanuel Oppermanns, des Großvaters, Gründers des Möbelhauses Oppermann. So sah er aus, als er sechzig Jahre alt wurde, kurz nach der Geburt Gustavs.

Martin hat das Bild auf den großen Arbeitstisch gehoben und hält es da in seinen fleischigen, gepflegten Händen. Gustav, aus braunen, nachdenklichen Augen, schaut in die braunen, schlauen Augen seines Großvaters Immanuel. Nein, sehr bedeutend ist das Bild nicht. Es ist altmodisch, ohne viel Kunstwert. Dennoch hängen die vier Geschwister Oppermann an dem Bild, es ist ihnen seit früher Jugend lieb und vertraut, wahrscheinlich sehen sie mehr hinein, als darin ist. Gustav liebt die hellen Wände seines Hauses leer, es hängt im ganzen Haus ein einziges Bild, im Bibliothekszimmer; aber es war von je ein Lieblingswunsch von ihm, dieses Porträt des Großvaters Immanuel für sein

Arbeitszimmer zu haben. Martin andernteils fand, es gehöre ins Chefkontor des Möbelhauses. Gustav, so gut er sich sonst mit Martin vertrug, hatte es ihm übelgenommen, daß er ihm das Bild verweigerte.

Jetzt also, voll Freude und Genugtuung, sah er auf das Bild. Er wußte, es hat Martin Opfer gekostet, sich davon zu trennen. Vielwortig, strahlend äußerte er seine Freude, seinen Dank.

Martin gegangen, rief er den Diener Schlüter und wies ihn an, das Bild aufzuhängen. Die Stelle dafür war längst vorbestimmt. Jetzt also, sogleich, wird es wirklich da hängen. Gustav wartete gierig darauf, daß Schlüter mit seiner Arbeit fertig sei. Endlich war es soweit. Arbeitszimmer, Bibliothek und das dritte Zimmer des Erdgeschosses, das Frühstückszimmer, gingen organisch ineinander über. Langsam, bedacht ließ Gustav seine Augen wandern von dem Porträt Immanuel Oppermanns, des Großvaters, seiner Vergangenheit, zu dem andern, bisher einzigen, Bild des Hauses, dem in der Bibliothek, dem Porträt Sybil Rauchs, seiner Freundin, seiner Gegenwart.

Nein, ein bedeutendes Werk war das Bild Immanuel Oppermanns wirklich nicht. Der Maler Alexander Joels, der es im Auftrag der Freunde Immanuel Oppermanns seinerzeit gemalt hatte, war damals grotesk überschätzt worden. Heute kennt ihn kein Mensch mehr. Aber was Gustav Oppermann an dem Bild liebte, war eben etwas anderes als der Kunstwert. Er und seine Geschwister erblickten in diesem seinem bekannten Porträt den Mann selbst und sein Werk.

An sich war das Lebenswerk dieses Immanuel Oppermann nichts Großes, es war Geschäft und Erfolg. Aber für die Geschichte der Berliner Judenheit war es mehr. Die Oppermanns saßen seit urdenklichen Zeiten in Deutschland. Sie stammten aus dem Elsaß. Sie waren dort kleine Bankiers gewesen, Kaufleute, Silber- und Goldschmiede. Der Urgroßvater der heutigen Oppermanns war aus Fürth in Bayern nach Berlin gezogen. Der Großvater, dieser Immanuel Oppermann, hatte in den Jahren 1870/71 für die in Frankreich operierende deutsche Armee ansehnliche Lieferungen durchgeführt; in einem Schreiben, das jetzt eingerahmt im Chefkontor des Möbelhauses Oppermann hing, bezeugte der schweigsame Feldmarschall Moltke Herrn Oppermann, daß dieser der deutschen Armee gute Dienste geleistet habe. Wenige Jahre darauf hatte Immanuel das Möbelhaus Oppermann gegründet, ein Unternehmen, welches Hausrat für den Kleinbürger herstellte und durch Standardisierung seiner Erzeugnisse seine Kundschaft preiswert bediente. Immanuel Oppermann liebte seine Kunden, tastete sie ab, lockte ihre verborgenen Wünsche aus ihnen heraus, schuf ihnen neue Bedürfnisse, erfüllte sie. Weithin erzählte man sich seine jovialen Witze, die gesunden Berliner Menschenverstand mit seinem persönlichen, wohlwollenden Skeptizismus behaglich mischten. Er wurde eine populäre Figur in Berlin und bald über Berlin hinaus. Es war keine Überheblichkeit, wenn später die Brüder Oppermann sein Porträt zur Handelsmarke des Möbelhauses machten. Durch seine feste, vielfältige Verknüpfung mit der Bevölkerung trug er dazu bei, die Emanzipation der deutschen Juden aus papierenen Paragraphen in eine Tatsache zu verwandeln, Deutschland den Juden zu einer wirklichen Heimat zu machen.

Der kleine Gustav hatte seinen Großvater noch gut gekannt. Dreimal in der Woche war er in seiner Wohnung gewesen, in der Alten Jacobstraße, im Zentrum Berlins. Das Bild des ziemlich feisten Herrn, wie er behaglich in seinem schwarzen Ohrensessel saß, Käppchen auf dem Kopf, ein Buch in der Hand oder auf dem Schoß, oft ein Glas Wein neben sich, hatte sich dem Jungen tief eingeprägt, Respekt einflößend und zugleich Vertraulichkeit. Er fühlte sich in der Wohnung des Großvaters fromm und dennoch heimelig. Ungehindert durfte er hier in der riesigen Bibliothek herumkramen; hier hatte er gelernt, Bücher zu lieben. Der Großvater ließ es sich nicht verdrießen, ihm, was er an den Büchern nicht verstand, auszuklären, schlau aus seinen schläfrigen Augen blinzelnd, zweideutig, daß man nie wußte, war es Spaß oder Ernst. Niemals später hatte Gustav so deutlich begriffen, daß, was in diesen Büchern stand, Lüge war und dennoch wahrer als die Wirklichkeit. Fragte man den Großvater, dann erhielt man Antworten, die von anderem zu handeln schienen als die Frage; aber zuletzt erwiesen sie sich doch als Antworten, ja als die einzig richtigen.

Gustav Oppermann, wie er jetzt vor dem Bilde stand, dachte nichts von alledem. Aber er sah alles in dem Bild. In den gemalten Augen war so viel von der gutmütigen, hinterhältigen Weisheit des Alten, daß sich Gustav davor klein und doch geborgen fühlte.

Vielleicht war es nicht gut für das andere Bild, für das Bild im Arbeitszimmer, für das Porträt Sybil Rauchs, daß es jetzt diese Entsprechung bekam. Keine Frage, André Greid, der Maler dieses Porträts, war dem alten, simpeln Alexander Joels an Kunst und an Technik zehnmal überlegen. Auf seinem Bild war viel weiße Fläche; er hatte gewußt, daß das Bild an dieser hellen Wand hängen sollte, und hatte die ganze Wand als Hintergrund mitwirken lassen. Aus dieser hellen Wand heraus trat nun scharf, eigenwillig Sybil Rauch. Dünn, entschieden stand sie da, das eine Bein leicht vorgesetzt. Auf langem Hals hob sich lang der Kopf, unter einer hohen, schmalen, eigensinnigen Stirn schauten eigensinnige Kinderaugen, die Jochbogen prägten sich stark. Das lange Untergesicht wich zurück und endete in einem kindlichen Kinn. Es war ein Bild ohne Kompromisse, ein sehr deutliches Bild; „bis zur Karikatur deutlich", maulte Sybil Rauch, wenn sie schlechter Laune war. Aber das Porträt unterschlug auch nichts von dem, was einen an Sybil Rauch anzog. Trotz ihrer unverkennbaren dreißig Jahre schaute die Frau auf dem Bild kindlich aus, dabei gescheit und eigenwillig. Eigennützig, dachte Gustav Oppermann, unter dem Einfluß des andern Bildes.

Es waren jetzt zehn Jahre, daß Gustav Sybil kennengelernt hatte. Sie war damals Tänzerin gewesen, mit vielen Einfällen, wenig Rhythmus, nicht ohne Erfolg. Sie hatte Geld, sie lebte angenehm, von einer lebensklugen, duldsamen Mutter verhätschelt. Der süddeutsche, naive Witz des zierlichen Mädchens, der so sonderbar kontrapunktiert war von ihrer dünnen, altklugen Gescheitheit, hatte Gustav angezogen. Sie fühlte sich geschmeichelt durch die offensichtliche Neigung des gefestigten, angesehenen Herrn. Rasch entstand zwischen dem Mädchen und dem zwanzig Jahre älteren Mann eine große, ungewöhnliche Vertrautheit. Er war ihr Liebhaber und Onkel zugleich. Er hatte Sinn für jede ihrer Launen, ihm konnte sie sich rückhaltlos eröffnen, seine Ratschläge waren überlegt, verständig. Er hatte ihr auf behutsame Art beigebracht, daß ihr Getanze bei ihrem Mangel an Musik nie zu wirklichen, inneren Erfolgen führen könne. Sie begriff das, sattelte rasch entschlossen um, bildete sich unter seiner Leitung zur Schriftstellerin aus. Sie wußte sich persönlich, farbig auszudrücken, ihre Stimmungsbilder und kleinen Geschichten wurden von den Zeitungen gern gedruckt. Als in den Wandlungen der deutschen Wirtschaft ihr Vermögen wegschmolz, konnte sie von dem Ertrag ihrer Schriftstellerei ihren Lebensunterhalt zum guten Teil bestreiten. Gustav, selber ohne schöpferisches Talent, aber ein guter Kritiker, unterstützte sie mit beflissenem, verständigem Rat; auch verhalfen ihr seine zahlreichen Beziehungen zu einem guten Markt. Sie hatten oft daran gedacht, zu heiraten, sie wohl heftiger als er. Aber sie begriff, daß er es vorzog, ihre Verbindung nicht durch eine Legalisierung zu versteifen. Alles in allem waren es zehn gute Jahre gewesen, für sie und für ihn.

Gute Jahre? Sagen wir, angenehme Jahre, dachte Gustav Oppermann, das gescheite, liebenswerte, eigenwillige Kind auf dem Bild beschauend.

Und plötzlich war der Brief wieder da, der ungeöffnete Brief auf dem großen Schreibtisch, Annas Brief. Mit Anna wären es keine zehn angenehmen Jahre geworden. Es wären Jahre voller Streit und Aufregung geworden. Aber andernteils, wenn er mit Anna zusammen gewesen wäre, hätte er sich heute morgen schwerlich zu fragen brauchen, was er, falls sie seine Lessing-Biographie ablehnen, mit seinem Winter anfangen soll. Er hätte dann um Was und Wohin genau gewußt, er hätte dann wahrscheinlich so viele Aufgaben gehabt, daß er gestöhnt hätte, man möge ihn nicht mit dem Lessing in Versuchung führen.

Nein, er haßt diese wilde Zappelei, wie er sie an vielen seiner Freunde wahrnimmt. Er liebt seinen anständigen, beschäftigten Müßiggang. Es ist gut, in seinem schönen Haus zu sitzen, mit seinen Büchern, mit gesichertem Einkommen, vor den Kiefernhügeln des Grunewalds. Es ist gut, daß er damals nach zwei Jahren mit Anna Schluß gemacht hat.

Hat er Schluß gemacht oder sie? Es ist nicht leicht, sich in der Historie des eigenen Lebens durchzufinden. Soviel ist gewiß, er würde es vermissen, wenn Anna ganz aus seinem Leben verschwände. Es bleibt freilich immer Bitterkeit zurück, wenn sie sich treffen. Anna ist so streitbar. Sie hat eine so unumwundene, scharfe Art, jeden Fehler, jede kleinste Schwäche zu charakterisieren. Sooft er mit ihr zusammenkommen soll, selbst vor jedem ihrer Briefe, hat er ein Gefühl, als habe er vor Gericht zu erscheinen.

Er hält den Brief in der Hand, greift zum Öffner, schlitzt ihn auf, mit einem Schnitt. Die dichten Brauen heftig zusammengezogen, senkrechte, scharfe Furchen über der starken Nase, das ganze, große Gesicht gespannt, liest er.

Anna gratuliert, in wenig Worten, herzlich. Mit ihrer schönen, gleichmäßigen Schrift teilt sie ihm mit, sie habe ihren Urlaub auf Ende April gelegt und werde diese vier Wochen gerne mit ihm verbringen. Wenn er sie treffen wolle, bitte sie um Vorschläge, wo.

Gustavs Gesicht entspannt sich. Er hat Angst vor diesem Brief gehabt. Es ist ein guter Brief. Anna hat kein leichtes Leben. Sie ist Direktionssekretärin der Stuttgarter Elektrizitätswerke, sehr in ihre Arbeit eingespannt, ihr Privatleben drängt sich auf die vier Wochen Urlaub zusammen. Daß sie ihm diese vier Wochen anbietet, beweist, daß sie ihn nicht aufgegeben hat.

Er liest den Brief ein zweites Mal. Nein, Anna hält ihn nicht für abgetan, sie sagt ja zu ihm. Er brummt, falsch und beflissen, die schwierige Melodie von heute morgen vor sich hin. Betrachtet, halb mit Bewußtsein, halb mechanisch, das Bild Immanuel Oppermanns. Ist innig vergnügt.

Martin Oppermann mittlerweile fuhr ins Geschäft. Gustavs Haus lag an der Max-Reger-Straße, an der Grenze von Grunewald und Dahlem. Das Stammhaus der Oppermanns liegt an der Gertraudtenstraße im Zentrum der Innenstadt. Chauffeur

Franzke wird mindestens fünfundzwanzig Minuten brauchen. Wenn es gut geht, ist Martin um elf Uhr zehn im Büro; wenn er Pech mit den Ampeln hat, erst nach elf ein Viertel. Er hat Heinrich Wels auf elf Uhr bestellt. Martin Oppermann liebt es nicht, warten zu lassen. Und daß Heinrich Wels warten muß, ist ihm doppelt unangenehm. Die Unterredung wird ohnehin nicht erfreulich werden.

Martin Oppermann sitzt steif im Wagen, unangelehnt, in einer nicht eben schönen und natürlichen Haltung. Die Oppermanns sind schwer von Figur, Edgar, der Arzt, weniger, auch Gustav hat durch Training ein bißchen von dieser Schwere weggebracht. Martin hat keine Zeit für so was. Er ist Geschäftsmann, Familienvater, hat Verpflichtungen aller Art. Er sitzt aufrecht, den großen Kopf vorgestoßen, die Augen geschlossen.

Nein, die Unterredung mit Heinrich Wels wird nicht erfreulich werden. Es ist selten jetzt, daß man im Geschäft Erfreuliches erlebt. Er hätte Wels nicht warten lassen sollen. Er hätte das Bild Gustav am Abend übergeben können, bei dem Essen; es war nicht unbedingt notwendig, daß er es ihm morgens gebracht hat. Er liebt Gustav, doch mit Neid. Gustav hat es leicht, zu leicht. Auch Edgar, der Arzt, hat es leicht. Er, Martin, hat allein die Nachfolge Immanuel Oppermanns übernehmen müssen. Es ist in diesen Zeiten der Krise und des ansteigenden Antisemitismus verdammt schwer, diese Nachfolge würdig zu repräsentieren. Martin Oppermann nahm den steifen Hut ab, strich sich durch das schüttere, schwarze Haar, seufzte leicht. Er hätte Heinrich Wels nicht warten lassen sollen.

Man war an dem menschenwimmelnden Dönhoffplatz. Gleich wird man, endlich, angelangt sein. Da war schon das Haus. Eingepreßt zwischen andern stand es, eng, altmodisch, aber fest, vor langer Zeit auf lange Zeit gebaut, Vertrauen weckend. Der Wagen passierte die vier großen Schaufenster, hielt am Hauptportal. Martin wäre gern schnell herausgesprungen, aber er bezwang sich, er hielt auf Würde. Der alte Türsteher Leschinsky nahm Haltung an, bevor er die Drehtür in Bewegung setzte. Martin Oppermann rührte mit einem Finger den Hut wie jeden Tag. August Leschinsky war nun schon seit Immanuel Oppermann im Geschäft, er wußte Bescheid um jede Kleinigkeit. Er wußte bestimmt, daß Martin seinem Bruder Gustav zum fünfzigsten Geburtstag gratuliert hatte. Ob der Alte die Verspätung aus solchem Grunde billigte? Leschinskys Gesicht mit dem grauen, starren Schnurrbart war immer mürrisch, die Haltung des Mannes immer hölzern. Heute war er besonders stramm und steif: er billigte das Verhalten seines Chefs.

Martin war mit seinem Verhalten weniger einverstanden als sein Portier. Er fuhr hinauf in den dritten Stock, zu seinem Kontor. Benützte den rückwärtigen Eingang. Er wollte nicht sehen, wie Heinrich Wels saß und wartete.

An der Wand über seinem Schreibtisch hing, wie in allen Oppermann-Geschäften, das Porträt des alten Oppermann. Es gab ihm einen kleinen Stich, daß es nun nicht mehr das Original war, sondern eine Kopie. Natürlich war es im Grunde gleichgültig, ob das Original hier hing oder bei Gustav. Gustav hatte sicherlich mehr Verständnis dafür, er hatte ja mehr Zeit, es hing besser bei ihm, und im Grunde hatte Gustav wohl auch den besseren Anspruch. Dennoch war es unbehaglich, daß er von nun an nicht mehr das Original vor Augen haben sollte.

Die Sekretärin kam. Post, die die Prokuristen ihm schickten. Unterschriften. Bitten um Telefonanrufe. Ja, und dann, Herr Wels wartet. Er ist auf elf Uhr bestellt. „Ist Herr Wels schon lange da?" — „Eine kleine halbe Stunde." — „Bitten Sie ihn herein."

Martin Oppermann saß immer in Haltung da, er brauchte sich nicht zurecht zu setzen, aber er war heute nicht gut in Form für diese Unterredung. Er hatte sich den Bescheid, den er Wels geben wollte, sorgfältig zurechtgelegt, hatte alles mit seinen Prokuristen Brieger und Hintze durchgesprochen. Aber es galt, Wels nicht zu verstimmen, es kam auf Nuancen an, es war ein Unglück, daß er Wels hatte warten lassen.

Die Sache war die. Im Anfang hatte Immanuel Oppermann die Möbel, die er verkaufte, nicht selbst hergestellt, sondern sie von Heinrich Wels sen. herstellen lassen, einem jungen, zuverlässigen Handwerker. Als man die Berliner Filialen gründete, die in Steglitz und die in der Potsdamer Straße, wurde die Zusammenarbeit mit Wels schwieriger. Wels war zuverlässig, aber er war gezwungen, zu teuer zu arbeiten. Bald nach dem Tode Immanuel Oppermanns begann man auf Betreiben Siegfried Briegers, des jetzigen Prokuristen, einen Teil der Möbel in billigeren Fabriken herstellen zu lassen, und als die Leitung des Geschäftes an Gustav und Martin übergegangen war, gründete man eine eigene Fabrik. Für gewisse schwierigere Arbeiten, für Einzelstücke, zog man die Welsschen Werkstätten nach wie vor heran: aber den Hauptbedarf des Möbelhauses Oppermann, das sich mittlerweile eine weitere Berliner und fünf Provinzfilialen angegliedert hatte, lieferten jetzt die eigenen Werkstätten.

Heinrich Wels jun. sah diese Entwicklung mit Erbitterung. Er war ein paar Jahre älter als Gustav, fleißig, solid, eigenwillig, langsam. Er gliederte seinen Werkstätten Verkaufsläden an. Musterbetriebe, mit größter Sorgfalt geführt, um gegen die Oppermanns aufzukommen. Aber er kam nicht gegen sie auf. Seine Preise konnten mit denen der standardisierten Oppermann-Möbel nicht konkurrieren. Den Namen Oppermann kannten zahllose Leute, die Fabrikmarke der Oppermanns, das Porträt Immanuels, drang in die äußerste Provinz, der biedere, altmodische Text der Oppermannschen Inserate: „Wer bei Oppermann kauft, kauft gut und billig", war geflügeltes Wort. Überall im Reich arbeiteten Deutsche an Oppermannschen Tischen, aßen von Oppermannschen Tischen, saßen auf Oppermannschen Stühlen, schliefen in Oppermannschen Betten. In Welsschen Betten schlief man wahrscheinlich behaglicher, und Welssche Tische waren dauerhafter gearbeitet. Aber man zog es vor, weniger Geld anzulegen, selbst wenn die erstandenen Dinge vielleicht ein bißchen weniger solid waren. Das begriff Heinrich Wels nicht. Das wurmte ihn in seinem Handwerkerherzen. War der Sinn für Solidität in Deutschland ausgestorben? Sahen diese irregeführten Käufer nicht, daß an seinem, Wels', Tisch ein Mann achtzehn Stunden gearbeitet hatte, während das Oppermannsche Zeug Fabrikware war? Sie sahen es nicht. Sie sahen nur, bei Wels kostete ein Tisch vierundfünfzig Mark und bei Oppermann vierzig, und sie gingen hin und kauften bei Oppermann.

Heinrich Wels verstand die Welt nicht mehr. Seine Erbitterung stieg.

In den letzten Jahren allerdings wurde es besser. Eine Bewegung brach sich Bahn, die die Erkenntnis verbreitete, daß das Handwerk dem deutschen Volkscharakter besser entsprach als der normalisierte internationale Fabrikbetrieb. Nationalsozialistisch nannte sich diese Bewegung. Sie sprach aus, was Heinrich Wels längst gespürt hatte, daß nämlich die jüdischen Warenhäuser und ihre gerissenen Verkaufsmethoden schuld waren an Deutschlands Niedergang. Heinrich Wels schloß sich der Bewegung von ganzem Herzen an. Er wurde Distriktsvorstand der Partei. Erfreut sah er, wie die Bewegung Boden gewann. Zwar kauften die Leute noch immer lieber die billigeren Tische, aber wenigstens schimpften sie dabei auf die Oppermanns. Auch erreichte die Partei, daß den Großgeschäften höhere Auflagen gemacht wurden, so daß die Oppermanns allmählich für die Tische, für die Wels vierundfünfzig Mark verlangte, statt vierzig Mark sechsundvierzig fordern mußten.

In allen neun Oppermannschen Häusern liefen judenfeindliche Schreiben in Massen ein, judenfeindliche Inschriften wurden des Nachts an den Schaufenstern angebracht, alte Kunden sprangen ab. Man mußte die Preise mindestens zehn Prozent niedriger halten als der nichtjüdische Konkurrent; hielt man sie nur fünf Prozent niedriger, dann gab es Leute, die zum Christen gingen. Die Behörden schikanierten unter dem Druck der wachsenden nationalsozialistischen Partei immer mehr. Heinrich Wels hatte den Vorteil. Die Differenz zwischen dem Preis seiner Erzeugnisse und dem der Oppermanns verringerte sich.

Bei alledem hielt das Möbelhaus Oppermann nach wie vor äußerlich die guten Beziehungen zum Hause Wels aufrecht. Ja, unter dem Einfluß Jacques Lavendels und Prokurist Briegers legte man Wels nahe, Vorschläge zu machen, die auf eine Fusion der beiden Firmen oder wenigstens auf engere Zusammenarbeit hinzielten. Kam eine solche Transaktion zustande, dann war der

Firma Oppermann das Odium des jüdischen Hauses genommen; auch wurden ihr gegenüber, war erst Wels beteiligt, gewisse behördliche Maßnahmen bestimmt sehr milde gehandhabt.

Als die Oppermanns Heinrich Wels überflügelten, hatte das seinen persönlichen Ehrgeiz noch viel mehr getroffen als seine Profitgier. Er strahlte, als jetzt seine Werkstätten immer mehr Boden gewannen. Nun hatte er gar, nach ein paar mündlichen Tastversuchen Prokurist Briegers, ein sehr höfliches Schreiben der Firma Oppermann bekommen, man habe gehört, er habe der Firma gewisse Vorschläge zu machen, die auf eine noch angenehmere Verbindung hinzielten als bisher. Die Firma sei daran sehr interessiert und bitte ihn, sich zu persönlicher Fühlungnahme am 16. November um elf Uhr im Chefkontor des Hauses in der Gertraudtenstraße einzufinden.

Da saß also Heinrich Wels im Vorzimmer des Oppermannschen Kontors und wartete. Er war ein stattlicher Mann, offenes, hartes Gesicht, starke Falten in der breiten Stirn. Er war ein rechtlicher Mann, und er war für Genauigkeit. Wer war nun eigentlich an den andern herangetreten? Bei einer Sitzung des Verbands der Möbelfabrikanten hatte Prokurist Brieger ihm von den wachsenden Schwierigkeiten seines Hauses gesprochen. Brieger hatte ihm gewisse Fragen geradezu suggeriert. Es war nicht mehr recht zu entwirren, wer an wen herangetreten war. Wie immer, hier saß er mit einem Vorschlag, der für ihn nicht ungünstig war, aber wahrscheinlich noch viel vorteilhafter für den Partner.

Die andern wollten das offenbar nicht wahrhaben. Er sah auf die Uhr. Er war Reserveoffizier gewesen, während des ganzen Krieges an der Front, hatte beim Militär Pünktlichkeit gelernt. Er war einige Minuten vor elf gekommen. Jetzt saß er da, und das hochnäsige Pack ließ ihn warten. Elf Uhr zehn. Sein hartes Gesicht verfinsterte sich. Wenn sie ihn weitere zehn Minuten warten lassen, dann haut er ab, dann sollen sie sich ihren Dreck alleine machen.

Mit wem er wohl zu tun haben wird? Heinrich Wels ist kein Menschenkenner, aber er weiß genau, wo im Haus Oppermann die Leute sitzen, die für sein Projekt zu haben sind, und wo die Gegner. Gustav und Martin Oppermann sind von unerträglichem, echt jüdischem Hochmut, mit ihnen ist kaum auszukommen. Prokurist Brieger ist eine ganze Synagoge, aber mit ihm kann man reden. Wahrscheinlich werden sie fünf oder sechs Mann hoch dasitzen, vielleicht auch haben sie ihren Syndikus bestellt. Leicht machen werden sie es ihm bestimmt nicht, er wird allein gegen die fünf- oder sechsfache Überzahl zu kämpfen haben. Trotz alledem. Er wird es schon schaffen.

Elf Uhr zwanzig. Fünf Minuten wartet er noch. Sie lassen ihn da sitzen, bis er anwächst. Fünf Minuten noch, dann betrachtet er seine Vorschläge als verjährt, und dann lecken Sie mich am Arsch, meine Herren.

Elf Uhr fünfundzwanzig. Er kann jetzt die Nummer des „Möbelhändlers", die auf dem Tisch liegt, auswendig. Die im Kontor scheinen ja mächtig lange zu beraten. Ist das ein gutes Zeichen? Sekretärin ist auch keine da, die er hinausschicken könnte. Es ist eine Affenschande. Aber er wird's ihnen heimzahlen.

Elf Uhr sechsundzwanzig. Man bittet ihn hinein.

Martin Oppermann ist allein. Es wäre Herrn Wels plötzlich lieber, er hätte mit fünfen oder sechsen zu tun. Dieser Martin ist der schlimmste. Mit dem wird man am schwersten fertig.

Martin Oppermann stand auf, als Herr Wels eintrat. „Ich bitte sehr um Entschuldigung", sagte er höflich, „daß ich Sie warten ließ." Eigentlich hatte er vor, noch höflicher zu sein und den Grund seiner Verspätung anzuführen. Aber das harte, große Gesicht des Wels stieß ihn ab wie immer, er unterließ es.

„Leider ist heute Zeit das einzige", erwiderte Herr Wels mit seiner düsteren, knarrenden Stimme, „worüber ein Geschäftsmann im Überfluß verfügen kann."

Ernsthaft und gesammelt aus seinen schläfrigen Augen schaute Martin Oppermann auf den groß dasitzenden Mann. Er bemühte sich, seine Stimme so artig wie möglich zu machen. „Ich habe Ihre Vorschläge lang und reiflich überlegt, verehrter Herr Wels", sagte er. „Wir sind im Prinzip geneigt, diesen Vorschlägen näherzutreten, trotzdem wir viele Bedenken haben.

Unsere Bilanzen sind besser als die Ihren, Herr Wels, aber ich sag es Ihnen offen, befriedigend sind sie nicht. Sie sind unbefriedigend." Er sah Herrn Wels nicht an, er schaute hinauf zu dem Bild Immanuel Oppermanns und bedauerte, daß es eine Kopie war. Sein Ton war nicht richtig diesem bitteren, gekränkten Manne gegenüber. Man war heute noch nicht genötigt, sich mit Wels zu verständigen, die politische Situation schien ruhig, wahrscheinlich wird man es auch in Monaten und in Jahren nicht sein. Aber Sicherheit war keine gegeben, Vorsicht war geboten, die einzig mögliche Taktik war, Wels hinzuhalten, ihn in guter Stimmung zu halten. Seine, Martins, Art war heute nicht die rechte für eine solche Unterredung; der alte Immanuel hätte es sicher besser verstanden, den hölzernen, harten Menschen anzufassen.

Auch Herr Wels war unzufrieden. So kam man nicht weiter. „Es steht bei mir nicht gut", sagte er, „und es steht bei Ihnen nicht gut. Unter uns Pfarrerstöchtern können wir uns das ja ruhig sagen." Er verzog den harten Mund zu einem Lächeln, die scherzhafte Wendung, von seiner dumpfen Stimme vorgebracht, klang doppelt düster.

Man ging ins Detail. Martin zog seinen Zwicker heraus, den er sehr selten benutzte, putzte daran herum. Herr Oppermann konnte wirklich Herrn Wels heute schwer ertragen, und Herr Wels schwer Herrn Oppermann. Einer fand den andern anmaßend, die Konferenz war für beide eine Quälerei. Herr Wels fand, daß es den Oppermanns nicht ernst sei. Worauf sie sich einlassen wollten, war ein Versuch, der sie zu wenig verpflichtete; sie wollten eine der Berliner und eine der Provinzfilialen mit zwei entsprechenden Welsschen Unternehmungen fusionieren. Daran war Herr Wels uninteressiert. Ging die Geschichte schief, dann hatten die Oppermanns zwei von ihren acht Filialen verloren, das konnten sie verschmerzen; er aber hatte dann zwei von seinen drei Filialen verloren und war erledigt.

„Ich sehe, ich habe mich getäuscht", sagte sauer Herr Wels. „Ich dachte an Verständigung. An einen Waffenstillstand", verbesserte er sich mit einem dünnen, grimmigen Lächeln. Der schwere Martin Oppermann versicherte höflich, geschmeidig, er denke gar nicht daran, die Verhandlungen als gescheitert zu betrachten. Er sei sicher, wenn man sich nur mehrmals eingehend über die Materie unterhalte, werde man sich verständigen.

Herr Wels zuckte die Achseln. Er hatte sich eingeredet, die Oppermanns seien am Ende. Jetzt stellte sich heraus, daß sie ihn für erledigt hielten, nicht sich. Ihn wollten sie mit einem Häppchen abspeisen, und das richtige Menü für sich alleine fressen. Er ging düster, im Zorn.

Daß sie sich man nicht schneiden, die Herren, dachte er, während er im Aufzug hinunterfuhr. Er dachte es nicht nur, er sagte es leise vor sich hin. Der Liftboy sah den finstern Mann erstaunt an.

Martin, nach der Unterredung, saß an seinem großen Schreibtisch. Die höfliche, zuversichtliche Miene fiel ab von ihm, kaum daß Wels gegangen war. Er hat sein Ziel nicht erreicht. Er hat eine Pleite gemacht. Verdrossen saß er, unzufrieden mit sich.

Er bat die Prokuristen Siegfried Brieger und Karl Theodor Hintze ins Kontor. „Nu, sind Sie mit dem Gewittergoi fertig geworden?" schoß Siegfried Brieger sogleich los, nach flüchtigem Gruß. Der kleine, quicke Herr, Anfang der Sechzig, mager, heftig, betont jüdisch von Aussehen, zog sich einen Stuhl ganz nah an seinen Chef heran; die große Nase über dem starken, schmutzig-grauen Schnurrbart schnupperte. Karl Theodor Hintze hingegen blieb in gemessenem Abstand stehen, gehalten, die formlose Hast des Kollegen sichtlich mißbilligend.

Karl Theodor Hintze mißbilligte alles, was Herr Brieger tat, und Herr Brieger verulkte alles, was Karl Theodor Hintze tat. Karl Theodor Hintze war während des Krieges Führer der Kompanie gewesen, in der Brieger als gemeiner Landsturmmann diente. Das Verhältnis war schon damals zwischen beiden das gleiche, und schon damals wußten beide, wie sehr sie aneinander hingen. Als es dann nach beendetem Krieg dem feinen Herrn Hintze dreckig ging, hatte Herr Brieger ihn im Möbelhaus

Oppermann untergebracht. Von ihm angelernt, war der zäh arbeitende, zuverlässige Mensch rasch hochgeklettert.

Martin Oppermann erstattete seinen beiden Herren Bericht. Die drei kannten einander, jeder jeden, das Resultat der Unterredung war vorauszusehen gewesen; niemand hatte geglaubt, daß Wels annehmen werde. Die Frage war nur der Verlauf. Nach dem Bericht Martins wußten alle, es wäre klüger gewesen, man hätte Herrn Brieger mit Herrn Wels verhandeln lassen. Brieger hätte Wels noch weniger bieten können als Oppermann, und Wels wäre trotzdem befriedigter gegangen.

Was jetzt zu geschehen hatte, war klar. Man mußte Wels zeigen, daß man auch ohne seine Hilfe den Oppermannschen Geschäften das Odium des Jüdischen nehmen konnte. Eine solche Erfahrung wird ihn gefügiger machen. Die augenblickliche politische Ruhe war die beste Gelegenheit, notwendige, längst erwogene Schritte zu tun.

Man mußte nur die jüdische Firma Oppermann in eine Aktiengesellschaft mit neutralem, unverdächtigem Namen umwandeln. Andere jüdische Firmen hatten mit solchen Namensänderungen gute Erfahrungen gemacht. Es kam vor, daß Käufer, die eine bestimmte jüdische Firma boykottieren wollten, ihren Bedarf bei solch einer anonymen, nichtjüdischen Gesellschaft deckten, die in Wahrheit nichts war als eine Tochtergesellschaft des gehaßten jüdischen Hauses. Da Wels nicht mitmachte, konnten die Oppermanns allein eine Aktiengesellschaft Deutsche Möbelwerke gründen und vorerst eine der Berliner und eine der Provinzfilialen in dieser Gesellschaft vereinigen.

Das war technisch leicht zu machen, versprach Erfolg, war das Gegebene. Trotzdem kostete es Entschluß. Deutsche Möbelwerke, was war das? Ein Neutrales, Allgemeines, nichtssagend wie ein Eisenbahnwaggon. Möbelhaus Oppermann hingegen, das war nicht zu trennen von dem Porträt Immanuel Oppermanns, von dem schweren, würdigen Martin, von dem quicken, großnasigen Herrn Brieger. Die Filiale Berlin-Steglitz und die Filiale Breslau als Deutsche Möbelwerke von sich abtrennen, hieß sich einen Finger amputieren lassen oder eine Zehe.

Aber mußte man das nicht, um das Ganze zu retten? Man mußte es.

Hatte man sich einmal entschlossen, dann galt es, rasch zu handeln. Martin wird die andern Oppermanns verständigen und sich noch heut mit Professor Mühlheim ins Benehmen setzen, dem Syndikus der Oppermanns.

Allein, stützte Martin beide Arme schwer auf die Lehne seines Stuhls, ließ die Schultern fallen. Vielleicht wäre es doch richtig, jeden Morgen etwas Gymnastik zu treiben, wie seine Frau ihm riet. Achtundvierzig Jahre sind kein Alter, aber wenn man sich nicht vorsieht, ist man in zwei Jahren ein alter Mann. Gustav hat erfreulich jung und frisch ausgesehen. Gustav hat es leicht. Wirksam zu trainieren, das kostet mindestens fünfundzwanzig Minuten jeden Morgen. Wo soll er, Martin, diese fünfundzwanzig Minuten hernehmen?

Er richtete sich auf, atmete, griff nach seiner Post. Nein. Das ist nicht so wichtig. Das Schwierige zuerst, so hat er es immer gehalten. Vorerst einmal muß er die Geschwister verständigen. Gustav wird er den heutigen Tag nicht verderben. Daß Gustav Einwände haben wird, ist ausgeschlossen. Er wird seufzen, einige Anmerkungen allgemein philosophischer Natur machen, unterzeichnen. Mit Edgar ist es noch einfacher. Am schwierigsten wird es mit Jacques Lavendel werden, seinem Schwager, dem Manne Klara Oppermanns. Einwände wird auch der nicht machen, im Gegenteil, der geschäftskundige Mann hat schon seit langem auf Namensänderung gedrängt. Nur: Jacques Lavendels Art ist gar so geradezu. Martin hat nichts dagegen, daß man seine Meinung unumwunden heraussagt. Aber Jacques Lavendel ist ein bißchen zu unumwunden.

Er verlangt die beiden Telefonverbindungen, mit Professor Edgar Oppermann und mit Jacques Lavendel. Professor Oppermann, meldet die Sekretärin, ist in der Klinik. Natürlich, das ist er immer. Man wird ihn veranlassen, seinesteils anzurufen. Das wird er natürlich nicht; er hat viel zuviel mit seiner Klinik zu tun und ist viel zuwenig am Geschäft interessiert. Wie immer, ihm gegenüber hat Martin seine Pflicht getan.

Jetzt ist Jacques Lavendel am Apparat. Er macht niemals Umstände. Mit seiner etwas heiseren, freundlichen Stimme, sogleich nach Martins ersten einleitenden Sätzen, erklärt er, er möchte die Angelegenheit gern mit Martin persönlich durchsprechen; er werde sich, er wohnt nicht weit von Martin, wenn der nichts dagegen habe, nach dem Mittagessen in Martins Privatwohnung einfinden. Er freue sich, erwidert Martin.

Er freut sich nicht. Das Mittagessen mit Frau und Sohn und die kurze freie Stunde nachher sind Martin die liebste Zeit. Er kann es manchmal nicht vermeiden, auch da Gäste zuzuziehen; gewisse Dinge lassen sich in der Privatwohnung besser erledigen als im Kontor. Aber gern tut er's nicht, der Tag ist ihm verdorben, wenn er es tun muß.

Immanuel Oppermann, aus seinen schläfrigen, schlauen, behaglichen Augen, schaut auf seinen Enkel. Der denkt es nicht, aber er spürt: es ist die Kopie, nicht mehr das Original.

Pünktlich um zwei Uhr wie jeden Tag traf Martin in seiner Wohnung ein, die an der Corneliusstraße im Tiergartenviertel gelegen war. Er wechselte Rock und Kragen, es mußte ein Unterschied sein zwischen Privatleben und Geschäft. Dann ging er in den Wintergarten. Der Wintergarten war ein großes, repräsentativ und etwas banal eingerichtetes Zimmer; Martin hielt darauf, auch in seiner Privatwohnung Oppermann-Möbel zu verwenden.

Er fand Frau und Sohn in regem Gespräch. Der siebzehnjährige Berthold war manchmal etwas wortkarg wie der Vater und ließ, obwohl er gut und lebhaft zu reden verstand, Dinge, die ihm am Herzen lagen, nur ungern ans Licht. Martin freute sich, ihn heute redselig zu finden.

Liselotte unterbrach den Sohn, als Martin eintrat. Über dem hochgeschlossenen Kleid drehte sie ihm ihr großes, helles Gesicht zu, lächelnd: „Wie geht es dir, mein Lieber?" — „Danke, gut", erwiderte Martin und „Hallo, mein Junge", sagte er zu Berthold, und lächelte, auch er. Aber Liselottens graue, längliche Augen hatten in den achtzehn Jahren ihrer Ehe gelernt, in dem Gesicht des Mannes zu lesen. Er liebte es nicht, innerhalb der Familie von Berufsdingen zu sprechen; auch ohne daß er sprach, wußte sie, daß er jetzt, heute, inmitten von wichtigen Aktionen stand.

Man setzte sich zu Tisch. Berthold erzählte angeregt. Der Siebzehnjährige hatte in dem fleischigen Gesicht des Vaters die grauen, kühnen Augen der Mutter. Heute schon fast so groß wie der Vater, wird er ihn, ausgewachsen, um einen halben Kopf überragen.

Er sprach von Schulereignissen. Der Ordinarius der Klasse, Dr. Heinzius, war vor einigen Tagen durch einen Autounfall umgekommen, und nun erteilte provisorisch der Leiter der Anstalt, Rektor François, der Unterprima den Unterricht in den Lehrfächern des Verstorbenen, in Deutsch und Geschichte. Dies waren Bertholds Lieblingsfächer — wie sein Onkel Gustav liebte er Sport und Bücher —, und mit Dr. Heinzius hatte er sich ungewöhnlich gut verstanden. Es war nun an dem, daß ihm für den freien Vortrag, den jeder Schüler der Unterprima einmal im Jahr halten mußte, Dr. Heinzius ein besonders schwieriges Thema zugestanden hatte: „Der Humanismus und das zwanzigste Jahrhundert". Wird man ihn jetzt, nach dem Tode des verehrten Lehrers, diesen Vortrag halten lassen? Und wird er ohne die Hilfe des wohlwollenden Dr. Heinzius mit dem „Humanismus" zu Rande kommen? Rektor François hatte ihm erklärt, er persönlich habe nichts gegen das Thema, er wolle aber der Entscheidung eines neuen Klassenlehrers nicht vorgreifen, der wohl in der nächsten Woche den Unterricht übernehmen werde.

„Ich habe mir da allerhand zugemutet", meinte Berthold. „Der Humanismus ist ein verflucht hartes Problem", versicherte er, nachdenklich, mit tiefer Stimme. „Vielleicht wählst du doch ein weniger allgemeines Thema", riet Martin. „Vielleicht etwas über einen modernen Autor", schlug Liselotte vor und schickte ihrem Sohn aus ihren grauen, länglichen Augen einen aufmunternden Blick zu. Martin wunderte sich. In der Schule über moderne Literatur zu sprechen, war das nicht heikel? Im Grunde waren Martin und Liselotte gewöhnlich einer Meinung. Aber

sie, die Christin, die Tochter der alten preußischen Beamten-
familie der Ranzow, schlug oft den radikaleren Ton an.

Martin wechselte das Thema. Erzählte, daß er nach dem
Mittagessen Jacques Lavendel erwarte. Das brachte Berthold
schnell vom „Humanismus" ab. Vielleicht kann jetzt er den
Wagen benutzen. Vater ist ein beflissener Geschäftsmann und
kutschiert den ganzen Tag herum; sehr selten, daß Berthold
einmal den Wagen für sich haben kann. Die Gelegenheit darf
er nicht vorübergehen lassen. Er könnte beispielsweise auf den
Sportplatz am Sachsendamm hinausfahren, zum Fußballtraining. Das wäre ein guter Vorwand. Der Spaß kostete allerdings
an die drei Stunden, die er eigentlich für den „Humanismus"
bestimmt hat. Quatsch. Zeit für den „Humanismus" kann er
immer herausschinden; wann er den Wagen wieder wird herausschinden können, weiß kein Mensch.

Sowie also das Mittagessen zu Ende ist, verabschiedet sich
Berthold von den Eltern. Er telefoniert seinem Schulkameraden
Kurt Baumann, fordert ihn auf, er möge sich am Halleschen Tor
mit ihm treffen, um zum Sportplatz am Sachsendamm hinauszufahren. Kurt Baumann ist nicht begeistert. Der Radioapparat
ist kaputt, er hat ihn zerlegt, er will der Sache auf den Grund
kommen, das erfordert Zeit. Allein Berthold läßt nicht locker.
Er spricht von einer Überraschung, die er für Kurt Baumann
habe, er hat etwas so Sieghaftes in der Stimme, daß Kurt Baumann errät und ausbricht: „Du hast den Wagen. Au Backe, das
wird fein." Berthold Oppermann nämlich ist ein guter Kamerad, er teilt gerecht und fair, er schreibt von Baumann die
Mathematik ab und läßt den den deutschen Aufsatz abschreiben, und wenn Chauffeur Franzke die Jungen ans Steuer läßt,
dann chauffiert er nur zwei Drittel der Zeit, ein Drittel überläßt er Kurt Baumann.

Dann ist es soweit. Berthold sitzt neben Chauffeur Franzke
am Steuer. Er ist dicke mit Chauffeur Franzke. Natürlich hat
Franzke seine Launen und läßt nicht immer mit sich reden.
Aber heute läßt er mit sich reden, das sieht Berthold sogleich, und sicher wird er ihn ans Steuer lassen, trotzdem man

unter achtzehn nicht chauffieren darf. Er fiebert darauf, endlich in die Außenbezirke zu kommen. Aber es wäre unmännlich, diese Ungeduld zu verraten. So führt er mit August ein ernstes Männergespräch über die Lage, über Wirtschaft und Politik. August Franzke und der Junge verstehen sich gut.

Wie dann Franzke richtig Kurt Baumann ans Steuer läßt und Berthold untätig im Fond sitzt, befällt ihn plötzlich die Erinnerung an ein kleines Erlebnis unmittelbar nach der Beerdigung des Dr. Heinzius. Er hatte im Wagen nach dem entfernten Friedhof hinausfahren dürfen, und auf dem Rückweg hatte er Kurt Baumann und seinen Vetter Heinrich Lavendel mitgenommen. Ihn hatte der trübe, graue Waldfriedhof in Stahnsdorf und die Vorgänge bei der Beerdigung sehr angerührt. Die beiden andern aber, schon jetzt, fünf Minuten nach der Eingrabung des Dr. Heinzius, schienen weit mehr an dem Wagen interessiert als an dem Toten, vor allem daran, ob Chauffeur Franzke sie endlich, verbotenerweise, ans Steuer lassen werde. Daß seine Kameraden das eben Erlebte so schnell abschüttelten, hatte Berthold nicht verstanden. Noch jetzt, während Kurt Baumann am Steuer saß, machte es ihn verwirrt und nachdenklich. Als er aber selber ans Steuer konnte, verflogen diese Gedanken, und in ihm und um ihn war nichts als der Verkehr von Berlin SW.

In der Corneliusstraße mittlerweile erwartet man Herrn Jacques Lavendel. Frau Liselotte freut sich auf ihn. Martin, das weiß sie, sieht in Schwager Jacques nicht eben einen Mann nach seinem Herzen. Es war ihm unlieb, daß seine jüngste Schwester, Klara Oppermann, gerade diesen aus dem Osten stammenden Herrn geheiratet hat. Jacques ist ein ausgezeichneter Geschäftsmann, gewiß, hat Vermögen, kennt die Welt, ist immer gefällig. Aber was ihm fehlt, das ist Sinn für Würde, für Formen, für Gehaltenheit. Nicht als ob er laute, aufdringliche Manieren hätte. Allein er nennt unangenehme Dinge so nackt beim Namen, und sein leises, freundliches Lächeln, wenn jemand von Ehre, Würde und dergleichen spricht, reizt Martin.

Liselotte reizt es nicht. Ihr gefällt Schwager Jacques. Sie ist aus der strengen Familie der Ranzow. Ihr Vater, hochbetitelt, aber kärglich besoldet, hatte die fehlenden äußeren Annehmlichkeiten des Lebens ersetzt durch vornehme Gesinnung und strenge Lebensführung. Liselotte Ranzow, die damals Zweiundzwanzigjährige, froh, die engen Sitten des väterlichen Hauses in Stettin mit der breiten Lebensführung der Oppermanns vertauschen zu können, hatte die wortkarge, ungelenke Neigung des jungen Martin mit allen Mitteln ermutigt.

„Wollen wir mit dem Kaffee warten, bis Jacques da ist?" fragte sie und zeigte lächelnd die großen Zähne des langen, schönen Mundes. Sie sah, daß Martin schwankte, ob er mit Jacques allein sein oder sie dazubitten sollte. „Hast du Wichtiges mit ihm zu besprechen?" fragte sie geradewegs.

Martin überlegte. Sie sind gute Kameraden, er und Liselotte. Er wird ihr selbstverständlich den Beschluß über die Namensänderung der Filialen noch heute mitteilen. Leicht ist das nicht. Er hat bis jetzt selten Gelegenheit gehabt, unangenehme Mitteilungen zu machen. Vielleicht ist es am klügsten, es ihr und Jacques gleichzeitig zu sagen. „Es wäre mir lieb, wenn du uns Gesellschaft leisten wolltest", sagte er.

Breit saß dann Jacques Lavendel zwischen ihnen. Die kleinen, tiefliegenden Augen unter der breiten Stirn schauten klug, freundlich, der starke, rotblonde Schnurrbart kontrastierte mit dem spärlich behaarten Schädel, die leise, heisere Stimme ging Martin Oppermann auf die Nerven wie immer.

Während Martin berichtete, hörte Jacques zu, die Augen halb geschlossen, die Hände über der Weste gefaltet, den Kopf halbschräg, ohne Bewegung in Gesicht und Haltung, scheinbar teilnahmslos. Es wäre Martin lieber gewesen, er hätte unterbrochen, Fragen gestellt; aber er unterbrach nicht. Auch als Martin zu Ende war, schwieg er. Liselotte schaute gespannt auf Jacques Lavendel. Sie war mehr gespannt als betrübt. Martin, so lieb es ihm war, daß es sie nicht tiefer getroffen hatte, dachte mit Bitterkeit: Sie nimmt es nicht ernst. Sie nimmt meine Sache nicht ernst. Man müht sich ab und hat keinen Dank. Jacques schwieg beharrlich. Bis Martin endlich fragte: „Nun, was meinen Sie dazu, Jacques?" — „Gut, gut", sagte Jacques Lavendel und nickte mehrmals mit dem Kopf. „Ich finde es gut, sage ich. Nur schade, daß ihr es nicht schon lange gemacht habt. Und noch mehr schade, daß ihr es nicht zu Ende gemacht und diesen Wels hereingenommen habt."

„Wieso?" fragte Martin. Er bemühte sich, gehalten zu sprechen; doch sowohl Liselotte wie Jacques Lavendel merkten den Ärger über den Einwand. „Glauben Sie, wir haben nur mehr so kurze Zeit? Ich kenne diese Leute. Er wird unverschämt, sowie wir zusagen. Sie wissen, daß wir beim Warten nur gewinnen können."

„Vielleicht, vielleicht auch nicht", sagte Jacques Lavendel und wiegte den großen, rotblonden Kopf. „Ich bin kein Prophet, ich will beileibe nicht sagen, daß ich ein Prophet bin. Aber waren nicht immer alle zu spät? Es kann noch sechs Monate dauern, es kann noch ein Jahr dauern. Wer kann wissen, wie lang es dauert? Aber wenn wir Schlamassel haben, dann kann es auch vielleicht nur zwei Monate dauern." Er rückte unversehens den Kopf gerade, richtete die kleinen, tiefliegenden Augen auf Martin, blinzelte ihm schlau zu, erzählte, in einem auffallend frischen, trockenen Ton: „Siebzehnmal hat Grosnowice seinen Besitzer gewechselt. Siebenmal waren dabei Pogrome. Dreimal haben sie einen gewissen Chajim Leibelschitz hinausgeführt und haben ihm gesagt: ‚So, jetzt erhängen wir dich.' Alle haben zu ihm gesagt: ‚Sei gescheit, Chajim, geh fort aus Grosnowice.' Er ist nicht fortgegangen. Auch wie sie ihn das viertemal hinausgeführt haben, haben sie ihn nicht erhängt. Aber sie haben ihn erschossen." Er war zu Ende, er hielt den Kopf wieder schräg, zog die Lider weit über die blauen Augen.

Martin Oppermann kannte die Geschichte, er ärgerte sich. Auch Liselotte hatte die Geschichte schon einmal gehört, aber sie hörte sie auch das zweitemal mit Interesse.

Martin zog seinen Zwicker heraus, putzte daran herum, steckte ihn wieder ein. „Wir können ihm schließlich die Oppermannschen Läden nicht nachschmeißen", sagte er, und seine braunen Augen sahen keineswegs mehr schläfrig aus. „Nun,

nun", begütigte Jacques, „ich sage ja, daß es gut ist, daß ihr das gemacht habt. Übrigens, wenn ihr wirklich amerikanisches Geld in die Sache kriegen wollt, ich erbiete mich, daß ich es in acht Tagen so manage, daß euch keiner mehr heran kann. Und es soll kein Mensch reden können von ‚Hinschmeißen‘", lächelte er.

Man hatte schon mehrmals den Gedanken erwogen, das Möbelhaus Oppermann auf Jacques Lavendel zu übertragen, der rechtzeitig die amerikanische Staatsangehörigkeit erworben hatte; aber man war aus vielen Gründen davon abgekommen. Merkwürdigerweise führte Martin von diesen vielen sachlichen Gründen jetzt keinen an. „Lavendel wäre kein guter Name für unsere Geschäfte", sagte er vielmehr, unsachlich, ziemlich bösartig. „Ich weiß", erwiderte friedfertig Jacques. „Davon war ja auch meines Wissens nie die Rede", lächelte er.

So ganz einfach war die Umwandlung der beiden Filialen in die Deutschen Möbelwerke nun doch nicht. Eine Menge Details wollten besprochen sein, Jacques Lavendel wußte manchen nützlichen Fingerzeig. Martin mußte zugestehen, daß Jacques der Findigere war. Er bedankte sich, Jacques stand auf, verabschiedete sich mit langem, kräftigem Händeschütteln. „Auch ich danke Ihnen herzlich", sagte Liselotte nachdrücklich mit ihrer kräftigen, dunkeln Stimme.

„Ich verstehe nichts von euren Geschäften", sagte sie zu Martin, als Jacques weggegangen war. „Aber warum, wenn du diesen Wels schon einmal hereinnehmen willst, tust du es wirklich nicht gleich?"

Gustav Oppermann hatte den Vormittag über mit Dr. Frischlin gearbeitet. Dr. Klaus Frischlin, ein dünner, langer Mensch mit schlechtem Teint und spärlichem Haarwuchs, aus vermögender Familie stammend, hatte ursprünglich Kunstgeschichte studiert; besessen von seinem Studium, hatte er davon geträumt, sich als Dozent zu habilitieren. Dann schmolz sein Geld weg, er hungerte erbärmlich; als er nichts mehr besaß außer einem fadenscheinigen Anzug, ramponierten Schuhen und dem Manuskript einer ungewöhnlich gründlichen Studie über den Maler

34

Theotokopulos, genannt El Greco, hatte Gustav Oppermann ihn aufgegabelt. Um ihn zu beschäftigen, hatte Gustav im Möbelhaus Oppermann eine Kunstabteilung eingerichtet und ihn zum Chef dieser Abteilung gemacht. Gustav, in seinem draufgängerischen Optimismus, hatte anfangs davon geträumt, auf dem Umweg über Klaus Frischlin durch das Möbelhaus Oppermann moderne Gegenstände zu propagieren, Stahlmöbel, Bauhausmöbel und dergleichen. Doch er hatte bald, halb amüsiert, halb erbittert, sehen müssen, wie die Kunstabteilung vor den Bedürfnissen der robusten Oppermannschen Kleinbürgerkundschaft die Waffen streckte. Noch immer versuchte Klaus Frischlin zäh, listig und vergeblich seinen eigenen empfindlichen Geschmack durch manche Hintertür einzuschmuggeln. Gustav beobachtete das erheitert und mit Rührung. Er mochte den beharrlichen Menschen gern, holte ihn oft als Privatsekretär und wissenschaftlichen Mitarbeiter heran.

Auch für diesen Mittwoch wie für jeden hatte Gustav Frischlin hergebeten. Eigentlich wollte er an der Lessing-Biographie arbeiten. Aber berief er nicht das neidische Schicksal, wenn er sich gerade heute damit befaßte? Er unterließ es also und ging statt dessen daran, das eigene Leben ein bißchen chronologisch zu sichten. War ihm nicht erst heute morgen aufgefallen, wie schwer er sich in der Historie des eigenen Lebens zurechtfand? Hier ein wenig Ordnung zu machen, dazu ist der fünfzigste Geburtstag der rechte Tag.

Gustav kannte sich gut aus in der Biographie vieler Männer des achtzehnten und des neunzehnten Jahrhunderts. Hatte Übung darin, zu erkennen, welche Erlebnisse für diese Männer entscheidend gewesen waren. Merkwürdig, wie schwer es ihm nun fiel, zu entscheiden, was für sein eigenes Schicksal wichtig war, was nicht. Dabei hat er doch viel Erregendes erlebt, eigenes Schicksal und Schicksal aller, Krieg und Revolution. Aber was wirklich hat ihn verändert? Mit Unbehagen sah er, wieviel von ihm abgeglitten war. Die Sichtung machte ihn nervös.

Jählings brach er ab. Lächelte. „Bitte, nehmen Sie eine Postkarte, lieber Frischlin", sagte er, „ich will Ihnen diktieren." Er diktierte: „Geehrter Herr. Merken Sie sich für den Rest Ihres Lebens: ‚Es ist uns aufgetragen, am Werke zu arbeiten, aber es ist uns nicht gegeben, es zu vollenden.‘ Ihr aufrichtig ergebener Gustav Oppermann." — „Ein schöner Satz", meinte Klaus Frischlin. „Nicht wahr", sagte Gustav. „Er ist aus dem Talmud." — „An wen geht die Karte?" fragte Frischlin. Gustav Oppermann lächelte jungenhaft, spitzbübisch. „Schreiben Sie", sagte er. „An Dr. Gustav Oppermann, Berlin-Dahlem, Max-Reger-Straße 8."

Abgesehen vom Diktat dieser Postkarte, blieb es ein unfruchtbarer Vormittag, und Gustav war froh, als er eine plausible Ursache fand, die Arbeit abzubrechen. Diese Ursache kam in angenehmer Gestalt, in der seiner Freundin Sybil Rauch. Ja, Sybil Rauch fuhr an in ihrem kleinen, komischen, abgetakelten Wagen. Sie hatte es ein bißchen wichtig wie immer. Gustav kam ihr unters Haustor entgegen. Unbekümmert um die Gegenwart des Dieners Schlüter, der öffnen wollte, hob sie sich auf die Zehenspitzen und küßte ihn mit ihren kühlen Lippen auf die Stirn. Das war nicht ganz einfach; denn unter den Arm gepreßt trug sie ein großes Paket, ihr Geburtstagsgeschenk.

Dieses Geschenk entpuppte sich als eine altertümliche Uhr. Über dem Uhrblatt hatte sie ein bewegtes Auge, ein sogenanntes „Auge Gottes", ein Auge, das mit der Sekunde von rechts nach links ging, immer wandernd. Gustav hatte seit langem daran gedacht, eine solche Uhr in seinem Arbeitszimmer aufzustellen, eine Art ständiger Mahnung, die den etwas Regellosen zu geordneter Arbeit auffordern sollte. Aber es war schwer gewesen, ein Gehäuse zu finden, das sich dem Raume einfügte.

Er freute sich, daß Sybil das Rechte aufgetrieben hatte. Er dankt ihr lärmend, herzlich, liebenswürdig. Im Grund ist er ein wenig enttäuscht. Dieses wandernde Auge, das ihn beaufsichtigen sollte, war es nicht Kritik, wenn sie ihm das in seinen Raum stellte? Er läßt es nicht so weit kommen, daß dieses Abwehrgefühl Gedanke wird. Vielmehr schwatzt er weiter, herzlich, munter. Allein Sybils Geschenk hat in ihm gegen seinen Willen wieder jenes schlummernde Gefühl angerührt, das er nie hochkommen lassen will, daß nämlich Sybil, trotzdem sie beide den guten Willen haben, ganz zusammenzugehören, immer an der Peripherie seines Daseins bleibt.

Sybil mittlerweile steht vor dem Porträt des alten Oppermann. Sie weiß, wie sehr Gustav an dem Bilde hängt, freut sich, daß es nun da ist, rühmt mit kennerischen Worten, wie gut es sich im Arbeitszimmer ausnimmt. Sie schaut sich das Bild genau an, abwägend, wie es ihre Art ist, den schlauen, behaglichen, glücklichen Mann. „Es paßt alles gut zusammen", sagt sie schließlich, „der Maler, der Mann und seine Zeit, und es paßt gut hier herein. Wie es diesem Immanuel Oppermann wohl in unserer Zeit ginge?" fragte sie nachdenklich.

Das war keine dumme Anmerkung und keine fernliegende. Es lohnte, darüber nachzudenken, wie ein Mann vom Schlage Immanuels in unserer Zeit bestehen würde. Dennoch gab auch diese Anmerkung Sybils Gustav einen kleinen Stich.

Ja, es war eine verschollene Zeit, in der Immanuel Oppermann gelebt hat, trotzdem sie ihm, Gustav, noch sehr lebendig war. Wie klein erschienen ihre Sorgen, wie einfach ihre Probleme, wie langsam, gradlinig, langweilig war ein Leben verlaufen wie das Immanuel Oppermanns, verglich man es mit dem Leben eines Durchschnittsmenschen von heute. Natürlich war Sybils Bemerkung harmlos gewesen, sie drängt sich geradezu auf vor dem Bilde. Dennoch hatte Gustav, ungerechterweise, die Empfindung, als wäre sie gegen ihn selber gerichtet. Die Uhr tickte, das „Auge Gottes" wanderte hin und her und schaut zu, wie die Zeit verwendet wurde, Sybil stand vor dem Bild des verschollenen Mannes. Das Gefühl der Müßigkeit war wieder da, jenes kleine, störende Unbehagen, das Gefühl der Leere von heute morgen.

Er war froh, als Schlüter meldete, das Essen sei bereit. Es wurde ein fröhliches Mittagessen. Gustav Oppermann verstand einiges von guter Küche. Sybil Rauch hatte eine Menge amüsanter Einfälle und wußte sie nett und persönlich auszudrücken. Ihr süddeutscher Akzent klang angenehm in Gustavs Ohr. Er war fünfzig Jahre und sehr jung. Er strahlte.

Vollends glücklich war er, als gar zum Nachtisch Professor

Arthur Mühlheim kam, sein Freund, und mit ihm Friedrich Wilhelm Gutwetter, der Novellist. Die beiden waren die rechte Ergänzung für Gustav und Sybil.

Arthur Mühlheim, kleiner, quicker Herr mit faltigem, lustigem, gescheitem Gesicht, ein paar Jahre älter als Gustav, immer zappelig, zu hundert Witzen aufgelegt, einer der besten Juristen Berlins, hatte ähnliche Neigungen wie Gustav. Die beiden gehörten dem gleichen Klub an, liebten die gleichen Bücher, die gleichen Frauen. Arthur Mühlheim interessierte sich außerdem für Politik, Gustav Oppermann für Sport, so hatten sie immer reichlich Stoff einer für den andern. Mühlheim hatte Gustav eine große Sendung ausgesuchten Kognaks und Branntweins geschickt, nur Jahrgänge aus Gustavs Geburtsjahr; er hielt es für bekömmlich, Getränke zu nehmen, die das gleiche Alter hatten wie man selber.

Friedrich Wilhelm Gutwetter, ein kleiner Herr von etwa sechzig Jahren, sehr gepflegt, in betont altertümlicher Tracht, riesige Kinderaugen in dem stillen Gesicht, war ein Dichter sehr sorgfältig gefeilter Geschichten, die von der Kritik hochgerühmt, von sehr wenig Leuten gelesen und geschätzt wurden. In den seltenen Augenblicken, wenn Gustav die betriebsame Leere seines Lebens kratzte, dann sagte er sich, er habe deshalb nicht umsonst gelebt, weil er Gutwetter gefördert habe. Tatsache war, daß Gutwetter ohne die Unterstützung Gustavs bitterste Entbehrung hätte leiden müssen.

Friedrich Wilhelm Gutwetter saß still und freundlich da, schaute aus seinen großen Augen verehrungsvoll und begehrlich auf Sybil, mußte sich oft die hurtigen Witze Mühlheims erklären lassen, ehe er sie verstand, und warf langsame Bemerkungen allgemein poetischer Art in das laute, muntere Gespräch der andern.

Er hatte ein Geschenk für seinen Freund mitgebracht, aber er sprach erst nach zwanzig oder dreißig Minuten davon; das schnelle Gespräch der andern und der Anblick Sybils hatte ihn sein Geschenk ganz vergessen lassen. Also denn, er hat eine Unterredung mit Dr. Dorpmann gehabt, dem Chef des Minerva-Verlags, seinem Verleger. Er hat von der Lessing-Biographie gesprochen. Dr. Dorpmann, wie diese Verleger sind, hat eine

ausweichende Antwort geben wollen, aber er, Gutwetter, hat
nicht lockergelassen. Es ist soweit, es ist sicher wie Tod, Seele
und Auferstehung, der Minerva-Verlag wird die Lessing-Biographie bringen. Mit seiner ruhigen, leisen Stimme erzählte er das
und schaute seinen Freund Gustav still und überaus freundlich an.

„Was heißt sicher wie Seele und Auferstehung?" fragte
Mühlheim. „Meinen Sie hundertprozentig sicher oder hundertprozentig unsicher?" — „Ich meine sicher, schlechthin sicher",
erwiderte mit unerschütterlicher Freundlichkeit Gutwetter.

Aber sie hatten es nicht leicht, einer den andern zu verstehen;
denn Gustav war lärmend hochgesprungen, er packte den breiten, stillen Gutwetter an beiden Schultern, schüttelte ihn, schlug
ihm unter lärmenden Freudenbezeigungen den Rücken.

Später, als Herr Gutwetter mit Sybil allein war, sagte er mit
seiner ruhigen, heiteren, treuherzigen Stimme: „Wie leicht ist es,
die Menschen glücklich zu machen. Eine Biographie. Was ist
eine Biographie? Als ob etwas anderes zählte als das schöpferi-
sche Werk. Aber da kramt einer herum in den Abfällen, in der
sogenannten Wirklichkeit, im Abgelebten, und ist glücklich.
Welch ein Kind, unser Freund Gustav." Sybil schaute nachdenklich in seine großen, leuchtenden Kinderaugen. Friedrich Wilhelm Gutwetter galt als einer der ersten deutschen Stilisten,
vielen als der erste. Sybil, die sich mit ihren kleinen Erzählungen
gewissenhaft herumplagte, bat ihn um Hilfe für einen bestimmten Satz, mit dem sie nicht zurecht kam. Gutwetter wußte Rat.
Freudig, verehrungsvoll sah er auf die gelehrige Schülerin.

Gustav aber war ganz angefüllt mit Fröhlichkeit, fand die
Welt großartig, wollte allen ringsum Gutes tun. Teilte auch dem
Diener Schlüter ausführlich die Freudenbotschaft mit, die Fried-
rich Wilhelm Gutwetter ihm gebracht hatte. War glücklich.

Als die ersten seiner Gäste eingetroffen waren und in gezwun-
gener Unterhaltung beieinanderstanden, hatte Gustav befürch-
tet, es werde ein trüber Abend. Es war gewagt, so verschiedenartige Leute zusammenzubringen. Aber gerade das schien ihm das
Reizvolle an seiner Lebensführung, daß er Getrenntes organisch

mischte. Er wollte es, er hatte sich darauf versteift, an diesem Abend alle um sich zu versammeln, die für ihn von Bedeutung waren, seine Familie, die Herren des Geschäftes, seine Freunde aus der Bibliophilengesellschaft, aus dem Theaterklub, seine Sportfreunde, seine Frauen. Jetzt nach dem Essen sah er mit Freude, daß die guten, leichten Gerichte des sorgfältig zusammengestellten Menüs die einzelnen gelockert hatten, so daß die frühere Starrheit wegschmolz.

Da standen und saßen sie zusammen, seine Gäste, ihrer zwanzig, in Gruppen, doch so, daß keine Gruppe sich ganz von der andern sonderte, angenehm schwatzend. Man sprach über Politik, das ließ sich jetzt leider niemals vermeiden. Am ungeniertesten gab sich, wie immer, Jacques Lavendel. Breit und faul im bequemsten Sessel lehnend, die listigen, gutmütigen Augen halb geschlossen, hörte er mit spöttischer Nachsicht zu, wie Karl Theodor Hintze die völkische Bewegung in Bausch und Bogen verurteilte. Nach Prokurist Hintze waren ihre Anhänger allesamt Dummköpfe oder Schwindler. Herrn Jacques Lavendels breites Gesicht lächelte aufreizende Duldsamkeit. „Sie werden den Leuten nicht gerecht, lieber Herr Hintze", sagte er mit seiner freundlichen, heiseren Stimme, den Kopf wiegend. „Das ist ja die Stärke dieser Partei, daß sie die Vernunft ablehnt und an den Instinkt appelliert. Es gehört Intelligenz dazu und Willensstärke, das so konsequent durchzuführen wie diese Burschen. Die Herren verstehen sich auf ihre Kundschaft wie jeder gute Geschäftsmann. Ihre Ware ist schlecht, aber gängig. Und ihre Propaganda, first-class, sage ich Ihnen. Unterschätzen Sie den Führer nicht, Herr Hintze. Das Möbelhaus Oppermann könnte froh sein um so einen Propagandachef."

Herr Jacques Lavendel sprach nicht laut, dennoch, ohne viel Gewese, erzwang sich seine heisere Stimme Gehör. Aber man war nicht willens, ihm zuzustimmen. Hier, in den kultivierten Räumen Gustav Oppermanns, war man nicht geneigt, einer so blödsinnigen Sache wie der völkischen Bewegung im Ernst Chancen zuzugestehen. Die Bücher Gustav Oppermanns standen an den Wänden, Bibliothek und Arbeitszimmer gingen schön ineinander, das Bildnis Immanuel Oppermanns schaute schlau, gutmütig, ungeheuer real auf die Versammlung. Man stand auf festem Grund, ausgerüstet mit dem Wissen der Zeit, gesättigt mit dem Geschmack von Jahrhunderten, ein stattliches Bankkonto hinter sich. Man lächelte darüber, daß jetzt das gezähmte Haustier, der Kleinbürger, androhte, zu seiner wölfischen Natur zurückzukehren.

Der quicke Prokurist Siegfried Brieger riß Witze über den Führer und seine Bewegung. Der Führer war kein Deutscher, er war Österreicher, seine Bewegung war die Rache Österreichs für die Niederlage, die es im Jahre 1866 durch die Deutschen erlitten hatte. War es nicht ein unmögliches Unternehmen, den Antisemitismus in Gesetze einzufangen? Wie wollte man feststellen, wer Jude war, wer nicht? „Mich können sie natürlich herauskennen", sagte behaglich Herr Brieger, auf seine große Nase weisend. „Aber hat sich nicht die Mehrzahl der deutschen Juden so assimiliert, daß es wirklich nur von ihnen abhängt, ob sie sich für Juden erklären oder nicht? Kennen Sie übrigens die Anekdote von dem alten Bankier Dessauer? Herrn Dessauer klingt sein Name zu jüdisch. Ändert er ihn um. Erklärt: von jetzt an bin ich nicht mehr Herr Dessauer, von jetzt an bin ich Herr Dessoir. Trifft Herr Cohn Herrn Dessoir in der Straßenbahn. ‚Guten Tag, Herr Dessauer', sagt er. Sagt Herr Dessoir: ‚Entschuldigen Sie, Herr Cohn, mein Name ist jetzt Dessoir.' — ‚Pardon, Herr Dessoir', sagt Herr Cohn. Zwei Minuten später nennt er ihn wieder Herr Dessauer. ‚Entschuldigen Sie: Dessoir', korrigiert mit Nachdruck Herr Dessoir. ‚Pardon, pardon', entschuldigt sich eifrig Herr Cohn. Die beiden Herren verlassen die Straßenbahn, sie haben ein Stück Wegs gemeinsam. Fragt nach ein paar Schritten Herr Cohn: ‚Können Sie mir nicht sagen, Herr Dessoir, wo ist hier das nächste Pissauer?'"

Herr Jacques Lavendel hatte seine Freude an dieser Anekdote. Der Dichter Friedrich Wilhelm Gutwetter verstand sie zunächst nicht, ließ sie sich wiederholen, lächelte erheitert über sein ganzes, stilles Gesicht. „Im übrigen hat der Herr", er wies auf Herrn Lavendel, „auf schlichte Art ausgedrückt, was in den

Menschen dieses Breitengrads zum Ausbruch drängt. Die Herrschaft der nüchternen Vernunft sackt zusammen. Die läppische Tünche der Logik wird abgekratzt. Eine Epoche dumpft heran, in der das große, partiell überentwickelte Tier Mensch zu sich selber zurückfindet. Das ist der Sinn der völkischen Bewegung. Sind Sie nicht alle glücklich, sie mitzuerleben?" Ruhig drehte er den Kopf mit den strahlenden Kinderaugen im Kreise, die mächtige Krawatte bedeckte den Westenausschnitt, er wirkte in seiner altertümlichen Kleidung wie ein abgeklärter Geistlicher.

Man lächelte über den Dichter. Er dachte in Jahrtausenden. Sie hier mußten auf kürzere Sicht denken, auf Jahre, auf Monate, und da stellte sich die völkische Bewegung lediglich als plumpe Agitation dar, geschürt von Militaristen und Feudalisten, spekulierend auf trübe Kleinbürgerinstinkte. So sah sie der zynische Professor Mühlheim, der frivol und gescheit darüber scherzte, so, bei aller Vorsicht, die sie als kluge Geschäftsleute trafen, sahen sie die Oppermanns, so sahen sie die Damen Caroline Theiss und Ellen Rosendorff. Bis plötzlich einer der Gäste die angenehme Stimmung des Abends zerriß und, was Jacques Lavendel mit behaglicher Vorsicht, was Friedrich Wilhelm Gutwetter in poetischer Abstraktion ausgedrückt hatte, ärgerlicherweise in die nüchterne Sprache des Alltags übersetzte. Es war das Mädchen Ruth Oppermann, die Siebzehnjährige, die, den ganzen Abend über schweigsam, jetzt plötzlich ausbrach: „Ihr habt alle so ausgezeichnete Theorien, ihr erklärt alles so gescheit, ihr wißt alles. Die andern wissen gar nichts, sie kümmern sich einen Dreck darum, ob ihre Theorien dumm sind und voll Widerspruch. Aber sie wissen eines: sie wissen genau, was sie wollen. Sie handeln. Sie tun etwas. Ich sage dir, Onkel Jacques, und dir, Onkel Martin, *sie* werden es schaffen, und ihr seid die Gelackmeierten." Sie stand da, ein bißchen plump, das blaue Kleid hing unschön um ihren Körper, ihre Mutter, Gina Oppermann, verstand nicht, sie anzuziehen, ihre schwarzen Haare wirkten unordentlich, trotz der sorgfältigen Frisur. Aber ihre großen Augen schauten heftig, entschieden aus dem olivbraunen Gesicht, ihre Rede war mehr als die eines Kindes.

Die andern hatten zu sprechen aufgehört, es war ganz still, als sie zu Ende war, man hörte das laute Geräusch der Uhr, man schaute unwillkürlich hin, man sah das „Auge Gottes" wandern, links rechts, links rechts. Professor Edgar Oppermann, der Arzt, lächelte, ein bißchen ironisch, doch gleichzeitig stolz auf seine ungestüme Tochter. Gina Oppermann aber, die Mutter, eine kleine, unscheinbare Frau, sah verzückt auf Ruth. Ruth schlägt dem Vater nach, sicher einmal wird sie etwas ganz Großes werden wie er, der große Arzt. Sie ist sehr anders als die Mädchen ringsum. Sie hat nur zwei Interessen: Politik und Medizin. Sie ist Zionistin, sie spricht schon leidlich hebräisch. Sie wird studieren, in Berlin, in London, in Jerusalem, und sich als Ärztin in Palästina niederlassen.

Gustav Oppermann hat Freude an seiner Nichte Ruth. Er macht sich oft auf joviale Art lustig über ihren Zionismus; aber er findet es gut, daß es in der Familie Oppermann auch diese Schattierung gibt. Wäre ihre Heftigkeit, ihre Dringlichkeit nicht, dann fehlte etwas Wesentliches. Ihr Fanatismus macht sie geradezu schön. Sie ist jung genug, daß man ihr Extravaganzen erlauben darf.

Die hübsche, blonde, spitznasige Caroline Theiss schaute amüsiert auf das eifrige, unschöne Mädchen. Ellen Rosendorff aber lächelte nicht. Merkwürdige Leute hat sich Gustav Oppermann da zusammengeladen. Ellen Rosendorff, groß, schlank, dunkelhäutig, langäugig, kennt Gustav Oppermann aus dem Tennisklub Rot-Weiß. Sie liebt Gesellschaft, Sport, Flirt; ihre snobistische Art steht in aufreizendem Gegensatz zu ihrer biblischen Erscheinung. Sie hat eine scharfe Zunge, liebt kleine, bösartige Witze. Sie ist eine der jungen Jüdinnen, mit denen der Kronprinz flirtet, und stadtbekannt ist ihre Äußerung, als einmal der Wagen des Prinzen, den er selber steuerte, knapp einem Unfall entgangen war: „Fahren Sie vorsichtig, Monsieur. Stellen Sie sich vor, wie wir unter dem zerschmetterten Wagen liegen, eine einzige, unkenntliche Masse. Nicht auszudenken: jüdische Gebeine im Potsdamer Mausoleum und hohenzollernsche im Weißensee Jüdischen Friedhof." Sie hat auch Gustav

Oppermann gegenüber kaum je ihren Ton geändert, sie sprechen über die tausend kleinen Dinge, über die reiche, müßige Berliner sprechen, über nichts sonst. Dennoch ist, was die beiden miteinander bindet, mehr als flüchtiges Wohlgefallen. Er weiß, ihre snobistische Art ist Schutzmaske, in Wahrheit ist sie melancholisch, gequält von der betriebsamen Leere ihres Daseins. Und sie weiß um gewisse ähnliche Eigenschaften von ihm, nur viel vergrabenere, die er nicht wahrhaben will. Jetzt schaut sie auf Ruth Oppermann, ernsthaft, neugierig. Wenn sich jemand nur die Mühe machen will, kann er unschwer Ruth Oppermann in eine mondäne Berlinerin verwandeln, aber es wäre in den meisten Fällen vergeblich, aus mondänen Berlinerinnen Ruth Oppermanns machen zu wollen.

Professor Edgar Oppermann, der Arzt, stand im Gespräch mit Rektor François vom Königin-Luise-Gymnasium. Edgar, wie alle Oppermanns ein wenig schwer von Leib, aber gleichwohl elastisch, dunkelblond, belächelte die läppische Willkürlichkeit aller Rassentheorien. Wie viele Blutproben hat man gemacht, wie viele Schädel gemessen, wie viele Haare untersucht: immer ohne Resultat. Edgar Oppermann sprach lebhaft, keineswegs dozierend, mit vielen schnellen Gesten; die Hände waren leicht, weniger fleischig als die der andern Oppermanns, die Hände eines großen Chirurgen. „Ich habe nie bemerkt", schloß er lächelnd, „daß der Kehlkopf eines sogenannten Ariers auf bestimmte Reizungen anders reagiert hätte als der eines Semiten." Er war nicht Jude, nicht Christ, nicht Semit, nicht Arier, er war Laryngologe, Wissenschaftler, seiner Sache so sicher, daß er nicht einmal Verachtung, Zorn oder Mitleid für die Rassentheoretiker aufbrachte.

Rektor François stimmte lebhaft zu. Auch er war in erster Linie Wissenschaftler, Philolog. Leidenschaftlicher Liebhaber der deutschen Literatur, seit langen Jahren Mitglied des Bibliophilenvereins, war er mit Gustav Oppermann gut befreundet. Die menschliche Natur, erklärte er, habe sich, seitdem wir Geschichte kennen, nicht verändert. Studiere man etwa die Bewegung des Catilina, dann sei man erstaunt, wie sehr sie selbst

44

äußerlich der völkischen Bewegung gleiche. Genau die gleichen Mittel damals: Sprechchöre, wüste Reden, skrupellose Agitation, übelster Dilettantismus. „Hoffentlich findet sich auch unter uns bald ein Cicero", schloß er. Der dünne Herr, zarte, rosige Wangen, scharfe, randlose Brille, weißer, gepflegter Knebelbart, sprach flüssig, nicht zu schnell, nicht zu langsam, in wohlgezirkelten, druckreifen Sätzen. Sicherlich hätte er sich mit den Bänden der Bibliothek lieber befaßt als mit den schwatzenden Leuten ringsum. Noch öfter aber als nach den Büchern schielte er nach einer kräftigen, breiten Dame in einem dunkeln Seidenkleid, seiner Frau. Er ist unter strenger Aufsicht; hat ihn Frau François für eine Minute verloren, in der nächsten findet sie ihn bestimmt wieder.

Sie hat es nicht leicht mit ihrem Mann. Der läßt sich gehen, schwatzt immer heraus, was er denkt. Gewiß, im Augenblick scheint es politisch ruhig, aber Frau François traut dem Frieden nicht. Streberische Kollegen haben überall ihre aufmerksamen Ohren, sie bewahren jedes aufgeschnappte Wort gut auf. Sind die Völkischen erst einmal am Ruder, dann kann einen eine heute getane unvorsichtige Äußerung um Amt und Brot bringen. Was wird dann aus ihr und ihren drei Kindern? Für seine Studien über den Einfluß des antiken Hexameters auf Klopstocks Wortgebung zahlt ihm niemand auch nur die Butter aufs Brot. Aber für solche Erwägungen hat der leichtsinnige Mann kein Ohr. Er glaubt immer, wenn man nur eine Äußerung beweisen könne, dann sei alles in Ordnung. Wenn sie ihm auseinandersetzt, daß es heutzutage nicht auf die Richtigkeit einer Behauptung ankommt, und wenn sie dabei ein bißchen drastisch wird, dann schaut er zum Himmel, sanft geärgert, geduldig. „Donnerwölkchen" nennt er sie. Ach, er versteht nicht, daß sie sich nur seinethalb abquält; fürs Praktische hat er keinen Sinn. Frau François verpreßt die Lippen, schaut finster aus. Rektor François schielte hinüber, sah verängstigt sogleich wieder weg. Donnerwölkchen, dachte er.

François amtierte im Königin-Luise-Gymnasium, dessen Unterprima Martins Sohn Berthold besuchte. Martin trat heran.

Er kannte François als einen Herrn von liberalen Anschauungen, mit dem man reden kann. Ja, gab François zu, in den meisten Gymnasien hätten es die jüdischen Schüler jetzt nicht leicht. Aber seinem Institut habe er Politik bisher fernhalten können. Jetzt freilich wolle man ihm einen Oberlehrer aus Tilsit zuteilen, vor dem er eine gewisse Angst habe. Er brach ab, unter einem Blick von Frau François, die übrigens seine Äußerung schwerlich gehört haben konnte.

Jacques Lavendel setzte währenddes seiner Schwägerin Liselotte und seiner Frau Klara seine Theorien weiter auseinander. Klara, wie alle Oppermanns, war breit, untersetzt. Ihr großer, dunkelblonder Kopf mit der schweren Stirn schaute gesammelt aus, eigensinnig, nicht dumm. Als sie sich damals entschloß, den Ostjuden Jacques Lavendel zu heiraten, hatten alle ihr abgeraten. Aber sie hatte sich's in den Kopf gesetzt. Gerade das, was die andern als manierlos störte, die Unbekümmertheit, mit der er die Ergebnisse seines gesunden Menschenverstandes heraussagte, seine gutmütige Verschlagenheit, alles an ihm zog sie an. Sie redete nicht viel, aber sie hatte entschiedene Ansichten, und wenn es darauf ankam, setzte sie diese Ansichten durch. Auch jetzt hörte sie schweigend, mit lächelnder Zustimmung, was Jacques ihr und ihrer Schwägerin Liselotte darlegte. Daß man nämlich jede gefährliche Bewegung jahre-, manchmal jahrzehntelang habe anwachsen sehen, ohne doch die nötigen Konsequenzen zu ziehen. Was er aus der Geschichte gelernt habe, das sei ein großes Erstaunen, daß die jeweils Gefährdeten erst so spät daran dachten, sich in Sicherheit zu bringen. Warum, verflucht noch mal, seien so viele französische Aristokraten so eselhaft gewesen, sich von der Revolution überraschen zu lassen, während doch heute jedem Schuljungen bekannt sei, schon aus den Schriften Rousseaus und Voltaires hätte man Jahrzehnte vorher genau Bescheid wissen müssen.

Martin Oppermann schaute auf die beiden Frauen, die Jacques Lavendel aufmerksam und amüsiert zuhörten. Liselottens großes Gesicht mit den langen, grauen Augen wirkte doppelt hell neben dem schweren, breiten Kopf ihrer Schwägerin. Frisch und blühend saß sie da, ihr Hals kam weiß, sehr jung aus dem kleinen Ausschnitt des schwarzen Kleides. Schnell, mit ihren großen Zähnen, lächelte sie zu ihm herüber, wandte sich dann aber sogleich wieder Jacques Lavendel zu. Martin war ein wenig eifersüchtig auf den Schwager. Er empfand die Art, wie Liselotte Jacques bejahte, als leisen Vorwurf gegen sich selber. Er weiß schon, die Kraft dieser Ostjuden, ihre hemmungslose Lebensgier. Positive Eigenschaften, gewiß: aber stößt sie denn Jacques' heisere Stimme nicht ab, seine Penetranz? Die Heiserkeit stammt aus dem Krieg, von einem Streifschuß, der Jacques die Kehle verwundete. Bedauerlich, zugegeben: aber sympathischer wird der Mann dadurch nicht. Wenigstens ihm nicht. Angenehmer ist es natürlich, daß Liselotte Freude an Jacques hat, als wenn sie etwa Anstoß an ihm nähme. Kann man sich eine bessere Ehe vorstellen als die ihre? Vielleicht kommt es daher, daß er so sehr darauf hält, Leben und Geschäft zu trennen. Er spricht in der Corneliusstraße nicht von der Gertraudtenstraße. Warum auch soll sich Liselotte dafür interessieren, ob er einen Stuhl für sechsunddreißig oder für dreiundvierzig Mark verkauft? Schade ist es trotzdem, daß sie sich nicht dafür interessiert. Sie hat die Mitteilung von der Umwandlung der Oppermannschen Filialen in die Deutschen Möbelwerke erfreulich kühl aufgenommen. Schade ist es trotzdem.

Auch sein Bruder Edgar hat die Sache kühl aufgenommen. Gustav wird es tiefer treffen als Edgar, Jacques, Liselotte. Ein Segen, daß er so viele andere Interessen hat, die ihn ablenken. Gustav ist in Wahrheit liebenswert. Er hat die beiden Prokuristen sicher nur hergebeten, um ihm, Martin, einen Gefallen zu tun. Gustav geht alles leicht von der Hand, er ist ein Glücklicher.

Martin gönnt ihm sein Glück. Gönnt auch Edgar Glück und Ruhm von Herzen. Manchen wird es nicht so leicht gemacht. Schön, soll er, Martin, derjenige sein, der es schwerer hat. Er holt seinen Zwicker heraus, putzt an ihm herum, steckt ihn wieder ein. In einer plötzlichen Wallung geht er zu Gustav, rührt ihm leicht den Arm, steuert ihn hinüber zu Klara und Jacques Lavendel. Dann, auf ähnliche Art, holt er Edgar.

Da sitzen sie zusammen, die Geschwister Oppermann, breit, gefestigt. Es ist eine stürmische Zeit, auch sie haben manchen Guß abbekommen, aber sie können das aushalten, sie stehen fest. Sie und das Bild des alten Immanuel gehören zusammen, sie können bestehen vor dem Bild, seine Farben sind durch sie nicht blasser geworden. Sie haben sich ihren Platz in diesem Land erobert, einen guten Platz: aber sie haben ihn auch gut bezahlt. Jetzt sitzen sie fest hier, zufrieden, sicher.

Die andern sahen die Familiengruppe, nahmen sie wahr, lösten sich von ihr, so daß die Geschwister Oppermann für sich saßen.

Vor allem dem Prokuristen Brieger gefiel diese betonte Familiarität. Ihm gefiel jede Art von Solidarität. „Zusammenhalt", sagte er zu Professor Mühlheim, „darauf kommt es an. Wir Juden halten glücklicherweise zusammen. Wie die Affen. Darum kann uns auch nichts geschehen. Wenn man uns hundertmal den Baum hinunterschmeißt, einer klettert immer wieder hoch, und wir andern, wie die Affen, klammern uns an seinen Schwanz, und er zieht uns mit sich hoch." Frau Emilie François beneidete aus ganzem Herzen die Frauen der Oppermanns um den Familiensinn ihrer Männer. Von denen riskiert sicher keiner eine unvorsichtige Äußerung und gefährdet Weib und Kind. Ruth Oppermann schaute aus ihren großen, dringlichen Augen auf den Onkel. Einem Manne, der so deutlich den Zusammenhang mit seiner Familie spürt, wird sie sicher am Ende auch den größeren Zusammenhang klarmachen können, in den er hineingeboren ist.

Auch Sybil Rauch schaute auf die Gruppe der Oppermanns. Dünn und entschieden stand sie da, ihre Augen blickten böse, bockig unter der hohen, eigensinnigen Kinderstirn, niemand hätte sagen können, das Bild André Greids sei eine Karikatur. Eine merkwürdige Idee von Gustav, seinen Freunden diese Familienszene vorzuspielen. Sentimental. Spießig. Er ist jung für seine Jahre, er sieht gut aus, er liebt sie, und sie mag ihn. Er hilft ihr, er versteht viel von ihren Dingen, sie wüßte kaum, wie sie ohne ihn auskommen soll. Aber, jetzt zeigt es sich, eigentlich ist er doch ein alter, sentimentaler Jud. Sie schaut hinüber zu Friedrich Wilhelm Gutwetter, abwägend. Gustav ist zehnmal gescheiter, weltkundiger. Aber der Dichter, großäugig, in seiner verschollenen Tracht, lächerlich und rührend zugleich, ist ganz aus einem Guß. An Gustav ist alles vielfältig, zerspaltet, es sitzt Schicht auf Schicht. Da ist seine Familie, seine Wissenschaft, sein Sport, seine Neigung zu ihr, seine sonderbare Liebe zu dieser gewissen Anna im Hintergrund: wo ist der wirkliche Gustav?

Gustav selber war vollkommen glücklich. Er hatte getrunken, nicht zuviel, das tat er nie, aber genug, um sich gehoben zu fühlen; schade nur, daß die andern nicht sahen, wie vollkommen und ohne Vorbehalt glücklich er war. Daß er Freude hatte an Frauen, Freunden, Familie, Haus, das mochten schließlich alle verstehen. Daß er Freude hatte an Büchern, an seiner Arbeit für den Dichter Gutwetter, an seiner Arbeit am Lessing, das mochten einige verstehen. Aber das Glück, das daraus drang, daß er beides vereinte, Besitz des einen und Besitz des andern, dieses Glücksgefühl begriffen höchstens Mühlheim und François.

Allein wenn es auch die andern nicht verstehen konnten, er wollte das Seine dazu tun, sie so glücklich wie möglich zu machen. Er beschloß, ihnen von dem Kognak vorzusetzen, den Professor Mühlheim ihm geschickt hatte, dem Kognak, gebrannt in seinem eigenen Geburtsjahr 1882.

Schlüter brachte die Flasche, eine riesige Flasche, und die großen, bauchigen Gläser. Doch so ohne weiteres kam man nicht zum Trinken. Prokurist Karl Theodor Hintze hielt auf Formen. Es wäre eine Schande, so köstlichen Stoff wie diesen herrlich duftenden, alten französischen Kognak ohne ein paar geziemende Einleitungsworte hinunterzugießen. Mit seiner knarrenden Kommandostimme, inmitten allgemeiner Stille, gab er in schneidigen Worten dem Wunsche Ausdruck, es möchten die Geschwister Oppermann und die Firma Oppermann noch viele Jahrzehnte in dem Stande des Blühens und Gedeihens verharren, in der Prosperity sozusagen, in der wir sie jetzt sehen. Dann erst trank man.

Sybil Rauch fuhr mit den andern weg. Wie jedesmal gab es auch heute Scherze über ihr kleines, abgetakeltes Auto. Dann, nachdem die andern außer Sicht waren, fuhr sie zurück. Sie hatte Gustav versprochen, noch eine Zeit mit ihm allein zu bleiben.

Das Zimmer war rauchig, Schlüter und Bertha waren zu Bett gegangen, das Hilfspersonal hatte sich entfernt. Sie traten hinaus auf die Gartenterrasse. Es war sehr kalt, ein dunstiger Mond war, die Kiefern des Grunewalds standen steif und still. Sybil war betroffen, wie verändert die Landschaft war; doch Gustav war sie in jedem Wechsel vertraut.

Er schauerte in dem kalten Abend. Sie kehrten zurück, gingen bald zu Bett. Gustav, den schmalen, langen Kopf Sybils auf seiner Brust, lag müde, glücklich. Gähnend, befriedigt erzählte er ihr zum viertenmal, wie froh er sei, daß der Vertrag über die Lessing-Biographie ihm für die nächsten Jahre eine Aufgabe schaffe.

Sybil lag wach. Da sie vor dem Morgen nach Hause wollte, lohnte es nicht, erst einzuschlafen. Neugierig, mitleidlos, fremd betrachtete sie den schlafenden Mann. Redet er sich wirklich ein, die Lessing-Biographie sei eine „Aufgabe"? Die Lessing-Biographie wird ein starker Band werden. Es gibt ein schmales Bändchen von Friedrich Wilhelm Gutwetter: „Die Aussichten der weißen Zivilisation". Sybil Rauch schob die Unterlippe vor, verächtlich, ein ungezogenes Kind.

Sie stand auf, zog sich an, leicht fröstelnd, leise, Gustav schlief.

Sie ging ins Arbeitszimmer; sie hatte dort ihre Handtasche liegenlassen. Auf dem Schreibtisch lag allerhand beschriebenes Papier. Sybil war ein neugieriges Mädchen. Sie kramte darin herum. Sie fand eine Postkarte: „Geehrter Herr. Merken Sie sich für den Rest Ihres Lebens: ,Es ist uns aufgetragen, am Werke zu arbeiten, aber es ist uns nicht gegeben, es zu vollenden.' Ihr aufrichtig ergebener Gustav Oppermann." Sybil beschaute Anschrift und Unterschrift, las die Karte zweimal, lächelnd. Ihr Freund Gustav war ein amüsanter Herr, er wußte viele und gute Wahrheiten. Sorgfältig brachte sie die Papiere in die Unordnung, in der sie zuerst gelegen waren.

Sie fuhr nach Hause in ihrem kleinen, offenen, schäbigen Wagen durch die kalte Nacht. Ihr Freund Gustav ist einer von den Arrivierten, ohne Zweifel. Man hat es heute sehen können, als er diese Ausstellung veranstaltete von dem, was ihn reich und glücklich machte. Sybil Rauch war ein kluges, skeptisches Mädchen, skeptisch auch sich selbst gegenüber, sie überschätzte ihr Talent nicht. Sie wußte, ihre kleinen, netten Geschichten waren sauberer herausziseliert als die durchschnittlichen Erzeugnisse, sie machte sich's nicht leicht, sie hatte ihren eigenen Ton. Aber ihre heimliche Sehnsucht war, Größeres zu schreiben, ein großes, episches Werk, einen Spiegel der Zeit, einen Roman. „Es ist uns aufgetragen, am Werke zu arbeiten, aber es ist uns nicht gegeben, es zu vollenden." Merken Sie sich's, meine Dame. Merk dir's, Sybil.

Ihr Freund Gustav wird seine Lessing-Biographie wahrscheinlich vollenden können. Sie lächelte still und bösartig. Sie beneidete ihn nicht.

In der Unterprima des Königin-Luise-Gymnasiums, während der Fünfminutenpause zwischen der Stunde für Mathematik und der für Deutsch, standen die Schüler in erregten Diskussionen. Die Behörde hatte sich jetzt entschieden, wer den auf so betrübliche Weise ums Leben gekommenen Dr. Heinzius ersetzen sollte, ihre Wahl war endgültig auf Dr. Bernd Vogelsang gefallen, bisher Oberlehrer am Gymnasium in Tilsit, jenen Mann, von dem Rektor François bei der Geburtstagsfeier Gustav Oppermanns erklärt hatte, er habe eine gewisse Angst vor ihm. Die Schüler waren begierig auf ihren neuen Ordinarius, es hing für jeden einzelnen viel davon ab, ein Mann welchen Schlages der Neue war. Im allgemeinen war es für Berliner Jungens ein Fressen, mit Lehrern aus der Provinz zu tun zu haben. Ihnen fühlten sie sich von vornherein überlegen. Was konnte ein Mann aus Tilsit vom Leben wissen? Gab es dort einen Sportpalast, eine Untergrundbahn, ein Stadion, einen Tempelhofer Flughafen, einen Lunapark, eine Friedrichstraße? Zudem wußten auch die Schüler bereits, daß Dr. Vogelsang im Geruch des Nationalismus stand. Im Königin-Luise-Gymnasium, unter dem milden, liberalen Rektor François, war Nationalismus nicht beliebt.

Der Schüler Kurt Baumann erzählt zum hundertstenmal einen Fall aus dem Kaiser-Friedrichs-Gymnasium. Dort haben die Pennäler dem nationalistischen Oberlehrer Schultes auf schicke Art gezeigt, was eine Harke ist. Sowie er mit seinem Quatsch loslegte, fingen sie an, mit geschlossenen Lippen zu brummen. Sie hatten tagelang trainiert, so daß das intensive Gebrumm die Stimme des Lehrers zudeckte, ohne daß man den Gesichtern der Jungens irgend etwas ablesen konnte. Zuerst hatte Oberlehrer Schultes geglaubt, die Ursache des Lärms sei ein Flugzeug. Man hatte ihn in dieser Meinung bestärkt. Als aber das Flugzeug regelmäßig in Erscheinung trat, sowie er mit seinem vaterländischen Scheibenhonig anfing, roch er Lunte. Allein man hielt dicht. Man bemühte sich nach Kräften, die Ursache des Lärms zu entdecken, erging sich in tausend Vermutungen. War es die Zentralheizung, die Wasserleitung, waren es Männer im Keller? Man ließ den Herrn zappeln. Es war ein nervöser, sensibler Herr, der nationalistische Oberlehrer Schultes. Als das Gebrumm das viertemal losging, brach er in Tränen aus, drehte sich gegen die Wand. Später freilich, als das Rektorat die Untersuchung in die Hand nahm, hatten die Nationalisten der Klasse nicht dichtgehalten, und die Rädelsführer waren bestraft worden. Immerhin, was die Jungens am Kaiser-Friedrichs-Gymnasium erreicht hatten, war allerhand. Die Methode war auch am Königin-Luise-Gymnasium brauchbar, falls der Herr aus Tilsit versuchen sollte, einen zu piesacken.

Heinrich Lavendel fand die Methode nicht brauchbar. Er saß auf dem Pult seiner Bank, stämmig, blond, die Beine abwechselnd auf gymnastische Art vorschnellend. Heinrich Lavendel, trotzdem er ziemlich klein war, sah gesünder aus, kräftiger als die meisten seiner Kameraden. Die waren fast alle blaß und rochen nach Stubenluft; seine zarte Haut war frisch und gebräunt, er benutzte seine ganze Mußezeit zum Training in freier Luft. Interessiert auf die Spitzen seiner auf und ab schnellenden Beine schauend, sagte er bedächtig: „Nein, das nützt gar nichts.

Das wirkt vielleicht das erste- und das zweitemal, das drittemal wird man gefaßt." — „Was nützt sonst?" fragte Kurt Baumann leicht gekränkt. Heinrich Lavendel hörte auf, die Beine zu schnellen, schaute ringsum, öffnete die sehr roten Lippen, sagte leichthin, mit den breiten Schultern zuckend: „Passive Resistenz, Mensch. Das ist das einzig Senkrechte."

Berthold schaute nachdenklich aus seinen grauen, kühnen Augen auf seinen Vetter Heinrich Lavendel. Der hatte es leicht. Erstens war er Amerikaner, manchmal noch floß ihm aus seinen ersten Jahren ein englisches Wort in die Rede, und zweitens war er als Torwart des Fußballteams der Prima unersetzlich, zwei Tatsachen, die auf einen nationalistischen Lehrer Eindruck machen mußten. Für ihn, Berthold, war die Chose schwieriger. Nicht nur, weil der neue Mann Deutsch und Geschichte lehrte, Bertholds Lieblingsfächer, sondern vor allem auch, weil es von diesem Mann abhängt, ob sein geliebter Vortrag über den „Humanismus" steigen kann.

Um den Schüler Werner Rittersteg hat sich eine Gruppe gebildet. Sechs oder sieben Jungens, die Nationalisten der Klasse. Sie haben es bisher nicht leicht gehabt, jetzt beginnt für sie große Zeit. Sie stecken die Köpfe zusammen. Getuschel, Gelächter, wichtige Mienen. Oberlehrer Vogelsang ist im Reichsvorstand der „Jungen Adler". Eine große Sache. Die Jungen Adler sind der Geheimverband der Jugend, die Luft um diesen Verband herum ist voll Abenteuer und Geheimnis. Man trinkt Blutsbrüderschaft, es existiert eine Feme; wer das Geringste von den Beschlüssen verrät, wird grausam bestraft. Das Ganze ist ungeheuer aufregend. Oberlehrer Vogelsang wird einen bestimmt heranziehen.

Dieser Oberlehrer Dr. Bernd Vogelsang sitzt mittlerweile im Amtszimmer des Rektors François. Er sitzt stramm da, nicht angelehnt, die mit blonden Härchen überflaumten rötlichen Hände auf die Schenkel gestemmt, die blaßblauen Augen unentwegt auf François gerichtet, bemüht, mit möglichst wenigen zackigen Bewegungen auszukommen. Rektor François sucht unwillkürlich den Säbel an der Seite seines neuen Oberlehrers.

Bernd Vogelsang ist nicht groß, er ersetzt die mangelnde Statt-
lichkeit durch doppelte Forschheit. Ein weizenblondes Schnurrbärtchen trennt Ober- und Untergesicht, ein langer Schmiß
zerteilt die rechte Wange, ein strammer Scheitel die Haare.

Schon zwei Tage vorher, als er sich bei Rektor François
vorstellte, hat die Anstalt auf Bernd Vogelsang keinen günstigen
Eindruck gemacht. Was er bisher gesehen hat, bestätigte alle
seine trüben Vorahnungen. Gefallen hat ihm unter dem ganzen
Personal der Anstalt ein einziger: Pedell Mellenthin. Der war
stramm gestanden vor dem neuen Oberlehrer. „Gedient?" hatte
Bernd Vogelsang gefragt. „Beim 94.", hatte Pedell Mellenthin
erwidert, „dreimal verwundet." — „Recht so", hatte Vogelsang
geantwortet. Aber das war bisher auch das einzige Plus. Durch
den Schlappschwanz da, diesen Rektor François, ist das Gymnasium gänzlich auf den Hund gekommen. Gut, daß jetzt endlich
er, Bernd Vogelsang, in Erscheinung tritt, um den Laden in
Schwung zu bringen.

Rektor François lächelte ihm aus seinem weißen Knebelbart
freundlich zu. Frau François hatte ihm Weisung gegeben, vorsichtig zu sein, sich mit dem Neuen gut zu stellen. Leicht machte
das der neue Mann Herrn François nicht. Die abgehackte
Sprechweise, die knappe, gezackte und dabei verblasene Wort-
bildung, das abgebrauchte Leitartikelvokabular, all das war ihm
tief zuwider.

Der Neue hatte sich mit ruckartiger Bewegung einer schönen,
alten Marmorbüste zugewandt, einem häßlichen, grundgeschei-
ten Kopf, dem des Schriftstellers und Gelehrten François-Marie
Arouet Voltaire. „Gefällt Ihnen die Büste, Herr Kollege?" fragte
der Rektor höflich. „Die andere gefällt mir besser", erklärte
unumwunden der Neue in seinem breiten, quäkenden Ostpreußisch, in die Ecke gegenüber weisend, auf die Büste eines andern
häßlichen Mannes, den Kopf des preußischen Schriftstellers und
Königs Friedrich von Hohenzollern. „Ich kann verstehen, Herr
Rektor", fuhr er fort, „warum Sie dem großen König sein
Widerspiel entgegengestellt haben. Hier der geistige Mensch in
seiner ganzen Größe, dort die Intellektbestie in ihrer ganzen

Erbärmlichkeit. Die Würde des deutschen Menschen wird gerade durch den Kontrast gekennzeichnet. Aber, erlauben Sie mir, Ihnen das offen zu gestehen, Herr Rektor, mir wäre es unangenehm, wenn ich die Fratze dieses Welschen den ganzen Tag vor Augen haben müßte." Rektor Francois lächelte noch immer, bemüht höflich. Er fand es schwierig, mit dem neuen Lehrer Kontakt zu finden. „Ich glaube, es wird Zeit", sagte er, „daß ich Sie Ihrer Klasse vorstelle."

Die Schüler erhoben sich, als die beiden Herren eintraten. Rektor François sprach ein paar Sätze, er sprach mehr von dem toten Dr. Heinzius als von Dr. Vogelsang. Er atmete auf, als er die Tür zwischen sich und dem Neuen geschlossen hatte.

Dr. Vogelsang war während der Rede des Rektors stramm dagestanden, Brust heraus, die blaßblauen Augen steif vor sich hin gerichtet. Jetzt setzte er sich, lächelte, strengte sich an, umgänglich zu sein. „Na, Jungens", sagte er, „nun wollen wir einmal sehen, wie wir miteinander auskommen. Zeigt mal, was ihr los habt." Den meisten der Schüler hatte der neue Chef beim ersten Anblick mißfallen. Der hohe Kragen, der krampfige Schneid, sie schätzten das nicht. Provinz, wo sie am dunkelsten ist, hatten sie sich gesagt. Aber seine ersten Worte waren nicht ungeschickt, das war kein übler Ton für die Unterprima.

Es fügte sich günstig für Vogelsang, daß man gerade „Die Hermannsschlacht" von Grabbe las, das Stück eines Halbklassikers aus der ersten Hälfte des neunzehnten Jahrhunderts, roh, im Gedanklichen schwach, aber voll echter Wildheit, zuweilen sehr bildhaft. Die Hermannsschlacht, der großartige Eintritt der Deutschen in die Geschichte, dieser erste große Sieg der Deutschen über die Welschen, das war ein Lieblingsthema Bernd Vogelsangs. Er zog Vergleiche zwischen den Hermanndichtungen Grabbes, Klopstocks, Kleists. Er stellte selber wenig Fragen, er sprach drauflos. Er war kein Mann, der Feinheiten liebte, es ging ihm nicht um Nuancen wie dem toten Dr. Heinzius, er suchte seine Begeisterung auf die Jungens zu übertragen. Gelegentlich ließ er auch die Schüler zu Wort kommen. Er gab sich kameradschaftlich, wollte erst einmal erkunden, wie weit überhaupt sie sich mit vaterländischer Dichtung befaßt hätten. Einer erwähnte Kleists wilden Hymnus „Germania an ihre Kinder". „Eine großartige Dichtung", ereiferte sich Vogelsang. Er kannte das Gedicht auswendig, zitierte einige jener gewaltigen Verse irrsinnigen Hasses gegen die Welschen:

> „Alle Triften, alle Stätten
>   Färbt mit ihren Knochen weiß;
> Welchen Rab und Fuchs verschmähten,
>   Gebet ihn den Fischen preis;
> Dämmt den Rhein mit ihren Leichen;
>   Laßt, gestäuft von ihrem Bein,
> Schäumend um die Pfalz ihn weichen,
>   Und ihn dann die Grenze sein!
>
> Eine Lustjagd, wie wenn Schützen
> Auf die Spur dem Wolfe sitzen!
>   Schlagt ihn tot! Das Weltgericht
>   Fragt euch nach den Gründen nicht!"

Ekstatisch zelebrierte Vogelsang die Verse des Hasses. Die Narbe, die seine rechte Wange zertrennte, lief rot an, aber das ganze übrige zerteilte Antlitz blieb maskenhaft starr, während die Worte zwischen seinem hohen Kragen und seinem weißlich-blonden Schnurrbärtchen herauskamen. Sie nahmen sich sonderbar aus in seinem breiten Ostpreußisch. Der ganze Mann war ein wenig lächerlich. Aber Berliner Jungens haben ein feines Ohr dafür, was ehrlich ist und was Krampf. Die Schüler der Unterprima spürten gut, daß der Mann da vorn, so erheiternd sein Anblick war, aus dem Herzen sprach. Sie lachten nicht, sie schauten eher betroffen, neugierig auf diesen Menschen, ihren Lehrer.

Bernd Vogelsang, als die Schulglocke läutete, hatte den Eindruck: Sieg auf der ganzen Linie. Er war mit der Unterprima eines liberalen, aufsässigen Berliner Gymnasiums fertig geworden. Rektor François, der Schlappschwanz, wird sich wundern. Gewiß ist die Klasse schon angefressen von dem zersetzenden

Gift des Berliner Intellektualismus. Aber Bernd Vogelsang ist voll Zuversicht: er wird das Kind schon schaukeln.

In der folgenden Viertelstundenpause beruft er die beiden Schüler zu sich, die die nächsten Diskussionsvorträge zu halten haben. Rede ist wichtiger als Schrift, diese These des Führers der Völkischen hält er heilig, er nimmt die Diskussionsvorträge sehr ernst. Mit dem ersten Schüler versteht er sich leicht. Der will über die Nibelungen sprechen, über das Thema: „Was können wir Heutigen aus dem Kampf der Nibelungen mit König Etzel lernen?" — „Bon", sagt Vogelsang. „Wir können manches daraus lernen."

Aber was will der andere, dieser Grauäugige? „Der Humanismus und das zwanzigste Jahrhundert"? Er schaut sich den Grauäugigen an. Ein großer Bursche, auffallend, das schwarze Haar und die grauen Augen gehen nicht zusammen. In Berlin mag so ein Junge gute Figur machen: in einer Jungmannschaft, im Gleichschritt marschierend, stinkt er ab. „Wie bitte?" fragt Dr. Vogelsang. „,Der Humanismus und das zwanzigste Jahrhundert'? Wie soll man in einer knappen Stunde über ein so riesiges Thema fruchtbar diskutieren?" — „Herr Dr. Heinzius hat mir einige Fingerzeige gegeben", sagt bescheiden Berthold, die schöne, männlich tiefe Stimme gedämpft. „Ich wundere mich, daß mein Vorgänger Themen so allgemeiner Art zugelassen hat", fährt Dr. Vogelsang fort, seine Stimme klingt scharf, quäkend, streitbar. Berthold schweigt. Was soll er dazu sagen? Dr. Heinzius, der sicherlich einiges dazu hätte sagen können, lag im Stahnsdorfer Waldfriedhof, er selber hatte eine Schaufel Erde auf den Sarg geworfen, der konnte ihm nicht helfen. „Haben Sie sich lange mit der Arbeit beschäftigt?" fragte die quäkende Stimme weiter. „Ich bin so ziemlich fertig mit dem Vortrag", erwiderte Berthold. „Ich sollte ihn ja in der nächsten Woche halten", fügte er hinzu, fast wie eine Entschuldigung.

„Das tut mir leid", sagte Vogelsang, sehr höflich übrigens. „Ich liebe so allgemeine Themen nicht. Ich möchte sie aus prinzipiellen Gründen nicht zulassen." Berthold nimmt sich zusammen, aber er kann nicht verhindern, daß sein fleischiges Gesicht ein ganz klein wenig zuckt. Vogelsang nimmt es wahr, nicht ohne eine gewisse Befriedigung. Sie zu verbergen, wiederholt er: „Ich bedaure, daß Sie viel Mühe vertan haben. Aber: principiis obsta. Am Ende trägt ja auch jede Arbeit ihren Lohn in sich selbst."

Berthold ist wirklich ein bißchen blaß geworden. Aber der andre hat recht, man kann mit dem Humanismus wirklich in einer knappen Stunde kaum fertig werden. Dieser Vogelsang ist Berthold nicht sympathisch, aber er ist ein Kerl, das hat er während der Stunde gezeigt. „Was für ein Thema würden Sie mir vorschlagen, Herr Doktor?" fragt er. Seine Stimme klingt heiser. „Lassen Sie mal sehen", überlegt Dr. Vogelsang. „Wie heißen Sie übrigens?" unterbricht er sich. Berthold Oppermann nennt seinen Namen. Ah, denkt der Lehrer, jetzt klärt es sich. Darum also das befremdende Thema. Der Name war ihm schon in der Klassenliste aufgefallen. Es gibt jüdische Oppermanns, und es gibt christliche Oppermanns. Man braucht nicht lange zu kratzen: der Jude, der Zersetzer, der Feind verrät sich dem Kundigen sogleich. Humanismus und zwanzigstes Jahrhundert. Immer verstecken sie sich hinter den Masken großer Worte.

„Wie wäre es", sagt er leichthin, kameradschaftlich — diesem gefährlichen Jungen gegenüber gilt es doppelt auf der Hut zu sein —, „wie wäre es mit einem Vortrag über Hermann den Deutschen? Was zum Beispiel meinen Sie zu dem Thema: ‚Was bedeutet uns Heutigen Hermann der Deutsche?'"

Oberlehrer Vogelsang sitzt unbeweglich vor dem Katheder, sein Blick ist steif auf den Knaben gerichtet. Will er mich hypnotisieren? denkt der. Hermann der Deutsche. Es heißt Hermann der Cherusker, Mensch. Übrigens, Hermann der Cherusker oder Hermann der Deutsche, mir ist das Scheibenhonig. Mir liegt das nicht. Er sieht angestrengt auf das zerteilte Gesicht des Lehrers, auf seinen scharfen Scheitel, die starren, blaßblauen Augen, den hohen Kragen. Mir liegt das nicht. Ich schätze das weniger. Aber wenn ich nein sage, findet er's bestimmt feige. Der Humanismus ist ihm zu allgemein. Hermann der Deutsche. Er will mich nur herausfordern. Klar, Mensch. Ich will sagen, ich werde mir's überlegen. Dann wird er erwidern: Tun Sie das, mein Junge, und es wird klingen wie: Drückeberger. Bin ich ein Drückeberger?

„Was bedeutet uns Heutigen Hermann der Deutsche?" kommt nochmals die quäkende Stimme Vogelsangs. „Was meinen Sie, Oppermann?"

„Gut", sagt Berthold.

Das Wort ist noch nicht verhallt, möchte er es schon zurücknehmen. Er hätte sagen sollen: Ich werde mir's überlegen. Er wollte das auch sagen. Aber es ist zu spät. „Recht so", anerkennt Vogelsang. Es ist für ihn ein guter Tag heute, er ist auch aus dieser Unterredung als Sieger hervorgegangen.

Berthold, als die andern in der nächsten Pause ihn fragten, wie er mit dem neuen Chef zurechtgekommen sei, blieb einsilbig. „Er ist so halb und halb. Man muß erst sehen." Weiter äußerte er sich nicht.

Ein gutes Stück des Nachhausewegs pflegte er zusammen mit Heinrich Lavendel zu machen. Die beiden Knaben radelten, Bücher und Hefte mit Lederriemen an die Lenkstange geschnallt, bald nebeneinander, einer die Hand auf der Schulter des andern, bald getrennt durch den Verkehr.

„Er hat mir meinen Vortrag umgeschmissen", sagte Berthold. „Au Backe", sagte Heinrich. „Das Schwein. Der denkt sich: nu gerade. Es ist pure persönliche Gemeinheit." Berthold erwiderte nichts. Sie wurden durch Autos getrennt. An der nächsten roten Ampel fanden sie sich wieder zusammen. Sie hielten eng nebeneinander, jeder einen Fuß auf den Boden gestellt, gepreßt zwischen Wagen. „Er schlug mir vor: ‚Was bedeutet uns Hermann der Deutsche?'" sagte Berthold. „Hast du angenommen?" fragte, zwischen Autogehupe, Heinrich. „Ja", sagte Berthold. „Hätte ich nicht gemacht", sagte Heinrich. „Paß auf, der will dich nur hereinlegen." Gelbes Licht, grünes Licht, sie radelten los. „Hast du eine Ahnung, wie er ausgesehen haben mag?" fragte Berthold. „Wer?" fragte Heinrich, der an das Fußballtraining des Nachmittags dachte. „Hermann der Cherusker natürlich", sagte Berthold. „Wird eben so 'n oller Indianer gewesen sein wie alle andern", erklärte Heinrich.

„Denk mal darüber nach", bat Berthold. „Okay", sagte Heinrich; manchmal, wenn er herzlich sein wollte, kamen ihm die Worte seiner Kindheit. Dann trennte sich ihr Weg.

Berthold rang mit seinem Thema. Das Ganze war ein großer Kampf, Dr. Vogelsang der Feind. Es war Vogelsang geglückt, das Schlachtfeld zu bestimmen, er hatte Sonne und Wind für sich, kannte das Terrain besser als Berthold. Vogelsang war listig, Berthold war mutig und zäh.

Grüblerisch saß er über den Büchern, die sich mit seinem Thema befaßten, über Tacitus, Mommsen, Dessau. Hat eigentlich Hermann der Cherusker wirklich etwas zuwege gebracht? Genutzt hat ihm der Sieg verdammt wenig. Schon zwei Jahre später standen die Römer wieder über dem Rhein; von den drei verlorenen Legionsadlern holten sie sich zwei zurück. Das Ganze war ein Kolonialkrieg, eine Art Boxeraufstand, mit dem die Römer rasch fertig wurden. Hermann selber, von den Römern besiegt, wurde von seinen eigenen Landsleuten erschlagen; sein Schwiegervater schaute von der kaiserlichen Loge aus zu, wie die Römer Hermanns Frau und seinen Sohn im Triumph aufführten.

Was bedeutet uns Hermann der Deutsche? Allgemeine Erwägungen nützten Berthold nichts. Er mußte Bilder haben, Greifbares. Die Schlacht. Die Legionen. Eine Legion sind rund sechstausend Mann, mit Troß und Zubehör zehn- bis zwanzigtausend. Sümpfe, Wälder. Es muß ähnlich wie bei Tannenberg gewesen sein. Eine Wagenburg, brauender Nebel. Die Deutschen hatten vor allem die römischen Juristen auf dem Kiek, sie sparten sie auf, sie unter ausgesuchten Martern umzubringen. Die Deutschen, las Berthold bei dem deutschnationalen Historiker Seeck, fanden, öffentliches Recht gehe gegen die individuelle Ehre. Sie wollten kein Recht. Das war der Hauptgrund ihres Aufstands.

Man müßte wissen, wie Hermann ausgeschaut hat. Das war Berthold sogleich aufgegangen. Oft und angestrengt suchte er sich ein Bild von ihm zu machen. Das Denkmal im Teutoburger

Wald, ein großer Sockel und eine leere Statue darauf, das gibt nichts her. „Du, Mensch, doof war er nicht, dein Hermann", sagte Heinrich Lavendel zu ihm. „Sie müssen eine andere Art Verstand gehabt haben, die Boys, als wir. So eine Art Indianerverstand. Schlau war er, das ist einmal sicher." Er hatte wohl jene nordische List, überlegte Berthold, von der jetzt soviel die Rede ist. Dr. Vogelsang hat sie auch.

Berthold lag wach in der Nacht, das kam jetzt oft vor, er hatte nur die kleine Bettlampe eingeschaltet. Die Tapete wies ein zartes Muster auf, hundertmal das gleiche, einen Phantasievogel, auf einer hängenden Ranke sitzend. Schloß man halb die Augen, dann ergab die Linie, die der Bauch des Vogels beschrieb, zusammen mit der Linie der hängenden Ranke den Umriß eines Gesichts. Ja, jetzt hatte er's: das ist das Gesicht Hermanns. Breite Stirn, flache Nase, langer Mund, das Kinn kurz, aber stark. Berthold lächelte. Jetzt hatte er seinen Mann. Jetzt ist er Dr. Vogelsang über. Er schlief befriedigt ein.

Bis jetzt hatte Berthold, außer mit Heinrich Lavendel, mit niemandem über seine Schwierigkeiten gesprochen. Von nun an verkehrte sich seine Schweigsamkeit ins Gegenteil. Nur vor seinen Eltern schwieg er sich auch weiter aus. Sie merkten wohl, daß der Junge aufgeführt war, aber sie wußten aus Erfahrung, wenn man ihn fragte, wurde er nur störrisch. So warteten sie ab, bis er von alleine den Mund auftun würde.

Aber mit vielen andern sprach Berthold, und viele Meinungen bekam er zu hören. Da war zum Beispiel der lebenskundige Chauffeur Franzke. Für den war die Schlacht im Teutoburger Wald weiter kein Problem. „Klar, Mensch", entschied er. „Damals hatte der Nationalsozialismus sozusagen noch seine Berechtigung." Jacques Lavendel hingegen erklärte, die Barbaren hätten damals den gleichen Fehler gemacht wie siebzig Jahre später die Juden, nämlich einen aussichtslosen Aufstand gegen eine glänzend organisierte Übermacht. „So was kann nie gut ausgehen", schloß er, den Kopf schräg, die Lider weit über die blauen Augen herabgezogen.

Viel sympathischer als diese nüchterne Ausdeutung war Berthold die Meinung seines Onkels Joachim. Berthold schaute mit Achtung und Liebe auf Joachim Ranzow, den Bruder seiner Mutter. Ministerialdirektor Ranzow, schmal, groß, gepflegt, gemessen in Wort und Wesen, hatte sich das Herz des Jungen dadurch gewonnen, daß er ihn wie einen Erwachsenen behandelte. Was Onkel Joachim zum Problem Hermanns des Deutschen zu sagen hatte, war romantisch, Berthold verstand es nicht ganz, aber es machte ihm Eindruck. „Weißt du, mein Junge", sagte Onkel Joachim und schenkte ihm vorsichtig mit der langen Hand einen scharfen Schnaps ein, „daß die Chose am Ende übel ausging, beweist gar nichts. ‚Der eine fragt, was kommt danach, / Der andre, was ist recht, / Und dadurch unterscheidet sich / Der Freie von dem Knecht.' Hermann hat recht gehabt. Nur durch den Aufstand, auch auf die Gefahr der späteren Niederlage hin, erfuhren die Germanen, was sie sind, kristallisierten sie sich, erlebten sie sich. Ohne diesen Aufstand wären sie nie in die Geschichte eingetreten, sie wären geschichtslos in den andern aufgegangen. Nur durch Hermann bekamen sie Namen, sind sie da. Was aber zählt, ist einzig der Name, der Ruhm. Wie der wirkliche Cäsar war, ist uninteressant: was lebt, ist der Mythos Cäsar."

Wenn Berthold das recht verstand, kam es also doch nicht allein auf das wirkliche Gesicht Hermanns an, sondern auch das Gesicht der Statue im Teutoburger Wald spielte eine Rolle. Es genügte also nicht, daß er jetzt das Gesicht Hermanns hatte. Das war verwirrend. Er war noch weit ab vom Ziel.

Ein gelegentliches Gespräch mit seiner Kusine Ruth Oppermann trug nicht dazu bei, die Dinge zu vereinfachen. Ruth Oppermann behandelte ihn von oben her, als einen kleinen Jungen, aufgewachsen in falschen Vorstellungen. Aber er war jung, es mußte glücken, ihn aus den Vorurteilen zu lösen, ihm die Wahrheit klarzumachen, die doch so einfach war. Sie bemühte sich nach Kräften, ihn zu retten. So oft Berthold das unschöne Mädchen mit den heftigen Manieren sah, ärgerte er sich über sie. Trotzdem suchte er immer von neuem Gelegenheit, sich mit ihr herumzustreiten. Gewiß, ihre Logik war schwach;

aber ihre Ziele paßten zu ihr, sie war eine Persönlichkeit, sie war richtig.

Für Ruth Oppermann war Hermanns Aktion die einzig mögliche. Er tat das, was ein paar Jahrhunderte vorher die Makkabäer getan hatten, er lehnte sich auf gegen die Unterdrükker, schmiß sie aus dem Land. Was sonst soll man mit Unterdrückern anfangen?

Wie sie so dastand, die großen Augen aus dem olivbraunen Gesicht herausfunkelnd, die Haare wie immer ein wenig unordentlich, mußte Berthold an germanische Frauen denken, die mit ihren Männern in den Kampf zogen, um die Wagenburg zu verteidigen. Sie waren blond, diese deutschen Frauen, selbstverständlich, ihre Haut war hell, ihre Augen blau; aber auch ihre Haare waren vermutlich etwas unordentlich, ihre Augen groß und wild, der ganze Ausdruck wahrscheinlich der gleiche.

Seine Kusine Ruth hatte recht, Onkel Joachim hatte recht, er selber, Berthold, bewunderte Hermann. Das Verwirrende war nur, daß leider auch Onkel Jacques Lavendel recht hatte, daß wirklich bei der ganzen Siegerei Hermanns am Ende nichts herausgekommen war.

Übrigens betrug sich der Feind, der Oberlehrer Vogelsang, in diesen Wochen vor Bertholds Vortrag tadellos. Bernd Vogelsang wollte nichts überhasten. Das Königin-Luise-Gymnasium war gefährliches Terrain, es galt, behutsam vorzugehen, mit nordischer List. Vogelsang witterte Gegner in allen Schülern, sondierte. Aus der ganzen Unterprima fand er vorläufig nur zwei würdig, in die Reihen seiner Jungen Adler einzutreten, Max Weber und Werner Rittersteg.

Werner Rittersteg, blaß und kränklich von Haut, mit einer piepsigen Stimme, war der Längste in der Unterprima. Der Lange Lulatsch wurde er von seinen Kameraden genannt. Dr. Vogelsang hatte ihm von Beginn an imponiert. Er hatte seine vorquellenden Augen mit so hündischer Ergebenheit auf den neuen Lehrer geheftet, daß er dem sogleich aufgefallen war. Bernd Vogelsang schätzte blinde Unterwerfung unter die Autorität, ihm war sie Mannentreue. Er würdigte den Schüler Rittersteg der Aufnahme unter die Jungen Adler.

Einziger Sohn wohlhabender Eltern, die aus ihrem Jungen etwas Großes machen wollten, hatte sich Werner Rittersteg bis jetzt trotz seiner Länge unter den andern niemals hervorgetan. Mittelmäßig begabt, langsam von Urteil, war er unter Oberlehrer Heinzius nicht hochgekommen. Die Aufnahme unter die Jungen Adler war der erste große Erfolg seines Lebens. Seine schmale Brust blähte sich. Ihn hatte Dr. Vogelsang erwählt, die andern, mit einer einzigen Ausnahme, verworfen.

Keine Frage, daß das Geheimnis, das um die Jungen Adler wob, um ihre Blutsbrüderschaft, ihre merkwürdigen, heimlichen Riten, ihre Feme, die andern Pennäler sehr anzog, so daß sie Weber und Rittersteg beneideten. Selbst der nüchterne Heinrich Lavendel, als er von der Aufnahme der beiden hörte, hatte gesagt: „Lucky dogs."

Der Lange Lulatsch hätte sehr gewünscht, daß Heinrich Lavendel sich nicht mit diesem Ausruf begnügt hätte. Gerade auf diesen Kameraden hätte er gern Eindruck gemacht. Er beneidete und bewunderte ihn um die Kraft und Behendigkeit, mit der er seinen kurzen, stämmigen Körper schwingen, wenden, schnellen konnte. Er warb auf eine gewisse täppische Art unausgesetzt um Heinrichs Zuneigung. Hatte sogar ihm zu Ehren Englisch gelernt. Aber auch als er ihn eines Tages mit den Worten begrüßte: „How are you, old fellow?", war Heinrich kühl geblieben. Es wurmte Rittersteg, daß selbst sein großer Erfolg an dieser Kühle nichts änderte.

Abgesehen von der Ernennung der beiden Jungen Adler ereignete sich in der Unterprima nichts Sensationelles. Die Pennäler fanden sich mit ihrem ersten nationalistischen Chef rasch ab. Er war nicht besonders beliebt, auch nicht besonders unbeliebt, er war ein Lehrer wie alle andern, man regte sich nicht weiter über ihn auf. Rasch wieder wurden die phänomenalen Leistungen Heinrich Lavendels beim Fußballspiel interessanter als die gelegentlichen nationalistischen Äußerungen Dr. Vogelsangs.

Auch Rektor François beruhigte sich. Mild, ruhevoll saß er

in dem großen Rektoratszimmer zwischen den Büsten Voltaires und Friedrichs des Großen. Es waren jetzt nahezu drei Wochen, und kein Zwischenfall hatte sich ereignet. Nur *eines* bekümmerte ihn: Herrn Vogelsangs schreckliches Deutsch, dieses stramme, papierene, leitartikelnde, nationalistische Neudeutsch. Nachts, wenn er schlafen ging, auf dem Bette sitzend, die Hosenträger sorglich herunterstreifend, jammerte er seiner Frau vor: „Er verdirbt mir alles, was ich den Jungens gegeben habe. Denken und sprechen ist identisch. Sieben Jahre hindurch haben wir uns bemüht, den Jungens gerades, klares Deutsch beizubringen. Da läßt mir das Ministerium diesen Teutonen auf sie los. Man kann den Schädel eines Neugeborenen formen, wie man will, zum Langschädel oder zum Breitschädel. Sitzt das Deutsch der Jungens schon fest genug, daß es sich gegen das krampfige, geschnürte Undeutsch halten kann? Es wäre ein Jammer, wenn die Jungens ins Leben hinaus müßten, und es fehlten ihnen mit klaren Worten klare Begriffe." Seine freundlichen Augen schauten bekümmert durch die scharfen Gläser der randlosen Brille. „Darauf kommt es jetzt nicht an, Alfred", erklärte resolut Frau François. „Sei froh, daß du bis jetzt mit ihm gut ausgekommen bist. Man kann heutzutage nicht vorsichtig genug sein."

Frau Pedell Mellenthin war enttäuscht. Nach den Äußerungen ihres Mannes hatte sie erwartet, der Neue werde sich sogleich durch eine große Tat auszeichnen. Doch Pedell Mellenthin ließ sich so schnell von seiner guten Meinung nicht abbringen. „Tannenberg wurde auch nicht an einem Tage geschlagen", sagte er. „Aus dem wird noch was", erklärte er mit Nachdruck. Frau Mellenthin beruhigte sich und gab die Meinung ihres Mannes weiter; denn der hatte die Witterung und roch jeden Wind zwei Tage voraus.

Um elf Uhr zwanzig hatte Herr Markus Wolfsohn, Verkäufer des Möbelhauses Oppermann, Filiale Potsdamer Straße, begonnen, sich mit Frau Elsbeth Gericke zu beschäftigen, die ihrem Mann zu Weihnachten einen Stuhl kaufen wollte. Sie wußte nicht recht, ob einen Stuhl oder einen Sessel; fest stand für sie nur, daß es ein Möbelstück sein müsse, speziell für ihren Mann bestimmt. Herr Wolfsohn hatte ihr Stühle und Sessel aller Art vorgeführt. Allein Frau Gericke war eine Dame von mangelnder Entschlußkraft. Auch war ein solcher Einkauf für sie ein Fest, das sie möglichst lange auskosten wollte; es gefiel ihr, daß man sich so intensiv um sie bemühte. Und Herr Wolfsohn bemühte sich intensiv um sie. Herr Wolfsohn war ein guter Verkäufer, der Dienst am Kunden war ihm Lebensaufgabe.

Um elf Uhr sechsundvierzig war es soweit. Sie hatte angebissen, Herr Wolfsohn erkannte das mit dem geübten Blick des langjährigen Händlerpsychologen. Frau Gericke, soviel Zeit und Beredsamkeit er für sie aufgewandt hatte, war ein Glücksfall für ihn. Denn das, worauf sie angebissen hatte, war der Barocksessel Model 483. Vor fünf Jahren hatte man in den Oppermannschen Werkstätten diesen Barocksessel Modell 483 in einer größeren Serie hergestellt. Es war darüber, beiläufig bemerkt, fast zum Krach zwischen den Chefs gekommen. Der Seniorchef, Dr. Gustav, sonst ein umgänglicher Herr, der sich nicht in die Geschäfte einmischte, hatte den Sessel als kompromittierend geschmacklos bezeichnet, und eigentlich war dieser Barocksessel Modell 483 der Anlaß zur Errichtung der Kunstabteilung und zur Berufung Dr. Frischlins geworden. Dem Verkäufer Markus Wolfsohn übrigens hatte der Sessel Modell 483 gut gefallen; er war repräsentativ, und die kleinbürgerliche Kundschaft des Hauses Oppermann liebte einen gewissen Prunk. Wie immer, das Modell hatte nicht eingeschlagen. Der Sessel nahm viel Raum weg, die Wohnungen waren klein, es gab weniger umfangreiche, billigere Sessel, in denen man bequemer saß; es war trotz aller Mühe nicht geglückt, die Herzen der Kundschaft für den Barocksessel zu erwärmen. Man gab die Stücke mit Verlust ab, zur Hälfte des ursprünglichen Preises, und die Verkäufer, die sie an den Mann brachten, erhielten eine Prämie von fünf Prozent.

Jetzt also war Herr Wolfsohn dabei, ein solches Stück an den Mann zu bringen. Mit beredten Worten legte er dar, wie vornehm sich sogleich jeder Raum ausnehme, den dieser Barocksessel schmücke. Er hatte Frau Gericke aufgefordert, auszuprobieren, wie bequem man in diesem Sessel sitze; er hatte nicht umhinkönnen, ganz nebenbei zu bemerken, wie vornehm gerade sie sich in diesem Sessel ausnehme.

Um zwölf Uhr acht hatte er es geschafft. Frau Gericke erklärte sich bereit, den Barocksessel Modell 483 um fünfundneunzig Mark zu erstehen.

Herr Markus Wolfsohn hatte also acht Minuten von seiner Tischzeit eingebüßt, die um zwölf Uhr begann und um zwei Uhr endete. Aber es war ihm nicht leid. Im Gegenteil, er kam sich gehoben vor. Er hatte es im Gefühl gehabt, daß die schwierige Kundin am Ende auf den Barocksessel Modell 483, diesen alten Ladenhüter, anbeißen wird. Zwölf Uhr acht, acht verlorene Minuten. Aber vier Mark fünfundsiebzig verdient. Das sind auf die Minute umgerechnet neunundfünfzig Pfennig. Ein schöner Verdienst. Wenn man ihm jede Minute so bezahlt, würde er gern seine ganze Tischzeit opfern.

Herr Wolfsohn beeilt sich, in Lehmanns Caféstuben zu kommen, wo er die Mittagspause zu verbringen pflegt. Vorher kaufte er sich die „BZ am Mittag". Die „BZ" liegt auch in Lehmanns Caféstuben aus, aber sie ist immer belegt, und heute, nach dem Glücksfall mit der Käuferin des Barocksessels, darf er sich seine eigene „BZ" leisten. Er findet den Fensterplatz, den er liebt, packt die Stullen aus, die ihm seine Frau mitgegeben hat, schlürft seinen heißen Kaffee. Herr Lehmann, der Besitzer, kommt selbst an den Tisch. „Alles richtig, Herr Wolfsohn?" erkundigt er sich. „Alles richtig", bestätigt Herr Wolfsohn.

Kauend, schlürfend, überfliegt er seine Zeitung. Die Arbeitslosenziffern steigen; schrecklich, diese Krise. Ihn persönlich freilich schreckt sie nicht. Er sitzt seit zwanzig Jahren im Hause Oppermann, er sitzt fest. Er hat, trotz der Krise, erst heute mittag wieder vier Mark fünfundsiebzig Prämie gemacht. Es ist das siebentemal in diesem November, daß er Prämie gemacht hat. Er ist mit sich zufrieden.

Herr Wolfsohn, während er die Zeitung umschlägt, sieht im

Spiegel sein Bild. Er macht sich nichts vor. Er sieht leidlich aus; aber es gibt Kollegen, die besser aussehen. Aus dem Spiegel schaut ihm ein Herr entgegen, eher klein als groß, dunkelhäutiges Gesicht, schwarze, flinke Augen, schwarze, gescheitelte, stark gefettete Haare, schwarzes Schnurrbärtchen, das ohne viel Erfolg auf Flottheit aspiriert. Herrn Wolfsohns Kummer sind die kleinen, getrennt stehenden, schadhaften Zähne. Es ist vor allem die Zahnlücke oben in der Mitte, die stört. Die Krankenkasse hat sich bereit erklärt, ihm einen Zahn einsetzen zu lassen. Ein Vereinsbruder aus dem Sparverein Die Ollen Matjesheringe, der Dentist Hans Schulze, hat ihm auseinandergesetzt, daß man das mittels einer sogenannten Brücke viel besser machen könnte. Aber dafür ist die Krankenkasse nicht zu haben, dafür müßte er aus eigener Tasche blechen. Zirka achtzig Mark kostete das regulär. Der Olle Matjeshering Hans Schulze würde es für siebzig machen, aus purer Vereinsbrüderschaft, vielleicht kann ihn Herr Wolfsohn sogar auf fünfundsechzig drücken. Siebzig Mark sind viel Geld, aber die Ausgaben für den eigenen Körper sind die nächstliegenden. Was man ihm da in den Mund setzt, das trägt er sein ganzes Leben lang mit sich herum und dann weiter bis zum Jüngsten Gericht. Wenn er noch fünfunddreißig Jahre zu leben hat, reduzieren sich die Ausgaben auf zirka zwei Mark pro Jahr, mit Zins und Zinseszins auf zirka acht Mark. Vier Mark fünfundsiebzig sind eine schöne Prämie, und er hat sieben Prämien in diesem November verdient. Die Chose mit der Brücke würde sechs oder sieben Sitzungen erfordern. Vor Weihnachten kann er schon aus Zeitgründen nicht daran denken, sich einer so langwierigen Behandlung zu unterziehen. Fein wäre es schon, sich die Fassade einmal auf neu richten zu lassen.

Im übrigen ist sich Herr Wolfsohn klar darüber, daß er nicht seinem Aussehen seine Erfolge in Leben und Beruf verdankt. Er hat sie dem Schicksal durch Talent und zähe Energie abgezwungen. Er hat den Dienst am Kunden aus dem Effeff studiert. Vor allem darf man sich keine Mühe verdrießen lassen. Nur keine Pleite machen. Nur keinen Kunden gehen lassen, auch wenn er noch so quengelig ist. Die Oppermannschen Lager sind reichhaltig. Wenn der Kunde zwanzig Stücke abgelehnt hat, man findet immer noch ein einundzwanzigstes. Nur keine Müdigkeit vorgeschützt.

Herrn Wolfsohns Stullen sind zu Ende, aber er darf sich in Anbetracht der vier Mark fünfundsiebzig heute noch einen Mohrenkopf mit Schlagsahne genehmigen. Er bestellt ihn.

Einen Augenblick wird die Vorfreude darauf getrübt durch eine Nachricht seiner „BZ". Mit Entrüstung liest er, daß Nationalsozialisten einen jüdisch aussehenden Herrn aus der fahrenden Untergrundbahn werfen wollten, weil er angeblich ein angewidertes Gesicht machte, als sie beim Absingen ihrer Hymne an die Verse kamen: „Wenn 's Judenblut vom Messer spritzt, / Dann geht's noch mal so gut." Aber sie waren an einen kräftigen Herrn geraten, die andern Passagiere halfen ihm, die Rowdys konnten ihr Vorhaben nicht ausführen, sie wurden vielmehr, wie die Zeitung mit Befriedigung konstatiert, von der Polizei festgenommen und sehen ihrer Bestrafung entgegen.

Herr Wolfsohn liest die Nachricht mit Unbehagen.

Doch das Unbehagen hält nicht vor. Es ist ein vereinzelter Übergriff; im ganzen sieht die politische Lage befriedigender aus als seit langem. Reichskanzler Schleicher hält die Völkischen mit fester Hand nieder, der Höhepunkt ihrer Bewegung ist überschritten. Herr Wolfsohn liest das täglich dreimal, des Morgens in der „Morgenpost", des Mittags in der „BZ", und am Abend weist das „Acht-Uhr-Abendblatt" unwiderleglich nach, daß unter keinen Umständen die Nationalsozialisten weitere Gewinne erzielen können.

Herr Wolfsohn ist einverstanden mit sich und der Welt.

Hat er nicht Grund, ruhig und zufrieden zu sein? Wenn heute abend Moritz vorbeikommt, sein Schwager Moritz Ehrenreich, dann wird er ihm einmal wieder tüchtig heimleuchten. Moritz Ehrenreich, Setzer bei den Vereinigten Großdruckereien, Zionist, Mitglied des Sportvereins Makkabi, sieht die deutschen Dinge schwarz in schwarz. Was wollen eigentlich Leute wie Moritz Ehrenreich? Ein paar Rowdys haben einen Juden aus der Untergrundbahn werfen wollen. Und? Sie sind verhaftet und sehen ihrer Bestrafung entgegen. Herr Markus Wolfsohn persönlich hat keine schlechten Erfahrungen gemacht. Er steht ausgezeichnet mit seinen Kollegen, ist beliebt in Lehmanns Caféstuben, im Sparverein Die Ollen Matjesheringe.

Ist, was vielleicht noch wichtiger ist, beliebt bei Hausverwalter Krause. Es war ein Glück, daß er in dem Häuserblock an der Friedrich-Karl-Straße in Tempelhof die angenehme Dreizimmerwohnung bekam. Zweiundachtzig Mark, das ist geschenkt, mein Herr, wahr und wahrhaftig. Der Block ist mit städtischer Subvention errichtet, die Wohnungsmiete geringer als die reguläre Verzinsung der Herstellungskosten. Geschenkt, mein Herr. Für zwanzig seiner Angestellten hat das Möbelhaus Oppermann derartig verbilligte Wohnungen beschaffen können; er dankt die seine dem Prokuristen Brieger, im Grunde also seiner kaufmännischen Tüchtigkeit.

Leider wurden Mietkontrakte nur für eine Zeit bis zu drei Jahren abgeschlossen, und zwanzig Monate sind bereits um. Aber Herr Wolfsohn ist dicke mit Hausverwalter Krause, er versteht, ihn zu nehmen. Herr Krause erzählt gern Witze, sehr alte, und immer die gleichen. Es ist nicht leicht, immer gespannt zuzuhören, nicht zu früh zu lachen, nicht zu spät. Markus Wolfsohn kann es.

Er leckt sich den Rest der Schlagsahne aus dem Schnurrbart, ruft den Kellner, um zu zahlen. Seine Laune, wie er jetzt das Portemonnaie zieht, hebt sich noch mehr. Es sind nicht nur die sieben Prämien. Vielmehr ist die gesamte Bilanz des Monats November erstklassig.

Es werden Herrn Wolfsohn im Monat nach allen Abzügen zweihundertachtundneunzig Mark ausbezahlt, dazu Prämien und Prozente im Betrag von durchschnittlich fünfzig Mark. Dreihundert Mark gibt er an Frau Wolfsohn ab, für den Gesamtunterhalt der vierköpfigen Familie; nach Abzug der Abonnementskarte für die Untergrundbahn verbleiben ihm also für Mittagskaffee und Taschengeld etwa vierzig Mark. Einmal in der Woche nun pflegt Herr Wolfsohn in das Restaurant Zum Alten Fritz zu gehen und mit den Ollen Matjesheringen Skat zu dreschen. Er ist ein geschickter Spieler, und durch die Gewinne, trotzdem davon zwanzig Prozent an die Vereinskasse abzuführen sind, steigert er manchmal seine Monatseinnahmen um sechs bis sieben Mark. In diesem November nun hat er tolles Schwein gehabt. Bei der allmonatlichen Rechenschaftsablage kann er Frau Wolfsohn glatt acht bis zehn Mark verheimlichen.

Während er auf den Kellner wartet, um zu zahlen, überlegt er wollüstig, was er wohl mit dem verheimlichten Überschuß beginnen könnte. Er könnte zum Beispiel ein paar Krawatten kaufen, die ihm längst in die Augen gestochen haben. Er könnte Fräulein Erlbach von der Buchhaltung einladen, mit ihm auszugehen. Er könnte einmal wieder im Zigarrengeschäft Meineke auf einen ausländischen Gaul setzen. Einen Gaul setzen. Klar, Mensch. Das ist es. Acht oder gar zwölf Mark sind eine schöne Sache, aber fett wird der Bissen erst, wenn daraus achtzig oder hundert werden. Markus Wolfsohn geht aufs Ganze, das weiß man im Geschäft, und das wissen die Ollen Matjes. Jetzt gleich, noch bevor er ins Geschäft zurückgeht, wird er bei Meineke vorbeispringen und setzen.

Herr Meineke begrüßt erfreut den alten Kunden. „Schon lange nicht mehr gesehen, Herr Wolfsohn. Na, wonach steht uns denn heut die Nase?" fragt er. „Marchesina ist stark gefragt", erklärt er, „aber Sie wissen, lieber Herr Wolfsohn, ich selber habe nie eine Meinung." Nein, Herr Wolfsohn hat keinen Mumm für Marchesina. Da lief ein Pferd, Quelques Fleurs hieß es. Herr Wolfsohn war stolz auf seine vornehme französische Aussprache. „Nö", sagt er, „ich bin fest für Quelques Fleurs."

Nach dem bewegten Morgen und Mittag wurde es ein ruhiger Nachmittag. Und dann kam der schönste Teil des Tages, der Abend.

Schon während der Heimfahrt, so rauchig und schlecht die Luft in der Untergrundbahn war, verspürt Markus Wolfsohn ein Vorgefühl jener Geborgenheit, die ihn in seiner Wohnung umgeben wird. Und dann steigt er die Stufen der Station hinauf. Da sind schon die vertrauten Bäume. Da das Wiesengrundstück, das sie im nächsten Jahr bebauen werden. Jetzt ist er in der

Friedrich-Karl-Straße. Und jetzt, hier, ist sein geliebter Häuserblock. Ja, Markus Wolfsohn liebt den Häuserblock, er ist stolz auf seine zweihundertsiebzig Wohnungen, eine der andern gleich wie eine Sardinenbüchse der andern. Und hier in seine Wohnung gehört Herr Wolfsohn hinein wie die Sardine in die Büchse. „My home is my castle", ist einer der wenigen Sätze, den er aus seinen drei Jahren Realschule behalten hat.

Er steigt die Treppen des Hauses hinauf. In jedem Stockwerk schlägt ihm Essensgeruch entgegen, durch die Türen dringt Radiomusik. Im dritten Stock die Tür rechts ist die seine.

Bevor er sie aufschließt, hat er wie jeden Tag seine kleine, grimmige Sensation. An der Tür nebenan nämlich ist eine Visitenkarte: Rüdiger Zarnke. Haßvoll schaut Herr Wolfsohn auf diese Visitenkarte. Er ist ein ruhiger Mann, aber oft überkommt ihn Lust, sie wegzureißen. Mit allen oder doch mit den weitaus meisten Insassen des Häuserblocks fühlt er sich eins, ihre Freuden, ihre Sorgen, ihre Meinungen sind die seinen, sie sind seine Freunde, Herr Zarnke ist sein Feind. Nicht nur, daß Herrn Zarnkes Schwager sich heftig um die Wohnung neben Zarnkes beworben hat, um seine, Herrn Wolfsohns, Wohnung: Herr Zarnke pflegt außerdem bei jeder Gelegenheit aus seinen drei Fenstern drei Hakenkreuzfahnen herauszuhängen. Immerzu muß sich Herr Wolfsohn über Herrn Zarnke ärgern. Die Wände sind dünn, Tag und Nacht hört er Herrn Zarnkes laute, knarrende Stimme. Oft auch begegnet er ihm auf der Treppe; er kann nicht umhin zu konstatieren, daß Herr Zarnke große, starke, weiße Zähne hat.

Mit einem grimmigen Blick also auf die Visitenkarte schließt Herr Wolfsohn die Tür seiner Wohnung auf. Aus der Küche kommt die laute, singende Stimme seiner Frau: „Bist du schon da, Markus?" Er hat sich oft lustig gemacht über diese dumme Frage. „Nein", erwidert er voll gutmütigen Hohnes, „ich bin nicht da." Sie wirtschaftet weiter in der Küche herum. Er legt den Kragen ab, vertauscht den braunen Geschäftsanzug mit einem alten, fadenscheinigen Hausanzug, die Schuhe mit abgetragenen, bequemen Pantoffeln. Schlurft hinüber ins andre

Zimmer, beschaut sich lächelnd seine schlafenden Kinder, das fünfjährige Elschen und den dreijährigen Bob, schlurft zurück. Setzt sich in den schwarzen Ohrenstuhl, im Möbelhaus Oppermann zu einem Vorzugspreis erstanden, eine wirkliche Okkasion, zu deutsch Mezije. Mit Behagen schnuppert er den Geruch des gepökelten Koteletts, des sogenannten Kasseler Rippespeers. Das Radio braucht er nicht erst anzustellen, er nassauert mit am Radio des Herrn Zarnke. Es ist heute angenehm laute Musik, er schaut in der Zeitung nach: aha, Lohengrin.

Frau Mirjam Wolfsohn, er nennt sie Marie, geschäftig, rotblond, ziemlich dick, bringt das Essen. Auch eine Flasche Bier ist da, kalt, beschlagen, verlockend. Herr Wolfsohn nimmt die Zeitung vor, ißt, trinkt, liest, hört die Radiomusik, seine Frau spricht dazu. Er genießt mit allen Sinnen den abendlichen Frieden.

Übrigens ist, was Frau Mirjam Wolfsohn ihm vielwortig zu erzählen hat, nicht gerade angenehm, und sie rechnet damit, daß er meckern wird. Sie spricht nämlich von der Notwendigkeit, für die fünfjährige Else einen neuen Wintermantel zu kaufen. Es ist wirklich eine Schande, in was für einem verwachsenen Mantel Elschen herumläuft. Frau Hoppegart hat bereits anzügliche Bemerkungen gemacht. Hinten und vorn ist das Kind aus dem Mantel herausgewachsen. „Ihre Göre sieht aus wie eine geplatzte Wurst", hat Frau Hoppegart treffend bemerkt. Es wird Zeit, daß endlich Bob Elschens Mantel erbt. Begonnen hat Frau Wolfsohn mit ihrer Erzählung, noch bevor Telramund Anklage gegen Elsa von Brabant erhob. Als Lohengrin Telramund zum Kampf herausfordert, ist sie beim vermutlichen Preis für Elschens Mantel. Acht bis zehn Mark, schätzt sie. Natürlich meckert Herr Wolfsohn. Aber Frau Wolfsohn sieht sogleich, daß das nicht tragisch ist. Schon bei Schluß des ersten Lohengrin-Aktes ist man übereingekommen, das Mäntelchen zu Weihnachten zu erstehen.

Frau Wolfsohn räumte das Essen ab. Markus Wolfsohn setzte sich wieder in den schwarzen Ohrenstuhl, las seine Zeitung zu Ende, ließ sie sinken, und während Lohengrin und Elsa bräutlich einzogen und der Geruch des Kasseler Rippespeers und des Sauerkrauts noch angenehm über dem Raum schwebte, betrachtete er nachdenklich einen gewissen feuchten graubräunlichen Fleck oben an der Wand. Sehr bald schon, nachdem Wolfsohns die Wohnung bezogen hatten, war dieser Fleck an der Wand erschienen. Winzig klein zuerst. Jetzt aber war er gewachsen. Er befand sich über einem eindrucksvollen Bild, „Spiel der Wellen" genannt, das darstellte, wie schwimmende Götter und Göttinnen Haschen spielten. Das Bild stammte aus der Kunstabteilung des Möbelhauses Oppermann, man hatte es Herrn Wolfsohn trotz des schönen Rahmens besonders billig überlassen. Vor einem Monat noch hatte die Distanz zwischen dem Bild und dem Fleck mindestens zwei Handbreiten betragen, jetzt betrug sie höchstens noch eine Handbreit. Herr Wolfsohn hätte viel darum gegeben, nachzuprüfen, ob und wieweit sich der Fleck auch auf der andern Seite der Wand zeigte, bei Herrn Zarnke. Das war nun leider unmöglich; mit diesen Leuten kann man ja nicht reden, sie werfen einen ja aus der fahrenden Untergrundbahn. Als Herr Wolfsohn mit Hausverwalter Krause über den Fleck sprach, hatte der erwidert, im Frühjahr würden alle nötigen Reparaturen vorgenommen; im übrigen bedeuteten solche Feuchtigkeitsflecken gar nichts, sie gehörten zu jeder anständigen Wohnung wie zur Jungfer das Kind. Möglich; aber jedenfalls sah der Fleck unvorteilhaft aus. Herr Wolfsohn wird nächster Tage noch einmal mit Hausverwalter Krause reden müssen.

Seine Meditationen wurden durch die Ankunft seines Schwagers Moritz unterbrochen. Frau Wolfsohn brachte eine zweite Flasche Bier, und die beiden Herren sprachen über Welt und Wirtschaft. Moritz Ehrenreich, der Setzer, klein, vierschrötig, hartes, lebendiges Gesicht, sehr zerfurcht, braune, heftige Augen, wirres Haar, stapfte breitbeinig im Zimmer auf und ab, streitbar wie immer, voll der finstersten Vorahnungen. Er ist nicht geneigt, den Überfall auf den Juden in der Untergrundbahn als Ausnahme anzusehen. Solche Taten werden an der Tagesordnung sein in Deutschland, verkündet er, wie seinerzeit im zaristischen Rußland. Sengen und brennen wird man in der Grenadierstraße, in der Münzstraße, und auch den Kurfürstendamm wird man nicht verschonen. Die Herren werden was erleben.

Markus Wolfsohn spendiert noch eine Bierflasche, hört mit Vergnügen das schnalzende Geräusch, das sie beim Öffnen von sich gibt, betrachtet mit behaglichem Spott die gedrungene Boxerfigur des Schwagers. „Nu, und was sollen wir tun, Moritz?" fragt er. „Sollen wir alle in den Makkabi eintreten und boxen lernen?"

Moritz Ehrenreich geht auf das törichte Gewitzel nicht ein. Er weiß genau, was zu tun ist. Fünfhundert englische Pfund muß man haben, um in Palästina einwandern zu dürfen. Infolge des Pfundsturzes ist er in den letzten Monaten seinem Ziel sehr viel näher gekommen. Vierhundertvierzig Pfund hat er bereits zusammen. „Wenn ihr gescheit wärt", sagte er, „du, Markus, und du, Mirjam" — er nennt seine Schwester ebenso beharrlich Mirjam, wie Herr Wolfsohn sie Marie nennt —, „wenn ihr gescheit wärt, würdet ihr mitkommen." — „Soll ich Hebräisch lernen auf meine alten Tage?" spaßt Herr Wolfsohn gut gelaunt. „Du würdest es nie fertigkriegen", höhnt Moritz Ehrenreich. „Aber die Kinder solltest du Hebräisch lernen lassen. Es ist übrigens eine Oppermann in unserem Kurs, die stellt sich gar nicht schlecht an."

Daß eine Oppermann Hebräisch lernt, macht Herrn Wolfsohn nachdenklich. Auch die statistischen Ziffern, die Moritz Ehrenreich ihm nennt, hört er mit Interesse. Palästina ist eines der ganz wenigen Länder, die von der Krise verschont blieben. Die Ausfuhr steigt. Auch mit dem Sport geht es dort voran. Herr Ehrenreich erwartet, dort in nicht allzu später Zeit der Olympiade beiwohnen zu können. Er spricht ungestüm, heftig stapft er auf und ab, seine Worte überstolpern sich, seine Begeisterung macht Eindruck.

Trotzdem denkt Herr Wolfsohn nicht im entferntesten daran, Berlin zu verlassen. Er liebt die Stadt, er liebt das Möbelhaus Oppermann, er liebt den Block an der Friedrich-Karl-Straße, seine Familie, seine Wohnung. My home is my castle. Behaglich schaut er auf das schöngerahmte Bild, auf dem die Götter und Göttinnen Haschen spielen. Wäre nicht der Fleck darüber und Herr Zarnke nebenan, er wäre uneingeschränkt glücklich.

Die Arme aufgestützt, sitzt Professor Edgar Oppermann am Schreibtisch im Chefzimmer der Laryngologischen Station. Strengen Gesichts starrt er auf die Haufen bedruckten und beschriebenen Papiers. Sosehr er alles andere liebt, was mit seiner Tätigkeit zusammenhängt, so verhaßt ist ihm das Chefzimmer, die Büroarbeit, die Administration. Oberschwester Helene, die, resolut und füllig, in der Nähe der Türe steht, schätzt ihn jeden Morgen von neuem ab wie einen eben eingelieferten interessanten Fall. Sie weiß, daß die beiden Gesichter, die die Welt an Edgar Oppermann am häufigsten wahrnimmt, ein ernstes, strenges, gesammeltes und ein anderes, betont frisches, zuversichtliches, Masken sind. Ja, er ist ein wilder, freudiger Arbeiter von Natur, er ist von Natur zuversichtlich, aber diese Zuversicht, diese Tatkraft den ganzen Tag zu zeigen, Hunderten von Leuten, immer neuen, das erfordert Anspannung, und sie weiß, daß seine Frische oft künstlich ist, krampfhaft.

Schwester Helene kommt im allgemeinen mit ihrem Professor gut aus. Aber am Schreibtisch ist er schwierig. Sie sieht die senkrechten Furchen über seiner Nase, die sie sehr wohl kennt. Kein gutes Zeichen. Es ist erst kurz nach elf Uhr vormittag, Professor Oppermann hat Sprechstunde abgehalten, zwei, drei Visiten bei Privatpatienten gemacht, ein aufreibendes Tagewerk liegt noch vor ihm. Aber sie weiß, daß seine erste Energie schon verbraucht ist, daß er neu ankurbeln muß. Er ist überarbeitet. Ihr Professor ist immer überarbeitet. Wenn Frau Gina Oppermann nicht gar so zimperlich wäre, denkt Schwester Helene. Hier in der Klinik kann ja sie ihn schützen. Aber das Pack hat Lunte gerochen. Jetzt rufen sie den Professor in seiner Privatwohnung an, und Frau Gina, das traurige Huhn, kann seine ewige Bereitschaft gegen niemanden verteidigen.

Heute sitzt Edgar Oppermann mit besonderem Widerwillen vor seiner Post. Die Dinge verfilzen sich mehr von Jahr zu Jahr.

Einzelheiten, die sich früher automatisch erledigten, erfordern jetzt langwierige, widerwärtige Arbeit. Streng, als wären sie schlecht vorbereitete Examinanden, schaut er auf die Briefe.

Schwester Helene kommt resolut vor an den Schreibtisch. Weist auf einen Zettel, auf dem groß, dreimal rot unterstrichen, etwas vermerkt ist, fragt geradezu: „Haben Sie das gesehen, Herr Professor?" Professor Oppermann, im Arztkittel, die Haltung der breit aufgelegten Arme nicht verändernd, die Haltung des großen, schweren Kopfes nicht verändernd, schaut schief hinüber nach dem Zettel, sagt unwirsch: „Ja."

Auf dem Zettel steht: „Herr Geheimrat Lorenz wird um zwölf Uhr vorbeischauen. Ersucht Herrn Professor Oppermann, wenn irgend möglich, da zu sein."

Edgar Oppermann bläst unbehaglich durch die Nase. „Es ist wohl wegen Jacobys." — „Weshalb sonst sollte es sein?" sagte streng Schwester Helene. „Der Fall Jacoby zieht sich jetzt lange genug hin."

Der Fall Jacoby, überlegt Edgar Oppermann. Gibt es bereits einen Fall Jacoby? Die Dinge liegen doch so einfach. Dr. Müller II, der bisherige Oberarzt der Laryngologischen Station, hat die Professur in Kiel angenommen. Edgar Oppermann möchte gern seinen Lieblingsassistenten, den Dr. Jacoby, an seine Stelle berufen. Vor einem halben Jahr wäre die Besetzung binnen vierzehn Tagen im Sinne Oppermanns erfolgt. Dr. Jacoby ist wissenschaftlich besonders qualifiziert, ein ausgezeichneter Diagnostiker, Oppermann im Laboratorium unersetzlich. Aber er ist ein linkischer Mensch, aus einer armen Familie des Berliner Ghettos, unscheinbar, häßlich, überall gehemmt. Früher wäre so was kein Hindernis gewesen. Edgar Oppermann weiß, wenn Dr. Jacoby, der sich mühsam durchs Studium gehungert hat, erst die dringendsten Geldsorgen los ist, wenn er frei arbeiten kann, dann ist er zu großer Leistung berufen. Dr. Jacoby erinnert an die Judenkarikaturen der Witzblätter, zugegeben: aber was ist schließlich für den Patienten wichtiger, daß der Arzt ein gefälliges Gesicht hat oder daß er sein Leiden erkennt?

Edgar seufzt. Also Geheimrat Lorenz wünscht ihn zu sprechen. Lorenz ist leitender Arzt der gesamten Städtischen Klinik. Kein großer Theoretiker, aber ein tüchtiger Praktiker und nicht, wie viele solche Praktiker, ein Verächter der Theorie. Er hat Respekt vor der Wissenschaft und unterstützt sie demütig und nach Kräften. Er hat ihm auch prinzipiell zugesagt, daß er die Kandidatur des Dr. Jacoby unterstützen werde; dennoch hat Edgar ein Unbehagen vor dieser Unterredung.

Um zwölf Uhr will Lorenz kommen. Also muß Edgar die Krankenvisite dem Dr. Reimers überlassen. „Schön", seufzt er. „Ich werde um zwölf Uhr da sein. Wenn ich mich ein paar Minuten verspäte, dann bitten Sie Geheimrat Lorenz zu warten." Edgar verspätet sich immer, Schwester Helene rechnet damit. Heute kommt es ihr gelegen; sie hat mit Geheimrat Lorenz Dinge zu besprechen, die ihren Professor angehen.

Edgar wendet sich ihr zu. Nun er einen Entschluß gefaßt hat, hat sich sein Gesicht verändert, es ist wieder das frische, zuversichtliche Gesicht Edgar Oppermanns, wie die Welt es kennt. „Ins Labor wenigstens darf ich noch, was, Schwester?" lächelte er. „Und mit dem da", er weist auf die Papiere ringsum, „mit dem da verschonen Sie mich für heut, nachdem ich schon die Konferenz mit Lorenz auf mich nehme." Spitzbübisch, ein Schuljunge, der sich vor einer unangenehmen Aufgabe drücken will, schmunzelt er, steht auf, ist schon hinaus.

Schnellen Schrittes, die Füße nach einwärts, segelt er durch die langen, linoleumbedeckten Korridore ins Laboratorium. Dr. Jacoby sitzt vor dem Mikroskop, klein, gebeugten Rückens. Edgar Oppermann winkt ihm heftig, er möge sich nicht stören lassen. Allein Dr. Jacoby steht auf. Gibt, der schmächtige, bekümmerte, ungelenke Mensch, Edgar eine weiche, trockene Kinderhand. Edgar weiß, welche Mühe es den zu starker Transpiration neigenden Mann kostet, diese Hand immer trocken zu halten, so daß sie ihn bei der Ausübung seines Berufs nicht stört. „Wir dürfen uns nicht darüber täuschen, Professor Oppermann", sagt Dr. Jacoby, „das Resultat im Fall 834 ist trostlos. Der Fall war Drittes Stadium."

Edgar zuckt die Achseln. Das Oppermannsche Verfahren,

jenes chirurgische Verfahren, das ihn berühmt gemacht hat, kann von einem gewissen Stadium an ohne das Risiko letalen Ausgangs nicht mehr angewandt werden. Er hat das nie anders behauptet. Er vertieft sich mit Dr. Jacoby in ein Gespräch über die Statistik der Krankheitsfälle. Es gilt, die einzelnen Stadien der Krankheit genau abzugrenzen, genau festzustellen, wenn der Zweite Zustand in den Dritten übergeht. Man muß unbedingt Mittel finden, den Unsicherheitskoeffizienten herunterzudrücken.

Leidenschaftlich, linkisch spricht Dr. Jacoby auf seinen Chef ein. Stärker als je drängt sich dem die Überzeugung auf, daß, wenn einer, dieser Fanatiker der Präzision der Mann ist, das Oppermannsche Verfahren zu vervollkommnen. Diesem Jacoby sind wirklich die Ziffern seiner Krankheitsstatistik wichtiger als die Ziffern seines Einkommens. Er denkt nicht mehr daran, daß er mit dem einzigen Menschen spricht, der ihm eine gesicherte Existenz schaffen kann. Und auch dieser Mann vergißt, daß er in sehr kurzer Zeit eine Unterredung haben wird, entscheidend für das Schicksal seines Partners. Kauernd in seinem weißen Arztkittel, als ob ihn fröre, hockt der Kleine, in ungeschickter, starrer Haltung. Der andere aber läuft auf und ab, mit seinem lebhaften, etwas steifen Schritt, die Füße nach einwärts, der weiße Kittel umwallt seine Beine. Beide Männer haben ihre Sinne zugesperrt für alles, was nichts zu tun hat mit der Lebensfähigkeit und dem Fruchtbarkeitskoeffizienten eines gewissen Bazillus.

Plötzlich reißt es Edgar hoch. Er zieht die Uhr, es ist zwölf Uhr zehn. Siedendheiß fällt ihm ein, daß der alte Lorenz wartet. Er bricht ab, mitten im Satz. Der kleine Dr. Jacoby, soeben noch ein glänzender Wissenschaftler, erlischt, sowie er nicht mehr von seinen Mikroben reden kann, wird der graue, häßliche Zwerg, der er war. Soll Edgar ihm sagen, daß er seinetwegen fort muß? Ausgeschlossen. Der alte Lorenz ist ein anständiger Bursche, aber in Büroangelegenheiten bleibt doch immer ein Unsicherheitskoeffizient, mindestens so hoch wie beim Oppermannschen Verfahren. Wie der Junge dasitzt, ein rechter Schlemihl. Hastig drückt Edgar ihm die Hand. Seine eigene Hand ist nicht groß, aber die winzige des andern verschwindet darin. „An einem der nächsten Abende müssen Sie bei mir essen, lieber Jacoby. Ich muß einmal ganz ausführlich mit Ihnen reden. Dieser verfluchte Berliner Betrieb." Er lächelt; sein Kopf wird ganz jung, wenn er lächelt.

Wieder segelt er durch die Korridore. Er hat den kleinen Jacoby zum Abendessen eingeladen, er muß es Gina sagen, muß eine genaue Stunde vereinbaren, Schwester Helene muß ihn daran erinnern. Wenn möglich, soll es ein Abend sein, an dem auch Ruth Zeit hat. Wie kommt er plötzlich auf seine Tochter? Eine Assoziation mit dem kleinen Jacoby offenbar. Wieso eigentlich? Vielleicht macht es die Heftigkeit, man muß schon sagen: Besessenheit, mit der beide ihre Ziele verfolgen. Er selber, Edgar, lächelt über Ruths Zionismus. Er sollte sich mehr um sie kümmern. Ratio, ratio, meine Tochter. Geh nicht in ein Kloster, Ophelia. Schade, daß die einfachsten Dinge am schwersten begriffen werden. Er ist ein deutscher Arzt, ein deutscher Wissenschaftler, es gibt keine deutsche Medizin, es gibt keine jüdische Medizin, es gibt Wissenschaft und sonst nichts. Das weiß er, das weiß Jacoby, das weiß der alte Lorenz. Aber schon Ruth weiß es nicht, und gewisse andere, auf die es ankommt, wissen es noch weniger. Er denkt ein bißchen unbehaglich an die Konferenz, zu der er geht. Am Ende muß man den kleinen Jacoby nach Palästina schicken, lächelt er.

Im Chefzimmer ist es gekommen, wie Schwester Helene erwartet hat. Geheimrat Lorenz war pünktlich, ihr Professor ist unpünktlich, sie hat Zeit, den Geheimrat zu konsultieren.

Das Oppermannsche Verfahren, berühmt in der ganzen Welt, ist in letzter Zeit in der Berliner Tagespresse immer öfter das Ziel besonders gehässiger Angriffe geworden. Man wirft Oppermann vor, er verwende die Patienten der dritten Klasse, die armen, unentgeltlich behandelten Patienten der Städtischen Klinik, als Versuchskaninchen für seine lebensgefährlichen Experimente. Der jüdische Arzt, heißt es in dem groben Jargon gewisser völkischer Blätter, scheue sich nicht, zu Zwecken eigener Reklame Ströme von Christenblut zu vergießen. Man muß endlich etwas machen gegen diese Schweinerei, meint Schwester Helene. Ihr Professor braucht sich nicht gefallen zu lassen, daß ihm jeder Rotzjunge vor den Bauch tritt. Sie steht am Schreibtisch, füllig, derb. „Ich meine, ich mach ihn endlich darauf aufmerksam, Herr Geheimrat", erklärt sie mit ihrer leisen, energischen Stimme. „Er muß endlich etwas unternehmen."

Geheimrat Lorenz sitzt da, kolossalisch, roter Kopf unter sehr weißem, kurzem Haar, kleine, platte Nase, etwas vorstehende, blaue Augen unter dicken, weißen Brauen. „Ich würde einfach darauf scheißen, meine Tochter", poltert er heraus in seinem unbekümmerten Bayrisch. Die Worte kommen ihm wie Felsbrocken aus dem großen Mund mit den vielen Goldzähnen. „Ein Saustall", grollt er und schlägt mit der roten, dickgeäderten Hand auf die Zeitungsblätter mit den angestrichenen Artikeln. „Alle Politik ist ein Saustall. Wenn man nicht unbedingt anders muß, soll man sie einfach ignorieren. Dann raucht er der Saubande am meisten." — „Aber er ist Staatsbeamter, Herr Geheimrat", grollte Schwester Helene. „Von mir aus", grollte der alte Lorenz zurück, „braucht er deshalb das Pack noch lange nicht zu verklagen. Wer da hineinlangt, macht sich nur selber die Hände dreckig. Lassen Sie sich darüber keine grauen Haare wachsen, meine Tochter. Solange der Minister mir Ruhe läßt, tu ich keinen Schnaufer. Das da", er wischte die Zeitungen weg, „existiert nicht für mich. Verlassen Sie sich darauf." — „Wenn Sie meinen, Herr Geheimrat", zuckte Schwester Helene die Achseln, und da sie Edgar kommen hörte, verdrückte sie sich, nicht sehr beruhigt.

Edgar Oppermann entschuldigte sich wegen der Verspätung. Geheimrat Lorenz stand nicht auf, streckte ihm die große Hand hin, gab sich besonders gemütlich. „Also, Kollege, ich gehe gleich medias in res. Sie erlauben schon. Ich möchte mich einmal ordentlich mit Ihnen über diese Angelegenheit Jacoby ausschleimen." — „Ist die so kompliziert?" fragte Edgar Oppermann zurück, sogleich unmutig, nervös.

Geheimrat Lorenz leckte sich die goldenen Zähne, bestrebt, sich doppelt gemütlich zu geben. „Was ist heutzutage nicht kompliziert, lieber Oppermann? Der Bürgermeister ist ein Schisser. Er kriecht dem Ministerium in den Arsch. Er schnüffelt nach jedem Wind, der von oben kommt. Die Subventionen für die Kliniken sind sowieso immer schwerer durchzudrücken. Gerade für Ihre Geschichten, lieber Oppermann, für Theoretisches, fürs Labor, da winseln sie um jede Reichsmark, bis sie damit herausrücken. Wir müssen Rücksichten nehmen. Ihr Jacoby ist natürlich der gegebene Mann. Ich könnte nicht sagen, daß er mir besonders sympathisch ist, das wäre gelogen; aber ein Wissenschaftler ist er, da fehlt sich nichts. Auch der Varhuus hat sich nicht getraut, ihn geradezu abzulehnen. Aber wissen Sie, wen er in ernstliche Erwägung gezogen haben will? Den Reimers, Ihren Reimers, Kollege Oppermann."

Edgar Oppermann ging auf und ab, schnellen, knappen Schrittes, mechanisch bemüht, seinem schweren Leib Beweglichkeit abzuringen. Was immer geschieht, Professor Varhuus, sein Kollege an der Berliner Universität, wird opponieren, wenn es von ihm, Edgar, ausgeht. Den Dr. Reimers vorzuschlagen, ist verdammt schlau. Dr. Reimers ist Edgars zweiter Assistent, bei den Kranken sehr beliebt, ein sympathischer, offener Mensch. Edgar ist nicht gegen Reimers, aber er ist für Jacoby. Seine Situation ist schwierig. „Was meinen Sie, Kollege?" fragte er, immer auf und ab gehend.

„Ich habe Ihnen schon erklärt, Oppermann", sagte Lorenz, „ich bin im Prinzip für Ihren Schlemihl. Aber, ich sag's Ihnen pfeilgerade, ich sehe Schwierigkeiten. Gewisse maßgebliche Herren schauen jetzt mehr auf repräsentatives Äußeres als auf qualitatives Inneres. Diese Saupolitik. Unter allen Umständen ist Reimers Ihrem kleinen Jacoby um eine Vorhautlänge voraus. Ich glaube nicht, daß die Herren vom Magistrat eine Aktphotographie verlangen: aber eine persönliche Vorstellung ist sicher dem einen oder andern erwünscht. Ich weiß nicht, ob eine solche Vorstellung die Chancen unseres Jacoby verbessert."

Edgar blieb stehen, ziemlich entfernt von Geheimrat Lorenz.

Seine brummige Stimme klang plötzlich im Gegensatz zu dem undeutlichen Gepolter des andern seltsam bestimmt. „Wünschen Sie, daß ich die Kandidatur des Dr. Jacoby zurückziehe?"

Lorenz richtete die vorquellenden Augen auf Edgar, wollte etwas Kräftiges erwidern, tat es nicht. Vielmehr sagte er auffallend mild, ohne seinen sonstigen Schwung: „Ich wünsche gar nichts, Oppermann. Ich wünsche offen mit Ihnen zu reden, das ist alles. Der Reimers ist mir der liebere, ich sag es, wie es ist, aber als Wissenschaftler bin ich für Ihren Jacoby."

Edgar Oppermann, mit einer umständlichen Bewegung, rückte sich einen Stuhl zurecht, setzte sich schwer nieder; er wirkte im Sitzen groß, wie alle Oppermanns. Trüb saß er, die künstliche Frische war weg. Der alte Lorenz erhob sich auf einmal, reckte sich, der rote, weißhaarige Kopf saß riesig auf dem ungeheuren Körper. Kolossalisch, den weitwallenden, weißen Kittel um den mächtigen Leib, kam er auf Edgar zu. Ein richtiger Arzt, hatte Lorenz einmal zu einem zaghaften Studenten gesagt, kann alles, macht alles, fürchtet Gott und sonst nichts in der Welt. Fürchtegott hieß er seitdem bei seinen Studenten. Aber heute war er nicht der zürnende Jehova. „Ich mache mir nichts vor, lieber Oppermann", sagte er so mild wie möglich. „Ich bin im Grund ein alter Bauerndoktor. Ich verstehe mich auf meine Patienten, und ich rieche ihnen manches ab, was ihr jungen Leute nicht wißt. Ich weiß aber sehr viel nicht, was ihr jungen Leute wißt. Der Reimers ist im ganzen eher mein Schlag. Aber ich ziehe Ihren Jacoby vor."

„Was ist also zu tun?" fragte Edgar.

„Das wollte ich Sie fragen", sagte der alte Lorenz. Und da Edgar Oppermann beharrlich schwieg, einen kleinen, ungewohnt ironischen Zug um seinen langen Mund, fügte er hinzu: „Ich gebe Ihnen glatt zu, ich könnte Ihren Jacoby ohne weiteres durchbringen. Aber mit der Subvention schaut es dann böse aus. Soll ich das riskieren? Wollen Sie das?" Oppermann gab einen brummigen Ton von sich, ein sonderbares Gemisch von bitterem Lachen und Ablehnung. „Na also", sagte Lorenz. „Dann bleibt nur eine einzige Taktik: die Entscheidung hinauszögern. Die politische Situation kann sich in einem Monat zum Guten geändert haben." Oppermann brummte etwas. Lorenz nahm es für Zustimmung. Er schnaufte, froh, das unangenehme Gespräch hinter sich zu haben, legte Oppermann die Hand auf die Schulter. „Wissenschaft hat einen langen Atem. Da muß halt der Jacoby ein bißchen warten." Der weiße Kittel wallte mächtig um seine breiten Hüften, er war im Aufbruch. „Es müßte einer da sein, der das Aussehen des Reimers mit der Qualität des Jacoby verbindet. Anders tun sie's nicht. Es liegt an der Fragwürdigkeit der menschlichen Natur, Kollege. Eine beschissene Angelegenheit", sagte er, schon unter der Tür, es klang wie abziehendes Gewitter. „Die menschliche Natur meine ich."

Als Lorenz fort war, stand Edgar auf, ging, die senkrechten Furchen über der Nase, die Füße nach einwärts, ein paarmal ungewohnt langsam durch den Raum. Dann, merkwürdigerweise, redete er sich ein, die Unterredung sei gar nicht so unbefriedigend verlaufen. Der alte Lorenz hielt jedenfalls zu dem kleinen Jacoby, und der alte Lorenz war ein Mann. Seine üble Laune verflog schnell wie die eines Kindes. Als Schwester Helene eintrat, hatte er schon wieder blauen Himmel überm Gesicht.

Schwester Helene, im Gegensatz zu Oppermann, war von ihrer Unterredung mit dem alten Lorenz weniger befriedigt. Auf ihre handfeste Art hatte sie jedes seiner Worte überlegt. Er hat versprochen, den Professor nicht zu einer Klage zu zwingen, ehe der Minister ihn darauf hinweist. Der Minister wird aber bestimmt hinweisen. Sie müßte ihren Professor vorbereiten. Ich glaube, es ist doch besser, ich injiziere ihm die Artikel.

Als sie aber Edgars strahlendes Gesicht sah, beschloß sie trotz ihrer Energie, es zu verschieben. „War es sehr unangenehm?" begnügte sie sich zu fragen. „Nein, nein", lächelte Edgar Oppermann sein freundlich verschmitztes Lächeln. „Zwei zu drei."

In der Fünfminutenpause vor der deutschen Stunde gab sich Berthold männlich, tät, als hätte er vergessen, was bevorstand, sprach mit den Kameraden über Gleichgültiges. Auch Oberlehrer Vogelsang tat, als kümmerte ihn nicht das Ereignis, das jetzt steigen sollte. Er trat ein, setzte sich stramm vors Katheder wie immer, blätterte in seinem Notizbuch. „Was hätten wir also heute? Richtig, den Vortrag Oppermanns. Bitte, Oppermann." Und als Oppermann vorgetreten war, fügte Vogelsang, heute offenbar sehr gut aufgelegt, mit scherzhaft wohlwollender Aufmunterung hinzu: „Wolfram von Eschenbach, beginne!"

Berthold stand da, zwischen Katheder und Schulbänken, betont lässig, den rechten Fuß vorgesetzt, den rechten Arm hängen lassend, die linke Hand leicht in der Hüfte. Er hatte sich's nicht leicht gemacht, war keiner Schwierigkeit ausgewichen. Aber er hatte es geschafft; er wußte jetzt klar, was uns oder was zumindest ihm Hermann der Deutsche bedeutete. Vom Standpunkt der Rationalisten aus mochte die Tat Hermanns nutzlos erscheinen, aber eine solche Auffassung hielt nicht stand vor dem Gefühl unbedingter Bewunderung, das die Befreiungstat des Mannes gerade in einem Deutschen von heute hervorrufen mußte. Diesen Gedankengang wollte Berthold ausführen gemäß den guten, alten Regeln, die er gelernt hatte: allgemeine Einleitung, Setzung des Themas, prinzipielle Stellungnahme des Vortragenden; Beweise, Einwände, Widerlegung der Einwände; zum Schluß nochmals, stark betont, die These des Vortragenden. Berthold hatte, was er sagen wollte, bis aufs Komma schriftlich fixiert. Da ihm aber die Worte leicht von den Lippen kamen, hatte er es verschmäht, sein Manuskript mechanisch auswendig zu lernen. Er wollte, sich streng an die Grundlinien haltend, die Formulierung des einzelnen dem Augenblick überlassen.

Da stand er also und sprach. Er sah vor sich die Gesichter seiner Kameraden, Max Webers, Kurt Baumanns, Werner Ritterstegs, Heinrich Lavendels. Aber nicht für diese sprach er. Nur für sich selber und für den dahinten, den Feind.

Denn Oberlehrer Vogelsang hielt sich hinter Berthold, in seinem Rücken. Er saß stramm da, ließ sich nicht gehen, hörte zu. Berthold sah ihn nicht, aber er wußte, der Blick Vogelsangs war steif auf ihn gerichtet, genau auf seinen Nacken. Unter dem Kragen spürte er die Stelle, wohin der Blick Vogelsangs drang. Es war, wie wenn jemand mit spitzem Finger an diese Stelle stieß.

Berthold bemühte sich, an nichts zu denken außer an seine Sätze. Gute dreißig Minuten sollte er sprechen. Etwa acht Minuten hatte er hinter sich, die Einleitung war vorbei, das Thema gesetzt, seine These gesetzt, er war bei den „Beweisen". Da spürte er, wie der Blick Vogelsangs ihn losließ. Ja, Vogelsang erhob sich, sehr leise, um nicht zu stören. Er kam vor, jetzt sah ihn Berthold an der linken Wand erscheinen. Er ging die linke Reihe der Bänke entlang, auf Fußspitzen, mit gemessenen, doch betont vorsichtigen Schritten; Berthold hörte das leise Knarren seiner Stiefel. Vogelsang ging nach hinten, in die Ecke links. Er wollte Berthold vor Augen haben, die Worte aus seinem Mund kommen sehen. Da stand er, hinter der letzten Bank, sehr aufrecht — stützte sich nicht die eine Hand auf einen unsichtbaren Säbel? —, die blaß-blauen Augen starr auf Bertholds Mund gerichtet. Berthold, so beobachtet, fühlte sich unbehaglich. Er wandte den Kopf flüchtig dem Lehrer zu, aber der Anblick störte ihn noch mehr. Er sah geradeaus, rückte, wendete den Kopf, als wollte er eine Fliege vertreiben.

Er führte die „Beweise" zu Ende. Er sprach nicht mehr so gut wie zu Beginn. Es war sehr warm im Raum, die Räume des Königin-Luise-Gymnasiums waren gewöhnlich überheizt, er schwitzte leicht auf der Oberlippe. Er kam jetzt zu den „Einwänden". Die Tat Hermanns, sagte er, habe, vom Standpunkt nüchterner Vernunft aus gesehen, äußere Folgen auf die Dauer vielleicht nicht gezeitigt; zugeben müsse man, daß die Römer ein paar Jahre später genau da standen, wo sie vor der Schlacht gestanden waren. Ja . . .

Er stockte einen Augenblick, wußte plötzlich nicht weiter. Er strengte sich an, sich zu konzentrieren. Im Geist vor sich sah er die schmalen Seiten seines lateinischen Tacitus, die großen Antiquatypen seiner schönen deutschen Tacitus-Ausgabe. Er schaute wieder nach der Ecke links hinten, dort stand Vogelsang, immer unbeweglich, aufmerksam. Berthold öffnete den Mund, schloß ihn, öffnete ihn, sah vor sich nieder auf seine Fußspitzen.

Jetzt müssen es schon acht Sekunden sein, daß er nicht weiterspricht. Oder zehn. Was hat er denn zuletzt gesagt? Ja, daß die Tat Hermanns eigentlich keine äußeren Folgen hatte. Keine Frage, Luthers Bibelübersetzung, Gutenbergs Erfindungen waren für Deutschland und sein Ansehen in der Welt bedeutsamer als die Schlacht im Teutoburger Wald. Die Tat des Arminius, das müssen wir zugeben, blieb praktisch ohne Bedeutung.

Wollte er das so sagen? Das wollte er doch viel vorsichtiger ausdrücken, nicht so schroff, so hart. Nu wenn schon. Weiter, Berthold. Mach Zoff. Nur keine Pause mehr, die erste Pause hat sowieso schon eine Ewigkeit gedauert. Aber jetzt hat er den Faden wieder. Jetzt kann ihm nichts mehr passieren. Von der „Widerlegung" an ist er in Schwung. Eine zweite Pause? Nee, Herr Doktor, is nich.

Er lächelt schräg hinten in die Ecke, triumphierend. „Aber trotzdem", setzt er an. Allein was ist denn? Warum verändert sich denn plötzlich das Gesicht Vogelsangs so merkwürdig? Warum läuft denn der Schmiß, der das Gesicht zerteilt, so rot an, warum reißt er denn die Augen so auf? Hilft alles nichts, Herr Doktor. Jetzt hab ich den Faden wieder, jetzt bringen Sie mich nicht mehr aus dem Konzept. „Aber trotzdem", setzt er an, frisch, kräftig, „dies alles zugegeben ..."

Da wird er unterbrochen. Scharf, quäkend, kommt es aus der Ecke: „Nein, nicht zugegeben. Ich gebe das nicht zu. Niemand hier gibt das zu. Ich dulde das nicht. Ich höre das nicht länger mit an. Was denken Sie sich denn, junger Mensch? Was für Leute glauben Sie denn, daß Sie vor sich haben? Hier, vor deutschen Menschen, in dieser Zeit deutscher Notwende, wagen Sie es, die ungeheure Tat, die am Beginn der deutschen Geschichte steht, als nutzlos, als sinnlos zu bezeichnen? Sie geben das zu, sagen Sie. Sie erdreisten sich, die Argumente des ödesten Opportunismus in den Mund zu nehmen, und dann sagen Sie: Sie geben das zu. Wenn Ihnen schon selber jeder Funke deutschen Gefühls abgeht, dann verschonen Sie doch wenigstens uns vaterländisch Fühlende mit Ihren Kotwürfen. Ich verbitte mir das. Hören Sie, Oppermann. Ich verbitte mir das, nicht nur für mich selber, sondern im Namen dieser Anstalt, die vorläufig noch eine deutsche ist."

Es ist totenstill geworden. Den meisten der Pennäler war in dem warmen Raum das Denken vergangen; sie sind schlaff dagesessen, vor sich hin dösend. Jetzt, bei dem scharfen, anschwellenden Gequäk Vogelsangs, schauen sie hoch, auf Berthold. War es wirklich so schlimm, was der gesagt hat? Und was eigentlich hat er denn gesagt? Es war etwas von Luther und Gutenberg. Ganz begriffen sie den Zorn Vogelsangs nicht, aber wahrscheinlich hat sich Oppermann wirklich ein bißchen übernommen. Man soll in solchen Vorträgen sagen, was in den Schulbüchern steht, nicht mehr und nicht weniger. Es scheint, er hat sich hineingeritten.

Berthold selber, wie Vogelsang ihn unterbricht, ist zunächst tief verwundert. Was will er denn? Warum schreit er denn so? Er soll ihn gefälligst zu Ende sprechen lassen. Bisher war es nicht üblich, daß man den Vortragenden unterbrach. Dr. Heinzius hat es nie getan. Aber der liegt nun in der Erde des Stahnsdorfer Waldfriedhofs. Und der da schreit. Man muß doch die „Einwände" bringen. Man darf sie nicht unterschlagen, man muß sie widerlegen. So haben wir's gelernt, so steht es in den Regeln, so hat es Dr. Heinzius uns beigebracht.

Ich habe ja nichts gegen Hermann gesagt. Es war doch ein „Einwand". Ich wollte ihn doch widerlegen. Mein Manuskript liegt vor. Meine eigene Stellungnahme habe ich doch klar gegeben, zu Beginn von Teil B. Er soll doch schon aufhören, er soll doch nicht so schreien.

Ich habe gleich ein schlechtes Gefühl gehabt, wie er mir den „Hermann" vorschlug. Ich hätte beim „Humanismus" bleiben sollen. Heinrich hat es auch gleich gesagt, er ist ein Schwein, es ist pure persönliche Gemeinheit.

Er redet doch lauter Unsinn. Da liegt mein Manuskript, in der Bank, in der Schultasche. Man braucht es nur zu lesen, und man sieht klar wie Kloßbrühe, daß das Schwein lauter Unsinn redet.

Was hab ich denn eigentlich gesagt? Genau weiß ich's nicht

mehr. Im Manuskript war's nicht. Ich könnte mich trotzdem auf mein Manuskript berufen. Dann sieht jeder, wie es gemeint war.

Ich will mich nicht auf mein Manuskript berufen. Der Hermann war ein oller Indianer, ich kann ihn nicht riechen. Der „Einwand" war richtig. So hab ich's gesagt, und so ist es.

Er hat die lässige Haltung aufgegeben. Er steht sehr aufrecht, den fleischigen Kopf hoch, die grauen Augen geradeaus. Er läßt die Worte des Feindes auf sich einprasseln.

Der scheint jetzt zu Ende mit seinem Salm. Berthold steht da, nagt mit den großen, weißen Zähnen die Unterlippe. Jetzt müßte er das Manuskript herausziehen und sagen: Was wollen Sie denn, Herr Oberlehrer? Bitte, hier ist das Manuskript. Aber er sagt es nicht. Er schweigt, bitter, verstockt. Die grauen Augen hält er fest den blaßblauen des andern entgegen. Endlich, nach einer ewigen Pause, deutlich, aber nicht laut, sagt er: „Ich bin ein guter Deutscher, Herr Oberlehrer, ich bin ein ebenso guter Deutscher wie Sie."

Diese ungeheure Anmaßung des Judenjungen verschlägt Dr. Vogelsang für einen Augenblick die Sprache. Dann will er losbrechen. Aber er hat alle Trümpfe in der Hand, er will sie nicht durch einen Temperamentsausbruch verspielen. Er bezwingt sich. „So", begnügt er sich zu sagen, auch seinerseits nicht sehr laut, „ein guter Deutscher sind Sie? Wollen Sie das gefälligst andern überlassen, zu bestimmen, wer ein guter Deutscher ist und wer nicht. Ein guter Deutscher." Er schnaubt verächtlich durch die Nase. Und jetzt, endlich, kommt er vor aus seiner Ecke, aber nicht mehr leise, laut und stramm knarrt jeder Schritt. Geradewegs auf Berthold zu kommt er. Jetzt steht er ihm gegenüber, Aug in Aug mit ihm, und vor der totenstillen Klasse unter atemloser Spannung, mit gespielter Ruhe und Mäßigung, fragt er: „Wollen Sie sich nicht wenigstens entschuldigen, Oppermann?"

Den zehnten Teil eines Augenblicks hat Berthold von selber daran gedacht, sich zu entschuldigen. Er hat etwas gesagt, was er nicht sagen wollte, hat es obendrein, in einem Augenblick mangelnder Konzentration, schroff und unglücklich gesagt. Warum das nicht zugeben? Dann ist die Geschichte erledigt, er kann seinen Vortrag zu Ende halten, und alle müssen sehen, daß er ein guter Deutscher ist und daß der da ihm unrecht tut. Aber vor dem Blick Vogelsangs, vor seinem widerwärtigen, hochfahrenden, zerteilten Gesicht verflüchtigt sich diese Anwandlung, noch bevor sie recht Gedanke geworden ist.

Die Kameraden alle starren auf Berthold. Die Haltung Vogelsangs hat Eindruck gemacht. Oppermann hat, scheint es, die Schnauze wirklich zu voll genommen. Aber wie immer, klein beigeben darf er jetzt nicht, das wäre unmännlich. Neugierig warten sie, was er tun wird.

Sie stehen, Vogelsang und er, Aug in Aug. Endlich tut Berthold den Mund auf. „Nein, Herr Oberlehrer", sagt er, immer leiser, geradezu bescheiden. „Ich werde mich nicht entschuldigen, Herr Oberlehrer", fügt er hinzu. Alle sind befriedigt.

Auch Vogelsang ist befriedigt. Jetzt erst hat er gesiegt. Jetzt, durch diese Haltung Oppermanns, hat er Gelegenheit, zu zeigen, wie ein deutscher Schulmann zersetzende Elemente zertritt. „Schön", erklärt er, „ich nehme das zur Kenntnis, Schüler Oppermann. Setzen Sie sich auf Ihren Platz."

Berthold geht nach seiner Bank. Sicherlich war es unklug, was er getan hat. Er merkt das an der Haltung des Feindes, an seinen aufblitzenden Augen. Aber wenn er nochmals die Wahl hätte, er machte es genauso. Er kann sich nicht bei diesem Menschen entschuldigen.

Der andere ist fest entschlossen, unter allen Umständen Maß zu halten. Aber er kann sich doch nicht versagen, dem Schüler Oppermann, während der sich unter die andern setzt, zuzurufen, obenhin, aber gerade darum voll Triumph und Hohn: „Vielleicht werden Sie noch einmal froh sein, Oppermann, wenn man sich mit einer solchen Sühne begnügt." Und: „Wir gehen jetzt an die Lektüre unseres Kleist", beschließt Bernd Vogelsang leicht und überlegen diese Episode.

Das Gerücht von dem, was sich ereignet hat, verbreitet sich schnell durch die ganze Anstalt. Noch vor Ablauf des Vormittags hat auch Rektor François es erfahren. Er wundert sich nicht, als sich Oberlehrer Vogelsang bei ihm einfindet.

Vogelsang gönnt sich kaum einen mißbilligenden Blick auf die Voltaire-Büste, so erfüllt ist er von dem Geschehenen. Allein er bezähmt sich, vermeidet geflissentlich jede Übertreibung, gibt einen exakten Bericht. François hört ihn mit sichtlichem Unbehagen an, streicht sich nervös mit den kleinen, gepflegten Händen den Knebelbart. „Unangenehm", sagt er mehrere Male, nachdem Vogelsang zu Ende ist, „außerordentlich unangenehm."

„Was gedenken Sie gegen den Schüler Oppermann zu unternehmen?" fragt Vogelsang gemessen.

„Der Junge ist gewissenhaft", meint Rektor François, „zudem am deutschen Aufsatz und an seinen Vorträgen interessiert. Er hat sicher sein Manuskript sorgfältig ausgearbeitet. Vielleicht sollte man dieses Manuskript erst einsehen, bevor man ein endgültiges Urteil fällt. Wahrscheinlich liegt ein Lapsus linguae vor. Ist das der Fall, dann bräuchte man wohl, bei aller Würdigung Ihrer Motive, Herr Kollege, eine solche rednerische Entgleisung nicht allzu streng zu beurteilen."

Vogelsang zog die Brauen hoch, befremdet. „Ich glaube, Herr Rektor, man kann den Fall nicht streng genug beurteilen. In einer Zeit, da der Schmachfriede, das Versailler Diktat, sich am wüstesten auswirkt, erfrecht sich ein junger Bursche, eine der hehrsten deutschen Taten durch platte rationalistische Kritik zu zersetzen. Während wir deutschen Menschen, wir bewußt Nationalen vornean, um den Wiederaufstieg des Volkes so über alles Maß schwer zu ringen haben, verhöhnt ein Schüler, ein Knabe, die Anstrengungen, mit der unsere Ahnen ihre Ketten sprengten. Ihrem Voltaire vielleicht, Herr Rektor, mag ein solches Verhalten angestanden haben. Aber wie man sich um Entschuldigungsgründe bemühen kann, wenn der Schüler eines, immer noch deutschen, Gymnasiums sich dermaßen erdreistet, das, ich muß offen gestehen, übersteigt mein Verständnis."

Rektor François rückte unruhig in seinem Sessel; die dünne, rosige Haut seines Gesichts zuckte. Fast noch mehr als unter dem Inhalt dessen, was der Mensch sagte, litt er unter der Form. Das geschwollene Deutsch, das blecherne Volksversammlungs-pathos schuf ihm körperliches Unbehagen. Wenn der Bursche wenigstens ein Konjunkturjäger wäre. Das Schlimmste ist, daß er es ehrlich meint, daß er den Unsinn glaubt, den er da-herschwatzt. Er hat, aus Minderwertigkeitsgefühl, sein Inneres mit einem Panzer des billigsten Nationalismus umschient, durch den kein Strahl der Vernunft durchkann. Und er, François, muß das Gefasel ruhig mitanhören, aufmerksam, höflich. Welch dunkle Zeit. Wieder einmal hat Goethe recht: „Das Menschen-pack fürchtet sich vor nichts mehr als vor dem Verstand. Vor der Dummheit sollten sich sich fürchten, wenn sie begriffen, was fürchterlich ist." Und er, François, sitzt da, das Bessere wissend, mit gebundenen Händen. Er darf nicht zu dem gescheiten Jungen stehen gegen den Hornochsen, seinen Lehrer. Denn leider hat Donnerwölkchen recht. Läßt man sich hinreißen, wagt man es, sich offen zur Vernunft zu bekennen, dann blökt die ganze Ochsenherde der völkischen Zeitungen los. Und die Republik ist schwach, die Republik gibt immer klein bei. Sie läßt einen im Stich, um die blökenden Ochsen zu besänftigen. Man verliert Amt und Brot, die Kinder verproletarisieren, und man kommt um das Beste, was das Leben zu verschenken hat, ein ruhiges Alter.

Dr. Vogelsang mittlerweile legte jetzt seine Meinung über die Einzelheiten des Falles dar. „Lapsus linguae", sagte er, „lap-sus linguae haben Sie gesagt. Aber liegt die Bedeutung dieser Schulvorträge nicht gerade darin, daß sie durch den Kontakt mit dem Hörer das wahre Gefühl des Vortragenden frei machen?" Er war bei seinem Lieblingsthema. „Die Rede ist wichtiger als die Schrift. Das großartige Beispiel des Führers beweist es. Und was der Führer darüber sagt in seinem Buche ‚Mein Kampf' . . ."

Hier aber unterbrach ihn Rektor François. „Nein, Herr Kollege", sagte er, „Ihnen auf dieses Gebiet zu folgen, lehne ich ab." Seine milde Stimme klang ungewohnt entschieden, seine freundlichen Augen blitzten scharf durch die großen Gläser der Brille, seine zarten Wangen röteten sich, er richtete sich auf, man sah, daß er größer war als Oberlehrer Vogelsang. „Sie wissen, Herr Kollege, seit Bestehen dieser Anstalt kämpfe ich hier für die Reinheit des deutschen Worts. Ich bin keine Kämpfernatur, das Leben hat mir manches Zugeständnis abgepreßt. Aber eines darf ich behaupten: in diesem Kampf habe ich kein Kompromiß gemacht. Und ich werde keins machen. Man hat mir, selbstverständlich, das Buch Ihres Führers gebracht. Einige Kollegen haben es in ihre Schulbibliotheken aufgenommen. Ich nicht. Ich kenne kein zweites Werk, so befleckt mit Sünden gegen den Geist der Sprache wie dieses. Ich kann nicht zulassen, daß innerhalb meiner Anstalt dieses Buch auch nur zitiert wird. Ich muß Sie dringend bitten, Kollege, das Buch in diesem Haus nicht zu zitieren, nicht vor mir und nicht vor Ihren Schülern. Ich dulde nicht, daß das Deutsch der Jungens verhunzt wird."

Bernd Vogelsang saß da, die dünnen Lippen verpreßt. Er war fleißig, gründlich, wußte Bescheid um deutsche Sprache und Grammatik. Er hat einen Fehler gemacht. Er hätte vor diesem übelwollenden Mann das Buch des Führers nicht zitieren sollen. Es war leider nicht zu leugnen, daß Rektor François in gewissem Sinne recht hatte. Der größte lebende Deutsche, der Führer der deutschen Bewegung, war nicht vertraut mit den Elementen der deutschen Sprache. Das hatte er freilich mutatis mutandis mit Napoleon gemein, mit dem er auch gemein hatte, daß er nicht auf dem Gebiet des Reiches geboren war, das zu befreien er kam. Aber Bernd Vogelsang litt gleichwohl unter den sprachlichen Mängeln des Führers, und in seiner freien Zeit, heimlich, arbeitete er daran, aus dem Buche „Mein Kampf", diesem wichtigsten Schriftwerk der deutschen Freiheitsbewegung, die schlimmsten Mängel auszumerzen, es in grammatikalisch und stilistisch einwandfreies Deutsch zu übertragen. Wie immer, er mußte die Frechheiten des Rektors wehrlos einstecken, man konnte nichts dagegen vorbringen. Der unsichtbare Säbel war ihm entfallen. Er saß da, die Lippen verkniffen, schweigend.

Rektor François hatte zunächst noch seine Empörung genos-

sen. Das Leben zwingt einen zu Opfern des Intellekts, Donnerwölkchen hat ihm da manche Konzession abgerungen; allein
so tief ist er noch nicht gesunken, daß man es wagen dürfte, ihm
den Kot des Buches „Mein Kampf" als Parfüm aufzuschwatzen.
Allmählich aber beunruhigte ihn das finster verbissene Gesicht
des Oberlehrers, sein böses Schweigen. Rektor François hat sein
geliebtes Deutsch mit Kraft verteidigt, jetzt ist es genug. Er
wandelte sich zurück in den konzilianten Herrn, der er von
Natur war. „Verstehen Sie mich recht, Kollege", begütigte er.
„Es liegt mir fern, etwas gegen Ihren Führer zu sagen. Sie wissen,
wie Kaiser Sigismund jenen Bischof abtat, der seine grammatika-
lischen Fehler bemängelte: ‚Ego imperator Romanus supra
grammaticos sto.' Von Ihrem Führer verlangt niemand, daß er
die deutsche Grammatik beherrscht: aber von den Schülern des
Königin-Luise-Gymnasiums verlange ich das."

Es klang wie eine Entschuldigung. Aber es blieb eine Frechheit
von diesem François, so ohne Scheu von den Mängeln des
Führers zu sprechen. Was ihm, Vogelsang, zu denken erlaubt
war, das zu sagen blieb diesem weibischen Manne noch lange
verboten. Auf keinen Fall wird sich Bernd Vogelsang von
seiner Sache abbringen lassen. Trotz alledem! denkt er.

In diesem Augenblick wurde dem Oberlehrer Dr. Bernd
Vogelsang die Ahndung dessen, was der Schüler Oppermann
verbrochen hatte, zur Lebensaufgabe.

„Zur Sache, Herr Rektor", quäkte er, und jetzt war der
unsichtbare Säbel wieder da. „Es liegt im Fall Oppermann nicht
nur eine Schmähung des Deutschtums vor, die in diesen Zeiten
an Verrat grenzt, sondern auch eine ungewöhnlich dreiste Ver-
letzung der Schuldisziplin. Ich muß Sie nochmals fragen: was
gedenken Sie gegen den widerspenstigen Schüler Oppermann zu
unternehmen?"

Rektor François saß da, müde, höflich, ungefährlich wie
zuvor. „Ich werde es mir überlegen, Herr Kollege", sagte er.

Gerüchte hatten im Königin-Luise-Gymnasium schnelle
Beine. Ein Jahr zuvor hatte Pedell Mellenthin den jungen Oppermann, Sohn des Möbelgeschäfts, überaus devot gegrüßt.

Jetzt schaute er weg, als Berthold das Gebäude verließ. Hingegen stand er noch stramm, als Oberlehrer Vogelsang schon zwei Schritte entfernt war. Wer hat es immer gesagt, daß der Neue den Lahmärschen einmal zeigen wird, was eine Harke ist? Und wer hat es jetzt gezeigt? Wieder einmal hat sich erwiesen, was für eine Nase Pedell Mellenthin hat.

In zweihundertzwölf von den zweihundertsiebzig Wohnungen des Blocks an der Friedrich-Karl-Straße in Tempelhof brannten Weihnachtsbäume. Sie hatten zwischen einer und vier Mark gekostet; es waren bescheidene Tannenbäumchen zumeist, geschmückt mit Flitter aller Art, mit Kerzchen und Lametta, mit sehr buntem, nicht eben bekömmlichem Naschwerk. Geschenke lagen darunter, sehr verschiedenartige, und doch immer das gleiche: Wäsche, Bekleidungsstücke, Zigarren, Schokolade, Spielzeug, Pfefferkuchen. Besonders Großzügige hatten sich zu einem Photographenapparat aufgeschwungen, zu einem Radioapparat, auch zwei Fahrräder wurden in dem Block an der Friedrich-Karl-Straße geschenkt. Die Preisetiketten der einzelnen Geschenke waren zumeist entfernt worden, aber lange brauchte der Beschenkte nicht zu fragen, um die genaue Höhe des Preises zu erkunden.

Auch in der Wohnung Markus Wolfsohns brannte ein Weihnachtsbaum. Herr Wolfsohn war großzügig gewesen. Er hatte für den Baum zwei Mark siebzig genehmigt; ursprünglich hatte er drei Mark fünfzig kosten sollen, aber der Händler hatte sich um achtzig Pfennig herunterdrücken lassen. Herr Wolfsohn hatte es übrigens leicht, sich großzügig zu zeigen. Das Unwahrscheinliche war geschehen: das tüchtige Pferd Quelques Fleurs hatte Sieg und Platz gebracht. Am 1. Dezember war Herr Wolfsohn im Besitz eines Überschusses von zweiundachtzig Reichsmark gewesen, von denen Frau Wolfsohn nichts wußte. Aber teilhaben sollte sie an dem verheimlichten Überschuß. Er hatte die Spendierhosen angezogen. Da stand sie vor dem längst gewünschten Reservebettüberzug, überrascht von seiner Qualität. Nur fünfundzwanzig Mark hatte Herr Wolfsohn dafür aufgewandt. Sie bewunderte ihn. Sie hätte kein Geschäft gewußt, wo sie für einen solchen Bettüberzug weniger als zweiunddreißig Mark hätte anlegen müssen. Herr Wolfsohn übrigens auch nicht, denn in Wirklichkeit hatte er vierunddreißig Mark bezahlt. Auch Elschens Wintermantel war so, daß Frau Hoppegart, die sich vorher so oft die Schnauze zerfranst hat, jetzt die Spucke wegbleiben wird. Bob gar hat etwas ganz Großartiges bekommen: ein Bombenflugzeug. Drehte man es an, dann stieg es in die Luft und ließ eine Gummikugel fallen. Auf dem Schutzkarton stand aufgedruckt: „Prima Bombenflugzeug. Das Versailler Diktat verhindert Deutschland, seine Grenzen zu verteidigen. Der Tag wird kommen, da Deutschland die Sklavenketten bricht. Denke daran!"

Herr Wolfsohn hatte aber auch an sich selbst gedacht. Jetzt kann ihn die Krankenkasse mit ihrem Pofel gern haben. Ein Einzelzahn. Er spendiert sich die Brücke. Heute morgen hat er sein altes Projekt in die Tat umgesetzt, hat den Ollen Matjes Hans Schulze angeläutet und die Renovierung seiner Fassade definitiv in Auftrag gegeben. Frau Wolfsohn wird er natürlich sagen, er habe nun doch bei der Krankenkasse die Brücke durchgesetzt. Fünfzig Emm wird er dem Schulze sofort nach Beendigung der Arbeiten auf den Tisch des Hauses legen, den Rest von fünfzehn Emm kann er bequem abstottern. Unmittelbar nach Weihnachten wird die Arbeit in Angriff genommen, schon in den ersten Tagen des neuen Jahres wird sich Markus Wolfsohn den staunenden Zeitgenossen neu furniert präsentieren können. Er hält an sich, nicht einmal Frau Marie erzählt er davon. Aber innerlich ist er sehr stolz. Er malt sich aus, wie er mit der neuen Fassade dastehen wird. Plakate schweben ihm vor, von denen elegante Herren mit großen, weißen Zähnen einem entgegenlachen. Keep smiling. Wenn er erst die neuen Zähne hat, wird ihm alles Butter in Butter sein.

Aus dem Radio klangen Glocken, Choräle, fromme Lieder. Die Kinder sangen: „Stille Nacht, heilige Nacht." In fast allen Wohnungen des Blocks an der Friedrich-Karl-Straße sangen sie es. Lange Minuten lag Weihe über dem Häuserblock. Bei

Wolfsohns wie bei den anderen. Dann splitterte ein Teil des Bombenflugzeugs ab, der kleine Bob bekam Schelte, heulte, wurde zu Bett gebracht. Dann fing ein Ästchen des Baumes Feuer, Elschen bekam Schelte, heulte, wurde zu Bett gebracht.

Während Frau Marie mit den Kindern beschäftigt war, saß Markus Wolfsohn in dem schwarzen Ohrenstuhl, Okkasion, vor sich hin dösend, zufrieden. So saßen viele in dem Block an der Friedrich-Karl-Straße, vor sich hin dösend, zufrieden. Die Zufriedenheit jedes einzelnen verstärkte die Zufriedenheit aller. Herr Wolfsohn war einer dieser Zufriedenen. Er wünschte allen das Beste.

Außer einem. Er lächelte breit und voll Genugtuung, als jetzt aus der Nebenwohnung, das Radio übertönend, heftiges Geschrei drang. Ohne sich anstrengen zu müssen, erlauschte Herr Wolfsohn, daß jetzt der kleine Zarnke ein Teilchen seines Bombenflugzeugs abgebrochen hatte und Prügel erhielt. Herr Zarnke erklärte dabei, wie teuer das Bombenflugzeug gewesen sei; zwei Märker und achtzig Pfennige habe er blechen müssen. Das erhöhte Herrn Wolfsohns Befriedigung; denn er hatte nur zwei Mark fünfzig gezahlt.

Auch sonst gestaltete sich der Weihnachtsabend bei Zarnkes, bei aller Ähnlichkeit des äußeren Verlaufs, weniger friedlich als bei Wolfsohns. Frau Zarnke hatte ihrem Mann dreimal erklärt, daß ein gewisses Paar brauner Lederhalbschuhe in der Tackfiliale in Tempelhof besonders preiswert sei. Herr Zarnke hatte aber nicht ihr diese Lederhalbschuhe, sondern sich das Buch des Führers „Mein Kampf" geschenkt. Bei aller Hochachtung vor der politischen Betätigung ihres Mannes fand Frau Zarnke dieses Verhalten egoistisch und konnte nicht umhin, ihre Anschauungen in verblümten, aber hinreichend spitzen Redensarten kundzutun. Herr Zarnke seinesteils antwortete als deutscher Mann unverblümt. Die laute, lang anhaltende Auseinandersetzung trug dazu bei, Herrn Wolfsohns Behagen zu erhöhen.

Lächelnd in seinem schwarzen Ohrensessel saß er, beschaute das Bild „Spiel der Wellen", den Fleck an der Wand, der jetzt bereits unter das Bild reichte, hörte die frommen Weisen des

Radios, den Krach in der Nebenwohnung, fühlte sich eins mit allen andern Bewohnern des Blocks an der Friedrich-Karl-Straße. Feierte stille, fröhliche Weihnachten.

Den Abend darauf waren Wolfsohns zu Gast in der Wohnung Moritz Ehrenreichs, in der Oranienstraße, im Zentrum Berlins. Die Wolfsohns kamen nicht oft zu den Ehrenreichs, sie gingen überhaupt selten aus. Markus Wolfsohn fühlte sich am wohlsten in seiner eigenen Wohnung. Aber es war Chanukka, das Lichterfest — das Fest fiel diesmal sehr spät, gewöhnlich war es zwei bis vier Wochen vor Weihnachten —, und es hatte sich der Brauch herausgebildet, daß Wolfsohns anläßlich dieses Festes die Verwandten in der Oranienstraße alljährlich besuchten.

Markus Wolfsohn, noch erfüllt von der Stimmung des harmonisch verlaufenen gestrigen Weihnachtsabends, saß bequem in einem der beiden mit grünem Rips überzogenen Sessel, die das Wohnzimmer seines Schwagers Moritz schmückten, und rauchte eine von den zwanzig Zigarren, die Moritz Ehrenreich ihm anläßlich des Festes splendiderweise geschenkt hatte. Es waren Zigarren zu fünfzehn Pfennigen. Mit allem Drum und Dran kostete der Abend Moritz mindestens sieben bis acht Märker. Eigentlich eine dolle Artischocke, der Junge. Ist aufgeklärt, liest viel, und trotzdem hält er so strenge fest an altem Quatsch wie diesem Chanukkafest. Oder ist es vielleicht nicht Quatsch, wenn einer mitten im Berlin von 1932 Lichter anzündet, um einen Sieg zu feiern, den vor zweitausend Jahren irgendein oller jüdischer General über irgendwelche ollen Syrer erfochten hat? Merkt man heute etwas von der Freiheit, die dieser olle General angeblich gebracht hat? Sie schmeißen die Juden aus der fahrenden Untergrundbahn. Heißt das Freiheit?

Dennoch betrachtet Herr Wolfsohn mit gutmütigem Interesse den sonderbaren Beleuchtungskörper, den Moritz angezündet hat, um das Fest dem alten Ritus gemäß zu feiern. Es ist ein Steg mit acht Vertiefungen und Schnäuzchen für Öl und Docht und einem neunten Licht vorne; hinter dem Steg ist eine Rückwand in Form eines Dreiecks aus sehr dünnem Silber, und in getriebener Arbeit sind darauf Mose und Aaron dargestellt, Mose mit der Gesetzestafel, Aaron mit hoher Mütze und Priesterrock. Die Ehrenreichs haben diesen Leuchter aus der Familie der Frau geerbt, er ist sehr alt. Was er wohl wert sein mag? Herr Wolfsohn stellt sich diese Frage jedes Jahr. Wenn man solche Dinge verklopft, bekommt man immer nur einen winzigen Teil von dem, was man erwartet.

Jetzt singen sie die Hymne: „Moaus zur jeschuosi, Hort und Fels meines Heils". Es ist eine sehr alte Hymne, so was wie die jüdische Nationalhymne; Moritz erklärt immer, er feiere das Fest aus nationalen Gründen, nicht aus religiösen. Die Melodie ist einprägsam. Moritz legt kräftig los, die hellen Stimmen der Frauen und Kinder fallen ein, selbst Markus Wolfsohn brummt mit. Der Gesang überdeckt das Geräusch des Radios, das aus den Wohnungen oben, unten und nebenan kommt. Das Lied zu Ende, bemerkt Frau Mirjam, genannt Marie, eigentlich sei die Chanukka-Hymne schöner als das Weihnachtslied „Stille Nacht, heilige Nacht". Moritz Ehrenreich erklärt bösartig, darüber enthalte er sich des Urteils. Herr Wolfsohn entschied, beide Lieder seien gleich schön.

Nachdem die Kinder zu Bett gebracht sind, erörtern Frau Wolfsohn und Frau Ehrenreich Dinge des Haushalts. Die Herren Wolfsohn und Ehrenreich aber lassen sich über Fragen der Politik und Wirtschaft aus. Je skeptischer und quietistischer Markus sich gibt, um so kräftiger kniet sich Moritz Ehrenreich in seine heftigen Anschauungen hinein. „Sieh dir das mal an", eifert er und holt einen Zeitungsausschnitt hervor. „Da schreibt ein Dr. Rost: ‚Immer noch gibt es ein paar Deutsche, die sagen: gewiß, die Juden sind an allem schuld, aber gibt es nicht auch ein paar anständige Juden? Das ist Quatsch. Denn wenn jeder Nazi auch nur einen einzigen anständigen Juden kennt, dann müßte es doch, bei den zwölf Millionen Nazis, zwölf Millionen anständige Juden in Deutschland geben. Es gibt aber in ganz Deutschland überhaupt keine sechshunderttausend.' Nee, unter einem Volk, das sich Führer mit solcher Logik gefallen läßt, unter dem will ich nicht leben."

Markus Wolfsohn denkt über das Argument des Dr. Rost nach. Auch ein guter Verkäufer muß manchmal eine kühne Logik entfalten; aber wenn er den Kunden des Hauses Oppermann mit der Logik des Dr. Rost käme, es wäre doch zu riskant. Im übrigen, erklärt er Moritz, sind die Hakenkreuzler zu ihm persönlich eigentlich ganz nett. Natürlich kommt es vor, daß Kunden sich weigern, sich von jüdischen Verkäufern bedienen zu lassen; aber sie können selten die christlichen Verkäufer von den jüdischen unterscheiden. Einmal sogar hat einer einen christlichen Verkäufer als Juden abgelehnt und wollte ausgerechnet von ihm, Wolfsohn, bedient sein.

Moritz stapfte breitbeinig im Zimmer auf und ab, lachte höhnisch. „Du wirst auch nicht gescheit, eh du nicht mit verbundenem Kopf zum Charitéfenster herausschaust."

Markus lächelte. Im stillen freilich sagte er sich, einen von den Brüdern kenne auch er, dem er nicht weniger zutraue als Moritz: Herrn Rüdiger Zarnke. Herr Zarnke würde ihn ohne Fackeln aus der fahrenden Untergrundbahn hinauswerfen. Er hätte dann zwei Fliegen mit einem Schlag: eine Tat im Sinne der völkischen Weltanschauung und die Wohnung für seinen Schwager.

Moritz grollte weiter. Wer war es denn, der der deutschen Kultur ihren Ruf in der Welt verschafft hat? Die zehn Millionen konservativen Juden, die jiddisch sprechen, ihr altertümliches Deutsch. Sie haben am tiefsten an die deutsche Kultur geglaubt. Sie allein haben während des ganzen Krieges zu den Deutschen gehalten. 12 723 deutsche Juden sind in diesem Krieg gefallen, 2,2 Prozent aller deutschen Juden, viel mehr als der entsprechende Prozentsatz der Gesamtbevölkerung. Dabei sind die getauften Juden und die Judenstämmlinge nicht mitgerechnet. Zählt man sie dazu, dann kommt man auf etwa fünf Prozent, sicher auf mehr als das Doppelte des entsprechenden Prozentsatzes der Gesamtbevölkerung. Jetzt haben sie den Dank dafür, die deutschen Juden. „Nee, ich mache nicht mehr mit. Weg mit Schaden. Achtzehn Pfund fehlen mir noch, dann hab ich den Zaster zusammen für Palästina. Das ist heuer das letzte Makkabäerfest, das wir hier zusammen feiern. Ich haue ab."

Die Chanukkalichter brannten herunter. Markus Wolfsohn hörte gelassen dem andern zu, rauchte die dritte von Moritz' Zigarren, trank einen Asbach Uralt. Er hatte seine Meinung, und Schwager Moritz hatte die seine. Wäre ja auch uninteressant, wenn jeder die gleiche Meinung hätte. Wenn Schwager Moritz durchaus kein Sitzfleisch hat, soll er man nach Palästina abhauen; er, Markus, wird ihn an den Zug bringen und Winke-Winke machen. Aber er bleibt im Lande und nährt sich redlich.

Am gleichen Abend hatte auch Jacques Lavendel zwei Gäste zu einer Chanukkafeier gebeten, seinen Neffen Berthold und seine Nichte Ruth Oppermann. Jacques Lavendel hatte eine Sammlerliebe für Gegenstände des alten jüdischen Ritus. Er hatte fünf besonders schöne alte Chanukkaleuchter, zwei italienische aus der Renaissancezeit, einen polnischen mit zwei Fabeltieren und segnenden Priesterhänden, einen württembergischen mit Vogelfiguren und einem Glöckchen und einen aus der Bukowina, aus dem achtzehnten Jahrhundert, seltsamerweise mit einer Uhr versehen, ein Stück, das ihm infolge seiner Absurdität besonderen Spaß machte.

Auch hier sang man die Hymne: „Moaus zur jeschuosi, Hort und Fels meines Heils". Jacques Lavendel sang sie mit seiner heiseren Stimme, er hatte kindliches Behagen daran. Berthold sah etwas angefremdet auf den singenden Mann. Lichter und Hymne sagten ihm nichts. Der Weihnachtsbaum sagte ihm mehr. Er nahm die Chanukka-Zeremonien nur eben in Kauf. Er war hergekommen in der geheimen Hoffnung, einmal mit Onkel Jacques und mit Heinrich seinen Fall durchsprechen zu können, jene peinliche Sache mit Dr. Vogelsang, die beängstigenderweise nicht weiter gekommen war als am ersten Tag und von der er doch wußte, daß sie nicht ruhte. Er hat seither mit niemandem darüber gesprochen; es widerstrebt ihm, sich den Eltern anzuvertrauen oder Onkel Joachim. Diejenigen, die ihn am besten verstehen werden, sind doch wohl Onkel Jacques und Heinrich. Ein bißchen ungeduldig wartete er, bis das Abendessen vorbei war. Man aß gut bei Onkel Jacques Lavendel, lang und reichlich. Ruth Oppermann verhöhnte Onkel Jacques, weil der angeblich nur, wenn er die alten Bräuche übte, etwas von jener geheimnisvollen Bindung spürte, die nun seit Jahrtausenden die Juden der Erde zusammenhält. Onkel Jacques verhöhnte Ruth, weil die mit Heftigkeit erklärte, einzig und allein der politische Zusammenhalt vermöge dem Judentum Dauer zu geben.

Der Abend war schon weit vorgerückt, und Berthold war noch immer nicht dazu gekommen, von dem zu sprechen, was ihm am Herzen lag. Er wird wohl auch nicht mehr dazu kommen, es war ein verlorener Abend. Er bereitete sich vor, bald aufzubrechen.

Ruth Oppermann erzählte soeben ein Erlebnis, das einem ostjüdischen Kinde zugestoßen war. Der kleine Jacob Feibelmann ging in eine von zumeist nationalistischen Kindern besuchte Schule. Ein großer Teil seiner Klasse war in einem völkischen Jugendverband organisiert. Die Jungens waren mit Gummiknüppeln ausgerüstet. Eines Tages nun erklärt einer, sein Knüppel sei gestohlen. Der Lehrer, empört, daß es Diebe in seiner Klasse gebe, ordnete eine Untersuchung aller Schultaschen an. Der Knüppel fand sich in dem Schulranzen des kleinen Feibelmann, er war offenbar hineingeschmuggelt worden. Ungeheures Hallo: Schmulchen war der Dieb. Der Kleine mußte die Schule verlassen. Das Kind sei verstört seither, erzählte Ruth, es heule immerzu, es sei nichts mehr mit ihm anzufangen.

Wie Ruth zu Ende war, plötzlich, ging Berthold der Mund auf. Ohne Übergang begann er von seinem Fall zu erzählen, von jenem Vortrag über Hermann den Deutschen, ihm eigentlich aufgezwungen, von der Unterbrechung durch Dr. Vogelsang, von der Aufforderung, er solle sich entschuldigen. Er konnte nicht verhindern, daß, während er erzählte, sein breites Knabengesicht angestrengt aussah, nachdenklich, bekümmert. Dennoch gelang es ihm, gefaßt zu bleiben, männlich; ja, ab und zu erreichte er sogar jene Leichtigkeit und Beiläufigkeit, die er anstrebte.

Es wäre eine schwere Niederlage gewesen, wenn die andern seine Geschichte mit der gleichen Beiläufigkeit aufgenommen hätten, mit der verfluchten Gleichgültigkeit der Erwachsenen, Erfahrenen. Sie taten es nicht. Fast war es Berthold unlieb, wie ernst sie sie nahmen.

Onkel Jacques hielt den Kopf schräg, zog die Lider weit über die blauen Augen, dachte nach. „Als die Römer in Judäa standen", sagte er schließlich, „nahmen sie von den Juden sehr hohe Zölle. Fragten die Rabbinen des Talmud: ‚Soll man seine Ware richtig deklarieren oder nicht?' Antworteten die Rabbinen: ‚Weh dem, der es sagt; weh dem, der es nicht sagt.' Was du tust, mein Junge, er wird versuchen, dir einen Strick zu drehen." Er machte eine kleine Pause und fuhr fort: „Ich würde weder ja noch nein sagen. Ich würde erklären: ‚Das und das hab ich gemeint. Wenn sich aber jemand beleidigt fühlt, dann tut es mir leid, und ich will es nicht gesagt haben.' Rektor François ist ein vernünftiger Mensch."

Heinrich saß auf einer hohen Truhe, er liebte ungewöhnliche Sitzgelegenheiten, und schnellte die Beine abwechselnd auf gymnastische Art vor. „Rektor François", sagte er, „is a good old fellow. Aber die Boys werden es für einen Rückzieher halten. Der Lange Lulatsch, das ist ein gewisser Werner Rittersteg, hat bei einer Vorstandssitzung des Fußballklubs erklärt, man müsse Berthold ausschließen, weil er sich noch nicht entschuldigt habe. Ich habe ihm vorläufig eine heruntergehauen. Zwei Tage später hat er erklärt, wenn Berthold sich entschuldige, sei es falsch. Manneswort ist Manneswort, und es ist gegen die Ehre."

„Ehre, Ehre", sagte Onkel Jacques und wiegte den Kopf. Er sagte nichts weiter, aber niemals hatte Berthold eine schärfere Kritik an dem Begriff Ehre gehört als diese.

„Ich glaube übrigens nicht", fuhr Heinrich fort, beflissen seine Fußspitzen betrachtend, „daß Vogelsang, das Schwein, sich mit einer halben Erklärung begnügt. Die Sache ist nicht anders aus der Welt zu schaffen als durch eine runde, klare Entschuldigung." Er hörte auf, die Beine vorzuschnellen, sprang von der Truhe. „Go ahead", wandte er sich an Berthold. „Mach Zoff. Man kommt nicht auf gegen den ganzen Schulapparat. Du hast Zivilcourage genug gezeigt. Was du über den ollen Indianer gesagt hast, ist sicher richtig. Aber es hat keinen Zweck, solchen Burschen gegenüber auf einer Behauptung zu bestehen, bloß weil sie wahr ist. Da ist nordische List viel besser angebracht als Bekennermut. Das muß ich schon sagen", schloß er weise und schaute plötzlich seinem Vater ähnlich, „praktisch hast du aus deinen Studien über Hermann den Deutschen verflucht wenig gelernt."

„Falsch, falsch, falsch", ereiferte sich Ruth Oppermann. Sie schüttelte den olivbraunen Kopf mit den scharzen Haaren, die immer etwas wirr und unordentlich ausschauten. „Mit solchem Opportunismus kommst du bei diesen Leuten nicht durch. Es gibt ein einziges, was denen imponiert. Schneid, nichts als Schneid."

Berthold schaute seine Kusine verwundert an. Hatte sie nicht Hermanns Tat schrankenlos bewundert? Und jetzt verlangte sie, daß er seine rationalistische Kritik an dieser Tat aufrechterhalte? So war sie immer. Nicht eben logisch, aber eine Persönlichkeit.

Die Chanukkalichter waren herabgebrannt. Jacques Lavendel holte Grammophonplatten hervor, hebräische Gesänge, ein altes, jiddisches Volkslied. Leise summte er mit:

> „Zehn Brüder sind wir gewesen,
> Haben wir gehandelt mit Wein.
> Ist einer nebbich gestorben,
> Sind wir geblieben neun.
> Jossel mit der Fiedel,
> Tevje mit dem Baß
> Spielt mir auf ein Liedel
> Mitten auf der Gaß."

Als man aufbrach, sagte Tante Klara, die bisher geschwiegen hatte: „Es bleibt nichts übrig, Berthold. Du mußt dich entschuldigen. Tu's noch in den Ferien, in einem Brief. Schreib an Rektor François."

Sybil hatte das Dienstmädchen weggeschickt, Gustav und sie machten sich selbst ihr kaltes Abendbrot zurecht. Geschäftig,

104

zutraulich lief Sybil in ihrer netten Zweizimmerwohnung ab und zu. Er sah mit immer neuer Freude, wie sie auf seine kleinen Neigungen und Abneigungen Rücksicht nahm; sie verstand sich trefflich auf die Dinge, die den Rand des Lebens schmücken. Dünn, kindlich, gescheit, reizvoll war sie um ihn besorgt. Schwatzte altklug. Alles einzelne an ihr und um sie herum war von solcher Art, daß man notfalls darauf hätte verzichten können; aber wenn Gustav darauf verzichten müßte, wäre dann das Leben lebenswert?

Gustav war strahlend heiter. Diese Zeit zwischen Weihnachten und Neujahr war ihm sehr lieb. Er saß, aß, trank, schwatzte.

Der Vertrag über die Lessing-Biographie war gekommen. Das Honorar war nicht üppig. Er soll achtzehn Monate lang Raten von je zweihundert Mark erhalten. Für eine Tätigkeit von etwa viertausend Stunden eine ziemlich dürftige Entlohnung. Aber den größten Teil der Arbeit hat er bereits geleistet, und nun, scherzt er, hat er auf anderthalb Jahre ein gesichertes Einkommen.

Sybil hörte aufmerksam zu, ohne Lächeln. Sie verdiente für ihre kleinen, sauberen, oft grausamen Geschichten im Monatsdurchschnitt drei- bis vierhundert Mark. Niemand wußte, wieviel Mühen sie diese Geschichten kosteten, wie beflissen sie daran feilte, und wie schlecht sie dann entlohnt wurde. Gustav hatte es leicht. Für ihn waren die zweihundert Mark eine winzige, unmerkliche Beigabe. Die Männer schenkten einem Blumen, Schokolade, Parfüm; oft, für ein Abendessen in einem teuren Restaurant, zahlten sie sechzig oder siebzig Mark. Sie wußten nicht, wieviel glücklicher man wäre, wenn sie zwanzig Mark für das Abendessen ausgäben und einem die vierzig Mark aushändigten. Gustav war alles eher als ein Knicker; er wies ihr monatlich einen ausreichenden Betrag auf ihr Bankkonto an. Aber sich gut anziehen kostet Geld, die Honorare laufen langsam ein, man ist oft im Gedränge. Den sensiblen Gustav um Geld angehen ist ganz unmöglich.

Zweihundert Mark. Die Wohnung kostet Geld, das Auto, seidene Hemden. Strümpfe sind billig. Ein Russe hat jetzt um drei Paar Seidenstrümpfe herum einen guten Roman geschrieben. Sie, Sybil, hat eine Geschichte entworfen um eine Frau herum, die eine gute Soziologin ist, kühl, vernünftig, aber gezwungen, von Modeschriftstellerei zu leben. Die Verästelung ist schwach, aber jetzt ist sie da einer Idee auf der Spur. Die zweihundert Mark sind für die Nebenhandlung eine gute Basis. Eigentlich sollte sie mit Gustav darüber sprechen. Gerade wenn es um die Komposition einer Handlung geht, kann er einem gute Tips geben. Allein heute ist er nicht in Stimmung dafür. Sie aber ist in Stimmung. Es arbeitet in ihr, sie möchte den Plan der Geschichte niederschreiben.

Gustav mittlerweile sprach von seinem Lessing. Klaus Frischlin erwies sich als sehr brauchbar. Die Frage war, soll er ihn ständig damit beschäftigen. Dann nämlich muß Frischlin seine Tätigkeit als Direktor der Kunstabteilung des Hauses Oppermann aufgeben. Mit dem Lessing wird er in längstens achtzehn Monaten fertig sein. Lohnt es, dafür Frischlin aus einer unbefriedigenden, aber festen Stellung herauszureißen?

Sybil hörte zerstreut zu, sie war bei ihrer Geschichte. Gustav merkte das. Leicht gekränkt, verließ er Sybil früher, als er vorgehabt hatte.

Den Tag darauf aß Professor Mühlheim bei Gustav zu Mittag. Das Gesicht des kleinen, quicken Herrn fältelte sich diesmal besonders listig. Er hatte gerade noch vor Torschluß eine großartige Sache für Gustav gemanagt. Seit Jahren drängt er, daß Gustav sein Vermögen ins Ausland schaffe. Die deutschen Dinge werden immer bedrohlicher. Ist der nicht ein Wahnsinniger, der in einem Zuge sitzen bleibt, dessen Personal unverkennbare Spuren von Wahnsinn zeigt? Jetzt hatte Mühlheim Gelegenheit, durch eine bestimmte Transaktion Geld ungefährdet ins Ausland zu schaffen. Umständlich setzt er Gustav die Einzelheiten auseinander. Das Geschäft war mit großer List erdacht, alles vollzog sich durchaus legal, die schlauen Vorschriften der Devisengesetzgebung waren mit Klugheit umgangen.

Mühlheim trank in kleinen Schlucken seinen schwarzen

Kaffee. Geduldig, eines aus dem andern entwickelnd, erklärte er dem Freunde die ganze, komplizierte Aktion. Gustav hörte behaglich zu, nervös zwinkernd, mit der kräftigen, behaarten Hand eine Melodie auf seine Schenkel klopfend. Das „Auge Gottes" wanderte hin und her, Immanuel Oppermann schaute schlau, wohlwollend, schläfrig auf seinen Enkel. Großvater Immanuel hatte es leicht gehabt; er war nie vor solchen Problemen gestanden. Übrigens hätte er vermutlich Mühlheims Angebot mit Handkuß angenommen. Aber ihm, Gustav, ging es nun einmal gegen den Strich. Sein Gefühl sträubte sich dagegen. Verwirrung, innerer Widerspruch spiegelten sich auf seinem Gesicht, das niemals eine Regung verbarg.

Mühlheim ärgerte sich, ereiferte sich. Für wen denn wollte Gustav Geld in Deutschland lassen? Für die Militaristen, damit sie es für geheime Rüstungen verpulvern? Für die Großindustriellen, damit sie es für äußerst zweifelhafte Lieferungen an Rußland verwenden, für die das Geld doch nie hereinzubekommen ist? Für die Völkischen, damit sie ihre Sturmtruppen damit besolden, die Propaganda ihres Führers davon bezahlen? Für die dreizehntausend Großagrarier, damit sie weitere Milliarden in ihre sinnlose Wirtschaft stecken?

Gustav stand auf, lief mit schnellen, steifen Schritten hin und her, mit ganzer Sohle auftretend. Sicher hatte Mühlheim recht. Die Gelder, die man an den Staat zahlte, wurden für sehr andere Dinge verwendet als für die Interessen der Gesamtheit. Sie wurden nicht zu seinem, Gustavs, Schutz verwendet, sondern zum Angriff auf ihn. Aber immerhin dienten sie dazu, Ordnung, wenn auch eine falsche, aufrecht zu halten, und Gustav hielt es mit Goethe, der Ungerechtigkeit lieber als Unordnung hinnahm. Er streckte Mühlheim die kräftige, behaarte Hand hin. „Ich danke dir, Mühlheim, daß du an mich gedacht hast. Aber ich lasse mein Geld in Deutschland."

Mühlheim nahm die Hand nicht. Sah verdrossen auf den Störrischen. Die Sache war todsicher. Sie war streng legal. Die Gesellschaft, für die Gustav zeichnen sollte, zählte eine Reihe von Deutschnationalen, selbst von Völkischen zu ihren Aktionären. Eine Gelegenheit, auf so sichere Art Geld ins Ausland zu schaffen, kam nicht wieder. Der Zeichnungsschluß lief morgen, mit dem Jahresende, ab. Was wollte Gustav eigentlich? Woran lag es? Wo waren seine Einwände? Er möge ihm doch gefälligst seine Argumente sagen.

Gustav, bedrängt, lief hin und her. Argumente? Es gab keine Argumente. Er fand es unfair, sein Geld aus Deutschland herauszuziehen. Er hing nun einmal an Deutschland. Das war alles. Sentimentale Bedenken, gewiß, die vor Mühlheims Logik nicht standhalten. Aber er ist nun einmal sentimental. Warum, er lächelte jungenhaft, spitzbübisch, warum soll sich der Besitzer von einer halben Million liquiden und eines mindestens doppelt so großen illiquiden Kapitals nicht ein wenig Sentimentalität leisten?

„Eben damit du dir auch in Zukunft diese Sentimentalität leisten kannst, Idiot", erhitzte sich lachend Mühlheim, „sollst du ein paar Hunderttausend sicherstellen."

Nach einigem Hin und Her willigte Gustav ein, zwar nicht vierhunderttausend, wie Mühlheim gewollt hatte, wohl aber zweihunderttausend Mark für die Aktiengesellschaft zu zeichnen. Mühlheim atmete auf. Jetzt hatte er seinem törichten Freund wenigstens eine gewisse Sicherheit geschaffen. Gustav unterzeichnete die Vollmacht, die Mühlheim ihm vorlegte. „Vergiß übrigens nicht", sagte er stolz, „daß ich außerdem noch zweihundert Mark Monatseinkommen vom Lessing habe."

Die lästigen Geschäfte hinter sich, wurde er schnell wieder vergnügt, und als Friedrich Wilhelm Gutwetter kam, strahlte er wie je. Mühlheim konnte sich von der Politik so schnell nicht losreißen. „Wir haben den entfesselten Proletarier gesehen", erklärte er, „das war nicht schön. Wir haben den entfesselten Großbürger gesehen, den Großagrarier und Militaristen, das war scheußlich. Aber alles das wird ein Paradies gewesen sein, wenn wir erst den entfesselten Kleinbürger erleben, die Völkischen und ihren Führer." — „Glauben Sie wirklich, verehrter Professor?" wunderte sich Gutwetter und schaute ihn aus seinen riesigen Kinderaugen freundlich an. „Ich stelle es mir anders vor", sagte er sanft. „Ich glaube, der Krieg ist nur ein Vorspiel gewesen. Das Jahrhundert der großen Schlachten hat erst begonnen. Ein Jahrhundert der Vernichtung wird es sein. Die Endgeschlechter der weißen Rasse werden unerbittlich aneinandergehen. Der Donner wird sich mit dem Meer, das Feuer mit der Erde begatten. Für diesen Kampf muß man Gehirne mit Hörnern züchten. Darin sehe ich den Sinn des nationalen Reiches, das kommen wird. Eine militante Transzendenz, ein Richtertum aus hohen, wehrenden Gesetzen, Züchtung von Rausch und Opfer für das Sein verwandlungsloser Tiere: das ist die Perspektive." Er sprach sanft mit seiner beschaulichen Stimme, der gepflegte Kopf kam still aus dem hohen, der Tracht eines Geistlichen ähnlichen Rock, die kindlichen Augen blickten träumerisch.

Die beiden andern, nachdem er zu Ende war, schwiegen eine kleine Weile. Dann sagte Mühlheim: „Schön. Wenn Sie meinen. Aber vorher nehmen Sie vielleicht noch einen Kognak und eine Zigarre."

Im Jahre 1905 erschien in Moskau ein Buch unter dem Titel „Das Große im Kleinen, der Antichrist als nahe politische Möglichkeit". Verfasser des Buches war ein gewisser Sergius Nilus, Beamter der Synodalkanzlei. Das zwölfte Kapitel hatte einen Anhang, überschrieben „Protokolle der Weisen von Zion". Diese „Protokolle" enthielten Berichte über eine geheime Versammlung der führenden Juden der Welt, die angeblich im Herbst 1897, anläßlich des ersten Zionistenkongresses, in Basel getagt haben sollte, um die Richtlinien für die endgültige Erringung der jüdischen Weltherrschaft freizulegen. Das Buch wurde in viele fremde Sprachen übersetzt und machte starken Eindruck, vor allem auf die deutschen Akademiker. Im Jahre 1921 erwies ein Mitarbeiter der Londoner „Times", daß diese „Protokolle" zu einem großen Teil wörtlich aus einer im Jahre 1868 erschienenen Broschüre eines gewissen Maurice Joly abgeschrieben waren. In dieser Broschüre waren Anhänger Napoleons III., Freimaurer und Bonapartisten, bezichtigt worden, ein ungeheures Komplott zur Errichtung der Weltherrschaft angezettelt zu haben; der Autor der „Protokolle" hatte einfach die Worte „Freimaurer und Bonapartisten" durch das Wort „Juden" ersetzt. Soweit die „Protokolle" nicht aus der Broschüre Jolys abgeschrieben waren, waren sie dem Roman „Biarritz" entnommen, den ein gewisser Goedsche unter dem Pseudonym John Retcliffe gleichfalls im Jahre 1868 veröffentlicht hatte. In diesem Roman war geschildert, wie sich alle hundert Jahre einmal die Fürsten der über die ganze Welt verstreuten zwölf Stämme Israels auf dem alten jüdischen Friedhof in Prag treffen und darüber beraten, was weiter zu geschehen habe, damit die jüdische Weltherrschaft sich stabilisiere. In der gesamten zivilisierten Welt erhob sich nach Aufdeckung der albernen Fälschung schallendes Gelächter. Nur in Deutschland, vor allem an den Universitäten, glaubte man weiter an die „Protokolle".

Gustav Oppermann hatten die „Protokolle", und was damit zusammenhing, immer besonderen Spaß gemacht. Er war interessiert an Dokumenten menschlicher Dummheit; er besaß eine kleine Spezialsammlung, die Ausgaben der „Protokolle" und die Literatur darüber enthielt.

Am letzten Tag des Jahres nun pflegte Rektor François bei ihm zu Mittag zu essen. François hatte eine besonders amüsante Ausgabe der „Protokolle" aufgetrieben, von einem gewissen Alfred Rosenberg, und brachte sie Gustav als kleines Geschenk mit.

Das Mittagessen verlief fröhlich, unter guten Reden. Rektor François entstammte einer französischen Emigrantenfamilie; Vernunft, Humanität waren von jeher Tradition in dieser Familie gewesen, stolz hielt man dort fest an den großen Ereignissen des achtzehnten und neunzehnten Jahrhunderts. Jetzt freilich, unter dem Einfluß Frau Emiliens, des Donnerwölkchens, war Rektor François vorsichtig geworden und wagte nur im vertrauten Freundeskreis auf seine Abstammung hinzuweisen. Hier, im Gespräch mit Gustav, durfte sich Alfred François ganz gehenlassen. Sein literarischer Geschmack war der gleiche wie Gustavs, wie der haßte er Politik, war wie der ein fanatischer Kämpfer für die Reinheit des Worts. Hier konnte François die bedrängte

Brust entladen. Die beiden Männer wußten um die menschliche Dummheit, die tief ist wie das Meer. Sie wußten aber auch, daß am Ende immer Vernunft die Dummheit besiegt mit der gleichen Sicherheit, mit der Odysseus den Zyklopen Polyphem besiegte, mit der gleichen Sicherheit, mit der die Männer der Bronzezeit die Männer der Steinzeit überwanden. Gustav Oppermann und Rektor François führten ein Tischgespräch, wie es Vorfahren des Rektors geführt haben mochten.

Allein noch bevor die Mahlzeit zu Ende war, fiel es François auf die Seele, daß er noch ein Versprechen einlösen mußte, das Donnerwölkchen ihm abgenommen hatte. Als er nämlich Frau François erzählte, was für ein nettes Büchlein er Gustav Oppermann mitbringen werde, hatte sie zu ihm gesagt: „Wenn du morgen zu deinem Freund gehst, kannst du gleich mit ihm über deinen Oppermann reden. Er muß den Lausejungen dahin bringen, daß er endlich seine Geschichte mit Oberlehrer Vogelsang bereinigt. Heutzutage darf man solche Sachen nicht anstehen lassen." Sie hatte solange auf François eingeschwatzt, bis der ihr zusicherte, er werde die Angelegenheit mit Gustav besprechen.

Jetzt also besprach er sie. Vorsichtig, mit Bemerkungen allgemeiner Natur, leitete er das Gespräch ein. Der Krieg hat die deutsche Sprache verändert. Hat ihr neue Begriffe zugeführt, neue Worte, hat Vokabular und Syntax geschliffen. Werden ausschließlich die neuen Wendungen gebraucht, dann entsteht Widerwärtiges. Wird aber das gute Alte organisch mit dem guten Neuen verbunden, dann bildet sich ein Stil heraus, weniger gemütvoll als das frühere Deutsch, härter, kälter, vernünftiger, männlicher. Manche seiner Schüler haben für dieses neue, ihm willkommene Deutsch ein feines Ohr. Der feinsten eines hat Berthold Oppermann. Der verbindet mit dem Sinn für die Technik dieses Jahrhunderts ein lebendiges Interesse an humanistischen Dingen, am Geist. Es bleibt nur zu hoffen, daß der widerwärtige neue Lehrer, den sie ihm in seine gute Anstalt hineingesetzt haben wie die Kartoffel in das Tulpenbeet, nicht zuviel verderbe. Und dann erzählt er den Fall Vogelsang.

Gustav hört zu, nicht übermäßig interessiert. Erwartet François, daß er, Gustav, den Fall als ein Problem anschaut? Da sieht man, wie doch ein jeder eingesperrt ist in seinen Beruf und die beruflichen Dinge überschätzt. Wie denn? Der Fall liegt doch außerordentlich einfach. Der Junge hat eine vernünftige Behauptung aufgestellt. Der Lehrer will sie aus einem vulgären Sentiment heraus nicht gelten lassen. Glaubt François ernstlich, daß im zwanzigsten Jahrhundert einem jungen Menschen, der in einer wissenschaftlichen Anstalt erweisbare Dinge äußert, daraus ein Strick gedreht werden kann?

Soweit sei es noch nicht, meint Rektor François und streicht mit den kleinen, gepflegten Händen den weißen Knebelbart. Aber Gustav scheine doch den Einfluß zu unterschätzen, den die völkische Bewegung leider auch auf die Schule habe. François hat eine Unterredung mit dem zuständigen Ministerialreferenten gehabt, einem Gutgesinnten übrigens, mit dem sich François trefflich versteht. Er hat eine Zusage des Referenten, daß der, wenn irgend möglich, den störenden neuen Mann baldigst aus seiner Anstalt versetzen werde. Allein auch der Ministerialreferent ist von äußeren Umständen abhängig und muß nach allen Seiten Kompromisse machen. Für ihn, François, sei die gegebene Taktik, die Sache Vogelsang-Oppermann dilatorisch zu behandeln. Werde Vogelsang versetzt, dann sei der Fall automatisch erledigt. Aber das sei, wie gesagt, ein Potentialis. Es wäre vorteilhaft, nicht zu fest mit diesem Potentialis zu rechnen. Vielleicht kann Gustav seinem Neffen zureden, daß der die geforderte Entschuldigung abgebe.

Angefremdet schaute Gustav auf. Nach François' Einleitung hatte er eine andere Folgerung erwartet. Er zog die dichten Augenbrauen zusammen, über der starken Nase zeigten sich die scharfen, senkrechten Furchen, das ganze Gesicht des rasch bewegten Mannes spiegelte seine Betroffenheit wider. Daß er durch Mühlheim sein Geld ins Ausland schaffen ließ, war aus ähnlicher Vorsicht geschehen, wie sie jetzt Rektor François zeigte. Dem Jungen jedenfalls war solche Vorsicht nicht zuzumuten. Nach einem kleinen Schweigen sagte er: „Nein, lieber François, in dieser Angelegenheit kann ich Ihnen nicht helfen.

Ich kann es verstehen, wenn jemand eine Wahrheit, um die er weiß, verschweigt. Aber nachdem mein Neffe einmal seine Wahrheit ausgesprochen hat, möchte ich ihm nicht zuraten, sie hinterher zu verleugnen und sich gar dafür zu entschuldigen." Sein Gesicht sah ablehnend aus, hochmütig, er saß sehr aufrecht. Das hat er mit Goethe gemein, dachte Rektor François, daß er im Sitzen so groß aussieht. Donnerwölkchen wird unzufrieden sein, dachte er weiter; aber er kann mit gutem Gewissen versichern, er habe sein Möglichstes getan. Im übrigen gefiel ihm die Haltung seines Freundes Gustav.

Beide waren froh, als sie die Mahlzeit beenden und zum Kaffee in die Bibliothek hinübergehen konnten. Es war angenehm, hier in dem schönen Raum abgeklärt über die ewige, meertiefe Dummheit der Menschen zu sprechen und über ihre ebenso ewige Niederlage durch den Geist. Gustav stellte das Büchlein der „Protokolle" zu den andern Pamphleten der Sammlung. Lächelnd nahm er das Buch des Führers „Mein Kampf", das in der Nähe der „Protokolle" stand, und las dem Freund einige besonders saftige Stellen vor. Rektor François hielt sich die Ohren zu; er wollte das falsche, verrenkte Deutsch des Buches nicht hören. Gustav redete ihm gut zu. Sicher habe er aus Widerwillen gegen die Form die Komik des Inhalts noch nicht gewürdigt. Er ließ sich nicht davon abbringen, ihm ein paar Stellen zu zitieren. „Die Gemeinheit des Juden", las er, „ist so riesengroß, daß sich niemand zu wundern braucht, wenn im deutschen Volke die Personifikation des Teufels als Sinnbild alles Bösen die leibhaftige Gestalt des Juden annimmt." — „Juden waren es und sind es", las er weiter, „die den Neger an den Rhein bringen in der Absicht, durch die eintretende Bastardisierung die ihnen verhaßte weiße Rasse zu zerstören, von ihrer kulturellen und politischen Höhe zu stürzen, um selber zu ihren Herrn aufzusteigen." — „Die Juden", las er, „wollen in Palästina keinen jüdischen Staat errichten, um ihn zu bewohnen, sondern sie wünschen nur, eine mit eigenen Hoheitsrechten ausgestattete Organisationszentrale ihrer internationalen Weltbegaunerei: einen Zufluchtsort überführter Lumpen und eine Hochschule werdender Gauner." Rektor François, so angewidert er war, mußte über den gehäuften Unsinn lachen. Auch Gustav lachte. Er las weiter. Die beiden Männer lachten schallend.

Aber lange hielt Rektor François die unappetitliche Lektüre nicht aus. „Ich kann Ihnen kaum schildern, lieber Freund", sagte er, „wie unbehaglich mir zumute wird, wenn ich etwas aus diesem unsaubern Buch hören muß. Ich übertreibe nicht: mir dreht sich im eigentlichen Wortsinn der Magen um." Gustav lächelte, gab durch das Haustelefon dem Diener Schlüter Weisung, Kognak zu bringen. Stellte das Buch des Führers zu den „Protokollen" zurück. „Ist es nicht seltsam", meinte er, „daß die gleiche Epoche Männer so verschiedener Entwicklungsstufen hervorbringt wie den Autor des Buches ‚Mein Kampf' und den Autor des Buches ‚Das Unbehagen an der Kultur'? Ein Anatom des nächsten Jahrhunderts müßte an den Gehirnen der beiden einen Unterschied von wenigstens dreißigtausend Jahren demonstrieren können."

Schlüter brachte den Kognak, eiste die Gläser, schenkte ein. „Was haben Sie denn, Schlüter?" fragte Gustav. „Sie sehen ja merkwürdig aus." Auch François fiel auf, wie verstört das Gesicht des stillen, behenden Mannes war. „Die Städtische Klinik hat angerufen", sagte Schlüter, sein ruhiges Gesicht sah finster aus, „es geht meinem Schwager nicht gut. Er wird das neue Jahr wohl kaum erleben." Gustav war betroffen. „Wann waren Sie denn das letztemal dort?" fragte er. „Vorgestern", sagte Schlüter. „Meine Frau war gestern dort. Er hat zu ihr gesagt: ‚Man kann es den Hunden nicht durchgehen lassen. Das ganze Land wird verschweint, wenn alle immer das Maul halten. Wenn ich genau wüßte, daß alles noch mal so käme, ich würde trotzdem wieder so aussagen.'" — „Gehen Sie in die Klinik, Schlüter", sagte Gustav. „Sogleich. Sagen Sie auch Bertha, sie soll hingehen. Ich brauche Sie nicht mehr. Schalten Sie das Telefon herein. Wenn was kommt, öffne ich selber. Nehmen Sie den Wagen, wenn Sie wollen." — „Danke, Herr Doktor", sagte Schlüter.

Gustav erzählte François, was vorgefallen war. Schlüters

Schwager, ein gewisser Pachnicke, Mechaniker seines Berufs, ein anständiger, unpolitischer Mensch, hatte eine der täglichen Raufereien zwischen Republikanern und völkischen Landsknechten mitangesehen. Bei dieser Rauferei war ein Republikaner getötet worden. Die Völkischen erklärten, sie hätten, von den Republikanern angegriffen, in Notwehr gehandelt. Das war die übliche Erklärung, die Völkische abgaben, wenn sie Gegner überfallen und getötet hatten. In dem Prozeß gegen den Landsknecht, der den Republikaner niedergeschossen hatte, hatte nun der Mechaniker Pachnicke, als Zeuge vernommen, wahrheitsgemäß ausgesagt, die Hakenkreuzler hätten die Rauferei angefangen. Seine Aussage wie die aller andern, die das gleiche beschworen hatten, war übrigens nicht geglaubt und der Landsknecht freigesprochen worden. Aber den Pachnicke seinesteils hatten kurze Zeit nach dem Prozeß Hakenkreuzler nächtens überfallen und so übel zugerichtet, daß er in die Klinik verbracht werden mußte.

„Sie sehen, lieber Oppermann", sagte François, nachdem Gustav seine Erzählung beendet hatte, „es ist nicht ganz unbedenklich, sich in unserm Deutschland zu Wahrheit und Vernunft zu bekennen. Vielleicht beurteilen Sie es jetzt etwas weniger streng, daß ich Ihren Neffen vor den Erfahrungen des Mechanikers Pachnicke bewahren wollte." — „Sie verallgemeinern unerlaubt, lieber François", erwiderte ziemlich heftig Gustav. „Schließlich sind Sie, Ihre Lehrer und die Herren im Kultusministerium keine Landsknechte. Nein, nein, die weitaus meisten Deutschen sind Pachnickes, keine Hakenkreuzler. Mit ihrem ganzen Geld und Schmierenzauber haben die knapp ein Drittel der Bevölkerung dumm machen können. Bei soviel Aufwand ein erstaunlich dürftiges Resultat. Nein, lieber François, das Volk ist gut."

„Sagen Sie mir das oft und mit starken Worten", erwiderte François. „Es ist wichtig, daß wir das glauben. Aber es fällt mir nicht ganz leicht, es immer zu glauben. Und jetzt, wenn Sie erlauben, genug davon. Ich habe in mir noch immer den Nachgeschmack jenes üblen Buches. Lassen Sie ihn uns wegspülen mit etwas Gutem." Er kramte in den Büchern. Nahm einen Band Goethe heraus. Las lächelnd: „In unruhigen Zeiten wirft sich das Volk von einer Seite auf die andere wie ein Fieberkranker." Sie badeten sich den Geist rein von der Lektüre der „Protokolle" und des Buches „Mein Kampf".

Es waren zwei gute Stunden. Ihr Unbehagen schwand. Eine Nation, die sich Jahrhunderte hindurch so intensiv mit Büchern befaßt hat wie denen, die hier standen, konnte sich nicht fangen lassen von Gestammel, wie es zu lesen war in den „Protokollen" und in dem Buche „Mein Kampf". Es war überflüssige Vorsicht gewesen, daß Gustav den Rat Mühlheims befolgt hat, und François hatte keine Ursache, dem Ausgang des Falles Vogelsang mit Unsicherheit entgegenzusehen. Gustav hatte schon recht: der Durchschnitt dieses Volkes besteht aus Leuten wie dem Mechaniker Pachnicke, nicht aus jenem Pack, das den Landsknechten zuläuft. Sie bedachten die Äußerung des Sterbenden: „Wenn ich genau wüßte, daß alles noch mal so käme, ich würde trotzdem wieder so aussagen." So, und nicht wie Herr Vogelsang, dachte dieses Volk. Es hielt zur Vernunft, es fiel nicht herein auf das verblasene Gerede des Führers. Heiter, in Ruhe und Zuversicht, scherzten sie, wie dieser Führer enden werde, ob als Ausrufer einer Jahrmarktsbude oder als Versicherungsagent.

Am 30. Januar ernannte der Reichspräsident den Verfasser des Buches „Mein Kampf" zum Reichskanzler.

Zweites Buch

Heute

Die Deutschen haben die kulturwidrigste Krankheit und Unvernunft, die es gibt, auf dem Gewissen, den Nationalismus, diese névrose nationale, an der Europa krank ist: sie haben Europa um seinen Sinn, um seine Vernunft gebracht.

Nietzsche

Gustav Oppermann war auf dem Weg zur Gertraudtenstraße, um an einer Sitzung im Chefkontor des Möbelhauses teilzunehmen. Martin hatte ihn mit ungewohnter Dringlichkeit ersucht, diesmal unter allen Umständen da zu sein.

Es war einige Tage nach der Ernennung des Führers zum Kanzler. Die Straßen wimmelten von Menschen. Überall sah man die Braunhemden der völkischen Landsknechte, das völkische Hakenkreuz. Gustavs Wagen, von Schlüter sachkundig und schnell gesteuert, kam nicht sehr rasch voran.

Schon wieder hielt man vor einer roten Ampel. Die Amerikaner, dachte Gustav, haben da ein hübsches Wort: „The lights are against me." Aber er hatte nicht Zeit, seinen Gedanken nachzuhängen. Das Geschrei einer alten Frau störte ihn, die aufdringlich Puppen feilbot. Es waren Puppen, die den Führer darstellten. Die Alte hielt ihm eine solche Puppe ans Wagenfenster. Drückte man den Bauch der Puppe, dann streckte sie den rechten Arm mit der flachen Hand aus — eine Geste, die der italienische Faschismus dem alten Rom, der deutsche Faschismus dem italienischen entlehnt hatte. Die Alte, die Puppe streichelnd, schrie: „Du Armer, du Großer, du hast gekämpft, du hast gelitten, du hast gesiegt."

Gustav wandte die Augen ab von dem grotesken Schauspiel. Wie das ganze Reich, so hatte auch ihn die plötzliche Ernennung des Führers zum Kanzler überrascht. Nicht so überrascht wie den Führer selbst, aber verstanden hatte auch er die Ereignisse nicht. Warum hatte man gerade jetzt, da die völkische Bewegung im Abflauen war, einem Manne wie dem Verfasser des Buches

„Mein Kampf" das höchste Amt des Reiches übertragen? Im Golfklub, im Theaterklub hatte man Gustav auseinandergesetzt, es sei dabei keine große Gefahr; durch den Einfluß der gemäßigteren, vernünftigeren Kabinettsmitglieder sei der Führer lahmgelegt. Die ganze Aktion sei nur ein Scheinmanöver, um die aufbegehrenden Massen niederzuhalten. Gustav hörte das, glaubte es gern.

Mühlheim freilich hatte die Geschichte ernster aufgefaßt. Die herrschenden Besitzerschichten, die Großagrarier an ihrer Spitze, hatten jetzt in ihrer äußersten Not, um die Aufdeckung ihrer üppigen Subventionsskandale zu verhüten, die Barbaren zur Rettung herbeigerufen. Mühlheim glaubte nicht, daß man die, habe man sie einmal an den Trog gelassen, so bald wieder loswerde. Der sanguinische Herr hatte sich zu dem Satz verstiegen, die Zivilisation Mitteleuropas sei jetzt bedroht von einer Barbareninvasion, wie man sie seit der Völkerwanderung nicht mehr erlebt habe.

Gustav hatte für den Pessimismus seines Freundes nur ein Lächeln. Ein Volk, das diese Technik hervorgebracht hat, diese Industrie, fällt nicht von heut auf morgen in Barbarei. Und hat nicht jüngst einer ausgerechnet, daß allein die Werke Goethes im deutschen Sprachgebiet in mehr als hundert Millionen Exemplaren im Umlauf sind? Ein solches Volk hört nicht lange auf das Geschrei der Barbaren.

In den stillen Straßen des Villenviertels, in dem Gustav wohnte, hatte die Ernennung des Barbarenführers kaum etwas verändert. Jetzt, bei seiner ersten Fahrt in die Stadt, sah Gustav mit Unlust, wie die Barbaren sich breitmachten. Ihre Truppen beherrschten die Straßen. Die steife Neuheit ihrer braunen Uniformen, die noch nach der Schneiderwerkstatt rochen, ihr Gegrüße mit der antikischen Geste erinnerte ihn an die Statisterie kleinstädtischer Bühnen. An den Straßenecken hielten sie den Passanten Sammelbüchsen hin, für die Wahlpropaganda bestimmt. Er ließ das Wagenfenster nieder, um zu hören, was sie riefen. „Gebt für das Erwachende Deutschland, gebt für die Einbahnstraße nach Jerusalem", hörte er. Gustav hat beim Militär gedient, war ein paar Monate im Feld gewesen. Es war die Energie Annas, die ihn seinerzeit vor weiteren Fronterlebnissen bewahrt hatte. Sein Militärdienst, diese sinnlose Unterwerfung unter den Willen anderer, war ihm die widerwärtigste Epoche seines Lebens. Er hatte sich bemüht, sie aus seinem Gedächtnis zu streichen, er wurde krank, wenn er daran dachte. Jetzt, beim Anblick der braunen Uniformen, stieg ihm die unwillkommene Erinnerung von neuem hoch.

Man war in der Gertraudtenstraße. Da stand das Stammhaus der Oppermanns, eingepreßt, altmodisch, solid. Auch hier, vor dem Hauptportal, bettelten uniformierte Völkische Passanten für ihre Wahlbüchsen an. „Für das Erwachende Deutschland, für den Führer, für die Einbahnstraße nach Jerusalem", schrien sie mit ihren hellen Knabenstimmen. Starr, das Nußknakkergesicht mit dem grauen, harten Schnurrbart unbewegt, stand der alte Portier Leschinsky. Er grüßte Gustav besonders mürrisch, drehte vor ihm die Drehtür mit besonders knapper Bewegung: angesichts dieser Lausejungen wollte er dem Seniorchef seine Ergebenheit eindringlich beweisen.

Im Chefkontor wartete man bereits auf Gustav. Jacques Lavendel war da, auch Frau Klara Lavendel, die Prokuristen Brieger und Hintze, nur Edgar fehlte. Gustav kam steifen, raschen Schrittes herein, mit ganzer Sohle auftretend, suchte unbekümmert zu erscheinen, strahlend wie stets. Wies auf die Kopie des Bildes von Immanuel Oppermann: „Ausgezeichnet, die Kopie. Ich glaube, du hast mir eine Kopie aufgehängt, Martin, und dir das Original behalten." Allein nur der quicke Herr Brieger ging auf seinen fröhlichen, lärmenden Ton ein. „Das Geschäft geht ausgezeichnet, Dr. Oppermann", sagte er. „Die Nazis richten sich jetzt groß ein, und wer sich einrichtet, braucht Möbel. Und wer liefert die Möbel für ihre Braunen Häuser? Wir."

Dann kam man zum Thema. Martin sagte ein paar allgemeine Worte. Die Völkischen nutzten den Antisemitismus als Propagandamittel. Möglich, ja wahrscheinlich, daß sie jetzt, an der Macht, das Mittel als überflüssig und wirtschaftlich schädlich fallenlassen werden. Trotzdem werde man wohl gut tun, sich vorzusehen. Er bitte Herrn Brieger um seine Meinung.

Der kleine, großnasige, betont jüdisch aussehende Herr Brieger sprach schnodderig wie stets. Jetzt blieb wohl nichts anderes übrig, als die gesamten Oppermannschen Geschäfte den Deutschen Möbelwerken anzugliedern. Außerdem wäre es gut, wenn man endlich mit Herrn Wels zu einer Vereinbarung käme. Er hat bei Herrn Wels vorgefühlt; seltsamerweise kommt ja er mit dem Gewittergoi am besten aus. Wenn die Geschichte wirklich Sinn haben und den Sturm überdauern soll, der höchstwahrscheinlich kommen wird — er sieht da etwas schwärzer als Herr Martin Oppermann —, dann muß das Unternehmen noch vor den Wahlen zu mindestens einundfünfzig Prozent in nichtjüdische Hände überführt sein. Das muß unwiderleglich nachgewiesen werden können, trotzdem es faktisch natürlich anders sein soll. Technisch läßt sich das machen. Aber die notwendigen Transaktionen sind delikat, umständlich und erfordern von beiden Partnern Verständnis, Entschlußkraft, guten Willen. Drei Eigenschaften, in denen wir stark sind, aber nicht Herr Wels. Das war es, was Herr Brieger auseinandersetzte, quick, unter vielen scharfen, witzigen Redensarten, mit betonter Leichtigkeit, die aber nicht recht glückte.

Martin, nachdem Herr Brieger zu Ende war, meinte: „Man muß beides machen, die Umwandlung in die Möbelwerke und die Verhandlungen mit Wels. Ich denke, Herr Brieger wird da sicher zum Ziel kommen." Dieses indirekte Eingeständnis, daß er, Martin, damals bei der Unterredung mit Wels einiges verdorben habe, fiel ihm schwer, aber es schien ihm unanständig, sich davor zu drücken.

Der repräsentative Herr Hintze saß steif, ablehnend, den Kopf sehr gerade. „Ich denke", sagte er, „wenn Professor Mühlheim sich hineinkniet, dann können wir die Deutschen Möbelwerke binnen einer Woche unter Dach haben. Soweit ist es, Gott sei Dank, noch nicht, daß die Oppermanns einem Herrn Wels nachlaufen müßten. Stellen wir mal die Deutschen Möbelwerke hin, meine Herren, und dann warten wir ruhig ab und lassen den Bruder auf uns zukommen."

„Schön und gut", sagte Jacques Lavendel und schaute Herrn Hintze freundlich an. „Aber wenn er nun nicht zukommt? Wenn er hört, was der Führer jeden Tag im Radio von sich gibt? Wenn er's glaubt? Er ist nebbich nicht sehr stark im Kopf. Setzen Sie nicht zuviel Verstand voraus bei den andern, meine Herren. Sie sehen, das war bis jetzt immer eine falsche Spekulation. Verhandeln Sie mit dem Goi. Noch heute. Seien Sie nicht kleinlich. Du sollst dem Ochsen, der drischt, nicht das Maul verbinden. Geben Sie ihm einen großen Bissen zu schlucken. Es ist besser als das Ganze."

Gustav saß da mit der Miene eines Mannes, der aus Höflichkeit zuhört, den aber im Grunde die Diskussion langweilt. Er starrte auf das Schriftstück, das gerahmt an der Wand hing. Er kannte den Text auswendig. „Der Kaufmann Immanuel Oppermann aus Berlin hat der deutschen Armee durch seine Lieferungen gute Dienste geleistet. Der Generalfeldmarschall: gez. v. Moltke." Er ließ die Schultern fallen, um ein kleines, senkte die schweren Augenlider über die trüben, braunen Augen, die Veränderung war kaum merklich. Dennoch sah er auf einmal nicht mehr jung aus, sondern seinem Bruder Martin ähnlich.

Man hatte, als Brieger zu Ende war, gewartet, daß er als erster spreche, und erst als sich zeigte, daß er offenbar zu schweigen gewillt war, hatte Martin gesprochen. Jetzt, da er immer noch schwieg, forderte Martin ihn auf: „Was meinst du, Gustav?"

„Ich bin nicht deiner Meinung, Martin", sagte er, und seine sonst freundlich brummige Stimme klang gereizt und entschieden. „Auch nicht Ihrer Meinung, Herr Brieger, nicht einmal der Ihren, Herr Hintze, und schon gar nicht der Ihren, Herr Jacques. Ich verstehe nicht, warum Sie alle auf einmal Eisgang in den Hosen haben. Was ist denn geschehen? Man hat einem populären Dummkopf ein repräsentatives Amt gegeben und hat ihn durch ernsthafte Kollegen lahmgelegt. Glauben Sie wirklich, weil ein paar tausend bewaffnete Lausejungen in den Straßen herumlümmeln, sei Deutschland am Ende?" Er saß aufrecht da, er sah

123

sehr groß aus im Sitzen, sein verbindliches Gesicht war verdrossen, erregt. „Was stellen Sie sich denn vor? Was fürchten Sie denn? Glauben Sie, man wird unsern Kunden verbieten, bei uns zu kaufen? Glauben Sie, man wird unsere Läden zusperren? Glauben Sie, man wird unser Betriebskapital enteignen? Weil wir Juden sind?" Er stand auf, lief mit steifen, kräftigen Schritten hin und her, atmete heftig durch die fleischige Nase. „Lassen Sie mich doch mit Ihren Ammenmärchen in Frieden. Pogrome gibt's nicht mehr in Deutschland. Damit ist es zu Ende. Seit mehr als hundert Jahren. Seit hundertvierzehn Jahren, wenn Sie's genau wissen wollen. Glauben Sie, dieses ganze Volk von fünfundsechzig Millionen Menschen hat aufgehört, ein Kulturvolk zu sein, weil es ein paar Narren und Lumpen Redefreiheit gab? Ich glaub es nicht. Ich bin dagegen, daß man auf die paar Narren und Lumpen Rücksicht nimmt. Ich bin dagegen, daß man den guten Namen Oppermann aus der Firma streicht. Ich bin dagegen, daß man mit einem so sturen Zeitgenossen wie dem Wels verhandelt. Ich lasse mich nicht anstecken von eurer Panik. Ich mache da nicht mit. Ich verstehe nicht, wie erwachsene Männer hereinfallen können auf diesen ollen Schmierenzauber."

Die andern saßen betreten. Gustavs Gelassenheit, seine Gefälligkeit war sprichwörtlich. Im Geschäft hat er niemals ernsthaft Opposition gemacht. Niemand hat ihn je so erregt gesehen. Was war das? Gab es ein einziges jüdisches Geschäft, das keine Vorsichtsmaßnahmen traf? Wie konnte ein so gescheiter Mensch wie Gustav so blind sein? Da sieht man es, wohin die Beschäftigung mit literarischen und philosophischen Dingen führt.

Jacques Lavendel war der erste, der sprach. „Sie glauben also immer noch, daß die bessere Einsicht unter diesem Breitengrad siegen wird?" Er schaute Gustav freundlich an. „Ihr Wort in Gottes Ohr", sagte er dann mit seiner leisen, heiseren, wohlwollenden Stimme. „Wenn man in historischen Zusammenhängen denkt, dann haben Sie sicher recht, Gustav. Aber wir Geschäftsleute sind leider gezwungen, auf sehr kurze Sicht zu denken. Der Tag, von dem Sie sprechen, wird bestimmt kommen. Aber niemand von uns weiß, ob er ihn erlebt. Wirtschaftlich, meine ich. Sie haben dann recht gehabt, aber die Firma Oppermann ist pleite."

„Großartig, Ihre Zuversicht", sagte der repräsentative Herr Hintze, stand auf und drückte Gustav warm die Hand. „Ich danke Ihnen für Ihre Worte. Wirklich wohltuend, erhebend. Aber als Kaufmann muß ich sagen: Zuversicht im Herzen, Vorsicht im Geschäft."

Martin, stumm, nahm seinen Zwicker heraus, putzte an ihm herum, steckte ihn wieder weg. Betroffen, besorgt schaute er auf seinen Bruder. Sah plötzlich, daß Gustav fünfzig Jahre alt war. Sein Training, sein helles, sorgloses Leben hatte ihm nichts genützt. Da stand er und sprach Worte, die mit der Wirklichkeit nichts zu tun hatten. Martin schaute auf das Porträt des alten Immanuel. Er wußte auf einmal, mit hundertprozentiger Sicherheit wußte er, dieser alte Immanuel hätte an seiner Statt schon vor einem Jahr mit Wels unterhandelt, er wäre längst einig mit Wels; lächelnd, kopfwiegend hätte er Namen und Porträt verschwinden lassen. Was lag an einem Namen, an einem Bild? Auf die Sache kam es an. Längst im Ausland hätte er seine Familie angesiedelt, irgendwo, unter leichteren, zivilisierteren Menschen. Martin fühlte sich plötzlich seinem Bruder ungeheuer überlegen. „Sachte, sachte, Gustav", sagte er. „Es wird sich eine Lösung finden."

Gustav stand in einer Ecke. Schaute, immer noch erregt, auf die andern. Was hatte er mit ihnen zu tun, mit diesen bibbernden Geschäftsleuten? Sie waren ihm unsympathisch, allesamt, mit ihrer ewigen, billigen Skepsis. Da war das große Deutschland, von Luther bis Einstein und Freud, von Gutenberg und Berthold Schwarz bis Zeppelin und Haber und Bergius, und weil dieses Deutschland, aufs äußerste gepeinigt, für einen Moment den Kopf verlor, gaben sie es auf, die Geschäftsleute. „Es bedarf keiner Lösung", grollte er Martin zu. „Es soll alles bleiben, wie es ist. Die bloße Existenz der Deutschen Möbelwerke ist schon zuviel Konzession."

Die andern begannen sich zu ärgern. „Nehmen Sie Vernunft an, Gustav", sagte Jacques Lavendel. „Kant ist Kant, und Rockefeller ist Rockefeller. Kant hätte mit den Methoden Rockefellers keine Bücher schreiben können, aber Rockefeller hätte mit den Methoden Kants keine Geschäfte gemacht." Er sah ihn herzlich an. „Machen Sie Geschichtsphilosophie in der Max-Reger-Straße, aber in der Gertraudtenstraße machen Sie Geschäfte."

Es war merkwürdigerweise Klara, die einen Ausweg aus der unbehaglichen Situation fand. Ihr Bruder Gustav gefiel ihr; aber während er sprach, wurde ihr doppelt bewußt, warum sie Jacques geheiratet hatte. Sie hatte bisher geschwiegen, man hatte ganz vergessen, daß sie da war. Alle waren überrascht, als jetzt die breite, stille Frau zu reden anhub. „Wenn es Gustav so sehr am Herzen liegt", schlug sie vor, „daß der Name Oppermann erhalten bleibt, dann könnte man hier das Stammhaus unter dem Namen Oppermann weiterführen und alle Filialen in den Deutschen Möbelwerken zusammenschließen. Und daß Brieger weiter mit Herrn Wels verhandelt, privatim, dagegen wird Gustav wohl nichts einzuwenden haben."

Der Vorschlag der bedächtigen, resoluten Frau wurde Gustav gerecht und den andern. Alle, ohne langes Gerede, stimmten zu. Gustav, um das Gesicht zu wahren, machte noch einige Vorbehalte. Er war unzufrieden mit sich, daß er sich hatte hinreißen lassen. Schließlich gab auch er die notwendige Unterschrift.

Martin, als die andern ihn verlassen hatten, stützte beide Arme schwer auf die Lehne seines Stuhls. Das unbegreifliche Verhalten seines Bruders drückte ihn. Er hat viel umzulernen, dachte er. Warum will er nicht wahrhaben, was doch alle sehen? Dies Deutschland von 1933 ist nicht mehr das Deutschland unserer Jugend. Es hat nichts zu tun mit dem Deutschland Goethes und Kants, daran muß man sich gewöhnen. Aus dem „Faust" kann er wenig über dieses Deutschland lernen, da muß er schon das Buch „Mein Kampf" studieren.

In der Corneliusstraße, beim Abendessen, bemüht sich Martin um ein unbekümmertes Tischgespräch. Er denkt natürlich nicht daran, Liselotte die gefaßten Beschlüsse zu verschweigen. Aber es wäre schwer zu ertragen, wenn sie es leichtnähme. Und er wünscht doch, daß sie es leichtnimmt. Liselotte sitzt zwischen dem mühsam beredten Gatten und dem schweigsamen Sohn. Sie spürt Martins Unruhe, und sie merkt mit steigender Besorgnis, wie Berthold sich mit einem Erlebnis abquält, an dem er andere nicht teilhaben lassen will.

Nach dem Abendessen dann, in kurzen Worten, mit Anlauf, teilt Martin ihr mit, daß jetzt mit Ausnahme des Stammhauses alle Oppermann-Geschäfte in den Deutschen Möbelwerken aufgehen werden. Liselotte sitzt schön und stattlich da. Sie neigt sich ein wenig vor, während Martin spricht, ihre länglichen, grauen Augen suchen seine trüben, braunen, ihr helles Gesicht wird ernst. „Alle?" fragt sie. „Alle Oppermann-Filialen?" Ihre dunkle Stimme ist auffallend leise. „Es ist nicht leicht, Liselotte", sagt Martin. Liselotte erwidert nichts. Sie rückt nur den Stuhl etwas vor, näher an ihn heran. Martin hat gehofft, sie werde es leichtnehmen. Jetzt ist es ihm ein großer Trost, daß er sich getäuscht hat.

Gustav Oppermann bat Ellen Rosendorff, mit ihm hinüber ins Arbeitszimmer zu gehen. Sie hatten Tee getrunken, hatten geschwatzt, es war ein angenehmer Nachmittag. Ellen, im Arbeitszimmer, legte sich auf die breite Couch, Gustav schaltete Licht ein, nicht zuviel, setzte sich in den Sessel ihr gegenüber. „Und jetzt, Ellen", sagte er und bot ihr eine Zigarette an, „was wollen Sie mir erzählen? Was ist los?" — „Nichts und alles", antwortete Ellen. Sie blieb liegen, das schöne, dunkelhäutige Gesicht im Halbschatten, sie tat ein paar Züge aus der Zigarette. Dann, leichthin sagte sie: „Ich habe Schluß gemacht."

„Mit wem?" fragte Gustav, ein bißchen blöde. „Mit Monsieur?" — „Mit wem denn, Schäfchen?" erwiderte Ellen. „Ich hatte ihn gern. Ich habe mich oft gefragt, ob ich ihn auch möchte, wenn er nicht zufällig der Kronprinz wäre. Ich glaube: ja. Übrigens paßte alles an ihm so gut zusammen. Genauso hat der Kronprinz zu sein, dieser Kronprinz."

„Und jetzt hat es auf einmal nicht mehr zusammengepaßt?"

„Es ist natürlich", meinte Ellen, „daß ihm der Verlauf der Dinge willkommen ist. Er wäre ein Narr, wenn er sie nicht förderte. Trotzdem er eigentlich kein Schicksal haben könnte, das ihm besser steht als das eines nichtamtierenden Kronprinzen.

Ich nehme es ihm natürlich nicht übel, daß er mit dem Gedanken spielt, bei Gelegenheit wieder zu amtieren. Warum soll man die Völkischen nicht verwenden, wenn sie einem nützlich sind? Es gibt auch eine Menge jüdischer Firmen, die ihnen ihre Uniformen liefern, ihre Möbel, ihr Fahnentuch. Nur darf man über dem Geschäft nicht vergessen, aus was für einem Stoff diese Zeitgenossen gemacht sind. Man benützt sie und wäscht sich die Hände. Er weiß das genausogut wie wir. Er hat Witze über den Führer gerissen wie wir alle, er hat schallend gelacht, wenn man aus seinem Buch vorgelesen hat. Er kann gut lachen. Und jetzt, stellen Sie sich vor, Gustav, seitdem der Mann Kanzler geworden ist, nimmt er ihn ernst. Er wagt es, mir gegenüber zu behaupten, der Führer sei wer. Erst dachte ich, er mache einen Witz. Aber er bleibt dabei. Er hat es sich so lang und gründlich vorgelogen, daß nichts mehr zu machen ist. Die Welt ist häßlich geworden, Gustav.“

Gustav hörte ihr ernsthaft und zärtlich zu. Daß er so gut zuhören konnte, daß er mit allen Sinnen auf ihre Angelegenheiten einging, das machte ihn den Frauen so wert. Durch ihre leichte, schnoddrige Art hindurch spürte er, wie sehr sie der Bruch mit dem Prinzen mitgenommen haben mußte. Er konnte sich vorstellen, wie es gewesen sein mochte. Sie hat eine politische Auseinandersetzung mit dem Prinzen gehabt, und der, salopp wie er war, hatte wahrscheinlich aus seinem Antisemitismus kein Hehl gemacht. Gustav sagte nichts, setzte sich zu ihr auf die Couch, nahm ihre Hand, streichelte ihre dunkle, sanfte Haut.

„Ist es nicht merkwürdig, Gustav?“ sagte sie nach einer Weile. „Der Mann weiß um die Zusammenhänge so gut wie Sie und ich. Die völkische Bewegung war im Versacken, die Großindustrie gab kein Geld mehr. Der Führer war erledigt. ‚He was over.‘ Ich habe selbst gehört, wie Monsieur das zu einem Engländer sagte. Es war aus. Eine kleine Gruppe verantwortungsloser Großagrarier, weil sie nicht mehr weiter wußte, hat jetzt die Schleusen der Barbarei aufgemacht. Der Führer hat für diesen seinen ‚Erfolg‘ nicht mehr getan als Sie oder ich. Selbst Papa Hindenburg, dem man die Erlaubnis abgepreßt hat, hat mehr dafür getan. Und da wagt man, mir zu sagen, der Erfolg erweise, daß an dem Führer etwas sei.

Wissen Sie", klagte sie weiter, "diese Sache hat alle meine Anschauungen über Größe umgeschmissen. Erschreckt frage ich mich, ob man nicht vielleicht auch die Größe anderer Männer erst hinterher aus solchen Erfolgen zusammenfrisiert hat. Schauerlich, zu denken, daß vielleicht hinter einem Cäsar nichts anderes gesteckt hat als hinter diesem." Gustav lächelte. "Darüber kann ich Sie beruhigen, Ellen. Von den meisten großen Männern haben wir authentische Zeugnisse über das, was sie faktisch taten, und das, was sie gedacht haben. Cäsar zum Beispiel hat zwei Bücher hinterlassen. Wenn Sie wollen, Ellen, dann lese ich Ihnen eine Seite aus Cäsars ,Gallischem Krieg' vor, und hinterher eine Seite aus dem Buche ,Mein Kampf'."

Ellen lachte. "Trösten Sie mich nur, Gustav", bat sie. "Ich habe es nötig." Aber gleich wurde sie wieder ernst. "Wenn man wüßte, wie lange es dauert", grübelte sie. "Es ist eine Panik", erklärte ungestüm Gustav, "nichts weiter." Allein Ellen schaute ihn ernst an und schüttelte langsam den schönen, biblischen Kopf. "So billig, Gustav", sagte sie, "sollten Sie mich nun doch nicht trösten wollen." — "Sie glauben das nicht?" fragte Gustav zurück, betroffen, peinlich überrascht. "Wie sonst, glauben Sie, daß die Sache weiter laufen wird?" Er fragte dringlich. Das Urteil des Mädchens schien ihm plötzlich bedeutungsvoller als das Urteil seines klugen Freundes Mühlheim; er wartete gespannt auf ihre Antwort.

"Halten Sie mich für den Hellseher Hanussen?" lächelte Ellen. "Ein *einziges* steht fest. Mit der gleichen Sicherheit, mit der man nach dem Eintritt Amerikas in den Krieg wußte, daß der Krieg verloren war, mit der gleichen Sicherheit weiß ich, daß die Sache der Völkischen nicht gut enden kann. Aber wann das Ende kommen wird und wie und ob dieses Land darüber kaputtgehen wird" — sie zuckte die Achseln.

"Was reden Sie da, Ellen?" fragte Gustav, zog die Brauen hoch, ließ aber ihre Hand nicht los. "Weil ein törichter Prinz sich der Barbarei in die Arme geworfen hat, glauben Sie, daß ganz Deutschland in Barbarei versinkt?" — „Ich glaube gar nichts", erwiderte ruhig Ellen. „Ich sage mir nur, daß es leicht ist, die Barbaren zu entfesseln, aber schwer, sie wieder unterzukriegen. Die Barbarei hat ihre Reize. Ich selber bin manchmal recht kräftig auf Barbarei eingestellt; ich müßte lügen, wenn ich das nicht zugäbe. Die meisten andern reagieren wahrscheinlich noch stärker darauf." Sie lag da, schön, traurig, spöttisch, gescheit. Sie tauchte herauf aus dem dummen Abenteuer mit dem Prinzen, durch das sie schamvoll und zynisch gegangen war, nichts bereuend, doch sich selber bespöttelnd. Gustav spürte auf einmal ein brennendes Verlangen. Mit seinen starken, behaarten Händen packte er sie. Den Kopf ganz nah an dem ihren, sprach er dringlich auf sie ein: „Ellen, reisen wir weg aus diesem dummen Berlin. Fahren wir nach den Kanarischen Inseln. Ich schmeiße den Lessing hin. Fahren Sie mit mir, Ellen. Tun Sie's Ellen." Sie streichelte seinen großen, erregten Kopf. „Sie sind ein Kind, Gustav", sagte sie. „Sie sind schon recht, wie Sie sind. Sie brauchen nicht nach den Kanarischen Inseln, um mir das zu beweisen."

Gustav, nachdem sie gegangen war, saß müde, befriedigt. Er hatte den Abend allein verbringen wollen, am Lessing arbeitend. Jetzt sehnte er sich nach Menschen, nach Gespräch. Er ging in den Theaterklub.

Hier war die Stimmung nicht schlecht. Die Wirtschaft quittierte die Ernennung des Führers zunächst mit einem gewissen Optimismus. Der Führer, urteilslos nachplappernd, was man ihm suggerierte, war fest in der Hand des Großkapitals. Er wird sich vor Experimenten hüten, dessen war man sicher. Die Großagrarier und die Herren von der Großindustrie, die seinerzeit und so lange die viel klügeren Sozialisten einzuwickeln verstanden, werden mit den täppischen Hakenkreuzlern mühelos fertig werden. Sie wissen schon, warum sie sie an die Macht gelassen haben. Keine Bange. Vorne wird großes Theater gemacht, hinten Geschäft wie immer.

Gustav sprach wenig, hörte viel. Politische, wirtschaftliche Dinge interessierten ihn nicht sehr. In sein eigenes Leben, ins

Geistige wird die Veränderung nicht übergreifen. Diese Überzeugung festigte sich ihm immer mehr. Er begriff kaum mehr,
daß er sich von der Panik ringsum hatte anstecken lassen. Die
Szene, die er da im Kontor Martins aufgeführt hat, ekelhaft.
Fünfzig Jahre und immer noch unbeherrscht wie ein Kind. Aber
von jetzt an wird er sich in der Hand halten. Nichts mehr von Politik. Schluß mit dem ganzen läppischen, überflüssigen Gequassel.

Er trank. Spielte eine Partie Ekarté. Spielte ziemlich unacht-
sam. Nahm es als gutes Zeichen, daß er gewann.

Als er ging, stand in der Nähe des Spielsaaleingangs der alte
Klubdiener Jean. Es hatte sich die Gewohnheit herausgebildet,
daß Gustav, wenn er im Gewinn war, sich ein Fünfmarkstück
zurückbehielt, um es Jean in die Hand zu drücken. So auch
heute. Die würdige Art, wie der Alte dankte, unmerklich und
doch betont, machte Gustav Freude. Er ging ein Stück Wegs zu
Fuß nach Haus durch die frische Winternacht. Leben war leicht
und angenehm wie je.

Er schlief gut und erwachte voll Zuversicht. Die Arbeit gedieh;
Dr. Frischlin, der seine Stellung im Geschäft aufgegeben hatte
und nun regelmäßig den Vormittag über mit ihm arbeitete, hatte
ein paar gute Einfälle. Auch die Post war angenehm. Am erfreu-
lichsten der Brief eines Bekannten aus dem Bibliophilenverein,
eines angesehenen Schriftstellers, der ihn aufforderte, ein Manifest gegen die zunehmende Barbarisierung des öffentlichen
Lebens mit zu unterzeichnen. Gustav lächelte, trotzdem er allein
war, fast kindlich, verlegen. Schätzte man seine literarischen
Arbeiten so hoch ein, daß man sich von seiner Unterschrift etwas
versprach? Er las den Brief noch einmal. Unterzeichnete.

Professor Mühlheim, als er ihm davon erzählte, reagierte sehr
anders, als Gustav erwartet hatte. „Deine literarischen Ambitio-
nen in Ehren, Oppermann", sagte er verdrießlich, „aber ich hätte
mir diese Unterschrift verkniffen." Gustav zog die Brauen hoch,
scharf zackten sich die senkrechten Oppermannschen Falten
über seiner Nase. „Möchtest du mir nicht erklären, Mühlheim,
warum?" bat er bösartig. „Braucht es da viel Erklärungen?"
fragte unmutig Mühlheim zurück. „Was versprichst du dir von

so einem Manifest? Glaubst du, daß eine so lahme akademische Geschichte in irgendeinem Ministerialbüro Eindruck macht?" Und da Gustav offenbar immer noch nicht verstand, legte er los: „Ich muß dir schon sagen, du bist verboten naiv. Glaubst du, daß die Wirkung dieses Aufrufs in irgendeinem vernünftigen Verhältnis steht zu dem Preis, den du dafür wirst zahlen müssen? Siehst du denn nicht, Mensch, was für eine Bouillon du dir und den andern Oppermanns zusammenkochst? Du kannst jetzt was erleben in der völkischen Presse. Diese Herren werden nämlich die einzigen sein, die auf das Zeug reagieren. Vor einem Jahr wäre das ein Spaß gewesen. Jetzt sind sie der Mund der Regierung, einer recht skrupellosen Regierung. Für deinen Bruder Martin wird es kein Festessen sein, wenn er den Dreck lesen muß." Gustav stand da wie ein gescholtener Schuljunge. „Man kann dich wirklich keinen Augenblick allein lassen, Oppermann", schloß Mühlheim milder.

Allein Gustavs Betroffenheit war rasch vorbei. Was? Will man ihm von neuem bange machen? Man soll ihn gefälligst verschonen mit der blöden Miesmacherei. Er macht nicht länger mit. Er läßt es sich nicht verbieten, für Lessing, Goethe, Freud einzutreten. Sollen dann in Gottes Namen ein paar Idioten die Stühle für ihre geschätzten Gesäße woanders kaufen als bei Oppermanns. Mühlheim sah spöttisch auf den erregten Mann. Erwiderte kühl, ironisch. Die beiden Freunde trennten sich verstimmt.

Sehr anders als auf Mühlheim wirkte das Manifest auf Sybil Rauch. Sie freute sich, den Namen ihres Freundes unter den sehr guten Namen der andern Unterzeichner zu finden. Gratulierte ihm auf ihre kindliche, herzliche Art. Es war sehr anständig von Gustav, den Aufruf so bedenkenlos zu unterzeichnen. Ihr Freund gefiel ihr. Gustav fand ihre Meinung viel natürlicher, wirklichkeitsnäher als die der Politiker, Juristen, Geschäftsleute.

Er arbeitete, lebte. Die Arbeit ging gut voran, das Leben war schön. Mag im Palais des Reichskanzlers der Barbar sich sielen: ihn kümmert es nicht.

Was Martin Oppermann, Jacques Lavendel, was die klugen Herren Brieger und Hintze, was der erfahrene Professor Mühlheim, die schöne, gescheite Ellen Rosendorff nicht fertigbekommen hatten, nämlich die mauerfeste Zuversicht Gustavs zu erschüttern, das bewirkten seltsamerweise drei Stühle. Genau gesagt, drei für eine Eßzimmergarnitur bestimmte Stühle à siebenunddreißig Mark, Modell Nr. 1184. Sechs solcher Stühle nämlich hatte Frau Emilie François, das Donnerwölkchen, in ihrem Speisezimmer stehen, und sie war seit langem der Ansicht, daß man neun solcher Stühle benötige. Ihr törichter Gatte gab Frau Emilie in diesen letzten Wochen immer mehr Ursache zur Unzufriedenheit. Der Fall des Lausejungen Oppermann war, trotzdem die politische Lage sich zuspitzte, immer noch nicht bereinigt, und die Beziehungen des Rektors zu Oberlehrer Vogelsang ließen zu wünschen übrig. Rektor François, um Emilie ein wenig zu besänftigen, wollte ihr zu ihrem Geburtstag die drei fehlenden Stühle schenken. Dagegen hatte Frau François an sich nichts einzuwenden, aber sie machte sich Sorgen über die technischen Details, wie man in den Besitz der Stühle gelangen könne. Da es sich um eine einheitliche Garnitur handelte, konnten die Stühle nur bei Oppermanns bestellt werden. Andernteils sah man es nicht gerne, wenn ein höherer Schulbeamter in diesen Zeiten in einem jüdischen Geschäft kaufte. Die Stühle durften unter keinen Umständen durch einen Transportwagen des Möbelhauses Oppermann oder durch einen Boten zugestellt werden, der als Angestellter der Firma Oppermann kenntlich war. Sie bestand darauf, daß François das bei der Bestellung ausdrücklich betonte. Das einfachste sei, er teile seinem Freunde Gustav ihren Wunsch telefonisch mit. Rektor François weigerte sich. Frau François erklärte, solche Ersuchen seien üblich, sonst müßten die meisten jüdischen Geschäfte zuschließen. François, unter ihrem Druck, versprach, Gustav die Sache bei Gelegenheit beizubringen. Er gedachte das auf eine schalkhafte Art zu tun, obenhin, nebensächlich. Aber Donnerwölkchen bestand darauf, zuzuhören, wenn François telefonierte. Es war wohl die Folge ihrer Gegenwart, daß das Ersuchen des Rektors nicht ganz so schalkhaft herauskam, wie er es wünschte.

Es gelang Gustav zwar, das Telefongespräch so zu beenden, wie es Rektor François führen wollte, leichthin, schwatzend. Aber, den Hörer eingehängt, veränderte er sich auf erschreckende Art. Schämten sich bereits seine Freunde der Dinge, die von ihm stammten? Er verfinsterte sich, hörte sein erregtes Herz schlagen. Glaube und Zuversicht rannen aus ihm wie die Luft aus einem defekten Gummireifen.

Dr. Bernd Vogelsang war fünfunddreißig Jahre alt, jung und gelehrig. Die knappen, abgezirkelten Bewegungen, die er sich in der Provinz angewöhnt hatte, wurden in Berlin runder, ohne an Strammheit zu verlieren, sein Kragen wurde um einen Zentimeter niedriger. Auch sonst lernte Bernd Vogelsang viel in diesen Wochen. Vierzehn Jahre hatte der Führer kämpfen müssen, ehe er den Sieg errang. Jetzt, als Kanzler, krähte er nicht Triumph, er mäßigte sich, er wartete ab, bis er den Gegner für immer erledigen konnte. Bernd Vogelsang ahmte in seinem Bereich die Taktik des Führers nach. Er konnte warten wie dieser.

Bei aller Mäßigung seines Auftretens hatte er jetzt schon erreicht, daß in der Unterprima des Königin-Luise-Gymnasiums der Boden bereitet war für die Zeit, da echt deutscher Geist dort endgültig die Macht ergreifen sollte. Schon kannte jeder der Schüler das Gedicht jenes Heinrich von Kleist „Germania an ihre Kinder" auswendig, und es hob Bernd Vogelsang das Herz, wenn er seine Jungens die großen, haßvollen Verse im Chor sprechen hörte. Neben der klassischen kannte man auch die heutige Hymne der Völkischen auswendig: das Horst-Wessel-Lied.

Rektor François saß müde und traurig in seinem großen Amtszimmer zwischen den Büsten Voltaires und Friedrichs des Großen. Vom Geiste Voltaires war kein Hauch mehr am Königin-Luise-Gymnasium zu spüren und vom Geist Friedrichs des Großen nur mehr das Üble. Selten noch, daß der eine oder andere seiner Lehrer es wagte, sich zu jenem Liberalismus zu bekennen, der vordem als die beste Tugend seiner Schule galt.

Keine Rede mehr davon, daß Vogelsang versetzt werden könnte. Vielmehr mußte François tatenlos zuschauen, wie dieser Mann die bildsamen Gemüter seiner Schüler für immer verdarb.

Dabei verhielt sich Vogelsang höflich und korrekt, er gab keinen Grund zur Klage. Vermied es zum Beispiel, den leidigen Fall Oppermann zu forcieren. Alle acht Tage höchstens, gelegentlich, am Schluß einer Unterredung über andere Gegenstände, mit unheimlich freundlichem Lächeln, das die einzelnen Teile seines Gesichtes noch schärfer zertrennte, sagte er in seinem quäkenden Ostpreußisch: „Ceterum censeo discipulum Oppermann esse castigandum." Rektor François wurde es kalt vor dem Witz seines Oberlehrers. Auch er zwang sich ein Lächeln ab unter dem gepflegten, weißen Knebelbart. Hilflos durch seine scharfen, randlosen Brillengläser starrte er auf den kalt, höflich und überlegen grinsenden Mann; ihm war, als halte der einen Schuldschein in seinen rötlichen, mit blonden Härchen überflaumten Händen, einen äußerst unangenehmen Schuldschein. „Gewiß, Herr Kollege", erklärte er hastig. „Ich habe die Sache nicht aus den Augen verloren." Und Oberlehrer Vogelsang bestand nicht weiter auf seiner Forderung, er lächelte nur anerkennend. „Schön, schön", sagte er und verabschiedete sich.

Sah Rektor François den Schüler Oppermann, dann unterließ er es nie, ein paar freundliche Worte mit ihm zu sprechen. Berthold war in diesen letzten Wochen auffallend erwachsener geworden. Sein Gesicht war nachdenklicher, weniger weich, männlicher; die kühnen, grauen Augen schauten beschäftigt, vergrübelt unter der eigenwilligen Stirn mit den scharzen Haaren. Die Frauen begannen, ihm nachzuschauen. Über seine eigenen Angelegenheiten sprach er immer seltener. Auch Rektor François, trotzdem der Junge wußte, daß er ihm freund sei, konnte ihn nicht dazu bewegen, sich ihm anzuvertrauen.

Übrigens schikanierte Dr. Vogelsang Berthold nicht. Er beschäftigte sich mit ihm nicht mehr und nicht weniger als mit den andern und dachte nicht daran, seine Leistungen zu verkleinern. Gelegentlich, eine kluge Antwort Bertholds quittierend, grinste er unter seinem dichten, blonden Schnurrbärtchen höflich Beifall: „Ein Köpfchen, Oppermann. Sie sind ein Köpfchen." Ein anderes Mal, Bertholds flüssigen Stil lobend, merkte er an: „Ein bißchen zu flüssig, zu glatt. Zuwenig Widerstände, zuwenig Kanten. Mehr Härte, Oppermann. ‚Landgraf, werde hart'." Berthold war gerecht genug, dieses Urteil als begründet zu empfinden.

Heinrich Lavendel sah mit Besorgnis die Ruhe Vogelsangs. Ein Vogelsang läßt eine Chose wie die mit Hermann dem Deutschen nicht begraben sein. Je länger er zögert, so gefährlicher. „Der lauert nur", sagte Heinrich zu Berthold, „bis das Beefsteak ganz durch ist. Ich kenne doch das Schwein. Ich an deiner Stelle würde nicht warten, bis er auf mich zukommt. Go ahead, Berthold. Stell ihn. Mit Hechtsprung hinein." Berthold zuckte nur die Schultern, zugesperrt, abweisend.

Berthold sah jetzt viel erwachsener aus als Heinrich. Großartig sah er aus. Er war überhaupt ein großartiger Bursche. Er konnte einem alles beweisen und widerlegen. Aber in Wahrheit war er, Heinrich, der Erwachsene und Berthold der Kindskopf. Er hätte ihm verdammt gern geholfen. Aber da stand man hilflos vis à vis und mußte zuschauen, wie der Junge sich abzappelte. Zum Kotzen. Er wagte nicht, ein zweites Mal mit Berthold zu reden. Sie blieben ziemlich schweigsam, wenn sie miteinander nach Hause radelten. Aber oft jetzt begleitete er Berthold eine Straßenecke weiter, trotzdem das ein Umweg war, und Berthold bemerkte es wohl.

Der Schüler Werner Rittersteg, der Lange Lulatsch, hatte nach Heinrichs Ohrfeige zunächst von seinen Werbungen abgelassen. Ja, er hatte sich zuweilen piepsig und hysterisch über den früher bewunderten Kameraden lustig gemacht. Aber als er gelegentlich um einen Bleistift bat und der immer gefällige Heinrich, als wäre nichts geschehen, ihm den seinen hinreichte, hielt sein Groll nicht vor. Den Tag darauf begrüßte er Heinrich wieder mit den Worten: „How are you, old fellow?" und begann von neuem mit seinen heftigen Freundschaftsbezeigungen. Heinrich blieb kühl. Wie er von den Angriffen des Langen Lulatsch nicht

Kenntnis genommen hatte, so ließ er sich seine Werbungen nur eben gefallen.

Wie Rittersteg jetzt wahrnehmen mußte, daß Heinrich sich immer enger an Berthold anschloß, überfiel ihn von neuem der Zorn. Er, ein reinblütiger Arier und somit von Natur jedem Juden überlegen, dazu von Bernd Vogelsang in die Reihen der Jungen Adler aufgenommen, ließ sich herab, Heinrich seine Freundschaft anzutragen, und der Undankbare zog ihm diesen protzigen Oppermann vor. War solche Schmach erhört? An sich natürlich konnte es ihm piepe sein, was ein Judenjunge von ihm dachte. Aber es war ihm leider nicht piepe. Es wurmte ihn, es brannte ihn, daß Heinrich nichts von ihm hielt. Er mußte ihm zeigen, daß er ein stärkeres Kaliber war als dieser feine, ge- schniegelte Oppermann. Er mußte einen großen Coup landen, einen Schlager, daß Heinrich endlich die Augen aufgingen.

Um jene Zeit hatte der Wahlkampf eingesetzt, und in dem demokratischen „Tagesanzeiger" hatte der sehr bekannte Jour- nalist Richard Karper, von den völkischen Zeitungen humori- stischerweise beharrlich Isidor Karpeles genannt, sich über die vielen stilistischen Schnitzer des Führers lustig gemacht. Das Blatt war daraufhin zwar verboten worden: aber der Aufsatz hatte gewirkt, vor allem auch auf Oberlehrer Vogelsang. Den trieb es, sich in seinem Bereich mit dem tückischen Widersacher auseinanderzusetzen. Er hängte die kleinlichen Angriffe des Isidor Karpeles, genannt Karper, vor den Schülern seiner Unterprima niedriger. Erklärte ihnen, daß es beim Staatsmann auf das Ethos ankomme, nicht auf die Details der Form. Legte ihnen seine Lieblingstheorie dar, die von der Überlegenheit der Rede über die Schrift. Zitierte ihnen, nachdem er die schlimmsten Verstöße gegen den deutschen Sprachgeist daraus ausgemerzt hatte, Sätze des Führers über diesen Gegenstand. Brandmarkte den Karper- Karpeles, den Verkleinerer des Führers, als eines jener Elemente, die an der Zersetzung, an dem politischen und moralischen Niedergang des deutschen Volkes die Hauptschuld trügen.

Werner Rittersteg richtete die vorgewölbten Augen demütig auf den Mund des verehrten Lehrers, unter dessen weizenblondem Schnurrbärtchen die zürnenden Worte groß hervorkamen. Aber er konnte das Aug des Lehrers nicht erreichen, vielmehr schaute der, Werner Rittersteg sah es genau, starr auf Berthold Oppermann. Ja, es war kein Zweifel, der ganze scharfe Angriff Vogelsangs richtete sich im Grunde gegen Berthold Oppermann.

Der Lange Lulatsch schaute auf Heinrich. Der hatte die Arme verschränkt auf die Bank gelegt, hielt den breiten, blonden Kopf gesenkt, wie stoßbereit. Werner Rittersteg nahm dies alles wahr. Hörte aber gleichzeitig aufmerksam auf Vogelsangs Worte, und keines ging ihm verloren.

In der Zwölfuhrpause, im Schulhof, trat er auf Heinrich Lavendel zu. Es war ein klarer Tag, warm, an diesem Februartag war zum erstenmal etwas wie Frühling in der Luft. „Look here, Harry", sagte er und hielt ihm an Stelle des geborgten einen neuen Bleistift hin, einen großen, gelben Kohinoor. Er hatte ihn selber angespitzt, sehr sorgfältig. „Ich hab jetzt einen Bleistift-spitzer, ein amerikanisches Patent, prima, Mensch", erklärte er Heinrich. Er beschaute aus seinen vorquellenden Augen träume-risch die Spitze des Bleistifts, die lang und scharf zulief. „Ein Messer sollte man so einem Schwein in den Ranzen rennen", erklärte er plötzlich, wild. Heinrich Lavendel saß auf der Hof-mauer, schnellte abwechselnd auf gymnastische Art die Beine vor. Jetzt hielt er ein. „Ein Messer in den Ranzen? Wem?" fragte er und schaute verwundert zu Rittersteg auf. „Dem Verräter natürlich, diesem Karper, der dem Führer in den Rücken fällt." Heinrich sagte nichts, verzog kaum merklich die sehr roten Lippen. Klein, stämmig, die Wangen zart und bräunlich, saß er vor dem bläßlichen Langen Lulatsch. Der, obwohl kein Men-schenkenner, las alles, was sein gehaßter, bewunderter Freund-feind dachte, Unglaube, Verachtung für den Großsprecher, Ekel, aus seiner kleinen, kaum wahrnehmbaren Geste. Heinrich nahm jetzt endlich den Bleistift, drehte ordentlich die Hülse über die Spitze, steckte ihn ein. „Der, den ich dir lieh", sagte er, „hat einen Sechser gekostet. Deiner kostet mindestens zwei Groschen, Mensch. Ich geb dir aber die fünfzehn Pfennig nicht heraus."

Nein, so abtun ließ sich der Junge Adler Werner Rittersteg nicht. „Du wirst es erleben, Mensch", sagte er dringlich, unglücklich, um Glauben ringend, „ich renn ihm das Messer in den Ranzen." Und, da Heinrich sich abwandte, achselzuckend, fügte er mit einem fatalen Versuch zu scherzen hinzu: „Wenn ich es tue, krieg ich dann meine fünfzehn Pfennig?" — „Du bist ja verrückt, Mensch", sagte Heinrich.

Es läutete. Die Pause war zu Ende. Pedell Mellenthin überwachte, wie seine Tochter die Brötchen zusammenpackte, die während der Schulpause nicht verkauft worden waren, übersah geflissentlich den Schüler Oppermann, nickte dem Schüler Rittersteg freundlich zu, stand stramm vor Oberlehrer Vogelsang. Der Unterricht ging weiter.

Zwei Tage später stand in den Zeitungen, Redakteur Richard Karper vom „Tagesanzeiger" sei auf der Redaktion von einem rabiaten jungen Mann niedergestochen worden. Der junge Mensch, ein gewisser Werner Rittersteg, Schüler der Unterprima des Königin-Luise-Gymnasiums, erkläre, er habe dem Redakteur Vorhaltungen wegen seines bekannten Artikels über den Führer gemacht und sei von diesem angepackt und gewürgt worden, so daß ihm nichts übriggeblieben sei, als, in Notwehr, sein Messer zu gebrauchen. Rittersteg, berichteten die Blätter, sei nach eingehender Vernehmung, da kein Fluchtverdacht vorliege, freigelassen worden.

Vater Rittersteg, ein wohlhabender Kaufmann, der vier Ehrenämter bekleidete, knallte seinem Sohn im ersten Impuls eine Ohrfeige. Mutter Rittersteg heulte, welche Schande der Junge über sie bringe. Aber sehr bald stellte sich heraus, daß der Lange Lulatsch kein Lump, sondern ein Held war. Die völkischen Zeitungen brachten sein Bild. Sie schrieben, wenn auch die Tat des jungen Mannes nicht bedingungslos zu billigen sei, so sei es doch verständlich, daß die deutsche Jugend sich durch die dreisten Angriffe des Verstorbenen zu Taten habe hinreißen lassen. Vater Ritterstegs Bekannte riefen an, gratulierten. Man trug ihm zwei weitere Ehrenämter an. Nach vierundzwanzig Stunden hatten die Eltern Rittersteg vergessen, wie sie auf das Geschehene, unmittelbar nachdem es zu ihren Ohren gekommen war, reagiert hatten; auch ihnen war der Junge jetzt ein Held. Nach achtundvierzig Stunden hätte Vater Rittersteg guten Gewissens beschwören können, von seinem heldischen Sohn habe er nie anderes als eine solche vaterländische Tat erwartet. Trotz der schlechten Zeiten raffte er sich zu dem Versprechen auf, dem Jungen zum Frühjahr an seinem Ruderboot einen Außenbordmotor anbringen zu lassen.

Dr. Vogelsang war von tiefer Freude erfüllt. Hier zeigte es sich, wie empfänglich deutsche Jugend war, wenn man sie nur zu nehmen wußte. Eine leise Andeutung genügte, sie auf den rechten Weg zu leiten. Werner Rittersteg war einer jener Jünglinge, die sicherlich alles Schlechte, Verrottete, Zersetzende aus Deutschland ausmerzen werden. „Was euch nicht zugehört,/ Müsset ihr meiden,/Was euch das Innre stört,/Dürft ihr nicht leiden." Diese Jugend verstand, ihren Goethe in die Tat umzusetzen. Er, Bernd Vogelsang, war in seinem kleinen Bereich zum Ziele gelangt wie der Führer in seinem großen. Achtzehn von den sechsundzwanzig Schülern der Unterprima waren nach der Tat Werner Ritterstegs erklärt völkisch; neben Werner Rittersteg und Max Weber fand Dr. Vogelsang jetzt vier andere würdig, in die Reihen der Jungen Adler einzutreten.

Im übrigen veranlaßte ihn gerade der Erfolg zu doppelter Vorsicht. Solange der Sieg der Nationalisten nicht vollständig ist, also bis zu den Wahlen, läuft er Gefahr, daß man ihn als den intellektuellen Urheber der Tat verfolgt. Richard Karper war ein beliebter Schriftsteller gewesen, die Zeitungen der Linken in ihrer albernen Überschätzung des Einzellebens schrien waih über seinen Tod. Bis zu den Wahlen war Zurückhaltung geboten. Nach den Wahlen kann Bernd Vogelsang seinen Anteil an der Tat mit doppeltem Stolz verkünden. Vorläufig aber gilt es, sich still zu halten. Kaum daß Vogelsang den Schüler Rittersteg seine Anerkennung merken ließ. Den Fall Oppermann erwähnte er nicht mehr.

Die Pennäler aber breiteten ihrem Kameraden Rittersteg ihre

Verehrung unter die Füße. An einem anschaulichen Beispiel hat er ihnen vorgelebt, wie ein Wilhelm Tell, wie ein Hermann der Deutsche auf die schäbigen Angriffe eines Karper reagiert hätte. Daß er sich auf Notwehr hinausredete, erhöhte nur sein Ansehen. Dem tückischen Feind gegenüber waren solche Ausreden ein erlaubtes Mittel; sie entsprangen jener nordischen List, von der Dr. Vogelsang immer sprach.

Der Lange Lulatsch sonnte sich in seinem Ruhm. Die Lehrer, trotzdem seine Leistungen nicht genügten, behandelten ihn wie ein rohes Ei. Im Sommer wird er ein Motorboot haben und mit den Mädchen auf dem Teupitzsee herumgondeln.

Nur *ein* bitterer Tropfen war in seinem Triumph. Er hat den großen Coup gelandet, es war ein großer Coup, alle fanden es. Aber der, um dessentwillen er die Geschichte gestartet hatte, fand es nicht.

Er ging um Heinrich herum, schaute ihn von der Seite an, gespannt, bettelnd. Wird der Mensch nicht endlich zu ihm sagen: „Ich habe mich geirrt, Werner. Ich habe dir die Tat nicht zugetraut. Ich bitte dich um Verzeihung. Hier meine Hand"? Nichts geschah. Eine ganze Woche geschah nichts. Heinrichs kaltes Schweigen machte den Langen Lulatsch verrückt.

Am achten Tag, im Schulhof, genau an der Stelle, wo er Heinrich zum erstenmal von der Tat gesprochen hatte, trat er unversehens schnell auf ihn zu. „Na, Mensch", sagte er, „krieg ich jetzt meine fünfzehn Pfennig?" Er hatte sich vollgepumpt mit Triumph, Zuversicht, schaute Heinrich fest, voll, ein Überlegener, ins Auge. Allein Heinrich gab ihm seinen Blick kalt zurück, keineswegs besiegt. „No, Sir", sagte er. Und, nach einer kleinen Weile, bösartig: „Wenn du willst, werde ich die fünfzehn Pfennig als Depot hinterlegen, bis sich herausgestellt hat, ob du in Notwehr gehandelt hast." Ein kleines Rot stieg in die bläßlichen Wangen Werners. „Spielst du auch Polizist?" fragte er heftig. Heinrich zuckte die Achseln. Das war alles. Werner, ohne daß er sich's zugestand, fühlte sich um den Sinn seiner Tat betrogen.

Dabei hatte sein Coup Heinrich tief getroffen. Die Tat des Langen Lulatsch, dieses damned fool, verwirrte ihm Urteil und

Gefühl. Was soll er tun? Er ist der einzige, der um die Vorge-
schichte des Mordes weiß. Er hat genau die piepsige Stimme
Werners im Ohr: „Ein Messer sollte man so einem Schwein in
den Ranzen rennen", und: „Du wirst es erleben, Mensch, ich
renn ihm das Messer in den Ranzen." Er spürt, daß er, der
Bleistift und die fünfzehn Pfennig sehr tief mit in die Ursachen-
kette dieses Mordes verknüpft sind. Aber was anders hätte er
antworten sollen als: „Du bist ja verrückt, Mensch"? Sie waren
ja verrückt, allesamt. Das ganze Land ist ein Irrenhaus geworden. Hat er, Heinrich, nicht die Pflicht, auszusagen, was er weiß,
dem Staatsanwalt zu schreiben, daß dieser Held kein Held,
sondern ein Lump, dieser Mord nicht Notwehr war, sondern
angekündigt, Absicht? Aber wenn er gegen den Dämlack Zeugnis ablegt, ist damit irgend etwas erreicht? Die Wissenden wissen, und die andern sind nicht zu belehren und werden ihm nicht
glauben. Er macht nur sich selber Schwierigkeiten, seinem Vater,
den Oppermanns, Berthold.

Sein Vater würde ihm bestimmt abraten, Rittersteg anzuzeigen. Mit guten, einleuchtenden Gründen. Heinrich, auch ohne
mit seinem Vater zu sprechen, weiß das genau. Dennoch ist er
immer wieder versucht, auszusagen, was er weiß. Man muß
sagen, was ist. Man kann nicht ruhig sein, wenn aus einem
verbrecherischen Narren ein Held gemacht wird. Man muß,
auch wenn die Erfolgschance noch so bescheiden ist, den andern
klarzumachen suchen, daß der Kerl ein verbrecherischer Narr
ist. „Go ahead, Harry", sagte er sich manchmal. „Write to the
attorney, what happened." Und sogleich, halb ärgerlich, halb
lächelnd, übersetzte er sich: „Los, Mensch." Allein dann siegte
doch wieder die Vernunft. Er setzte sich nicht hin, er schrieb
nicht, er schleppte sein besseres Wissen unbehaglich und
schweigsam mit sich herum.

Werner Rittersteg fand sich nicht schweigend mit der Niederlage ab, die Heinrich ihm beigebracht hatte. Konnte er ihn nicht
treffen, so wollte er es wenigstens diesem Oppermann zeigen.
Er richtete einen Brief an Fritz Ladewig, den Präses des Fußballklubs. Beantragte nochmals, diesmal schriftlich, Berthold Op-

permann wegen seiner bekannten Schmähung des Deutschtums aus dem Klub auszuschließen.

Neun Jungens waren im Präsidium des Klubs, unter ihnen Heinrich. Unbehaglich gab Fritz Ladewig den Antrag Rittersteges bekannt. Die Jungens sahen einander an, keiner sagte was. Berthold war ein guter Kamerad. Warum soll man etwas unternehmen, bevor Rektor und Professorenkollegium sich erklären? Andernteils war Werner Rittersteg der Held der Anstalt, man konnte einen Antrag von ihm nicht ohne weiteres ablehnen.

„Na, was meint ihr?" sagte nach einer Weile Fritz Ladewig. „Das wißt ihr", sagt Heinrich Lavendel, gradaus vor sich hin, ohne einen anzuschauen, blaß und entschlossen, „daß ich natürlich auch austrete, wenn Berthold geht." Ein Match mit der Mannschaft des Fichte-Gymnasiums stand bevor, Heinrich Lavendel war ein unersetzlicher Torwart. „Kommt gar nicht in Frage", erklärte man und vertagte die Entscheidung über den Antrag Werner Rittersteg.

Fritz Ladewig erstattete Ritterteg Bericht. Erklärte, der Klub erlaube sich die Anfrage, ob er trotz Heinrichs Drohungen seinen Antrag aufrechterhalten wolle. Werner Ritterteg hatte sich durch seine Mitgliedschaft bei den Jungen Adlern angewöhnt, auf unbequeme Fragen geheimnisvolle, zweideutige Antworten zu geben. „Darüber muß ich mich mit mir selber beraten", sagte er.

Nochmals trat er an Heinrich heran: „Ich mache dir einen Vorschlag. Ich bekenne vor jedermann, daß ich dein Freund bin. Ich erkläre mich mit dir solidarisch. Das heißt etwas, Mensch, unter den heutigen Verhältnissen. Aber ich kann's mir leisten. Du mußt mir nur eines versprechen: du enthältst dich im Klub der Stimme, und du bleibst drin. Wenn du nett sein willst, gibst du mir die fünfzehn Pfennig. Sag: Abgemacht. So eine Gelegenheit kommt nicht wieder", versuchte er zu scherzen. „Oder sag: Okay", lächelte er, bettelte er. Heinrich schaute ihn auf und ab, mit jener sachlichen Neugier, mit der man im Zoologischen Garten Tiere betrachtet. Drehte sich um. „Versteh mich doch, Mensch", sagte hastig, mit blassen Lippen, Werner Ritterteg. „Du brauchst mir die fünfzehn Pfennig natürlich nicht zu geben, das war ein Witz. Und im Klub kannst du auch dagegen stimmen. Aber du trittst nicht aus. Das wenigstens versprichst du mir." Heinrich kehrte sich ab, wortlos. Der lange Rittersteg rührte dem Kleineren, Stämmigen die Schultern, bettelte weiter: „Nimm Vernunft an. Tritt nicht aus. Bleib."

Heinrich schüttelte die langen, blassen Hände von seinen Schultern.

Rektor François hielt sich immer länger in seinem Amtszimmer auf; denn seine Privatwohnung war erfüllt von den Klagen und Beschwörungen Donnerwölkchens. Aber auch die Einsamkeit seines großen Amtszimmers wurde immer trüber. Was nützte es, daß sein Buch „Der Einfluß des antiken Hexameters auf die Wortgebung Klopstocks" gedieh, nun er erkennen mußte, daß das Werk seines Lebens verloren war. In hilflosem Kummer schaute er zu, wie schnell der breit einbrechende Nationalismus seine Schüler umnebelte. Er hat sich treulich bemüht, die Fackel weiterzugeben, aber jetzt drang Nacht immer tiefer herein und verschlang sein bißchen Licht. Barbarei, wie sie Deutschland seit dem Dreißigjährigen Krieg nicht erlebt hatte, breitete sich über das Reich. Der Landsknecht regierte; sein wüstes Gegröl deckte die holden Stimmen der deutschen Dichter zu.

Mit behutsamen Fingern, die Berührung des Papiers schon war ihm widerwärtig, blätterte Rektor François in dem „Nationalsozialistischen Liederschatz", dem offiziellen Liederbuch der Völkischen, dessen Verse jetzt auf Betreiben Vogelsangs seine Jungen auswendig lernen mußten. Was für Verse. „Und wenn die Handgranate kracht, / Das Herz im Leibe lacht", und: „Wenn's Judenblut vom Messer spritzt, / dann geht's noch mal so gut." In den Schulsälen, in denen vorher die Strophen Goethes und Heines, die gebändigten Sätze Kleistscher Prosa erklungen waren, rülpste man jetzt diese Gemeinheiten. Das Gesicht des Rektors verzog sich vor Ekel. Er wußte nun, wie es war, als die eindringenden Barbaren die Tempel antiker Städte zu Ställen für ihre Pferde machten.

Gerne einmal hätte er in der Max-Reger-Straße bei seinem Freunde Gustav Trost und Erholung gesucht. Aber auch das war ihm verwehrt. Seit der Unterzeichnung jenes Manifests gegen die Barbarei brachten die Zeitungen der Barbaren jeden zweiten oder dritten Tag wüste Angriffe auf Gustav, er war gebrandmarkt, und Donnerwölkchen hatte Rektor François streng verboten, sich bei ihm sehen zu lassen. Die Lehrer an seiner Anstalt, die seines Geistes waren, ihm freund, wagten, von allen Seiten bespitzelt, kaum mehr ein freies Wort. So saß der alternde Mann zumeist allein in seinem großen Arbeitszimmer, sein Werk versank vor ihm, seine Freunde versanken, sein Deutschland versank, und er wußte, bald werde auch an dieser seiner letzten Zufluchtsstätte für ihn so wenig Raum mehr sein wie für die Voltairebüste.

In diesen Tagen traf Rektor François den Schüler Oppermann auf dem langen Korridor zum Physiksaal. Berthold ging langsam; er sah auffallend erwachsen aus. Es fiel Rektor François auf, daß der Junge, trotzdem er viel Sport trieb, begann, die Füße einwärts zu setzen wie sein Vater. Er sah die kühnen, grauen, traurigen Augen Bertholds, sein beschäftigtes Gesicht. Er dachte daran, daß Donnerwölkchen ihn bestimmt getadelt hätte, aber er konnte nicht anders, er hielt ihn an. Er wußte nicht recht, was zu sagen; schließlich, mit seiner milden, jetzt kummervollen Stimme, brachte er heraus: „Na, Oppermann, was lesen Sie denn jetzt in der Klasse?" Berthold, und in seiner Stimme war fast mehr Resignation als Bitterkeit, erwiderte: „Den vaterländischen Dichter Ernst Moritz Arndt und den vaterländischen Dichter Theodor Körner und immer mal wieder den ‚Nationalsozialistischen Liederschatz', Herr Rektor." — „Hm, so", machte Rektor François, sah sich um, und da Pedell Mellenthin nicht zu sehen war, auch kein feindlicher Oberlehrer, sondern nur zwei kleine Jungen aus der Quinta, schluckte er und sagte: „Sehen Sie, lieber Oppermann, das ist nun so. Ulysses ist neugierig, Ulysses ist abenteuerlustig, Ulysses gerät in die Höhle Polyphems. Das erlebt jede Epoche. Aber jede Epoche erlebt auch, daß am Ende Ulysses den Polyphem besiegt. Nur dauert es manchmal etwas lange. Ich werde es höchstwahrscheinlich nicht mehr erleben, aber Sie werden es erleben." Der Schüler Oppermann schaute seinen Rektor an, eigentlich schaute der Siebzehnjährige erwachsener aus als der Achtundfünfzigjährige, und er sagte: „Sie sind sehr freundlich, Herr Rektor." Diese einfachen Worte schienen Rektor François tröstlich, sie richteten ihn geradezu auf. „Ja, was ich Ihnen eigentlich sagen wollte, Oppermann", begann er von neuem, eifriger als zuvor. „Es gibt jetzt eine Volksausgabe von Döblins ,Giganten'. Das Buch als Ganzes ist etwas barock, aber es sind zwei Fabeln darin, die gehören zu den besten Seiten deutscher Prosa. Man müßte sie in alle deutschen Schullesebücher aufnehmen. Lesen Sie sie, bitte, lieber Oppermann. Es ist eine Fabel vom Mond und eine vom Hund und dem Löwen. Es wird Ihnen eine Freude sein, daß auch in dieser Zeit in Deutschland solche Prosa geschrieben wird." Der Schüler Oppermann sah seinen Rektor aufmerksam an; dann, mit einer sonderbaren Abwesenheit in seiner tiefen, frühreifen Stimme, erwiderte er: „Ich danke Ihnen, Herr Rektor. Ich werde die Seiten lesen." Vielleicht war es die dunkle Ruhe dieser Stimme, die bewirkte, daß Rektor François nicht mehr an sich hielt, sondern ganz nah an den Schüler Oppermann herantrat und ihm, der größer war als er selber, beide Hände auf die Schultern legte. „Verlieren Sie den Mut nicht, Oppermann", sagte er. „Bitte, verlieren *Sie* mir den Mut nicht. Wir haben alle unser Teil zu tragen. Je besser einer ist, so schwerer. Lassen Sie sich, bitte, von Ihrem Onkel Gustav den Brief zeigen, den Lessing nach der Geburt seines Sohnes geschrieben hat, es war im Jahr 1777, glaube ich, oder 78, Ihr Onkel Gustav weiß bestimmt, was ich meine. Beißen Sie die Zähne zusammen, Oppermann, und halten Sie aus."

Wenngleich Rektor François nicht eben das war, was Berthold sich unter einem Mann vorstellte, so behütete ihn diese Unterredung doch für einige Tage vor allzu großer Bitterkeit. An seinem nächsten freien Nachmittag ging er zu Onkel Gustav und bat ihn um jenen Brief. „Ja natürlich", sagte Gustav, „der Brief vom letzten Dezember 77. Er ist im Besitz der Wolfenbüttler Bibliothek. Ein schöner Brief. Ein Faksimile ist bei Düntzer abgedruckt." Er zeigte ihm den Brief.

Berthold las: „Mein lieber Eschenburg, ich ergreife den Augenblick, da meine Frau ganz ohne Besonnenheit liegt, um Ihnen für Ihren gütigen Anteil zu danken. Meine Freude war nur kurz: Und ich verlor ihn so ungern, dieses Sohn! denn er hatte so viel Verstand! so viel Verstand! — Glauben Sie nicht, daß die wenigen Stunden meiner Vaterschaft mich schon zu so einem Affen von Vater gemacht haben! Ich weiß, was ich sage. — War es nicht Verstand, daß man ihn mit eisern Zangen auf die Welt ziehen mußte? daß er so bald Unrat merkte? — War es nicht Verstand, daß er die erste Gelegenheit ergriff, sich wieder davon zu machen? — Freilich zerrt mir der kleine Ruschelkopf auch die Mutter mit fort. — Denn noch ist wenig Hoffnung, daß ich sie behalten werde. — Ich wollte es auch einmal so gut haben, wie andere Menschen. Aber es ist mir schlecht bekommen. Lessing."

Berthold blätterte in der Briefsammlung weiter, las einen Brief, geschrieben eine Woche später: „Mein lieber Eschenburg, ich kann mich kaum erinnern, was für ein tragischer Brief das kann gewesen sein, den ich Ihnen soll geschrieben haben. Ich schäme mich herzlich, wenn er das geringste von Verzweiflung verrät ... Die Hoffnung zur Besserung meiner Frau ist seit einigen Tagen wieder sehr gefallen ... Ich danke Ihnen für die Abschrift des Goezischen Aufsatzes. Diese Materien sind itzt wahrlich die einzigen, die mich zerstreuen können ... Lessing."

Und dann war da ein Brief, wieder drei Tage später: „Lieber Eschenburg, meine Frau ist tot: und diese Erfahrung habe ich nun auch gemacht. Ich freue mich, daß mir viel dergleichen Erfahrungen nicht mehr übrig sein können zu machen; und bin ganz leicht ... Ich muß nur wieder anfangen, meinen Weg allein so fort zu duseln. Haben Sie ... die Güte, liebster Freund, und lassen Sie mir aus Ihrem großen Johnson den ganzen Artikel ‚Evidence‘ mit allen Beweisstellen abschreiben."

Berthold las. Es war ein bißchen seltsam, daß Rektor François ihm gerade diesen Brief von der Zangengeburt zur Lektüre empfahl. Aber angerührt war Berthold. Daß dieser Lessing am

Sterbebett seiner offenbar sehr geliebten Frau seinem Freunde vom Absterben dieser Frau berichtete und ihn, eh die Tinte trocken war, ersuchte, ihm Literatur für seine Arbeit zu schicken, das war schon allerhand. Leicht hat er es nicht gehabt, dieser Schriftsteller G. E. Lessing. Als er seinen „Nathan" schrieb, sein Bekenntnis für die Emanzipation der Juden, erklärten die damaligen Völkischen, er sei dafür hoch bezahlt worden. Immerhin hat niemand von ihm verlangt, daß er Abbitte tue und widerrufe. Es ist in den hundertfünfzig Jahren seither erheblich finsterer geworden in Deutschland.

Berthold sah die langen, hohen Reihen der Bücher auf und nieder. Dies alles war Deutschland. Und die Leute, die diese Bücher lasen, waren Deutschland. Die Arbeiter, die in ihrer freien Zeit sich in ihre Arbeiterhochschulen setzten und ihren schwerverständlichen Karl Max büffelten, waren Deutschland. Und das Philharmonische Orchester war Deutschland. Und auch das Autorennen auf der Avus und die Arbeitersportvereine waren Deutschland. Aber, leider, auch das Nationalsozialistische Liederbuch war Deutschland und das Pack in den braunen Uniformen. Soll wirklich dieser Unsinn das andere fressen? Will man wirklich die Irrenhäusler regieren lassen, statt sie einzusperren? Deutschland, mein Deutschland. Es packte ihn plötzlich. Er hatte gelernt, sich zu beherrschen, er hielt auch diesmal an sich. Aber blaß und rot wurde er doch, so daß Onkel Gustav auf ihn zutrat, ihm die kräftige, behaarte Hand auf die Schulter legte und sagte: „Kopf hoch, mein Junge. Unter 29 minus fällt in dieser Gegend das Thermometer nicht."

Edgar Oppermann, im Chefzimmer der Laryngologischen Station der Städtischen Klinik, unterschrieb, ohne sie zu lesen, eine Reihe Briefe, die Schwester Helene ihm hingehalten hatte. „So, Schwester Helene", sagte er, „und jetzt darf ich noch auf einen Sprung ins Labor." Er sah überarbeitet aus, gehetzt, Schwester Helene hätte ihm gern die Viertelstunde Ruhe im Laboratorium gegönnt. Aber es ging nicht, die Situation war zu brenzlig. „Ja mein", hatte Geheimrat Lorenz zu ihr gesagt,

„jetzt sollte halt eine resolute Frauensperson die Geschichte in die Hand nehmen."

„Es tut mir leid, Herr Professor", sagte sie, „aber ich kann Sie noch nicht fortlassen. Bitte, lesen Sie das", und sie wies auf ein paar Zeitungsausschnitte.

„Sie werden immer strenger mit mir, Schwester Helene", versuchte Edgar zu lächeln. Er nahm gehorsam die Ausschnitte zur Hand, las sie. Sie waren die gewohnten Angriffe, nur war der Ton noch robuster, pöbelhafter. In jedem zweiten Fall, hieß es, führe das Oppermannsche Verfahren den Tod des Operierten herbei. Edgar Oppermann verwende fast ausschließlich Patienten der dritten Klasse für seine mörderischen Versuche. Es seien Ritualmorde größten Stiles, die der jüdische Arzt in aller Öffentlichkeit begehe, um sich dafür von der jüdischen Presse beweihräuchern zu lassen. Die Augen des Lesenden trübten sich im Zorn. „Das schreiben sie doch seit Monaten", sagte er heftig. „Können Sie mich damit nicht verschonen?"

„Nein", erwiderte Schwester Helene kurz. Ihre Stimme klang nach der lauten, unmutigen Edgars doppelt leise, doch darum nicht weniger resolut. „Sie dürfen die Augen nicht länger zudrücken, Herr Professor", sagte sie mit der Strenge, mit der sie einem Patienten eine unangenehme Medizin aufnötigte. „Sie müssen dagegen etwas tun."

„Aber es weiß doch jeder", sagte ungeduldig Edgar, „daß wir nur 14,3 Prozent Fälle mit letalem Ausgang haben. Selbst Varhuus gibt zu, daß in mehr als fünfzig Prozent aller Fälle, die man sonst aufgeben müßte, das Oppermannsche Verfahren zum Ziel führt." Er suchte seine Heftigkeit zu mäßigen, lächelte. „Ich bin ein hilfsbereiter Mensch, Schwester Helene. Aber wenn der Teufel in diese Säue gefahren ist, muß gerade ich ihn austreiben? Sie dürfen nicht zuviel von mir verlangen."

Aber sie ging auf diesen Ton nicht ein. Sie hatte sich gesetzt, sie dachte nicht daran, die Unterredung so bald zu beenden. Kräftig, füllig saß sie da. Die Aufsätze dieser Zeitungen, setzte sie ihm auseinander, würden ja nicht von Medizinern gelesen, sondern von einer fanatisierten Menge. Diese fanatisierte Menge habe Einfluß auf die Geschicke der Städtischen Klinik. Er könne das nicht länger anstehen lassen. Er müsse klagen, forderte sie leise, doch entschieden, sogleich müsse er klagen. Oder ob er warten wolle, bis Geheimrat Lorenz ihm das nahelege?

Edgar Oppermann sah die Logik Schwester Helenes ein, aber ihn ekelte vor der Sache. Die Leute, erklärte er heftig, die solche Aufsätze schrieben, und die, die sie glaubten, gehörten in ein Irrenhaus, nicht vor Gericht. Er kann sich mit ihnen nicht auseinandersetzen. So wenig wie mit den Medizinmännern eines Urwaldstammes, die behaupten, Lungenschwindsucht könne nur geheilt werden, wenn man dem Patienten Antilopenkot aufs Auge lege. „Wenn das Ministerium oder der alte Lorenz es für nötig hält, solche Leute zu widerlegen, dann kann ich sie nicht hindern. Aber ich tu es nicht. Ich bin kein Latrinenreiniger."

Schwester Helene drang für diesmal nicht durch. Aber sie dachte nicht daran, zu resignieren. Sie wird heute abend weiter diskutieren, morgen vormittag, morgen abend. Ahnte denn dieser große Wissenschaftler, dieses Kind, ihr Professor Oppermann nicht, was um ihn vorging?

In den Krankenhäusern, auf der Universität, überall witterten die unbegabten Mediziner Morgenluft. Eine Epoche brach an, in der nicht mehr Leistung und Begabung entschied, sondern die vorgebliche Zugehörigkeit zu einer Rasse. Schwester Helene besaß naturwissenschaftliche Bildung genug, um zu wissen, daß hinter der Rassentheorie ebensoviel Sinn und Unsinn stak wie hinter dem Glauben an Hexentum und Teufel. Aber für alle, denen die Begabung anderer im Weg stand, war es verlockend, den Mangel eigener Leistung durch den Hinweis auf nichtjüdische Abstammung zu ersetzen. Zwar wagte man sich bisher an ihren Professor nicht heran. Er gehörte zu den zehn oder zwölf deutschen Ärzten von Weltruf; seine Studenten, seine Kranken hingen an ihm. Aber sah er nicht, wie schon sein Schützling zum Beispiel, Dr. Jacoby, von dem allgemeinen Übelwollen angefressen war? Der kleine, häßliche Mensch wurde immer scheuer, linkischer, wagte sich kaum mehr zu seinen Patienten. Und dieser unbegreifliche Professor wollte das nicht merken, wollte nicht wahrhaben, daß es mit der Kandidatur des kleinen Jacoby jetzt endgültig Essig war, tröstete ihn vielmehr und erklärte ihm in unfaßbarem Optimismus, es könne nur mehr Tage dauern, bis die Bestätigung da sei.

Es war ein läppischer Vorfall, der Edgar Oppermann aus der freiwilligen Blindheit riß, mit der er sich bisher gegen die wüste Wirklichkeit geschützt hatte. An einem der nächsten Nachmittage nämlich wurde ein Patient der dritten Klasse, den man unentgeltlich behandelte, dabei betroffen, wie er gegen strenges Verbot eine Zigarre rauchte. Der Mann litt an einer Kehlkopfkrankheit; daß er rauchte, schädigte nicht nur die andern Kranken seines Saales, sondern am meisten ihn selber. Die Aufsichtsschwester bat den Mann höflich, sich das Rauchen vorläufig zu versagen. Er machte Witze, gehorchte nicht. Sie wurde dringlicher, er trotziger. Schließlich mußte sie den diensttuenden Arzt zu Hilfe rufen, Dr. Jacoby. Das Erscheinen des kleinen, häßlichen Juden machte den Mann vollends rabiat. Mit seiner kranken, heiseren Stimme bellte er, er scheiße auf das, was die jüdischen Ärzte ihm kommandierten. Der ganze Betrieb hier könne ihn am Arsch lecken, der Professor als erster. Er habe es satt, hier das Versuchskaninchen zu markieren. Er, ein deutscher Mann, werde dem feinen Herrn Professor in den deutschen Zeitungen eine Stearinkerze anstecken. Der kleine Doktor stand aschgrau, hilflos. Die andern Patienten mischten sich ein. Von allen Seiten brach es los, kläffend, bellend, heiser. In ihren blaugestreiften Krankenkitteln drangen sie auf Dr. Jacoby ein, aus ihren Betten heraus schrien sie. Er hatte für den schreienden, meuternden Saal nichts als Argumente der Vernunft, das am wenigsten geeignete Beruhigungsmittel. Schwester Helene kam auf die glückliche Idee, Dr. Reimers zu rufen. Der brachte die Rebellen mit ein paar kräftigen, unflätigen Flüchen zur Ruhe. Er scheute sich nicht, den Rädelsführer an den Schultern zu packen, ihn kräftig zu schütteln, aus der Anstalt hinauszuweisen. Den andern sprach er auf männliche, derbe Art gut zu. Diejenigen, die zuerst am lautesten auf Seite des rauchenden Meuterers gestanden waren, fanden jetzt, er sei ein Stänker, der auch an Hindenburg und dem lieben Gott kein gutes Haar lasse, und bald hörte man im Saal nur mehr die leise Stimme Schwester Helenens.

Die Veränderungen im Möbelhaus Oppermann, die Hetzartikel gegen seinen Bruder Gustav, die gemeinen Aufsätze gegen ihn selber hatten Edgar wenig angefochten: diese läppische Meuterei warf ihn um. Er begriff es nicht, wie Kranke, denen man mit so beflissener Wissenschaft geholfen hatte, trotz des augenscheinlichen Erfolgs über ihre Ärzte herfielen. Daß diese Leute, wenn auf der einen Seite ihr eigenes Erlebnis, auf der andern ein dummer Hetzartikel stand, sich gegen ihr Erlebnis für den Hetzartikel entschieden, erschütterte ihn. Er erklärte Schwester Helene, jetzt werde er klagen.

Schon am andern Tag kam er mit Professor Arthur Mühlheim zusammen. Er fragte Mühlheim, ob man nicht, da er, Edgar, doch in der Öffentlichkeit stehe, den Staatsanwalt veranlassen könne, ex officio Klage zu erheben. Mühlheim, statt aller Antwort, fragte, wie alt Edgar sei. Dann holte er einen Kognak, gebrannt in Edgars Geburtsjahr, schenkte ihm ein, verzog das vielgefältete, listige Gesicht zu einem fatalen Lächeln, sagte: „Ich fürchte, Edgar, viel andern Rat werde ich Ihnen nicht geben können."

Edgar, betreten, fragte wieso und warum. Stand es nicht außer Frage, daß die Behauptungen dieser Zeitungen schamlose Lügen waren? Ein ungeheures Material, das dies auf eine auch jedem Laien faßbare Art bewies, konnte beigebracht werden. Was also sollte ihn hindern, Klage anzustrengen? Lebte man nicht in einem Rechtsstaat?

„Bitte wie?" sagte Mühlheim. Und da er die Augen des andern geradezu erschreckt auf sich gerichtet sah, erklärte er: „Selbst wenn Sie schon vor einem Monat zu mir gekommen wären, Edgar, als ein Teil der Gesetze wenigstens formal noch in Geltung war, selbst dann hätte ich Ihnen als gewissenhafter Anwalt von einer Klage abraten müssen. Die Artikelschreiber hätten nämlich versucht, den Wahrheitsbeweis anzutreten." — „Aber ...", warf Edgar entrüstet ein. „Ich weiß schon", winkte Mühlheim ab, „ein solcher Wahrheitsbeweis hätte nie glücken können. Allein die Gegner hätten Ihnen neue, immer abstrusere und niederträchtigere Dinge angedichtet, das Gericht hätte Erhebung über diese Dinge immer wieder zugelassen, man hätte Ihnen so viel Dreck an den Schädel geschmissen, daß Sie vor Ärger krepiert wären. Vergessen Sie nicht, Edgar, daß unsere Gegner einen ungeheuren Vorteil vor uns voraushaben: ihren unbedingten Mangel an Fairneß. Darum sind sie ja heute an der Macht. Sie haben immer Mittel angewandt von solcher Primitivität, daß die andern sie einfach nicht für möglich hielten, weil sie in keinem andern Lande möglich gewesen wären. Sie haben etwa die gesamten Führer der Linken von einiger Bedeutung einfach abgeschossen, einen nach dem andern. Ungestraft. Um zur Sache zurückzukommen, glauben Sie mir, Edgar, Sie finden heute in Deutschland keinen Richter, der die Artikelschreiber verurteilt. Und nach den Wahlen werden Sie in Deutschland kein Gericht finden, das die Klage auch nur zuläßt."

„Ich glaube das nicht, ich glaube das nicht", sagte Edgar heftig und schlug auf den Tisch; aber es klang wie ein Hilferuf.

Mühlheim zuckte die Achseln. Holte eine Vollmacht, bat Edgar, zu unterzeichnen. „Die Klage geht morgen ab", sagte er. „Aber ich wollte, Sie sparten sich die Enttäuschung."

„Wie sollen meine Kranken Zutrauen zu mir haben, wenn solche Dinge gegen mich gesagt werden dürfen?" grollte Edgar. „Wer heißt Sie denn Ihre Kranken behandeln?" fragte bitter Mühlheim zurück. „Wer sagt Ihnen denn, daß dieser Staat das will?" — „Aber die Richter", ereiferte sich Edgar, fast kindlich erstaunt, „sind doch akademisch gebildet; sie wissen doch, daß das alles Unsinn ist. Oder glauben Sie vielleicht wirklich, daß ich Christenkinder schlachte?" — „Sie reden sich ein", erwiderte Mühlheim, und der Grimm verzerrte grotesk sein kleines, listiges Gesicht, „daß Sie, etwa im Osten geboren, Ihrem Blut und Ihrer Veranlagung nach sehr wohl dazu imstande wären."

Edgar ging von der Unterredung mit Mühlheim völlig ausgeleert. Hatte sich die Welt in wenigen Wochen so verändert? Oder war er sechsundvierzig Jahre alt geworden und hatte von der Welt ringsum so wenig begriffen?

Den Tag darauf ließ er sich in ein längeres Gespräch mit seiner Tochter Ruth ein. Ruth war gewohnt, daß sich ihr Vater auf gutmütige, liebenswürdige Art über sie lustig machte. Er tat das auch jetzt, aber es war dennoch anders, und das Mädchen fühlte rasch, daß seine Sicherheit erschüttert war. So genau sie wußte, daß er von der Sinnlosigkeit ihres Nationalismus sozusagen naturwissenschaftlich überzeugt war, und daß sie ihm nur ein Schauspiel bot, sie hatte es sich trotzdem nicht versagen können, ihre Ideen immer wieder mit der gleichen Wildheit zu verteidigen wie am ersten Tag. Jetzt, merkend, daß er gelockert war, wurde auch sie sanfter. Gina Oppermann saß stumm dabei. Sie war eine törichte, kleine Frau, sie verstand nichts von dem, was gesprochen wurde. Aber sie wußte Bescheid um Ton und Haltung ihres Mannes und ihrer Tochter, und sie sah verschüchtert die zaghaften Versuche Edgars, bei seiner Tochter in die Schule zu gehen.

Noch in der gleichen Woche setzte der alte Geheimrat Lorenz Edgar auseinander, daß Professor Varhuus nun endgültig erklärt habe, er könne die Kandidatur des Dr. Jacoby nicht unterstützen. Geheimrat Lorenz gab sich während dieser Unterredung besonders barsch, er war ganz der alte „Fürchtegott“, wie seine Studenten ihn kannten. Edgar war weiser geworden in diesen letzten Tagen, er sah durch die Barschheit des Mannes seine schmerzliche Verlegenheit.

„Geben Sie mir einen Rat, Kollege“, grollte der Alte, und die Worte polterten wie Felsbrocken aus dem goldenen Mund. „Was soll ich machen?“ Er stieß den mächtigen, weißbehaarten, kupferroten Schädel gegen Edgar vor. „Ich kann natürlich darauf bestehen, daß es der Jacoby wird. Er wird's dann auch. Aber dann streichen uns die Arschlöcher den Posten für Ihr Labor. Geben Sie mir einen Rat.“

Edgar beschaute seine Hände. „Die Behandlung dieses Falles scheint mir gegeben, Herr Geheimrat“, sagte er, und seine Stimme klang frisch und entschieden, wie wenn er einem Patienten den operativen Eingriff vorschlug. „Sie ziehen die Kandidatur Jacoby zurück, und ich ziehe meine Klage gegen die Arschlöcher zurück, um Ihre Ausdrucksweise zu plagiieren." Er lachte, er schien besonders munter.

Der alte Lorenz fühlte sich verflucht ungemütlich. Dieser Edgar Oppermann war ein ausgezeichneter Wissenschaftler und ihm sympathisch. Er hatte ihm ein Versprechen gegeben. Der alte Lorenz kann alles, macht alles, fürchtet Gott und sonst nichts auf der Welt. Und jetzt auf einmal, das erstemal in seinem Leben, fürchtet er die Arschlöcher, die ihm im Etat herumstreichen, und bricht ein Versprechen. Es war säuisch. Aber er kann sich doch den Posten nicht streichen lassen. Er war oft in der Lage gewesen, Angehörigen, nahen Freunden mitteilen zu müssen, eine Operation sei mißglückt, der Patient verschieden. Der alte Lorenz war ein rechtschaffener Mensch: diese Situation war zehnmal ungemütlicher.

„Halten Sie es nicht für richtiger, Herr Geheimrat", fragte plötzlich Edgar und hatte noch immer sein fatales, gefrorenes Lächeln um die Lippen, „ich schmeiße hier die Sache hin, bevor sie mich hinausschmeißen?"

Das Gesicht des alten Lorenz lief bläulich an. „Sie sind wohl närrisch geworden, Oppermann", brach er los. „Machen Sie doch die Augen auf. Woran dieses Volk leidet, Mann, das ist eine akute Erkrankung, keine chronische. Ich verbitte es mir, daß Sie sie für eine chronische erklären. Hören Sie, Mann. Arschlöcher", schrie er plötzlich und haute mit seiner großen, roten Hand auf den Tisch, daß die Papiere flogen. „Alle sind sie Arschlöcher, die Politiker. Und ich tu ihnen den Gefallen nicht. Wenn sie glauben, ich tu ihnen den Gefallen, dann sind sie geschlenkt."

Geschlenkt, dachte Edgar. Was für merkwürdige Worte diese Bayern haben. „Schon gut", sagte er. „Ich glaube Ihnen schon, Geheimrat Lorenz, daß Sie getan haben, was Sie tun konnten. Sie sind ein guter Kollege." — „Ich weiß es nicht, Oppermann", sagte der alte Lorenz. „Das erstemal in meinem Leben weiß ich es nicht. Das ist es ja."

Die Fertigstellung der Brücke, die Herrn Wolfsohns Mund schmücken sollte, hatte sich länger hingezogen, als Herr Wolfsohn gedacht hatte, sie war auch teurer geworden. Fünfundachtzig Mark hatte der Dentist Hans Schulze, der Olle Matjes, ihm am Ende abnehmen wollen mit der Begründung, es hätten sich während der Arbeit, die er in Wolfsohns Munde vornahm, neue, unvermutete Schwierigkeiten ergeben, es hätten sich neue kariöse Stellen gezeigt, und bei einem andern als Herrn Wolfsohn würde er es unter hundert Emm unter keinen Umständen machen. Herr Wolfsohn hatte ihn schließlich mit vieler Mühe unter mancherlei ernsten und scherzhaften Reden auf fünfundsiebzig Emm gedrückt. Fünfzig Emm hatte er verabredungsgemäß angezahlt. Die neuen Zähne waren somit noch nicht ganz sein Eigentum; aber er hätte die fehlenden fünfundzwanzig Emm jederzeit auf den Tisch des Hauses legen und die Zähne ganz zu seinem Eigentum machen können. Wenn er es nicht tat, dann nur deshalb, weil viele Leute ihm erklärt hatten, der Eintritt der Völkischen in die Regierung werde eine Inflation zur Folge haben, und weil er somit hoffte, den Restbetrag allenfalls in entwertetem Geld abstottern zu können.

Die neue Fassade war teuer, aber sie war prächtig. Das Schnurrbärtchen über Herrn Wolfsohns Lippen nahm sich jetzt wirklich flott aus, und über den neuen, tadellosen Zähnen wirkten seine Augen doppelt flink und lebendig. Markus Wolfsohn lächelte im Geschäft noch mehr als sonst.

Von Fremden unbeobachtet aber, lächelt er selten, trotz seiner neuen weiß und goldnen Pracht. Dabei geht das Geschäft besser, als man für diese stillere Winterzeit erwartet hat. Das Gerede von einer Inflation veranlaßt viele, ihr Geld statt auf der Sparkasse in Hausrat anzulegen. Herr Wolfsohn hat auch in diesem Februar Prämien gemacht, nicht so viele natürlich wie im November, aber wenn er ehrlich sein will, kann er über den Geschäftsgang nicht klagen. Es sind andere Dinge, die ihn verstimmen.

Einzelheiten zunächst, jede für sich ohne Belang, aber, zusammengenommen, doch geeignet, einem den Appetit zu verderben.

Herrn Wolfsohns Selbstachtung zum Beispiel wird nicht vermindert dadurch, daß Herr Lehmann in Lehmanns Caféstuben sich jetzt nicht mehr danach erkundigt, ob alles richtig sei oder nicht. Die „BZ" lag dort ohnehin skandalöserweise von jeher nur in einem einzigen Exemplar aus, und wenn man sie nicht selber kaufte, konnte man anwachsen, bevor man sie bekam. Herrn Wolfsohns Selbstachtung wurde auch nicht geringer dadurch, daß man ihn bei den Ollen Matjes nicht mehr ganz so gern sah wie früher. Immerhin war das schon unangenehmer, und einmal war dort ein Satz gefallen, der Herrn Wolfsohn ernstlich kränkte. Man sah nämlich beim Skat einander genau auf die Finger, daß man bei der Feststellung der Gewinne nicht mogle; denn zwanzig Prozent des Gewinns waren an die Vereinskasse zu blechen. Von diesen zwanzig Prozent wurden die Spesen der Ollen Matjes berappt, vor allem die Kosten des großen Ausflugs, der Herrenpartie, die alljährlich am Himmelfahrtstage stattfand. Als nun einmal Herr Wolfsohn einen besonders hohen Gewinn buchen konnte und seine Partner meckerten, hatte er bei Einzahlung der zwanzig Prozent in die Vereinskasse, seine Partner gutmütig tröstend, geäußert, das komme ihnen ja doch am Himmelfahrtstage zugute. „Du, August", hatte er zu dem Hauptverlierer gesagt, „säufst ja sowieso alleine die halbe Bowle aus." — „Mach dich man nicht mausig, Mensch", war der eingeschnappt, „du hast Dusel, wenn wir dich im Sommer überhaupt noch mit in die Karre nehmen." Das war natürlich nur ein dummer Witz, August war besoffen gewesen, und Wolfsohn hatte getan, als habe er nichts gehört. Aber Augusts Hieb saß, Augusts Worte kratzten Herrn Wolfsohn noch heute.

Vielleicht hatte Schwager Moritz Ehrenreich doch recht, der jetzt endgültig abhaute. Ja, es war nun soweit: am 3. März wird sich Moritz Ehrenreich nach Palästina einschiffen, in der französischen Stadt Marseille, auf dem Dampfer „Mariette Pacha". Er wird Druck und Herausgabe einer hebräischen Sportzeitung übernehmen in der palästinensischen Stadt Tel Aviv. Er hat sich übrigens bis zuletzt großzügig gezeigt; einiges aus seinem Hausrat überläßt er Wolfsohn. Herr Wolfsohn sieht ihn mit einem nassen, einem heitern Auge scheiden. Er merkt, nun Moritz ernstlich fortgeht, daß er ihn mehr vermissen wird, als er geglaubt hat; auf der andern Seite ist er froh, ihn los zu sein; denn er hat, trotz seiner muntern Reden, dem ewigen Gemecker des Schwagers nicht mehr die Zuversicht entgegenzusetzen wie früher.

Nein, Herrn Wolfsohns Sicherheit ist unterhöhlt, von allen Seiten angeknabbert. Es sind nicht nur jene kleinen Ereignisse in Lehmanns Caféstuben oder im Alten Fritz, im Kreis der Ollen Matjes. Viel bedenklicher schon ist die Sache mit Hausverwalter Krause und mit dem feuchten Fleck über dem Bild „Spiel der Wellen". Herr Wolfsohn ist leider keineswegs mehr dicke mit Hausverwalter Krause. Gewiß sprechen die beiden Herren noch ein paar Worte miteinander, wenn sie sich gelegentlich treffen; aber es kommt kaum noch vor, daß Herr Krause ihm einen Witz erzählt. Und als unlängst Herr Wolfsohn ihn direkt gestellt hat, wann denn nun der feuchte Fleck endlich beseitigt werden wird, der jetzt schon weit unter das Bild hereinragt, da erklärte Hausverwalter Krause patzig und geradezu, bei der billigen Miete solle sich Herr Wolfsohn man nicht so haben; es gebe eine Menge Leute, die ihm die Wohnung mitsamt dem Fleck mit Handkuß abnähmen. Hausverwalter Krause wird ihm den Mietkontrakt natürlich trotzdem verlängern, Herr Wolfsohn zweifelte nicht daran. Aber eine treudeutsche Chuzpe bleibt diese Äußerung doch, und Herr Wolfsohn wird sie ihm nicht vergessen.

Allein Verhandlungen mit Hausverwalter Krause waren ein Festessen, gemessen an gelegentlichen Begegnungen mit Herrn Rüdiger Zarnke. Während der Arbeiten an der Brücke hatte sich Herr Wolfsohn ausgemalt, welch besondere Genugtuung es ihm sein werde, fortan, im Besitz der neuen Fassade, Herrn Zarnke auf der Treppe zu begegnen. Bisher nämlich, wenn die beiden Herren einander begegneten, hatte Herr Zarnke die Gewohnheit, höhnisch vor sich hin zu lächeln, wobei er seine starken, weißen Zähne zeigte. Es hatte Herrn Wolfsohn sehr gewurmt, daß er, aus Rücksicht auf seine eigenen, schadhaften Zähne, dieses Hohnlächeln nicht erwidern konnte, und die Vorstellung, wie er, im Besitz der neuen Fassade, den Hohn Herrn Zarnkes weiß und golden zurücklächeln werde, ließ sein Herz hoch-schwellen. Er hat sich zu früh gefreut. Herr Zarnke war unter die völkischen Truppen gegangen, war Truppführer geworden. Stolz in seiner braunen Pracht, in hohen Stiefeln, zwei Sterne am Kragen, knarrte er die Treppen auf und nieder. Herrn Wolfsohn, sah er ihn von fern, wurde es schwach in den Knien; er zog es vor, umzukehren, die Treppe wieder zu ersteigen, sich in seine Wohnung zu verkriechen. Aber auch hier war er nicht mehr sicher. Herr Zarnke, vor allem wenn er wußte, daß Wolfsohn zu Hause war, brüllte mit mächtiger Stimme die völkische Hymne mit den Versen vom Judenblut, das vom Messer spritzt. Erzählte seiner Frau in lauten, unüberhörbaren Worten, wie die Völkischen, sowie sie erst, am 5. März, die Macht übernähmen, aus den Juden Hackepeter machen würden. Erging sich in grim-migen Details. Wie die Juden vom Bürgersteig wegzutreten hätten, sowie ein völkischer Soldat oder gar ein völkischer Offizier von ferne erscheine. Wenn einer schief zu schauen wagt, schon hat er eins in der Fresse. Ihm, Zarnke, wird es eine beson-dere Freude sein, sich das Schwein nebenan vorzunehmen. Dem wird er eine Sonderbelehrung zuteil werden lassen, und nach der Belehrung kann der sich seine Knochen einzeln aus dem Rinnstein auflesen. Unbehaglich hörte sich Herr Wolfsohn diese Reden mit an. Klein, trotz der neuen Fassade keineswegs flott, saß er in sei-nem Ohrensessel, wagte nicht, zu mucken. Brachte die Kinder ins Schlafzimmer, starrte auf den feuchten Fleck, stellte das Radio an; vielleicht gab es da etwas sehr Lautes, einen Militärmarsch oder eine völkische Weise, die die Ankündigungen des Nachbarn übertönte.

Manchmal, wenn die Musik sehr kriegerisch war, malte er sich aus, wie bei einer Zeitenwende, die nicht lange auf sich war-ten lassen kann, er es Herrn Zarnke geben wird. Auf der Treppe stellen wird er ihn. Er wird auf der obern Stufe stehen und Herr Zarnke auf der untern: „Was bilden Sie sich denn ein, Sie Rotzlümmel?" wird er sagen. „Wie kommen Sie mir denn vor? Sie nennen mich ein Schwein, Herr? Ist ja unerhört. Sie bilden sich ein, Sie sind was Besseres, weil ich Israelit bin? Das wäre ja gelacht. Meine Väter haben schon organisiert und industrialisiert und überhaupt zivilisiert, wie Ihre geschätzten Herren Ahnen noch als Affen im Urwald herumkletterten. Verstanden, Mensch? Und jetzt abgetreten." Aus allen Türen werden Leute herauskommen und zuhören, Herr Rothbüchner, Frau Hoppegart, Herr Winkler, Frau Josephsohn, und alle werden sich freuen über den Schneid, mit dem er dem Kerl in seinen hohen Stiefeln den Marsch bläst. Ein Jontef wird es ihnen sein, vor allem Frau Josephsohn natürlich. Und wenn dann Herr Zarnke begossen abzieht, dann wird er ihm einen Tritt in den Hintern geben, daß er vollends die Treppe hinunterfliegt. Grimmig malt sich Herr Wolfsohn aus, wie Herr Zarnke, unten angelangt, mühsam wieder aufsteht, einen seiner großen Stiefel hat er während des Sturzes verloren, und wie er sich seine braune Jacke abklopft und klein und häßlich abzieht. Herr Wolfsohn lächelt breit während dieser süßen Phantasie, so daß seine weiß und goldenen Zähne bloßliegen. Leise, doch wohlartikuliert vor sich hin spricht er die großartigen Sätze, mit denen er den andern ein für allemal erledigt. Aber dann ist die Musik im Radio zu Ende, man hört wieder die Stimme Herrn Zarnkes, und Herr Wolfsohn sinkt zusammen in seinem Ohrensessel und erlischt.

Ach, es war aus mit der Geborgenheit in seinem geliebten Häuserblock an der Friedrich-Karl-Straße. „My home is my castle" war eine akademische Schulerinnerung jetzt, ohne praktische Bedeutung. Wohl waren noch die zweihundertsiebzig Wohnungen einander gleich wie eine Sardinenbüchse der andern, aber mit Herrn Wolfsohn war eine unverständliche Veränderung vorgegangen. Kaum sechs Wochen, kaum vier Wochen war es her, da war er einer von den zweihundertsiebzig Haushaltsvorständen gewesen, hatte die gleichen Pflichten gehabt wie die andern, die gleichen Meinungen, die gleichen Freuden, die gleichen Sorgen, die gleichen Rechte, ein friedsamer Steuerzahler, der von niemand was wollte und dem keiner was anhatte. Jetzt waren die andern geblieben, was sie waren, aber er — er las es an allen Ecken, hörte es auf allen Straßen —, er war plötzlich ein reißender Wolf geworden, der das Vaterland in den

Untergang getrieben hat. Wieso? Warum? Herr Wolfsohn saß, grübelte, verstand es nicht.

Am besten war es noch im Geschäft. Aber auch dort war es nicht mehr wie früher. Es gab viel Betrieb, man hatte zu tun. Aber sowie die hastige Tätigkeit für eine kurze Weile aussetzte, dann stand man herum, trüben, leeren Gesichts. Selbst der quicke Prokurist Siegfried Brieger war nicht mehr so quick wie früher; man sah ihm an, daß er die Sechzig hinter sich hatte.

Und dann kam ein Erlebnis, eine Veränderung, die Herrn Wolfsohn vielleicht noch tiefer traf als jeder andre Wechsel. Der Chef Martin Oppermann war ein wohlwollender Herr und hatte Herz für seine Angestellten, aber innerlich war er hochmütig, das war ausgemacht. In diesen Tagen nun kam zufällig einmal Martin Oppermann in die Filiale an der Potsdamer Straße und war in der Nähe, als Herr Wolfsohn, ein sehr seltenes Ereignis, einen Kunden abziehen lassen mußte, ohne daß der gekauft hätte. Der Kunde war ein unsympathischer Bursche gewesen, einer von denen vermutlich, die einen aus der fahrenden Unter-grundbahn werfen, ein Hakenkreuzler jedenfalls, aber Herrn Wolfsohns Bereitschaft zum Dienst am Kunden war in den meisten Fällen auch mit solchen Typen fertig geworden. Er verging fast vor Scham, daß ihm diese Pleite ausgerechnet heute passieren mußte, unter den Augen des Chefs. Und richtig, Martin Oppermann kam, kaum daß der Kunde gegangen war, mit seinem schweren Schritt auf Herrn Wolfsohn zu. „Haben Sie eine Pleite gemacht, Wolfsohn?" fragte er. „Leider ja, Herr Oppermann", sagte Wolfsohn, wartete auf den Krach, der nun kommen mußte, hatte tausend Argumente parat, dabei aber sehr gut wissend, daß keines dieser Argumente zureichend war: eine Pleite durfte es eben einfach nicht geben.

Und nun geschah das Wunder. Kein Krach kam. Vielmehr sah ihn Martin Oppermann an aus seinen trüben, braunen Augen, und dann sagte er: „Machen Sie sich nichts daraus, Wolfsohn."

Markus Wolfsohn war ein behender Mann, von hurtigem Verstand; aber das verschlug ihm die Sprache. Martin Oppermann war offenbar verrückt geworden. „Sie kommen mir übrigens verändert vor", fuhr der Verrückte jetzt fort, „frischer, jünger." Wolfsohn riß sich zusammen, suchte eine Antwort. „Das sind nur die Zähne, Herr Oppermann", stammelte er. Gleich fiel ihm ein, daß es ungeschickt war, sich dem Chef als Verschwender zu zeigen; der Wahnsinnsanfall Herrn Oppermanns hat ihn um jede Fassung gebracht. „Ich habe Schulden darauf machen müssen", beeilte er sich hinzuzufügen, „aber ich konnte es nicht länger anstehen lassen." — „Sie haben einen Jungen, Wolfsohn, nicht?" erkundigte sich Martin Oppermann. „Einen Jungen und ein Mädchen, Herr Oppermann", erwiderte Wolfsohn. „Eine Verantwortung in dieser Zeit. Man ist vernarrt in die Gören, aber manchmal wünscht man, sie wären nicht da." Er lächelte entschuldigend, ein bißchen fatal, weiß und golden.

Martin Oppermann sah ihn an. Wolfsohn erwartete, er werde irgend etwas Leichtes sagen, ein Scherzwort, etwas Frisches, Munteres. So gehörte es sich. Das tat Martin Oppermann auch. „Kopf hoch, Wolfsohn", sagte er. Aber dann fügte er etwas Erstaunliches hinzu, etwas ganz Abwegiges, Unnatürliches, für den Chef eines so großen, alten Hauses durchaus Unpassendes. Sehr leise nämlich, und wie es Wolfsohn schien, trüb und grimmig zugleich, sagte er: „Wir haben es alle nicht leicht, Wolfsohn."

Martin Oppermann hatte es wirklich nicht leicht. Die Wahlen kamen näher. Die Völkischen werden zur Macht kommen, mit ihnen Willkür und Gewalt, niemand mehr zweifelt daran. Und was hat man im Möbelhaus Oppermann getan, um sich vor dem kommenden Sturm zu sichern? In den nächsten Tagen werden die Oppermann-Geschäfte, mit Ausnahme des Stammhauses, in den Deutschen Möbelwerken aufgegangen sein. Damit hat man sich begnügt. Die bitter notwendige Verbindung mit Wels, die durch sein Verschulden auf so alberne Art abgerissen ist, hat man sie neu geknüpft?

Martin Oppermann saß allein im Chefkontor, stützte beide Arme schwer auf die Platte des Schreibtischs, starrte finster aus seinen trüben, braunen Augen vor sich hin. Schon pfiff es von allen Seiten gegen die Oppermanns los. Fast täglich erschien ein

Angriff gegen Gustav oder gegen Edgar, und auch die Firma begannen sie zu attackieren. Stak Wels dahinter? Martin holte umständlich den Zwicker heraus, ging schwerschrittig vor das Blatt, das, in Glasumrahmung, von der Wand verkündete: „Der Kaufmann Immanuel Oppermann aus Berlin hat der Deutschen Armee durch seine Lieferungen gute Dienste geleistet. Der Generalfeldmarschall: gez. v. Moltke." Er nahm das gerahmte Blatt von der Wand, drehte es um, mechanisch, betrachtete die leere Rückseite. Jetzt verbreiteten sie ein Schreiben, in dem das Möbelhaus Oppermann dem Roten Sportverein eine Spende von zehntausend Mark überwies, druckten es faksimiliert in ihren Zeitungen ab, hängten es in den Kasernen der völkischen Truppen auf. Das Schreiben war getippt auf einem echten Briefbogen des Möbelhauses Oppermann, war ordnungsgemäß von ihm unterschrieben. Nur handelte es sich nicht um den Roten Sportverein, sondern um den Jüdischen, und nicht um zehntausend Mark, sondern um tausend. Aber er hatte gut dementieren. Es ging ihm nicht besser als seinem Bruder Edgar, den sie mit Dreck bewarfen, trotzdem die lebendigen Zeugen seiner Wissenschaft und Kunst zu Hunderten herumliefen.

Martin hängte den gerahmten Brief wieder an die Wand, schüttelte langsam und mehrmals den Kopf, ging zurück an seinen Schreibtisch. Plötzlich, erschreckend, veränderte sich sein großes Gesicht. Die schläfrigen Augen wurden drohend. Er haute mit der schweren Hand auf den Schreibtisch. „Bande, verfluchte", stieß er zwischen den Zähnen hervor.

Das Fluchen nützt nichts. Er hat achtundvierzig Jahre hindurch Haltung bewahrt. Das sollen sie nicht erleben, daß er sie verliert.

Ob man vielleicht doch in den Verhandlungen mit Wels weitergekommen ist? Brieger, der sonst so gesprächige, quicke Herr Brieger, dieser verdammte Brieger, schweigt sich aus, und Martin scheut sich, ihn geradezu zu fragen.

Schwer, fleischig, verdrossen sitzt er da. Er wird nur zu bald etwas über die Verhandlungen mit Wels erfahren. Er ahnt es, fürchtet es, weiß es. Heute abend wird er es erfahren, aus einem

Munde, aus dem er es noch viel weniger gern hört als aus dem Munde Herrn Briegers. Jacques Lavendel hat ihn für heute abend eingeladen, hat ihn dringlich gebeten; es handle sich um Wichtiges. Es kann sich um nichts anderes als um Wels handeln. Und wie unangenehm muß die Mitteilung sein, daß Brieger sie ihm nicht persönlich macht, sondern Jacques Lavendel darum bemüht.

Des Abends findet Martin seinen Schwager Jacques vielwortig und unumwunden wie immer. Man nötigt ihm Brötchen auf, bestrichen mit besonders delikater Gänseleber, dazu sehr guten Portwein. Bei Jacques muß immer gegessen und getrunken werden. Jacques steuert gerade auf sein Ziel los. „Wenn wir genötigt wären", sagt er mit seiner heiseren Stimme, „mit Klaras Geschäftsanteil zu rechnen, wenn wir nicht Gott sei Dank auch ohne das leben könnten, ich versichere Ihnen, Martin, dann würde ich diesen Geschäftsanteil jetzt zu jedem Preis losschlagen. Wenn es nicht noch in den paar Tagen gelingt, größere Sicherheiten einzubauen als die zweifelhafte mit den Deutschen Möbelwerken, dann sehe ich Tischo b'aw voraus. Ja", sagt er und beißt träumerisch, die Augen halb geschlossen, den größeren Teil des kleinen Gänseleberbrötchens ab, „Brieger hat mich ersucht, Ihnen mitzuteilen, wie die Verhandlungen mit Wels stehen. Sie, Martin, werden wahrscheinlich finden", er lächelt sein fatales, freundliches Lächeln, „sie stehen schlecht: ich finde, sie stehen nicht schlecht." Er spült den Rest des Brötchens mit einem Schluck Portwein hinunter. Martin sieht zu, die Sekunden dehnen sich ihm, seine Nerven sind zum Zerreißen gespannt, der essende, schluckende Mann ist ihm widerwärtig. „Es ist nämlich so", fährt endlich Jacques Lavendel fort, „daß der Gewittergoi weniger Gewicht auf die Sache legt als auf Äußerlichkeiten, auf richtige Gojim-Naches. Er hält auf Würde." Jacques macht eine winzige Pause, bevor er dieses Wörtchen Würde ausspricht, er legt einen ganz kleinen ironischen Akzent darauf; dennoch ist der Begriff, wie er aus seinem Munde kommt, kahl, zerfressen, lächerlich. Martin ist tief erbittert, daß der Mann da vor ihm wagt, eine Sache, die ihm am Herzen liegt, so elend zu verhöhnen. Der Mann spricht weiter. „Denken Sie, Martin, Herr Wels hat komischerweise einen Narren an Ihnen gefressen. Er will nur mit Ihnen verhandeln, nicht mit Brieger. Er will, daß Sie zu ihm kommen. In Ihrem Laden fühlt er sich offenbar nicht sicher genug."

Martin sitzt bequem in einem komfortablen Sessel. Bei Jacques Lavendel hat man keine Oppermann-Möbel, auch keine modernen Möbel, aber bequeme Möbel. Dennoch hat Martin das Gefühl, er sitze nicht sehr fest. Ein Schwindel packt ihn von den Füßen her, es ist wie damals auf seiner ersten Amerikareise, auf dem kleinen Schiff, als der schwere Sturm kam. Nicht schlappmachen. Haltung, Würde. Der Mann da hat zwar gerade Haltung und Würde verhöhnt. Für ihn sind das — Martin, der, im Gegensatz zu den meisten Berlinern, Worte des Jargons vermeidet, weiß plötzlich genau, was Haltung und Würde für seinen Schwager Jacques Lavendel sind: Schmonzes sind es für ihn. Aber nun gerade nicht. Und er läßt sich nicht gehen; kaum, daß er die Lehne des Sessels etwas fester umklammert. „Ich glaube nicht, daß ich bei Herrn Wels vorsprechen werde", sagt er. Es klingt gehalten, höchstens noch etwas brummiger als sonst. Er sieht den Blick seiner Schwester Klara auf sich gerichtet, es kommt ihm vor, als sei dieser Blick ein wenig mitleidig. Er will ihr Mitleid nicht, er pfeift auf ihr Mitleid. Seine Augen sind plötzlich nicht mehr schläfrig, kaum mehr trüb, sondern voll von heller Wut. „Ich denke nicht daran", schreit er und steht auf. „Was bildet sich denn dieses Schwein ein? Glaubt er, ich halte ihm den Kopf hin, daß er draufspuckt? Das wäre ja gelacht. Ich denke nicht daran."

Jacques und Klara schauten still auf den tobenden Mann. Ja, Jacques schlug seine blauen Augen ganz auf, aufmerksam und voll Freundschaft betrachtete er Martin, und es war keine Ironie mehr in seiner heiseren Stimme, sondern nur mehr das gute Zureden eines älteren, erfahrenen Freundes. „Meckern Sie sich ruhig aus, Martin", sagte er. „Meckern tut gut. Aber ich glaube, wenn Sie sich's beschlafen, werden Sie einsehen, daß Sie nicht darum herumkommen. Ich kann mir auch was Schöneres vorstellen als eine Unterhaltung mit Herrn Wels. Aber den Laden zumachen ist schlimmer. Überschlafen Sie sich's, und dann gehen Sie hin zu Heinrich Wels. Gehen Sie möglichst bald. Am besten morgen. Am besten morgen vormittag. Was immer Sie von Wels erreichen, ist Gewinn. Und je eher Sie gehen, um so mehr können Sie erreichen."

Martin hatte sich wieder gesetzt. „Ich denke nicht daran", wiederholte er finster, aber seine Stimme klang jetzt nach dem Ausbruch auffallend leise.

„Go ahead, Martin", sagte plötzlich Jacques, ungewohnt herzlich. „Man muß mit Wels abschließen. Go ahead." Schimpfen können, dachte Martin, sich austoben können! Aber vor diesen beiden war es sinnlos. Sie waren zu vernünftig. Sie schauten einen still und mitleidig an, und im Herzen verachteten sie einen. Er saß finster und gerade in seinem Sessel. Fühlte sich schwach in den Knien. Ein plötzlicher Heißhunger überkam ihn, aber ihn ekelte vor den Brötchen, die vor ihm standen.

Er erhob sich, schob den schweren Sessel hart zurück. „Ja", sagte er, „dann werde ich jetzt wohl gehen. Ich danke auch für die Brötchen und für den Wein. Und für den Rat", fügte er grimmig hinzu.

„Übrigens", sagte plötzlich mit ihrer ruhigen, resoluten Stimme Klara, „ich würde den Jungen nicht zwingen, Martin." Martin schaute verblüfft hoch. „Ich habe einen Fehler gemacht", fuhr sie fort, „als ich ihm zuriet, sich zu entschuldigen." Martin verstand nicht. Was denn, wie denn? Welchen Jungen? Berthold? Was denn nun wieder? Es stellte sich heraus, daß er von der ganzen Sache nichts wußte, daß Berthold niemals mit ihm darüber gesprochen hatte. Dies überraschte selbst den nie überraschten Jacques. Er erzählte seinem Schwager die Angelegenheit, behutsam, zart.

Diesmal bemühte sich Martin nicht weiter um Haltung und Würde. Wütete auch nicht wie ein paar Minuten vorher anläßlich der Sache mit Wels. Die beiden Schläge nacheinander nahmen ihm die Wut, wie sie ihm die Haltung nahmen. Die Oppermanns sollten ausgelöscht werden, sie sollten geschlagen werden, es war so vorbestimmt, es hatte keinen Sinn, dagegen aufzubegehren. Die Angriffe auf Edgar, die Artikel gegen Gustav. Morgen soll er zu Wels gehen, zu dem borniert en, verachteten Heinrich Wels, sich demütigen. Und dann soll sich Berthold demütigen, sein schöner, begabter, geliebter Junge. Berthold hat eine Wahrheit ausgesprochen, aber sie erlauben nicht, daß er eine Wahrheit sagt. Weil er sein, Martin Oppermanns, Sohn ist, muß er sich demütigen und sagen, daß eine Wahrheit eine Lüge sei, weil er es ist, der die Wahrheit gesagt hat.

Martin saß da, den Kopf gesenkt. Hiob, dachte er. Wie war das mit Hiob? Er war ein Mann aus dem Lande Uz, und darüber macht man dumme Witze. Er war ein geschlagener Mann. Viele Plagen kamen über ihn, sein Geschäft ging zugrunde, seine Kinder gingen zugrunde, er wurde aussätzig, er haderte mit Gott, und dann hat Goethe die ganze Geschichte benützt und das Vorspiel zum Faust daraus gemacht. Ein geschlagener Mann. Es ist vorbestimmt, am Neujahrstag wird es bestimmt und am Versöhnungstag wird es besiegelt, so hat er es als Kind gelernt. Er hätte vielleicht am Versöhnungstag die Geschäfte geschlossen halten sollen, schon Großvater Immanuel zum Gedächtnis. Brieger war auch immer dafür. Man hat drei oder vier Bibeln im Hause stehen, man sollte sie einmal nachlesen, über Hiob zum Beispiel, aber man kommt nicht dazu. Man kommt zu nichts, man kommt nicht zu seinem Training, man wird ein alter Mann, man wird ein geschlagener Mann, und man kommt zu nichts.

„Ich würde den Jungen nicht zwingen", wiederholte Klara. „Lieber würde ich ihn aus der Schule nehmen." — „Ich werde sehen", sagte Martin, und es klang abwesend, zerstreut. „Aber zu Wels gehe ich nicht", beteuerte er grimmig. „Nochmals vielen Dank", sagte er und versuchte zu lächeln. „Ihr müßt entschuldigen. Es war ein bißchen viel auf einmal."

„Er wird natürlich zu Wels gehen", sagte Jacques Lavendel, als Martin fort war. „Es ist ihnen gut gegangen hier in Deutschland", fügte er nachdenklich hinzu. „Sie sind nichts gewohnt." Unten zog ein Trupp völkischer Landsknechte vorbei, von einer

Wahlversammlung heimkehrend, sie sangen. „Wenn die Handgranate kracht, / Das Herz im Leibe lacht", sangen sie. Jacques Lavendel schüttelte den Kopf. „Man kann es auch umdrehen", meinte er. „Wenn die Handgranate lacht, / Das Herz im Leibe kracht." Er schloß die Läden, suchte Grammophonplatten hervor, spielte sich Melodien, die er liebte. Der Geruch der Brötchen und des Weins war im Raum. Träumerisch steckte er sich noch eines in den Mund, zerkaute es langsam, trank in sehr kleinen Schlucken. Den breiten, blonden Kopf schräg, die Augen geschlossen, summte er die Platte mit:

> „Sechs Brüder sind wir gewesen.
> Haben wir gehandelt mit Strümpf.
> Ist einer nebbich gestorben,
> Sind wir geblieben fünf.
> Jossel mit der Fiedel …"

Martin war inzwischen in der Corneliusstraße angelangt. Er traf Liselotte und Berthold noch im Wintergarten. Er sah Berthold an. Erkannte, wie erwachsen der Junge in den letzen Wochen geworden war, wie vertrübt, gealtert auch er. Er war ein schlechter Vater, daß er solange nichts gesehen hat. Er legte ihm die schwere Hand auf die Schulter, sein Sohn war jetzt wahrhaftig schon größer als er. „Na, mein Junge", sagte er. Berthold sah sogleich, daß der Vater alles wußte. Es war ihm eine Erleichterung, daß er nun mit ihm darüber reden wird.

„War die Konferenz mit Jacques unangenehm?" fragte Liselotte. Schon an Martins Schritt, bevor er das Zimmer betrat, hatte sie gemerkt, daß Böses über ihn hereingebrochen war. „Nun, ein Jontef war es nicht", antwortete Martin, „um in der Ausdrucksweise unseres Schwagers zu bleiben."

Er sah wieder auf Berthold, abwägend. Soll er jetzt mit ihm reden? Er ist erschöpft, hundemüde. Das Schönste wäre, das Licht ausschalten, die Augen zumachen, nicht erst ins Bett gehen, sitzen bleiben, wie er ist, in diesem Sessel. Es ist kein so bequemer Sessel wie die bei Jacques, es ist ein Oppermann-Sessel, er könnte sich auch einen kostspieligeren leisten, es ist aus Pflichtgefühl, daß er nur Oppermann-Möbel in seiner Wohnung hat. Daß er die Sache mit Wels vermasselte, war auch nur, weil er damals nicht gut disponiert war. Er sollte vielleicht erst morgen mit Berthold reden. Aber jetzt, mit Berthold und Liselotte zugleich, ist es leichter. Und morgen muß er zu Wels, sich demütigen.

„Du hast ja auch während der letzten Wochen deine Sorgen gehabt, mein Junge", beginnt er. Es klingt frisch, nicht zu schwer. Man hat mehr Kraft, als man denkt; sooft man glaubt, jetzt ist es wirklich aus, jetzt kann ich nicht mehr, man findet doch immer wieder Reserven. „Es war freundlich von dir, uns nicht mit deinen Geschichten zu behelligen. Aber ich wäre dir gern zur Verfügung gestanden, Berthold. Und Mutter auch." Liselotte wendet ihr helles Gesicht von einem zum andern. Sie hat es nicht leicht gehabt in diesen letzten Wochen zwischen dem schweigsamen Mann und dem schweigsamen Sohn. Die Zeiten verlangen allerhand von der christlichen Frau eines jüdischen Mannes, von der christlichen Mutter eines jüdischen Sohnes. Es ist gut, daß jetzt endlich gesprochen wird.

„Du hast kein Glück gehabt mit deinem Vortrag, Berthold", sagt sie, als Martin mit der Erzählung zu Ende ist. „Du hattest dich so darauf gefreut." Man kann schwerlich schlichter ausdrücken, was alles um diesen Vortrag herum geschehen ist; dennoch spürt Berthold, daß die Mutter alles gesagt hat, daß sie um jede Nuance so genau weiß wie er. „Es war ein guter Vortrag", erklärte er plötzlich leidenschaftlich. „Ich habe das Manuskript. Ihr werdet sehen, du, Vater, und du, Mutter, es ist das Beste, was ich gemacht habe. Auch Rektor François wird es bestätigen. Dr. Heinzius hätte Freude daran gehabt." — „Ja, mein Junge", begütigt Liselotte.

„Aber jetzt ist Dr. Vogelsang da", leitet Martin zur Sache zurück. „Zwei Monate sind es noch bis zur Osterversetzung", überlegt er. „So lange mußt du ihn aushalten." — „Du meinst, ich soll Abbitte tun?" Berthold bemüht sich, sachlich zu sprechen, geschäftlich geradezu, ohne Bitterkeit. „Widerrufen?" ergänzt er trocken.

Vielleicht war es gerade diese Trockenheit, die Martin reizte.

Ich bin hundemüde, sagte er sich, ich bin verdammt schlecht disponiert. Ich hätte diese Unterredung auf morgen verschieben sollen. Ich darf mich jetzt unter keinen Umständen gehenlassen. „Ich meine, vorläufig, noch gar nichts", sagte er, es sollte freundlich klingen, aber es kam ziemlich scharf heraus. „Was, glaubst du, wird geschehen, wenn du dich weigerst?" fuhr er nach einem kleinen Schweigen fort, kühl wägend. „Wahrscheinlich werde ich dann relegiert werden", sagte Berthold. „Das heißt", konstatierte Martin, „du müßtest dann auf deutsche Schulen verzichten. Wohl auch auf ein späteres Leben als Akademiker in Deutschland." Er sprach noch immer geschäftlich nüchtern, rechenhaft. Er zog seinen Zwicker heraus, putzte an ihm herum. „Du wirst begreifen, Berthold", schloß er, „daß ich damit nicht einverstanden sein kann."

Berthold schaute seinen Vater an. Der saß da, gesammelt, zielbewußt. Verhandelte mit ihm wie mit einem Geschäftspartner, von dem man etwas erreichen will. So also war sein Vater, wenn es darauf ankam. Wenn es darauf ankam, verstand er nicht, worum es ging. Wollte es nicht verstehen. Er hat schon recht daran getan, daß er nicht mit ihm gesprochen hat. Aber er muß jetzt etwas sagen. Man wartet darauf. „Ich würde viel auf mich nehmen", erklärte er vorsichtig, „wenn ich diese ...", er zögerte, „Abbitte", fand er schließlich, „nicht leisten müßte." — „Wir haben jetzt alle manches auf uns zu nehmen", sagte verbissen, knurrig Martin, ohne den Sohn anzuschauen; es klang bösartiger, als es gewollt war. Berthold, erblassend, sog die Unterlippe zwischen die Zähne. Liselotte, ängstlich, beeilte sich zu mildern. „Ich glaube", sagte sie, „gerade in seiner jetzigen Lage wäre es deinem Vater angenehm, wenn du dich überwinden könntest." — „Macht es mir doch nicht so verdammt schwer", knurrte finster Martin. „Müßt ihr es mir denn alle so schwermachen? Diese Hunde, diese gemeinen, niederträchtigen Hunde", schrie er plötzlich.

Berthold hatte seinen Vater niemals schreien hören. Er sprang auf, erschreckt schaute er in seine Augen, die weit aufgerissen waren, finster, rötlich. Auch Liselotte war jetzt sehr blaß. „Ich glaube, du solltest es tun, Berthold", sagte sie, auffallend leise. „Solltest, solltest", höhnte Martin. „Er *muß* es tun. Ich muß auch manches tun, was ich nicht möchte", wiederholte er bösartig, eigensinnig.

„Wir wollen jetzt keine Entschlüsse fassen", bat Liselotte. „Überschlafen wir's", bat sie. „Niemand will dich zwingen", redete sie auf Berthold ein. „Du sollst nichts tun, mein Junge, was du nicht aus eigenem Willen tust." Martin, nach dem Ausbruch, hatte sich wieder gesetzt. Er preßte die Lippen fest zusammen. Sack und Asche, dachte es in ihm, Canossa, Hiob. Ich hätte erst morgen mit ihm reden sollen. Er schaute seinen Jungen an, seine Frau, aus leeren Augen. „Ich habe achtundvierzig Jahre gebraucht", sagte er schließlich, „bis mir aufging, daß Würde manchmal überzahlt sein kann. Du bist siebzehn, Berthold. Ich sage dir, es ist so. Aber ich mute dir nicht zu, mir zu glauben." Er sprach nüchtern, aber es war wie eine eintönige Klage. Seine Worte klangen ausgelöscht, der ganze, schwere Mann schien so erschöpft, daß Berthold und Liselotte vor dieser Müdigkeit noch mehr erschraken als vor seinem Ausbruch.

Den Tag darauf, fünf Minuten vor elf Uhr, saß Martin Oppermann in der dritten Etage des Möbelgeschäftes Heinrich Wels & Sohn.

Wels hatte ihn auf elf Uhr zu sich gebeten. Wels ist nicht selbst am Apparat gewesen, er hat Martin durch einen Angestellten bedeuten lassen, er könne um elf Uhr kommen. Martin kam fünf Minuten vor elf.

Man führte ihn nicht in ein abgeschlossenes Vorzimmer, sondern ließ ihn in den Verkaufsräumen warten. Die Etage war geräumig, luftig, peinlich sauber. Ordnung war bei Heinrich Wels & Sohn. Martin Oppermann hatte Zeit, das zu konstatieren, denn man ließ ihn lange warten.

Da saß er auf einem Stuhl, der eigentlich zu klein war für den schweren Mann, aufrecht, in unschöner Haltung, bemüht, unbewegt vor sich hin zu schauen, nicht rechts noch links. Der Geschäftsgang war still. Dennoch war viel Leben rings um

Martin Oppermann. Die Angestellten liefen ab und zu und machten sich zu tun. Sie beschauten neugierig den Chef des Möbelhauses Oppermann, der hockte und wartete, daß Herr Wels ihn empfange.

Martin Oppermann sah es, aber er wollte es nicht sehen, er saß unbewegt.

Er schaute auf seine Uhr. Er dachte, es sei elf Uhr zwanzig, aber es war erst elf Uhr sechzehn. Es war eine schöne, schwere goldene Uhr; er hat sie von Großvater Immanuel bekommen, als er, dreizehnjährig, das erstemal zur Vorlesung aus der Thora aufgerufen wurde. Die Deutschen Möbelwerke haben natürlich eine neue Handelsmarke, das Bild des alten Immanuel ist von den Briefbogen verschwunden. Das neue Emblem ist sehr schön, Klaus Frischlin hat einen erstklassigen Künstler beigebracht. Aber schöne Embleme sind auf den Briefbogen vieler Firmen.

Jetzt muß es elf Uhr fünfundzwanzig sein. Es ist elf Uhr einundzwanzig. Nur gerade sitzen, nur den Kopf nicht sinken lassen. Berthold wird es schlimmer haben. Er, Martin, muß nur dasitzen. Der Junge muß etwas tun. Der Junge muß vor seine Kameraden hintreten und sagen: meine Wahrheit ist eine Lüge, ich habe Lügen gesagt. Elf Uhr dreißig. Martin wendet sich an einen Angestellten und bittet, Herrn Wels daran zu erinnern, daß er warte.

Um elf Uhr vierzig ließ Heinrich Wels ihn vor. Er saß da, in der Uniform eines Sturmbannführers mit Sternen, Schnüren, Schnalle. „Ich habe Sie lange warten lassen, Oppermann", sagte er. „Politik. Sie verstehen, Oppermann, daß die Politik jetzt vorgeht." Er hatte ein dünnes, scharfes Lächeln in dem hölzernen, hartfaltigen Gesicht, sprach, der Vorgesetzte zu dem Untergebenen. Er war gewillt, seinen Triumph ganz auszukosten, Martin sah es sogleich. „Oppermann" hat er gesagt. Es hat Martin Oppermann einen Schlag gegeben. Aber der Schlag hatte eine zweite Wirkung: im gleichen Augenblick kurbelte Martin alles an, was an Händlerinstinkt, an schneller, geschäftlicher Witterung in ihm war. Der da, der bornierte Lump, wollte ihn demütigen. Er mußte es geschehen lassen, mußte die Würde fahrenlassen, die er achtundvierzig Jahre hindurch gewahrt hat. So war es nun einmal in dem Deutschland dieses Februar. Gut, er wird es tun. Aber er wird es sich bezahlen lassen. „Oppermann" hat das Schwein zu ihm gesagt. Schön, er wird es hinnehmen, wird nicht mehr Herr Oppermann sein. Wird noch mehr hinnehmen. Aber Sie werden es auf der Rechnung finden, Herr Wels.

„Gewiß, Herr Wels", sagte er höflich.

Er stand noch immer. „Ihr Herr Brieger hat mir von Ihrem Angebot erzählt", sagte Heinrich Wels zu dem Stehenden. „Mit Ihrem Herrn Brieger läßt sich besser verhandeln als mit Ihnen, Oppermann. Aber ich habe erlebt, daß sich dann später ‚Mißverständnisse' herausstellten. Ich wollte das vermeiden. Darum hab ich mir Sie kommen lassen. Setzen Sie sich, bitte."

Martin, gehorsam, setzte sich. „Sie sind sich klar darüber", fuhr Wels fort, „daß der Name Oppermann und alles, was daran erinnert, zu verschwinden hat. In dem neuen Deutschland kann es keine Oppermann-Möbel mehr geben. Sie begreifen das."

„Gewiß, Herr Wels", sagte Martin Oppermann.

Martin Oppermann begriff alles, was Herr Wels von ihm begriffen haben wollte. „Ja, Herr Wels, gewiß, Herr Wels", kam es immerzu von seinen Lippen, und wenn Herr Wels mit seiner dumpfen Stimme grimmige Witze machte, dann lächelte Martin. Ein einziges Mal kämpfte er längere Zeit. Das war, als Herr Wels verlangte, daß auch das Stammhaus in der Gertraudtenstraße verschwinden müsse, und daß die Zentrale der Deutschen Möbelwerke hierher, in sein, Heinrich Wels', Hauptgeschäft verlegt werden solle. Sehr höflich bat Martin, das Stammhaus auszunehmen. Eine Konkurrenz werde der kleine Laden, den er privat weiterführen wolle, dem mächtigen Betrieb der Vereinigten Deutschen Möbelwerke sowieso nicht machen können. Das hochmütige Pack, dachte Wels. Es war klar, daß Oppermann recht hatte, daß die Fortführung des Hauses in der Gertraudtenstraße wirklich nichts weiter war als ein kostspieliger Luxus, den sich Martin Oppermann persönlich leistete. Aber selbst das wollte ihm Wels nicht gestatten. Er bestand herrisch, und

Martin, höflich, gab nicht nach. Bescheiden brachte er ein Argument vor, das Wels einleuchten mußte. Bleibe ein Oppermann-Geschäft erhalten, legte er ihm dar, dann werde die ganze Transaktion bestimmt nicht als Schiebung und erzwungene Maßnahme erscheinen. Nach vielem Hin und Her einigte man sich dahin, daß das Stammhaus bis zum 1. Januar von Gustav und Martin Oppermann privat fortgeführt werden könne, dann aber liquidieren oder in den Betrieb der Deutschen Möbelwerke überführt werden müsse. „Klar, Oppermann?" fragte Herr Wels. „Gewiß, Herr Wels", antwortete Martin.

Man ging ins Detail. Erörterte die komplizierte Regelung der Fragen, wieweit die Oppermanns an der Leitung und an den finanziellen Ergebnissen der neuen Gesellschaft beteiligt sein sollten. Und jetzt, Martin spürte es mit tiefer, innerer Befriedigung, war er gut disponiert. Immer neue, glückliche Einzellösungen fand er, geschickter selbst als die klug erdachten generellen Anweisungen Professor Mühlheims. Heinrich Wels' Bedingungen waren saftig. Aber er hatte sich ausgegeben in herrischen Forderungen repräsentativer Natur, er hatte nicht mehr die Kraft, die Haken und Fallen in den schmiegsamen, komplizierten Vorschlägen Martins wahrzunehmen. Machte mit törichter Großspurigkeit Konzessionen.

Die administrativen und finanziellen Details durchgesprochen, wurde er noch einmal ganz groß. So viele Jahre hindurch hatte ihm dieser Martin Oppermann Bitterkeit jeder Art zu schlucken gegeben. Jetzt sollte er fühlen, daß nun Heinrich Wels oben war und der andere ganz in seiner Hand. „‚Wer bei Oppermann kauft, kauft gut und billig'", höhnte er. „Das ‚billig' hat gestimmt. Die Deutschen Möbelwerke werden den Ton auf das ‚gut' legen. Ihr billiger Schund", erklärte er hart, klobig, abschließend, „wird ein für allemal aus dem neuen Betrieb verschwinden. Das neue Deutschland duldet diesen Tinnef nicht, um mich Ihrer Ausdrucksweise zu bedienen. Wir werden teurer sein, aber wir werden solid sein." Narr, Idiot, Dämlack, weiche Birne, braune Uniform, dachte Martin Oppermann. „Gewiß, Herr Wels", sagte er.

Als Martin gegangen war, saß Heinrich Wels noch eine gute Weile. Mechanisch betastete er die Sterne und Schnüre seiner Uniform. Er war zufrieden mit sich. Er hat es dem hochnäsigen Pack gegeben. Gut war es, den Gegner vor sich am Boden zu haben, zu spüren, wie man ihm den Fuß auf den Nacken setzt. Er hat lange warten müssen, bis an die Schwelle des Alters hat er warten müssen, aber er hat noch Kraft genug, das Erlebnis ganz auszukosten. Jetzt war es soweit. Jetzt kam die Welt wieder ins Lot. Jetzt hatten die Sterne und Schnüre seiner braunen Uniform Sinn bekommen. Jetzt saßen die Herren, die geborenen Herren, da, wo sie hingehörten, und die Emporkömmlinge lagen vor ihnen auf den Knien und hörten die Gesetze, die sie ihnen diktierten. Wie höflich dieser Martin Oppermann sein kann. „Ja, Herr Wels, gewiß, Herr Wels." Der leise, höfliche, bescheidene Klang dieser Worte wird ihm noch auf seinem Sterbebett ein Trost sein. Er rief sich ins Gedächtnis zurück die Stunde, da Martin Oppermann ihn demütigte, damals in der Gertraudtenstraße. Daß sie sich man nicht schneiden, die Herren, hatte er damals gedacht, im Aufzug. Er wußte noch genau, wie der Aufzug ausschaute, und was der Liftboy für ein verwundertes Gesicht gemacht hatte über sein eigenes finsteres Antlitz. Nun hatten sie sich geschnitten, die Herren, und die Finsternis über seinem Antlitz war fort.

Martin, nach der ungeheuren Anstrengung, fühlte sich nicht so müde, wie er erwartet hatte. Er saß in seinem Wagen, er fuhr nach der Gertraudtenstraße, vor ihm war der breite Rücken Chauffeur Franzkes. Er saß vielleicht nicht ganz so aufrecht wie sonst, aber aufrecht immerhin, ein leeres, befriedigtes Lächeln um den Mund. Ja, er war befriedigt. Er hat es lange Zeit hindurch schlecht gemacht, ein Jahr hindurch, vielleicht mehrere Jahre. Immanuel Oppermann an seiner Statt hätte längst seine Leute in Sicherheit gebracht, auch sein Geld, und das Geschäft liquidiert: aber, wie er das heute gemacht hat, damit wäre Großvater Immanuel zufrieden. Sicherlich glaubte Heinrich Wels, der Dämlack, er habe einen ungeheuren Sieg davongetragen. Es war ein Sieg wie die Siege der Deutschen im Weltkrieg.

Sie haben gesiegt, und die andern haben gewonnen. „Gewiß, Herr Wels." Er lächelte.

Ohne Zögern setzte er sich hin und brachte die Vereinbarung zu Papier, die er mit Wels getroffen hatte. Bat Mühlheim her. Was ihm, während der Unterredung mit Wels, der Augenblick eingegeben hatte, war so fein gesponnen, daß manchmal selbst Mühlheim einige Zeit brauchte, um es in seiner ganzen Konsequenz zu erfassen. Das war Martin eine große Genugtuung. Er bestätigte die Vereinbarung, die er mit Wels getroffen hatte, ließ sie sich von diesem bestätigen.

Es war nicht leicht, sich vorzustellen, daß jetzt die Bilder Oppermanns verschwinden werden, daß der Name Oppermann verschwinden wird. Allein noch am gleichen Tag fing er an, die Bilder und den Namen verschwinden zu machen.

Bat zu diesem Zweck die Herren Brieger und Hintze ins Büro, legte mit ihnen das Technische fest. Herr Hintze, sehr aufrecht dasitzend, finster, schlug vor, an Stelle Immanuel Oppermanns ein großes Photo Ludwig Oppermanns aufzuhängen, eines der Brüder, der im Jahre 1917 in Frankreich gefallen war. „Davor hat die Bande noch einigermaßen Respekt", sagte er knarrend. Martin, beide Herren hatten es bemerkt, hatte den Schutzwall seiner Würde aufgegeben, ließ einen näher heran. Aber jetzt, mit einemmal, wurde er der alte. Einen kurzen Blick von der Seite her schickte er zu Herrn Hintze hinüber. „Nein, Hintze", sagte er kühl, jede Widerrede abschneidend. „Mit der Berufung auf meinen Bruder Ludwig erkaufe ich mir keine Konzession."

Er selber, am Abend dieses Tages, trotzdem das nicht nötig gewesen wäre, nahm das eingerahmte Schreiben des Feldmarschalls Moltke von der Wand, schlug es in ein Papier, umständlich, verschnürte es sorgsam, nahm es mit sich. Als er das Haus verließ, tat der alte, mürrische Türsteher Leschinsky den Mund auf, dies hatte sich bis jetzt noch nie ereignet, und sagte: „Adjeh, Herr Oppermann."

Zu Hause schmolz Martin die Befriedigung über den geschäftlichen Erfolg, der so teuer bezahlt war, schnell fort. Bis jetzt hatte es ihn in jedem einzelnen Falle besondere Überwindung gekostet,

wenn er seinen Geschwistern unangenehme Mitteilungen hatte
machen müssen. Vor der Größe und Härte dessen, was nun über
sie hereinbrach, verschwand sein Streben um Haltung und
Würde. Nein, einen solchen Schmerz brauchte man nicht zu
verstecken. Den durfte man hinausschreien, schamlos, nackt.
Für den nächsten Abend bat er seine Geschwister zu sich, und
sie kamen.

Er berichtete, was er mit Wels vereinbart hatte. Er erzählte
nichts von den Demütigungen, mit denen er seinen Erfolg hatte
bezahlen müssen. Aber die andern verstanden nicht einmal
etwas von diesem Erfolg, sie begriffen nur, daß es jetzt aus war
mit dem Möbelhaus Oppermann. Der einzige Jacques Lavendel
verstand ihn. „Massel toff", sagte er und schaute ihn freundlich
und voll herzlicher Anerkennung an. „Das haben Sie großartig
gemacht, Martin. Was wollen Sie? Erst schaute es aus wie eine
Pleite, und jetzt ist alles in Butter. Oder doch wenigstens in
Magarine."

Allein die andern gingen auf seinen Ton nicht ein. Wohl
versuchte Martin noch einen ziemlich bittern Scherz; er sagte
zu Gustav, nachdem der das Bild Immanuels besitze, habe jetzt
er sich für seine Privatwohnung wenigstens den Moltkebrief
gesichert. Aber bald, angesichts der Niedergeschlagenheit aller,
spürte Martin auch die letzte Freude über seinen geschäftlichen
Erfolg verrinnen.

Da saßen sie herum, allesamt, die Geschwister Oppermann,
um einen großen, runden Tisch, noch aus der Zeit Immanuel
Oppermanns stammend, einen alten, soliden Tisch aus Nuß-
baumholz, gefertigt seinerzeit unter persönlicher Aufsicht von
Heinrich Wels sen., das Bild des alten Oppermann über ihren
Häuptern. Seit jenem Geburtstagsabend in Gustavs Haus an der
Max-Reger-Straße waren sie nicht mehr beieinander gesessen.
Sie gehörten zusammen, das sah man, auch das Bild gehörte zu
ihnen. Aber dieser Zusammenhalt war jetzt wohl ihr wertvoll-
stes Besitztum, das einzig feste noch. Alles andere ringsum
schwand, glitt ihnen unter den Füßen fort.

Jacques Lavendel versuchte nochmals, sie durch eine gewisse

skeptische Überlegenheit aufzumuntern, aber es nützte nichts, und bald gab auch er es auf.

Minutenlang saßen sie schweigend, die schweren Männer. Gustav war nicht mehr strahlend wie sonst, Martin hatte seine Haltung und Würde aufgegeben, Edgar die ummauerte Zuversicht des erfolgreichen Wissenschaftlers, Jacques Lavendel seine optimistische Skepsis. Die großen Köpfe gesenkt, schauten sie aus ihren tiefliegenden Augen vor sich hin. Sie waren kräftige Männer, tüchtig ein jeder auf seinem Gebiet, wohlgeeignet, einem Feind, einem harten Schicksalsstoß standzuhalten. Aber jetzt saßen sie ohne Zuversicht, in schwerer Betrübnis; denn was ihnen jetzt bevorstand, das, sie spürten es in allen Gliedern, war nicht der Angriff einzelner Feinde und nicht ein einzelner Schicksalsstoß. Es war ein Erdbeben, eine jener großen Meutereien der konzentrierten, meertiefen Dummheit der Welt, und was nützt vor einem solchen Elementarereignis die Kraft und die Klugheit des einzelnen?

Nach einigem Hin und Her kamen die Jungens im Fußballklub überein, Berthold auszuschließen. Sie taten es mit Unbehagen. Nicht nur, daß jetzt das Match mit dem Fichte-Gymnasium durch das Ausscheiden Heinrichs für sie aussichtslos wurde, sie fanden auch, Berthold sei ein guter Kamerad. Sie wußten selber nicht recht, warum sie ihn diffamierten.

Heinrich Lavendel war tief ergrimmt. Er fand Bertholds Verhalten ein bißchen doof — er an seiner Stelle hätte widerrufen —, aber hochanständig. Wenn er Heldentum hätte exemplifizieren müssen, er hätte es am Verhalten Bertholds getan. Da hat man Aufsätze zu schreiben über den Gewissenskonflikt Wallensteins, Torquato Tassos. Quatsch, meine Herren. Hier haben Sie die wirklichen Probleme. Wie soll man sich verhalten, klug oder anständig? Irgendein klassischer Franzose hat gesagt: „Wenn man mich beschuldigt, Notre-Dame in die Tasche gesteckt und gestohlen zu haben, dann türme ich postwendend." Das Verhalten zum Beispiel, das dieser klassische Franzose anrät, ist klug. Er selber, Heinrich, verhält sich auch klug. Er denkt nicht mehr daran, den Rotzjungen, den damned fool, den Langen Lulatsch anzuzeigen. Berthold hingegen verhält sich anständig: er widerruft nicht. Im zwanzigsten Jahrhundert kommt man mit Vernunft zweifellos weiter als mit Anstand. Dennoch imponiert ihm Berthold, und er mag ihn sehr.

Mit Erbitterung sah er die wachsende Vereinsamung seines Freundes und Verwandten. Denn nachdem man einmal Berthold aus dem Fußballklub ausgeschlossen hatte, mußte man konsequent sein. Hatten die Jungen Adler von Anfang an aus prinzipiellen Gründen den Verkehr mit ihm abgebrochen, so folgten ihnen jetzt langsam die andern.

Berthold ging herum, versperrt, schweigsam. Sein Schlaf wurde schlecht. Eines Abends, nach dem Essen, sagte Liselotte zu ihm: „Ich sehe lange Licht in deinem Zimmer, Berthold. Ich glaube, in einem solchen Ausnahmefall könntest du es mit einem Schlafmittel versuchen. Geh ruhig über die Hausapotheke, wenn es einmal gar zu spät wird." — „Schönen Dank, Mutter", sagte Berthold, „aber ich komme auch ohne das aus."

Trotzig versuchte er sich einzureden, es sei gleichgültig, wie die in der Unterprima zu ihm stehen. Er hat seinen Onkel Joachim Ranzow, seine Kusine Ruth, Heinrich Lavendel, hat Kurt Baumann. Kurt, das muß man sagen, hat sich hochanständig benommen. Er denkt nicht daran, den blöden Heroenkult mitzumachen, den die andern mit dem Langen Lulatsch treiben. Das ist allerhand.

Um diese Zeit konnte Berthold wieder einmal den Wagen haben. Auf seine männliche Art, obenhin, als wäre es nichts, als wäre es keine große Vergünstigung, sagte er zu Kurt Baumann: „Morgen abend um sechs, nach dem Englisch, kann ich den Wagen haben. Also, um sechs Uhr fünf an der Meierottostraße." Eine ganz winzige Zeit zögerte Kurt Baumann. Dann sagte er: „Au Backe, das ist fein."

Um sechs Uhr fünf am andern Tag sagte Berthold zu Chauffeur Franzke, der an der Meierottostraße wartete: „Eine Minute noch. Ich erwarte Kurt Baumann." — „Bon", sagte Chauffeur Franzke. Um sechs Uhr acht sagte Berthold: „Noch eine Minute.

Er muß sogleich kommen." — „Aber gewiß doch, Herr Berthold", sagte Chauffeur Franzke. Um sechs Uhr fünfzehn sagte
Berthold: „Fahren wir los, Franzke." — „Wir können gut noch
fünf Minuten warten, Herr Berthold", sagte Chauffeur Franzke.
„Nee, Franzke", sagte Berthold, „fahren wir schon los." Er
bemühte sich, gleichgültig zu sprechen.

„Wollen Sie nicht ans Steuer, Herr Berthold?" fragte nach
einer Weile Chauffeur Franzke, in der Nähe der Gedächtniskirche. Auch er bemühte sich, gleichgültig zu sprechen, als ob es
gar nichts wäre, daß er heute selbst im dicksten Verkehr Berthold
ans Steuer .lassen wollte. „Danke, Franzke", sagte Berthold.
„Nett von Ihnen, Franzke. Heute nicht."

Rektor François saß in dem altmodisch behaglichen, verräu-
cherten, bücherüberstopften Arbeitszimmer seiner Privatwohnung vor seinem Manuskript: „Der Einfluß des antiken Hexameters auf die Wortgebung Klopstocks". Es war nicht einfach, sich zu konzentrieren; aber es war noch eine gute halbe
Stunde bis zum Abendessen, da lohnte der Versuch. Er ließ sich
von den Hexametern tragen wie von Meereswellen, ihr gleichmäßiger Fluß sänftigte seinen Unmut.

Plötzlich wurde die Tür aufgerissen. Stürmisch, in breiter
Front, brach Donnerwölkchen in den Raum ein. Gewaltig kam
sie auf den schmalen François zu, umbauscht von ihrem Schlafrock. So erfüllt war sie von dem, was sie zu sagen hatte, daß es
ihr die Sprache verschlug. Wortlos knallte sie ein großes, entfal-
tetes Zeitungsblatt auf den Schreibtisch, so daß es das Manuskript, die Bände der alten Klassiker, den Klopstock völlig
überdeckte. Es war die heutige Ausgabe des Berliner Organs der
Völkischen. „Da", brachte Frau Emilie François heraus, nichts
weiter, und stand da, das leibgewordene Verhängnis.

François las. Es war ein Artikel über die Zustände am Königin-Luise-Gymnasium. Diese Schule, längst eine Züchtungsan-
stalt von Landesverrätern, hieß es, sei jetzt vollends verrottet.
Ein jüdischer Schüler, ein hoffnungsvoller Sproß der berüchtigten Familie Oppermann, habe in einem Schulvortrag vor ver-

sammelter Klasse Hermann den Befreier aufs wüsteste geschmäht, ohne daß es bis jetzt seinem nationalen Klassenlehrer geglückt wäre, das Früchtchen zur Rechenschaft zu ziehen. Beschützt von dem verwelschten Vorstand der Anstalt, einem typischen Vertreter des Systems, spreize sich noch immer der freche Judenjunge in der Glorie seines Landesverrats. Wann endlich werde die nationale Regierung diesen unerhörten Zuständen ein Ende bereiten?

François nahm die Brille ab, blinzelte. Er fühlte sich sehr elend. „Nun?" fragte drohend Donnerwölkchen.

François wußte nicht, was antworten. „Was für entsetzliches Deutsch", sagte er nach einer Weile.

Er hätte es besser nicht gesagt; denn diese Äußerung endlich entfesselte Donnerwölkchen. Was? Der Mann hat sich und seine Familie durch seine ewige, phlegmatische Unentschlossenheit ruiniert, und jetzt hat er gegen seine Angreifer nichts vorzubringen, als daß sie schlechtes Deutsch sprachen? War er wahnsinnig? Die Portiersfrau hat ihr den Artikel gebracht, morgen werden ihr zehn Freundinnen den Artikel bringen. Sieht er denn nicht, daß es jetzt aus ist? Mit Schmach und Schande wird man ihn aus dem Amt jagen. Fraglich, ob man ihm Pension zuerkennt. Was dann? Zwölftausendsiebenhundert Mark haben sie auf der Bank. Die Papiere stehen nicht mehr ihre vollen hundert. Es sind nur mehr rund zehntausendzweihundert Mark. Wovon soll man leben? Er, sie und die Kinder? „Von dem da?" fragte sie und schlug mit der Hand auf sein Manuskript; sie erreichte aber nur das Zeitungsblatt.

Rektor François war benommen von dem Gedröhn. Sicherlich war, was Donnerwölkchen sagte, maßlos übertrieben; aber dunkle Stunden stehen ihm bevor, viele und sehr dunkle. Armer Schüler Oppermann. Oppermann war ein Daktylus, gut im Hexameter zu gebrauchen, auch François war ein Daktylus, aber kein reiner, weniger gut zu gebrauchen. „Dulde auch dieses, mein Herz, du hast soviel schon geduldet." Fernher umplätscherten ihn die Hexameter. Ach, sich ihnen hingeben dürfen.

Frau Emilie nahm sein Schweigen für Verstocktheit. Ihre

Erbitterung stieg. In wilden, endlosen Reden — langhinhallenden, sagte sich der erdrückte François — entlud sich ihre Empörung. Morgen, tobte sie, habe er diesem Lausejungen die Alternative zu stellen: Abbitte in aller Form oder mit Schande aus der Anstalt fortgejagt. Am liebsten ginge sie selber zu dem Vater des Früchtchens oder zu seinem Onkel, seinem saubern Freunde Gustav. Wo sie nur ihre fünf Sinne gehabt habe, als sie ihn, diesen Waschlappen, diesen Schlappschwanz, heiratete. François duckte sich. Es hat keinen Sinn, sich gegen den Sturm aufzurichten. Man kann nur abwarten, bis Donnerwölkchen zu Ende ist. Einmal muß auch ihr die Lunge versagen. Wie gern würde er auf das Abendessen verzichten und sich ins Bett legen.

Frau Emilie hatte ihn so zerzaust, daß die Schläge des andern Tages ihm nicht mehr viel anhaben konnten. Pedell Mellenthin hatte die Zeitung groß und auffallend in der Tasche stecken, alle Lehrer und Schüler auf seinem Weg hatten sie, in mehreren Exemplaren lag sie auf seinem Schreibtisch. Da saß er zwischen Voltaire und Friedrich dem Großen. Eine Schmutzwelle war über seine Anstalt, war über das ganze Land hereingebrochen. Er war schon so überdeckt mit Schmutz, daß er ihn kaum mehr spürte.

Sehr bald auch erschien Oberlehrer Vogelsang im Rektoratszimmer. Er hatte sich verändert. Sein Gesicht war maskenhaft starr, das unheimlich freundliche Lächeln war fort. Er trat als Sieger vor den Besiegten, als Rächer, ehern, der unsichtbare Säbel an seiner Seite klirrte. So, dachte François, mochte Brennus, der Barbar, vor die Römer getreten sein, die Gewichte verfälschend durch sein in die Waagschale geworfenes Siegerschwert.

Ja, Oberlehrer Vogelsang durfte sich Triumph aus voller Brust gönnen. Er hat erfahren, daß die Wahlen entschieden waren, bevor sie stattgefunden hatten. Die nationalen Führer — man hat es ihm heimlich mitgeteilt, doch unbedingt zuverlässig — haben eine Tat beschlossen, eine flammende Tat, die die Wahlen unter allen Umständen zu einem Sieg für die nationale Sache machen muß. Oberlehrer Vogelsang braucht weder in der Sache Rittersteg noch in der Sache Oppermann irgendwelche Rücksicht mehr zu nehmen. Darum war er in die Öffentlichkeit vorgestoßen, und so, als Triumphator, trat er nun vor Rektor François hin.

Er hat sich diesen Triumph lang aufgespart, aber jetzt kostet er ihn auch aus. Kein Quentchen schenkt er dem andern. Zwei Monate, erklärte er stählern dem klein dasitzenden François, mehr als zwei Monate habe jetzt die Anstalt die Schande auf sich sitzen lassen. Es sei genug. Wenn nicht der Schüler Oppermann noch in diesem Monat Abbitte tue, dann werde er, Vogelsang, zu bewirken wissen, daß der Schüler von den preußischen Anstalten relegiert wird. Er begreife nicht, wie Rektor François, so oft und ernsthaft ermahnt, so lange habe zögern können. Jetzt sei die Beule aufgebrochen, die ganze Anstalt besudelt.

Stramm zwischen den Büsten Voltaires und Friedrichs des Großen stand der triumphierende Oberlehrer. Noch in diesem Monat, dachte François. Der Februar hat nur achtundzwanzig Tage. Wie er quäkt. Das Gedröhne Donnerwölkchens ist eine Mozartoper dagegen. Brekekekex koax koax. Sein Kragen ist wieder einen halben Zentimeter niedriger geworden. Er paßt sich an. In Rom die Barbaren paßten sich auch an. „Wollen Sie sich nicht setzen, Kollege?" fragte er.

Aber Vogelsang wollte sich nicht setzen. „Ich muß Sie um eine deutliche, unmißverständliche Antwort bitten, Herr Rektor", forderte er klirrend. „Wollen Sie den Schüler Oppermann darauf aufmerksam machen, daß er entweder noch vor dem 1. März die dreisten Behauptungen jenes Vortrags widerrufen oder seine Relegierung zu gewärtigen hat?"

„Ich bin mir nicht ganz klar", sagte mit milder Ironie François, „was Sie eigentlich wünschen, Kollege. Sie sprechen bald von Abbitte, bald von Widerruf. Und wie stellen Sie sich die Angelegenheit technisch vor? Soll Oppermann hier auf dem Rektorat um Entschuldigung bitten oder vor versammelter Klasse?"

Bernd Vogelsang trat einen Schritt zurück. „Abbitte? Widerruf?" staunte er. Er stand zürnend da, sein eigenes Denkmal.

„Beides selbstverständlich", heischte er. „Ich glaube, Herr Rektor, wie die Dinge liegen, tun Sie am besten, mir die Bestimmung der Form zu überlassen, in der die Sühnung zu erfolgen hat." Der Rächer Hermanns des Deutschen, dachte François. Das hat der Cherusker nun doch nicht verdient.

„Gut, Herr Kollege", sagte er. „Ich werde mit dem Schüler Oppermann reden. Er wird abbitten, und er wird widerrufen. Nur eines muß ich mir vorbehalten: die Stilisierung seiner Erklärung. Der Schüler Oppermann mag seine Fehler haben, aber ein schlechter Stilist ist er nicht. Das haben sicher auch Sie beobachtet, Kollege."

War das Hohn? Bernd Vogelsang dachte an die Frechheiten, die sich François über das Deutsch des Führers erlaubt hatte, damals, als er ihn das erstemal wegen der Angelegenheit Oppermanns stellte. Stilisierung. Habeat sibi. Da saß er und hatte nichts mehr als sein bißchen Ironie. Dürftig, Herr Rektor. Er, Bernd Vogelsang, wird die Demütigung dieses aufsässigen Schülers zu einem eindrucksvollen Schauspiel zu gestalten wissen. Alle werden sehen, wie er den Geist der Zersetzung aus diesem Hause austreibt. Mag Rektor François sich in seine dürftige Ironie hüllen: er, Bernd Vogelsang, handelt.

Alfred François hatte viel Neues und viel Böses erkennen müssen in diesen letzten Wochen. „Die Faust des Schicksals hatte ihm die Augen geöffnet", wie der Führer sich auszudrükken pflegte. In diesen letzten Stunden allein war so viel Hartes auf ihn niedergeprasselt, daß er glaubte, nunmehr werde nichts mehr ihn anrühren können. Aber als er jetzt auf den Schüler Oppermann wartete, wußte er, er hatte geirrt, das Schwerste stand ihm noch bevor.

„Setzen Sie sich, Oppermann", sagte er, als Berthold eintrat. „Haben Sie den Döblin gelesen, den ich Ihnen empfahl?" — „Jawohl, Herr Rektor", sagte Berthold. „Es ist gute Prosa, nicht?" fragte François. „Es ist wunderschön", sagte Berthold.

„Ja", sagte François, bemüht, an den kühnen, grauen Augen

des Jungen vorbeizuschauen, „es fällt mir nicht leicht, Oppermann, es fällt mir sogar verdammt schwer. Aber Sie wissen wohl selbst, die Sache hat Kreise gezogen. Ich muß Sie leider vor die Alternative stellen ..." Er schnaubte ein bißchen durch die Nase, sprach nicht zu Ende.

Berthold weiß natürlich, worum es sich handelt. Stünde er als Dritter im Zimmer, er sähe, gerecht wie er ist, die Pein auf dem Gesicht des Mannes. So aber, randvoll mit Bitterkeit, denkt er nicht daran, dem andern etwas zu ersparen. „Vor welche Alternative, Herr Rektor?" fragt er und zwingt François, ihn anzuschauen. „Ich muß Sie bitten", sagt François, und sein Atem ist noch immer nicht in Ordnung, „sich wegen jener Äußerung in Ihrem Vortrag zu entschuldigen, sie zu widerrufen. Wenn Sie es nicht tun", er versucht jetzt beamtenhaft trocken zu sprechen, „muß ich Sie leider von der Anstalt fortschicken." Er sieht das bittere, traurige Gesicht des Jungen. Er muß sich rechtfertigen vor ihm, das ist das Allerwichtigste. „Ich sage Ihnen ehrlich, Oppermann", hastet er sich ab, „mir wäre lieber, Sie widerriefen. Es wäre mir scheußlich, wenn ich einen meiner Lieblingsschüler relegieren müßte. Meinen liebsten Schüler", verbessert er sich.

Er steht auf, Berthold will auch aufstehen; aber „bleiben Sie, bleiben Sie, Oppermann", drückt er ihn nieder. Er läuft auf und ab zwischen den Büsten Voltaires und Friedrichs. Dann, plötzlich, hält er vor Berthold an, wechselt vollends den Ton, spricht zu ihm, ein Mann zum andern: „Meine eigene Stellung ist gefährdet. Begreifen Sie, Oppermann. Ich habe Frau und Kinder."

Berthold, in all seiner Bitterkeit, kann nicht umhin, die Not des andern zu sehen. Aber er hat jetzt keine Zeit für Mitleid. Ich muß auch manches tun, was ich nicht möchte, klingt ihm, ungewohnt, bösartig knurrend, die Stimme seines Vaters im Ohr. Wir werden alle Schweine, denkt er. Alle werden wir Schweine und gemein durch diese Zeit.

„Wir haben Hebbel gelesen", fängt er schließlich an, langsam, er läßt sich Zeit. „‚Gyges und sein Ring'. Dr. Heinzius hat uns gesagt, der ganze Hebbel hat ein einziges Thema: verletzte Menschenwürde. Laesa humanitas. Ich habe dann noch ‚Herodes und Mariamne‘ gelesen. Nicht als Klassenlektüre, für mich. Mariamne könnte sich das Leben retten, wenn sie nur spräche. Sie spricht nicht, sie verteidigt sich nicht. Eher beißt sie sich die Zunge ab. Sie stirbt, aber sie spricht nicht. Dr. Heinzius hat uns sehr deutlich gemacht, was das ist, laesa humanitas. Haben nur alte Könige humanitas? Bin ich ein Dreck? Glaubt ihr, ihr könnt alle auf mir herumtreten, weil ich siebzehn bin und ihr fünfzig oder sechzig? Mariamne ist übrigens eine Jüdin, Herr Rektor. Lesen Sie mein Manuskript, Herr Rektor. Es war ein guter Vortrag. Dr. Heinzius wäre zufrieden gewesen. Bin ich ein schlechter Deutscher, weil Dr. Heinzius überfahren worden ist? Er hat einen nie unterbrochen. Er hat einen zu Ende reden lassen. Was ich gesagt habe, Herr Rektor, ich weiß es nicht mehr genau, aber es war richtig. Ich habe Mommsen gelesen, Dessau, Seeck. Kein Mensch kann was anderes herauslesen. Warum tun Sie mir unrecht, Herr Rektor?“

François hört genau zu. Was für ein kluger, anständiger Junge. Er ist ihm wirklich der liebste seiner Schüler. Was muß er durchgemacht haben in diesen letzten Wochen. Wie muß er dagesessen sein in diesen letzten Wochen vor dem bösartigen Ochsen, dem Vogelsang, unter seinen Kameraden, grausamen, jungen, törichten Menschen. Was soll er dem Jungen antworten? Er möchte ja am liebsten jedes Wort von ihm unterschreiben. Mit beiden Händen. Ehrlicherweise kann er doch nur sagen: Ja. Ja. Sie haben recht, Oppermann. Tun Sie’s nicht. Widerrufen Sie nicht. Gehn Sie fort von meiner Schule. Es ist eine schlechte, dumme Schule geworden, auf der Sie nur Unsinn und Lüge lernen können.

Er macht den Mund auf, aber er merkt, daß er unter der Büste Voltaires steht. Er schämt sich, geht zurück zu seinem Schreibtisch. Da sitzt er, klein, alt. „Als Sie Ihren Vortrag hielten, Oppermann“, sagt er endlich, „hatten Sie recht. In der Zwischenzeit ist leider manches anders geworden. Von vielem, was damals Wahrheit war, muß ich jetzt sagen, daß es Lüge sei.“ Er versuchte zu lächeln. „Wir werden in manchem umlernen müssen. Sie sind jung, Oppermann. Mir fällt das Umlernen verdammt schwer." Er stand auf, ging ganz nah an Berthold heran, legte ihm die Hand auf die Schulter. Sagte zaghaft, es klang wie eine demütige Bitte: „Wollen Sie sich nicht entschuldigen, Oppermann?" Aber sogleich, voll Angst vor der Antwort, fügte er hinzu: „Antworten Sie mir nicht jetzt. Überlegen Sie sich's. Sagen Sie nichts, es hat Zeit, wenn ich Montag die Antwort habe. Schreiben Sie. Oder telefonieren Sie. Wie Sie wollen."

Berthold stand auf. François sah, wie sehr die Unterredung den Jungen angegriffen hatte. „Nehmen Sie es nicht *zu* schwer, Oppermann", sagte er. Und dann, nicht ohne Mühe: „Und vergessen Sie, was ich Ihnen zuletzt gesagt habe. Es war" — er suchte das Wort — „zweckgefärbt. Sie haben einen großen Vorteil, Oppermann. Ob Sie es tun oder nicht, Sie werden immer recht haben."

Die Unterredung mit François hatte Berthold arg mitgenommen. Wohl war er darauf vorbereitet, daß ähnliches kommen werde, aber jetzt hatte er es gewissermaßen amtlich, daß er etwas Undeutsches, Vaterlandfeindliches getan hat. Er begriff das nicht. War es undeutsch, zu sagen, was ist? Noch vor wenigen Monaten hatte keiner an seinem Deutschtum gezweifelt. Er selber fühlte sich in einem tieferen Sinne deutsch als die meisten seiner Kameraden. Er war voll von deutscher Musik, deutschen Worten, deutschen Gedanken, deutscher Landschaft. Nie in den siebzehn Jahren seines Lebens hatte er anderes gesehen, gehört, gespürt. Und nun auf einmal soll er nicht mehr dazugehören, soll er von Natur anders sein. Wieso? Warum? Wer denn war deutsch, wenn nicht er?

Aber es hat keinen Sinn, über das Allgemeine zu grübeln. Es ist jetzt Sonnabend nachmittag halb vier. Bis morgen abend muß er sich entschieden haben. Soll er widerrufen?

Jemand haben, der einem helfen könnte. Einmal muß doch ein Satz kommen, der ihn anrührt, ein Argument, so einleuchtend, daß alle seine Zweifel verschwinden. Zu seinem Vater kann er nicht gehen. Der hat selber aufs bitterste zu kämpfen. Er kann ihm nicht zumuten, daß er ihm gegen seine eigenen Interessen raten soll. Und soll er der Mutter zumuten, ihm gegen den Vater zu raten?

Er läuft herum in den Straßen der großen Stadt Berlin. Es ist trocken und nicht kalt, angenehm zu gehen. Er ist groß und schlank, sein Gesicht ist mager geworden, seine langen, grauen Augen schauen finster, beschäftigt, er ist bitterlich in sich selber versunken. Viele schauen ihn an, viele Frauen besonders, er ist ein schöner Junge, aber er merkt es nicht.

Plötzlich kommt ihm eine Idee, wieso ist er nicht sogleich daraufgekommen? Er fährt hinaus zu Onkel Ranzow.

„Hallo, Berthold", sagt Ministerialdirektor Ranzow, ein bißchen erstaunt. Berthold, seine Menschenkenntnis hat in den letzten Tagen sehr zugenommen, sieht sogleich, daß Onkel Joachim seinen Besuch in Zusammenhang bringt mit jenem Artikel in der völkischen Zeitung und daß er rasch und angestrengt nachdenkt, was er ihm sagen soll.

Onkel Joachim schenkt ihm zunächst einen scharfen Schnaps ein wie gewöhnlich. Berthold setzt ihm seinen Fall auseinander, dürr, unsentimental. „Ich möchte einen vernünftigen Rat", bittet er. „Was würdest du an meiner Stelle tun, Onkel Joachim?"

Zu anderer Zeit hätte Ministerialdirektor Ranzow wahrscheinlich die Not des Jungen durch seinen trockenen Ton durchgehört. Hätte sich wohl auch die Mühe genommen, sich in den Jungen hineinzudenken. Leider aber war er in diesen Tagen kaum weniger mit sich selbst beschäftigt als die Oppermanns. Freunde von Einfluß rieten ihm, der selber den Deutschnationalen nahestand, dringlich, von seinen linksstehenden Beamten abzurücken, deren Tage gezählt waren. Aber Joachim Ranzow wollte Leute nicht brüskieren, die er durch Jahre gemeinsamen Dienstes als fähig und zuverlässig hatte schätzenlernen, auch wenn diese Leute auf der Proskriptionsliste standen. Seine Freunde redeten auf ihn ein, bestürmten ihn. Vor allem nicht begriffen sie, wie er nach wie vor mit dem der neuen

Regierung verhaßten Ministerialrat Freese persönliche Freundschaft halten konnte, einem eingeschriebenen Mitglied der
Sozialdemokratischen Partei. Es war an sich keine Empfehlung
für einen hohen Beamten, mit einer jüdischen Familie verschwä-
gert zu sein, die so in Sicht war wie die Oppermanns. Warum
zum Beispiel nahm er nicht diesem fatalen Ministerialrat Freese
gewisse Funktionen ab? Jeder höhere Beamte, der sich halten
wollte, machte ähnliches, um sich der neuen Regierung zu
empfehlen. Joachim Ranzow brachte die Skrupellosigkeit nicht
auf. Es fraß an ihm, daß es heute so schwer war, ein preußischer
Beamter zu sein und ein anständiger Mensch.

In solcher Lage fand Berthold seinen Onkel Joachim. Die
Affäre des Jungen war peinlich. Je eher sie bereinigt wird, um
so besser für sie alle. Gut, daß der Junge selber vernünftig über
die Geschichte zu denken scheint. „Ich glaube", sagte Ranzow,
„du solltest die gewünschte Erklärung abgeben." Er sagte es
gemessen wie immer, klar, unumwunden. Der Junge schaute ihn
an, ein wenig verblüfft. Er wunderte sich, daß einer in seinem
komplizierten Fall so rasch eine Meinung parat hatte. Ranzow
merkte diese Verblüffung. Er war wirklich etwas zu schnell
gewesen. „Schließlich hast du", suchte er seine Meinung zu
begründen, „zumindest in der Form unrecht gehabt."

Berthold dachte an die schönen, etwas dunkeln Worte, die
Onkel Joachim seinerzeit über Hermann den Deutschen gesagt
hatte. Für ihn, Berthold, hatte er nur sehr nüchterne Worte. Er
fand, Onkel Joachim wollte nicht sehen, um wieviel es ihm ging.
„Man hat alles böswillig verdreht", sagte er. „Ich soll etwas
zurücknehmen, was ich gar nicht behauptet habe. Hermanns
Ruhm, der Mythos Hermann, ich erinnere mich genau an alles,
was du mir damals erklärt hast, Onkel Joachim. Es war das
weitaus Klügste, was mir irgendeiner über Hermann gesagt hat,
und ich habe es mir gut gemerkt. Und gerade darauf wollte ich
hinaus. Aber um dahin zu gelangen, mußte ich doch erst die
Tatsachen bringen, die historischen Tatsachen, so klar wie
möglich. Ich habe nichts weiter behauptet, als was jeder aus dem
Mommsen und dem Dessau herauslesen muß. Soll ich jetzt

hingehen und zugeben, daß ich ein schlechter Deutscher bin, weil ich gesagt habe, was wirklich war?"

Joachim Ranzow war nervös, ungeduldig. Erst schien der Junge so vernünftig, und nun machte auch er noch Schwierigkeiten. Liselotte hatte weiß Gott genug Sorgen. Alle hatten sie genug Sorgen. Und jetzt noch das. Wegen Hermanns des Cheruskers. „Mein Gott, Junge", sagte er ungewohnt leichtfertig, „hast du keine andern Sorgen? Was geht dich schließlich Hermann der Cherusker an?"

Den Satz kaum ausgesprochen, wollte er ihn schon nicht gesagt haben. Berthold nämlich erblaßte noch tiefer, faßte nach dem Schnapsglas, packte es ungeschickt fest, setzte es wieder hin. Packte es von neuem, es war noch ein winziger Rest darin, er trank ihn leer. Ranzow nahm erst jetzt wahr, wie schlecht und mitgenommen der Junge aussah. „Aber dich, Onkel, geht er an", sagte er, sein Mund wurde schmal und bitter, er sah ihn an, herausfordernd, anklägerisch. Joachim Ranzow machte eine abwehrende Geste mit der langen Hand, als striche er einen Satz durch. Wollte etwas sagen. Ach was, war er schließlich dem Jungen Rechenschaft schuldig?

Ehe er antworten konnte, sprach auch Berthold schon weiter. „Du meinst", sagte er, „weil ich jüdisches Blut in mir habe, geht mich Hermann nichts an. Das meinst du doch, nicht?" — „Red doch nicht solchen Quatsch", sagte, jetzt ernstlich verärgert, Ranzow. „Trink lieber noch einen Schnaps." — „Danke", sagte Berthold. „Ich sehe nicht, wie du es anders hättest meinen können", beharrte er. „Genau das, was ich sagte, meinte ich", erwiderte scharf Ranzow. „Nicht mehr und nicht weniger. Ich muß mir ernstlich verbitten, Berthold, daß du meinen Worten solchen Quatsch unterlegst." Berthold zuckte die Achseln. „Du hast natürlich recht, Onkel. Du bist mir keine Rechenschaft schuldig."

So bitter und bösartig resigniert klang das, daß Joachim Ranzow, jetzt aus seinem eigenen Bereich aufgestört, mit Eifer daranging, den Jungen, den er mochte, wieder ins Gleis zu bringen. „Deine Mutter würde dich nicht begreifen, Berthold",

190

sagte er. „Vielleicht war, was ich sagte, nicht besonders glücklich ausgedrückt. Wir haben jetzt alle den Schädel voll Sorgen. Aber wie du so etwas hast heraushören können, ist mir wirklich unbegreiflich." Berthold nickte mehrmals mit dem großen Kopf; es war eine Bewegung, wie sie sein Vater manchmal hatte, er sah kummervoll und erwachsen aus. Der Junge tat Ranzow leid. „Sei vernünftig, Berthold", sagte er, es war eine Bitte und eine Entschuldigung. „Nimm guten Rat an. Es ist nicht leicht für einen Mann nahe an den Fünfzig, zu sagen, wie er heute als Junge handelte. Als ich in deinem Alter war, waren die Zeiten anders. Damals, grad heraus, hätte ich an deiner Stelle nicht widerrufen. Wenn ich heut an deiner Stelle wäre, dann, ich weiß das, oder, ich will ehrlich sein, ich glaube es fast sicher, dann widerriefe ich. Du hilfst dir selber, und du hilfst uns allen, wenn du's tust."

Berthold war kaum gegangen, als Ranzow sogleich seine Schwester Liselotte anrief. Er berichtete ihr kurz von seiner Unterredung mit Berthold und fügte aufrichtig hinzu, er sei nicht in guter Form gewesen, als der Junge ihn aufsuchte. Er finde, Berthold nehme die Angelegenheit tragischer, als sie sei. Liselotte möge doch versuchen, auf ihn einzuwirken.

Aber Joachim Ranzow sprach nicht zu der Liselotte, die er kannte. Sie war vollständig verwandelt. Er müsse kommen, bat sie dringlich, ihr helfen. Sie müsse vor Mann und Sohn den ganzen Tag Zuversicht markieren. Sie könne es nicht länger. Sie schäme sich so bitter vor den beiden, eine Deutsche zu sein. Endlich einmal müsse sie sich selber helfen, klagte sie, müsse sie jemanden haben, vor dem sie sich ausschütten könne.

Ranzow riß sich zusammen, sprach ihr gut zu, fand Worte, die ihm selber fast echt klangen. Er bereute heiß, daß er sich einen Augenblick lang dem Jungen gegenüber hatte gehenlassen. Man darf es nicht. Man darf auch nicht für einen Augenblick schlappmachen. Liselotte, die Arme, muß den ganzen Tag Tanzkapelle auf untergehendem Schiff markieren. Er hätte sich nur für zwanzig Minuten zusammenreißen sollen und hat versagt.

Er verpreßte die langen Lippen. Läutete den Ministerialrat Freese an, den Mißliebigen, den Proskribierten. Bat ihn, heute abend mit ihm bei Kempinski zu essen, wo sie bestimmt gesehen werden.

Berthold inzwischen lief von neuem durch die Straßen der großen Stadt Berlin. Es war Abend geworden und kälter. Die ersten Lichter der Schaufenster, die ersten Lichtreklamen und die Lichter einzelner Autos flammten auf, aber die Straßenbeleuchtung war noch nicht eingeschaltet. Berthold wußte selbst nicht, warum er nicht die Straßenbahn nahm oder die Untergrundbahn. Er ging und ging, sehr rasch, als hätte er einen dringlichen Auftrag. Sonntag in acht Tagen ist Wahl, die Straßen waren voll von Menschen, überall sah man judenfeindliche Plakate und die braunen Hemden der Völkischen. Berthold in all seiner Eile beschaute sich die Passanten, sah in Hunderte von Gesichtern, nahm sie gut und merkwürdig schnell in sich auf. Allein plötzlich, als einer einen Blick von ihm scharf erwiderte, fiel ihm ein, daß sicherlich Tausende von den Leuten da auf den Straßen jenen Artikel über ihn gelesen haben. Sinnlose Angst überkam ihn, man könnte über ihn herfallen, ihn totschlagen, wie der Lange Lulatsch den Redakteur Karper gemeuchelt hat.

Dennoch trachtete er nicht nach Haus. Er rannte weiter durch die Straßen, mechanisch, ziellos. Was ging ihn, den Judenjungen, Deutschland an? Anders konnte es Onkel Joachim nicht gemeint haben, wenn Worte Sinn haben sollten. Wenn aber ein so grundanständiger, gescheiter Mensch wie Onkel Joachim findet, er sei kein Deutscher, dann ist Vogelsang doch wohl was mehr als ein bösartiger Idiot.

Er kam sehr spät nach Hause, man wartete bereits auf ihn mit dem Abendessen. Liselotte sagte ihm, am Nachmittag sei Ruth dagewesen mit Onkel Edgar; sie habe sehr bedauert, ihn nicht getroffen zu haben. Im übrigen wurde es ein schweigsames, unbehagliches Abendessen. Am meisten sprach Liselotte. Sie sprach von Musik, von den Konzerten der Philharmoniker. Berthold ging gewöhnlich zu den Generalproben am Sonntag vormittag, Martin und sie selber zu den Aufführungen am Montag abend. Morgen vormittag wird Generalprobe zu der Brahmsschen Vierten sein, dazu das Violinkonzert. Furtwängler dirigiert, Karl Flesch spielt. Es ist fraglich, ob Berthold morgen früh hingehen wird, er hat sehr viel zu tun. Auch Martin kann es noch nicht übersehen, ob er Montag abend Zeit hat.

Berthold sagte sich, es sei immerhin allerhand, was man von ihm verlange. Da könnte man wenigstens den Mund aufmachen und nochmals mit ihm sprechen. Erst war man heftig und unbeherrscht, und nun sitzt man da und schweigt ihn an. „Die Vierte", sagte Liselotte, „das ist die in e-Moll. Das Violinkonzert hat einen herrlichen Ersten Satz." Berthold sitzt da und wartet, daß sein Vater spricht. Aber der schweigt, und Berthold ist empört.

Er atmete auf, als das Abendessen zu Ende war. Er liebte Ordnung. Aber an diesem Abend, in der Stille seines Zimmers, legte er seine Kleider nicht so säuberlich zusammen wie sonst. Er sank ins Bett, hörte noch fernher einen Autobus unten bremsen, lang kreischend, schlief ein, tief, fest.

Schlief sehr lange. Es war halb neun, als er aufwachte. Mühsam fand er sich zurecht. So spät daran war er lange nicht gewesen. Es ist Sonntag, es schadet nichts. Was hat er heute zu tun? Es überfällt ihn: der Brief an François.

Aber heute war er ausgeschlafen, frisch. Er brauste sich ab, eiskalt, daß es ihm den Atem verschlug. Während er sich die gerötete Haut trocknete, wußte er, was er Rektor François schreiben wird, nämlich, daß er, alles wohl überlegt, nicht daran denke, zu widerrufen.

Er frühstückte mit gutem Appetit. Soll er nun ins Philharmonische gehen? Er kennt wenig von Brahms. Was er gehört hat, ist ihm geblieben. Er sucht eine bestimmte Melodie. Findet sie. Das freut ihn.

Vor allem muß er Ruth anrufen. Es tut ihm leid, daß er sie gestern versäumt hat. Er wird ihr vorschlagen, nachmittags mit ihm spazierenzugehen. Das Philharmonische und Ruth, beides zusammen kann er sich nicht leisten. Er hat noch die Mathematik. Er muß sich das Konzert verkneifen. Er ruft Ruth an, trifft die Verabredung.

Während er über der Mathematik sitzt, kommt Heinrich. Drückt etwas herum, dann rückt er heraus. Ja, er müsse doch noch mal mit Berthold diese blödsinnige Affäre Vogelsang durchsprechen. „Bitte", sagt Berthold höflich und schaut Heinrich aufmerksam an. Der sucht eine unpassende Sitzgelegenheit, findet aber keine als den Tisch, setzt sich darauf, schnellt abwechselnd die Beine vor: „Wenn heute der Historiker Dessau erklärt", sagte er, „er sei im Gegensatz zu seiner früheren Meinung zu der Überzeugung gelangt, die Schlacht im Teutoburger Wald sei die eigentliche Ursache von Roms Untergang, dann heißt das was. Aber wenn du oder ich oder Herr Vogelsang oder mein Vater etwas dergleichen erklären, dann ist das rein komisch." Er wies auf das aufgeschlagene Mathematikheft Bertholds. „Wenn heute Rektor François von mir verlangt, ich soll feierlich in die Zeitung setzen lassen, der Satz: $(a + b)^2 = a^2 + 2\,ab + b^2$ sei falsch und widerspreche der deutschen Ehre, sonst relegiert er mich: ich sage dir, Berthold, ich gehe glatt hin und setze es in die Zeitung. Mit Wonne."

Berthold hörte zu, nachdenklich. Dann, langsam, bedacht, erwiderte er: „Du hast sicher recht, Heinrich. Es wird ja auch an den Fakten nichts geändert, ob ich was widerrufe oder nicht. Es ist sehr freundlich von dir, daß du noch einmal hergekommen bist, um mit mir darüber zu reden. Aber siehst du, es handelt sich ja längst nicht mehr um den Teutoburger Wald und nicht um Hermann, auch nicht um Vogelsang oder meinen Vater: es handelt sich jetzt nur mehr um mich. Ich kann dir das nicht klarmachen, aber es ist so." Heinrich spürte dunkel, was der andere meinte. Er wußte, daß er die besseren Argumente, aber daß trotzdem Berthold recht hatte. Ein großer Zorn stieg in ihm hoch gegen die Idioten, die Berthold in diese Lage gebracht hatten, und eine große Freundschaft für Berthold. „Red doch keinen Unsinn, Berthold", sagte er, und das ziemlich grob; denn er war wütend, daß er dem Freund nicht helfen konnte.

Noch als er nach Hause kam, war sein frisches Knabengesicht

finster vor Wut. Er beschimpfte sich mit den dicksten Schimpf-
worten, englischen und deutschen, weil er nicht fähig war,
Berthold zur Vernunft zu bringen. Dabei wünschte er es im
Grunde nicht einmal. Berthold war eben aus anderm Stoff und
hatte, von sich aus, recht. Der sonst so vernünftige Heinrich war
randvoll von einer wilden, blinden Empörung. Er setzte sich hin,
schrieb an den Staatsanwalt, zeigte klar und ausführlich an, was
Werner Rittersteg zu ihm gesagt hatte, bevor er Redakteur
Karper das Messer in den Ranzen rannte. Diesen Brief geschrieben, wurde er ruhiger. Ihm war, als habe er eine Verpflichtung gegen Berthold erfüllt.

Am Nachmittag dann ging Berthold mit Ruth spazieren. Sie
gingen durch ein unangenehmes Gerinnsel aus Regen und
Schnee, aber sie merkten es nicht, so eifrig diskutierten sie. Ruth
Oppermann sah, was alle sahen, wieviel ernsthafter, erwachsener Berthold in diesen wenigen Wochen geworden war, wie
hager sein fleischiges Gesicht mit den kühnen Augen. Mit gedop-
pelter Beflissenheit hackte sie auf ihn ein: „Was zappelst du dich
hier in Deutschland ab? Es ist schade um dich. Du gehörst nicht
hierher."

Später, als das Wetter gar zu arg wurde, setzten sie sich in ein
kleines Café. Da saßen sie, in nassen Kleidern, inmitten von
sonntäglich aufgeputzten Kleinbürgern. Ob sie nicht bemerkt
habe, fragte Berthold, wie sein Vater infolge der letzten Geschehe-
nisse in wenigen Wochen gealtert sei. Allein Ruth, gedämpft,
doch nicht minder heftig, eiferte gegen die Väter: „Unsere Väter
sind ein verbrauchtes Geschlecht. Sie gehen uns nichts an, sie
haben kein Recht an uns. Wer ist denn an allem schuld? Nur
sie. Sie haben den Krieg gemacht. Was anderes konnten sie nicht.
Sie haben die bequemere Heimat gewählt statt der wahren
Heimat. Mein Vater ist persönlich ein hochanständiger Mensch
und ein guter Wissenschaftler. Auch dein alter Herr ist relativ
prima. Aber man darf sich nicht von persönlichen Sympathien
dumm machen lassen. Schmeiß die Sache hier hin. Heiß dich,
wie du wirklich heißt: Baruch. Wie Spinoza geheißen hat. Nicht
dieses alberne Berthold wie der Erfinder des Schießpulvers.

Siehst du, das ist der Unterschied. Die einen haben das Schießpulver erfunden, die andern das soziale Gesetz. Geh nach Palästina, dort gehören wir hin."

In dem menschenerfüllten Raum roch es nach dürftigen Speisen, nach nassen Kleidern; Lärm und Rauch war in der Luft. Die beiden achteten nicht darauf. Berthold gefiel die Wildheit des Mädchens, ihre Entschiedenheit, ihre Eindeutigkeit. Er fand sie schön. Was sie sagte, erschien ihm auf einmal nicht sinnlos. War ihm Palästina nicht wirklich ebenso nahe wie Deutschland? Wenn ihn Deutschland ausstieß, dieses andere Land sträubte sich nicht dagegen, ihm Heimat zu sein.

Aber als sie fort war und er allein nach Hause ging, verblaßten ihre Argumente. Er dachte an seinen Onkel Joachim, an das helle, blonde Gesicht seiner Mutter, an ihre langen, grauen Augen, die er geerbt hatte. Nein, der Sohn dieser Mutter, der Neffe dieses Onkels Ranzow gehört nicht nach Palästina. Der gehört hierher, in dieses Land, zu seinen Kiefern, zu seinem Wind, zu seinem Gerinnsel aus Schnee und Regen, zu seinen langsamen, nachdenklichen, soliden Menschen, zu seinem Sinn und Unsinn, zu seinem Brahms und Goethe und Beethoven, ja selbst zu seinem „Führer".

Er gehört in dieses Land, ja. Aber dieses sinnlose Land will doch, daß er seine Zugehörigkeit erkauft mit etwas ganz Undeutschem, Albernem. Nein, er denkt nicht daran.

Es ist jetzt sechseinhalb Uhr. Morgen früh mit der ersten Post erwartet François seine Erklärung, daß er widerrufe. Wenn er nicht schreibt, ist das wohl Antwort genug. Das ist der letzte Briefkasten vor dem Haus. Wann ist die letzte Leerung? Um neun Uhr vierzig. Wenn er also den Brief nicht bis neun Uhr vierzig in den Kasten geworfen hat, dann ist er ein guter Deutscher und wird für einen schlechten Deutschen erklärt. Wirft er ihn aber in den Kasten, dann wird er nicht für einen schlechten Deutschen erklärt, aber dann ist er ein schlechter Deutscher.

Er kommt nach Haus. Wieder eines jener schrecklichen, schweigsamen Abendessen. Nicht vor neun Uhr wird man damit zu Ende sein. Auch heute wartet Berthold, daß sein Vater spreche. Vergebens. Er beschaut das Antlitz seiner Mutter, das verschlossener ist, weniger hell als sonst. Es gibt für ihn keine Lösung. Er kann nicht fort aus diesem Land. Wenn dieses Land verlangt, er soll etwas Gemeines tun, dann muß er es tun.

Es war neun Uhr vorbei, als das Abendessen zu Ende war. So schweigsam und unbehaglich es verlaufen war, die drei saßen noch eine Weile um den abgeräumten Tisch. Berthold wollte aufstehen, aber er war wie gelähmt, er wartete. Endlich sprach sein Vater wirklich. „Übrigens, Berthold", sagte er, auffallend leicht, „hast du in deiner Sache mit Oberlehrer Vogelsang etwas unternommen?" — „Ich sollte es Rektor François bis morgen früh mitteilen, wenn ich widerrufen will. Ich habe nicht geschrieben. Jetzt ist es wohl zu spät, der Kasten wird nicht mehr geleert." Martin schaute ihn an, nachdenklich, freundlich, schwer, aus trüben Augen. „Du könntest einen Expreßbrief schreiben", sagte er nach einer Weile. Berthold überlegte. Es schien, als denke er nur über die Frage nach, wie die rechtzeitige Zustellung des Briefes technisch gelöst werden könnte. „Ja, das könnte ich", erwiderte er.

Er sagte seinen Eltern gute Nacht, ging auf sein Zimmer. Schrieb an Rektor François, „durch Eilboten", er sei bereit, zu widerrufen. Trug den Brief selber zum Kasten, warf ihn ein.

Die Pennäler hatten gewettet, ob Berthold widerrufen werde oder nicht. Die Wetten für Ja standen 5:1. Sie hätten brennend gern gewußt, was nun los war, aber sie hatten Scheu, ihn zu fragen. Berthold, am Montag morgen in der ersten Pause, saß allein in seiner Bank. Der eine oder andere hätte wohl gern eine anzügliche Bemerkung über ihn riskiert, aber unter den drohenden Blicken Heinrichs schwatzte man mit betonter Munterkeit Gleichgültiges. Plötzlich trat Kurt Baumann auf Berthold zu. Sein junges, rundes Gesicht war rot, die Stimme saß ihm nicht ganz sicher. „Ich glaube", sagte er, „wir waren jüngst verabredet, Berthold. Aber ich hatte mich im Tag geirrt. Ich dachte, es sei für Freitag." Es gehörte Mut dazu, jetzt, vor den aufmerksamen Blicken der andern, mit Berthold zu sprechen. „Es war für Dienstag, Kurt", sagte der, „aber es macht nichts." Er freute sich an Kurt Baumann. „Es war ein blödes Mißverständnis", wiederholte nochmals, eifrig, Kurt Baumann. Dann trat auch Heinrich Lavendel zu ihnen. Die drei blieben während der ganzen Pause zusammen, vergnügt, schwatzten über Autos.

„Nein, danke, Schlüter", sagte Gustav, „lassen Sie es, wie es ist." Er saß, die Zeitung, in der er soeben gelesen hatte, auf dem Schoß, im Halbdunkel; nur die kleine Stehlampe war eingeschaltet. Sowie Schlüter gegangen war, stand er auf, schob den schweren Sessel heftig zurück, lief hin und her, sein Gesicht verzog sich noch finsterer, er malmte leicht mit den Zähnen.

Diese Zeitungsartikel gegen ihn, so läppisch sie sind, haben Kreise gezogen. Viele seiner Bekannten aus dem Golfklub, aus dem Theaterklub, wenn er sie anspricht, antworten gezwungen, suchen die Unterhaltung bald abzubrechen. Sogar der höfliche Dr. Dorpmann vom Minerva-Verlag, als Gustav gestern dort anrief, war verdammt reserviert gewesen. Gustav ist sicher, heute würde er den Vertrag über die Lessing-Biographie nicht mehr bekommen. Manchmal juckt es ihn, Berlin einfach aufzugeben, zu türmen.

„Unter neunundzwanzig minus fällt in diesen Gegenden das Thermometer nicht", hat er zu seinem Neffen Berthold gesagt. Ein billiger, leichtfertiger Trost. Jetzt, da diese seine Stadt Berlin unversehens so kalt und finster geworden ist, da sich ihr freundliches, vertrautes Gesicht über Nacht zu einer so bösartigen Fratze verzerrt hat, spürt er, wie wenig eine solche Sentenz bedeutet. Freunde, mit denen er sich verbunden glaubte, gleiten ihm weg. Täglich neue; was ihm fest für immer schien, zerbricht, noch ehe er es recht hat fassen können. Er ist weiß Gott nicht furchtsam, er hat es im Krieg gezeigt, bei mancher andern Gelegenheit; aber jetzt ist ihm manchmal, als sei die ganze, große Stadt im Begriff, gegen ihn loszustürzen, ihn unter ihrer Riesenmasse zu erdrücken, und ihn packt eine geradezu physische Angst.

Es ist scheußlich, in diesen Tagen allein zu hocken, Enttäuschung und hilflose Wut im Bauch. Fast drei Wochen sind es jetzt her, daß er Mühlheim nicht gesehen hat. Mühlheim hat recht gehabt, daß er damals verstimmt gegangen ist. Alle haben recht gehabt, leider; sie haben den Haß ringsum beizeiten gewittert, nur er ist blind, dumm, naiv wie Siegfried, inmitten von lauter Feinden herumgelaufen. Was für einen braven, treudeutschen Quatsch hat er noch zu François gesagt, als der wegen des Jungen zu ihm kam. Die andern müssen ihn wirklich für blödsinnig gehalten haben. Soll sich der Junge relegieren lassen, damit er, Gustav, sich befriedigt sagen kann: wenigstens einer von der Familie markiert den Lesebuchhelden?

Nein, Mühlheim hat das Recht, sich gekränkt zu fühlen. Mühlheim hat ihm gut geraten, hat sich den Mund fusselig geredet, um ihm Vernunft beizubringen, und er, statt ihm zu danken, hat allgemein pathetischen Stuß für ihn gehabt, ihn angeschnauzt. Es ist Wahnsinn, daß er die Geschichte so lange hat anstehen lassen, er hätte sie längst ins Lot bringen müssen.

Er hebt den Hörer ab, verlangt Mühlheims Nummer. Mühlheims Diener meldet sich. Nein, der Herr Professor ist nicht zu Hause, er ist auch nicht im Büro, wird auch zum Abendessen nicht nach Hause kommen, hat nicht hinterlassen, wo man ihn erreichen kann. Gewiß, man wird bestellen, daß Herr Doktor angerufen hat.

Gustav hängt den Hörer ein. Sein Zorn raucht aus, wandelt sich in dumpfe Trauer. Nun er Mühlheim nicht erreicht hat, ist niemand da, mit dem er seine Not bereden könnte. Sybil? Gewiß, sie nimmt Anteil, bemüht sich, die große, entsetzliche Veränderung um ihn zu begreifen. Aber sie selber ist von dieser Veränderung kaum betroffen, und der Satte kann den Hungrigen nicht verstehen. Wieder einmal empfindet er schmerzhaft, wie Sybil immer an der Peripherie seines Daseins bleibt. Und Gutwetter? Du lieber Gott, der meint es bestimmt ehrlich. Aber er sieht auf so weite Sicht, in so großen Aspekten, daß es dem kleinen einzelnen nichts nützt.

Anna. Sie würde ihn verstehen. Man müßte einmal nach Stuttgart fahren, um sich ordentlich mit ihr auszusprechen. Ja, das ist das Richtige, und so wird er es machen. Er wird ihr schreiben, sogleich, daß er kommt, und warum.

Er schaltet das Licht ein. Beginnt zu schreiben. Aber im vollen Licht sieht sich alles ganz anders an. Anna wird es bestimmt sentimental finden, knabenhaft, daß er nach Stuttgart will, nur um allgemeine Gefühle mit ihr auszutauschen. Eigentlich findet er selber es sentimental. Aber nun hat er es sich einmal vorgenommen. Er schreibt weiter. Überliest die erste Seite. Die Worte sind voll verlogener Ironie, voll krampfiger Leichtigkeit. Nein, so kann er an Anna nicht schreiben. Er zerreißt den Brief.

Er versuchte zu arbeiten. Er konnte es nicht. Er nahm ein Buch zur Hand, legte es wieder weg. Öde und lang lag der Abend vor ihm. Schließlich ging er in den Theaterklub.

Man war höflich zu ihm, doch sein gereiztes Mißtrauen witterte überall Abwehr. Er aß allein. Schon wollte er nach Hause gehen, als ihn Professor Erkner, ein bekannter Theatermann, zu einer Partie Ekarté aufforderte. Gustav, froh um die Ablenkung, spielte zunächst mit Hingabe. Bald aber ließ sein Interesse nach. Mühlheim, die Lessing-Biographie, Anna, alles drängte sich ihm vor die Karten. Er zwinkerte nervös mit den Augen, spielte zerstreut. Doch auch Professor Erkner, sein Partner, spielte zerstreut. Das Berliner Theater, zwei Jahre zuvor das beste Europas, war infolge der nationalen Bewegung rasch verfallen; gelangten die Völkischen wirklich an die Macht, dann war die deutsche Bühne endgültig verloren. Der Theatermann also hatte keine geringeren Sorgen als Gustav. Gustav sah überrascht, daß er, als man aufhörte, ansehnlich gewonnen hatte.

Er strich seinen Gewinn ein, zerstreut. Sagte Professor Erkner für einen der nächsten Abende Revanche zu. Sah hinüber, wo Herr von Rochlitz sich mit ein paar andern Bekannten unterhielt, gespannt, ob Rochlitz, wenn er jetzt an ihm vorbeigeht, ihn aufhalten, ein paar Sätze mit ihm reden wird, wie er es häufig tut. Herr von Rochlitz winkte ihm zu: „Hallo, Oppermann", setzte sein Gespräch fort, ließ ihn vorbeigehen. Gustav schaute vor sich hin, ging weiter, steifen, nicht zu schnellen Schrittes, mit ganzer Sohle auftretend. Noch mehr Leute winkten ihm zu, höflich, doch sichtlich nicht sehr daran interessiert, ihn zu sprechen.

Gustav ging weiter, immer gerade vor sich hin. In der Nähe des Spielsaaleingangs stand der alte Klubdiener Jean. Wartete auf sein gewohntes Fünfmarkstück. Gustav ging an ihm vorbei, zerstreut, nickte ihm nicht einmal zu. Das Gesicht des Alten wurde dumm vor Verblüffung. Es dauerte fast eine halbe Minute, ehe er seine gehaltene Würde wiederfand.

In dieser Nacht vom Montag zum Dienstag, kurz nach drei Uhr morgens, wurde Gustav durch den neben seinem Bett stehenden Telefonapparat aus dem Schlaf gerissen. Mühlheims Stimme kam aus dem Apparat. Er sagte, er müsse Gustav sprechen, jetzt, sogleich. Worum es sich handle, könne er ihm am Telefon nicht sagen. In zwanzig Minuten werde er bei ihm sein.

Gustav, aufgestört, schlaftrunken, nahm den schwarzen Schlafrock um, spülte sich den trockenen Mund. Was war los? Mühlheims Stimme hatte ganz verändert geklungen. Gustav zwinkerte nervös mit den Augen, hatte leichte Kopfschmerzen, ein unbehagliches Gefühl im Magen.

Endlich kam Mühlheim. Er hieß den Chauffeur seiner Droschke warten. Noch vor dem Haus, während Gustav ihn hineinleitete, sagte er: „Der Reichstag brennt." — „Was?" fragte Gustav zurück. „Der Reichstag brennt?" Er begriff durchaus nicht. Deshalb hat Mühlheim ihn aus dem Schlaf gerissen? Mit unbehaglicher Spannung wartete er auf Mühlheims Erklärung.

Es dauerte eine Ewigkeit, bis Mühlheim den Mantel abgelegt hatte, bis er in Gustavs Arbeitszimmer war. Endlich saßen sie sich gegenüber. Gustav hatte die Deckenbeleuchtung eingeschaltet, das Zimmer war viel zu hell. In dem sehr scharfen Licht sah er, daß Mühlheim schlecht rasiert war und sein Gesicht besonders verknittert. Sonst wirkten die vielen scharfen Fältchen wie eine absichtsvolle Maske, heute machten sie Mühlheim alt, verbraucht.

„Du mußt verreisen", sagte Mühlheim. „Du mußt über die Grenze. Sofort. Noch morgen." Gustav fuhr hoch, Augen und Mund töricht aufgerissen; die Quaste seines unordentlich gegürteten Schlafrocks schleifte am Boden. „Was?" fragte er.

„Der Reichstag brennt", wiederholte Mühlheim. „Sie haben ein Kommuniqué ausgegeben, die Kommunisten hätten ihn angezündet. Das ist natürlich Unsinn. Sie haben ihn selber angezündet. Sie wollen Material haben, um die Kommunisten zu verbieten, damit sie allein, auch ohne die Deutschnationalen, die absolute Majorität haben. Soviel ist gewiß: jetzt können sie nicht mehr zurück. Nach dieser Gewalttat kommen sie nur mehr mit immer wilderem Terror weiter. Es ist ganz klar, sie führen jetzt das Programm aus, das sie schon für die Nacht der Hindenburgwahl vorbereitet hatten. Du bist ihnen verhaßt. Sie haben in den letzten Tagen Scheinwerfer auf dich gerichtet. Sie werden ein Exempel an dir statuieren wollen. Du mußt fort, Oppermann, über die Grenze, sogleich."

Gustav versuchte zu folgen. Es ging nicht. Die Worte prasselten wie Schläge auf seinen Kopf. Was war das für ein Quatsch, den Mühlheim ihm da vorsetzte? So bekämpften sich vielleicht Gangsterbanden, irgendwo in Zentralamerika. Aber politische Parteien? In Berlin? 1933? Mühlheim hat einen Nervenkollaps.

„Es ist kalt bei dir", sagte Mühlheim plötzlich und schauerte leicht. Gustav selber, aus dem Schlaf gerissen, spürte ein leises Frostgefühl. „Ich will die Heizung nebenan anstellen", sagte er und stand auf. „Laß nur", wehrte Mühlheim ab. „Aber einen Kognak kannst du mir geben." Er war überwach, seine Stimme war trocken. Gustav schenkte ihm den Kognak ein.

Es ist klar, dachte Gustav, während Mühlheim den Kognak hinuntergoß, die Panik ringsum hat ihn verrückt gemacht. Den Reichstag anzünden. Sie müßten ja toll sein. Wie wollen sie mit einer so ungeheuerlichen, plumpen Lüge durchkommen? So kann man Neros brennendes Rom zusammenklittern, für Kolportagehefte. Aber heute kann man das nicht machen, im Zeitalter des Telefons und der Rotationsmaschine. Er schaute auf Mühlheim, der sich einen zweiten Kognak einschenkte. Das „Auge Gottes" wanderte hin und her, Immanuel Oppermanns Bild blickte gradaus, leblos und starr in dem grellen Licht, es war vier Uhr neun. Und vielleicht hat er doch recht. Vor vier Wochen hätte man manches für unmöglich gehalten, was inzwischen passiert ist. Er ist kein Phantast. Es geschehen jetzt Ungeheuerlichkeiten. Auf keinen Fall darf ich ihn reizen, ihm scharf widersprechen. Ich will ihn nicht gleich wieder verlieren. Sehr behutsam spricht er ihm von seinen Zweifeln.

Mühlheim winkte ab. „Natürlich ist dieser Brand ungeheuer plump und dumm gemacht", sagte er. „Aber alles, was sie gemacht haben, ist plump und dumm, und trotzdem haben sie sich bis jetzt niemals verrechnet. Sie haben mit erschreckender Folgerichtigkeit auf die Dummheit der Massen spekuliert, der Führer selber hat diese Spekulation in den ersten Ausgaben seines Buches unumwunden als das Grundprinzip seiner politischen Praxis bezeichnet: warum sollen sie nicht so weitermachen? Sie haben mit grauenvoller Zielbewußtheit da weitergelogen, wo das Große Hauptquartier bei Kriegsende hat aufhören müssen. Und die Bauern und die Kleinbürger haben ihnen jede Lüge geglaubt. Warum sollen sie auf diese Lüge nicht hereinfallen? Das Prinzip der Jungens ist wirklich furchtbar einfach: dein Ja sei Nein und dein Nein sei Ja. Mit unnötigen Feinheiten halten sie sich nicht auf. Sie sind gigantische, schauerlich vergröberte, kleinbürgerliche Macchiavellis. Gerade dieser primitiven Bauernschlauheit verdanken sie ihre Erfolge. Weil nämlich die andern immer wieder annehmen, auf solche Plumpheit falle kein Mensch herein. Und dann, immer wieder, fallen alle herein."

Gustav versuchte zuzuhören. Was Mühlheim sagte, klang, als ob es Sinn hätte, aber Gustav wollte es nicht glauben, alles in ihm weigerte sich.

Mühlheim sprach weiter: „Dieses konsequente, prinzipielle Bekenntnis zur Lüge als oberstes politisches Prinzip ist sicherlich brennend interessant. Wenn wir nicht so in Eile wären, würde ich es dir gerne an zahllosen Beispielen demonstrieren. Aber so kann ich wirklich nur eines tun: ich bitte dich dringend, reise fort, über die Grenze, morgen, sogleich."

Da war es wieder. Das hat Mühlheim schon zu Anfang gesagt. Gustav hat es nicht hören wollen, aber er hat längst gewußt, daß Mühlheim wieder daraufkommen werde. Was für Unsinn. Weil der Reichstag brennt, soll er, Gustav, aus Berlin fort. Er sah plötzlich, daß die Quaste des Schlafrocks nachschleifte, er zog die Schnur zurecht, gürtete sie ordentlich. Er denkt nicht daran, fortzureisen. Das wäre ja gelacht. In Deutschland wird natürlich alles ruhig bleiben: wie blamiert käme man sich dann vor, säße man jenseits der Grenze. Aber das kann er Mühlheim nicht sagen. Er kann es sich nicht leisten, ihn nochmals vor den Kopf zu stoßen. Er kann ihn nicht entbehren, er ist verloren ohne ihn, er braucht ihn wie Wasser und Brot.

Vorsichtig versucht er Mühlheim auseinanderzusetzen, warum er jetzt nicht fort kann. Er ist so gut im Zug mit dem Lessing. Frischlin ist eingearbeitet, man kommt herrlich vorwärts. Er kann das nicht liegenlassen. Sieht Mühlheim nicht vielleicht doch zu schwarz? Er wird beredt. Sucht sich selber durch seine Argumente stark zu machen. Aber kaum hat er zu sprechen angefangen, weiß er, daß Mühlheim recht hat. Mühlheim hat bis jetzt immer recht gehabt. Was er selber sagt, ist sentimentaler Quatsch, was Mühlheim sagt, die Realität. Dennoch spricht er weiter, ohne Schwung.

Mühlheim merkt diese Mattheit. Er hatte erwartet, Gustav werde viel mehr Zicken machen. War erleichtert, daß Gustav so wenig heftig widerstrebte. Hätte Gustav ernstliche Schwierigkeiten gemacht, er hätte in dieser schlimmen Nacht nicht die Kraft besessen, ihn herumzukriegen.

Gustav sah, wie erschöpft Mühlheim war. Was für scheußlich grelle Beleuchtung hat er auch eingeschaltet. Er schaltete die Deckenbeleuchtung aus. Mühlheim hatte sich schon wieder in der Gewalt. „Nicht Watte kauen, Oppermann", sagte er. „Mach dir selber nichts vor. Diese Jungens führen durch, was sie sich vorgenommen haben. Sie haben sich vorgenommen, aus allen

Gegnern, die in Frage kommen, Hackfleisch zu machen. Sie sind Trottel, und sie glauben, du kämest als Gegner in Frage. Ich kann dir nur sagen: türme. Geh nach Dänemark. Oder in die Schweiz. Die Schneeberichte sind nicht günstig, aber sie gehen an. Laß mich hier nicht stehen", wurde er plötzlich heftig, „und dir stundenlang Plädoyers in den Bauch reden. Ich habe allerhand zu tun. Das wird morgen ein bewegter Tag für mich. Ich möchte gern drei oder vier Stunden Schlaf haben. Du wirst mich doch nicht los, eh du ja gesagt hast. Sag ja, Oppermann."

Gustav sah die Dringlichkeit, die Erregung des andern. Er glaubte ihm, obgleich er die Einzelheiten immer noch nicht ganz erfaßte. „Aber du kommst doch mit?" fragte er, töricht wie ein kleiner Junge.

„Begreife doch, daß ich das nicht kann", erwiderte ungeduldig, beinahe grob Mühlheim. „Ich bin hier nicht gefährdet, wenigstens vorläufig nicht. Ich habe mich niemals exponiert wie du. Und ich bin hier wichtiger als du, deinen Lessing in Ehren. Es werden morgen fünfzehn, zwanzig Leute in meinem Büro sitzen, für die bin ich der letzte Schluck in der Pulle. Ich kann dir hier nicht das ganze Gesetzbuch aufsagen, Mensch", unterbrach er sich plötzlich und stand auf. „Ich sage dir zum letztenmal: wenn du dich nicht einlochen lassen willst oder noch Schlimmeres, dann türme."

Gustav wurde plötzlich außerordentlich ruhig. Er liebte Mühlheim, wenn er etwas volkstümlich wurde. Dann hatte er immer recht. Trocken, auf den Ton des Freundes eingehend, erwiderte er: „Du wirst lachen: ich tu's. Ich reise. Morgen. So, und jetzt trinken wir noch einen Kognak, und dann fährst du nach Haus und legst dich ins Bett. Oder, wenn du willst, kannst du dich auch hier schlafen legen. Und dann laß ich dir noch zwei oder drei Tage für deine Geschäfte, und dann kommst du mir nach."

Mühlheim atmete hörbar auf. „Eine lange Leitung hast du, Oppermann", sagte er. „Die Taxe hat für mindestens zwo Mark warten müssen. Damit belaste ich dich, mein Lieber." Gustav brachte ihn an die Taxe. „Ich danke dir auch, Mühlheim", sagte er. „Ich war ein Idiot, daß ich die Geschichte drei Wochen anstehen ließ." — „Red keinen Quatsch", sagte Mühlheim, stieg in die Taxe, gab die Adresse, schlief ein.

Gustav ging ins Haus zurück, duschte sich kalt ab. Fühlte sich frisch, erregt. Er mußte jemandem mitteilen, was ihm zugestoßen war. Er rief Sybil an.

Sybil meldete sich, aus dem Schlafe gestört, unwirsch, schmollend wie ein Kind. Sie war in der Oper gewesen, das wußte er. Aber sie war mit Friedrich Wilhelm Gutwetter dort gewesen, das wußte er nicht, und hernach hatte sie Gutwetter mit zu sich genommen, in ihre kleine, nette Wohnung, und mit ihm gearbeitet. Ja, der große Essayist hatte in den letzten Wochen immer mehr Gefallen an dem Mädchen Sybil Rauch gefunden, an ihrer behenden Gelehrigkeit, ihrer sauberen Kühle. Nicht nur lag sein gefeierter Essayband „Die Aussichten der abendländischen Zivilisation" mit einer besonders verehrungsvollen Widmung auf ihrem Nachttisch, Friedrich Wilhelm Gutwetter ließ es sich auch nicht nehmen, sich täglich in Person nach dem Gedeihen ihrer Arbeit zu erkundigen. Still in seiner altertümlichen Tracht saß er in ihrem hübschen Zimmer, schaute sie aus strahlenden Kinderaugen an, ging ihr mit geduldigem Rat zur Hand. Sybil ließ sich das gerne gefallen. Hätte Gustav sie darum gefragt, so hätte sie es ihm wohl auch mitgeteilt. Allein er war in diesen Tagen sehr mit sich selbst beschäftigt und fragte nicht.

Es war spät geworden, und sie war sehr unmutig, daß er sie jetzt aus dem Schlaf riß. Er sagte ihr, er müsse morgen fort. Es sei sehr dringlich. Ob sie nicht mitwolle? Es sei ihm wichtig. Er wollte alles auf der Stelle mit ihr durchsprechen, fragte, ob er zu ihr kommen dürfe. Er war enttäuscht und sehr gekränkt, als sie entschieden ablehnte. Sie wolle jetzt schlafen, erklärte sie, sie denke nicht daran, im Halbschlaf Entschlüsse zu fassen. Nach einigem Hin und Her versprach sie, morgen sehr früh zu ihm zu kommen.

Gustav selber versuchte noch etwas zu schlafen, aber es war ein schlechter, wenig erquickender Schlaf. Er war froh, als es

Zeit war für den Morgenritt. Erst nebelte es ein wenig, aber dann klärte es auf. Ein kleiner, erster Frühling war da, graugrüner, kaum wahrnehmbarer Flaum war über dem Gesträuch. Eine heiße Wut überkam ihn, daß man ihn zwingen wollte, sein Haus zu verlassen, seine Arbeit, seine Menschen, diese Heimat, zehnmal mehr seine Heimat als die derjenigen, die ihn zwangen. Um diese Zeit ist der Grunewald am schönsten. Eine Schweinerei, ihn jetzt verlassen zu müssen.

„Ich verreise heute, Schlüter", sagte er, als er vom Pferde stieg. „Auf wie lange fahren Sie, Herr Doktor?" fragte Schlüter zurück. Gustav, nach einem ganz kleinen, nervösen Augenzwinkern, erwiderte: „Auf zehn bis vierzehn Tage." — „Dann packe ich den Smoking ein und Sportsachen", schlug Schlüter vor. „Ja, Schlüter", sagte Gustav, „tun Sie das. Ich nehme auch die Skier mit." — „Schön, Herr Doktor", sagte Schlüter.

Nun er erklärt hatte, daß er nur vierzehn Tage bleiben werde, fiel Gustav die ganze Reise leichter. Eines drängte sich ihm plötzlich vor, entscheidend wichtig: ob Sybil mit ihm fahren wird oder nicht. Gespannt wartete er auf ihre Antwort.

Sybil mittlerweile telefonierte mit Friedrich Wilhelm Gutwetter. Teilte ihm mit, daß Gustav, wohl infolge des Reichstagsbrands, fort wolle und sie gebeten habe, mitzukommen. Gutwetter wußte von nichts. „So?" kam tief und erstaunt seine stille, kindliche Stimme aus dem Apparat. „Der Reichstag hat gebrannt? Wieso denn? Das dürfte doch mehr die Feuerwehr angehen als unsern Freund Gustav." Sybil mußte lange erklären. Sie selber war auf Vermutungen angewiesen, aber sie war im Erfassen von Zusammenhängen ebenso hurtig wie Gutwetter langsam. Gutwetter gab es schließlich auf, den Zusammenhang ganz zu ergründen, begnügte sich mit der Tatsache, daß Gustav aus Furcht vor den bevorstehenden politischen Ereignissen fliehen wolle. „Ich begreife unseren Freund Gustav nicht, liebe Sybil", sagte er. „Die Nation ist im Begriff, aus sich heraus einen großen neuen Typ zu gebären. Wir haben die ungeheure Chance, der Geburt dieses gigantischen Embryos beizuwohnen, das erste Gelall dieses herrlichen Ungeheuers abzuhören: und da läuft

unser Freund Gustav davon, weil vielleicht ein Rülpser der
gebärenden Nation ihm nicht angenehm ins Ohr klingen
könnte? Nein, da begreife ich unseren Freund nicht. Ich bin nicht
mehr jung, ich bin im Abstieg. Aber trotz der zunehmenden
Kälte meiner Jahre würde ich aus der Ferne herbeieilen, um
dieses Wachsen der erzenen Haut aus der Nähe zu sehen. Von
niemandem würde ich mir das nehmen lassen. Ich beneide Sie,
liebe Freundin, daß Sie das große Schauspiel in der Frische Ihrer
neugierigen, bereiten Jugend in sich aufnehmen dürfen." So also
sprach kindlich und liebenswert der große Essayist.

Auch Sybil fand Gustavs Vorsicht im Grunde übertrieben. Die
älteren Herren sind mißtrauisch und wollen es bequem haben,
das ist ihr gutes Recht. Sie ist weniger alt und gibt gern ein
bißchen Bequemlichkeit auf für ein erregendes Erlebnis. Auch
wenn sie von den Worten Gutwetters das Ekstatische abzog,
blieb immer noch ein ungeheuer interessantes Schauspiel: die
unvermutete Überschwemmung eines zivilisierten Gebietes
durch die Barbaren. Sie wartete auf dieses Schauspiel mit der
kalten Spannung eines Kindes, das vor einem Käfig auf die
angekündigte Fütterung der Tiere wartet. Sie wollte dieses
Schauspiel nicht versäumen. Als sie zu Gustav kam, war sie
wenig geneigt, Deutschland jetzt zu verlassen.

Allein als Gustav ihr erzählte, was er von Mühlheim über den
Reichstagsbrand wußte, als er ihr nüchtern berichtete, daß
Mühlheim, gestützt auf gute Gründe, ein paar Wochen voll
Gewalt, Willkür, Rechtlosigkeit erwarte, begann auch sie die
Dinge anders anzusehen. In ihrem bequemen Sessel sitzend,
kindlich, dünn, liebenswert, schaute sie ihm auf den Mund. Was
war das? Ihr Freund Gustav bekam plötzlich ein Schicksal. Sein
Gesicht wurde größer, entschiedener. Er war nicht nur ein lie-
benswerter älterer Herr, er war, trotz allem, ein Mann. Als
Gustav zu Ende war, ging sie hinüber zu ihm, setzte sich auf die
Lehne seines Sessels. Sie schwankte, was sie erwidern sollte.

Sehr bald aber, nachdem Gustav zu sprechen aufgehört hatte,
drängte sich wieder ihr Werk vor, diese ihre Arbeit. Keine sehr
wichtige Sache, gewiß, aber ihr Lebenswerk. Sie hatte jetzt die

Chance, mit Gutwetter zu arbeiten. Sie arbeitete sehr gut mit ihm. Neue Kraft strömte in ihr Wort, in ihr Sehen. Sie durfte diese glückliche Zusammenarbeit nicht abreißen lassen. Das war sie sich selber schuldig.

Sie möchte schrecklich gern mit ihm reisen, sagte sie zu Gustav. Auch sie habe das Gefühl, daß sie jetzt zu ihm gehöre, das Bedürfnis, mit ihm zusammen zu sein. Aber er werde nicht wollen, daß sie ihre Arbeit im entscheidenden Stadium gefährde. Sie könne jetzt nicht unterbrechen, sie könne jetzt keine Störung brauchen, außerhalb Berlins gerate ihr nichts. Die nächsten acht bis zehn Tage müsse sie für ihre Arbeit haben. Bleibe er wirklich nur zwei Wochen, dann werde sie ihn, hoffe sie, bei seiner Rückkehr mit etwas besonders Geglücktem überraschen. Verzögere sich aber diese Rückkehr, dann werde sie ihm nachreisen und, die Schwierigkeiten ihrer Arbeit überwunden, ganz für ihn da sein. Vorläufig werde sie sich mit Schlüter beraten, daß er auch das Richtige mitbekomme, und er müsse mit ihr zu Mittag essen, und wann sein Zug gehe, daß sie ihn rechtzeitig zur Bahn bringe. Gustav gab ausweichende Antworten. Er dachte auch nicht daran, ihr die genaue Zeit seiner Abreise mitzuteilen. War tief gekränkt.

Mühlheim kam vorbei, in Eile, in nervöser Frische. Gustavs Zug ging um acht Uhr, vom Anhalter Bahnhof, Mühlheim hatte ein Schlafwagencoupé reservieren lassen. Er bat Gustav um eine Generalvollmacht; es könne sich in Deutschland allerlei ereignen, was rasches Handeln erfordere. Gustav, wieder eigensinnig, die Furchen über der Nase, erklärte, er sei nicht darauf vorbereitet, Deutschland auf längere Zeit zu verlassen. Wolle sich auch nicht darauf vorbereiten. Mühlheim erwiderte trocken, auch er hoffe, Gustavs Abwesenheit werde nur kurz dauern, aber er sei nicht Herr Hanussen, und besser sei besser. „Im übrigen", sagte er, „auch wenn du drei Monate fortbleibst oder drei Jahre: da du ein guter Deutscher bist, ist Deutschland da, wo du bist." Dieses ungewohnte Pathos im Munde Arthur Mühlheims machte Gustav betroffen, und er sagte nichts mehr.

Er ging, als Mühlheim fort war, herum in seinem schönen

Hause, das er liebte. Die Sensation der bevorstehenden Abreise wich von ihm, statt dessen füllten ihn Nachdenken und Trauer. Noch immer redete er sich ein, es handle sich um eine kurze Reise. Aber tief in ihm stak bereits ein Wissen, daß es eine sehr lange Reise sein werde. Er hat zuerst daran gedacht, Sybil zu bitten, sie möge während seiner Abwesenheit zusammen mit Schlüter das Haus betreuen. Jetzt schien Sybil ihm nicht mehr die rechte. Telefonieren wird er noch mit ihr; aber sie nochmals zu sehen, verspürt er kein Bedürfnis. Er könnte François das Haus anvertrauen; der versteht gut, worauf es ankommt. Aber François hat sich ja von ihm abgewandt. Mühlheim ist überlastet; er kann ihm nicht zumuten, sich mit den kleinen Dingen zu befassen, die ihm am Herzen liegen. Ähnlich steht es mit Martin.

Er ruft Martin an, sich von ihm zu verabschieden. Martin findet, Gustav tue recht, zu türmen. Er möchte es am liebsten auch, aber Wels ist zu gefährlich, er kann jetzt die Geschäfte nicht im Stich lassen. Beide Brüder bedauern, einander in diesen Wochen nicht nahe zu sein. Dennoch ist kein rechter Kontakt da, sie sind beide zu eingesperrt in ihre eigenen Sorgen.

Den Hörer eingehängt, überlegt Gustav weiter. Es ist keine behagliche Überlegung. Es sind sehr wenig Menschen, die ihm wirklich nahestehen. Gutwetter? Er ruft ihn an. Friedrich Wilhelm Gutwetter ist still, herzlich, kindlich wie immer. Wenn einer es bedauert, daß Gustav fortgeht, dann ist er es. Er vermag auch die Gründe nicht recht einzusehen. „Aber unser gemeinsamer Freund Mühlheim versteht das sicher besser", meint er friedfertig. Es wärmt Gustav das Herz, Gutwetter sprechen zu hören. Aber es hat keinen Sinn, ihn mit der Sorge für das Haus zu belasten; er ist zu ungeschickt in allen praktischen Dingen.

Er sitzt müßig, mustert im Geiste die Gesichter seiner Freunde. Wie ein Dorn im Fleisch quält ihn der Gedanke, er habe etwas vergessen, verabsäumt. Mehrmals schon heute hat ihn das gequält. Aber von selber kommt er nicht darauf. Er muß es dem Zufall überlassen, ihn darauf zu bringen. Erzwingen kann man das nicht.

Dann kommt Dr. Klaus Frischlin, zur Arbeit. Merkwürdigerweise gelingt die Arbeit. Es wird Mittag, man macht Schluß mit dem Manuskript. Frischlin will sich verabschieden. Er steht da, dünn, mit schlechtem Teint, spärlich behaart. Und auf einmal findet Gustav diesen Mann vor den andern zäh, beflissen, verlässig, und es reißt ihm den Mund auf: „Ich verreise, Dr. Frischlin. Ich hoffe, nur auf kurze Zeit. Wenn es aber längere Zeit werden sollte, dann, bitte, betreuen Sie mein Haus, meine Bücher und was mir lieb ist. Sie wissen ja Bescheid." Still und ernsthaft erwidert Frischlin: „Bitte, verlassen Sie sich auf mich, Dr. Oppermann."

Zusammen mit Frischlin sucht Gustav aus, welche von seinen Büchern er mitnehmen soll. Am liebsten möchte er seine ganzen Bücher mitnehmen, nicht nur die Bücher, er möchte die Bilder Immanuel Oppermanns und Sybils aus ihren Rahmen herausschneiden, das „Auge Gottes" mit sich schleppen, seine Schreibmaschine, seinen Arbeitstisch, das ganze Haus. Er kommt sich lächerlich vor. Er nimmt nichts mit. Nicht einmal sein Manuskript; denn ohne Bibliothek kann er doch nicht arbeiten. Er wird vierzehn Tage wegbleiben, nicht länger. Er wird nicht durch Mitnahme dessen, was ihm lieb ist, böse Mächte beschwören, seine kurze Abwesenheit zu einer langen zu machen.

Nach dem Mittagessen geht er in seinen Garten. Schreitet hinunter, die Stufen der ersten Terrasse zur zweiten, der zweiten zur dritten. Waldig und hügelig hebt es sich um ihn. Es ist der 28. Februar, aber es wird wahrhaftig schon Frühling. Ist es Einbildung, oder ist wirklich der mattgrüne Hauch über dem Gesträuch, heute früh noch kaum wahrnehmbar, schon deutlicher geworden? Gustav füllt sich mit dem vertrauten Anblick, saugt den vertrauten Geruch ein, ist sehr betrübt.

Und auf einmal, ohne erkennbaren Anlaß, fällt ihm ein, was ihn immerzu gequält hat. Ja, das muß er noch erledigen. Er kann nicht abreisen und eine solche Enttäuschung hinter sich in Berlin zurücklassen. Aber dann kann er nicht um acht Uhr fahren. Das ist gleich. Es gehen noch spätere Züge nach der Schweiz.

Sogleich telefoniert er Mühlheim, er müsse seine Abreise verschieben. Warum? fragt Mühlheim. Gustav nennt ihm keinen Grund, aber er besteht auf dem späteren Zug. Mühlheim ist ärgerlich. Die Züge sind überfüllt, Gustav werde kein Schlafwagencoupé bekommen. Und davon abgesehen, je früher er fahre, so besser sei es. Aber „ich habe meine Gründe, Mühlheim", sagt Gustav, läßt ihn reden, lächelt, disponiert um. Er wird also den Zug um halb elf nehmen.

Um neun Uhr ist er im Theaterklub und ißt dort zu Abend. Dann geht er in den Spielsaal, als ob er jemand suchte. Der Saal ist noch vollkommen leer, nur der alte Klubdiener Jean steht am Eingang. Gustav geht an ihm vorbei, drückt ihm ein Fünfmarkstück in die Hand. „Ich war gestern ein wenig zerstreut", sagt er, „entschuldigen Sie, Jean." Der Alte dankt auf seine würdige Art, unmerklich und doch betont. Jetzt kann Gustav in Ruhe reisen.

Am Anhalter Bahnhof stellte sich heraus, daß der listige Mühlheim durch Bestechung eines Schaffners doch noch ein Schlafwagencoupé für Gustav ergattert hat. Es waren viele Bekannte im Zug, aber viele übersahen einander, man wollte sich nicht sehen. „Komm möglichst bald nach, Mühlheim", bat Gustav. „Mach möglichst wenig Dummheiten unterwegs, Oppermann", sagte Mühlheim. Dann fuhr der Zug an. Das letzte, was Gustav von Berlin sah, war Schlüter, der in guter Haltung dastand, mit seinem verschlossenen, eigensinnigen Gesicht dem Zuge nachschauend.

Berthold, um die gleiche Zeit, wünschte seinen Eltern gute Nacht. Morgen, Mittwoch, soll er seinen Fall bereinigen, soll er seine Erklärung abgeben, in der Aula, vor den versammelten Lehrern und Schülern des Königin-Luise-Gymnasiums. Liselotte wollte noch mit ihm sprechen, sie tat schon den Mund auf. Aber sie kannte seine schwierige Art, so ließ sie es sein und sagte nur: „Gute Nacht, mein Junge."

Berthold ging auf sein Zimmer, zog sich aus, sehr sorgfältig, hängte seine Kleider ordentlich auf, legte, wie er es gewohnt war, seine Schulsachen für den andern Tag zurecht. Seine Rolle morgen wird eigentlich sehr einfach sein. Seine Erklärung ist sehr kurz. François und Vogelsang haben es nicht so einfach. Die werden mächtig quatschen müssen. Er hat während der ganzen Zeit nur dazustehen. Am Pranger zu stehen. Wenn es nach Dr. Vogelsang ginge, dann fände der — wie sagt man am besten? — der Akt am Niederwalddenkmal statt.

Er wird sich jetzt ins Bett legen. Ein Buch wird er sich noch mitnehmen. Kleists „Hermannsschlacht" zum Beispiel. Aber er geriet an den vierten Band seines Kleist statt an den dritten, an die „Erzählungen". Und er las die Erzählung von Michael Kohlhaas, Sohn eines Schulmeisters, einem der rechtschaffensten Menschen zugleich und entsetzlichsten seiner Zeit, den das Rechtsgefühl, in dem er ausschweift, zum Räuber und Mörder macht, so daß er um zweier Pferde willen sich selber aufgibt, einen Aufruhr entfacht und schließlich auf grauenvolle Weise umkommt. Aber die beiden schönen Rappen, die man ihm zu Unrecht zu Schindmähren gemacht hat, sieht er glatt und dickgefüttert wieder als sein Eigentum, wie er das Schafott besteigt. Berthold kannte die Erzählung gut, trotzdem las er sie mit neuer, scharfer Spannung. Mehreres las er zwei- bis dreimal. So die Antwort, die der Pferdehändler seiner Frau gibt, als diese ihn verstört fragt, warum er denn seinen Besitz verkaufe. „Weil ich in einem Lande", erwidert er, „in welchem man mich in meinen Rechten nicht schützen will, nicht bleiben mag. Lieber ein Hund sein, wenn ich von Füßen getreten werden soll, als ein Mensch." Berthold las und nickte mehrmals schwer, zustimmend mit dem Kopf.

Er legte das Buch beiseite. Nun spürte er doch, daß er die Nacht vorher nicht geschlafen hatte und daß anstrengende Tage hinter ihm lagen. Dunkel wollte er es noch nicht haben, er hatte Scheu vor der Dunkelheit. Er schaltete die Deckenbeleuchtung aus, die abgeschattete Bettlampe ein, legte sich auf die Seite, schloß halb die Augen. Er sah den Phantasievogel der Tapete auf seiner hängenden Ranke, und wieder aus dem Ornament heraus erschien ihm das Gesicht Hermanns, breite Stirn, flache

Nase, langer Mund, das Kinn kurz und stark. Ob der wohl Aussicht hätte, im heutigen Deutschland hochzukommen? Er lächelte. Unerwartet formten sich ihm Verse: „Wer heut in Deutschland vorwärts will, / was muß so ein Junge haben? / Eine eiserne Fresse, eine niedrige Stirn ..." Es war sehr selten, daß ihm Verse kamen. Er hat Sinn für Stil, für anständige Prosa, Dr. Heinzius hat es immer gesagt. Aber es ist wohl nicht die Zeit für Verse.

Ruth und jener Hermann hätten sich wahrscheinlich gut vertragen. Wieder sieht er sie als eine der Germaninnen in der Wagenburg. Sie würde empört aufbegehren gegen eine solche Vorstellung. Aber richtig ist sie doch.

Ruth hat es leicht. Sie an seiner Stelle wüßte genau, was zu tun ist. Viele in Deutschland haben es leicht, viele Millionen. Aber viele auch, noch mehr Millionen, haben es schwer, gerade weil sie wissen, was zu tun ist. Er hat die Geschichte gehört von dem Bruder, oder war es der Schwager?, des Dieners Schlüter, der gegen die Völkischen ausgesagt hat und darum erschlagen wurde. Millionen bekennen sich gegen die Völkischen, Tausende lassen sich totschlagen für dieses ihr Bekenntnis. Von einigen weiß man es, von Tausenden; aber von Hunderttausenden, von Millionen weiß man es nicht. Wer ist Deutschland? Die in den braunen Uniformen, die herumlümmeln, schreiend, mit ihren Waffen in der Hand, die sie gegen das Gesetz behalten haben, oder die andern, die Millionen, die so doof waren, an das Gesetz zu glauben, ihre Waffen auslieferten, und denen man jetzt die Köpfe einschlägt, wenn sie den Mund auftun? Nein, er steht nicht allein, er hat Kameraden, Hunderttausende, Millionen. Man hat dem Unbekannten Soldaten ein Denkmal gesetzt, aber von dem Unbekannten Deutschen, seinem Unbekannten Kameraden, spricht kein Mensch. Mein Unbekannter Kamerad, denkt er und: Sie machen alle Jagd auf dich, / Sie schlagen dich, sie sperrn dich ein, und: Ich weiß, du bist Tausend, du bist Million, und: Es kommt der Tag, / Mein Unbekannter Kamerad, / Und wenn der Tag kommt, bist du da. Das ist alles nichts. Er kann keine Verse schreiben. Es müßte aber einmal einer kommen und ein Lied schreiben auf den Unbekannten Deutschen, auf den Unbekannten Kameraden.

Vielleicht schreibt es einer, aber man wird es nicht drucken, man wird es nicht singen, man wird es nicht hören. Und selbst wenn er, Berthold, das Lied schreiben könnte, er würde dieses Lied nicht aufsagen. Er wird anderes aufsagen. Er wird hingehen in die Aula, vor die versammelten, grinsenden Kameraden, die bekannten Kameraden, und wird sagen: „Ich habe eine Wahrheit gesagt. Ich erkläre diese Wahrheit für falsch."

Nein, er wird es nicht sagen.

Er wird es natürlich sagen. Er hat auch den Brief an François nicht schreiben wollen, er hat ihn nicht geschrieben, er hat die Zeit verstreichen lassen. Dann hat sein Vater gesagt: „Du könntest einen Expreßbrief schreiben", und dann hat er geschrieben.

Er kann morgen von der Schule fortbleiben, einfach nicht kommen. Da stehen sie in der Aula und warten, und er ist nicht da. Er lächelt. Er stellt sich das genau vor, die Gesichter Vogelsangs und Werner Rittersteegs und des Pedells Mellenthin am Türeingang. „Wir singen das Horst-Wessel-Lied", wird Dr. Vogelsang schließlich sagen, aber das wird ein schwacher Trost sein; um das Horst-Wessel-Lied zu singen, hätte man nicht die ganze Anstalt in der Aula versammeln müssen. Rektor François wird sich vielleicht sogar freuen, wenn er nicht kommt, Heinrich wird sich bestimmt freuen, trotzdem er ihm zugeraten hat, zu kommen, auch Kurt Baumann wird sich freuen. Ja, das wäre schon eine Genugtuung, eine Herzenslabung, eine Stunde lang, einen Tag lang, vielleicht eine Woche. Aber dann, was soll er dann tun? Er wird relegiert, aus Deutschland muß er fort, es kann ewig dauern, bis er, vielleicht, nach Deutschland zurück kann, und wird es dann noch sein Deutschland sein?

Es bleibt nichts anderes übrig. Es wäre schön, sie warten zu lassen, aber es geht nicht.

Es geht doch.

Er steht auf. Er sucht das Manuskript jenes Hermann-Vortrages hervor. Er hat es gut aufgehoben, er muß die Hauptlampe einschalten, um es herauszukramen, es dauert einige Zeit. Es ist ein sehr sauber geschriebenes Manuskript, liniiertes Papier, mit Rand, wenig Verbesserungen. Er nimmt einen Zettel, schreibt darauf: „Es ist nichts zu erklären, nichts hinzuzufügen, nichts wegzunehmen. Dein Ja sei Ja, dein Nein sei Nein. Berthold Oppermann." Er legt die Feder hin, dann nimmt er sie wieder und setzt hinzu: „Berlin, den 1. März 1933."

Eigentlich möchte er doch die Verse aufschreiben, die ihm vorhin angeflogen sind: „Dir, Unbekannter Kamerad." Nein, Prosa ist besser. Und er schreibt: „Lieber ein Hund sein, wenn ich von Füßen getreten werden soll, als ein Mensch. (Kleist, Inselausgabe, 4. Band, Seite 30.)"

Er geht in das andre Zimmer, nicht übermäßig leise, öffnet die Hausapotheke. Es sind drei Röhrchen mit Schlafmitteln. Er nimmt das, was er für das stärkste hält. Es ist noch kaum angebrochen, sicher genügt es. Da werden sie morgen in der Aula warten müssen.

Er holt sich ein Glas Wasser, stellt es sorgfältig auf einen Teller, damit es auf dem Tisch keinen Rand lasse, löst die Tabletten in dem Wasser auf, stellt sich das Glas auf den Nachttisch. Sieht nach dem Manuskript. Der Zettel liegt lose darauf, es ist besser, ihn anzuheften. Er zieht seine Uhr auf, legt sie neben das Glas. Schaltet wieder die Hauptlampe aus, die Bettlampe ein, legt sich zu Bett.

Es ist ein Uhr achtunddreißig. Er trinkt das Wasser mit den aufgelösten Tabletten. Gut schmeckt das Zeugs nicht, es kostet einige Überwindung, es hinunterzuschlucken. Aber es gibt Schlimmeres.

Er liegt und wartet. Vom Nachttisch her tickt seine Uhr. Er hört unten ein Auto hupen, verboten laut und lang. Wie lange es dauern wird, bis er einschläft? Er liegt jetzt zwei Minuten und vierzig Sekunden. Länger als sechs oder acht Minuten wird es bestimmt nicht dauern. Wenn man ihn nicht im Lauf der nächsten halben Stunde findet, kann man ihn sicher nicht mehr aufwecken. Es ist glücklicherweise sehr unwahrscheinlich, daß noch jemand zu ihm hereinkommt. Wenn er die Bettlampe ausschaltet, dann ist es ausgeschlossen. Er schaltet sie aus. Schon spürt er sich schwer und müde, nicht so angenehm müde freilich, wie er gehofft hat, sondern bleiern, drückend.

Schon wieder ein Auto. Aber diesmal hupt es nicht so lange. Er hat das Manuskript anständig vorbereitet. Dr. Heinzius hat ihnen erklärt, einer der wesentlichsten Unterschiede des Altertums von unserer Epoche sei die Einschätzung des Selbstmords. Die Römer haben ihren Jungens schon im frühesten Alter beigebracht, der Mensch sei selbst den Göttern dadurch überlegen, daß ihm der Ausweg des freiwilligen Todes bleibe. Die Götter haben diese Freiheit nicht. Es ist ein sehr würdiger Tod. Er hat auch alles ordentlich zurechtgelegt, bevor er das Zeug schluckte. Da liegt das Manuskript, wer will, kann sehen, und wer nicht will, muß sehen. Vor ein paar Tagen hat er von einer Frau gelesen, die hat, bevor sie wegging, nicht nur das Kleid angezogen, in dem sie begraben sein wollte, sondern auch an den Ärmel ihres Mannes einen Trauerflor genäht. Wir Deutsche sind ordentliche Leute. Er lächelt ein klein wenig. Er darf es sich erlauben, jetzt darf er, zu sagen: „Wir Deutsche."

Schon wieder ein Auto. Er sitzt nun auf einmal selber in dem Auto. Es ist auf der Avus, es ist ein Autorennen, Franzke sitzt im Fond, es ist komisch, daß er nicht neben ihm sitzt, Franzke brüllt ihm immerfort Weisungen zu, aber er kann sie nicht hören, er gibt sich die größte Mühe, aber es ist ein schrecklicher Lärm, der Wind ist so stark, und wer sitzt denn eigentlich neben Franzke? Da sitzt doch einer. Es ist der Dr. Heinzius, das ist gut, der kann sich ihm besser verständlich machen als Franzke. Jetzt kommt die Kurve, ausgezeichnet ist er die Kurve gefahren, knorke. Das hat er sich doch abgewöhnt, knorke zu sagen, es ist ein scheußliches Wort. Das Auto vor ihm, wer ist da am Steuer? Das ist ja Dr. Vogelsang. Dem wird er jetzt in die Seite fahren, das wird knorke. Ob Franzke versteht, was er vorhat? Aber es geht nicht, komischerweise, er kann ihn einfach nicht anfahren. Vollgas, immer Vollgas, nicht langsamer werden, aber es geht nicht, es kommt so heiß und drückend von unten herauf, auch der Gashebel ist ganz heiß, und jetzt schleudert der Wagen, der Gashebel drückt ihn ja am Bauch, der Wagen schleudert nicht, er schwimmt, es ist wie damals in Bayern auf der vereisten Straße, auf einmal gleitet einem der Wagen weg, man weiß nicht wie, es kommt schwarz herauf, es drückt scheußlich, man muß schreien, ob man will oder nicht, aber man kann gar nicht schreien, es hebt einen, es hebt den Wagen, aber es ist gar nicht der Wagen, der gleitet einem unter den Füßen weg, man ist auf der Berg- und Talbahn, im Lunapark, es ist die Schiffsschaukel, wieso denn, es ist in München, auf dem Oktoberfest, das geht furchtbar hoch, Vogelsang ist noch immer neben ihm, aber jetzt hat er ihn überholt, und er ist doch auf der Avus, nur ist er ohne Wagen, und jetzt schwimmt er, trotzdem er ohne Wagen ist, wie hoch die Schaukel geht, wie es einen im Bauch kitzelt, ganz tief innen, es zieht einem den Bauch weg, das darf man nicht verraten, man muß mit dem ganzen Gesicht lachen, es ist ja ein wirkliches Schiff, jetzt schwimmt es einem schon wieder weg, die Wellen sind gleichmäßig und ganz flach, und sie erdrücken einen, das ist kein Spaß mehr, sie drücken furchtbar, er hätte nicht bei Nacht schwimmen sollen, sie schlagen immer wieder über einem zusammen und heben einen nicht, da kriegt man nie wieder Luft, alles gleitet einem weg, und da ist noch das Gesicht Vogelsangs, aber es ist nicht mehr das Gesicht Vogelsangs, es ist das Hermanns, mit der flachen Nase und dem starken Kinn, und so steht er auf einmal auf dem Sockel des Niederwalddenkmals, aber da steht doch die Germania, und das ist gut, und jetzt steht doch Hermann da, und jetzt gleitet der Sockel des Denkmals fort. Und jetzt kommt eine ganz große Welle, die ist ganz groß, und da muß er unten durch. Mein Unbekannter Kamerad, kann dir die Hand nicht geben, jetzt kommt die Welle, sie ist noch größer, jetzt kommt sie, ob sie einen doch hebt, jetzt ist sie da.

Um diese Zeit war Gustav in seinem Schlafwagen schon ein gutes Stück südwestlich von Berlin. Er hatte fest und tief geschlafen; jetzt, durch einen scharfen Ruck des Zuges, erwachte er. Langsam entnebelte sich sein Sinn, und plötzlich fiel ihm peinlich ein: er hat zwar an Jean gedacht, aber woran er nicht gedacht hat, das ist sein Neffe Berthold. Zum wenigsten hätte er Martin fragen müssen, was denn nun eigentlich aus dieser albernen Geschichte um Hermann den Cherusker geworden sei. Beinahe eine halbe Stunde quälte ihn dieses Versäumnis. Erst dann schlief er wieder ein, und den Rest der Nacht schlief er nicht so gut wie zuvor.

Drittes Buch

Morgen

Es ist uns aufgetragen, am Werke zu arbeiten, aber es ist uns nicht gegeben, es zu vollenden.

Talmud

Erst als Berthold schon begraben war, erhielt Gustav die Nachricht von seinem Tod. Mühlheim, der einzige, der seine Adresse wußte, hatte die Mitteilung verzögert, damit Gustav sich nicht durch seine Rückkehr gefährde.

Er war diese letzten Tage in der schönen, behaglichen Stadt Bern herumgegangen. Es war Frühling, die Luft war leicht, unendlich zart und rein standen die mächtigen Gipfel des Oberlands am Horizont. Aber Gustav hatte keine Freude an dem Anblick, sein Kopf war benommen von den Berliner Geschehnissen. Als er die Nachricht bekam, war ihm, als erhalte er einen Schlag, den er längst erwartet hatte.

Er ertrug keinen Menschen mehr um sich, er fuhr hinauf ins Gebirge, er mußte allein sein, er verstand das alles nicht, er mußte sich klarwerden. Der Ort, in den es ihn verschlug, lag am Fuß der Jungfraugipfel, aber es gab keinen Schnee mehr, er war der einzige Gast in seinem kleinen Hotel. Er vermied die bevölkerte Bergbahn, schleppte seine Skier selber bis zur Schneegrenze. Erstieg einen Hang abseits, mit Mühe. Da lag er, in Schnee und Sonne, die Linien der Berge in der unermeßlich klaren Luft schwangen sich hoch und klar. Er war allein.

Er bohrt in sich herum. An den alten Jean hat er gedacht, an Berthold nicht. Er trägt ein gut Teil Schuld an dem, was sich ereignet hat. Von jeher hat er alles falsch gemacht. Ein nutzloses, bequemes, geschmäcklerisches Leben hat er geführt. Ist zu Sybil gegangen statt zu Anna. Hätte er sich mit Politik befaßt, mit Nationalökonomie, mit irgend etwas im Geschäft, alles wäre sinnvoller gewesen als das, was er getrieben hat. Er hat festgestellt, daß Lessing einen bestimmten Brief am 23. Dezember geschrieben hat, nicht am 21. Nu wenn schon. Das wäre die richtige Unterschrift unter sein ganzes Leben.

Er hockt im Schnee, dampft vor Hitze, hält Abrechnung mit sich selber. Was herauskommt, sieht nicht gut aus.

Vier Tage lebt er so in der Stille seines Bergortes. Die schmale Straße, auf der er Tag für Tag seine Schneeschuhe hinaufschleppt, zieht sich hoch überm Tal entlang, winzig liegen Dörfer auf den Hängen gegenüber, mächtig in ihrer besonnten Weiße breiten sich vor ihm die Gipfel der Jungfrau. Er hockt oben auf seiner abseitigen Höhe. Reine, frische Wärme ist in der Luft, gedämpft kommt das Getöse der Lawinen zu ihm. Er sieht, was vor ihm liegt, um ihn, aber er wird sich der Luft, des Anblicks nicht bewußt; sein Sinn ist zu. In ihm bohren immer die gleichen Gedanken, drehen sich, bohren sich immer tiefer in ihn hinein. Am besten ist es, den Körper so anzustrengen, daß man nicht mehr denken kann. Manchmal, auf dem Rückweg, ist er soweit. Dann sitzt er wohl am Straßenrand, in willkommener Erschöpfung, entrückt, wackelt mit dem Kopf, mechanisch, lacht idiotisch. Manchmal bleibt die Straße stundenlang leer. Einmal kommt ein Junge vorbei mit einem Karren. Schaut ihn verwundert an, dreht noch lange den Kopf nach ihm.

Vier Tage liegt solche Dumpfheit über ihm, lähmend, sein Kopf ist wie in Watte gepackt. Am Morgen des fünften Tages, plötzlich, nach einer langen, durchschlafenen Nacht, reißt der Nebel, der um ihn war. Gustav reckt sich. Stößt vollends durch die Dämmerung. Er hat wahrhaftig fünf Tage lang keine Nachricht aus Deutschland gelesen, keine Zeitung; es wird jetzt wenig Deutsche so ohne Neugier geben. Er holt sich, was er an Zeitungen bekommen kann, deutsche, Schweizer, englische, französische. Geht, den dicken Pack unterm Arm, die gewohnte schöne Straße hinauf. Es ist plötzlich eine wilde Spannung in ihm, er kann sie kaum zähmen. Trotzdem der Boden noch feucht ist, setzt er sich an den Straßenrand, beginnt zu lesen.

Er liest, und all sein Blut drängt zum Hirn. Ruhig bleiben, nicht durchgehen, sein Herz festhalten, ruhig denken. In Tagen wie diesen tauchen von allen Seiten unkontrollierbare Gerüchte auf. Er hat sich sein ganzes Leben hindurch mit Quellenkritik befaßt, er will jetzt nicht auf die Phantasien einiger rasender Reporter hereinfallen. Was sind das für Zeitungen? Da sind die „Times", die „Frankfurter Zeitung", die „Neue Züricher Zeitung", der „Temps". Und es sind keine beliebigen Reporter, die berichten, es sind Leute von Namen. Die Berichte lauten knapp, sachlich. Korrespondenten von solchen Namen können es nicht wagen, so Ungeheuerliches mit so detaillierten Angaben in die Welt zu setzen, ohne die Unterlagen zu besitzen. Es ist keine Frage, die Völkischen haben ihr Programm, dessen primitive Barbarei man so oft belächelt hat, er selber am ungläubigsten, Punkt für Punkt ausgeführt. Sie haben alle diejenigen, die ihnen mißliebig sind, verhaftet, verschleppt, mißhandelt, erschlagen, ihren Besitz zerstört oder weggenommen, einfach mit der Begründung, daß diese Menschen ihre Gegner und somit zu vernichten seien. Gustav liest Namen, Daten. Viele von den Namen sind ihm bekannt, mit vielen dieser Menschen war er vertraut.

Seine stille, tierische Verzweiflung ist fort. Eine helle Wut fällt ihn an über sich selber, über die Völkischen. Er liest die irren Reden der Führer. Der alte Reichspräsident hat ihnen das Reich in Ordnung übergeben, sie haben zynisch ihre feierlichen Versicherungen gebrochen, das Gesetz zertreten, aus Ordnung und Zivilisation Willkür, Unordnung, Brutalität gemacht. Deutschland ist ein Tollhaus geworden, in dem die Kranken sich ihrer Wärter bemächtigt haben. Erkennt das die Welt? Was tut sie?

Noch am gleichen Tag fährt er zurück nach Bern. War er selber wahnsinnig, daß er sich in dieses kleine Nest verkrochen hat, ohne seine Adresse zu hinterlassen? Glaubt er, das Grauen gehe ihn weniger an, wenn er sich den Kopf in Watte packt? Er will wissen, muß wissen, mehr, alles, genau.

In Bern findet er Telegramme, Briefe, Zeitungen. Auch in sein Haus sind Landsknechte eingedrungen, haben es durchsucht, manches zerstört, vieles verschleppt. Ein Telegramm Frischlins ist da, Gustav möge ihn anrufen. Er tut es.

Es ist ihm eine Sensation, Frischlins Stimme zu hören. Es ist die wohlbekannte Stimme, aber dennoch verändert, gespannt, geladen, energisch. Gustav will fragen, aber Frischlin unterbricht ihn sogleich; das hat er früher nie gewagt. Er erklärt, er habe vom Lessing viel in Ordnung gebracht, aber er halte es für am besten, er komme nach Bern und erstatte persönlich Bericht. Das sei übrigens auch Mühlheims Meinung.

Schon den Tag darauf war er da. „Ich möchte mich in einem andern Hotel einquartieren als Sie", sagte er, kaum aus dem Zug gestiegen. „Es ist gescheiter, wenn unsere Namen nicht vom gleichen Hotel gemeldet werden. Ich schlage Ihnen vor, daß ich Sie dann zu einem Spaziergang abhole. Ich kann Ihnen besser berichten, wenn ich die Sicherheit habe, nicht belauscht zu werden." Er sagte das bescheiden, doch mit Entschiedenheit. Erstaunt sah Gustav, wie dieser Mann sich verändert hatte. In Berlin, mit seinen langen, dünnen Beinen, seinen langen, dünnen Händen, die aus immer zu kurzen Ärmeln herauskamen, mit seinem scheuen, ungelenken Wesen hatte er auf Gustav immer gewirkt wie ein Student, bei dem es innerlich und äußerlich nicht ausgereicht hat. Jetzt, bei aller Schlichtheit, gab er sich straff, einer, der genau wußte, was er wollte.

Sie fuhren dann hinauf auf den Gurten. Es war ein strahlender Vorfrühlingstag, die weiße Linie der Gipfel lag überaus zart und klar vor ihnen. Es war noch zu kalt, längere Zeit auf dem Aussichtsplateau zu sitzen. Sie gingen auf der bewaldeten Höhe, Gustav zügelte seinen schnellen, steifen Schritt, und Klaus Frischlin berichtete.

Die Landsknechte waren in einer der ersten Nächte in der Max-Reger-Straße erschienen, gegen Morgen. Sie kamen zu acht. Das Manuskript, die wichtigste Lessing-Literatur, auch die gesamte Kartothek hatte Frischlin glücklicherweise den Tag zuvor bei unverdächtigen Personen untergestellt. Sie verschleppten und zerfetzten alles, was an Akten noch vorhanden war. Von den Büchern haben sie vieles verschont; bei andern jedenfalls haben sie schlimmere Verheerungen angerichtet. Sie waren sehr willkürlich bei der Auswahl der Bücher, die sie zerrissen oder mitnahmen. Gereizt haben sie vor allem die vielen Ausgaben von

Dantes „Göttlicher Komödie", die sie, wohl durch das Wort Komödie verführt, für Propagandaliteratur der „Gottlosen-Bewegung" hielten. Auto und Schreibmaschine haben sie beschlagnahmt. Auch das Bild Fräulein Rauchs hat daran glauben müssen. Das Bild Immanuel Oppermanns hingegen blieb unversehrt; Frischlin hat es in Sicherheit gebracht. Auch einen Pack Privatkorrespondenz haben sie übersehen. Frischlin hat sie auf Umwegen an Gustavs Adresse geschickt; sie muß nächster Tage da sein. Der Diener Schlüter hat sich als sehr zuverlässig erwiesen. Schon das erstemal haben sie ihn arg verprügelt. Aber er hat trotzdem sofort nach der Plünderung einen Teil der noch vorhandenen Sachen mit Hilfe der Frau seines toten Schwagers gerettet. Das war gut so; denn die Nacht darauf kamen sie wieder und klauten, was noch zu klauen war. Die Dinge, von denen er annahm, daß sie Gustav besonders am Herzen liegen, hat Frischlin bei Fräulein Rauch untergestellt.

„Hat Ihnen Fräulein Rauch helfen können?" fragte Gustav. „Nicht viel", erwiderte Frischlin. Sie sei außerordentlich bereitwillig gewesen, aber praktisch sei dabei wenig herausgekommen. Fräulein Rauch habe viel mit ihren eigenen Angelegenheiten zu tun, fügte er hinzu, mit betonter Zurückhaltung. Mit Wärme hingegen erzählte er von Mühlheim, mit dem er sich ausgezeichnet habe verständigen können. Mühlheim bitte um Gustavs Anruf, wenn möglich heute nachmittag zwischen sechs und sieben Uhr im Hotel Bristol.

Es war gegen sechs Uhr nachmittag, als Gustav in sein Hotel zurückkam. Er müßte jetzt mit Mühlheim telefonieren, aber er will nichts von Geschäften hören, nichts von jenen listigen Umwegen, die freilich im Kampf mit den Völkischen das einzige vernünftige Mittel sind. Immerhin, es geht um sein Haus, das ihm sehr lieb ist. Scheußlich, zu denken, daß sich vielleicht bald in seinen schönen Räumen völkische Landsknechte sielen. Er muß doch wohl mit Mühlheim sprechen. Aber als die Telefonistin des Hotels sich meldete, gab er, im letzten Augenblick, nicht die Nummer Mühlheims an, sondern die Sybils.

Sehr bald war Sybils Stimme da. Sie war überrascht, ein wenig ängstlich überrascht, wie er mit leicht gereiztem Mißtrauen fand. Es war ja vielleicht unvorsichtig, jemanden in diesen Zeiten aus dem Ausland anzurufen. Allein für Sybil war die Gefahr wohl äußerst gering, und so zurückhaltend hätte sie nicht zu sein brauchen. Er dachte daran, wie trocken und kühl Frischlin von ihr berichtet hatte. Dabei sehnte er sich, sie zu sehen, sehnte sich nach dem Geruch ihres kindlichen Körpers. Sehr herzlich bat er sie, zu kommen, er brauche sie in dieser Zeit. Sie sagte sofort zu. Allein als er sie auf ein Datum festlegen wollte, zögerte sie; sie werde morgen, längstens übermorgen depeschieren. Gustav wußte nicht, daß sie an Friedrich Wilhelm Gutwetter dachte; aber er spürte, daß sie ihm etwas verbarg, und war sehr betrübt.

Auch Frischlins Bericht, so klar und erschöpfend er war, schien ihm jetzt unbefriedigend. Es war wohl dies, daß die allgemeinen Geschehnisse in Deutschland anfingen, ihn viel brennender zu interessieren als sein Haus und sein Manuskript. Immer hatte er gehofft, Frischlin werde von selber zu erzählen anfangen; aber Frischlin hat es nicht getan, und er hat Scheu gehabt, den klaren, zielbewußten Menschen zu drängen.

Am Abend endlich, in einem sehr hübschen, kleinen Restaurant, das Gustav entdeckt hatte, erzählte Frischlin von diesen allgemeinen Dingen. Es sei nicht leicht, fing er an, heute in Deutschland authentische Details zu erhalten; die Behörden bemühten sich mit Erfolg, alles zu vernebeln. Sein Bericht müsse deshalb sehr unvollständig bleiben. Aber Gustav fand bald, daß die Namen, Daten, Örtlichkeiten, von denen Frischlin zuverlässig zu berichten wußte, erschreckend viele waren.

Unter den in Berlin stationierten Landsknechtsabteilungen waren die am meisten berüchtigten die Stürme 17 und 33, die sogenannten Mordstürme. Die Örtlichkeiten, von denen man mit dem größten Grauen sprach, sind die Keller der völkischen Unterkünfte in der Hedemannstraße, in der General-Pape-Straße und verschiedene in Köpenick, in Spandau. An ihnen wird man wohl, meinte Frischlin, und sein Kommentar klang bestürzend inmitten seines sonst sehr nüchternen Berichts, ist erst die

Herrschaft der Völkischen zusammengebrochen, Tafeln zum Gedenken an Deutschlands tiefste Schmach anbringen. Das Schauerlichste an dem Vorgehen der Geheimpolizei und der Landsknechte, berichtete er weiter, ist das bis ins kleinste ausgearbeitete System, die Durchorganisierung, die militärisch-bürokratische Ordnung, nach der die Mißhandlungen und Tötungen vor sich gehen. Alles wird registriert, unterschrieben, protokolliert. Nach jeder Mißhandlung hat der Mißhandelte schriftlich zu bestätigen, daß er nicht mißhandelt worden sei. Bei Tötungen attestiert der Arzt, der Getötete sei am Herzschlag gestorben. Die Leiche wird den Angehörigen in einem plombierten Sarg ausgehändigt, dessen Öffnung bei schwerster Strafe verboten ist. Für diejenigen, die nach ihrer Mißhandlung entlassen werden, liegen frische Anzüge und frische Wäsche bereit, damit nicht die blutbefleckte Kleidung zu sehr auffalle; die Mißhandelten müssen sich schriftlich verpflichten, die frischen Sachen binnen vierundzwanzig Stunden in gereinigtem Zustand zurückzubringen. Auch muß für die Behandlung und Verpflegung in den Unterkünften der Völkischen bezahlt werden, nicht viel übrigens, eine Mark pro Tag für Unterkunft, eine Mark für Verpflegung und Behandlung. Für Verpflegung und Behandlung der Getöteten, das heißt am Herzschlag Gestorbenen oder auf der Flucht Erschossenen, haben die Hinterbliebenen zu zahlen. Die Behandlung erstreckt sich auch aufs Seelische und entbehrt nicht eines gewissen Humors. Es werden beispielsweise den Gefangenen während der Behandlung auf dem Grammophon völkische Lieder vorgespielt; sie müssen mitsingen, der Takt wird ihnen durch Stahlruten und Gummiknüppel beigebracht.

Die Völkischen scheinen ihr System groß ausbauen zu wollen. Sie richten riesige Konzentrationslager ein, um den Häftlingen dort „die für den Geist der neuen Zeit erforderlichen Eigenschaften anzuerziehen". Sie wenden bei dieser Erziehung auch psychologische Methoden an. Sie führen zum Beispiel die Häftlinge in großen, lächerlichen Prozessionen durch die Straßen und zwingen sie, groteske Sprechchöre zu exekutieren: „Wir sind marxistische Schweinehunde, wir sind jüdische Gauner", und dergleichen. Oder sie zwingen einzelne, sich auf Kisten zu stellen, Kniebeugen zu machen und nach jeder Kniebeuge auszurufen: „Ich Judenschwein habe mein Vaterland verraten, ich habe arische Mädchen geschändet, ich habe öffentliche Kassen bestohlen", und dergleichen. Gelegentlich auch haben Gefangene Bäume erklettern müssen, Pappeln zum Beispiel, um von oben stundenlang solche Selbstcharakteristiken zu verkünden.

Im übrigen haben die Gefangenen in den Kellern der Landsknechtskasernen wie in den Konzentrationslagern Gelegenheit, sich in sehr kurzer Zeit mit dem nationalsozialistischen Parteiprogramm und mit dem Buch des Führers vertraut zu machen. Der Unterricht ist streng. Bei Fehlern und Nachlässigkeiten drohen rauhe Strafen, das Zeitalter des Liberalismus und der Humanitätsduselei ist vorbei. Manche, wie gesagt, überstehen den Unterricht nicht. In Berlin allein weiß er von siebzehn dokumentarisch beglaubigten Todesfällen.

Von diesen Dingen also berichtete Dr. Klaus Frischlin dem Dr. Gustav Oppermann in der kleinen Weinstube in der schweizerischen Bundeshauptstadt Bern. Er sprach mit leiser, gleichmäßiger Stimme, denn am Nebentisch saßen Leute; ab und zu, um sich die Kehle anzufeuchten, trank er von dem leichten, spritzigen Wein, wobei seine Hände auffallend lang und dünn aus den Ärmeln herauskamen. Gustav aß wenig an diesem Abend, sprach auch wenig. Es gab nicht viel zu fragen. Klaus Frischlin erzählte genau; unpräzis war sein Deutsch nur, wenn er Sätze des Führers zitierte, die die Mißhandelten auswendig zu lernen hatten.

Nachdem Frischlin zu Ende war, saßen die beiden Männer noch lange stumm zusammen. Langsam trank Frischlin seinen Wein aus, schenkte sich umständlich neu ein. Nur mehr drei Tische in dem Raum waren besetzt. Gustav hatte die schweren Lider halb über die Augen gezogen, es sah aus, als döste er.

„Noch eines, Frischlin", raffte er sich schließlich auf. „Sie haben mir noch nichts über das Ende meines Neffen Berthold erzählt."

„Ihr Neffe Berthold? Das Ende?" fragte Frischlin. Es stellte sich heraus, daß er von der ganzen Angelegenheit nichts wußte.

„Wie ist das möglich?" empörte sich Gustav. Aber Frischlin war nicht weiter verwundert. Sie verhindern jetzt in Deutschland, daß einer über seinen Nächsten etwas erfährt, was der Regierung nicht angenehm war. Die Zeitungen haben die Meldungen offenbar unterdrücken müssen. Wer sich nicht ernstlich umtut, erfährt nichts. Ohne Maske geht in Deutschland niemand mehr aus. Man betont krampfhaft lärmend, wie gut es einem geht, und nur, nachdem man sich vorsichtig umgeschaut hat, wagt man, einander flüsternd mitzuteilen, was wirklich ist. In einer großen Stadt weiß der Nachbar nichts vom Nachbarn, man ist gewohnt, aus der Zeitung zu erfahren, was sich in der Etage nebenan zuträgt. Aber unangenehme Dinge dürfen die Zeitungen nicht bringen. In einem Reich von fünfundsechzig Millionen Einwohnern kann man mühelos dreitausend Menschen totschlagen, dreißigtausend zu Krüppeln mißhandeln, hunderttausend einsperren, ohne Urteil, grundlos, und doch kann der äußere Aspekt von Ruhe und Ordnung gewahrt bleiben. Wenn nur eben verhindert wird, daß Rundfunk und Zeitungen darüber berichten.

Gustav bat Frischlin, ihn allein nach Hause gehen zu lassen. Es war eine helle Nacht, es war spät, die Straßen waren leer, weithin in den Bogengängen hallte sein steifer, fester Schritt. Er ging schnell wie immer. Aber er fühlte sich behindert. Dieser Frischlin hatte etwas in ihn eingesenkt, was ihm neu war, sehr ungewohnt, beschwerlich.

Am andern Tag fuhr Frischlin zurück. Gustav stand auf dem Bahnsteig. Eigentlich war er froh, daß nun der unbequeme Mann fortging. Aber als der Zug fuhr, war ihm, als trennten ihn die Schienen nicht von dem Manne, sondern als seien sie Fäden zwischen ihm und dem andern, sich abspulende, die, so weit sie auch laufen, nicht abreißen. Und es schien ihm das Alleinsein jetzt fast schlimmer als Frischlins Gesellschaft.

Edgar fuhr in die Städtische Klinik wie immer. Gina hat ihn beschworen, er solle heute nicht hinfahren; auch Ruth, gegen seine Erwartung, hat ihm dringend abgeraten. Denn die Völkischen haben angeordnet, daß an diesem Sonnabend unter Aufwendung aller Propagandamittel gegen die fünfhunderttausend Juden des Reichs ein Boykott durchzuführen sei. Die Völkischen erklärten, sie müßten die durch Tausende von Dokumenten erhärtete Behauptung, sie hätten gegen die Juden üble Gewalttaten begangen, dadurch Lügen strafen, daß sie die Juden wirtschaftlich vernichteten. Viele Juden halten sich an diesem Tag in ihren Häusern, viele auch haben das Reich verlassen. Es ist vielleicht unvernünftig, aber Edgar Oppermann kann nicht anders: er fährt in seine Klinik.

Äußere Gründe hat er keine. Seine Tätigkeit in Deutschland ist aus. Er könnte heute von Berlin fortgehen, wenn er wollte. Er hat ehrenvolle Anträge nach London, nach Paris; die meisten medizinischen Institute der zivilisierten Welt interessieren sich für den Schöpfer des Oppermannschen Verfahrens. Einen dieser Anträge wird er annehmen. Was er hier aufgebaut hat, wird freilich zu einem großen Teil verloren sein; denn natürlich geht auch der kleine Dr. Jacoby fort, dem er sein Labor noch am ehesten hätte anvertrauen können. Er geht wirklich nach Palästina, wie es sich Edgar einmal in einer ironischen Laune vorgestellt hat, auf dem gleichen Schiff wie Ruth fährt er hinüber. Ja, Edgar wird in London, in Paris oder in Mailand neu anfangen müssen, es wird fünf bis zehn Jahre dauern, bis er da stehen wird, wo er schon einmal war. Man wird die Mittel zur Verfügung stellen, aber diese Mittel werden nicht reichen, die ganzen Widerlichkeiten des Betriebs, die er hier für den Aufbau seines Instituts hat durchkämpfen müssen, werden von neuem, vervielfältigt, beginnen, und er ist kein junger Mann mehr.

Leicht ist es nicht, seine Station hier zurückzulassen, sein Labor, seine Operationsräume, Jacoby, Reimers, Schwester Helene, den alten Lorenz. Er kann sich nicht vorstellen, wie das werden soll, fern von seinem Deutschland. Es ist ihm nicht nur um sein Institut, es ist auch sein Alltag, sein Haus; es wird eine Ewigkeit dauern, bis sich das neu eingespielt hat, Gina nimmt die kleinen Dinge so verdammt ernst. Auch auf Ruth muß er verzichten; er kann es ihr nicht verdenken, daß sie nach Palästina geht.

Die Stadt sieht feiertäglich aus. Man drängt sich auf den Straßen, um den Boykott zu besichtigen. Er passiert zahllose Schilder: „Jude", „Kauft nicht bei Juden", „Juda verrecke". Völkische Landsknechte stehen herum, mit gegrätschten Beinen, in hohen Stiefeln, sie reißen ihre törichten, jungen Münder weit auf, plärren im Sprechchor: „Eh nicht der letzte Jud ist tot, / Gibt's keine Arbeit und kein Brot." Vielleicht haben Gina und Ruth wirklich recht gehabt, und es war unvernünftig, heut in die Klinik zu fahren. Aber er kann den Fall Peter Deicke nicht im Stich lassen. Peter Deicke, Fall 978, achtzehn Jahre alt, Patient dritter Klasse, war aufgegeben, ehe man ihn hierherschaffte. Der erste Eingriff hat nicht genügt. Vielleicht wird auch der zweite nicht mehr zum Ziel führen; aber jedenfalls ist er das einzige Mittel, das, vielleicht, Peter Deicke retten kann. Er hätte diesen zweiten Eingriff Reimers überlassen können. Nein. Er kann nicht das Risiko letalen Ausgangs vermehren, weil die Herren für heute ihren läppischen Boykott angeordnet haben.

Er segelt durch die langen Korridore der Klinik. Alles geht seinen gewohnten Gang. Vierundzwanzig jüdische Ärzte sind in der Klinik beschäftigt. Alle sind sie da, selbst der kleine Jacoby. Man ist eilig wie stets, kein Wort vom Boykott, aber Edgar spürt auf den scheinbar gleichgültigen Gesichtern die gedrückte Spannung. Der kleine Jacoby ist blaß, allen Mitteln zum Trotz schwitzt er heute leicht an den Händen.

„Bereiten Sie den Fall 978 vor", weist Edgar Schwester Helene an. Plötzlich ist Dr. Reimers da. Leise, in seiner gutmütigen, etwas derben Art, bittet er Edgar: „Türmen Sie, Herr Professor. Es ist vollkommen sinnlos, daß Sie hierbleiben. Man kann nicht wissen, was der exaltierte Mob anstellt. Wenn Sie gehen, bringe ich vielleicht auch den kleinen Jacoby hinaus. Daß der Mensch hier ist, ist ja der reine Selbstmord." — „Schön, lieber Reimers", erwidert Edgar, „jetzt haben Sie Ihren Spruch aufgesagt, und jetzt gehen wir an Fall 978."

Er nimmt den Eingriff vor.

Kaum hat man den Patienten in seinen Saal zurückgefahren, sind sie da. Sie haben eine Liste der vierundzwanzig Ärzte, die in der Städtischen Klinik amtieren. Sie fragen nach ihnen, aber das Personal leistet passive Resistenz, man zeigt ihnen die Ärzte nicht. Unter Führung einiger völkischer Studenten machen sie Jagd auf sie. Sooft sie einen gepackt haben, führen sie ihn hinaus. Sie erlauben nicht, daß die Ärzte ihre weißen Kittel ablegen, ja, fassen sie einen ohne Kittel, dann zwingen sie ihn, den seinen anzuziehen. Draußen vor dem Hauptportal wartet eine riesige Menge, und sooft ein neuer weißer Kittel erscheint, geht er unter in ungeheurem Gejohle, Gepfeife, wüsten Schmährufen.

Jetzt haben sie Edgar aufgestöbert: „Sind Sie Professor Oppermann?" fragt ihn einer mit zwei Sternen am Kragen. „Ja", sagt Oppermann. „Das wäre Nummer vierzehn", sagt befriedigt ein anderer und streicht den Namen von seiner Liste. „Sie haben die Anstalt sofort zu verlassen", sagt der mit den zwei Sternen. „Kommen Sie mit." — „Professor Oppermann hat soeben eine Operation vorgenommen", greift Schwester Helene ein, ihre Stimme ist nicht so leise wie sonst, ihre runden, braunen Augen sind groß vor Zorn. „Es ist wichtig", sagt sie beherrscht, „daß der Kranke noch einige Zeit unter seiner Beobachtung bleibt." — „Wir haben Order, den Mann auf die Straße zu setzen", sagt der Zweigesternte. „Wir haben hier die vierundzwanzig jüdischen Ärzte auszutreiben, auf daß Deutschland gereinigt werde", sagt er feierlich und papieren, den Dialekt so gut wie möglich vermeidend. „Schluß", sagt er.

Mittlerweile hat eine der Schwestern Geheimrat Lorenz verständigt. Auf dem Korridor dröhnt er heran, auf die Eindringlinge zu, mächtig, im wallenden, weißen Mantel, den roten Kopf vorgestoßen, ein wandelnder Berg. „Was geht hier vor, Herr?" bricht es aus seinem goldenen Munde heraus, wie Felsbrocken. „Was erlauben Sie sich? Ich bin hier der Hausherr, verstanden." Geheimrat Lorenz ist einer der populärsten Ärzte des Reichs, vielleicht der populärste, selbst einige der Völkischen kennen sein Bild aus den illustrierten Zeitungen. Der Zweigesternte hat ihn mit der altrömischen Geste begrüßt. „Es ist nationale Revolution, Herr Professor", erklärt er. „Juden raus. Wir haben Order, die vierundzwanzig Juden hier hinauszuschmeißen." — „Da müssen Sie schon fünfundzwanzig Mann hinausschmeißen, meine Herren, da geht nämlich der alte Lorenz mit." — „Das können Sie halten, wie Sie wollen, Herr Professor", sagt der Zweigesternte. „Wir haben unsere Order." Der alte Fürchtegott ist hilflos, das erstemal vollkommen hilflos in seinem Leben. Er sieht, Professor Oppermann hat recht gehabt: es ist keine akute Krankheit, an der das Volk leidet, es ist eine chronische. Er verlegt sich aufs Unterhandeln. „Lassen Sie wenigstens den Professor hier frei", sagt er. „Ich bürge dafür, daß er das Haus verläßt." Der Zweigesternte steht unschlüssig. „Gut", sagt er endlich, „ich nehme es auf meine Kappe. Sie stehen dafür ein, Herr Professor, daß der Mann keinen Arier mehr anrührt und binnen zwanzig Minuten aus dem Hause ist. Wir warten solange." Seine Leute geben Edgar frei, ziehen ab.

Aber nach wenigen Minuten sind sie wieder da. „Wer hat denn die Schamlosigkeit gehabt", erkundigen sie sich, „sich heute von dem Juden operieren zu lassen?" Der alte Lorenz ist weggegangen. „Jetzt hören Sie gefälligst auf, die Herren", fordert an seiner Statt Dr. Reimers sie auf; ganz gelingt es ihm nicht, seine Stimme ruhig zu halten, ein leises Knurren ist darin. „Sie halten das Maul, bis man Sie fragt", weist ihn der Zweigesternte zurecht. Ein Student zeigt ihnen den Weg zu dem Operierten. Sie gehen in den Raum. Reimers folgt ihnen. Edgar, ein wenig taumelig, schwerfällig, mechanisch, trottet hinterher.

Die Anästhesierung bei Eingriffen in die Luftwege ist schwierig. Oppermann hat dafür ein bestimmtes Verfahren ausgebildet. Der Patient Peter Deicke ist bei Bewußtsein, aber er liegt unter viel Morphium. Aus seinem Kopf, einem einzigen weißen Verband, schauen die Augen schwimmend, stumpf glänzend auf die Eindringlinge. Entsetzten Gesichtes, die Arme schützend ausgebreitet, steht die diensttuende Schwester vor dem Bett. Die

Landsknechte, festen Schrittes, kommen auf sie zu, drängen die Sprachlose, Zitternde weg. Die Völkischen sind Leute, die sich aufs Organisieren verstehen, sie haben alles wohl vorbereitet, sie haben ihre Gummistempel mit. „Schweinehund", sagen sie zu Peter Deicke, und auf seinen Verband drücken sie ihren Stempel: „Ich Schamloser habe mich von einem Juden behandeln lassen." Dann „Heil Hitler" rufen sie und marschieren die Treppe hinunter.

Edgar, wie willenlos, wie an Drähten, trottet immer mechanisch hinter ihnen her, in stierem, hilflosem Nachdenken. Schwester Helene faßt ihn am Arm, bringt ihn ins Chefzimmer. Holt den alten Lorenz. Die beiden Männer stehen einander gegenüber, beide sind sehr bleich. „Entschuldigen Sie, Oppermann", sagt Lorenz. „Sie sind unschuldig, Kollege", sagt mühsam Oppermann, trocken, heiser, und zuckt mit den Achseln, mehrmals, schwerfällig, automatisch. „Dann werde ich jetzt wohl gehen", sagt er. „Wollen Sie nicht den Kittel ablegen?" bittet Lorenz. „Nein", erwidert Edgar. „Danke, Kollege. Den wenigstens will ich mitnehmen."

„Tu mir den Gefallen, Martin", hatte Liselotte am Abend vor dem Boykott Martin gebeten, „geh morgen nicht ins Geschäft." Sie dachte an die Juden, von denen sie wußte, daß sie erschlagen oder infolge der erlittenen Unbilden gestorben waren, sie dachte an die Mißhandelten, von denen die Krankenhäuser des Reichs voll waren. „Geh nicht ins Geschäft", bat sie und trat ganz nahe an ihn heran. „Versprich es mir."

Martin zog seinen Zwicker heraus, putzte daran herum. Seine Haare waren grau geworden, noch schütterer, sein Rücken rund, seine Backen schlaff. „Nimm's mir nicht übel, Liselotte", sagte er, „ich werde ins Geschäft gehen. Hab keine Angst." Er tätschelte, was er früher nie getan hatte, mit seiner schweren, behaarten Hand ihre Schulter. „Es passiert mir nichts", fuhr er fort. „Ich weiß genau, bis zu welchen Grenzen ich gehen kann. Ich bin klug geworden, Liselotte", und er wiegte auf merkwürdige Art den Kopf. Er hatte es aufgegeben, Würde und Haltung zu zeigen, er sprach mehr als früher, hatte manchmal ein schlaues, einverständnisvolles Augenzwinkern. Es war eine Ähnlichkeit da zwischen ihm und dem alten Immanuel, ja, zwischen ihm und seinem Schwager Jacques Lavendel; Liselotte sah es erstaunt. Martin war alt geworden, trotzdem fand sie ihn männlicher, widerstandsfähiger, voll von einem tieferen Wissen um Welt und Menschen. Sie liebte ihn sehr.

Sie drängte nicht weiter in ihn. Sie saßen still zusammen. Wieder dachte sie an die schauerlichen Vorgänge bei dem Unglück. Keine Stunde verging, daß sie nicht daran dachte. Immer wieder stand sie vor der Tür, wie sie das erstemal davor gestanden hatte, als sie das Röcheln des Jungen hörte. Sah ihn daliegen, lang, auf dem Rücken. Hob seinen Arm, der tot zurückfiel, sein Bein, das zurückfiel wie Holz. Und dabei röchelte er doch, atmete, sein Puls ging; er lebte also. Und war dennoch tot, seine Haut war kalt und weiß, und es gab kein Mittel mehr, zu seinem Bewußtsein vorzudringen. Die Ärzte pumpten ihm den Magen aus, wieder und wieder, wärmten ihn, führten ihm künstlich Nahrung zu, Tee mit Kognak, Milch, gaben ihm Herzmittel ein, sie erinnerte sich der vielen fremden Namen, Cardiazol, Digalen, Strophantin, Eutonon. Drei Tage lag er so, lebendig und dennoch tot; denn alle wußten, daß es kein Mittel gab, ihn zu retten. Die Sauerstoffbombe half nicht, nicht die Magenspülungen, er lag, die Haut weiß und kalt, röchelte, schluckte nicht den Schleim, der ihm den Rachen füllte. Der Puls ging sehr langsam, und schließlich stand er still. Aber Berthold war schon tot gewesen, als sie ihn das erstemal röcheln hörte, und sie hatte es gewußt. Es war Martin, der immer wieder zu den Ärzten gesagt hatte: „Tun Sie etwas, helfen Sie ihm." Sie hatte gewußt, daß niemand helfen kann. Sie allein hätte helfen können, aber sie hatte es nicht getan. Sie maß sich die ganze Schuld bei. Martin hatte seine eigenen Sorgen: ihre Pflicht war es gewesen, den Jungen zu bewahren.

Bei alledem war ihr die Maßlosigkeit Martins ein Trost. Er hatte geschrien, geheult, hatte Tobsuchtsanfälle gehabt. Hatte das Manuskript Bertholds gelesen, wieder und wieder, hatte es abschreiben lassen, hatte dann verrückterweise Berthold dieses Manuskript und das Schreiben des Feldmarschalls Moltke in den Sarg gelegt. Dann hatte er auf altjüdische Art getrauert, am Boden hockend, den Anzug eingerissen, hatte, neun fromme Juden um sich, das Totengebet gesprochen.

Er war von dieser siebentägigen Trauer um seinen Sohn als ein veränderter Mann aufgestanden. Aber sie, Liselotte, erkannte gerade in diesem neuen Martin jenen Martin, den sie von Anfang an in ihm gespürt hatte. Sie entdeckte Eigenschaften, wie sie sie an ihrem Schwager Jacques liebte, die List im Kampf für das, was einer als das Rechte erkannt hat, die Abkehr von aller Repräsentation, das zäh Elastische, wenn es um die Sache ging. Martin und sie waren sich jetzt, ohne Worte, viel näher als früher.

Niemals sprachen sie über Berthold.

Hingegen sprach Martin Liselotte jetzt manchmal vom Geschäft. Er nahm jede Demütigung durch Wels ohne Widerspruch hin, kämpfte aber mit um so zäherer List um das, was ihm wichtig war. Seine Tätigkeit in der Gertraudtenstraße war auf weniger als ein Jahr befristet, aber er arbeitete, als kümmere ihn das nicht. Nahm jüdische Angestellte, auf Verlangen des Wels aus den Deutschen Möbelwerken entlassen, bei sich auf.

An dem Sonnabend des Boykotts also fuhr er ins Geschäft wie immer. Er betrachtete die Menge, die neugierig, angeregt den Boykott besichtigte. Sah die Plakate in den Schaufenstern, hörte die Sprechchöre der völkischen Landsknechte. Wiegte den Kopf. Dieser Boykott war, wie die meisten Maßnahmen der Völkischen, eine leere Komödie. Die offizielle Begründung, man wolle auf diese Art die Empörung der zivilisierten Welt über die Pogrome zum Verstummen bringen, war läppisch. Selbst die Minister der Völkischen mußten sich sagen, daß Klagen über Mißhandlungen nicht dadurch widerlegt werden, daß man den Geschlagenen weiter schlägt. Die wahren Gründe des Boykotts waren andere. Vierzehn Jahre hindurch hatten die völkischen Führer ihren Anhängern versprochen, sie dürften die Juden totschlagen, ihre Häuser und Geschäfte plündern. Aber kaum hatte man sich darangemacht, da sahen sich die Führer durch die Entrüstung der Welt gezwungen, ihre Leute zurückzupfeifen. Jetzt, mittels dieses demonstrativen Boykotts, wollten sie die Enttäuschten besänftigen.

Martin ließ Franzke an der Ecke der Gertraudtenstraße halten, er wollte sich in Ruhe anschauen, wie es um sein Geschäft bestellt war. Sie haben den Namen Oppermann nicht vergessen, nun sie an der Macht sind. Mehr als ein Dutzend Landsknechte haben sie vor sein nicht großes Geschäft gepflanzt und einen mit zwei Sternen zur Aufsicht. Dick in allen Schaufenstern kleben die Plakate „Kauft nicht bei Juden" und „Juda verrecke". Auch ein Porträt des alten Immanuel Oppermann haben sie aufgefunden und ihm humoristischerweise das Plakat „Juda verrecke" so angeklebt, daß es wie ein Spruchband aus seinem Munde hängt. „Die Juden sind euer Unglück", hört Martin die jungen Landsknechte im Sprechchor rufen, und am letzten Schaufenster entdeckt er eine große Inschrift: „Diesem Juden sollen die Hände abfaulen." Martin beschaut seine Hände. Sie sind rötlich und behaart, vermutlich werden sie nicht so bald abfaulen.

Er ist am Haupteingang. Der alte Portier Leschinsky steht da mit seinem harten Gesicht und seinem eisgrauen Schnurrbart. Aber er dreht nicht die Tür vor ihm auf. Sie haben auch ihm ein Plakat um den Hals gehängt: „Juda verrecke." Er schaut zu seinem Herrn auf, demütig, hilflos, wütend, hoffnungsvoll. Martin grüßt ihn nicht mit einem Finger am Hutrand wie sonst, sondern er nimmt den Hut vor ihm ab und sagt: „Tag, Leschinsky." Aber weiter unternimmt er nichts, er ist klug. Wie er die Tür drehen will, tritt der Führer auf ihn zu. „Wissen Sie nicht, Herr", sagt er, „daß heute Judenboykott ist?" — „Ich bin hier der Chef, wenn Sie gestatten", sagt Martin. Die andern uniformierten Völkischen stehen um sie herum, auch sonst hören Leute zu, alle interessiert, schweigend. „So?" sagt der Führer. „Da sind Sie was Rechtes." Und Martin, unter den Blicken aller, betritt sein Geschäft.

Alle Angestellten sind zur Stelle, aber kein Käufer ist da. Im Chefkontor findet Martin die Herren Brieger und Hintze. Herr

Hintze hat nun doch das Bild an die Wand hängen lassen, auf dem Ludwig Oppermann in Uniform zu sehen ist, mit dem Eisernen Kreuz Erster Klasse, und darunter hat Hintze sehr groß und deutlich schreiben lassen: „Gefallen für das Vaterland am 22. Juli 1917." — „Das hätten Sie nicht tun sollen, Hintze", sagt Martin finster. „Sie hätten überhaupt nicht kommen sollen. Sie schaden nur sich, und uns helfen Sie nicht."

„Gibt es etwas Neues?" wandte er sich an Brieger. „Bis jetzt sind die Leute friedlich", gab der Bescheid. „Auf dem Weg hierher habe ich vor dem kleinen jüdischen Zigarrenladen in der Burgstraße einen Völkischen Wache stehen sehen. Der Mann schaute auf seine Uhr, es war noch vor zehn, dem offiziellen Beginn des Boykotts. Er legte sein Plakat ab, ging in den Laden, holte sich ein paar Zigaretten und hängte sein Plakat wieder um. Auch die Unsern haben sich ein paar Sachen in den Fenstern sehr interessiert angeschaut und nach den Preisen gefragt. Ich bin überzeugt, sie beißen an, vorausgesetzt, daß die Führer sie nicht auffordern, sich die Sachen ohne Bezahlung zu holen. Heute wird die Losung ja mager ausschauen. Bis jetzt waren ganze sechs Kunden hier, darunter ein sicherer Goi. Der Goi war Ausländer, er fuchtelte mit seinem Paß. Er ist aus Daffke gekommen, er hat einen Ersatzknopf für einen Sessel gekauft, um sechzig Pfennig. Dann war die alte Frau Litzenmeier da. Sie wollten sie nicht hereinlassen, aber sie erklärte, schon ihre Mutter habe bei uns gekauft, und sie wollte sich gerade heute das neue Bett für ihr Mädchen aussuchen. Sie schnitten ihr die Haare ab und drückten ihr einen Stempel auf: ‚Ich Schamlose habe bei Juden gekauft.'"

„Was war mit Leschinsky los?" erkundigte sich Martin. „Er ist hochgegangen, der Alte", gab ihm Brieger Auskunft, „er hat ihnen was zugerufen, ‚Schweinebande' oder so. Die Braunen hier bei uns sind gemütlich, sie haben ihn nicht in ihre Kaserne mitgenommen, sie haben ihm nur das Plakat umgehängt."

Die Zeit verrann überaus langsam. „Sehen Sie, Herr Oppermann", sagte Brieger, „heute halten wir nun doch einmal

Schabbes hier in der Gertraudtenstraße. Ich hab es Ihnen immer gesagt."

Später kamen zwei von den Landsknechten ins Kontor. Sie legten die Rechnung vor für das Ankleben der Boykottplakate. Es waren achtzehn Plakate, die sie geklebt hatten, dazu das, das sie dem Portier umgehängt hatten. Sie forderten zwei Mark Klebegeld pro Plakat, also insgesamt achtunddreißig Mark. „Sind Sie toll geworden?" fuhr Hintze los. „Wir sollen euch bezahlen, daß ihr...?" — „Still, Hintze", gebot Martin. „Das ist Vorschrift", sagte stramm und trocken einer der beiden Landsknechte. „Das wird im ganzen Reich so gehandhabt." Verbissenen Gesichts schrieb Hintze die Anweisung auf die Kasse aus. „Zwei Mark pro Plakat", schüttelte Brieger den Kopf und pfiff durch die Zähne. „Sie haben gepfefferte Preise, meine Herren. Unsere Dekorateure hätten das für dreißig Pfennig pro Plakat gemacht. Können Sie es nicht wenigstens für eins fünfzig machen?" Die Landsknechte standen stur. „Heil Hitler", sagten sie und zogen ab.

Es klebten aber an diesem Tage solche Plakate vor den Räumen von insgesamt 87 204 jüdischen Geschäften, jüdischen Ärzten, jüdischen Anwälten. Ein jüdischer Anwalt in Kiel, der sich nach einem Wortwechsel, entstanden, als die Landsknechte von ihm die Bezahlung der Klebegelder verlangten, zur Wehr setzte, wurde im Polizeigefängnis gelyncht. Siebenundvierzig Juden begingen an diesem Sonnabend Selbstmord.

Um zwei Uhr mittags kam Liselotte in die Gertraudtenstraße, um Martin abzuholen. Der Truppführer trat ihr entgegen, machte sie darauf aufmerksam, daß heute Judenboykott sei. „Ich bin die Frau des Chefs", sagte sehr laut Liselotte. Die Landsknechte schauten die große, blonde Dame an. „Schämen Sie sich", sagte der Truppführer und spie aus. Zehn Minuten später verließ Liselotte das Haus wieder, an Seite Martins, durch die Vordertür.

In das Chefkontor in der Gertraudtenstraße kam Markus Wolfsohn. Er war von den Deutschen Möbelwerken entlassen worden. „Schön, Wolfsohn", sagt Martin. „Sie können bei mir eintreten."

Noch am gleichen Nachmittag erschien bei Martin der Packer Hinkel, Leiter der völkischen Betriebszelle des Möbelhauses Oppermann. Erregt verlangte er, Martin habe Herrn Wolfsohns Einstellung sowie die von drei andern jüdischen Verkäufern rückgängig zu machen und statt ihrer „Arier" einzustellen. „Ich glaube", sagte freundlich Martin, „Sie täuschen sich über Ihre Befugnisse, Hinkel", und er zeigte ihm eine Zeitungsmeldung. Nur amtliche Stellen, hieß es da, nicht die Leiter einzelner völkischer Organisationen dürften in die Betriebsleitung eingreifen. Bösartig, aus engen Augen, schaute der Packer Hinkel seinen Chef an. „Erstens", erwiderte er, „haben Sie, wenn ich in Uniform bin, Herr Hinkel zu mir zu sagen. Zweitens ist diese Verordnung nur für das Ausland gedruckt und geht mich nichts an. Drittens werde ich über Ihr Verhalten an geeigneter Stelle zu berichten wissen." — „Schön", sagte Martin. „Aber jetzt sehen Sie zu, Herr Hinkel, daß endlich die Sendung für Seligmann & Co. fertig wird. Herr Brieger sagte mir, es liege nur an Ihnen, daß die Sendung nicht schon gestern abging." — „Die Arbeit für den nationalen Aufstieg geht vor", erwiderte der Packer Hinkel.

Am gleichen Nachmittag zeigte Franz Pinkus, ein Geschäftsfreund Martins, ihm ein Schreiben folgenden Inhalts: „Nachdem Sie trotz meiner diversen Mahnungen bis heute noch nicht bezahlt haben, gebe ich Ihnen hiermit die letzte Gelegenheit. Sollte ich nicht innerhalb drei Tagen in dem Besitze des in Frage kommenden Betrages sein, werde ich Sie, da ich persönlich Nationalsozialist bin, der betreffenden Stelle überantworten, daß man Ihr Geschäft schließe und Sie selbst in ein Konzentrationslager aufnehme, da Sie versuchen, die für Sie nachteiligen Folgen der Boykottbewegung auf Ihre Lieferanten abzuwälzen. Das Neue Deutschland wird Ihnen dann den richtigen Weg zeigen. Hochachtungsvoll. Gebrüder Weber Nachf." — „Was werden Sie tun?" fragte Martin. Herr Pinkus schaute Martin nachdenklich an. „Ein Posten von siebentausenddreihundertdreiundvierzig Mark auf der Faktura ist bestreitbar", sagte er. „Ich habe dem Mann gesagt, wenn er mir für meinen Paß das Ausreisevisum schafft, dann zahle ich."

In der Nacht darauf, gegen Morgen, kamen sie zu Martin Oppermann in die Corneliusstraße. Das verstörte Mädchen beiseite schiebend, stand einer mit Revolver und Gummiknüppel in Martins und Liselottes Schlafzimmer, hinter ihm vier oder fünf andere, sehr junge Burschen. „Herr Oppermann?" fragte der Führer höflich. „Ja", sagte Martin. Es war nicht Schreck oder der Wille zur Unfreundlichkeit, was seine Stimme brummig klingen ließ, sondern es war nur, weil er noch verschlafen war. Liselotte war hochgefahren, aus großen, entsetzten Augen starrte sie auf die Burschen. Es war ein Glück, sagte man überall im Reich, in die Hände der Staatspolizei zu fallen, aber wehe dem, der in die Hände der Völkischen fiel, und dies waren Völkische. „Was wollen Sie von uns?" fragte Liselotte ängstlich. „Von Ihnen gar nichts, meine Dame", sagte der junge Mensch. „Sie haben sich anzuziehen und mit uns zu kommen", sagte er zu Martin. „Schön", sagte Martin. Er überlegte angestrengt, welche Stellung der Bursche wohl in der Landsknechtsarmee einnahm; man erkannte das an dem Aufschlag am Kragen, dem sogenannten Spiegel. Wels hatte vier Sterne gehabt. Der hier hatte zwei. Aber wie man so einen hieß, darauf konnte Martin nicht kommen. Er hätte ihn am liebsten gefragt, aber das hätte der junge Mensch wohl als Hohn aufgefaßt. Im übrigen war Martin sehr ruhig. Man wußte, daß in den Kellern der Landsknechtsunterkünfte viele erschlagen worden waren, man kannte die Namen, und ganz unzerzaust kamen aus diesen Kellern nur wenige heraus; aber er hatte seltsamerweise keine Angst. „Sei ruhig, Liselotte", bat er. „Ich bin bald wieder zurück." — „Das hängt wohl nicht von Ihnen allein ab, Herr", sagte der mit den zwei Sternen.

Sie brachten ihn in eine Taxe. Er saß schlaff da, die Augen halb geschlossen. Es kann ihm wenig mehr passieren. Eigentlich sind seine Dinge in Berlin erledigt. In dem Kampf gegen Wels hat Mühlheim seine jüdische Schlauheit verbunden mit der nordischen List eines bei den Völkischen beliebten Anwalts. Was immer Martin geschieht, Liselotte wird zu leben haben.

Seine Begleiter unterhalten sich halblaut: „Ob wir ihn gleich an die Wand stellen? Hoffentlich dürfen *wir* ihn verhören: nicht die Achtunddreißiger." Martin wiegt den Kopf. Was für kindliche Methoden. Sie wollen, daß er seine jüdischen Angestellten entläßt. Vielleicht werden sie ihm das durch Mißhandlungen abzutrotzen suchen. Man hat Großkaufleute, Betriebsdirektoren in völkische Kasernen geschleppt, in Konzentrationslager, um ihnen ihren freiwilligen Rücktritt abzupressen oder den Verzicht auf irgendwelche Rechtstitel. Die Völkischen wollen die Industrien, die die fünfhunderttausend Juden aufgebaut haben, für sich selber. Sie wollen ihre Geschäftshäuser, ihre Stellungen, ihr Geld. Dafür ist ihnen jedes Mittel recht. Trotzdem fühlt sich Martin im Innersten sicher. Er glaubt nicht, daß sie ihn lange dabehalten werden. Liselotte wird telefonieren, Mühlheim wird telefonieren.

Man brachte ihn in ein oberes Stockwerk, in einen kahlen Raum. Ein Mann saß da mit vier Sternen am Uniformkragen, ein anderer an einer Schreibmaschine. Der mit den zwei Sternen meldete: „Truppführer Kersing mit einem Gefangenen." Richtig, Truppführer heißen die mit den zwei Sternen. Man fragte Martin die Personalien ab. Dann erschien einer in einer reicheren braunen Uniform, keine Sterne am Kragen, sondern ein Blatt. Der Mann setzte sich hinter den Tisch. Es war ein ziemlich großer Tisch, ein Leuchter mit Kerzen stand darauf, eine Flasche Bier und einige nach Jurisprudenz aussehende Bücher. Der Mann warf die Bücher durcheinander. Martin beschaute sich den Leuchter. Was für eine läppische Aufmachung, dachte er, und das im Zeitalter Reinhardts. Der hat also ein Blatt am Kragen. Es ist übrigens kein „Blatt", sondern Eichenlaub. In diesen Dingen sind sie sehr genau.

„Sie heißen Martin Oppermann?" fragte der mit dem Eichenlaub. Das dürften sie nun endlich wissen, denkt Martin. Standarte heißt das, fällt ihm ein. Standartenführer heißt so einer mit dem Laub, das ist schon ein ganz Großer, ein Räuberhauptmann. „Ja", sagt er. „Sie haben sich Anordnungen der Regierung widersetzt?" fragt man ihn hinter dem Leuchter. „Nicht daß ich wüßte", sagt Martin. „In diesen Zeiten", sagt jetzt ernst der mit dem Eichenlaub, „ist Widerstand gegen die Anordnungen des Führers eine landesverräterische Handlung." Martin zuckt die Achseln. „Ich habe mich den Anordnungen meines Packers Hinkel widersetzt", sagt er, „von dem mir nicht bekannt ist, daß ihm irgendeine amtliche Funktion zugewiesen worden wäre." — „Schreiben Sie", sagt der mit dem Eichenlaub, „der Angeklagte leugnet und macht Ausflüchte. Führen Sie den Mann ab", ordnet er an.

Der Zweigesternte und drei andere brachten Martin die Treppen wieder hinunter und dann noch tiefer, über schlechterleuchtete Stufen. Dies also ist der Keller, dachte Martin. Man kam jetzt vollends ins Dunkle, es ging durch einen langen Gang. Man packte Martin hart an den Armen. „Gehen Sie im Schritt, Mensch", sagte eine Stimme. Es war ein langer Korridor, es ging um eine Ecke, um noch eine. Jemand leuchtete ihm mit einer elektrischen Lampe ins Gesicht. Nun ging es ein paar Stufen hinauf. „Bleib im Schritt, Kerl", sagte man zu ihm und schubste ihn in den Rücken. Was für kindische Methoden, dachte Martin.

Man mochte ihn zehn Minuten kreuz und quer geführt haben, dann stieß man ihn in einen größeren, dämmerigen Raum. Das hier sah ernster aus. Auf Lumpen und Pritschen lagen Menschen, ihrer zwanzig bis dreißig, halbnackt, blutig, stöhnend, übel anzuschauen. „Sag: Heil Hitler, wenn du wo eintrittst", kommandierte einer von seinen Begleitern und stieß ihn in die Seite. „Heil Hitler", sagte folgsam Martin. Sie schoben sich durch die engen Reihen der übel Anzuschauenden, Stöhnenden. Geruch von Schweiß, Kot, Blut war im Raum. „In Warteraum 4 ist kein Platz mehr", sagte der Zweigesternte.

Man brachte Martin in einen andern Raum, der kleiner war, grell erleuchtet. Hier standen ein paar Menschen, mit dem Gesicht gegen die Wand. „Stell dich hierher, Saujud", sagte man zu Martin, und er mußte sich neben die andern stellen. Ein

Grammophon spielte das Horst-Wessel-Lied. „Die Straße frei den braunen Bataillonen", quäkte es. „Die Straße frei dem Sturmabteilungsmann. Es schaun aufs Hakenkreuz voll Hoffnung schon Millionen. Der Tag für Freiheit und für Brot bricht an." — „Mitsingen", kommandierte man. Knüppel wurden geschwungen, und die mit dem Gesicht zur Wand sangen. Dann wurde eine Platte mit einer Rede des Führers gespielt, dann wieder das Horst-Wessel-Lied. „Grüßen", kommandierte man, und wer Arm oder Finger beim altrömischen Gruß nicht stramm genug hielt, bekam einen Schlag auf Arm oder Finger. „Mitsingen", hieß es dann wieder. So ging es eine Weile. Dann wurde das Grammophon abgestellt, und es war nun völlige Stille im Raum.

Das mochte so eine halbe Stunde dauern. Martin wurde sehr müde, er drehte vorsichtig den Kopf zur Seite. „Willst du still stehn, Mensch", sagte einer und schlug ihn über die Schulter. Es tat weh, aber eigentlich nicht sehr. Dann begann wieder das Grammophon. Die Nadel ist abgenützt, dachte Martin, und ich bin hundemüde. Einmal wird es denen auch zu langweilig werden, meinen Rücken anzuschauen. „Wir beten jetzt das Vaterunser", kommandierte die Stimme. Gehorsam sagten sie das Vaterunser her. Martin hatte es lange nicht gehört, er hatte nur eine vage Ahnung. Er achtete genau auf die Worte, eigentlich waren es gute Worte. Das Grammophon verkündete die fünfundzwanzig Punkte des Parteiprogramms. Jetzt habe ich ja mein Training in einem gewissen Sinn, dachte Martin. Liselotte hängt jetzt sicher an der Strippe und telefoniert. Mühlheim auch. Liselotte, das ist das Schlimmste.

Zwei Stunden stehen, das klingt nach nichts. Aber es ist nicht leicht für einen Mann, nahe den Fünfzig, und keiner körperlichen Anstrengung gewohnt. Das grelle Licht und sein Widerschein an der Wand quälte Martins Augen, das Gequäk des Grammophons seine Ohren. Aber dann, ihm schien es eine Ewigkeit, es waren zwei Stunden, wurde es ihnen wirklich zu langweilig. Sie befreiten ihn von der Wand, führten ihn wieder über Treppen und durch dunkle Gänge und schließlich in ein kleines Zimmer, ziemlich dunkel. Diesmal saß einer mit drei Sternen vor einem Tisch mit einem Leuchter. „Haben Sie noch einen Wunsch? Oder haben Sie sonst noch etwas zu bestellen?" fragte er Martin. Martin überlegte. „Grüßen Sie Herrn Wels", sagte er schließlich undurchsichtig. Der andere schaute ihn unsicher an.

Wieder übernahmen ihn die Jungens. Martin hätte sich am liebsten mit ihnen unterhalten, aber er war zu müde. Der nächste, der mit ihm sprach, war der Packer Hinkel. Er war nicht in Uniform. „Ich habe mich für Sie eingesetzt, Herr Oppermann", sagte er, ihn aus seinen engen Augen musternd. „Schließlich war man einige Jahre zusammen. Ich glaube, es ist besser, Sie geben nach. Unterschreiben Sie, daß Sie sich den Anordnungen des Betriebsrats fügen und die vier Leute entlassen, und Sie sind frei." — „Sie meinen es wahrscheinlich gut, Herr Hinkel", sagte friedfertig Martin. „Aber hier unterhandle ich nicht mit Ihnen. Über Geschäfte verhandle ich nur in der Gertraudtenstraße." Der Packer Hinkel zuckte die Achseln.

Man wies Martin eine Pritsche an in einer kleinen Kammer. Er hatte Kopfschmerzen; auch die Stelle am Rücken, auf die man ihn geschlagen hatte, schmerzte jetzt. Er versuchte, sich die Sätze des Vaterunsers ins Gedächtnis zurückzurufen. Aber die hebräischen Worte des Totengebetes, die er unlängst gesprochen hatte, drängten vor. Es war gut, allein zu sein. Er war sehr erschöpft. Aber man schaltete das Licht nicht aus, das hinderte ihn am Schlafen.

Noch bevor die Nacht um war, wurde er wieder in den Raum gebracht, wo man ihn aufgenommen hatte. Hinter dem Tisch mit dem Leuchter saß jetzt einer ohne Laub, mit nur zwei Sternen. „Sie können gehen, Herr Oppermann", sagte er. „Es sind nur noch einige Formalitäten zu erfüllen. Wollen Sie, bitte, das hier unterschreiben." Es war eine Bestätigung, daß er gut behandelt worden sei. Martin las, wiegte den Kopf. „Wenn ich zum Beispiel meine Angestellten so behandelte", sagte er, „ich weiß nicht, ob sie mir das bestätigten." — „Sie wollen doch nicht sagen, Herr", schnarrte der Mensch, „daß Sie hier schlecht behandelt worden seien?" — „Wollen?" fragte Martin zurück. „Schön", sagte er, „ich werde es nicht sagen." Er unterschrieb. „Dann wäre noch das da", sagte der Mensch. Es war eine Anordnung, zwei Mark zu bezahlen, eine Mark für Unterkunft, eine Mark für Verpflegung und Behandlung. Die Musik ist frei, dachte Martin. Er bezahlte, bekam eine Quittung. „Guten Morgen", sagte er. „Heil Hitler", sagte der Zweigesternte.

Martin, wie er hinaus ins Freie trat, fühlte sich plötzlich hundeelend. Es regnete, die Straße war leer, es war lange vor dem Morgen. Es sind noch nicht vierundzwanzig Stunden, daß sie ihn geholt haben. Wenn er nur nach Hause kommt. Die Beine sind ihm so weich, sie sacken unter einem weg. Ein Königreich für eine Taxe. Da ist ein Schupo. Der Schupo schaut ihn scharf an. Vielleicht hält er ihn für betrunken, vielleicht auch sieht er ihm an, daß er aus dem Landsknechtsquartier kommt. Die Staatspolizisten hassen die völkischen Landsknechte, sie nennen sie die „Braune Pest", ekeln sich vor ihnen. Jedenfalls hält der Schupo still und fragt Martin freundlich: „Was haben Sie, Herr? Ist Ihnen nicht wohl?" „Vielleicht könnten Sie mir eine Taxe besorgen, Herr Wachtmeister", sagt Martin. „Mir ist wahrhaftig soso." — Gemacht, Herr", sagt der Schupo.

Martin setzt sich auf den Treppenvorsprung eines Hauses. Er hält die Augen geschlossen. Die Schulter, wo er den Hieb bekommen hat, schmerzt ihn jetzt ernstlich. Es ist ein sonderbarer Anblick, den Chef des Möbelhauses Oppermann so auf der Straße hocken zu sehen, ziemlich zerbeult, heruntergekommen. Aber er steht nicht mehr, er sitzt, er kann die Augen geschlossen halten; eigentlich, so übel ihm ist, fühlt er sich wohl. Und wie gut tut der leichte Regen. Die Taxe kommt, der Schupo hilft ihm hinein, er kann noch die Adresse angeben. Dann sitzt er in der Taxe, schräg, mehr liegend, wie tot, schläft, schnarcht, gegen seine Gewohnheit, es ist ein Gemisch von Röcheln und Schnarchen.

Der Chauffeur, wie er an dem Haus in der Corneliusstraße ankommt, läutet. Liselotte selber öffnet, hinter ihr, halb angezogen, ist der Portier, verstört und erfreut, wie er Martin erblickt.

Zusammen mit ihm hilft sie Martin hinauf. Im Wintergarten bringen sie ihn nicht weiter. Er sitzt da, in einem Sessel, hat die Augen wieder geschlossen, schläft, schnarcht.

Auch das Mädchen ist inzwischen wach geworden, sie kommt, sieht Martin, sagt irgendwas Erschrecktes, Erfreutes. Liselotte hat wirklich den ganzen Tag herumtelefoniert, wie Martin vermutet hatte. Sie ist eine tapfere Frau, aber in den letzten Wochen hat sie viel erlebt. Man hat schauerliche Dinge gehört über das, was die Völkischen mit ihren Gefangenen anstellen. Der Rechtsanwalt Josephi, als sie ihn zurückbrachten, war auf den Tod mißhandelt, die Nieren waren ihm abgetrennt; alle Ärzte erzählen von Gefangenen der Völkischen, die in sehr üblem Zustand zu ihnen gebracht wurden. Liselotte hat wüste Phantasien gehabt. Wie sie jetzt vor Martin steht, wie sie ihn sieht, schlafend, schnarchend, in seinem Sessel, in einem der nicht bequemen Oppermann-Sessel des Wintergartens, kann sie sich nicht halten. Sie schreit, trotzdem das Mädchen dabei ist, ihr helles Gesicht ist rot und ganz verwüstet, dicke Tränen laufen ihr darüber, sie heult hinaus, sie wirft sich über den schlafenden Mann, tastet ihn ab. Er wacht auf, blinzelt schlaftrunken, hat etwas wie ein Lächeln. „Liselotte", sagt er. „Nu, nu, Liselotte, man nicht so heftig." Dann hat er wieder die Augen zu, schnarcht, und sie bringt ihn zusammen mit dem Mädchen zu Bett.

Gustav fuhr auf einem der netten, kleinen Dampfer über den Luganer See. Er kam von dem Dörfchen Pietra, wo er ein Haus besichtigt hatte, es zu mieten oder zu kaufen. Sein Haus in Berlin hatten die Völkischen beschlagnahmt; es stand fest, daß er so bald nicht nach Berlin zurückkehren konnte.

Wenn er das Haus oben in Pietra mietet, wird er es vielleicht nicht allein bewohnen müssen. Vielleicht bleibt Johannes Cohen länger, vielleicht kann er ihn bereden, ein paar Monate mit ihm dort oben zu bleiben.

Ja, morgen wird Johannes Cohen hier in Lugano sein, sein Jugendfreund. Vor zwei Tagen hat Gustav das Telegramm bekommen. Er ist sehr erregt. Soll er sich vor dieser Begegnung fürchten, soll er sich darauf freuen? Sein ganzes Wesen ist aufgerührt. Kampftage wird es auf alle Fälle geben.

Man kann sich mit diesem Burschen Johannes nicht vertragen, aber man kommt auch nicht los von ihm. Jahrelang, jahrzehntelang hat Gustav sich mit ihm herumgestritten; hundertmal hat er sich gesagt: nun aber endgültig Schluß. Aber er hat niemals Schluß gemacht. Dieser Johannes Cohen ist ein Mensch, der einen reizt, daß man rot sieht, der einen umwirft, zu neuen Gedanken zwingt; aber wer ihn einmal richtig begriffen hat, muß immer wieder zu ihm zurück.

Vierzehn Monate jetzt hat Johannes nichts von sich hören lassen. Nicht einmal zu seinem fünfzigsten Geburtstag hat er ihm gratuliert. Dabei ist, was Gustav getan hat, auch für den Empfindlichsten kein Anlaß zum Bruch. Gustav hat ihm im vorigen Winter, als gerade die Studentenkrawalle besonders stürmisch waren, in einem eindringlichen Brief geraten, er solle doch nun endlich seine Leipziger Professur hinschmeißen. Hat Johannes nicht erreicht, was er gewollt hat? Nach dem Welterfolg seines Buches „Von der List der Idee oder Hat die Weltgeschichte Sinn?", nachdem so viele ausländische Universitäten sich um ihn bewarben, hat ihm ja der widerstrebende Senat endlich den ordentlichen Lehrstuhl für Philosophie angeboten. Konnte er sich damit nicht begnügen? Die Leipziger Studenten wollten ihn eben einfach nicht. Gab es nicht jeden zweiten Tag Tumulte? Konnte er nicht von den Einnahmen aus seinen Büchern besser und friedlicher leben? Mußte er, dem der sächsische Dialekt so verhaßt ist, ausgerechnet in dieser schwierigen Situation in Leipzig bleiben, inmitten von Studenten, die ihn anpöbeln, noch dazu auf sächsisch? Hatte er es nötig, vor einem Katheder zu sitzen und darauf zu warten, daß die Polizei ihm die Möglichkeit verschaffe, seinen Vortrag zu beginnen? Warum mußte er Studenten belehren, die durchaus nicht belehrt sein wollten? Diejenigen, die es wert sind, konnte er doch auch durch Bücher erreichen.

Das also hat Gustav seinem Freunde Johannes Cohen geschrieben, vor vierzehn Monaten. Aber dieser Johannes hat nicht geantwortet. Hat seitdem überhaupt nichts mehr von sich hören lassen. Gustav hat es sich nicht eingestehen wollen, aber das Schweigen des Freundes hat ihn das ganze Jahr über bitter gekränkt. Johannes selber nahm sich von jeher das Recht, an jedem andern höhnisch, bösartig herumzumäkeln. Wie oft, als sie gemeinsam studierten, hat er ihn angepumpt und ihn im gleichen Atem aufs gröblichste verlacht. Versuchte man aber, ihm einen Rat zu geben, behutsam, freundschaftlich, dann schlug er bösartig zurück, oder, noch schlimmer, schwieg hochmütig, mehr als ein Jahr lang. Jetzt also hat es sich erwiesen, daß Gustav recht gehabt hat damals mit seinem Brief; sie haben Johannes mit Hohn davongejagt. Aber das ist, weiß Gott, keine Genugtuung für Gustav. Gewiß, die Verbissenheit, mit der sein Freund auf seinem Platz ausharrte, hat ihn scheußlich geärgert, aber im Grund hat er Respekt gehabt vor dieser Verbissenheit, so unvernünftig sie war, hat Johannes darum beneidet. Ja, wenn er ganz ehrlich sein will, war diese Zähigkeit ein stiller, ständiger Vorwurf für ihn.

Er hat groß aufgeatmet, wie er vor ein paar Tagen den Brief des Johannes bekommen hat. Daß er jetzt, da er einen Freund brauchte, sich an ihn wandte, machte ihn stolz. Sofort hat er ihm depeschiert, er möge kommen. Morgen also wird Johannes da sein. Gustav lief auf dem Verdeck des kleinen Dampfers hin und her, mit seinem steifen, schnellen Schritt, mit ganzer Sohle auftretend. Das gelbbraune, scharfnasige, gescheite, hochmütige, lebendige Gesicht des Freundes stand verlockend vor ihm. Er sehnte sich freudig nach dieser geistigen Massage.

Der Frühling am Luganer See war heuer schöner als seit vielen Jahren; es war sehr warm, ein wildes, sanftes Blühen war ringsum. Es wäre fein, wenn er Johannes dahin kriegen könnte, ein paar Monate mit ihm da oben zu hausen. Die erzwungene Entfernung von Berlin erscheint Gustav plötzlich fast als ein Geschenk. Es ist ein Geschenk, wenn ein Mann von fünfzig Jahren Aussicht hat, sich nochmals von Grund auf umzukrempeln. Mit Hilfe des Johannes kann ihm das glücken.

Der Dampfer legte an. Gustav ging die Strandpromenade entlang. Mußte viele Grüße erwidern. Er wollte allein sein. Ging bis zum äußersten Ende der Promenade, setzte sich dort auf eine Bank.

Sehr viele haben Deutschland verlassen, aber sehr viel mehr sind geblieben. Die Völkischen können nicht alle ihre Gegner totschlagen oder einsperren; denn zwei Drittel der Bevölkerung sind ihre Gegner. Man sucht nach einem modus vivendi. Die sonderbarsten Beziehungen, menschliche, geschäftliche, laufen in dieser Zeit der Neuordnung zwischen den Völkischen und ihren Feinden. Hunderttausende steigen hoch, Hunderttausende fallen, sichtbarlich. „Wir steigen, fallen, werden hin und her geweht. / Wir sind wie Eimer am Rad des Brunnens, / Das Schicksal füllt den einen, leert den andern, / Zieht hoch, senkt, kettet Feindliches zusammen, / Sich Streitendes, launisch, ein spielendes Kind." Ja, die Aufsteigenden und die Sinkenden waren miteinander verknüpft, und sie spürten es. Überall boten die Verfolger den Verfolgten an, ihnen Stellungen oder Vermögen zu retten, sofern sie sie nur daran teilnehmen ließen, und die ganze völkische Revolution, sah man genauer hin, zerfiel in Millionen kleiner Geschäfte auf Gegenseitigkeit.

Gustav, an diesem schönen Nachmittag, abgeklärt, voll freudiger Spannung auf die Ankunft seines Freundes, bedachte nachsichtig die merkwürdigen Anekdoten, die man ihm erzählt hatte.

Der Maler Holsten war ein Künstler zweiten Ranges gewesen, gutmütig, großspurig, war heruntergekommen. Aber in den Zeiten seines Glanzes hatte er seinen Kammerdiener generös und freundschaftlich behandelt, und dieser Mann war jetzt Kammerdiener eines völkischen Ministers. Der Kammerdiener hatte savoir-vivre, wußte sich zu revanchieren, und der Maler bestimmte heute, wer das Präsidium der maßgebenden Künstlerverbände übernehmen, wer Staatsaufträge erhalten sollte.

Ein völkischer Anwalt, ein Hauptschreier in dem Kampf um die Vertreibung der Juden aus der Justiz, verhalf einem jüdischen Anwalt zur Flucht über die Grenze. „Ich rechne damit, Kollege", sagte er zum Abschied, „daß Sie mir im Bedarfsfall den gleichen Dienst leisten." Viele unter den neuen Herren suchten Rükkendeckung bei den jetzt Verfolgten für den Fall des Zusammenbruchs.

Ein bißchen unbehaglich dachte Gustav an seinen Freund Friedrich Wilhelm Gutwetter. Er hat einen Essay von ihm gelesen, der in großen, feierlichen Worten den „Neuen Menschen" verkündete und der in den Kreisen der Völkischen bejubelt, in den Kreisen der Gegner bedauert, angegriffen, verlacht wurde. Gustav, überzeugt von der unbedingten Ehrlichkeit seines Freundes, wäre froh, wenn der Aufsatz nicht geschrieben worden wäre. Gestern hat er einen Brief von Gutwetter bekommen. Gutwetter, da Gustavs Reise sich länger hinziehe, bat ihn um die Erlaubnis, die Bibliothek in der Max-Reger-Straße auch in seiner Abwesenheit benützen und dort arbeiten zu dürfen.

Während Gustav diese Dinge überdachte, abwägend, nachsichtig, kam ein junger Herr vorbei, anfangs der Dreißiger, breit von Wuchs, knöchernes, viereckiges Gesicht. Gustav kannte ihn, es war ein gewisser Dr. Bilfinger, ein junger, reicher Herr aus dem Süddeutschen. Gustav hat ihn schon gestern und vorgestern wahrgenommen. Der junge Mensch war auffällig, wie er in seinem hechtgrauen Frühjahrsüberzieher herumging, immer allein, sehr korrekt angezogen, steifer Kragen, immer den Hut in der Hand, mit sich selber beschäftigt, die Augen eng vor sich hin gerichtet. Er zögerte, als er Gustav sah, trat schließlich heran, fragte, ob er sich zu ihm setzen dürfe. Er hatte offenbar etwas auf dem Herzen. Gustav, in seiner frischen, gefälligen Art, ermutigte den schwerfälligen Herrn. Ja, sagte der schließlich, er habe allerhand zu erzählen, und gerade zu Gustav möchte er sprechen. Er habe durch seinen Freund Frischlin einiges über Gustav gehört, Gustav sei eigentlich ein Beteiligter, und er möchte sich in einem gewissen Sinn bei ihm entschuldigen. Gustav war betroffen durch die Erwähnung Frischlins. An sich war das nicht weiter merkwürdig; er erinnerte sich jetzt auch, von Frischlin manchmal den Namen Bilfinger gehört zu haben. Aber es schien ihm, als habe er in letzter Zeit, fast absichtlich, Frischlin vergessen, er dachte an die Schienen des Bahnhofs von Bern, die wie Fäden gewesen waren, und dieser junge Bilfinger schien ihm ein

Sendbote Frischlins. Er schaute ihn an. Dr. Bilfinger saß da in seinem hechtgrauen Überzieher, korrekt, das viereckige Gesicht mit dem kurzen, hochgebürsteten Haar schien vertrauenswürdig, besessen von einer Idee. „Bitte, sprechen Sie, Dr. Bilfinger", forderte Gustav ihn auf. Aber Bilfinger antwortete, er habe böse Erfahrungen gemacht, er möchte nur an einem Ort berichten, wo man vor Spionen sicher sei. Er schlug ihm vor, nach dem Essen irgendwo mit ihm hinauszufahren. Im Freien könne man ungestört erzählen und hören.

Des Nachmittags dann saßen sie auf einer kleinen Rasenböschung am Seeufer, in der Sonne, und Dr. Bilfinger erzählte. Er war im Schwäbischen gewesen, auf einem Gut, das er einmal erben soll, in der Nähe von Künzlingen, bei seinem Onkel, dem Senatspräsidenten von Daffner. Am 25. März nun war er nach dem Orte Künzlingen gefahren, um Geld von der Bank zu beheben. Er hatte mitangesehen, wie völkische Truppen unter Führung des Standartenführers Klein aus Heilbronn den Ort besetzten, die Synagoge umstellten, den Gottesdienst — es war ein Samstag — unterbrachen. Sie trieben die Männer aus der Synagoge und schlossen die Frauen dort ein, ohne ihnen zu sagen, was weiter mit den Männern geschehen werde. Die Männer brachten sie aufs Rathaus und untersuchten sie „auf Waffen". Warum die Männer zum samstäglichen Gottesdienst in die Synagoge Waffen mitgenommen haben sollten, blieb unerfindlich. Wie immer, es wurde jeder einzelne mit Stahlruten und Gummiknüppeln geschlagen, so daß die meisten, als sie das Rathaus verließen, erbärmlich ausschauten. Ein Siebzigjähriger, ein gewisser Berg, starb am gleichen Tag; am Herzschlag, erklärte man später. Der Bürgermeister riet den Juden, die zumeist sehr beliebt waren, sie möchten Künzlingen sogleich verlassen, er könne für ihre Sicherheit nicht einstehen. Aber nur wenige konnten seinen Rat befolgen, die meisten mußten das Bett hüten.

Ihn, Bilfinger, habe das Geschehene aufgerührt, und er sei, begleitet von seinem Onkel, dem genannten Herrn von Daffner, in die Landeshauptstadt Stuttgart gefahren und dort bei dem stellvertretenden Polizeiminister vorstellig geworden. Der, ein gewisser Dr. Dill, rief sogleich den Bürgermeister von Künzlingen an. Der Bürgermeister, sich windend, gab bald die Vorgänge zu, bald bestritt er sie. Die Völkischen nämlich hatten gedroht, jeder, der etwas von den Mißhandlungen laut werden lasse, werde daran glauben müssen. Der Minister, um Klarheit zu schaffen, schickte, unter Führung der Polizeiräte Weizenäcker und Geißler, die Stuttgarter Mordkommission nach Künzlingen. Diese Kommission stellte fest, daß Bilfingers Bericht hinter der Wahrheit weit zurückblieb. Aber die Untersuchung hatte die einzige Folge, daß einer der Völkischen auf vier Tage in Untersuchungshaft gehalten und der Standartenführer Klein aus Heilbronn strafweise zu einer anderen Standarte versetzt wurde. In der führenden Stuttgarter Zeitung lautete der Bericht über die Vorgänge folgendermaßen: „In der Nähe von Mergentheim wurden eine Anzahl Einwohner auf Waffen untersucht. Bei der Durchsuchung sollen einige nicht gutzuheißende Mißhandlungen vorgekommen sein, weshalb einer der Untersucher festgenommen wurde."

Er sei Jurist, fuhr Bilfinger fort, gelernter, passionierter Jurist, und ihn habe es gekratzt, daß Handlungen, die so offensichtlich gegen klare Paragraphen des Reichsstrafgesetzbuches verstoßen, nicht bestraft werden sollten. Er habe sich weiter umgeschaut in der Gegend zwischen Mergentheim, Rothenburg und Crailsheim. Authentisches Material zusammenzukriegen, sei nicht leicht; denn die Mißhandelten seien arg verschüchtert, einige verschreckt bis an den Rand des Irrsinns. Man habe sie bedroht, auch ihre Frauen und Kinder: wenn sie nur einen Muckser täten, werde man sich zu rächen wissen. Jetzt ließen einen die Leute nicht heran, weigerten sich mit verstörten Gesichtern, irgend etwas auszusagen. Trotzdem habe er Verwundete zu sehen bekommen, auch vernehmen können, er habe glaubwürdige Augenzeugen gesprochen, Beamte der Staatspolizei, Ärzte der Mißhandelten, habe Photos gesehen. Soviel stehe fest: es haben in dieser Gegend Störungen der öffentlichen Ordnung stattgefunden, organisierte Pogrome, der Tatbestand des Landesfriedensbruchs ist zweifelsfrei gegeben.

In dem Flecken Bünzelsee zum Beispiel mußten dreizehn jüdische Männer in Prozession durch die Straßen ziehen, unter Schlägen, der vorderste eine Fahne in der Hand, rufend: „Wir haben gelogen, wir haben betrogen, wir haben unser Vaterland verraten." Es wurden den Männern Bart- und Kopfhaare ausgerissen, sie wurden übel mit Stahlruten und Gummiknüppeln geschlagen. In dem Orte Reidelsheim schlugen die Völkischen neben anderen Juden einen Lehrer, von dem sie mit den Worten „Isidor, wo ist deine Liste?" ein Verzeichnis der von den Juden zu boykottierenden Firmen verlangten, das es nicht gab. Der Lehrer wurde dermaßen mißhandelt, daß ein Verwandter, namens Binswanger, der ihn am späteren Abend besuchte, beim Anblick seiner Wunden einen Herzschlag erlitt. Der behandelnde christliche Arzt, ein Dr. Staupp, bat den Daniederliegenden, ihn von der ärztlichen Schweigepflicht zu entbinden; er wolle in diesem Deutschland nicht länger leben, sondern fortgehen und aussagen, was er gesehen habe.

In Weißach wurden die neun angesehensten jüdischen Männer im Rathaus, das Gesicht zur Wand, an die Mauer gestellt. Sie wurden „vernommen". Wandte einer beim Antwortgeben mechanisch den Kopf von der Wand weg dem Fragenden zu, dann wurde er geohrfeigt. Es waren unter den so „Verhörten" zwei, die den Krieg als Frontoffiziere mitgemacht hatten, einer von ihnen hatte seine Hand verloren. Viele aus der christlichen Bevölkerung gaben ihrem Schmerz und ihrer Empörung über diese Vorgänge laut Ausdruck.

In Oberstetten lag eine alte jüdische Frau im Sterben. Die Völkischen führten ihre beiden Söhne vom Sterbebett weg und durchsuchten das Haus „nach Waffen". Der anwesende Beamte der Staatspolizei erklärte, er schaue sich das nicht mehr länger mit an. Die Frau starb, ohne ihre Nächsten bei sich zu haben, der Beamte verlor seine Stellung.

Da die württembergischen Behörden, erzählte Bilfinger weiter, abgesehen von der viertägigen Untersuchungshaft des einen Landsknechts, offenbar nicht daran dachten, die Pogrome zu ahnden, seien er und sein Onkel, der Senatspräsident, nach

Berlin gefahren, um bei den Maßgebenden des neuen Reichs zu protestieren. Aber man habe überall nur Achseln gezuckt: eine Revolution sei kein Fünf-Uhr-Tee, und als sie bestanden hätten, sei man unangenehm geworden. Man sehe es durchaus nicht gern, wenn Privatpersonen sich mit Dingen der Justiz abgäben. Ein Referendar sei zu zehn Monaten Gefängnis verurteilt worden, nur weil er Listen derjenigen angefertigt hatte, die nach den amtlichen Meldungen bei politischen Zusammenstößen erschlagen worden waren. Zuletzt habe ein Wohlwollender sie gewarnt, sie sollten schleunigst über die Grenze verschwinden; sie liefen sonst Gefahr, in Schutzhaft genommen zu werden. Schutzhaft sei eine administrative Maßnahme. Sie werde verfügt, sowohl um die Öffentlichkeit vor dem Häftling, wie um den Häftling vor der Öffentlichkeit zu schützen; „ihn vor dem gerechten Zorn des Volkes zu bewahren", heiße das in der Ausdrucksweise der neuen Obrigkeit. Es stehe im Belieben der Landsknechtsführer und der Geheimpolizei, diese Schutzhaft zu verhängen. Man werde keinem Richter vorgeführt, die Gründe würden einem nicht mitgeteilt, es gebe keine Beschwerde, keine Befristung, kein Anwalt werde zugelassen. Vollzogen werde die Schutzhaft in den Konzentrationslagern. Diese hätten als Besserungsanstalten etwa im Sinne des Paragraphen 362 des Reichsstrafgesetzbuches zu gelten. Die Konzentrationslager seien Hoheitsbereich der Landsknechtsarmee, und diese verbitte sich die Einmischung jeder anderen Behörde. Die Landsknechte rekrutierten sich zumeist aus sehr jugendlichen Arbeitslosen. Diese also hätten den Insassen, Professoren, Schriftstellern, Richtern, Ministern, Parteiführern, „die für den Geist der neuen Zeit erforderlichen Eigenschaften" anzuerziehen.

Dies erzählte Dr. Bilfinger, auf einer rasigen Erhöhung am Ufer des Luganer Sees sitzend. Er berichtete in trockenen, beamtenhaften Wendungen, umständlich, er war kein guter Erzähler. Sein schwäbisch behaglicher Tonfall stand in seltsamem Gegensatz zu dem Erzählten. Er saß da in seinem hechtgrauen Überzieher, still, er ließ keine Einzelheit aus, sein Bericht dauerte fast eine Stunde. Gustav hörte zu. Er saß etwas unbequem, so daß ihm die Beine allmählich einschliefen, aber er veränderte ihre Haltung nur selten. Zu Anfang zwinkerte er manchmal nervös mit den Augen, aber dann wurde auch sein Blick unbewegt. Er unterbrach Bilfinger mit keinem Wort. Er hatte viel und Schlimmeres gehört, aber die juristisch sachliche Art dieses jungen Menschen machte ihm die Bilder von Schmutz und Blut körperhafter als die aller andern Berichte. Er hörte gut zu, leidenschaftlich. Er verschlang, was der andere sagte, nahm es ganz in sich auf, so daß es nicht nur Wissen wurde, sondern sogleich Gefühl, ein Teil seines Selbst.

Bilfinger hatte langsam erzählt, gleichmäßig, ohne Pause. Bisher, sagte er, habe er immer nur über einzelne Fälle berichten können. Dies sei das erstemal, daß er im Zusammenhang berichte, ohne vorsichtig umschreibende Wendungen, sachlich, wie es einem ordentlichen Juristen zukommt. Gustav müsse ihn, bitte, verstehen, drängte er. Es seien nicht die einzelnen Verbrechen, die ihn so erregt hätten, sondern es sei die Tatsache, daß sie ungesühnt blieben. Er sei von Grund auf deutsch, er sei Mitglied des Stahlhelms, aber er sei auch von Grund auf Jurist. Daß es unter einem Volk von fünfundsechzig Millionen Menschen Gewalttätige gebe, geistig Arme, das sei begreiflich: aber daß die Un-„Gesittung", das Un-„Recht" des Urwaldmenschen als Sinn und Norm der Nation verkündet und in Reichsgesetzen festgelegt werde, dessen schäme er sich als Deutscher. Die kalten Pogrome gegen Arbeiter und Juden, der in der Gesetzgebung festgelegte anthropologische und zoologische Unsinn, der legalisierte Sadismus, das sei es, was ihn so errege. Er stamme nun einmal aus einer alten Juristenfamilie, und er sei der Meinung, ein Leben ohne Recht sei nicht lebenswert. Er könne nichts anfangen mit diesem deutschen Recht, das die neuen Machthaber an Stelle des römischen eingeführt haben, und das auf dem Grundsatz basiere, Mensch sei nicht gleich Mensch, sondern der deutschvölkische Mensch sei von Geburt aus der Herr, somit allen andern überlegen und nach andern Rechtsgrundsätzen abzuurteilen als der nichtvölkische. Er könne beim besten Willen die Verfügungen der völkischen „Gesetzgeber" nicht als Gesetze anerkennen; denn diejenigen, die diese Gesetze erließen, seien zum Teil nach der Rechtsordnung sämtlicher weißer Völker als Verbrecher zu bestrafen, zum Teil seien sie nach den Gutachten maßgeblicher Ärzte in Irrenhäuser einzusperren. Ein Mann, der nach rechtsgültigem Urteil schwedischer Richter als nicht im Vollbesitz seiner normalen geistigen Kräfte nicht zum Vormund des eigenen Kindes tauge, tauge nicht zum Vormund von achtunddreißig Millionen Preußen. Deutschland habe aufgehört, ein Rechtsstaat zu sein. Ihn, Bilfinger, füllten diese Dinge ganz an. Er finde, die gute, deutsche Luft sei, grob herausgesagt, verstunken und verpestet durch das Geschehene, und mehr noch dadurch, daß das Geschehene keine strafrechtlichen Folgen habe. Er könne in diesem Lande nicht mehr leben. Er habe alle seine Aussichten in Deutschland hingeschmissen und Deutschland verlassen. Er starrte vor sich hin durch seine große, goldgerahmte Brille, mit eckigem, verbittertem Gesicht. „Sie haben die Maßstäbe der zivilisierten Welt zerbrochen", sagte er, verbissen, schwäbisch, wütend, hilflos.

Gustav schwieg. „Sie haben die Maßstäbe der zivilisierten Welt zerbrochen", war es noch in seinen Ohren, in dem schwäbischen Tonfall des jungen Menschen. „Sie haben die Maßstäbe der zivilisierten Welt zerbrochen." Er sah einen Menschen mit einem gelben Zentimeterstab an einem kleinen Ding herummessen. Es mochte fünfzehn Zentimeter hoch sein, höchstens zwanzig. Der Mensch maß und maß nochmals, und dann zerbrach er den Zentimeterstab und schrieb an: „2 Meter." Und dann kam ein anderer und schrieb an: „2,50 Meter."

Gustav schwieg mehr als eine Minute. „Warum haben Sie gerade mir das erzählt?" fragte er schließlich, seine Stimme klang unsicher, er mußte sich räuspern, um sie klarer zu bekommen. Bilfinger schaute ihn aus seinen engen Augen an, verlegen, geniert. „Es sind zwei Gründe", sagte er, „warum ich glaubte, daß das Sie anginge. Einmal, weil Sie damals jenes Manifest unterzeichnet haben gegen die Barbarisierung des öffentlichen Lebens, und dann, weil mein Freund Klaus Frischlin einmal von Ihnen gesagt hat, Sie seien ein ‚Betrachtender'. Ich weiß sehr genau, was er damit meinte; ich halte viel von meinem Freunde Frischlin." Er hatte sich leicht gerötet, er sprach geniert.

Die Sonne war hinunter, es war kalt geworden. Gustav, immer noch mit mühsamer Stimme, sagte: „Ich danke Ihnen, Dr. Bilfinger, daß Sie zu mir gesprochen haben." Dann, sehr rasch, fuhr er fort: „Es wird kalt. Wir müssen zurück."

Auf dem Rückweg sagte er: „Wir wollen jetzt nicht reden, Dr. Bilfinger. Es hat keinen Sinn, darüber zu reden." Was sollte man auch sagen zu einem solchen Bericht, wenn man Deutschland liebte? Was heißt das: liebte? Irgendein alter Vers stieg in ihm hoch, hat er selber ihn gemacht oder ein anderer: „Und liebst du Deutschland? Frage ohne Sinn. / Kann ich das lieben, was ich selber bin?"

Bilfinger sagte: „Ich habe es niedergeschrieben, mit ganz genauen Angaben, was ich selber gesehen habe, und was andre mir gesagt haben. Ich habe es vor einem Züricher Notar zu Protokoll gegeben und durch eidesstattliche Versicherungen erhärtet. So haben es auch, soweit sie ins Ausland flüchten konnten, die andern getan, die als Augenzeugen und als Opfer darüber berichten können. Wenn Sie wollen, schicke ich Ihnen das Memorandum. Aber es ist sehr lang und nicht angenehm zu lesen." — „Bitte, schicken Sie es mir", sagte Gustav.

Er konnte nicht essen an diesem Abend, konnte nicht schlafen in dieser Nacht, und der Plan, mit dem er gespielt hatte, das Haus da oben in Pietra zu mieten oder zu kaufen, erschien ihm jetzt absurd.

Der junge Dr. Bilfinger hat seine aussichtsreiche Stellung in Deutschland hingeschmissen, hat sein Deutschland aufgegeben, weil dieses geschehen konnte, ungesühnt. Und Bilfinger ist Deutscher, nur Deutscher, nur eins mit denen, die schlagen. Für ihn, Gustav, ist es schlimmer. Er ist eins mit denen, die schlagen, und eins mit denen, die geschlagen werden.

Einer wird mißhandelt, sie hauen ihn auf die Nieren, daß sie abgetrennt werden, die Knochen liegen bloß. Das hat er gelesen, das hat man ihm berichtet, aus Ostpreußen, aus Schlesien, aus Franken, aus der Pfalz. Aber es sind tote Worte geblieben. Erst jetzt, nach der Erzählung dieses jungen schwäbischen Menschen, sind die Dinge wirklich da. Jetzt sieht er sie, spürt sie. Die Schläge, von denen er gehört hat, reißen Wunden in seine eigene Haut.

Nein, er kann sich nicht hinsetzen da oben in Pietra, untätig, in diesen Zeiten.

Die Welle vergeht, des Menschen Fühlen und Denken vergeht wie die Welle. Aber dem Menschen ist es gegeben, das Unmögliche möglich zu machen. Man kann nicht in die gleiche Welle zweimal steigen, aber der Mensch kann es. Er sagt: „Steh still, Welle." Er hält das Vergängliche fest im gestalteten Wort, im gestalteten Stein, im gestalteten Schall.

Andere zeugen Kinder, um sich fortzusetzen. Ihm, Gustav, ist es manchmal gegeben, Schönheit, die er gespürt hat, andern zu vermitteln. Er ist ein „Betrachtender", hat Frischlin gesagt. Das ist eine große Verpflichtung. Hat er nicht die Pflicht, die brennende Empörung, die er gespürt hat, weiterzugeben?

Die Herrschaft der Völkischen wurde eingeleitet mit Ereignissen von einer Scheußlichkeit, wie sie das Abendland seit Jahrhunderten nicht mehr für möglich hielt. Aber sie haben Deutschland luftdicht abgeschlossen. Wer den Deutschen sagt, was in ihrem Lande geschieht, wer nur davon flüstert, wird verfolgt bis ins dritte Geschlecht. Am Kurfürstendamm in Berlin, am Jungfernstieg in Hamburg, in der Hohe Straße in Köln hat man nichts gesehen und gehört von den Scheußlichkeiten: also, triumphieren die Völkischen, sind sie nicht da. Muß man sie nicht denen am Kurfürstendamm, am Jungfernstieg, an der Hohe Straße in die tauben Ohren schreien, muß man sie ihnen nicht hinhalten vor die stumpfen Augen, auf daß endlich ihre Sinne wach werden? Ist für einen solchen Zweck sein Zorn nicht eine gute Waffe?

Am Morgen des andern Tages saß Gustav wiederum auf seiner Bank am Ende der Seepromenade, allein. Die Zusammenhänge sind sonderbar. Wenn er nicht jenes, zugegeben: überflüssige, Manifest unterzeichnet hätte, dann säße er nicht hier, hätte Bilfinger nicht gesprochen, ginge vielleicht herum als einer von jenen, die über den Kurfürstendamm, den Jungfernstieg, die

Hohe Straße gehen, blind, taub, Herz und Sinne zu. So hat es ihn hineingerissen, ein Zufall, und doch kein Zufall.

Kein Zufall. Frischlin hat gesagt, er sei ein „Betrachtender". Er weiß, was Frischlin gemeint hat. „Der Handelnde ist immer gewissenlos; Gewissen hat niemand, nur der Betrachtende." Er ist stolz, daß Frischlin ihn einen Betrachtenden genannt hat.

Der junge Bilfinger hat die „Vorgänge dokumentarisch niedergelegt", er wird ihm das Schriftstück schicken. Gustav hat körperliche Angst vor diesem Schriftstück. Er hat Angst davor, daß es in seinem Zimmer liegt, in dem kleinen, lächerlichen Hotelschreibtisch. Unten im Diningroom wird Musik gemacht werden, in der Halle getanzt, Leute werden in der Bar sitzen, trinken, flirten, und das Schriftstück mit dem nüchtern grausigen Bericht wird in der Schublade des Schreibtischs liegen.

Wäre nur erst Johannes Cohen da. Es ist verdammt schwer, das alles allein mit sich abzumachen. Gustav stellt das gelbbraune, hagere, gescheite, höhnische Gesicht seines Freundes vor sich hin. Der würde ihm Saures geben, wenn er wüßte, in welchen Himmeln und in welchen Abgründen er in der letzten Nacht gewesen ist. Gut, daß er heute abend kommt.

Er saß so tief in seinen Träumen, daß er leicht zusammenschrak, als man ihn anrief: „Hallo, Oppermann." Es war Rudolf Weinberg, Chef der großen Fabrik für hygienische Artikel. Der elegante, beleibte Herr fragte, ob er sich zu ihm setzen dürfe. Er war sichtlich erfreut, Oppermann zu treffen. Er liebte es sonst nicht, setzte er ihm auseinander, länger als zehn Minuten zu gehen; aber man muß sich ja bis ans äußerste Ende der Promenade retten, wenn man das Gemecker lossein will, mit dem einem die vielen Flüchtlinge hier die Ohren volljammern. Er hatte sich ächzend hingesetzt. „Man kann sich ja in sie einfühlen, aber es hilft doch nichts, wenn sie einem noch die paar Ferientage mit ihrem Lamento vermiesen. Es ist natürlich schlimm, sehr schlimm. Aber lassen Sie die Völkischen erst einmal sich eingerichtet haben, dann wird sich das einrenken. Alle werden sie besser, sowie sie erst wirklich oben sind. Und wirtschaftlich läßt sich ja die Geschichte nicht schlecht an. Es sind natürlich scheußliche Sachen passiert. Ohne einen Besen kann man nicht kehren. Aber, Hand aufs Herz, sind die Vorfälle nicht Ausnahmen? Und ist es nicht schon besser geworden? Wenn ich heute durch Berlin gehe, man merkt wirklich kaum einen Unterschied. Und darum Zeter und Mordio. Ist ja Mist, was sie machen. Sie reizen die Leute ja nur durch ihr Geschrei. Wenn man die Zeitungen aufschlägt, dann glaubt man, man könne in Deutschland nicht über die Straße gehen, ohne angefallen zu werden. Ich finde das nicht richtig."

Herr Weinberg saß üppig in der schönen Sonne und schüttelte den Kopf über die Unvernunft der Welt. „Hm", sagte Gustav nachdenklich, und die senkrechten Furchen waren in seiner Stirn, „Sie finden also, es ist mit den Leuten Kirschen essen? Interessant. Wirklich interessant. Sagen Sie, Weinberg", fuhr er lebhafter fort, „Sie haben doch eine Filiale in München. Wie ist es denn dort? Waren Sie in letzter Zeit einmal in München?" — „Ja", sagte Weinberg, „ich bin über München hierhergefahren." — „Können Sie mir da vielleicht mitteilen", fuhr Gustav freundlich fort, „wie es dem Rechtsanwalt Michel geht? Man hat ihm die Jacke ausgezogen, ihm die Hosen auf lächerliche Art abgeschnitten, so daß die Unterhosen herausschauten, und ihm ein Plakat um den Hals gehängt: ‚Ich werde mich nie mehr über die guten Völkischen beschweren.' So hat man ihn durch das Zentrum der Stadt geführt. Er sah ziemlich zerbeult aus. Ich habe Photos gesehen. Und wissen Sie, wie es dem Oberrabbiner von München geht? Den haben sie vor die Stadt gebracht, haben auf ihn angelegt und haben ihn schließlich, eine gute Stunde vor der Stadt, sehr dürftig bekleidet stehen lassen. Es war eine kalte Nacht. Und haben Sie was gehört von dem Rechtsanwalt Alfred Wolf? Der hat eine Geschichte gehabt mit einem christlichen Kollegen, er hatte allerlei Material in der Hand gegen diesen Kollegen. Jetzt ist der Kollege Justizminister geworden. Daraufhin verschwand Rechtsanwalt Wolf im Konzentrationslager. Haben Sie einmal was von einem Konzentrationslager gehört, Weinberg? Es gibt jetzt nämlich Konzentrationslager in Deutschland, dreiundvierzig sind es bis jetzt. Sollten sich mal eines anschauen, Weinberg. Wieviel Kilometer sind es bis Oranienburg? Einige dreißig, glaube ich. Wenn Sie einmal mit Ihrem Wagen einen Ausflug an die See machen, dann machen Sie doch Station in Oranienburg. Da können Sie allerhand sehen, Sie brauchen sich nicht groß anzustrengen. Der Rechtsanwalt Wolf also kam ins Konzentrationslager Dachau. Das ist eines von den schlimmsten. ‚Lieber Herrgott, mach mich stumm, / Daß ich nicht nach Dachau kumm', beten sie in Bayern. Aber der Rechtsanwalt Wolf war nicht stumm gewesen und kam nach Dachau. Er ist reich und hat viele Beziehungen. Man ließ die Beziehungen spielen. Es gab einiges Hin und Her. Der Führer selbst hat seinethalb beim Justizminister interveniert, aber der Justizminister bestand darauf: ‚Der Mann gehört mir.' Jedenfalls ist drei Tage später ein Polizist bei der Mutter des Dr. Wolf erschienen und hat sie gefragt, ob ihr Sohn schon früher herzleidend gewesen sei. Die Frau nahm an, ihr Sohn habe ein Herzleiden vorgeschützt, um besser behandelt zu werden. ‚Ja', sagte sie eifrig, ‚er hat schon immer ein schwaches Herz gehabt.' — ‚Also darum', erwiderte der Polizist. ‚Jetzt ist er nämlich gestorben.' Man hat die Leiche auch herausgegeben, in einem verlöteten Sarg allerdings und gegen die eidesstattliche Versicherung, daß man den Sarg nicht öffnen werde. Haben Sie in München nichts davon gehört, Weinberg?"

Der Fabrikant Weinberg rückte unbehaglich auf der Bank. Oppermann hatte nicht leise gesprochen, und hier verstand fast jeder deutsch. Ach ja, wie hat er das nur vergessen können, dieser Oppermann hatte sich ja selber exponiert, gerade noch vor Torschluß, der Idiot. „Gewiß, gewiß", begütigte er, „es ist Schreckliches geschehen. Niemand leugnet das. Ich habe es ja selber gesagt. Aber doch nur in den ersten Tagen. Jetzt hat die Regierung längst gestoppt, ich versichere es Ihnen. Und die ganze antisemitische Bewegung würde abflauen, wenn nur endlich die Juden im Ausland Ruhe gäben. Ich weiß das. Ich habe mit Maßgeblichen gesprochen. Die Leute wären froh, wenn sie diesen Punkt ihres Programms vollends abblasen könnten. Aber die im Ausland erlauben es ihnen ja nicht. Sie hetzen ja weiter, statt goldne Brücken zu bauen. Ich sage Ihnen, Oppermann, es ist in unser aller Interesse, auch in Ihrem, Übertreibungen zu dementieren. Das Jammergeschrei schädigt nur die Juden, die dringeblieben sind. Schließlich wollen Sie selber auch einmal wieder zurück."

Gustav schwieg. Herr Weinberg nahm an, seine Argumente hätten Eindruck gemacht, und versuchte, ihn vollends zu sänftigen. „Was übrigens diesen Rechtsanwalt Wolf anlangt", sagte er, „so bleibt natürlich der Fall überaus bedauerlich. Aber, unter uns, der Mann soll ein besonders übler Kunde gewesen sein. Man sagt mir, einer der unsympathischsten Zeitgenossen." — „Möglich", sagte Gustav. „Wissen Sie, Weinberg, mit der Sympathie ist das so eine Sache. Möglich, daß zum Beispiel auch Sie dem einen oder andern nicht ganz sympathisch sind. Aber würden Sie es billigen, wenn zum Beispiel ich Sie deshalb hier in den See schmisse?"

Weinberg stand auf. „Man muß Ihrer Panikstimmung einiges zugute halten", sagte er mit Würde. „Aber ich versichere Ihnen ernsthaft, Oppermann, wenn einer sich nicht selber exponiert, ist er kaum gefährdet. Ob Sie es glauben oder nicht, ich persönlich habe von dem ganzen Antisemitismus so gut wie nichts gespürt. Ich sage Ihnen, Oppermann, Sie selber werden nach einiger Zeit wieder nach Deutschland zurückkommen können. Sie werden sehen, der Schlafwagenkontrolleur wird sich für Ihr Trinkgeld genauso bedanken wie früher, und der Verkehrsschupo wird Ihrem Chauffeur genauso freundlich Auskunft geben wie vor einem Jahr." — „Sie haben recht", sagte Gustav, „man darf nicht ungenügsam sein."

Er schaute, nachdem Herr Weinberg sich entfernt hatte, vor sich hin in die heitere Landschaft, die senkrechten Furchen in der Stirn. Sein nervöses Augenzwinkern war schlimmer geworden. Er hat wenig trainiert in der letzten Zeit. Er hielt den großen Kopf zur Erde gesenkt, als suche er etwas. Herrn Weinbergs Geschwätz rührte ihn tiefer auf, als er sich selber eingestand.

Es waren viele, die es machten wie Herr Weinberg. Sie fuhren über die breiten Straßen des Berliner Westens, wohnten in ihren großen Wohnungen und wollten nicht sehen, was in andern Vierteln, was in den Kellern ihrer eigenen Häuser geschah. Sie fanden, es sei Ruhe und Ordnung in Deutschland. Sie wurden sehr böse, wenn man von den hunderttausend Menschen in den Konzentrationslagern sprach und von den vierzig Millionen, die man, auf daß sie Ruhe hielten, damit bedrohte. Sie schwiegen, sie vergruben ihr Wissen in sich, so tief, daß sie es schließlich selber nicht mehr glaubten. Sie taten sich zusammen, alle, handelnd und duldend, um die Wahrheit dumm und frech zu verfälschen. „Sie haben die Maßstäbe der zivilisierten Welt zerbrochen", hörte er deutlich die schwäbische Stimme Bilfingers, und er sah den Mann mit dem gelben Zentimeterstab und sah ihn anschreiben: „2,50 Meter."

Er sitzt da, den Kopf geneigt, finster. Malmt leise mit den Zähnen. Es ist vielleicht nutzlos, es ist vielleicht gegen die Vernunft, aber man muß reden. Sie zwingen ihre Gefangenen, sich auf eine Kiste zu stellen, Kniebeugen zu machen und auszurufen: „Ich Marxistenschwein habe mein Vaterland verraten." Man kann nicht leben und schweigen und zuschauen, wie plump und frech sie die Wahrheit verfälschen.

Er starrte vor sich hin, entrückt. Irgendwo schlug eine Uhr. Er nahm den Stundenschlag in sich auf, mechanisch erst, dann drang er ihm ins Bewußtsein. Er riß sich aus seiner Versunkenheit. Seine gewohnte Mittagszeit ist längst vorbei. Er merkt plötzlich, daß er hungrig ist, macht sich auf den Heimweg. Mit seinem raschen, steifen Schritt geht er die Promenade zurück. Verhöhnt sich. Was ist denn eigentlich mit ihm los? Was will er denn? Wohin hat er sich denn verrannt? Er ist ein Berliner Kaufmann des Jahres 1933, interessiert an literarischen Dingen, hinlänglich vermögend. Weil er eitler- und unbesonnenerweise unter ein reichlich überflüssiges Dokument eine Unterschrift gesetzt hat, sind ihm etliche Unannehmlichkeiten entstanden. Und deshalb will er unter die Propheten? Was haben reiche Leute unter den Propheten zu suchen? Das ist übrigens die richtige Deutung. „Saul unter den Propheten" bedeutet: was will der reiche Mann unter den Propheten? Aber er ist ein „Betrachtender", hat Frischlin gesagt. Weil er ein „Betrachtender" ist, hat dieser Bilfinger zu ihm geredet. Offenbar nehmen sie an, daß das verpflichtet. Unsinn. Wie romantisch, wie unzeitgemäß. Wenn Sie schon partout den Drang zum Höheren in sich spüren, Herr Dr. Oppermann, dann nehmen Sie sich gefälligst Ihren Lessing vor. Auch Herr Dr. Frischlin täte besser, sich etwas mehr mit dem Lessing zu befassen als mit der Weltordnung. Zu sagen, was ist, zu schreien, die Welt aufzurütteln, dazu sind andere berufen. Wie kommen Sie dazu, Herr Dr. Oppermann? Wer hat Sie beauftragt?

Er ging essen. Er aß gut und mit Appetit. Mit dem Hunger vergingen die läppischen, romantischen Anwandlungen. Er legte sich hin, schlief ein, schlief gut, traumlos.

Er wurde geweckt durch Bilfinger, der ihm die Dokumente brachte. Sogleich war alles wieder da, und er hätte sich am liebsten, ohne einen Augenblick zu verlieren, auf die Dokumente gestürzt. Er muß sie in sich haben, bevor Johannes Cohen kommt, damit der ihm nicht sein Gefühl verwirren kann.

Aber Bilfinger ließ es nicht zu, Bilfinger ging nicht wieder weg, Bilfinger blieb. Dr. Oppermann hatte ihn einmal angehört, er war verpflichtet, ihn weiter zu hören; die Dinge gingen ihn nicht weniger an als ihn selber. Er saß da, der leidenschaftliche Jurist Bilfinger, schaute aus seiner goldumrandeten Brille auf Gustav, sprach in trockenen, druckreifen Sätzen. Von jeher war es so, daß die Deutschen dazu neigten, das geschriebene Recht durch die Autorität eines einzelnen Führers zu ersetzen. Schon zu Zeiten der Römer hatten sie gefunden, ein für alle verbindliches Recht gehe gegen die Ehre des einzelnen, und wenn sie die Römer haßten, so war das nicht, weil diese römisches Recht, sondern weil sie Recht überhaupt bei ihnen einführen wollten. Sie lassen sich lieber aburteilen nach dem Gefühl eines Höheren, an den sie glauben, als nach vernunftgemäß festgesetzten Paragraphen. Der Führer aber leider billigt den Mord. Der Führer hat Völkische, die wegen der viehischen Ermordung eines Arbeiters abgeurteilt waren, als seine Kameraden begrüßt. So etwas bestärkt das Volk in dem Gefühl, daß es nicht auf einen Urteilsspruch ankomme, sondern lediglich auf die „jeweilige Eingebung" des Führers. Das führt dann zu Geschehnissen wie denen, die er in Württemberg erlebt hat.

Es war ihm nicht leichtgefallen, sagte er noch, aus Deutschland wegzugehen. Er ließ nicht nur Deutschland zurück, die Aussicht auf eine ehrenvolle Laufbahn, die Aussicht auf ein schönes Gut, auf dem seine Familie mehr als hundert Jahre zu Hause war, er ließ auch ein Mädchen zurück, an dem er hing. Er hat ihr jetzt die Alternative gestellt, zu ihm zu kommen und dieses Deutschland aufzugeben, bis es wieder ein Rechtsstaat sei, oder aber ihn von seinen Verpflichtungen zu entbinden.

Dies setzte Bilfinger Gustav auseinander, bekümmert, beflissen, schwäbisch und gerecht.

Gustav, während Bilfinger sprach, schaute auf die Dokumente. Da lagen sie, wie er es sich vorgestellt hatte, groß, schwer, auf dem zierlichen Hotelschreibtisch. Kaum war Bilfinger fort, stürzte er sich auf sie. Nahm sie, las sie. Ja, es ging von ihnen die gleiche Erregung aus wie gestern von Bilfingers Bericht. Wieder wurden ihm die trockenen Worte leibhaft. Der organisierte Sadismus, das raffiniert ausgeklügelte System von Demütigungen, die bürokratisierte Zerschlagung der Menschenwürde, alle die Geschehnisse, von denen die Dokumente nüchtern, beamtenhaft berichteten, wandelten sich ihm in bewegte Bilder. Sie waren da, sie waren auf dem gelben Fleck seines Auges. Es waren viele Dokumente, er las sie genau, quälend lange las er an ihnen, er brauchte zwei Stunden, bis er durch war.

Dann, mit schwerer, mechanischer Bewegung, sperrte er die Schublade auf, um sie hineinzulegen. Aber die Schublade war klein, und es war schon ein Pack Briefe darin. Er nahm ihn heraus. Es war der Pack Korrespondenz, den Frischlin ihm übersandt hatte. Obenauf lag jene Mahnkarte, die er seinerzeit, an seinem fünfzigsten Geburtstag, diktiert hatte: „Es ist uns aufgetragen, am Werke zu arbeiten, aber es ist uns nicht gegeben, es zu vollenden."

Es traf Gustav wie ein Schlag. Die Schienen des Berner Bahnhofs, Fäden zwischen ihm und Frischlin, sich endlos abspulend,

doch nie abreißend. Bilfinger, der Sendbote. „Wer hat mich
beauftragt
und hat ge

Er starrt
gewohnt w
Raum für
Gustav na
Legte die
alles order

Saß dav
kleinen Sc
Augen zw

Des Ab
Es war no
er ein. Gu
seines Fre
dem er il
Bekannte,
Gustav su
enttäusch
übersehen und ist gleich ins Hotel gefahren. Aber er fand ihn
auch nicht im Hotel. Johannes war nicht gekommen.

Auch am nächsten Morgen war er nicht da. Gustav depeschierte. Wartete den ganzen Tag. Keine Antwort. Den andern
Tag kam ein Telegramm: „Johannes für die nächste Zeit
dringlich verhindert Richard." Gustav erschrak. Richard war
Johannes' Bruder. Was mochte Johannes dringlich verhindern?

Wieder zwei Tage später erhielt er einen in Straßburg aufgege-
benen Brief eines Unbekannten, der ihm im Auftrag Richard
Cohens meldete, Johannes sei am Donnerstag von völkischen
Landsknechten festgenommen und vermutlich in das Konzentrationslager Herrenstein gebracht worden.

Was ihn anlange, beantwortete Gustav Friedrich Wilhelm
Gutwetters Brief, so bitte er Gutwetter, seine Bibliothek oder
vielmehr die Reste seiner Bibliothek nach Belieben zu benützen.

Nur hielten sich leider, soweit er unterrichtet sei, jetzt andere Stellen für berechtigt, eine solche Erlaubnis zu erteilen oder zu verweigern. Wenn es Gutwetter gelinge, in der Max-Reger-Straße Zutritt zu bekommen, so möge er sich seine Bibliothek genau anschauen, das, was da sei, und die Lücken und vor allem die beschädigten, zerfetzten Exemplare. Es seien viele Bü-chersammlungen in Deutschland in diesem ramponierten Zu-stand, und es seien auch die Besitzer der Sammlungen in diesem Zustand, soweit sie sich nicht rechtzeitig gedrückt hätten. Nachdem Gutwetter mit großen Worten beschrieben habe, wie der „Neue Mensch" ausschauen werde, möge er gefälligst auch die Leiden derjenigen alten Menschen beschreiben, die, höchst unschuldig, für die Entstehung dieses „Neuen Menschen" zu zahlen hätten.

Gutwetter, dies lesend, schüttelte seinen stillen, freundlichen Kopf. „Was will unser Freund?" sagte er zu Sybil, verwundert. „Woher diese Gereiztheit? Wie kann er von mir verlangen, daß ich kleine Privaterlebnisse mit Sätzen beschreibe, die nur kosmi-schem Geschehen gemäß sind? Fordert er im Ernst, daß ich das dionysische Erleben verleugne, dessen Schallplatte ich sein möchte, weil ihm einige Unannehmlichkeiten zugestoßen sind?"

Friedrich Wilhelm Gutwetter hatte neuen Auftrieb. Er war seinen Weg gegangen nach dem Gesetz, nach dem er angetreten. Hatte das Heraufkommen des „Neuen Menschen", des natürli-cheren, der zu seinem urtümlichen, wilden Instinkt steht, gefei-ert, wie er es von jeher getan hatte. Nichts weiter. Er war nicht überrascht, daß die Geschichte nun endlich seine, des Dichters, Visionen wahr machte. Überrascht hingegen waren die Völki-schen, daß sie einen Mund wie den seinen gefunden hatten. Fast alle Gelehrten, fast alle Künstler von Rang hatten sich von den Völkischen abgekehrt; welch ein Glücksfall, daß nun plötzlich ein großer Schriftsteller da war, der sich zu ihnen bekannte. Was Gutwetter ohne Arg aus kosmischem Gefühl heraus geschrieben hatte, wurde unversehens zur großen politischen Dichtung. Die Regierung gab Weisung, man habe den Mann groß aufzuziehen.

Man zog ihn auf. Alle Zeitungen druckten seine Aussprüche, er wurde von den Führern hoch geehrt, war über Nacht volkstümlich. Fern von kleinlichem Ehrgeiz schaukelte er dennoch nachsichtig lächelnd in seinem Erfolg. Ließ es sich gefallen, als Ehrengast den vielen großen Festen beigezogen zu werden, die die völkischen Minister veranstalteten; bedeutend ragte sein stiller, großäugiger Kopf aus der markanten, verschollenen Tracht, die Photographen hatten ihre Freude daran. Er nahm es hin, naiv geschmeichelt; so freut sich ein Erwachsener an den Spielen der Kinder, sagte er zu seinen Bekannten.

Er suchte Sybil auf seinen späten, wunderbaren Aufstieg mitzunehmen. Sie schmiegte sich ihm willig an, in ihrer netten, vertraulichen Art. Solange sie um Gustav war, hatte sie seine liberalen Anschauungen geteilt, die Völkischen waren ihr unsäglich dumm und plump erschienen. Das schloß nicht aus, daß, bei säkularer Betrachtung, die Visionen Gutwetters Wahrheit wurden. Sie hatte nicht viel Interesse an politischen Dingen, sie legte sich da nicht fest. Sie war keine Seherin wie Gutwetter; was dem Dichter bereits Gestalt war, blieb ihr noch lange im Nebel. In ihrer hurtigen, kühlen, kindlichen Art spaßte sie über die zahllosen grotesken Dummheiten, die den Völkischen unterliefen, und Friedrich Wilhelm Gutwetter lachte herzlich mit.

Aber nach kurzer Zeit verlor Gutwetters großlinige Einfalt den Reiz, den sie zu Anfang für sie gehabt hatte. Sie begann, seine weiträumigen Sätze als geschmacklos zu empfinden, als wolkig; sein hymnischer Lyrismus fing an, sie anzuöden. Was sie von ihm literarisch hatte lernen können, hatte sie gelernt. Seine immer gleiche, kindliche Bewunderung ihrer Person wurde ihr langweilig. Sie sehnte sich nach Gustav, nach seiner Liberalität, seiner Weltläufigkeit. Der hatte, was an ihr gut war, mit unaufdringlicher Kennerschaft gerühmt, was ihm mißfiel, mit ebenso unaufdringlichem Tadel gerügt. Nach der urteilslosen Verehrung Gutwetters brauchte sie doppelt diese kritische Freundschaft. Sie bereute, daß sie an Gustavs Dingen so wenig Anteil genommen, mit dem treuen Frischlin so lose Verbindung gehalten hatte.

Aber Gustav ist ein verträglicher Mann. Es hat öfters Zeiten gegeben, in denen sie so mit sich beschäftigt war, daß für ihn wenig übrigblieb. Er hat sie das niemals entgelten lassen. Er wird es auch jetzt nicht tun. Nach langem Schweigen depeschierte sie ihm, sie sei mit ihrer Arbeit so weit, daß sie kommen könne.

Dieses Telegramm erreichte Gustav zu einer Zeit, da er am weitesten von ihr entfernt war. Die Dokumente Bilfingers lagen in seinem Schreibtisch, er hatte niemand, mit dem er darüber reden konnte. Sein Freund Johannes Cohen war im Konzentrationslager, in der Feste Herrenstein in Sachsen. Wenn er die Augen schloß, sah er ihn, abgezehrt, auf einer Kiste stehend, Kniebeugen machend, grotesk, den edeln Kopf kahlgeschoren, nur ein Hakenkreuz aus Haaren darauf, und nach jeder Kniebeuge rufend: „Ich bin der Schweinehund Johannes Cohen, der sein Vaterland jüdisch verraten hat." Es war schauerlich. Johannes Cohen sah in dieser Vision wie ein Hampelmann aus, wie ein berühmter Tänzer, den Gustav einmal in einer Pantomime gesehen hatte, er sprang hoch, gelenkig, federnd, er krächzte seinen Satz herunter wie ein Papagei. Gustav mußte lachen, und das Lachen tat sehr weh. Mehr noch als früher wurde jetzt nach der Verhaftung des Johannes Gustav hin und her gerissen zwischen nüchterner Vernunft und der Leidenschaft des empörten Anklägers. Dahinein also kam das Telegramm Sybils, seiner kleinen, dünnen Sybil. Nein, er kann sie jetzt nicht hier haben. Über diese Dinge konnte er nicht mit ihr sprechen, und er konnte über nichts anderes sprechen als über diese Dinge. Vor kurzer Zeit hat er sie dringend gebraucht, da hatte sie sich abseits gehalten. Jetzt blieb ihm nichts übrig, als sie beiseite zu schieben. Er tat das mit einer leisen, möglichst behutsamen Geste.

Aber Sybil sah nichts von der Geste, sie sah nur die Absage. Schmollend wie ein Kind verzog sie die Lippen, langsam wie ein Kind begann sie zu weinen. Sie weinte haltlos, sie legte sich auf den Bauch, das Kissen war ganz naß. Allmählich aber wandelte sich ihre Enttäuschung in Zorn. Gustav war geächtet in Deutschland, man gefährdete sich, wenn man sich zu ihm bekannte, mit ihm verkehrte. Sie wollte das auf sich nehmen, wollte zu ihm fahren, und er, mit lässiger, hochmütiger Geste, wies ihre Freundschaft zurück. Er hat sich niemals ernstlich bemüht, sich in sie einzufühlen. Gerade weil sie tief innen wußte, daß sie den Mann aus eigenem Verschulden verloren hatte, war sie empört über ihn. Sie beantwortete seinen Brief nicht.

Sie empfand keine Langeweile mehr, wenn Gutwetter ihr auf seine stille, altmodische Art den Hof machte. Bald sah man Gutwetter nur mehr in ihrer Begleitung.

Oberlehrer Vogelsang, als der Schüler Berthold Oppermann damals in der Aula nicht erschien, um Abbitte zu leisten, war tief ergrimmt. Er hatte die Berichterstatter der völkischen Presse bestellt, das Lehrerkollegium und die Schüler der Anstalt versammelt, eine schneidige, zündende Rede vorbereitet, und nun erdreistete sich dieser Judenjunge, sich einfach zu drücken und ihn um die erhebende Feier zu betrügen. Als man auf Anruf in der Wohnung des Schülers erfuhr, Berthold Oppermann sei auf den Tod krank, hatte Vogelsang nur ein verächtliches Lächeln. Auf solche Finten fiel er nicht herein. Streitbar, quäkend hatte er erklärt, es werde dem frechen Burschen nicht glücken, sich der Sühnung seines Verbrechens durch diese vorgeschützte Krankheit zu entziehen. Als dann drei Tage darauf die vorgeschützte Krankheit mit dem Tode des Schülers endete, nahm man Vogelsang in der Unterprima diese Äußerung sehr übel. Es entstand, als er die Klasse betrat und zu sprechen begann, jenes dumpfe, mit unbewegten Gesichtern hervorgebrachte Gesumm, das seinerzeit den Oberlehrer Schultes vom Kaiser-Friedrichs-Gymnasium veranlaßt hatte, sich tränenden Auges zur Wand zu stellen. Vogelsang kehrte sich nicht zur Wand. Seine Narben liefen noch röter an; er gab sich das Wort, den Geist der Zersetzung für immer in den Staub zu treten.

Bald kam ihm die Gelegenheit. Jene Tränen nämlich hatten nicht verhindert, daß Oberlehrer Schultes Unterrichtsminister wurde. Bernd Vogelsang, seit Jahren gut mit Schultes bekannt, hatte sich ihm in Berlin tiefer angefreundet. Seiner Versetzung ins Ministerium stand nichts im Weg.

Aber vorher muß er hier im Königin-Luise-Gymnasium reinen Tisch machen. Dies hat er sich zum ersten Ziel gesetzt, als er Berlin betrat. Ein deutscher Mann läßt eine Arbeit nicht halb getan liegen.

Da ist zunächst die Sache Werner Rittersteg. Das Verfahren gegen ihn ist selbstverständlich eingestellt worden, er ist der anerkannte Führer seiner Kameraden, Pedell Mellenthin steht stramm vor ihm, fast so lange wie vor Vogelsang selber. Aber, es ist keine Frage, die Leistungen Rittersteg im Deutschen und in der Mathematik sind ungenügend; nach den geltenden Regeln könnte er in die Oberprima nicht versetzt werden. Vogelsang seinesteils fand, hier sei Pedanterie nicht am Platz, man könne dem Helden Rittersteg die Schmach der Nichtversetzung nicht antun. Nicht auf totes Wissen allein komme es an, erklärte er, Lücken im Schulwissen seien durch Überschuß an Ethos reichlich ersetzt. Allein damit stieß er bei Rektor François auf eisige Verwunderung. Ein Schüler, der in zwei Unterrichtsfächern nicht genügte, konnte nicht versetzt werden. Zäh, pedantisch zog sich der Rektor auf den Wortlaut der Bestimmung zurück.

Bernd Vogelsang hatte für diese Hartnäckigkeit nur ein hochmütiges Lächeln. Wozu hatte man die Macht? Bestimmungen aus der Epoche des Verfalls und der deutschen Schmach waren vor der nationalen Revolution Spinnweb vor einem Maschinengewehr. Saß man doch selber am Hebel der Gesetzesmaschine. Eine kleine Drehung: und ganze Bibliotheken früherer Verordnungen waren Makulatur. Man will einen jungen Helden im Gestrüpp alberner Paragraphen fangen, will ihm die Laufbahn, die Tätigkeit für das Neue Deutschland erschweren, weil sein Schulwissen den Zufällen eines Examens nicht standgehalten hat? Das wäre ja gelacht. Mit so bösartiger Sabotage muß grundsätzlich aufgeräumt werden. Vogelsang regte im Unterrichtsministerium eine Verfügung an, es sei Examinanden, die sich um die nationale Sache besonders verdient gemacht hätten, sowohl auf den Gymnasien wie auf den Universitäten die Prüfung tunlichst zu erleichtern. Altmodische Ministerialräte wandten ein, eine solche Verfügung werde zur Folge haben, daß

Kranke in einzelnen Fällen von Ärzten betreut werden könnten, die zwar national, aber nicht wissenschaftlich zuverlässig seien. Vogelsangs vaterländischer Eifer schlug diese Bedenken mühelos aus dem Felde.

Die Verordnung erlassen, erschien er wiederum bei François. Es galt noch ein Zweites zu erledigen, seine persönliche Auseinandersetzung mit dem Rektor. Auch diesen Gang wird er nicht minder siegreich bestehen wie den ersten. Solange er in Tilsit war, hat er sich einen Triumph nur so vorstellen können, daß man stählern vor dem Besiegten steht, ihm den Fuß auf den Nacken setzend. In Berlin hat er eine andere Art des Triumphes kennengelernt, eine leisere, elegantere. Diesen Triumph auszukosten, sitzt er jetzt in dem großen Rektoratszimmer, mehr weltmännisch als stramm, ein Bein übergeschlagen, die Arme verschränkt, den unsichtbaren Säbel abgelegt. Ein geradezu verbindliches Lächeln nistet unter seinem weizenblonden Schnurrbärtchen, und sein Kragen ist wahrhaftig wieder zwei Millimeter niedriger. „Es liegt mir daran, Herr Rektor", beginnt er, die quäkende Stimme so heiter wie möglich, „bevor ich diese Anstalt verlasse, noch einen Punkt zu klären. Wir konnten uns seinerzeit nicht einigen, ob das Studium des Buches ‚Mein Kampf' in Anstalten wie dieser angebracht sei. Sie erinnern sich, Herr Rektor?"

François nickt. Aus seinen blauen Augen, ernst, nicht feindselig, nicht einmal ungütig, sieht er Vogelsang an. Der ist jetzt dabei, seinen letzten, besten Sieg auszuschmecken. Denn tief in der Brust saß ihm noch immer der Stachel, daß er damals keine rechte Antwort gefunden hatte auf die Schmähung des verehrten Buches. Mit jener Anekdote von dem Kaiser Sigismund, der über den Grammatikern stehe, hat dieser Mensch ihm damals die Abfuhr erteilt. Jetzt, spät, aber treffend, weiß Vogelsang die Antwort. „Erlauben Sie mir", fährt er elegant fort, „Ihnen jene Anekdote von dem Konzil von Konstanz, auf die Sie mich damals hinwiesen, den Führer ironisch mit dem Kaiser gleichsetzend, mit einer andern Anekdote aus der Kirchengeschichte zu erwidern. Bei der Synode von Zypern" — er sprach langsam, pointierend — „führte ein Bischof das Wort des Heilands vor dem Gichtbrüchigen an: ‚Hebe dein Bett auf und wandle.‘ Aber das Wort ‚Krabbaton‘, das dort steht, war dem gelehrten, auf stilistische Feinheiten erpichten Kirchenfürsten zu vulgär, er ersetzte es durch das literarische ‚Skimpous‘. Da sprang der heilige Spyridon auf und schrie ihn an: ‚Bist du besser als der, der Krabbaton gesagt hat, daß du dich schämst, seine Worte zu gebrauchen?‘“

François hatte aufmerksam zugehört. Er war ein sehr gerechter Mann. Das war keine schlechte Erwiderung, für einen Völkischen eine auffallend gute. Er saß da, überdachte das, schwieg.

Vogelsang mißverstand dieses Schweigen. Er hatte den andern zerschmettert. Wie der dahockte, klein, auch in seiner wichtigsten Waffe, dem Wort, vom Gegner besiegt, hatte der gutgelaunte Oberlehrer geradezu Mitleid mit ihm. Ein nationaler Mann, wenn er erst das Knie auf der Brust des Gegners hat, ist großmütig. Jetzt wirst du mal was erleben, mein Junge. Er wird den Mann, warum schließlich nicht, noch ein paar Monate im Amt lassen, unter scharfer Kontrolle natürlich, so daß er die Herzen der Jugend nicht länger vergiften kann. Buße tun freilich muß er vorher. Bernd Vogelsang will seine Zerknirschung sehen. Ohne das läßt er ihn nicht durch. Anerkennen soll der Mann seine Niederlage, expressis verbis. „Sie wissen“, sagt er, „daß ich im Unterrichtsministerium das Personalreferat übernehme. Ich kenne Sie ja nun besser als die meisten Ihrer Kollegen. Aber für die Entscheidung, die ich bald zu treffen habe, ist mir eines wichtig: Wie stehen Sie jetzt zu unserer Streitfrage? Sagen Sie ja zu dem heiligen Spyridon meiner Anekdote? Beharren Sie auf Ihrem Prinzip, daß das Ethos eines Buches Ihren Schülern nicht nahegebracht werden darf, wenn sein Stil Ihnen nicht genügt?“

François fand Bernd Vogelsangs Haltung eigentlich nicht unanständig. Der Mann bietet ihm noch ein paar Monate Frist, vielleicht sogar noch länger. Es ist eine Verlockung. Aber er weiß, es wird nicht bei diesem einen Opfer sein Bewenden haben.

Man wird immer mehr von ihm verlangen. Immer von neuem wird er sich entscheiden müssen, ob er eine neue Unanständigkeit begehen oder ob er in die Armut soll. Und einmal wird er doch nicht mehr an sich halten können, und sie werden ihn hinüberstoßen. Sein Schicksal ist entschieden. In die Armut, in das Proletariat wird er hinunter müssen, seine Kinder werden ein hartes, finsteres Leben haben, er ein hartes, finsteres Alter. Jetzt also bietet ihm dieser Mensch noch eine kurze Frist. Es kostet ihn eine einzige kleine Konzession. Er hat manche Konzessionen gemacht, im Fall des Schülers Oppermann zuletzt. Weitere Konzessionen macht er nicht. Noch steht er diesseits der Grenze, noch steht es bei ihm, wie er den Schritt hinüber tun wird, ob aufrecht, ob stolpernd. Ist er einmal drüben, dann wird er wohl auch innerlich verkommen; er ist alt genug, um zu wissen, daß der Besitzlose keine Aussicht hat, anständig zu bleiben. So will er wenigstens den Schritt hinüber aufrecht tun. „Es ist freundlich von Ihnen, Kollege", sagt er, „daß Sie es gewissermaßen mir anheimstellen, ob ich hier noch eine Zeit sitzen darf." Er steht auf; unwillkürlich, es ist wie eine Flucht, geht er hinüber unter die Voltairebüste. „Bestimmt ist die Ruhe und Sicherheit dieses Raumes", fährt er fort, „das kleine sacrificium intellectus wert, das Sie von mir verlangen. Aber sehen Sie, Kollege", er spricht doppelt höflich, ein ganz kleines Lächeln unter dem Knebelbart, „ich bin nicht geschmeidig genug, ich habe vielleicht zu wenig ‚nordische List', um dieses kleine Opfer des Intellekts zu bringen. Es tut mir leid, aber ich muß darauf bestehen: wir sind hier, um den Jungens anständiges Deutsch beizubringen. Es gibt soviel Ethos, in anständigem Deutsch vorgetragen, daß wir auf das Ethos Ihres Führers verzichten können. Denn ob dieser Schriftsteller Kanzler ist oder nicht, es ist eine Qual, sein Buch zu lesen. Das Studium dieses Buches verdirbt das Deutsch der Jugend."

Da war er wieder, jener Satz, den Bernd Vogelsang zum Schweigen hatte bringen wollen. Der Mann liegt am Boden, der Mann ist ausgezählt: aber er schweigt nicht. Im Grund imponiert Vogelsang diese Haltung. Da sieht man es, selbst eine welsche

Familie akklimatisiert sich, wenn sie erst hundertfünfzig Jahre unter Deutschen gelebt hat. „Ich bedaure aufrichtig", beendete er quäkend, reserviert, doch nicht bösartig seinen letzten Besuch in diesem Raum, „daß Sie in der falschen Lehre verharren. Es wird mir unter diesen Umständen schwer möglich sein, Sie in das Neue Deutschland hinüberzunehmen. Aber wenn immer meine Überzeugung es zuläßt, werde ich versuchen, Ihnen den Abschied ehrenvoll und nicht zu schwer zu machen." Und das war sein ernstlicher Wille.

Natürlich sagte François Donnerwölkchen nichts von Vogelsangs Anerbieten und seiner Antwort. Es ließen sich übrigens diese Tage der Wende freundlicher für ihn an, als er gedacht hatte. Donnerwölkchen nämlich, zu der Überzeugung gelangt, daß das Schicksal ihres Mannes endgültig entschieden war, änderte ihre Haltung. Natürlich wäre es klüger gewesen, er hätte sich der Zeit angepaßt; aber sie hatte ja von jeher gewußt, daß er bei all seiner scheinbaren Schlampigkeit im Innern ein harter Bursche war; gerade um dieser Zähigkeit willen hatte sie ihn ja geheiratet. Natürlich mußte man versuchen, ihn und die Zeit in Übereinstimmung zu bringen. War das aber mißglückt, waren einmal, wie jetzt, Entscheidungen da, dann hatte es keinen Sinn, den Mann länger zu quälen. Sie wurde also geradezu sanftmütig. Suchte ihn zu trösten. Meinte, er könne jetzt in Ruhe sein Manuskript „Der Einfluß des antiken Hexameters auf die Wortgebung Klopstocks" vollenden, zu was anderem sei er ja doch nicht gut. Sie werde sich mittlerweile bemühen, in irgendeiner Privatschule oder im Ausland eine Stellung für ihn zu finden. Hart wird es sein. Aber drei Jahre hat man Zeit, so lange kommt man unter allen Umständen mit dem vorhandenen Kapital noch aus, und vielleicht kriegt er doch Pension, und sie wird auf alle Fälle Rat schaffen.

Dieser Zuspruch tat François wohl. Er hat es immer gewußt: Sokrates muß seine Gründe gehabt haben, Xanthippe zu heiraten.

Jacques Lavendel teilte dem Wirtschaftsführer Friedrich Pfanz mit, daß er Deutschland verlassen und seine deutschen Geschäfte liquidieren wolle. Friedrich Pfanz war einer der Männer, die die Drähte hielten, an denen die Führer der Völkischen tanzten, und Jacques Lavendel war ein vertrauter Geschäftsfreund von ihm. Jacques Lavendel hätte also wohl, noch dazu als Amerikaner, ungefährdet in Deutschland bleiben können. Er wollte nicht. „Ich bin gerecht, Pfanz“, sagte er. „Ich weiß, es ist nur ein Teil von euch, der diese Schweinereien gemacht hat. Es ist ein anständiges Volk im Grund, ich gebe es zu. Vierzehn Jahre lang hat es die wüsteste Greuelpropaganda gegen die Juden über sich ergehen lassen müssen — Sie wissen ja, wie es gemacht wurde, Sie sind ja mit schuld daran —, und eigentlich ist es ein Wunder, daß nach alledem nicht mehr passiert ist. Well. Aber zur Zeit ist mir die Luft bei euch zu schlecht. Ich bin Kapitalist. Ich verstehe Ihre Motive. Ich weiß, daß ihr eure verrottete Wirtschaft nicht anders habt sanieren können als dadurch, daß ihr diesen lausigen Mob zu Hilfe gerufen habt. Aber sehen Sie, ich bin Kapitalist und ich bin Jude. Wenn Sie mir sagen: Wir schlagen die Juden tot, aber wir meinen nur die Gewerkschaften, dann werden meine Juden davon nicht wieder lebendig.“

Der Wirtschaftsführer Pfanz hätte Herrn Lavendel gern im Land gehalten. Er stellte ihm vor, daß das Ganze ein Interim sei, daß man das Gesindel bald wieder kleinkriegen werde, daß die Reichswehr sich bereit hält, die Landsknechte niederzuschlagen, daß dann wieder die Offiziere regieren werden statt der Feldwebel, daß er selber sich entschlossen habe, in die Regierung zu gehen. Und er schlug Herrn Lavendel vor, ihn in das ganz große Versicherungsgeschäft mit hineinzunehmen, zu dessen Tätigung er sich mit dem unbequemen Ministerposten belaste.

Aber Jacques Lavendel zog nicht. „Ich glaube Ihnen schon, Pfanz“, sagte er mit seiner heiseren Stimme, „daß diese famosen Führer die Kandare zu spüren bekommen, wenn Sie in die Regierung eintreten. Aber sehen Sie, ich bin nicht mehr jung, ich bin nicht mehr raffgierig, ich bin nicht mehr neugierig. Mir genügt es, wenn ich mir eure Taten in der Wochenschau irgendeines Auslandskinos anschaue, wie ihr hier groß aufwascht. Ich ziehe es vor, im Geist in euren Reihen mitzumarschieren. Also, machen Sie's gut, Pfanz, und auf Wiedersehen, wenn Sie abgewirtschaftet haben."

Er hatte, die Entwicklung vorherberechnend, die Liquidierung seiner Geschäfte von langer Hand vorbereitet. Die Struktur dieser Geschäfte war undurchsichtig. Er kontrollierte eine Reihe großer Immobiliengesellschaften, und es stellte sich jetzt heraus, daß diese Gesellschaften eigentlich insolvent waren. Sie bedurften dicker behördlicher Subventionen, oder die Hypothekenbanken verloren ihr Geld. Da auch viele Hypothekenbanken vom Reich oder von den Ländern subventioniert waren, bedeutete Jacques Lavendels Rückzug aus seinen deutschen Geschäften einen empfindlichen Schaden fürs Reich. Kopfwiegend, mit einem kleinen, kaum merkbaren Lächeln, nahm Jacques Lavendel das hin.

Er war wirklich kein raffgieriger Mann. Er und Klara hatten beschlossen, auf einige Jahre Ferien zu machen. Zunächst werden sie sich auf ihr schönes Besitztum bei Lugano zurückziehen. Sie hatten die drei Brüder Oppermann eingeladen, über Ostern dorthin zu kommen. Auch Heinrich wird um diese Zeit dort sein. Jacques Lavendel hatte seinem Sohne freigestellt, in Europa fertig zu studieren oder in Amerika. Heinrich zog es vor, in einem deutschsprachigen Land zu bleiben, er wird seine Studien in Zürich oder in Bern beenden. Das freute Jacques Lavendel. Er hatte nun einmal seinen Tick für Deutschland.

Heinrich, bevor man das Reich verließ, hatte noch eine gewisse Angelegenheit zu erledigen. Seine Anzeige bei der Staatsanwaltschaft hatte nur bewirkt, daß in der Wohnung Lavendels ein Kriminalschutzmann erschienen war und Heinrich auf plumpe, lückenhafte Art verhört hatte. Weitere Folgen hatte seine Aussage weder für Werner Rittersteg noch für ihn selber. Werner schien nicht einmal etwas davon erfahren zu haben. In diesem Stadium konnte Heinrich die Sache unmöglich zurücklassen. Immer mehr wuchs in ihm die Vorstellung, dieser Werner Rittersteg mit seinen Jungen Adlern und seinem hämischen Antrag im Fußballklub habe Berthold unter den Boden gebracht.

Während er scharf und fruchtlos nachdachte, wie er das bereinigen könnte, kam Werner selber ihm zu Hilfe.

Den Langen Lulatsch hatte der Tod Bertholds nicht unberührt gelassen. Aber mit primitiver Logik sagte er sich, nun Heinrich seinen besten Freund verloren habe, werde er vielleicht seinen Werbungen zugänglicher sein. Sein Vater hatte sein Versprechen wahr gemacht und an seinem in einer Bootshütte am Teupitzsee liegenden Ruderboot einen Außenbordmotor anbringen lassen. Beiläufig, als wäre nichts gewesen, lud Werner Heinrich ein, er solle doch einmal mit ihm auf den Teupitzsee hinausfahren und den Motor ausprobieren. Und siehe — Werner Rittersteg stand das Herz still vor froher Überraschung —, Heinrich, nach ganz kurzem Überlegen, nahm an. Ja, er erbot sich, Werner selber nach Teupitz hinauszufahren.

Er lieh sich also heimlich das väterliche Auto aus, und die beiden Jungens fuhren nach Teupitz. Heinrich chauffierte gut und sicher. Sie stiegen in das Boot, knatternd kreuzten sie auf dem freundlichen See. Werner war verlegen, behindert, aber Heinrichs technisches Interesse an dem Boot half ihm darüber weg. Heinrich war im ganzen zwar einsilbig, doch nicht unfreundlich. Sie setzten sich dann noch in das große, jetzt sehr kahle Restaurant, tranken ein Gemisch aus hellem Bier und Himbeersaft, aßen Würste. Es wurde später Abend, ehe sie die Heimfahrt antraten.

Werner saß verworrenen Gefühls im Wagen. Sie hatten sich als Sportkameraden miteinander unterhalten, aber das war auch alles; er war keineswegs so weit gekommen, wie er gehofft hatte. Jetzt gar hatte es den Anschein, als ob Heinrich schon bereute, mit ihm herausgefahren zu sein. Jedenfalls war er überaus schweigsam.

„Wohin fährst du?" fragte Werner, da Heinrich jetzt von der Hauptstraße abbog, mit neu aufkommender Hoffnung. „Dieser Weg ist schöner", sagte Heinrich, „und nur wenig weiter." Es war bereits Nacht, die Scheinwerfer rissen ein Stück Kiefernwald aus dem Dunkel, ein kleiner, sehr dünner Mond war. Heinrich fuhr ganz langsam, Werners Beklommenheit stieg. „Man könnte haltmachen und ein paar Schritte herumlaufen", schlug er vor, mit gepreßter Stimme. „Schön", sagte Heinrich, hielt, schaltete das Licht aus.

Sie gingen in den Wald hinein. Der Boden war feucht und holperig, es war ziemlich kalt und sehr dunkel. Ein guter, starker Geruch von Erde und Kiefern war da. Es war vollkommen still, ihre Schritte waren lautlos auf dem weichen, feuchten Boden, nur ab und zu, wenn sie auf dürres Holz traten, knackte es unter ihren Schuhen. Ganz leichter Wind ging.

Werner, in der Dunkelheit, stolperte manchmal. Plötzlich packte ihn Heinrich. Erst dachte Werner, er wolle ihn vor einem Fall bewahren, aber Heinrich riß ihm das Bein weg, so daß er zur Erde schlug. „Was tust du? Bist du verrückt?" rief Werner. Heinrich antwortete nicht, griff ihm in den Nacken, drückte ihm den Kopf in den feuchten Boden, bis ihm der Atem verging. „Du hast Karper das Messer in den Ranzen gerannt, du Schwein. Du hast Berthold erledigt. Da hast du es, wie es ist, wenn einer erledigt wird." Er sprach leise, keuchend, heftig. Drückte das Gesicht des andern immer tiefer in den Boden. „Ja, Mensch, jetzt wirst du erledigt", redete er auf ihn ein. „Sie werden sagen, du seist für deine nationale Sache verreckt. An mich wird niemand denken. Sie werden sagen, die Kommune hat dich erledigt. Vielleicht ist dir das ein Trost. Aber tot ist tot, und die Reden Vogelsangs werden dir wenig helfen." Er drückte fester. Der andere schlug mit den Beinen um sich, bekam die Arme nicht frei, konnte nicht japsen.

Plötzlich ließ Heinrich ihn los, sprang von seinem Rücken. „Steh auf", kommandierte er. Aber der Lange Lulatsch blieb liegen und regte sich nicht. „Steh auf", herrschte Heinrich ihn an, ein zweites Mal, und riß ihn hoch. „Waschlappen", sagte er. Werner stand da, jämmerlich, schlotternd, das Gesicht von Reisern zerkratzt, blutig, eine dicke Schramme quer über der Stirn, den Anzug voll von feuchter Erde. „Wisch dich ab und komm", befahl Heinrich.

Er selber, hinter seiner Barschheit, fühlte sich hilflos, elend. Er hatte seine Sache bereinigen wollen; es war mißglückt.

„Komm", herrschte er den Langen Lulatsch an. Half ihm selber, sich ein wenig säubern. Stützte ihn, half ihm zurück zum Wagen.

Sie fuhren nach Haus, schweigend. Als sie die erste Straßenbahn erreichten, setzte Heinrich ihn ab.

In seinem schwarzen Ohrensessel in der Wohnung in der Friedrich-Karl-Straße sitzt Herr Markus Wolfsohn. Das Abendessen war dürftig, Brot, Butter, ein zweifelhafter Aufstrich. Frau Wolfsohn hält jetzt jeden Pfennig zusammen, kontrolliert aufs schärfste die Kasse.

Heute abend sagt sie Herrn Wolfsohn einmal wieder ihre Meinung. Sie tut das jetzt oft. Sehr deutlich, aber nicht laut. Es ist nicht nötig, daß man es nebenan bei Zarnkes hört. Herr Wolfsohn versteht sie, auch wenn sie leise spricht; sie hat das gleiche schon tausendmal gesagt. Man muß fort, man muß türmen, lieber heute als morgen. Die Frauen hier im Haus, trotzdem die Männer fast alle das Hakenkreuz tragen, reden noch mit ihr, aber nur heimlich; kommt jemand dazu, brechen sie ab. Frau Hoppegart meint, es werde noch viel schlimmer kommen. Alle raten ihr, zu türmen. Aber wie? Und wohin? Zweitausendsechshundertvierundsiebzig Mark sind auf der Bank. Hätte man ihr gefolgt und mehr gespart, hätte Herr Wolfsohn nicht immer so hoch hinausgewollt bei der Einrichtung, dann hätte man seine vier- oder fünftausend zusammen. Der Ohrensessel zum Beispiel. Er war eine Okkasion, eine Mezije, gewiß. Aber wer kein Geld hat, muß eben auch an einer Mezije vorbeigehen können.

Herr Wolfsohn läßt sie reden. Wenn man im Pech sitzt, begehren die Weiber auf und „haben es immer gewußt", das ist eine alte Geschichte. Nur nicht so gräßlich übertreiben sollte sie. Vier- oder fünftausend Mark. Niemals hätte man das zusammenkratzen können. Der einzige Luxus, den er sich zeitlebens genehmigt hat, war die neue Fassade. Aber damals sahen die Dinge noch besser aus. Damals schmissen sie einen nur aus der fahrenden Untergrundbahn, nicht aus dem Land.

Herr Wolfsohn macht einen zaghaften Versuch, Optimist zu sein. Aus den Deutschen Möbelwerken ist er hinausgeflogen: aber sitzt er nicht vorläufig warm bei Herrn Oppermann? Allein damit ist auch alles erschöpft, was Herrn Wolfsohns Optimismus stützen könnte. Von hier an wird es schwarz. Die völkischen Betriebsräte hetzen, der Packer Hinkel verlangt, daß man ihn vor die Tür setzt. Herr Oppermann hat Haare lassen müssen deshalb. Herr Oppermann hat sich sehr anständig benommen, aber wie lange noch wird er ihn halten können?

Und selbst wenn, es ist keine Freude mehr zu leben. Wenn er so wie jetzt bis an sein Ende soll weiterleben müssen, dann lieber gleich den Gashahn auf. Es ist nur eine Frage der Zeit, bis sie ihn bei den Ollen Matjes ausschließen; sie haben ihn gern, aber sie müssen es. Und hier sein Mietkontrakt wird auch nicht erneuert werden. Er sitzt auf Abbruch da, die Wohnung wackelt ihm sozusagen unter den Füßen. Sicher werden sie Mittel und Wege finden, Herrn Zilchow, den Schwager Herrn Zarnkes, vor Ablauf der Frist hereinzusetzen.

Eigentlich sind in dem Block jetzt lauter Herren Zarnkes. Der Originalzarnke macht sich nicht einmal mehr die Mühe, Drohungen auszustoßen. Sieht er Herrn Wolfsohn, dann streckt er nur den Arm aus und ruft „Heil Hitler". Und „Heil Hitler" muß Herr Wolfsohn erwidern. „Sagten Sie was?" macht sich dann Herr Zarnke manchmal den Spaß, ihn zu fragen, und „Heil Hitler" muß Herr Wolfsohn wiederholen.

Was man sonst hört, von den Kollegen im Geschäft, von den paar jüdischen Bekannten, ist schauerlich. Herr Wolfsohn will es gar nicht hören. Sagt man so etwas weiter, hört man es nur an, sitzt man, hastdunichtgesehen, im Konzentrationslager. Auch Marie bringt solche Geschichten mit nach Hause, sehr üble Geschichten, die ostjüdischen Bekannten ihres Bruders Moritz Ehrenreich flüstern sie ihr zu. Aber da wehrt sich Herr Wolfsohn, da begehrt er auf, da verbietet er Marie den Mund, das duldet er unter keinen Umständen, das sind jene Greuelmärchen, die einen ins Zuchthaus bringen.

Sind es Greuelmärchen? Herr Wolfsohn sagt es sich mit

Nachdruck, will, daß sie es seien. Einmal aber, nachts, von einer Inventuraufnahme kommend, hat er vor einem alten Haus im Zentrum ein Auto stehen sehen, eines jener ganz großen Autos, auf denen die Völkischen herumzurasen pflegen. Sie hatten die Scheinwerfer eingeschaltet, so daß die Straße weithin grell im Licht lag. Herr Wolfsohn wollte erst einen Bogen machen, aber er überlegte, das sähe nur auffällig aus; so ging er seinen Weg auf der andern Straßenseite weiter, vorbei an dem riesigen Auto, das, von nur zwei Mann bewacht, mit seinen mächtigen Scheinwerfern sehr unbehaglich und kriegerisch dareinschaute. Offenbar hielten sie eine Haussuchung, eine Razzia oder so etwas. Ja, gerade als Herr Wolfsohn vorbeiging, brachten sie einen heraus. Herr Wolfsohn schaute nicht hin, es war besser, sich um nichts zu kümmern, aber ein ganz klein wenig hinüberschielen mußte er doch, voll ängstlicher Neugier. Er sah einen Menschen in einem braunen Anzug, einem ähnlichen, wie er selber ihn hatte; einer hielt den Menschen am Kragen, einer hielt seinen rechten, einer seinen linken Arm, der Mensch hielt den Kopf gesenkt, er sah heillos zerbeult aus. Für den winzigen Teil eines Augenblicks sah Herr Wolfsohn sein Gesicht, es war gelb, fahl, ein riesiger, blauschwarzer Fleck lief über das Auge.

Herr Wolfsohn hatte Marie nichts davon gesagt, aber er brachte das gelbe, fahle, erschöpfte Gesicht des Menschen nicht mehr aus seinem Hirn. Immer seither, wenn er, nach Hause kommend, in die Friedrich-Karl-Straße einbog, spähte er scheu, ob da nicht eines jener großen Autos halte. Nacht für Nacht hatte er Angst, es könnten plötzlich die mächtigen Scheinwerfer des Autos in seine Fenster fallen, trotzdem das unmöglich war; seine Wohnung lag viel zu hoch. Er stellte sich vor, wie es mitten in der Nacht läute, und eh man Zeit gehabt hat, aufzumachen, sind sie schon herein, und man hat eins mit dem Knüppel überm Aug, und man hat einen Fleck, groß wie der Fleck über dem Bild, und das Gesicht gelb und fahl wie jener Mensch.

Er schlief schlecht in diesen Nächten. Marie hatte er kein Wort von seinem Erlebnis erzählt; um so mehr traf es ihn, als sie einmal, wie er schlaflos lag, plötzlich näher an ihn heranrückte und sagte: „Ich hab solche Angst, Markus, heute nacht kommen sie." Er wollte etwas Heftiges erwidern, was das für ein Bockmist sei, aber er konnte es nicht. Sie sprach ja nur aus, was er selber dachte. Er konnte nicht mehr einschlafen, und er merkte, daß auch sie nicht mehr schlief. Seine Angst steigerte sich. Er sagte sich, das sei doch alles Stuß, er habe doch nichts ausgefressen. Vier Millionen und zweihunderttausend Menschen leben in dieser Stadt Berlin, er hat genauso viel und so wenig getan wie sie alle, warum soll denn gerade er Angst haben? Aber es nützte nichts. Er dachte an den Packer Hinkel, er dachte an Herrn Zarnke, und er hatte Angst, immer mehr Angst, er schwitzte, der Magen tat ihm weh, er wünschte, es wäre erst Morgen. Dann wieder hatte er eine furchbare Wut, daß gerade er solche Angst ausstehen müsse. Warum denn er? Warum denn nicht Herr Zarnke? Eine zweite solche Nacht jedenfalls macht er nicht mehr durch. Er schmeißt es hin. Das ist ja Unsinn, so zu leben. Er geht einfach fort, über die Grenze, irgendwohin. Überall ist es besser als so. Wenn es nur erst Morgen wäre.

So wie Markus Wolfsohn und seine Frau lagen viele in Berlin und in den Städten des Reichs. Sie hatten nichts getan, aber ein Packer Hinkel war da oder ein Herr Zarnke, und sie fürchteten, der werde ihnen die Landsknechte auf den Leib schicken. Ihre Väter hatten hier seit Jahrhunderten gelebt, in den meisten Fällen länger als die Väter der Landsknechte, und sie konnten sich ein Leben anderswo schwer vorstellen. Dennoch hätten sie alle gerne dies Land verlassen, ihr Heimatland, oh, wie gerne. Aber wie sollten sie anderswo leben? Wenn sie Betriebe hatten, dann zwang man sie, ihre Betriebe für nichts wegzugeben. Wenn sie Geld hatten, ließ man sie ihr Geld nicht mitnehmen, und die andern Länder ließen sie ohne Geld nicht herein. Einige gab es auch, wie Herrn Weinberg, die blieben in Deutschland, weil sie sich nicht vorstellen konnten, wie sie mit weniger Geld auskommen sollten als bisher; sie zogen es vor, ständig in Angst und Gefahr zu leben und bei ihrem Geld zu bleiben.

Was Herrn Wolfsohn anlangt, so fühlte er sich am Morgen sehr zerschlagen. Aber als er sich abgeduscht hatte und ins

Geschäft fuhr, dachte er nicht mehr daran, aus Deutschland wegzuziehen. Wohin denn sollte er fahren? Nach Palästina? Ohne Geld lassen sie einen da doch nicht herein. Und was soll er dort machen? Siedeln? Oliven pflücken? Weintrauben keltern? Er hat keine rechte Vorstellung, wie das vor sich geht. Man tritt mit den Füßen auf den Trauben herum, und dann gärt es. Eine angenehme Arbeit jedenfalls ist es nicht. Und mit zweitausendsechshundertvierundsiebzig Mark wird es auch nicht lange gären. Bis man das hier aufgelöst hat und bis man fortkommt, Paßgeschichten, Reisegeld, dann sind es überhaupt noch höchstens zweitausend. Und nach Frankreich? Wenn er auch eine gute französische Aussprache hat, eine Menge hat er trotzdem vergessen, und wenn man sagen kann „Bonjour, Monsieur", dann genügt es sicher noch lange nicht, daß sie einen in Paris Möbel verkaufen lassen.

Übrigens war es die Nacht darauf besser, und zwei weitere Nächte schlief er fest und gut. Aber dann fand er, Herr Hinkel schaue ihn so komisch von der Seite an, die Nacht darauf war die Angst wieder da, und wieder die Nacht darauf war es ganz schlimm.

In der dritten Nacht, Markus Wolfsohn und seine Frau hatten sich früh zu Bett gelegt und waren auch eingeschlafen, kamen sie wirklich. Markus stand schlotternd und dürr in seinem zerknitterten Pyjama. Marie ging besonnen herum, fragte die Leute, was Markus mitnehmen dürfe. Zwischendurch herrschte sie ihn unterdrückt und heftig an: „Ich habe es immer gesagt, wir hätten türmen müssen." Er war vollkommen verwirrt. Sie veranlaßte ihn, seinen besseren Anzug anzuziehen, weil der wärmer war, packte ihm noch einige Kleinigkeiten ein. Die Kinder standen verstört herum. Die Polizisten sagten, man solle sie doch wieder ins Bett bringen und schlafen lassen. Sie waren höflich, geradezu freundlich, drängten auch nicht, es waren wirkliche Polizisten, keine Landsknechte. Als Frau Wolfsohn zum Schluß nun doch zu heulen begann, sagten sie: „Haben Sie keine Angst, meine Dame, Sie kriegen Ihren Mann schon bald zurück."

Frau Wolfsohn tat das Ihre, um diese Tröstung wahr zu machen. Sie lief sogleich in die Gertraudtenstraße. Dort war man freundschaftlich besorgt, sie möge überzeugt sein, man werde tun, was irgend geschehen könne. Sie lief in die Büros der Jüdischen Gemeinde. Auch dort versprach man Hilfe. Sie lief zurück ins Geschäft. Martin selber empfing sie, sagte ihr, man habe völkische Anwälte eingespannt, in diesem Fall wohl die geeignetsten. Sowie man Nachricht habe, was man eigentlich Herrn Wolfsohn vorwerfe, werde er es ihr mitteilen. Frau Wolfsohn kam am Nachmittag wieder, am nächsten Vormittag, am nächsten Nachmittag. Herr Oppermann ist geduldig, Herr Brieger ist geduldig, auch Herr Hintze.

Am dritten Tag kann man ihr etwas mitteilen. Etwas Phantastisches: Herr Wolfsohn soll an der Brandstiftung im Reichstag beteiligt sein. Marie Wolfsohn war auf alles mögliche gefaßt gewesen. Vielleicht haben sie ihren Markus eingesperrt, weil er dem Schneider bei der Lieferung des letzten Anzuges drei Mark abgezogen hat. Vielleicht hat einer der Ollen Matjes erklärt, Markus habe beim Skat gemogelt. Heute kann ja jeder, der einem Juden nicht grün ist, ihn einsperren lassen. Aber daß man Markus Wolfsohn, ihren Markus, bezichtigte, den Reichstag angezündet zu haben, das warf sie um. Alle Welt weiß doch, daß der Herr Preußische Ministerpräsident den Brand gestiftet hat. Sind sie vollkommen meschugge, daß sie jetzt das Verbrechen ihrem Markus von der Friedrich-Karl-Straße in die Schuhe schieben? Das glaubt doch nicht einmal der jüngste Säugling von der Hitlerjugend. Fassungslos schrie sie im Chefkontor in der Gertraudtenstraße herum. Erschreckt suchten Martin Oppermann und Herr Brieger sie zu beschwichtigen. Sie erklärten ihr, die ungeheuerliche Absurdität der Anklage sei ein gewisser Trost; denn auch die Behörden mußten einsehen, daß die Bezichtigung ausgerechnet des Verkäufers Markus Wolfsohn selbst im Rausch der nationalistischen Volksbelustigungen nicht verfangen konnte.

Dieser Markus Wolfsohn saß mittlerweile in seiner Zelle. Die Zelle war hell und kahl, aber gerade die trostlose, kahle Helligkeit machte sie doppelt schrecklich. Er hatte keine Ahnung, warum er hier saß, und sie sagten es ihm nicht. Drei Tage völlig stumm und allein in dem winzigen Raum zu hocken, immer im Hellen, denn auch bei Nacht schien grell die Lampe des Korridors in den Raum, war eine Marter, wie sie für den geselligen, gesprächigen Herrn Wolfsohn nicht grauenvoller ausgedacht werden konnte. Wieder und wieder prüfte er, was er wohl ausgefressen haben könnte. Er fand nichts. Er war, sprach man von Politik, immer stumm geblieben wie ein gebratener Fisch. Zogen völkische Landsknechte vorbei, dann streckte er eifrig den Arm aus auf altrömische Art, so gut er es konnte, und schrie „Heil Hitler". Er war nicht musikalisch, es dauerte lange, bis er das Horst-Wessel-Lied von den vielen ähnlichen Matrosen- und Hafenliedern wegkannte; vorsichtshalber also war er, sowie er irgendeine solche Melodie hörte, sogleich aufgesprungen und hatte sich stramm hingestellt. Was also um Gottes willen warf man ihm vor?

Sie sagten es ihm nicht. Dreimal vierundzwanzig Stunden ließen sie ihn allein sitzen, stumm. Eine ungeheure, graue Hoffnungslosigkeit füllte ihn ganz aus. Selbst wenn sie ihn einmal wieder herauslassen, er wird immer verloren sein. Wer soll heute einen jüdischen Verkäufer einstellen, der von den Völkischen eingesperrt war? Arme Marie, dachte er. Wie gut wäre es für sie gewesen, sie wäre Mirjam Ehrenreich geblieben, statt Marie Wolfsohn zu werden. Dann säße sie jetzt vermutlich bei ihrem Bruder Moritz, schaute sich sportliche Veranstaltungen an, hätte zu leben, und dahinter sind Palmen und Kamele. So aber ist sie mit einem Vaterlandsverräter verheiratet und hat Kinder von einem reißenden Wolf. Wenn er sich wenigstens die neue Fassade nicht zugelegt hätte. Dann wären jetzt fünfzig Emm mehr auf der Bank. Ein Glück nur, daß er dem Ollen Matjes Schulze nicht das Ganze bezahlt hat. Das heißt, holla, vielleicht hat gerade der ihn angezeigt, wegen des Restes, zweimal hat er ihn schon gemahnt. Plötzlich hat er wieder die etwas angetrunkene Stimme Augusts im Ohr: „Du hast Dusel, wenn wir dich im Sommer überhaupt noch mit in die Karre nehmen."

Es ist eine Gemeinheit. Er hat am meisten in die Kasse eingezahlt, und jetzt, bei der Herrenpartie am Himmelfahrtstag, machen die andern Schabbes von seinem Geld.

Solange Herrn Wolfsohns Gedanken sich um solche Dinge drehen, hat er gute Zeit. Aber es gibt Stunden, da er nichts spürt als Angst, eine entsetzliche, vernichtende Angst. Wahrscheinlich wollen sie schreckliche Dinge mit ihm anstellen. Handelte es sich um etwas Kleines, dann hätten sie ihn längst einem Richter vorgeführt. Er erinnert sich an gewisse Reden des Führers im Radio: der Strafvollzug sei viel zu milde, man müsse wieder die guten, alten Methoden einführen, die Verbrecher öffentlich hängen, ihnen mit einem Beil den Kopf abhauen. Er stellt sich vor, wie man ihn auf einem Karren zum Richtplatz hinausfährt. Der Mann mit dem Beil wird vermutlich einen Frack anhaben. Nie wird er, Markus Wolfsohn, lebendig dort ankommen. Zehnmal vorher wird er vor Angst gestorben sein.

Er summt vor sich hin, um sich Mut zu machen. Sowie die große Stummheit weg ist, wird es besser. „Moaus zur jeschuosi", singt er, „Hort und Fels meines Heils." Er singt unmusikalisch, aber ihm gefällt es. Es ist trostreich, eine Stimme zu hören, wenn auch nur die eigene. Er singt lauter. Da dröhnt einer herein. „Halt 's Maul, Saujud", schreit man ihn an, und wieder liegt die Zelle kahl, hell, stumm.

Er hockt jetzt den dritten Tag da. Er ist nicht rasiert, schlecht gewaschen, schweißig, sein Schnurrbärtchen ist verwahrlost. Trotz der neuen Fassade sieht er keineswegs mehr flott aus. Er sitzt stumpf da, seine hurtigen Augen haben alles, was man in dieser Zelle wahrnehmen kann, längst in sich aufgenommen.

An diesem dritten Tag, plötzlich, faßt ihn eine maßlose Wut. Er erhebt sich, aufrecht steht er da in dem winzigen Geviert, den einen Fuß vorgestellt. Der Staatsanwalt hat gesprochen, er hat ausgeführt, der Angeklagte Markus Wolfsohn sei ein reißender Wolf, er sei schuld, daß der Krieg verloren wurde, und daß die Inflation gekommen ist, und daß überhaupt das ganze deutsche

Volk Pleite machte, und er beantragt gegen ihn Todesstrafe durchs Beil. Nun aber hat er das Wort, Markus Wolfsohn, und da er doch einmal verloren ist, sagt er den Richtern seine Meinung. „Das ist eine ganz gemeine Lüge, meine Herren", sagt er. „Ich bin ein guter Bürger und Steuerzahler. Ich habe nichts gewollt als meine Ruhe. Bei Tag meine Kunden, abends einmal ein bißchen Skat, und Radio, und meine Wohnung, für die ich pünktlich am Ersten meine Miete zahle. Möbel verkaufen ist doch keine staatsfeindliche Handlung. Nicht ich bin schuld, hoher Gerichtshof. Die mit den Hakenkreuzen sind schuld. Die Herren Zarnke, Zilchow und Co. Und wenn man es auch nicht sagen darf, es ist doch alles wahr, was man von ihnen sagt. Sie haben den Reichstag angezündet, und sie werfen die Leute aus den fahrenden Untergrundbahnen, und dann stellen sie einen Mann im Frack hin, daß er anständigen Leuten den Kopf abhaut. Das ist eine dolle Gemeinheit, meine Herren." So hielt Herr Wolfsohn Abrechnung mit seinen Gegnern, leider nur in seiner Vorstellung. Der Richter aber, der im schwarzen Talar mit Barett und Krause ihm gegenübersaß, hatte weiße, starke Zähne und rotblondes Haar und war überhaupt Herr Rüdiger Zarnke.

Am vierten Tag wurde Markus Wolfsohn wirklich dem Richter vorgeführt. Der Richter trug freilich keinen schwarzen Talar, sondern einen gewöhnlichen Zivilanzug. Von der Stange gekauft, konstatierte Herr Wolfsohn. Wahrscheinlich in einem Kettenladen. Das sind aber auch jüdische Geschäfte. Da wird der Mann nicht mehr lange kaufen können. In Zukunft wird er mehr Geld hinlegen müssen.

Man fragte ihn, ob er sich mit Politik beschäftige, welche Zeitungen er gelesen habe. Eigentlich war das Verhör ganz gemütlich, ja, Herr Wolfsohn freute sich, nach so langer Zeit einmal wieder sprechen zu dürfen. Wo und wie er seine Abende verbracht habe, fragte jetzt der Richter, insbesondere in der zweiten Hälfte Februar. Um diese Zeit war Herr Wolfsohn schon nicht mehr zu den Ollen Matjes gegangen, er gab wahrheitsgemäß an, da sei er immer zu Hause gewesen. „Immer?" fragte der Richter. Er hatte eine dünne Stimme, und am Ende einer Frage kletterte sie zuweilen ganz hoch. Wolfsohn dachte nach. „Jawohl, immer", sagte er. Ein Mann mit einer Schreibmaschine war da, und der Richter ließ alles protokollieren. „Sie waren also auch in der Nacht vom 27. zum 28. Februar zu Hause?" fragte der Richter. „Ich glaube, ja", sagte zögernd Wolfsohn. „Was haben Sie denn an diesem Abend getrieben?" wurde er weiter gefragt. Wolfsohn dachte scharf nach. „Das kann ich wirklich nicht mehr genau sagen. Gewöhnlich haben wir gegessen und uns eine Zeitlang unterhalten. Dann habe ich wohl noch die Zeitung gelesen und ein wenig Radio gehört." — „An diesem Abend müssen Sie das aber alles ungewöhnlich leise getan haben", meinte der Richter.

In Wolfsohn dämmerte ein Zusammenhang. Aha, Zarnke, es war Zarnke. Zarnke hat ihn ausspioniert. Aber sie können doch nur an ihn heran, wenn er was gesagt, nicht, wenn er nichts gesagt hat. Nochmals überlegte er scharf. In der Nacht vom 27. zum 28. Holla! Am 28. Februar ist Moritz Ehrenreich nach Marseille gefahren, das war an einem Dienstag, und am Abend vorher haben sie mit Moritz Abschied gefeiert. Natürlich, an diesem Abend war er nicht zu Hause gewesen. Und, aufleuchtend geradezu, sagte er zu dem Richter: „Entschuldigen Sie, Herr Richter. Sie sollen recht haben. An dem Abend war ich wirklich nicht zu Haus. Da habe ich Abschied gefeiert mit meinem Schwager, einem gewissen Herrn Ehrenreich, der am Tag darauf wegfuhr, vom Bahnhof Friedrichstraße, ich konnte nicht mehr an die Bahn. Wir waren in der ‚Butterblume', einer Destillation an der Oranienstraße. Klein, aber sehr anständig. Mit vorzüglicher Bockwurst, Herr Richter. Das war das Lieblingslokal meines Schwagers." — „Jetzt behaupten Sie also, Sie seien in der fraglichen Nacht mit Ihrem Schwager zusammengewesen?" fragte nochmals der Richter. „Ja, so ist es", erklärte Wolfsohn. Alles wurde protokolliert.

Wieder in seiner Zelle, wußte er immer noch nicht, was eigentlich man von ihm wollte. Aber soviel wußte er, nicht der Packer Hinkel war schuld und nicht der Olle Matjes Schulze. Und daß nicht diese beiden schuld waren, sondern Herr Zarnke, jener Zarnke, dem er von jeher alles Böse zugetraut hatte, war ihm eine gewisse Befriedigung.

Frau Wolfsohn — sie hatte niemand heraufkommen hören — erschrak, als es plötzlich scharf läutete. Es waren zwei Männer in brauner Uniform. Aber es waren nur Herr Zarnke und noch einer.

Herr Zarnke dröhnte herein. Eigentlich hätte er es nicht nötig, sich zu entschuldigen; aber, Mann der Ordnung, der er ist, erklärt er, der Hausverwalter habe ihn aufgefordert, sich die Wohnung einmal anzusehen. Frau Wolfsohn erwidert nichts. „Bitte", sagt sie.

Herr Zarnke und der andere, es ist natürlich sein Schwager, Herr Zilchow, besichtigen also die Wohnung. Frau Wolfsohn hält sich schweigsam, reserviert, in der Nähe der Tür. Sie kennt genau den Zweck des Besuchs. Die Wohnung ist klein, viel zu besichtigen ist nicht, aber die beiden Herren bleiben auffallend lange. Herr Zarnke hat sich vorgestellt, bei Juden sei alles schmutzig, verkommen; jetzt wundert er sich, daß es im Grunde nicht viel anders ist als bei ihm. Ja, er kann nicht umhin, festzustellen, daß der Raum geschickter ausgenutzt ist, und so einen großen Sessel hat er sich eigentlich schon immer gewünscht. Frau Wolfsohn selbst, füllig und rotblond, sieht, trotzdem er sie überrascht hat, nicht so vernachlässigt aus wie manchmal Frau Zarnke, wenn man sie überrascht. Herr Zarnke ist ein gerechter Mann. „Ordentlich ist es bei Ihnen", konstatiert er, „das muß man Ihnen lassen, trotzdem Ihr Mann ein Vaterlandsverräter ist."

„Vaterlandsverräter?" sagt Frau Wolfsohn. „Sie sind wohl nicht bei sich", sagt sie. Sie hätte noch viel mehr zu sagen, einiges recht Kräftige, Treffende. Aber sie ist nicht dumm, und seitdem sie ihren Mann weggeholt haben, ist sie doppelt klug geworden. Sie weiß, Schweigen ist immer das Klügste. Sie hat gemerkt, daß die Wohnung und daß sie selber auf Zarnke einen günstigen Eindruck gemacht hat. Soll er also auf Markus schimpfen, sie verkneift sich ihre treffenden Antworten. Stieke, stieke, sie wird den guten Eindruck nicht verderben. Vielleicht sagt er dann nicht ganz so ungünstig aus.

Die beiden Herren sind alles in allem recht befriedigt. Nur eines stört sie, der Schwager erklärt es mit Nachdruck: der Fleck an der Wand. Sie prüfen nach, wie tief er herunterreicht. „Sie gestatten", sagt höflich Herr Zarnke und hebt das Bild „Spiel der Wellen" ein wenig weg. „Das ist ja ein Skandal, wie man das hat verkommen lassen. Ein schönes Bild übrigens." Daß er das Bild anerkennt, veranlaßt Frau Wolfsohn, sich wegen des Fleckes zu rechtfertigen. Herr Krause, erklärt sie, habe ihrem Mann immer versprochen, das richten zu lassen; aber dann habe er sich gedrückt, weil sie Juden seien. „Nun ja", sagt Zarnke, „das ist verständlich. Aber wenn *wir* kommen, muß das natürlich anders werden." Dann schaut er das Ganze noch einmal an, wohlgefällig, mit einem umfassenden Blick. Und „Auf Wiedersehen", sagt er, und sie gehen ab, nicht so dröhnend, wie sie kamen.

Den Tag darauf hatte Frau Wolfsohn einen anderen Besuch, für ihr äußeres Schicksal vielleicht weniger wichtig, aber voll tiefer Bedeutung für ihr Innenleben. Sie erhielt nämlich eine Zustellung mit der blauen Siegelmarke des Amtsgerichts II, Berlin SW. Die Zustellung war eine Klage des Dentisten Schulze auf Zahlung des Betrags von fünfundzwanzig Mark, Restschuld für zahnärztliche Behandlung, nebst den entstandenen Mahnkosten.

Frau Wolfsohn starrte auf das gedruckte Formular, in das nur wenige Worte und Ziffern mit der Schreibmaschine eingefügt waren. Ihr Mann Markus hatte sie also beschwindelt, hatte sich die Brücke auf eigene Rechnung anfertigen lassen, hatte Geld vor ihr verheimlicht. Abgründe taten sich auf. Ein Mann, der seine eigene Frau so schamlos betrügt und das Geld seiner Kinder, nur um seine Zähne zu vergolden, aus purer Eitelkeit zum Fenster hinauswirft, ist zu allem imstand. Aufgewühlt saß sie. Vielleicht hat er wirklich heimlich umstürzlerische Politik getrieben, vielleicht ist etwas daran, daß er in den Reichstagsbrand mit hineinverwickelt war. Und der billige Bettüberzug, den er ihr zu Weihnachten geschenkt hat, das war natürlich auch Schwindel. Er hat viel mehr bezahlt, als er ihr vorgemacht hat. Woran soll sie noch glauben? Aber diese Anfechtungen hinderten nicht, daß sie sich auch weiterhin mit der gleichen Heftigkeit wie früher für ihren Markus betätigte.

Die Klage des Dentisten Schulze hatte übrigens einen zweiten Besuch Herrn Zarnkes zur Folge. In dem Häuserblock an der Friedrich-Karl-Straße gab es keine Geheimnisse. Man wußte sogleich, daß Frau Wolfsohn in Zahlungsschwierigkeiten war, man übertrieb, man faselte vom Besuch des Gerichtsvollziehers. Dabei brauchte sie doch nur den Betrag von der Bank abzuheben. Wie immer, Herr Zarnke hatte von dem Zahlungsbefehl gehört und war zur Stelle. Er machte keine langen Umschweife. Es war ja nun doch wohl so gut wie sicher, daß er, das heißt sein Schwager Zilchow, die Wohnung in kurzer Zeit übernehmen wird. Da wäre es schade, wenn Frau Wolfsohn die Möbel, die zum Teil sehr passend seien, an andere zu Schleuderpreisen abgäbe. Er sei bereit, ihr einen gewissen Betrag auf die Möbel vorzustrecken oder auch einige der Möbelstücke zu erwerben mit der Maßgabe, daß sie sie bis zum Auszug benützen könne. Sie sei ja eine propere Frau und werde darauf sehen, daß die Möbel, die einem andern gehören, ordentlich behandelt und geschont würden. Frau Wolfsohn, um ihn nicht zu verstimmen, sagte nicht glatt nein. Herr Zarnke betonte noch, viel könne er aber dafür nicht anlegen. Deutschland sei von den Juden und den Kapitalisten ausgesogen; Leute wie er und sein Schwager könnten sich Möbel wie diese nur knapp leisten.

Daß Deutschland von den Juden und Kapitalisten ausgesogen werde, war Herrn Zarnkes Meinung von jeher. Aber er hatte gehofft, der Führer werde da sehr rasch Abhilfe schaffen; diese Hoffnung war der Grund gewesen, aus dem er unter die völkischen Landsknechte gegangen war. Allein nun waren schon drei Monate vergangen, seitdem der Führer die Macht übernommen hatte, und immer noch hatte sich nichts geändert. Herr Zarnke würde ungeduldig, mehr als ungeduldig. Alle in seiner Abteilung

wurden es. In vielen Städten des Reichs begannen die Landsknechte zu meutern. Man hat dem Führer zur Macht verholfen,
aber nun stellt sich heraus, daß die Wirtschaft der neuen Bonzen
noch schlimmer ist als die, gegen die man aufstand. Ein paar
frühere Reiche hat man enteignet. Aber ihr Geld ging nicht an
die Massen; die andern Reichen und die völkischen Führer
verteilten es unter sich. Der Reichspräsident bekam ein neues
Gut zu dem alten, der preußische Ministerpräsident wurde ein
reicher Mann, und Herr Pfanz, der Präsident des großen Ver-
sicherungskonzerns, wurde Wirtschaftsminister. Das wäre ja
gelacht, wenn man sich dafür so angestrengt hätte.

So sprach man in der Abteilung des Herrn Zarnke. Er als
Truppführer hätte die Pflicht gehabt, solche Reden zu melden,
aber er tat es nicht. Auch die andern Truppführer taten es nicht.
Ja, Herr Zarnke, wohl auch unter dem Eindruck der Wohnung
und der Persönlichkeit Frau Wolfsohns, begann seine gesamten
politischen Anschauungen zu revidieren. Wenn es um die Wirt-
schaftsversprechungen des Führers so faul stand, dann stand es
wohl auch um anderes in seinem Programm faul. Vielleicht
waren gar nicht die Juden an allem schuld. Vielleicht hat Herr
Wolfsohn gar nicht den Krieg gemacht, und wenn er auch in der
fraglichen Nacht nicht zu Hause war, so war er doch vielleicht
am Reichstagsbrand nicht beteiligt. Mehr und mehr bemächtig-
ten sich solche rebellischen Anschauungen der einfachen Seele
des Sturmtruppführers Rüdiger Zarnke.

So war er nicht einmal sonderlich empört, als eines Mittags
Herr Wolfsohn unvermutet wieder in der Friedrich-Karl-Straße
erschien. Etwas blaß, schmächtiger als sonst, aber im übrigen
keineswegs gedemütigt und zerdrückt.

Frau Wolfsohn, als Markus in der Tür stand, gab ihrer Freude
nicht weniger laut Ausdruck als ihrer Empörung über die Leiden,
die er hatte ausstehen müssen; sie nahm keine Rücksicht darauf,
ob man sie nebenan hörte oder nicht. Geschäftig lief sie hin und
her. Er mußte sogleich ein warmes Bad haben; dann holte sie
Essen ein, und während sie es bereitete, ließ sie die Tür zur Küche
auf, und er saß in dem schwarzen Ohrensessel, und sie unterhielt

sich mit ihm. Er war selig, heimgekehrt zu sein, er saß da und schaute und hörte und sprach nicht viel.

Sie sah zu, wie er mit gutem Appetit aß, noch und noch, und es tat ihr nur ganz wenig leid, was das kostete. Eigentlich hatte sie die Absicht, ihre Klage gegen ihn in der Brust zu bewahren, bis er mit dem Essen fertig sei; aber da er sehr lange brauchte, hielt sie es nicht aus, und als er das Schnitzel mit Ei vollkommen verzehrt hatte und sich an den Käse machte, fing sie an, von dem ungeheuren Betrug zu reden, den er an ihr und den Kindern begangen habe. Er verteidigte sich kaum. Er aß den Käse, langsam, mit Genuß, zerknirscht dabei, doch nicht sehr.

Er war innerlich viel härter geworden. Er hatte den Entschluß gefaßt, nach Palästina zu gehen. Er war klein und nicht sehr kräftig. Aber wer, verdächtigt der Brandstiftung am Reichstag, ein paar Wochen Untersuchungshaft unter dem Regime der Völkischen mitgemacht und sie so überstanden hat wie er, der wird wohl auch noch fähig sein, Hebräisch zu lernen und sich in Palästina als Bauer niederzulassen. Frau Wolfsohn lachte ihn einfach aus. Aber Herr Wolfsohn blieb fest. Sprach vom Schicksal, las viel in der Bibel, las im Lesesaal der Jüdischen Gemeinde, was er über Palästina finden konnte, ging, mit Empfehlungen Martin Oppermanns und Briegers, zu hundert Leuten, um sich die Einwanderungssumme zu beschaffen, betrieb nicht überhastet, aber mit Eile den Aufbruch.

Vernachlässigte dabei nicht seine Pflichten im Möbelhaus Oppermann, von dem Packer Hinkel mit Haß, doch mit einer gewissen Bewunderung betrachtet, weil es ihm geglückt war, den Klauen der Völkischen wieder zu entrinnen. Der Packer Hinkel sah ein, daß offenbar selbst die völkische Bewegung zu schwach war gegen die jüdische Weltverschwörung. Es gelang den fünfundsechzig Millionen Deutschen nicht, diesen einen Markus Wolfsohn von seinem Posten zu vertreiben.

Herr Wolfsohn war weise geworden. Er dachte zurück an die Nächte der Angst, da er kaltschwitzend neben Frau Wolfsohn gelegen war, an die schrecklichen Nächte in der hellbeleuchteten

Zelle. Auch gütiger hatten ihn seine Erfahrungen gemacht. Es war ihm nicht einmal eine besondere Freude, als er erfuhr, daß nun Herr Zarnke seinesteils verhaftet worden war, er und seine ganze Abteilung; Reichswehr hatte die Landsknechte überwältigt und sie ins Konzentrationslager abgeführt. Eine gewisse Genugtuung natürlich verspürte Markus Wolfsohn. Einmal hatte er sich ausgemalt, wie er es Herrn Zarnke geben wird. Nun hatte es das Schicksal Herrn Zarnke gegeben, viel schrecklicher, als Herr Wolfsohn es gewünscht hatte; denn wenn schon die Zelle so furchtbar war, wie erst mußte es im Konzentrationslager sein.

Herr Wolfsohn selber wiegte sich nicht in falscher Sicherheit. Emsig betrieb er seinen Auszug aus Deutschland, seinen Aufbruch unter einen besseren Himmel.

Als er die Zusicherung hatte, daß man seinem Antrag auf Genehmigung eines Einwanderungsvisums für Palästina stattgeben werde, erzählte ihm eines Tages Frau Wolfsohn, Frau Zarnke sei heute da gewesen und habe gebeten, ob man denn nicht etwas für ihren Mann tun könnte. Der sei unschuldig wie ein Säugling und sitze im Konzentrationslager, und die Kosten dafür würden ihr von ihrer Unterstützung abgezogen, so daß sie für sich und die Kinder nur mehr zweiundfünfzig Mark im Monat habe; davon könne sie nicht einmal die Miete zahlen, sie müsse die Wohnung an ihren Schwager abgeben. Herr Wolfsohn duckte das Triumphgefühl, das in ihm hochkommen wollte, schüttelte nur den Kopf und sagte: „Ja, ja, so geht's." Später sagte er, man dürfe sich natürlich unter keinen Umständen irgendeine Kritik an den Maßnahmen der Regierung erlauben, ohne sich zu gefährden. Aber wenn er erst jenseits der Grenze sei, sei er bereit, Frau Zarnke eine einmalige Beihilfe von einem halben palästinensischen Pfund zu spendieren.

Jacques Lavendel holte den mittleren der ungesäuerten Fladen heraus, die in der altertümlichen, mehrstöckigen Silberschüssel verwahrt waren, und brach ihn in zwei Stücke. Er lehnte sich zurück auf das mit Atlas bezogene Kissen, hebräische Buchstaben in schwerer Goldstickerei waren darauf. Mit seiner heiseren Stimme, in aramäischem Singsang, rezitierte er: „Dies ist das Brot des Elends, das unsere Väter aßen in Ägypten. Wer hungrig ist, komme und esse mit. Wer bedürftig ist, komme und feiere mit uns das Passahfest. Dieses Jahr hier, das kommende Jahr in Jerusalem. Dieses Jahr Knechte, das kommende Jahr freie Männer." Dann wandte er sich an seinen Sohn: „So, Heinrich, jetzt bist du daran." Und Heinrich seinesteils rezitierte die uralten Fragen, die an diesem Abend der Jüngste der Tischgesellschaft zu stellen hat: „Wodurch unterscheidet sich diese Nacht von allen andern Nächten?" Alle am Tisch dachten an Berthold; denn hätte der diesen Abend noch erlebt, dann, er war etwas jünger als Heinrich, wäre es an ihm gewesen, dieses Stück zu rezitieren.

Es war der Abend des 11. April, des 14. Nisan jüdischer Rechnung, der Sederabend. Hochheilig seit Urzeiten gilt den Juden diese Nacht, sie feiern in ihr mit häuslichem Gottesdienst und Festmahlzeit die Erinnerung an die Befreiung aus Ägypten und an das Abendmahl des Passah. Lebendig durch die Jahrtausende blieb ihnen diese Erinnerung; denn „nicht Pharao allein ist aufgestanden wider uns", heißt es in der Liturgie des Abends, „sondern in jedem Zeitalter erhoben sich Menschen wider uns, um uns zu vernichten, aber Gott rettete uns aus ihrer Hand".

Seit Gustavs fünfzigstem Geburtstag waren die Oppermanns nicht mehr so vollzählig versammelt wie heute im Hause Jacques Lavendels am Luganer See. Auch Joachim Ranzow und Liselotte waren da. Man saß um den großen, feierlich gedeckten Tisch. Die Geräte, die für den Ritus dieses Abends benötigt wurden, bildeten den schönsten Teil von Jacques Lavendels Sammlung. Auf dem Tisch stand die altertümliche, mehrstöckige Silberschüssel für die dünnen, weißen Fladen ungesäuerten Brotes, dazu kleine Silberplatten aller Art, eine mit einem Knochen und einem Rest gebratenen Fleisches, eine mit Salatblättern, ein Wägelchen mit süßem, aus Äpfeln und Nüssen bereitetem Mus. Silberbecher standen herum, ein ganz großer, gefüllt, unberührt, für den Propheten Elias, den Vorläufer des Messias, falls er, wie zu hoffen stand, in dieser Nacht als Gast erscheinen sollte. Jedem der Tischgenossen hatte Jacques Lavendel ein Buch mit der für den Abend vorgeschriebenen Gebetordnung hingelegt, eine „Haggada". Er besaß viele Ausgaben dieses Buches, sehr altertümliche darunter, mit naiven Illustrationen. Merkwürdig wie diese Bücher war die ganze Feier, leidenschaftlich, naiv, heiter, schwermütig, voll hohen Stolzes und voll hoher Demut; kindliche Symbole und allertiefste lösten einander ab.

Gustav, während Jacques Lavendels heisere Stimme behaglich in dem altmodischen Singsang plätscherte, blätterte in seinem Gebetbuch, in seiner Haggada, beschaute die naiven Illustrationen. Da saß Pharao in einer Badewanne, die Krone auf dem Kopf, mit starrem Gesicht, es waren die zehn Plagen, und das Wasser verwandelte sich in Blut. Da saß er mit dem gleichen starren Gesicht auf dem Thron, und um ihn, es waren immer noch die zehn Plagen, hüpften Frösche. Übrigens hatte man, wenn man die zehn Plagen aufzählte, bei der Nennung jeder einzelnen einen Finger in den Wein zu tauchen, einen nach dem andern, die zehn Finger der Hand; aus dem Becher der Freude nahm man die Tropfen weg, weil diese Freude bezahlt war mit den Plagen der andern. Der eigenen Plagen allerdings gedachte man auch recht ausgiebig. Da waren, auf den naiven Bildern seines Buches, Juden, die unter den Peitschen der Aufseher Ziegel schleppten und Lehm, die Städte Piton und Ramses zu bauen. Eigentlich hatten die Juden es leicht damals; es sind einfache Peitschen, mit denen diese Aufseher auf sie einschlagen. Jetzt schlagen sie mit Gummiknüppeln und Stahlruten, und man hört auch einiges von versengten Handflächen und Fußsohlen. Und plötzlich war das Bild wieder da, das Gustav unablässig verfolgte, seitdem er jenes Telegramm erhalten hatte: sein Freund Johannes Cohen, auf der Kiste stehend, sie war dreieckig komischerweise und schloß mit einer scharfen Kante ab; Johannes aber tanzte auf der Kante herum, machte Kniebeugen, groteske, sprang federnd hoch und wieder in die Knie, auf die Hampelmannart jenes berühmten Tänzers, den Gustav einmal in der Pantomime gesehen hatte, streckte die Arme aus, und in jeder Beuge, papageienhaft, rief er: „Ich Judenschwein habe mein Vaterland verraten."

Gustav zwang sich zurück zu den Bildern seiner Haggada. Da sitzen sie um einen langen Tisch herum, eine Gesellschaft Juden, und halten ihr Abendmahl. Ja, seit etwa dreitausend Jahren so feiern sie ihre „Befreiung". Es ist eine etwas zweideutige Freiheit, die ihnen beschert ist. Wenn sie Gott anflehen, seinen Grimm über ihre Feinde auszugießen, dann öffnen sie zum Zeichen der Zuversicht die Türen, auf daß die Feinde auch von dieser ihrer Zuversicht Kenntnis nähmen. Vorsichtige Leute aber, etwa Herr Weinberg, lassen vorher auf dem Korridor nachschauen, ob auch niemand da sei, der hören könnte. Trotzdem glauben sie hartnäckig an ihre endgültige Befreiung. Seit fast neunzehnhundert Jahren jetzt stellen sie ihren Becher Weines hin für den Propheten, den Vorläufer des Messias, dickköpfig, Jahr für Jahr, und am andern Morgen konstatieren die Kinder enttäuscht, daß der Becher noch voll ist, daß der Prophet wieder einmal nicht getrunken hat. „Es ist uns aufgetragen, am Werke zu arbeiten, aber es ist uns nicht gegeben, es zu vollenden."

Jacques Lavendel war fertig mit dem ersten Teil des Gottesdienstes. Man begann zu essen. Bis jetzt hatte man hebräisch und aramäisch über das Land Ägypten gesprochen, aus dem Gott die Juden vor dreitausend Jahren befreit hat, jetzt sprach man deutsch über das Deutschland, aus dem sie noch nicht befreit waren. Denn nur ein kleiner Teil konnte aus dem Land des Grauens fliehen; es waren viele, die man nicht herausließ, und ließ man einen heraus, dann sperrte man ihm sein Vermögen. Wies man im Ausland auf das Schauerliche hin, was in Deutschland geschah, dann nahmen sie das zum Vorwand, die Juden dort noch ärger zu drücken. Soll man deshalb davon ablassen, die zivilisierte Welt gegen dieses Deutschland der Barbarei aufzurütteln? Nein. Darüber sind alle an diesem Tisch sich einig. Denn ob mit oder ohne Vorwand, die Völkischen sind fest entschlossen, das Vermögen der Juden in die eigene Tasche zu leiten, selber in ihre Stellungen einzurücken, sie zu vernichten.

Man darf sich also nicht beirren lassen. Immer wieder muß man der Welt sagen, wie in diesem Deutschland alle kulturfeindlichen Urtriebe als Tugenden gerühmt werden, wie man dort die Hordenmoral des Urwalds zur Staatsreligion erhebt. Aber die Oppermanns sind kluge Leute, sie kennen die Welt. Diese Welt ist lau. Man hat Guthaben in Deutschland, die man nicht verlieren will, man hat Interesse an Lieferungen für die deutschen Rüstungen, man fürchtet den Bolschewismus, der die Herrschaft der Völkischen ablösen könnte. Humanität und Zivilisation sind da schwache Argumente. Es müßten handfestere dazukommen, die Welt zum Eingreifen zu bewegen.

Martin sprach von seinen Plänen. Er für sein bescheidenes Teil will, was an Deutschland gut ist, auf andern Boden verpflanzen helfen. Von jeher war er interessiert an dem Innenarchitekten Bürkner. Aber das Möbelhaus Oppermann war nicht der rechte Start für ihn, dort konnte er ihn nicht wirksam propagieren. Jetzt will er ihn nach London holen, will dort einen exklusiven Laden aufmachen, nur um die Erzeugnisse dieses Bürkner zu vertreiben. Große Gewinne erzielen will er nicht. Für wen auch? Aber eine Aufgabe muß der Mensch doch haben.

Gustav, als Martin dies sagte, spürte ein geradezu körperliches Unbehagen. Früher hatte er Martins „Würde" manchmal belächelt; jetzt war er bestürzt, daß Martin diese Würde so ganz und gar eingebüßt hat. Niemals früher hätte er so redselig über seine Lage, seine Pläne, seine „Aufgabe" gesprochen. Diese „Aufgabe". Man nimmt mit, was an Deutschland gut war, verpflanzt es ins Ausland. Du machst es dir zu einfach, mein Guter. Und Deutschland selber, überläßt man es dem Verfall? Martin weiß ja gar nicht, wie gut er es hat. Da sitzt diese Liselotte neben ihm. Ihr Gesicht ist weniger hell als früher, zugegeben, ihre langen, grauen Augen sind stumpfer geworden. Trotzdem: wie fest und gelassen sie dasitzt. In dieser Liselotte nimmt Martin wahrhaftig, wohin immer er geht, ein Stück Deutschland mit. Und solcher wie diese Liselotte gibt es viele, treu und zäh, viele wie die Bilfinger und Frischlin. Das ganze Deutschland, auch heute noch, ist voll von ihnen. Soll man die einfach im Stich lassen?

In der Schublade seines lächerlichen Hotelschreibtischs liegen Bilfingers Dokumente. Johannes Cohen ist im Konzentrationslager, wird „gebessert". Wer in Deutschland weiß von diesen Dingen? Muß man es denen in Deutschland nicht sagen? Gustav fühlt sich seinen Brüdern, allen hier am Tisch, sehr verknüpft. Sie sind klug, er hat Respekt vor ihrem besseren Wirklichkeitssinn. Dennoch jetzt findet er ihre Klugheit lau, abgestanden. Wer Bilfingers Dokumente, wer Johannes Cohens Qualen einmal so gespürt hat wie er, der kann sich dieser Klugheit nicht mehr fügen.

Die Mahlzeit war zu Ende, Jacques Lavendel setzte den Gottesdienst fort. Aber er war konziliant; er nahm es nicht weiter übel, daß einige seiner Gäste sich in eine Ecke zurückzogen, leise weiterredend.

Da war Gina. Mit ihrer sorgenvollen Hausfrauenstimme ˋerzählte sie, vor welch schwerer Entscheidung sie gestanden sei. Sollte sie Edgar nach Paris begleiten oder Ruth nach Palästina? Sie haben jetzt das Kind aufs Schiff gebracht. Das Kind hat sich die Begleitung der Mutter ernstlich verbeten, Ruth ist ja so selbständig und so gescheit. Aber wenn sie sich's auch verbittet, sowie Edgar das neue Laboratorium in Paris halbwegs unter Dach hat, fahren sie hinüber nach Palästina und schauen sich nach dem Kind um.

Edgar selber hört nichts von ihrem schnellen, farblosen Geschwatz. Er sitzt am Tisch, wo Jacques Lavendel psalmodiert, und blättert in seiner Haggada. Er hat als Knabe Hebräisch gelernt, nicht sehr gut; etwas mühselig buchstabiert er sich die Worte zusammen, entziffert mit Hilfe der Übersetzung ihren Sinn. Er ist Kosmopolit, er hat von jeher gelächelt über das Bestreben der Zionisten, eine tote Sprache wieder lebendig zu machen. Jetzt muß sogar der kleine Dr. Jacoby Hebräisch treiben, um drüben bestehen zu können, und anderswo hat er wirklich keine Aussichten. Er, Edgar, hat Aussichten. Aber er hat nicht viel Freude daran. Er ist nicht mehr jung, ein schweres Jahr liegt hinter ihm, kein leichtes vor ihm. Auch er beschaut sich die naiven Bilder seiner Haggada. Da werfen ägyptische

Männer jüdische Säuglinge in den Nil. Was für unvollkommene Methoden hatten sie damals. Unsere Ägypter machen das gründlicher. Sie wollen die Juden allesamt sterilisieren, die Sozialisten dazu, alle Geistigen dazu; nur mehr die Völkischen sollen sich fortpflanzen, niemand mehr soll dasein, ihnen in die Suppe zu spucken.

Die in der Ecke sprachen wieder über Deutschland. Sie bemühten sich, trocken zu bleiben. Aber ihre Sachlichkeit war Maske. Ihre Heimat, ihr Deutschland, hat sich als Betrügerin erwiesen. So fest war man auf dieser Heimat gestanden, seit Jahrhunderten, und plötzlich glitt sie einem unter den Füßen fort. Man erwog nüchtern, daß man wohl nie mehr werde zurückkehren können; denn wodurch kann diese Herrschaft der Völkischen abgelöst werden als durch Krieg und Jahre des Blutes und der schauerlichsten Revolution? Aber ganz heimlich, gegen ihre Vernunft, hofften sie trotzdem, es werde anders kommen. Man wird zurückkehren, Deutschland wird groß und gesund werden, wie es war.

Jacques Lavendel forderte sie auf, wieder an den Tisch zu kommen. Er war auf der vorletzten Seite seiner Haggada. „Da müßt ihr noch mitmachen", bat er, freundlich zuredend. Es war aber das Schlußstück der Haggada, jenes uralte, aramäische Lied von dem Lämmlein, das mein Väterlein um zwei Groschen gekauft und das die Katze totgebissen hat. Und nun beginnt Kreislauf und Vergeltung: der Hund reißt die Katze und der Stock schlägt den Hund und das Feuer verbrennt den Stock und die Flut löscht das Feuer und der Ochs säuft die Flut und der Schlächter schlägt den Ochsen und der Tod schlägt den Schlächter und Gott schlägt den Tod. Ein Lämmlein, ein Lämmlein. Jacques Lavendel, kopfwiegend, die Augen halb geschlossen, hingegeben, psalmodierte das simple, tiefe, melancholische Lied. Geheimnisvoll klangen die aramäischen Worte; auch die Übersetzung, die dem aramäischen Text beigedruckt war, klang verschollen, beruhigend und bedrohlich zugleich. Gustav, durch Jacques Lavendels Singsang, hörte die verbissene, schwäbische Stimme: „Sie haben die Maßstäbe zerbrochen", und er sah die

Hand die falsche Inschrift: „2,50 Meter" wegwischen und das richtige Maß wieder anschreiben.

Und dann war das Lied zu Ende, und in das Schweigen hinein sagte Heinrich: „Well, Daddy, du singst ja ganz schön; aber wenn du uns das Lied auf dem Grammophon vorgespielt hättest, wäre es noch schöner gewesen."

Man ging in ein anderes Zimmer. Jacques Lavendel, sich aus einem alten Ghettojuden in einen bürgerlichen Herrn von heute verwandelnd, erzählte von seinen Plänen. Er wird zunächst ein paar Monate hierbleiben, gründlich faulenzen. Eigentlich muß er dem Führer dankbar sein, daß der ihn, ein bißchen heftig, veranlaßt hat, endlich einmal auszuspannen. Er wird viel lesen. Man hat viel zuwenig gelernt. Der Junge allein kann es nicht für einen nachholen, wenn auch sein Rat mit dem Grammophon für gute Beobachtungsgabe zeugt. Auch reisen wird er. Es ist kein Verlaß auf Bücher und Zeitungen. Man muß in Amerika, Rußland, Palästina mit eigenen Augen anschauen, was wird.

Martin, wie er Jacques so sprechen hört, denkt, dieser Jacques Lavendel habe es leicht, zu reisen. Das Schönste an einer Reise ist die Heimkehr. Jacques Lavendel hat hier dieses Haus, wo er hingehört, er hat eine Staatsangehörigkeit, er ist der einzige mit sicherem Boden unter den Füßen. Die andern alle sind unbehaust; wenn ihre Pässe abgelaufen sind, wird man sie kaum erneuern. Martin hat sich eine harte Haut zugelegt; dennoch, bei dem Gedanken, daß das Haus an der Gertraudtenstraße fortschwimmt, daß jetzt eigentlich dieses Zufallshaus in Lugano das einzig Feste ist, was die Oppermanns haben, gibt es ihm einen Stich. Und jetzt gar sagt Klara, bisher, wie immer, die Stillste von allen, in ihrer freundlichen, resoluten Art: „Es scheint, vorläufig weiß von uns noch keiner genau, wohin er geht. Ihr wißt, wenn einer Ferien machen will, hier ist er jederzeit willkommen. Es wäre uns eine Freude, wenn ihr euch manchmal hier treffen wolltet." Sie sprach nüchtern wie immer, aber alle spürten es: jetzt hatten die Oppermanns keinen Mittelpunkt mehr, die Geschichte Immanuel Oppermanns und seiner Kinder und Enkel war aus.

Heute sitzen sie noch zusammen. Aber in Zukunft wird sie höchstens noch der Zufall zusammenführen. Die Heimat ist ihnen weggeglitten, sie haben Berthold verloren, das Haus in der Gertraudtenstraße und alles ringsherum, Edgars Laboratorium, das Haus in der Max-Reger-Straße. Was drei Generationen in Berlin, was drei mal sieben Generationen von ihnen in Deutschland aufgebaut haben, ist hin. Martin geht nach London, Edgar nach Paris, Ruth ist in Tel Aviv, Gustav, Jacques, Heinrich gehen wer weiß wohin. Sie werden verweht über die vier Meere der Welt, in alle acht Winde.

Immer dichter mittlerweile breiteten sich die Nebel der Lüge über Deutschland. Hermetisch abgeschlossen von der übrigen Welt lag das Reich, preisgegeben den Lügen, die die Völkischen Tag für Tag vielmillionenfach aus Lautsprechern und aus gedrucktem Papier darüber ausschütteten. Sie hatten für diesen Zweck ein Sonderministerium gegründet. Mit allen Mitteln modernster Technik wurde den Hungernden suggeriert, sie seien satt, den Unterdrückten, sie seien frei, den von der steigenden Empörung der gesamten Welt Bedrohten, sie seien vom Erdkreis um ihrer Kraft und Herrlichkeit willen beneidet.

Das Reich rüstete zum Krieg, innerhalb und außerhalb seiner Grenzen, die Verträge offensichtlich brechend. Ziel des Lebens sei der Tod auf dem Schlachtfeld, verkündeten die großen Männer der Völkischen in Wort und Schrift. Krieg sei die erstrebenswerte Erfüllung des nationalen Schicksals, verkündeten die Lautsprecher. Alle freie Zeit der Jüngeren wurde auf militärische Übungen verwendet, die Straßen hallten wider von Kriegsliedern. Aber der „Führer", in feierlichen, wild pathetischen Reden, versicherte, das Reich halte sich strikt an die Verträge, wolle nichts als den Frieden. Dem Volk erklärte man augenzwinkernd, diese Reden des Führers seien nur für das dumme Ausland bestimmt, damit man ungestört rüsten könne. Der hohe Zweck heilige diese aus „nordischer List" geborene „Tarnung". So suchte die Regierung fünfundsechzig Millionen

Menschen in einem Bunde augenzwinkernder Hinterlist zu vereinigen.

In diesem Geist erzog man die Jugend. Man lehrte sie, der Krieg sei nicht verloren worden, das deutsche Volk sei das edelste der Welt und darum innen und außen von tückischen Feinden bedroht. Man hielt die Jugend an, Fragern zu erklären, ihre militärischen Übungen seien nichts als „Sport". Man lehrte die Kinder, wer eine Wahrheit sage, die den Völkischen nicht nutze, sei ein Lump und vogelfrei. Man lehrte die Kinder, sie gehörten dem Staat, nicht ihren Eltern. Man verhöhnte und bespie, was ihre Eltern rühmten, rühmte, was ihren Eltern fluchenswert erschien, und bestrafte sie hart, bekannten sie sich zur Gesinnung ihrer Eltern. Man lehrte sie lügen.

Kein schlimmeres Verbrechen gab es in diesem Deutschland der Völkischen als das Bekenntnis zur Vernunft, das Bekenntnis zum Frieden und aufrechte Gesinnung. Die Regierung verlangte, daß jeder seinen Nächsten scharf beobachte, ob er auch die von den Völkischen vorgeschriebene Überzeugung bekunde. Wer nicht gelegentlich eine Anzeige erstattete, galt als verdächtig. Nachbar bespitzelte den Nachbarn, Sohn den Vater, Freund den Freund. Man flüsterte in den Wohnungen, denn das laut gesprochene Wort drang durch die Wände. Man hatte Angst vor seinen Kameraden, vor seinen Angestellten, vor dem Kellner, der einem die Speisen brachte, vor dem Nebenmann in der Straßenbahn.

Lüge und Gewalt gingen ineinander. Die Völkischen schafften die Grundsätze ab, die den Weißen seit der französischen Revolution als die Elemente der Gesittung galten. Sie verkündeten, vor ihrem Gesetz sei Mensch nicht gleich Mensch. Sie führten die Sklaverei wieder ein und „tarnten" sie als „freiwilligen Arbeitsdienst". Sie sperrten ihre Gegner ein, hielten sie schlechter als Tiere, marterten sie und nannten das „körperliche Ertüchtigung". Sie brannten ihnen Hakenkreuze in die Haut, zwangen sie, einander zu bepissen, Gras mit dem Munde auszuraufen, führten sie in lächerlichen Aufzügen durch die Straßen und nannten das „Erziehung zu nationaler Gesinnung". Das Gesetz:

„Du sollst nicht töten" wurde abgeschafft. Der politische Mord wurde als hehre Tat gepriesen, der „Führer" nannte Mörder, weil sie Mörder waren, seine „Kameraden", man errichtete Mördern Gedenktafeln, riß Gemordete aus ihren Gräbern, machte einen Mörder, weil er Mörder war, zum Polizeipräsidenten. Es wurden im ersten Vierteljahr der völkischen Herrschaft im Reich fünfhundertdreiundneunzig ungesühnte Morde begangen, mehr ungesühnte Morde als in dem ganzen Jahrzehnt vorher, und dies waren nur die bekannt gewordenen, dokumentarisch belegten Mordtaten. Auch wurden in den ersten Monaten der völkischen Herrschaft mehr Menschen hingerichtet als in fünfzehn Jahren vorher.

Lüge und Elend gingen ineinander. Die Völkischen sagten „Freiheit und Brot", aber sie meinten Freiheit nur für ihre Anhänger, die Gegner totzuschlagen, und Brot für ihre Anhänger aus dem Brot und den Stellungen der andern. Sie vertrieben die Begabten aus dem Land oder sperrten sie ein, um Platz für ihre unbegabten Anhänger zu schaffen. Sie verteuerten die Lebensmittel und senkten die Löhne. Hunger und Elend im Volke stiegen. Die Zahl der Eheschließungen im ersten Vierteljahr der völkischen Herrschaft blieb um fünfeinhalb Prozent hinter der entsprechenden Zahl des Vorjahrs zurück, die Sterblichkeit stieg um sechzehn Prozent. Die Arbeitslosigkeit schwoll ins Unermeßliche; Deutschland hatte die höchste Arbeitslosenziffer der Welt. Aber die Völkischen, mit eiserner Fresse, behaupteten, sie hätten die Arbeitslosigkeit vermindert.

Lüge, Profit und die Stillung eigener Lüste gingen ineinander. Wer der herrschenden Partei angehörte, konnte den Konkurrenten in einem Konzentrationslager verschwinden lassen. Nächst dem Führer war der beliebteste Mann unter den Deutschen jener gewesen, dessen Stimme im Rundfunk das Volk am meisten liebte. Jetzt büßte er den Wettbewerb, den er dem Führer gemacht hatte, im Konzentrationslager. Durch die Drohung mit dem Konzentrationslager erpreßte man von dem jüdischen Gläubiger den Nachlaß der Schuld, von dem jüdischen Schuldner beschleunigte Zahlung. Dem jüdischen Hausbesitzer verwei-

gerte man die Miete, „man werde sie ihm nach Palästina schik-
ken". Jeder Nichtvölkische lebte unter ständiger Drohung. Es
genügte, zu konstatieren, die Fleischpreise hätten unter dieser
Regierung angezogen oder das Programm eines völkischen
Festes sei nicht gut zusammengestellt, um ins Konzentrationslager abgeführt zu werden. Schon eines solchen „Verbrechens"
bezichtigt zu sein, genügte, auch wenn es nicht begangen war.
Gefiel einem der Völkischen die Nase eines Passanten nicht, so
konnte er auf diese Nase schlagen. Erklärte er, der mit der
Nase habe, als eine völkische Hymne angestimmt wurde, den
Arm nicht schnell genug erhoben, war dies Rechtfertigung
genug.

Das Volk war gut. Es hatte Männer und Leistungen größten
Formats hervorgebracht. Es bestand aus kräftigen, arbeitswilli-
gen, fähigen Menschen. Aber ihre Zivilisation war jung, es war
nicht schwer, ihren immer bereiten, unkritischen Idealismus zu
mißbrauchen, ihre atavistischen Triebe anzufachen, ihre Ur-
waldsaffekte, so daß sie die dünne Hülle durchbrachen, und dies
war es, was jetzt geschah. Von außen sah das Land aus wie
immer. Die Straßenbahnen, die Autos fuhren, Geschäfte,
Restaurants, Theater, zu einem großen Teil gezwungen, hielten
ihren Betrieb aufrecht, die Zeitungen hatten die gleichen Köpfe,
die gleichen Lettern. Aber innerlich verwilderte, verlumpte,
verfaulte, verkam das Land von Tag zu Tag mehr, Roheit und
Lüge fraßen an ihm, das ganze Leben wurde übelriechende
Schminke.

Sehr viele waren an öffentlichen Dingen uninteressiert. Sie
glaubten dem vorgetäuschten Frieden des Alltags, den Festen
und Kundgebungen, die die Völkischen, um das Elend der
Bauern und Arbeiter, der Konzentrations- und Arbeitsdienst-
lager zu übertönen, in Fülle veranstalteten. Außerdem täuschten
diejenigen, die in die Stellen der vertriebenen Begabten einge-
rückt waren, und diejenigen, die vom Abfall der neuen Mächtigen lebten, einen neuen Wohlstand vor. Der größte Teil des
Volkes freilich fiel nicht darauf herein, es gab mehr Empörte als
Zufriedene. Sie flüchteten, zogen Landsknechtsabteilungen

vorbei, in die Hauseingänge, um nicht grüßen zu müssen, sie bissen sich auf die Lippen, hörten sie das gemeine Lied vom Judenblut, das vom Messer spritzen solle, auf daß es noch mal so gut gehe. Aber sie mußten schweigen; wer sich beim Sprechen ertappen ließ, kam vor den Richter.

Da lernte man lügen in Deutschland. Viele rühmten laut die Völkischen, aber heimlich verfluchten sie sie. Ihr Kleid trug die braune Farbe der Völkischen, ihr Herz die rote der Gegner: Beefsteaks nannten sie sich. Die Partei der Beefsteaks war größer als die des Führers.

Aber ihre Stimmen drangen nicht ins Ausland, und die Stimme des Auslands drang nicht zu ihnen. Es gab ein Landsknechtsquartier in Berlin-Köpenick, Demuth hieß es, berüchtigt, weil man dort die Gefangenen auf besonders wüste Art „unterrichtete". Während man sie in den Kellern mißhandelte, ließ einer der Landsknechte im Hof sein Motorrad laufen, so daß das Geräusch des Motors das Geschrei der Gefolterten und das Klatschen der Hiebe übertönte. Dieser Motor, angekurbelt, doch nur, um das Geschrei der Mißhandelten zu übertönen, das war das Sinnbild des Dritten Deutschen Reichs.

Widersinn und Lüge war, was die Machthaber dieses Reiches taten und was sie ließen. Lüge, was sie sagten und was sie verschwiegen. Mit der Lüge standen sie auf, mit der Lüge legten sie sich nieder. Lüge war ihre Ordnung, Lüge ihr Gesetz, Lüge ihr Urteil, Lüge ihr Deutsch, Lüge ihre Wissenschaft, ihr Recht, ihr Glaube. Lüge war ihr Nationalismus, ihr Sozialismus, Lüge ihr Ethos und ihre Liebe. Lüge alles, und echt nur eines: ihr Haß.

Das Land seufzte. Aber es hielt Ruhe und Ordnung. Pfeiler dieser Ordnung waren die sechshunderttausend Landsknechte, und untermauert war sie mit den hunderttausend Häftlingen. Das Land verelendete, das Land verlumpte: aber wer über den Kurfürstendamm in Berlin ging, über den Jungfernstieg in Hamburg, über die Hohe Straße in Köln, der sah nichts als Ruhe und Ordnung.

Aus diesem Deutschland kam Anna.

Gustav stand auf dem Bahnhof des provenzalischen Seestädtchens Bandol und erwartete sie. Sie stieg aus. Ein klein wenig voller war sie, aber schmal noch immer, mädchenhaft und fraulich zugleich, groß, ruhig. Mistral war. Gustav sah vergnügt, wie der frische, angenehme Wind ihre Backen rötete, aber um die Augen blieb sie blaß. Fröhlich, gelassen saß sie neben ihm. Gustav griff nach ihrer Hand; sie streifte den Handschuh ab, ließ sie ihm.

Gustav war befriedigt, daß er für ihr Zusammensein diese schöne, südliche Landschaft gewählt hatte. Das Meeresufer sprang bald zackig vor, bald schwang es sich in großem Bogen, niemals allzu wirkungsvoll; niedrige Berge hoben sich in weiten Linien, mattfarbig, mit graugrünen Ölbäumen, graubraunem, bröckelndem Fels, mit Reben und Pinien.

Anna setzte ihm während des Abendessens auseinander, wie sie sich ihren Aufenthalt hier denke. Müde nach der heftigen Arbeit des letzten Jahres, freute sie sich auf das Nichtstun, auf das Meer. Schön wird das sein, spazierengehen, baden, in der Sonne liegen. Aber ganz ohne Arbeit kann sie nicht sein. Ihr Französisch ist arg lückenhaft. Sie hat sich Bücher mitgebracht, ein gutes Lexikon. Sie sprach ruhig, ernst und fröhlich wie stets. Unter dem dichten, braunen Haar schauten ihre hellen Augen prüfend, ließen vieles liegen, packten, was ihnen zukam, langsam, doch für immer. Anna war genauso, wie Gustav sie vor neunzehn Monaten zum letztenmal gesehen hatte. Er war erstaunt. Ihm schien, es müßte jeder, der aus dem Lande des Alpdrucks kam, von Grund auf gewandelt sein. War es recht, was er vorhatte, von diesem hellen, gelassenen Gesicht, von dieser eckigen Stirn die Ruhe fortzuwischen, wie sie ihm für immer fortgewischt war? Und wenn es recht war, wird es ihm glücken?

Vornächst sprach er nicht von den Dingen, die ihn bewegten. Vielmehr sagte er Anna nur, daß er diesmal nicht so aus dem vollen wirtschaften könne wie früher. Ordentlich und rechenhaft, wie sie war, kam ihr das sehr recht. Sie mieteten ein kleines, altes Auto und zogen aus, abenteuerlustig, um ein billiges Haus zu suchen, in dem sie die paar Wochen wohnen könnten. Sie fanden eines, auf der Halbinsel La Gorguette. Breit, niedrig, einsam stand es an einer kleinen Bucht, rosigbraun, verwittert, auf nicht hoher Klippe. Dahinter hoben sich Hügel mit Ölbäumen, Reben und, vor allem, Pinien. Die Straße erstieg in rundem, klarem Schwung die Klippe. Weder Blumen noch Gräser gediehen in dem Salzwind. Vor dem Haus war nur das Meer und, sanft fallend, besonnt, sandiges Gelände, gesäumt von einer dichten Schonung junger, niedriger Pinien, die die Klippe hinunter zum Meer krochen.

Ein ärmlich angezogener Mensch zeigte ihnen mit edeln Gesten das Innere. Die Räume waren groß, kahl, verfallen, überall schaute das Meer hinein. Wenige, ramponierte Möbel standen herum. Der Mann war sparsam von Wort, keineswegs aufdringlich. Anna glaubte, sie werde da schon zurechtkommen; es reizte sie, Ordnung zu schaffen. Mit ganz geringer Mühe und wenig Geld wird man das Nötigste reparieren. Der ärmliche Mensch mit den edeln Gesten, ein Weinbauer, der ein paar hundert Meter weiter innen im Land ein kleines Besitztum hatte, erklärte sich bereit, zu helfen. Sie mieteten.

In zweimal vierundzwanzig Stunden muß es soweit sein, daß sie das Haus beziehen können. Den ganzen andern Tag räumte und wirtschaftete Anna herum, der Mann sägte, hämmerte, ruhig, sparsam von Wort, mit schönen Bewegungen. Gustav schaute zu. Manchmal fragte ihn Anna um ein französisches Wort, um sich mit dem Mann zu verständigen. Sonst konnte er wenig helfen. Ihr machte die Arbeit Freude, sie ging ganz in ihr auf. Hätte er sie geheiratet, hätte er mit ihr zusammen gelebt, alles wäre anders gekommen.

Er stand im Wege. Er legte sich vors Haus, in die Sonne, döste vor sich hin in dem leichten Wind. Es war trostreich und es war unheimlich, wie fest und ruhevoll Annas Gesicht war. Dieses Gesicht mit seinem breiten, schönen Mund, den kräftigen Jochbogen, der eckigen Stirn unter dem dichten, braunen Haar, dieses Gesicht war Deutschland.

Das Deutschland von gestern. Es muß ihm gelingen, die Ruhe aus diesem Gesicht zu verjagen, auf daß das Deutschland von heute wieder das Deutschland von gestern werde. Groß, graublau mit kleinen, weißen Wellen im leichten Wind lag das Meer vor ihm, die Landschaft war weit, friedvoll. Welche Freude es ihr machte, mit bescheidenen Mitteln Ordnung in dieses verfallende Haus zu bringen. Er könnte hier eine gute Zeit haben, wenn er sich nur entschlösse, zu schweigen, Annas Ruhe nicht zu stören. Schade, daß er nicht schweigen darf.

Sie aßen etwas rasch Zusammengeholtes, Eier, kaltes Fleisch, Früchte, Käse, Wein. Es war ein heiteres Mahl. Annas Pläne, was alles man in diesen fünf Wochen machen müsse, gewannen festere Gestalt. Zunächst also wird sie hier die Geschichte ein bißchen auf die Beine stellen. Sie hat sich ein bestimmtes Bild gemacht, wie das hier aussehen muß, und so wird es auch ausschauen. Freilich werden sie, wenn sie einmal soweit ist, gleich wieder fort müssen.

Auch sonst hat sie feste Projekte. Sport, Training jeden Morgen, die schöne, leicht ansteigende Straße eignet sich gut zum Dauerlauf. Sie war ein methodisches Mädchen; aber sie hatte Humor, sie lachte mit, wenn Gustav sie wegen ihrer Pedanterie aufzog. Sie ist langsam, sie braucht Pedanterie. Es dauert zum Beispiel ziemlich lange, bevor sie sich in einem Menschen auskennt. Darum hat sie in der letzten Zeit systematisch physiognomische Theorien studiert. Gustav fragt sie, ob er klüger geworden sei in diesen letzten anderthalb Jahren, ob sie ihm etwas anmerke, ob er mit seinen Fünfzig endlich weiser sei. Anna schaut ihn ernsthaft an. Er habe sich verändert, erklärt sie. Sein genußsüchtiger Mund sei ein wenig schärfer geworden, auch um die Augen, der Nase zu, seien die Linien weniger weich, nicht mehr so willkürlich. Gustav hört sich ihre Analyse an, mit einem ganz kleinen Lächeln, nachdenklich.

Des Nachmittags fuhren sie nach Toulon, den Hausrat vervollständigen. Der Betrag, den Anna dafür anlegen wollte, war klein. Sie liefen herum, in vielen Läden, Anna war unermüdlich, fand hier ein Stück, dort eines. Sie freuten sich an der

Buntheit der Stadt, an ihrem Lärm, sie aßen am Hafen, dann zog Anna von neuem aus, allein, und schließlich erklärte sie triumphierend, jetzt habe sie alles zusammen, was sie sich wünsche.

Es wurde Abend, und es wurde Morgen, der dritte Tag. Anna wird bald so weit sein, daß sie zufrieden ist. Gustav hatte immer noch nicht von dem gesprochen, was ihn bewegte. Nach dem Mittagessen sonnten sie sich auf den Klippen ihrer kleinen Bucht. Anna lag auf dem Bauch, beide Arme aufgestützt, und las, das Lexikon neben sich, in ihrem französischen Buch. Manchmal fragte sie Gustav um die genaue Definition eines Wortes; sie war eigensinnig, zuweilen beharrte sie, auch wenn er recht hatte.

Er darf nicht auch diesen Tag vorbeigehen lassen, ohne zu sprechen. Umwegig, behutsam beginnt er. Das späte Frühjahr und der frühe Sommer seien in Deutschland die schönste Zeit. Eigentlich habe er sie bitten wollen, bevor sie wieder zu ihrer Arbeit zurückkehre, auf eine Woche oder zwei mit ihm nach Berlin zu fahren, in sein Haus an der Max-Reger-Straße. Er lag auf dem Rücken, die behaarten Hände unterm Kopf verschränkt; träg nachdenklich schaute er in den tiefen Himmel. Schade, schloß er langsam, daß das nun nicht möglich sei. „Wieso nicht möglich?" fragte Anna nach einer kleinen Pause, weiterlesend. Gustav richtete sich halb hoch. „Weißt du denn nichts? Hast du gar nichts gehört?"

Nein, sie wußte nichts. Es stellte sich heraus, daß sie von Gustavs Affären, von jenem Manifest, von seiner Verfolgung nichts wußte. Es stellte sich heraus, daß sie im Grunde von der ganzen deutschen Schweinerei nichts wußte.

Sie war empört über das, was Gustav geschehen war. Aber sie weigerte sich entschieden, aus diesem Fall Schlüsse aufs Ganze zu ziehen. In ihrer langsamen, bedächtigen Art setzte sie auseinander, wie sie die Dinge sah. Sprach mehr für sich als für ihn. Eine nationale Regierung hat einer noch nationaleren Platz gemacht. Man feiert das in großen, dummen Reden, man hält gigantische, dumme Demonstrationen ab. Aber wann jemals sind Volksreden, Demonstrationen gescheit gewesen? Der Boykott war natürlich eine scheußliche Sache, auch die Bücherverbrennung. Die Zeitungen seien widerlich zu lesen, das Geschrei der Völkischen widerlich zu hören. Aber wer nimmt das ernst? Im Grunde geht das Leben weiter wie immer. In ihrem Betrieb zum Beispiel hat man einen neuen Betriebsrat gewählt, die Löhne der Arbeiter herabgesetzt. Der neue Betriebsrat hat zuerst versucht, sich aufzuspielen, hat verlangt, daß siebzehn Juden und Sozialisten entlassen würden. Aber jetzt hat man von den Entlassenen neun wieder eingestellt. Geheimrat Harprecht, ihr Chef, zieht sie zuweilen gutmütig auf „wegen ihres Juden". Macht die äußeren Zeremonien des neuen Kultes mit, aber, mit ihr allein oder sonst mit Vertrauten, mokiert er sich darüber. Sie hat Zitate gelesen aus ausländischen Zeitungen über Greuel in Deutschland. Wenn sie diese Greuelnachrichten vergleicht mit dem, was sie mit diesen ihren Augen gesehen hat, dann beginnt sie zu zweifeln, ob von den Berichten über die Schrecken der französischen oder der russischen Revolution auch nur der zehnte Teil wahr sei.

Sie saßen nun beide aufrecht, Gustav hockte mit gekreuzten Beinen, sie saß ihm auf einem Stein gegenüber. Sonst hatte sie das französische Lexikon immer ordentlich in den Schatten eines Steinblocks gelegt, jetzt lag es in der Sonne, und sein Deckel krümmte sich. Sie sprach langsam, bemüht, nicht zuviel zu sagen und nicht zuwenig. Ihre hellen Augen schauten ihn voll und gelassen an. Dies war Anna, seine Anna. Sie kam aus Deutschland, dem hermetisch abgeschlossenen, sie war eine von denen, die oben wohnten, sie wußte nicht, was unter ihren Füßen geschah. Sie glaubte an die „Ruhe und Ordnung", sie verteidigte ihren Glauben.

Er hörte sie aufmerksam an, ohne sie zu unterbrechen. Was sie sagte, hat er mehrmals gehört, es stand in allen deutschen Zeitungen. Auf diese Art schützte man sich in Deutschland, auch die Redlichen, Gutgesinnten, um nicht den Boden unter den Füßen zu verlieren, die Heimat.

Soll er sprechen? Hat es Sinn? Ist es nicht Leichtsinn, mehr als das, ruchlos, diese Frau aus ihrer guten, kraftvollen Ruhe herauszureißen? Er sieht Johannes Cohen, auf seiner Kiste, „Knie beugt, streckt", er sieht aus wie der Hampelmann der Pantomime, mit seiner krächzenden Stimme, wie ein Papagei, ruft er: „Ich Judenschwein habe mein Vaterland verraten." Dieses Mädchen Anna kann keine vier Wochen hier in dem südfranzösischen Hause leben, ohne Ordnung zu schaffen: soll sie weiterleben, ohne zu wissen, wie ihre Heimat verrottet und verfällt? Nein, er kann Anna nicht schonen.

Er beginnt zu erzählen von dem, was Bilfinger ihm berichtet hat. Er spricht, und um seine Worte ist das leise Geräusch des Windes und des Meeres. Er spricht nicht so trocken und sachlich wie Bilfinger, sein Gefühl färbt seine Worte, er kann nicht ruhig sprechen, er verstärkt da und dort, übertreibt. Ja, sie möge zuhören, so geschah es in ihrem Württemberg, ganz in der Nähe ihres Stuttgart, während sie herumging und nichts sah als Ruhe und Ordnung.

Während er spricht, weiß er, daß er schlecht spricht, viel zu erregt, nicht glaubwürdig. Er erzählt nicht, er plädiert. Was will er eigentlich? Was Bilfinger wollte, war klar. Er mußte erzählen, einem, den es anging, ihm, dem Juden. Was aber treibt ihn, Anna aufzurütteln? Er will doch nichts von ihr. Er will doch gar nicht, daß sie etwas tue. Doch, er will etwas von ihr. Eine Bestätigung. Die Bestätigung, daß sein Gefühl recht ist. Ist das nicht selbstisch von ihm? Nein. Sie haben die Maßstäbe zerbrochen, und es ist uns aufgetragen, und er muß diese Bestätigung haben. Es gibt nicht viele, mit denen er reden kann. Mit Johannes Cohen hätte er reden können. Aber Johannes Cohen ist in Herrenstein. „Knie beugt, streckt."

Anna hört zu. Ihre hellen Augen werden dunkler. Sie ist empört. Nicht über das Gehörte, sondern darüber, daß jemand das glauben kann. Weil man Gustav sein Haus genommen hat, glaubt er, das ganze Land sei plötzlich zum Urwald, seine Menschen zu Buschnegern geworden. Das Meer ist lauter, sie spricht mit starker Stimme. Ihre Wangen sind rotgefleckt, um die Augen ist sie ganz weiß.

Gustav ist nicht sehr berührt von ihrem Zorn. Er hat gewußt, es wird nicht leicht sein, Anna aus ihrem sichern Glauben herauszujagen. Sie kommt aus dem Land der Lüge. Seit Monaten haben die besten Techniker der Lüge mit den modernsten Mitteln Milliarden Lügen über das Land ausgestreut. Anna hat diese Lügenluft eingeatmet, Tag um Tag, Stunde um Stunde. Solche wie sie einzunebeln, ihnen zu verbergen, was ist, dafür arbeitet ja das Lügenministerium, darin ja sieht diese Afterrevolution ihre wichtigste politische Sendung. Anna ist bis in alle Poren vollgesogen mit diesen Lügen. Anna zu entgiften, erfordert Zeit, Zähigkeit.

Gustav holt die Dokumente. Sie liegen auf dem Bauch, das Gesicht in die Hände gestützt, und er liest ihr vor, was Bilfinger aufgezeichnet hat. Gleichmäßig kommen die Wellen, die Papiere fliegen im Mistral, sie müssen sie mit Steinen beschweren. Gustav liest, reicht ihr die Anlagen, die eidesstattlichen Versicherungen, die Photos. Von seinen eigenen Dingen spricht er wenig, nichts von Johannes Cohen. Es soll auf sie langsam zukommen, wie es langsam in ihn eindrang.

Wie er zu Ende ist, sagt sie nichts, schichtet die Dokumente sorgfältig zusammen, packt sie zurück in die feste Umhüllung. Sie ist nachdenklich, nicht gläubig. Auf dem kleinen, bröckeligen Pfad steigen sie hinauf zu ihrem Haus. Anna geht an ihre Arbeit. Später ruft sie ihn zum Abendessen. Vor ihnen ist das sandige Gelände, die Pinienschonung, das Meer. Es wird Nacht, es wird rasch kühl. Sie sprechen von tausend kleinen und großen Dingen; Anna ist vielleicht ein bißchen weniger fröhlich, doch gelassen wie stets.

So bleibt es den Abend, so den nächsten Morgen. Sie machen ihren Dauerlauf, schwimmen, gehen spazieren. Anna liest ihr französisches Buch, wirtschaftet. Der Tag läuft, wie sie es vorbestimmt hat.

Nur einmal sind die Dinge von gestern wieder da. Anna fragt, ob denn nun und wann Johannes Cohen komme; Gustav hat ihr geschrieben, er werde sie vielleicht auf drei bis vier Tage besuchen. Und jetzt spricht er ihr von seinem Freunde Johannes.

Sagt ihr, daß er sie nicht besuchen werde und warum. Das trifft sie tiefer als Bilfingers Dokumente. „Und kann man ihm nicht helfen, kann man nichts für ihn tun?" fragt sie heftig nach einem betroffenen Schweigen. „Nein", erwidert Gustav. „Die Landsknechte dulden nicht, daß einer ihnen da einredet. Mischt sich da ein Minister ein oder sonst ein Zivilist, dann kriegt das ihr Gefangener nur schlimmer zu spüren." Er hatte die senkrechten Furchen in der Stirn, malmte ein wenig mit den Zähnen. Aber er versagte es sich, mehr von den Konzentrationslagern zu sprechen. Er merkte wohl, daß jetzt ihre Ruhe erschüttert war, aber er war klug geworden, er wartete ab, bis sie es genügend gewälzt haben wird hinter ihrer eckigen Stirn.

Den Abend darauf war es soweit. Er lag bereits im Bett, lesend, als sie zu ihm kam. Sie setzte sich an sein Bett. Sagte, sie sei jetzt fertig mit der Einrichtung. Es sei so geworden, wie sie es sich gedacht habe. Aber sie habe keine rechte Freude mehr daran. Es seien üble Dinge, grauenvolle, von denen Gustav ihr gesprochen habe, und es sei nicht leicht, damit zu Rande zu kommen. Dennoch müsse sie das Ganze, ihr Deutschland, gegen ihn verteidigen. Im großen gesehen, sei dieser Umschwung notwendig gewesen und sicher dem Volk erwünscht. Die Machthaber von früher, das müsse er zugeben, hätten immer tausend Skrupel gehabt, Legalitätsskrupel vor allem. Statt ihre Gegner auf den Kopf zu hauen, hätten sie erst hundert juristische Gutachten eingeholt, ehe sie es wagten, sie zu ermahnen, sie möchten etwas weniger Hochverrat treiben. Wenn sie wirklich einmal einen politischen Mörder einsperrten, hätten sie ihn nach ein paar Wochen wieder freigelassen, und wenn sie einem Hochverräter die Pension strichen, hätten sie aus Legalitätsskrupeln diesen Beschluß nach vierzehn Tagen wieder rückgängig gemacht. Sie hätten nichts getan, sie hätten immer nur Watte gekaut, und darüber hätten sie die Republik vermorschen und verrotten lassen. Die neuen Machthaber seien schlau und einfältig, aber sie täten etwas. Das wünsche das Volk, das imponiere ihm. Auch der Führer, gerade in seiner schlauen, von keiner Kritik angefressenen Einfalt, in seinem sturen, gußeisernen Glauben, sei der rechte Mann fürs Volk, der notwendige Gegenpol zu den Leuten vorher. Es sei eine Revolution gewesen, eine erwünschte Revolution. Vieles Barbarische sei geschehen, aber das sei wohl die Begleiterscheinung jeder Revolution, und immer dann heulten die Betroffenen über Raub, Mord, Weltuntergang. Habe Gustav ihr nicht selber erst gestern die Klage eines verschollenen ägyptischen Schriftstellers vorgelesen, mehr als viertausend Jahre alt und sehr ähnlich dem, was Gustav jetzt sage? Es sei Scheußliches passiert, ja, aber dafür seien einzelne verantwortlich, nicht das Volk und nicht das neue Reich. Und wenn es hunderttausend Untaten seien, dann seien es hunderttausend Einzelfälle.

Gustav schaute in ihr helles, ernstes Gesicht. Es war weniger ruhig als früher. Was sie sagte, war notdürftig aus allen Ecken zusammengeholt. Die Klage des ägyptischen Dichters von vor viertausenddreihundert Jahren. Sein gutes Gedächtnis hat die Worte festgehalten: „Die Fachleute sind verjagt, das Land wird von wenigen Sinnlosen regiert. Das Reich des Pöbels beginnt. Der Mann des Pöbels ist obenauf und nützt das aus in seiner Art. Er trägt das feinste Leinen und salbt seine Glatze mit Myrrhen, hat ein großes Haus und Kornspeicher. Früher lief er selbst als Bote, jetzt schickt er andere aus. Die Fürsten schmeicheln ihm, und die hohen Beamten des alten Staats machen in ihrer Not dem neuen Emporkömmling den Hof." Gustav ist ein Freund guter Zitate, aber das ist denn doch etwas weit hergeholt und genügt nicht, ihn zu widerlegen. Alles, was sie gesagt hat, ist Ersatz, tief unter ihrem sonstigen Niveau. Sie ist ein Mensch, wahrhaft von Grund auf. Wenn sie an etwas von ganzem Herzen glaubt, kann sie es gut ausdrücken. Was sie jetzt vorbringt, ist alles schwammig, bröckelig. Man braucht nicht lange Physiognomik studiert zu haben, um zu sehen, daß sie es nur halb glaubt.

Gustav hatte es nicht schwer, sie zu widerlegen. Er hatte sich halb hochgerichtet, er stützte das Gesicht in die Hand; scharf im Lichtkegel der Bettlampe, war es der Mittelpunkt des Raums. Ja, es sei richtig, sagte er, nicht das Volk habe die Untaten begangen. Es sei ein großartiges Zeugnis für die Gutartigkeit des

Volkes, daß es, von der Regierung vierzehn Jahre hindurch zu Pogromen gegen Sozialisten und Juden aufgeputscht, sich so ruhig gehalten habe. Nicht das Volk sei barbarisch, die Regierung sei es, das neue Reich, seine Beamten und seine Landsknechte. Alle die Untaten seien von Landsknechten der Regierung begangen, alle von der Regierung gedeckt worden. Die Barbarei liege nicht nur in den Taten, sie liege gerade in den Grundsätzen dieser neuen Männer. Sie hätten die alten Maßstäbe zerbrochen und Willkür und Gewalt legalisiert. Nicht daß die Untaten geschehen seien, werfe man dieser Regierung vor, sondern daß sie jede Untersuchung verhindere, die Ankläger einsperre, und so immer neue Untaten von vornherein sanktioniere. Gustav sprach von den schamlosen Bekenntnissen zum Terror, die diese Leute in zehntausend Büchern, Reden, Verordnungen abgelegt hätten, von ihrer nackten, unverhüllten Futterjägerei. Von ihrem läppischen Rassendünkel. Sie haben einen Fetisch aus der Rumpelkammer herausgeholt, und der Magen kehrt sich einem um, wenn man zusehen muß, wie jetzt Professoren in ihren Hörsälen diesem Fetisch opfern, wie Richter auf ihren Stühlen im Namen dieses Fetisches Recht sprechen. Es ist eine scheußliche Komödie. Ein König in Unterhosen hockt da, und das Volk liegt auf den Knien, und schreit, was er für einen herrlichen Ornat hat. Gewiß, sie bauen auch jetzt großartige Maschinen in Deutschland, sie arbeiten exakt in ihren Fabriken, sie machen herrliche Musik, viele Millionen Menschen bemühen sich, anständig zu bleiben. Aber neben ihnen hat sich der Urwald aufgetan, es wird gemartert und gemetzelt, und sie müssen krampfhaft wegsehen und weghören. Es seien die Untaten einzelner, zugegeben; zugegeben auch, jede einzelne Mißhandlung, jeder einzelne Totschlag sei ein kleines Ding, gemessen am Ganzen. Nur eben, daß das Ganze sich aus lauter solchen kleinen Dingen zusammensetze wie der Leib aus Zellen, und daß schließlich das Ganze verderbe, wenn zu viele Zellen zerstört seien.

Gustav sprach auch diesmal nicht nüchtern, nannte kaum Ziffern und Daten. Aber er sprach aus, wovon er ganz voll war;

es waren nicht Worte, die er vor sie hinbreitete, er schüttete sich selber aus. Sie schaute ihn an, seinen großen, erregten, redenden Kopf im Lichtkegel der Bettlampe, jedes Fältchen scharf beleuchtet. Er sah nicht jung aus, aber männlich, streitbar. Es war ein anderer Gustav als der, den sie kannte. Seine konziliante Lauheit war fort. Die Ereignisse hatten ihn gepackt, hatten sich mit ihm vermischt, hatten den Stoff, aus dem er gemacht war, verhärtet, verdichtet. Anna liebte ihn.

Trotzdem glaubte sie nur halb. Was sich hinter dieser eckigen Stirn einmal festgesetzt hatte, haftete. Es war eine aufreibende Arbeit, sie umzustimmen. Was Gustav aus ihr widerstand, war das ganze, vergiftete, hypnotisierte Deutschland, das grauenvoll langsam aus seiner Betäubung in die Wirklichkeit zurückfinden wird. Da hatte er die Bestätigung, die er brauchte. Was er sich vorgesetzt hatte, war notwendige Arbeit.

Er war da, wo er sein wollte. Eigentlich dürfte er sich jetzt ein paar ruhige Wochen mit Anna gönnen. Was er später zu tun hat, wird sehr hart für ihn sein. Sie, trotzdem sie nicht mehr viel über Deutschland sprach, war verwandelt. So zögernd sie sich gibt, sie wird, zurückgekehrt, ein anderes Deutschland sehen.

Sie lebten ruhige, klare Tage in ihrem verwitterten Haus, das innen so voll Sauberkeit und Ordnung war. Im Frieden dieses hellen, lateinischen Meeresufers war es schwer zu begreifen, daß nur zwanzig Stunden entfernt das Land des Alpdrucks lag, dieses Deutschland, über dessen große Städte plötzlich die Schrecken des Urwalds hereinbrachen. Gustav und Anna gingen durch die weite, sanfte Landschaft, in edlem Schwung stieg die Straße die Klippe hinan, Rebe, Pinie, Ölbaum war ringsum, das Meer tönte gleichmäßig in ihr Schlafen und in ihr Wachen, ständig wehte der leichte, frische Salzwind. Ziegenherden kamen des Abends über die stillen Hügel. Leben war weit und ruhevoll, antikisch.

Es gelang ihm, vier Tage hindurch kein Wort über Deutschland zu sprechen, ja, es gab Stunden, da er es vergaß. Dann, plötzlich, war es grauenvoll wieder da.

Sie saßen in einem der kleinen, bunten Cafés im Hafen des nächsten Meerstädtchens, und Gustav las in einer Zeitung. Auf einmal, blaß unter seiner Bräune, ließ er die Zeitung sinken. Anna nahm sie auf. Da stand, der bekannte deutsche Professor Johannes Cohen habe im Konzentrationslager Herrenstein Selbstmord verübt. Auch Anna erblaßte, als sie es las, erst um die Augen, dann zog Blässe über ihr ganzes Gesicht. „Wir wollen gehen", sagte sie.

Sie fuhren nach Hause, schweigend. Gustav ging ans Meer hinunter, setzte sich auf einen Stein. Sie ließ ihn allein. Am Abend sagte sie: „Du hast recht gehabt, Gustav. Ich habe mich getäuscht. Ich habe weggesehen. Du hast recht, Deutschland ist anders. Es ist natürlich nicht dieser Tod allein, und es ist nicht, was du mir gesagt hast und was du mir zu lesen gegeben hast, und es ist nicht, weil man mir in Deutschland, wüßte man mich hier mit dir zusammen, die Haare abschnitte und mich als schamloses Geschöpf durch die Straßen führte. Aber wenn ich jetzt an das denke, was ich in Deutschland gesehen habe, und wenn ich es von hier aus anschaue, mit meinen neuen Augen, jetzt, von dieser Stunde aus, dann muß ich es heraussagen: Ich schäme mich, Gustav. Dieses neue Deutschland ist grundschlecht."

Gustav dachte an das gelbbraune, gescheite, hochmütige Gesicht seines Freundes Johannes. Selbstmord, Erschießung auf der Flucht, Herzschwäche, das waren die üblichen offiziellen Ursachen für den Tod im Konzentrationslager. Dann wurde, was von den Gefangenen geblieben war, zerbrochene Knochen, verstümmelte Fleischklumpen, in einen plombierten Sarg gelegt und den Angehörigen herausgegeben gegen Erstattung der Kosten und gegen die Zusicherung, daß der Sarg nicht geöffnet wird. Auch Todesanzeigen mit den Worten: „Plötzlich gestorben" verboten sie jetzt. „Die weitaus meisten meiner Freunde und Bekannten", sagte er, „waren während des Krieges an der Front. Sehr viele sind gefallen. Ich habe meine Toten in diesen letzten Monaten nicht gezählt. Aber soviel ist gewiß: es sind, seitdem die Völkischen an der Herrschaft sind, mehr von meinen Freunden eines gewaltsamen Todes gestorben als in Kriegszeiten."

Als ihn Anna später fragte, was er tun werde, erwiderte er: „Nicht schweigen. Das ist alles, was ich weiß." Anna, zögernd, fragte: „Ist das nicht unvorsichtig?", und die Angst in ihrer Stimme beglückte ihn. Er zuckte die Achseln. „Ich kann so nicht weiterleben", sagte er.

Es wurde Sommer, Anna mußte zurück. Gustav brachte sie an den Bahnhof von Marseille. Sein Gesicht schien ihr ernsthafter als früher, knabenhafter und dennoch männlicher, zufriedener auf jeden Fall. Verwirrten Gefühls, ängstlich für sein Schicksal, beglückt über sein neues Wesen, fuhr sie über die Grenze.

Er stand am Bahnsteig, sah Anna verschwinden, dem Lande des Alpdrucks zu. Die Zeit mit ihr war eine gute Zeit gewesen und voll Gewinn. Er wußte jetzt Bescheid über vieles, was früher, unbewußt und unbedacht, ihn bedrückt hatte.

Vorläufig lebte er weiter in dem verwitterten Haus oben auf der Klippe, fern aller Hast. Die Ordnung, die Anna geschaffen hat, hält nicht lange vor, doch das stört ihn nicht. Er schließt sich nicht ab von den Menschen, schwatzt mit denen ringsum, Fischern, Wein- und Ölbauern, gelegentlichen Touristen. Aber er ist auch viel allein. Mit seinen Brüdern, seinen Leuten hält er wenig Verbindung. Man schreibt ihm, aber er antwortet spärlich, immer spärlicher. Ruhevoll lebt er vor sich hin, seines Schicksals sicher.

Das Geld in seiner Brieftasche nimmt ab. Er könnte sich an Mühlheim wenden oder an die Schweizer Bank, bei der er ein Konto hat; er tut es nicht. Solange das Geld in seiner Brieftasche vorhält, wird er noch hierbleiben. Das Geld auf der Bank ist für seinen späteren Zweck bestimmt.

Seine Gewohnheiten werden einfacher, er lebt bedürfnislos. Wandert oder fährt in seinem kleinen, immer mehr verkommenden Wagen in der schönen, weiten Landschaft herum. Man sieht ihn irgendwo in der Sonne liegen, seinen Imbiß verzehren, Brot, Käse, Früchte. Dazu trinkt er einen Schluck derben Landweins. Auch in den kleinen Kneipen sitzt er, redet mit Bauern, Händlern, Fischern, Autobusschaffnern. Lautsprecher sind da, am

Nachmittag wird überall Musik gemacht, am Abend getanzt, das Leben ist bunt, lärmend. Gustav läßt sich gelassen treiben. Ja, er kann lustig sein, sehr liebenswürdig; oft ist ein Schimmer jenes früheren Gustav über ihm, dem die Männer gern zuhörten, auf dessen Freundschaft die Frauen stolz waren. Auch jetzt schauen die Frauen ihm nach und bedauern, wenn er weggeht. Er ist oft besinnlich, selten trüb. Die Dinge im Lande des Alpdrucks sind da, er sperrt seine Sinne nicht vor ihnen zu, sie sind in ihm nicht weniger als jenseits der Grenze. Aber obwohl sie immer da sind, bleibt er ruhevoll, fast heiter.

In der nahen großen Stadt Marseille sieht er in einer Buchhandlung ein neues deutsches Werk ausliegen, eine Broschüre: „Bericht über die Sichtung einer neuen Menschenart. Für eine Freundin. Von Friedrich Wilhelm Gutwetter." Er kauft das Buch. Er findet darin manches Schöne über die völkische Idee, hohe, bedeutungsvolle Sätze, so hohe freilich, daß man die Idee nur mehr vag erkennen kann. Es ist eine Idee ohne Adresse und ohne Telefonnummer, man kann nichts Rechtes damit anfangen. Auch Sybil, seine kleine, dünne, sachliche Sybil, wird nicht viel damit anfangen können. Andern Tages, wie er seinen Imbiß mit auf den Weg nehmen will, fehlt es ihm an Papier. Er reißt zwei Blätter aus dem „Bericht über die Sichtung einer neuen Menschenart" heraus.

Aus Berlin teilt man ihm mit, es sei nun auch Jean, der alte, würdige Diener des Theaterklubs, in die völkische Partei eingetreten. Das rührt ihn mehr auf. Seine letzte Zeit in Berlin und jene fünf Mark waren nicht gut angelegt. Er hätte diese Zeit besser auf Berthold verwendet.

Manchmal, wenn er unten allein an seiner Bucht liegt oder wenn er vor dem verwitterten, rosigbraunen Haus hockt auf dem sandigen, abfallenden, piniengesäumten Gelände, sieht er unten auf den Klippen einen Mann angeln. Eigentlich gehören die Klippen zu dem von ihm gemieteten Terrain, er könnte den Mann wegweisen. Er ist gern allein, doch auch die Nähe von Menschen ist ihm nicht unangenehm. Manchmal watet der Mann im Wasser herum, auf der Jagd nach Seeigeln, oft auch liegt er auf den Klippen und sonnt sich. Bald wünscht Gustav ihm die Tageszeit, läßt sich in kleine Gespräche mit ihm ein. Der Mann ist schwer von Statur, faul von Bewegungen, hat einen großen Kopf mit einem dicken Seehundsbart, trägt einen weiten, dunkelblauen Anzug aus hartem, derbem Stoff, wie ihn viele in dieser Gegend tragen. Es stellt sich heraus, daß er einer der zahlreichen Deutschen ist, die hier unten leben, ein gewisser Georg Teibschitz.

Herr Georg Teibschitz ist erst in den letzten Wochen aus Deutschland gekommen. Geld hat er wenig, doch genug, um drei oder vier Jahre vor sich hin leben zu können, hier oder sonstwo, wo die Winter nicht sehr kalt sind. Herr Teibschitz rekelt sich in der Sonne, blinzelnd aus Augen, die tief und schläfrig in seinem schweren Kopf liegen, döst vor sich hin, macht lange Pausen zwischen seinen Sätzen, vor seinen Antworten. Er hat viel gesehen und viel erlebt. Vor ein paar Jahren einmal scheint er reich gewesen zu sein, dann wohl ist sein Geld weggeschmolzen, später scheint er wieder Geld gehabt zu haben. Jetzt will er nur eines: Ruhe und wenig Menschen um sich. Er hat hier in der Nähe ein Häuschen gesehen, Häuschen ist zuviel, eine Hundehütte, eine angenehme Hundehütte in einer angenehmen Landschaft, graubraunfarben mit viel Ölbäumen. Die Hundehütte wird ihre fünfzehntausend Franken kosten. Herr Teibschitz hat in Deutschland eine Frau zurückgelassen, die ihm das Geld schicken könnte; aber er hat wenig Illusionen: wahrscheinlich wird sie es ihm nicht schicken.

Herr Teibschitz ist bedürfnislos, aber er liebt Fische und Meerfrüchte aller Art und versteht sich darauf, sie gut zuzubereiten. Gustav bietet ihm an, das in seiner Küche zu tun. Es finden sich Holzkohlen und eine Art Grill. Herr Teibschitz, von Gustav sachkundig unterstützt, nimmt die Fische aus, brät sie mit Öl, fügt Rosmarin und Thymian zu; auch eine schmackhafte Bouillabaisse vermag er zu bereiten. Er ißt langsam, mit Behagen, kaut lange, schmatzt wohl auch ein wenig.

Herr Teibschitz, als er noch reich war, hat mancherlei ästhetische Interessen gehabt. Vor allem hat er sich für Gemälde interessiert, er hat eine schöne Sammlung besessen, seine Stärke waren Landschaften. Er hat Sinn für Landschaften, er kann mit wenig Worten eine Landschaft vor einen hinstellen, daß man sie sieht. Er hat große Reisen gemacht und hat, was er sah, gut gesehen. Falls ihn die Frau im Stich läßt, so daß er hier die Hundehütte nicht kaufen kann, dann wird er wahrscheinlich eine Fußreise machen, hinunter durch Italien, durch Sizilien. Dies erzählt Herr Teibschitz Herrn Oppermann, stückweise, mundfaul, angelnd, auf den Klippen in der Sonne liegend, Fische bereitend.

Eines Tages erscheint Herr Teibschitz sehr verändert. Er hat sich den Seehundsbart abnehmen lassen. Der habe ihn beim Essen behindert, erklärt er Gustav. Gustav habe einen verderblichen Einfluß auf ihn, fügt er bei in seiner faulen, spöttelnden Art, er werde ihn noch ganz zum Sybariten machen. Aber das Umgekehrte ist wahr. Gustav wird durch die Gegenwart des andern immer bedürfnisloser. Jetzt kauft er sich auch einen weiten, blauen, derbstoffigen Anzug, wie der andere ihn hat. Seitdem Herr Teibschitz sich den Seehundsbart hat abrasieren lassen, kommt heraus, wie ähnlich sich die beiden Männer sehen, gar wenn sie in ihren weiten, dunkelblauen Anzügen nebeneinander sitzen. Unwillkürlich auch nehmen sie einer die Gewohnheiten des andern an. Früher hat Gustav seine Unart, mit den Zähnen zu malmen, bekämpft, jetzt läßt er sich gehen. Wenn Herr Teibschitz schmatzt, malmt er mit den Zähnen. Einmal, lachend, konstatiert er: „Wir schauen ja einer aus wie der andere, Herr Teibschitz.“ Herr Teibschitz betrachtet ihn. „Sie sehen bedeutender aus, Dr. Oppermann“, sagt er träg, trocken, undurchsichtig.

Herr Teibschitz spricht nicht oft von den deutschen Dingen, aber er vermeidet es auch nicht. Er war gern in Deutschland. Deutscher Himmel, deutsche Landschaft, deutsche Menschen waren ihm sehr lieb. Schade, daß sie jetzt die Landschaft mit ihren Hakenkreuzen verhunzen. Voriges Jahr, in Nidden, hat er ein Hakenkreuz gesehen, das den größten der riesigen Sandberge dort ganz überdeckte. Drei Tage darauf hat es freilich der

Wind verweht. Die Landschaft läßt sich viel gefallen, aber am Ende bleibt sie doch immer die gleiche. Als er noch Geld hatte, ist er viel geflogen. Da sieht man, wie weit das Land ist, und was für winzige Teile davon die großen Siedlungen einnehmen, von denen sie soviel hermachen. Schade, daß jetzt das schöne deutsche Land die Tollwut bekommen hat. Die andern wollen es noch nicht recht wahrhaben. Sie glauben, wenn sie dem tollwütigen Hund gut zureden, werde er nicht beißen. Aber nach seiner Kenntnis von tollwütigen Hunden sind die nicht so. Schade um das schöne Deutschland. Und er zeigt Gustav das Photo einer Voralpenlandschaft.

Ja, jetzt, bei seinem bescheidenen Einkommen, sammelt Herr Teibschitz an Stelle von Gemälden Photos. Gustav läßt sich gern Stücke aus dieser Sammlung zeigen. Menschen, Landschaften. Herr Teibschitz zeigt ihm wohl auch Köpfe aus dem Neuen Deutschland. Köpfe der führenden neuen Männer, sehr leere Köpfe voll hysterischer Strammheit und Brutalität. Einer wie der andere stehen sie vor dem Mikrophon, den Mund weit aufgerissen. Herr Oppermann und Herr Teibschitz, in ihren derbstoffigen, weiten, dunkelblauen Anzügen, neigen sich über die Photos, betrachten die Köpfe, einen aufgerissenen Mund nach dem andern. Sie sagen nichts, sie schauen nur einander an, ihre eigenen Münder werden breiter, sie lächeln. Und plötzlich, trotz allem, was die Männer, die diese Köpfe tragen, ihnen angetan haben, pruschen sie heraus, lachen schallend, gelöst. Und dann weist Herr Teibschitz die Krone dieses Teils seiner Sammlung vor: ein Photo, auf dem mehrere der meistgenannten völkischen Führer einem Konzert lauschen. Die vorher die Mäuler so wüst und brutal aufrissen, hocken jetzt schlaff, der Musik sentimental hingegeben, die Augen träumerisch.

Daß sie auch anders können, zeigten weitere Photos aus der Sammlung des Herrn Teibschitz. Da waren Ansichtskarten, wie man sie in Deutschland für die Unterstützungsfonds der Landsknechte verkaufte, das Stück für zwanzig Pfennig. Dargestellt etwa war, wie Landsknechte einen jungen Juden kahl scheren, wie sie ein Mädchen auf einer Bühne zur Schau stellen mit dem

Plakat: „Ich schamloses Geschöpf habe mich einem Juden hingegeben", wie sie einen Arbeiterführer auf einem Schandkarren
durch die Straßen ziehen. Unheimlich still waren die Gesichter
der Opfer, der junge Jude hielt den Kopf schräg, das Mädchen
hatte den Mund halboffen, der Arbeiterführer, ein alter, beglatz-
ter Mann, lag auf seinem Karren, die Beine gekreuzt, den
Oberkörper schräghoch, sich mühsam mit der Hand anklam-
mernd, den Mund fest geschlossen. Herr Teibschitz reichte
Gustav die Ansichtskarten, eine nach der andern, seine ge-
bräunte, behaarte Hand kam schwer aus dem enggebundenen
Ärmel der blauen Bluse. Gustav schaute sich die Photos lange
an, auch sein Mund war verpreßt. Waren sie nicht wirklich
tollwütig, daß sie ihre Schande triumphierend feilboten und in
die Welt schickten?

„Begreifen Sie", fragte er, „wie die Leute in Deutschland das
aushalten können? Gehen sie nicht hoch, wenn sie das sehen?"
Herr Teibschitz, in seiner langsamen, maulfaulen Art, meinte,
es gebe schon Wut in Deutschland. Er habe da mancherlei
gehört. In einem Konzentrationslager im Braunschweigischen
zum Beispiel wollten die Gefangenen, als sie von Clara Zetkins
Tod erfuhren, ihr Andenken feiern. Sie beschlossen, vierundzwanzig Stunden lang zu schweigen. Dieses Schweigen erbitterte
ihre völkischen Wächter. Sie ließen sie hungern, verschärften den
„Unterricht". Der Lagerkommandant selber, ein gelernter
Völkischer, wandte die schärfsten der erprobten Methoden an,
das ärgerliche Schweigen zu brechen. Was er erreichte, war, daß
gegen Abend zweiundzwanzig Gefangene wegen gefährlicher
Blutergüsse ins Lazarett eingeliefert werden mußten. Die Häftlinge schwiegen weiter. Man ließ sie auch den Abend über
hungern. Das Schweigen der vierhundert war so, daß man die
Posten verdoppelte und die Maschinengewehre auf den Wach-
türmen schußfertig machte. Die Nacht durch blieb der Kommandant mit seinen Leuten in Alarmbereitschaft. Gegen Morgen
ließ er drei ältere Gefangene von den Pritschen holen und, da sie
weiter schwiegen, auf der Flucht erschießen. Ein andermal
erzählte Herr Teibschitz von der Hinrichtung von vier Altonaer

Arbeitern, die bei einem Angriff der Völkischen auf ein Arbeiterviertel gefangen worden waren. Man hatte fünfundsiebzig Häftlinge herbeibeordert, damit sie den Tod ihrer Kameraden mitanschauten. Als man den Jüngsten der Verurteilten nach seinem letzten Wunsch fragte, bat er, noch einmal die Arme ausrecken zu dürfen. Von seinen Fesseln befreit, schlug er dem Führer der Landsknechte die Faust ins Gesicht. Dann legte er den Kopf auf den Block.

Herr Teibschitz erzählte mehrere Geschichten solcher Art und mit so genauen Einzelheiten, daß sie unmöglich die Wiedergabe vager Zeitungsmeldungen sein konnten. Einmal fragte ihn Gustav: „Sagen Sie, Herr Teibschitz, woher wissen Sie diese Dinge so genau?" Herr Teibschitz, nach seiner gewohnten Art, machte eine lange Weile den Mund nicht auf. Gustav zweifelte schon, ob er überhaupt antworten werde. Es war später Nachmittag, ein blasser Himmel. Der Mond war aufgegangen, ein blaßgelber, zunehmender Mond, Sonne und Mond standen gleichzeitig am Himmel. „Wir wurden über alle diese Dinge sehr genau informiert", sagte endlich Herr Teibschitz.

„Wer ist das: ‚wir'?" fragte Gustav. Er fragte zaghaft, es gelang ihm nicht ganz, seine Erregung zu verbergen. Herr Teibschitz gähnte. „‚Wir' waren Nummern, wenn Sie es genau wissen wollen", erwiderte er. „Ich zum Beispiel war Nr. C II 734. Es handelt sich da um Aufklärungsdienst im Innern. So eine Art Innere Mission", fügte er träg hinzu. „Eine beschwerliche Sache, die Innere Emigration, kann ich Ihnen sagen. Man lebt in Restaurants, Hotels, schläft jede Nacht woanders, die Polizei immer hinterher. Oppermann-Möbel verkaufen ist wahrscheinlich leichter." — „Und was sind das für Leute: ‚wir'?" fragte Gustav weiter. „Das sind", erwiderte Herr Teibschitz, „Parteifunktionäre, Proletarier, viele Frauen, auch Kinder. Der Verbrauch an Menschenmaterial ist groß. Aber man hat Auswahl; auch die Zahl der Mißvergnügten ist groß. Man kann natürlich nur Leute nehmen, die genau wissen, wie es in einem ausschaut, der kein Geld hat." Er drehte den schweren Kopf ein ganz klein wenig, blinzelte leicht, spaßhaft aus seinen schläfrigen Augen hinüber zu Gustav. „Sie zum Beispiel, Dr. Oppermann, hätten da wenig Chancen."

Die beiden Männer lagen eine gute Zeit schweigend. Die Sonne ging hinunter. „Sie dürfen sich nicht vorstellen, daß es romantische Arbeit war", sagte noch Herr Teibschitz. „Im Gegenteil, sie war ungewöhnlich langweilig. Büroarbeit unterm Damoklesschwert. Langeweile *und* Gefahr ist ein bißchen viel. Mir wurde es schließlich zu langweilig und zuviel. Es gehört ein guter, harter Haß dazu, da durchzuhalten. Ich bringe soviel Haß nicht mehr auf. Wenn man einem Irrsinnigen ein Maschinengewehr einmal überlassen hat, dann hat es keinen Sinn, ihn zu hassen, weil man es ihm nicht mehr abnehmen kann. Der kluge Mann türmt."

Sonst sprachen die beiden fast nichts über Politik. Sie konnten stundenlang zusammen schweigen, angeln, den Fischern zuschauen, Ameisen beobachten, kleine Seekrebse, Spinnen. Wollten sie sich einen aufregenden Tag machen, dann holten sie sich Seeigel, an denen die kleine Bucht reich war.

Eines Morgens, der Sommer schritt spürbar vor, erzählte Herr Teibschitz Gustav, daß er nun bald seine Fußwanderung durch Italien antreten werde. Er habe von der Frau in Deutschland Bescheid erhalten. Sie wolle ihm Geld geben, soviel er wünsche, aber nur innerhalb Deutschlands. Mit seiner Hundehütte sei es also Essig.

Gustav war betroffen. Es arbeitete in ihm. Noch am gleichen Vormittag machte er Herrn Teibschitz einen Vorschlag. Er wagte sich nicht recht heraus damit, druckste ungeschickt herum, lächelte fast kindlich verlegen. Er sei bereit, Herrn Teibschitz das Geld für den Erwerb der Hundehütte zu geben. Er stelle die einzige Bedingung, daß Herr Teibschitz, der ja mit seiner Identitätskarte auskomme, ihm seinen Paß überlasse. Herr Teibschitz sagte „Hm", sonst nichts.

Am Nachmittag hatte er seinen Paß bei sich. Prüfend schaute er Gustav auf und ab. „Gestalt mittel", kontrollierte er die Beschreibung seines Passes, „Gesicht rund, Farbe der Augen braun, Farbe des Haares dunkelblond, besondere Kennzeichen keine. Es ist gut, daß ich mir den Schnurrbart erst später zulegte. Sonst würde man Sie sogar an der Paßphotographie von mir wegkennen. Jetzt sehen Sie nur bedeutender aus", fügte er in seiner trägen, etwas hinterhältigen Art hinzu. „Aber vielleicht merken das die Männer an der Grenze nicht. Bon, Herr Teibschitz", sagte er und gab ihm den Paß. Außerdem schenkte er ihm noch einen grauen Anzug, den er lange getragen hatte. Gustav haßte graue Anzüge; aber er war Herrn Teibschitz für diesen sehr dankbar und überließ ihm seinesteils für den Rest der Mietsdauer sein kleines, verkommenes Auto.

„Machen Sie's gut, Herr Teibschitz", sagte Herr Teibschitz, als Gustav wegfuhr. „Und wenn es Ihnen zu langweilig wird — ich garantiere Ihnen, es wird —, dann kommen Sie zu mir in meine Hundehütte."

Gustav hatte keine Eile. Er hielt sich in Marseille auf, in Lyon, in Genf, in Zürich. In Zürich traf er seinen Neffen Heinrich.

Das Gesicht des Jungen mit der bräunlich zarten Haut war noch immer sehr knabenhaft. Aber seine Augen waren älter geworden, nachdenklicher; sie schauten jetzt oft genauso schläfrig, betrachtsam und verschlagen wie die seines Vaters. Er hatte in diesen letzten Wochen viel nachgedacht. Die Worte und Begriffe kamen ihm schwer, aber zuletzt siegte seine gute, gesunde Vernunft immer wieder über jene dumpfe Wildheit, die ihn in seine mißglückte Auseinandersetzung mit Werner Rittersteg hineingetrieben hatte. Es war nicht leicht für einen so jungen Menschen, der in Deutschland erzogen war und der Deutschland liebte, in diesen Wochen mit den deutschen Dingen fertig zu werden. Heinrich wußte, daß die Völkischen nicht nur seinen Vetter Berthold Oppermann in den Tod gejagt hatten, sondern auch sehr viele andere; er hatte jene Verfügung gelesen, daß in den Schulen Gasmasken bereitzustellen seien für alle Schüler mit Ausnahme der jüdischen. Er ballte seine jungen, kräftigen Fäuste, aber er verwechselte nicht die Völkischen mit den Deutschen, und er wahrte, sprach man von Deutschland, Besonnenheit.

Jetzt also saß er im Hotelzimmer seines Onkels Gustav, auf

einem Kaminsims, bemüht, Gleichgewicht zu halten, daß nicht das gebrechliche Zeug unter ihm zusammenstürze. Gustav fragte ihn nach seinen Zukunftsplänen. Heinrich hat sich endgültig entschlossen, Ingenieur zu werden. Es sind vor allem gewisse Tiefbauarbeiten, die ihn interessieren. Er sieht da viele neue Möglichkeiten. Er wird mehrere Jahre in England und Amerika arbeiten, doch sein Ziel bleibt die Arbeit in Deutschland. Sicherlich hätte er überall bessere Aussichten. Aber Deutschland ist der notwendige Hintergrund für seine Lieblingspläne, wie er sich schließlich seine humanistische Erziehung nicht wegdenken kann, trotzdem sie ihm für seinen Ingenieurberuf wenig hilft. Er möchte in Deutschland arbeiten. Eine Autostraße unter Berlin durch schwebt ihm vor, eine Untergrundbahn für Köln. Er läßt sich an seinem Deutschland durch die Narren nicht irremachen.

Sein Onkel Gustav hört heraus, was ihm paßt. Also auch der Junge will demonstrieren, auf seine Art. Sie wollen ihn nicht in Deutschland, aber er will Deutschland; er will Deutschland das bringen, was er für richtig hält. Das rührt Gustav sehr an. Und ohne Übergang erzählt er ihm von andern Deutschen, die sich nicht irremachen lassen. Von den Kindern, die sich trotz Schlägen weigern, das Horst-Wessel-Lied zu singen, von den Richtern, die sich ins Konzentrationslager sperren lassen, ehe sie den römischen Gruß ausführen, von den Gefangenen, die man erschießen kann: aber ihr Schweigen brechen sie nicht.

Doch damit ist er bei Heinrich nicht an den Rechten gekommen. Der springt herunter von seinem Kaminsims, läuft auf und ab. No, Sir, sagt er, solche Demonstrationen könnten ihm durchaus nicht imponieren. Auch er habe mancherlei davon gehört, nur eines nicht: ob sie nutzten. Er könne sich nicht denken, daß sie was nützten. Märtyrer habe man nun genug gehabt. Schluß damit. Er krümmt seine sehr roten Lippen, senkt ein wenig die Augenlider, sieht plötzlich erwachsen aus, seinem Vater ähnlich, doch bitterer als der, härter. „Stärker demonstrieren als mit dem eigenen Tod kann man nicht", sagt er. „Berthold hat auf diese Art demonstriert. Ich war mit Berthold sehr befreundet. Genützt hat es nichts, daß er gestorben ist. Und wenn noch so viele sterben oder sich in diese grauenvollen Lager einsperren lassen, das nutzt nichts."

Er hat entschieden gesprochen, fast ein bißchen pathetisch. Das liebt er nicht. Schnell begibt er sich in den Alltag herunter. „Well", sagt er und lächelt und ist wieder ganz jung. „Ich bin ein schlechter Debattierer, aber ich habe hier einen Freund, einen Studenten, einen jungen Westschweizer, der kann das alles viel besser und schärfer sagen, was ich meine. Ich bin heut nachmittag mit ihm im Café Corso verabredet. Vielleicht kommst du auch hin. Pierre wird dich sicher interessieren. Er ist wirklich ein Kopf."

Gustav kam. Heinrichs Freund erwies sich als ein rotblonder, vergnügter, ziemlich schnodderiger Junge von neunzehn Jahren, Pierre Tüverlin mit Namen, ein Bruder des bekannten Schriftstellers, wie sich bald herausstellte. Mit seinem nackten, spaßhaften Gesicht, seinem rötlichen Haar, seinen fast wimperlosen Augen war er nicht dazu angetan, rasch Sympathien zu gewinnen. Trotzdem gefiel Gustav die schlenkrige Unbekümmertheit nicht übel, mit der er seine scharfen, altklugen Ansichten vorbrachte.

Das Café war groß, lärmend, rauchig, dazu voll von lauter Musik. Aber die beiden Jungens fühlten sich offenbar sehr wohl. Kaum hatte Heinrich erzählt, worüber er heute vormittag mit seinem Onkel Gustav gesprochen hatte, als Pierre Tüverlin, mit seiner hellen, gequetschten Stimme die Musik mühelos übertönend, auf Gustav losfuhr: „Nein, Herr, so geht das nicht. Mit Romantik ist da nichts zu machen. Ihre ganzen Demonstranten können mir gestohlen bleiben. Sie sind verdammt unzeitgemäß, darauf können Sie Gift nehmen. Gegen ein Maschinengewehr kommen Sie mit Demonstrationen nicht an." Heinrich hing mit gläubigen Augen an seinem Freund. „Vernunft, Vernunft und nochmals Vernunft", schloß der. „Das ist es, was wir jetzt brauchen." Und Heinrich bekräftigte: „Common sense. Alles andere ausgeschlossen. Wer es auf andere Art machen will, ist aus der Mottenkiste."

Gustav war verwundert, fast traurig, daß junge Menschen sich nur mehr an so kalten Dingen wärmen konnten. Die Musik spielte soeben ein Potpourri aus „Die Stumme von Portici". Vor hundert Jahren hatte in Brüssel diese Oper die Hörer hingerissen, daß sie auf die Straße zogen und Revolution machten. Diese Jungens würden sich von so was nicht hinreißen lassen. „Und Sokrates? Seneca? Christus? War ihr Tod nutzlos?" fragte er.

„Das weiß ich nicht", sagte ablehnend Herr Tüverlin. „Aber das weiß ich, daß es, seitdem es Experimentalwissenschaft gibt, klüger ist, für eine Idee zu leben statt für sie zu sterben. Man nützt nämlich der Idee mehr damit. Ein paar kindische Verleumder haben dem großen Galilei angehängt, er habe gesagt: ‚Sie bewegt sich doch.' Nichts hat er gesagt. Sowie er die Folterwerkzeuge gesehen hat, hat er schleunigst abgeschworen. Er war eben ein großer Mann. Da er genau gewußt hat, daß sie sich doch bewegt, warum sollte er nicht sagen, sie bewege sich nicht? Ob er es sagt oder nicht, sie bewegt sich doch. Hat er sich gedacht. Und so sollten es Ihre Demonstranten machen, Herr. ‚Heil Hitler' sollten sie rufen, und denken sollten sie sich was anderes. Ihre Demonstranten, Herr", schloß er, jedes Wort mit kräftigem Schlenkern seiner rötlich überflaumten Rechten unterstreichend, „sind unnützlich, romantisch, unzeitgemäß. In unserer Zeit jedenfalls sind Märtyrerallüren Unsinn."

Heinrich genierte sich jetzt wohl ein wenig seiner Heftigkeit von vorhin. Er saß steif in seinem bequemen Caféhaussessel in der Haltung eines Menschen, der einen zeremoniösen Besuch abstattet. „Wir sprechen oft davon", sagte er, „die Eltern und ich, was wohl die Juden in Deutschland machen sollen. Sie sind in einer scheußlichen Situation. Die meisten können nicht heraus, sie haben kein Geld, man läßt sie auch nirgends herein, Sie bemühen sich, unter den schwierigsten Umständen ihr Geschäft in Deutschland zu halten. Überall spuckt man sie an, sie sind vogelfrei, an den Bädern ist angeschrieben, sie dürfen nicht herein, ihre Pässe überstempelt man: ‚Jude', kein Christenmädchen darf mit ihnen über die Straße gehen, aus den Vereinigungen werden sie hinausgeschmissen, Fußball dürfen sie nur unter sich spielen. Beschwert sich einer bei der Polizei, dann kriegt er die Antwort, das sei der gerechte Zorn des Volkes. Sollen sie demonstrieren? Verlangst du von ihnen, Onkel Gustav, daß sie sich hinstellen und schreien: ,Nun gerade, ihr seid die Minderwärtigen, und wir sind die Besseren'?"

„Ich verlange gar nichts, mein Junge", sagte Gustav. „Wahrscheinlich haben diese Juden in Deutschland recht." Die Musik war lärmend, Tassen klirrten, Menschen ringsum schwatzten laut; dennoch sprach Gustav ohne viel Ton und so höflich, daß die jungen Menschen, die beide sogleich hatten weiterreden wollen, für einen Augenblick still wurden.

Dann sagte zunächst Tüverlin, gemäßigter: „Es haben Leute, die seit Jahrzehnten mit Jüdinnen verheiratet waren und Kinder von ihnen haben, erklärt, sie hätten jetzt ihren Irrtum eingesehen, sie schämten sich dieses Irrtums, sie hätten übrigens seit Jahren nicht mehr mit ihren jüdischen Frauen geschlafen, und sie haben die Scheidung eingeleitet. Das sind Scheißkerle. Trotzdem man nicht wissen kann, ob sie diese Erklärung nicht im Einverständnis mit ihren Frauen abgegeben haben, um diesen Frauen und ihren Kindern das Leben zu ermöglichen. Dann wären sie keine Scheißkerle, sondern kluge Männer." – „Well", sagte Heinrich, „es muß verdammt schwer sein, stillzuhalten, wenn ein anderer, der zehnmal mickeriger ist als man selber, einem auf den Kopf spuckt. Ich glaube, es gehört manchmal Selbstbeherrschung dazu, klug zu sein und das Maul zu halten. Mein Konpennäler Kurt Baumann hat mir geschrieben, sie haben jetzt lauter Themen ,Was ist heldisch?' und so. Ich habe es im Deutschen immer nur zu einer Drei gebracht, aber *den* Aufsatz möchte ich ihnen schreiben. Sie würden Augen machen im Pennal. Sie würden mir eine Vier geben, aber ich verdiente eine Eins."

Gustav konnte gegen das, was sein junger Neffe vorbrachte, wenig sagen, aber er hatte seine Bilder, die ihm aufgestiegen waren aus den Dokumenten Bilfingers, er dachte an die Photos des Herrn Teibschitz, an den Johannes seiner Visionen, den Hampelmann auf der Kiste, grotesk federnd, Knie beugt, streckt, papageienhaft krächzend. So saß er vor der Vernunft der jungen Leute in sicherer, sanfter Verstocktheit, und ohne Vorwurf, nachdenklich, sagte er zu seinem Neffen Heinrich: „Ich glaube, ihr habt vor lauter Vernunft das Hassen verlernt."

Heinrichs Knabengesicht lief rot an. Die ganze, zarte, braune Haut seines breiten, großen Kopfes war durchrötet. Er dachte, wie er die Anzeige gegen Rittersteg geschrieben hatte, er dachte an den Wald bei Teupitz, an den ganz dünnen Mond, wie er Werner den Kopf in die feuchte Erde gedrückt hatte, und wie er alles nur halb getan hatte, weil sein Haß nicht zureichte. Er schaute zornig aus und verlegen. „Ich bin doch nicht aus Holz", sagte er schließlich. Aber, nach einem winzigen Schweigen, „deshalb würde ich doch die Hand ausstrecken und ‚Heil Hitler' rufen", beharrte er. „Sure", versicherte er. „Zehnmal würde ich es tun." Und der neunzehnjährige Pierre Tüverlin, mit seiner gequetschten Stimme, schloß die Debatte ab: „Es hat keinen Sinn, auf das Gefühl der Menschen durch schöne Reden und Gesten einwirken zu wollen. Ändert die Voraussetzungen, und ihr ändert die Menschen. Nicht umgekehrt." — „Yes, Sir", sagte der siebzehnjährige Heinrich. Dann zahlte Gustav Kaffee, Brötchen und Zigaretten der beiden Jungens, und sie gingen.

Gustav packte am gleichen Abend alles ein, was er noch bei sich hatte, auch Bilfingers Dokumente und jenen Stoß Privatkorrespondenz mit der Mahnkarte, und schickte das Ganze nach Lugano, es bei seinem Schwager unterzustellen. Dann, mit einem listigen Lächeln, zog er den grauen Anzug an, den Herr Georg Teibschitz ihm geschenkt hatte.

Es war ein strahlender Tag, als der Mann mit dem Paß Georg Teibschitz die Grenze passierte, ein schwerer, träger, freundlicher Mensch in einem grauen, abgetragenen Anzug, einen verbrauchten, kleinen Koffer in der Hand.

Er trieb sich herum, in Süddeutschland zunächst, im Badischen, im Schwäbischen, in kleinen Städten, Dörfern, der Kaufmann Georg Teibschitz, der es, eine Zeitlang selbständig, zu viel Geld gebracht, der später im Dienst anderer gearbeitet hat und der im Augenblick allerdings stellenlos war. Er hatte gute Papiere, der Mann in Bandol hatte ihm noch mehr Legitimationen gegeben; er konnte belegen, was er sagte.

Er war ohne Hast. Er atmete deutsche Luft, sah deutsches Land, hörte deutsche Stimmen, schwamm in einem sanften, großen Glück wie in einem weiten Meer. Er ging durch die Straßen, fuhr über Land in diesem wunderschönen Frühsommer, atmete, schaute. Er war in diesen Tagen einverstanden mit sich und seinem Schicksal wie niemals vorher. Leben floß dahin, ruhig, gleichmäßig, stark wie immer, er ließ sich tragen.

Allein gerade weil die atmende Ruhe und Ordnung dieses Deutschland ihn sogleich einspann, weil er sich mit der Bewegung der andern bewegte, die Gedanken der andern zu denken begann, spürte er doppelt die Gefährlichkeit dieser falschen Ruhe, die Notwendigkeit, aufzuzeigen, was für ein frecher Schwindel diese Scheinordnung war.

Langsam begann er seine Tätigkeit. Daß er in diesen letzten Wochen dort unten am südlichen Meer soviel mit Fischern, Autobusschaffnern, kleinen Leuten jeder Art geschwatzt hatte, half ihm jetzt. Er ließ sich in langatmige Gespräche ein mit Kleinbürgern, Bauern, Arbeitern. Ihre Privatdinge versteckten die Leute nicht vor ihm; sowie er aber von Politik anfing, sperrten sie sich zu. Es war eine gute Zeit, zu schweigen. Dennoch gelang es ihm, den einen oder andern zum Reden zu bringen.

Er war enttäuscht. Die Bilder, die in ihm nach den Erzählungen Frischlins, Bilfingers, Teibschitz' aufgestiegen waren, hatten Wildheit und Farbe gehabt: die Wirklichkeit sah grau und nüchtern aus. Die Untaten der Landsknechte nahm man achselzuckend hin. Daß die Völkischen Schweinehunde sind, das sind olle Kamellen. Da braucht keiner herzukommen, einem das zu sagen. Daß man die Eingesperrten schlug, daß man ihr schmales Essen verpfefferte und ihnen für ihren Durst kein Wasser gab, daß man sie zwang, sich gegenseitig mit ihrem eigenen Kot zu beschmieren, gegen solche Berichte war man abgestumpft. Was einen erregte, war die Frage, wie man mit den immer knapperen Groschen auch nur die äußerste Notdurft stillen konnte.

Nicht die Barbarei der Völkischen war den Massen das Problem, sondern der Zwang, mit den zwei Groschen weniger auszukommen, die sie einem jetzt auch noch abgezogen haben.

Ab und zu, in Caféhäusern, kleinen Restaurants, vor den Stempelstellen der Arbeitslosen stieß Gustav auf die Agenten jener geheimnisvollen Organisation, von der Georg Teibschitz ihm gesprochen hatte. Er suchte Beziehungen zu ihnen herzustellen, aber das glückte ihm nicht. Diese Leute wollen offenbar wirklich nur Nummern sein, wie Herr Teibschitz berichtet hat. Ein Mann wie Gustav kommt nicht an sie heran.

Einmal, unvermutet, in der Stadt Augsburg, trifft er Klaus Frischlin. Frischlin hebt die Stimme nicht, er will kein Aufsehen erregen. Um so schärfer ist, was er sagt: „Sind Sie verrückt geworden? Was haben Sie in Deutschland zu suchen? Wie kommen Sie herein? Ich schaffe Ihnen die Möglichkeit, wieder über die Grenze zu verschwinden. Aber in vierundzwanzig Stunden seien Sie mir, bitte, drüben."

So unerwartet diese Begegnung kam, Gustav war innerlich längst darauf vorbereitet. Frischlin war es, der ihn in diese Sache hineingezogen hatte, immer Frischlin, von dem Augenblicke an, da er ihm am Telefon sagte, er werde nach Bern kommen. Frischlin hat ihm als erster von den Geschehnissen in Deutschland berichtet, Frischlins wegen sprach Bilfinger zu ihm. Frischlin hat ihm jene Karte überbracht, die ihn an das Werk mahnte, das getan werden muß, auch wenn es nicht vollendet werden kann, Frischlin ist, Gustav weiß es längst, der Mann, der Georg Teibschitz zu Nr. C II 734 gemacht hat. Wie ein Schuljunge also, der freiwillig eine Arbeit leistet, die über seine Kraft geht, der aber dennoch erwarten darf, für den guten Willen belobt zu werden, listig, verschmitzt, ein verlegenes, kindliches Lächeln über dem ganzen, großen, schlechtrasierten Kopf, vertraut Gustav dem andern sein Geheimnis an: „Sie haben hoffentlich nichts dagegen, daß ich C II 734 bin." Aber Frischlins Miene versteint sich. „Sie sind ein Narr", sagt er hart. „Was glauben Sie denn? Wir können Sie da nicht brauchen. Sie richten nur Schaden an." Er wurde immer heftiger: „Was bilden Sie sich denn ein, Mann?

Was wollen Sie denn hier? Was für eine Donquichotterie. Was für ein Lesebuchheroismus. Wem wollen Sie denn imponieren? Sie imponieren höchstens sich selber. Was Sie tun, erregt Ärgernis, nicht Bewunderung."

Das Gesicht Gustavs war erloschen. Seine unrasierten Wangen hingen schlaff, er war ein alter Mann. Dennoch machten ihn die Worte Frischlins keinen Augenblick schwankend. Klagend, störrisch, ein Kind, das, von den Erwachsenen nicht verstanden, auf seinem Vorsatz beharrt, schüttelte er langsam den großen Kopf. „Ich glaubte, gerade Sie müßten mich begreifen, Dr. Frischlin."

Klaus Frischlin hatte es Gustav noch recht scharf geben wollen. Der Mann schadete ja nicht nur sich selber, sondern ihnen allen. Doch der Ton, in dem Gustav gesprochen hatte, zeigte ihm, daß man auf diese Art bestimmt nicht weiterkam. Plötzlich auch spürte er, wie fremd ihm der schwere, wirklichkeitsfremde Mensch geworden war mit seinem kindlichen Elan, seiner sanften Bockigkeit, der Unberührtheit, die er seine fünfzig Jahre hindurch bis in dieses Deutschland hinein bewahrt hatte. „Ich möchte nicht, Dr. Oppermann", sagte er, und Gustav hatte nie geglaubt, daß dieser Mann so warm und dringlich sprechen könnte, „daß Ihnen etwas zustößt. Es ist aber unvermeidlich, daß man Sie faßt, wenn Sie hier so sanft und aufrührerisch herumgehen. Bitte, gehen Sie fort aus Deutschland. Bitte, türmen Sie. Glauben Sie mir, unser Lessing würde Ihnen das gleiche sagen", schloß er mit einem ganz kleinen Lächeln.

„Unser Lessing." Gustav war sehr froh, daß Frischlin „unser Lessing" gesagt hatte. „Erinnern Sie sich", fragte er, „an den Lessingsatz, den ich dem dritten Buche voranstellen wollte? ,Geh deinen unmerklichen Schritt, ewige Vorsehung. Nur laß mich dieser Unmerklichkeit wegen an dir nicht verzweifeln. Laß mich nicht an dir verzweifeln, auch wenn es scheint, daß deine Schritte zurückgehen. Es ist nicht wahr, daß die kürzeste Linie immer die gerade ist. Du mußt auf deinem ewigen Weg sehr viel mitnehmen, sehr viel Seitenschritte tun.' Sehen Sie", schloß er triumphierend, „darum bin ich hier."

„Das ist doch Wahnsinn, Mann", sagte Frischlin, nun wiederum ernstlich erzürnt. „Gerade darum müßten Sie doch türmen. Was wollen Sie denn? Der Vorsehung helfen, einen Umweg zu machen? Natürlich, Sie braucht man, um den Leuten zu sagen, was ist. Was ist, das wissen die Leute längst. Davon wollen sie nichts weiter wissen. Was sie wissen wollen, ist: was soll man tun? Wissen Sie das, Dr. Oppermann? Haben Sie eine Lösung? Sehen Sie: wir haben eine. Darum erlaube ich meinen Leuten, daß sie ihr Leben riskieren. Ihnen erlaube ich es nicht", sagte er heftig.

Eine Strecke Weges gingen die beiden Männer nebeneinander, ohne zu sprechen. „Sind Sie jetzt sehr zornig auf mich?" fragte schließlich Gustav, bittend, betrübt, ein Junge, der etwas ausgefressen hat, aber doch im Innersten weiß, daß er im Recht ist. Frischlin zuckte die Achseln. „Es ist schade um Sie, Dr. Oppermann", sagte er, und der Ton war so ähnlich dem, den Mühlheim manchmal gegen ihn anschlug, daß Gustav trotz Frischlins Zorn glücklich war über diese Begegnung.

Mit sanfter Hartnäckigkeit führte er sein Leben fort. Er war jetzt in jenen Gegenden, von denen Bilfingers Bericht erzählt hatte. Er fuhr herum in der schönen, schwäbischen Landschaft. Er wollte Bilfingers Material ergänzen; denn der Tag wird kommen, da dieses Material mehr als nur historisches Interesse haben wird.

Allein auch diese Tätigkeit brachte ihm Enttäuschung. Die Menschen, die bisher Namen gewesen waren, Worte, Buchstaben, erwiesen sich, nun sie leibhaft vor ihm standen, als viel schattenhafter denn die Bilder seiner Phantasie. Leibhafter war nur eines: ihre Angst, ihr ungeheuer verschüchtertes Wesen. Bei der leisesten Andeutung verstummten sie, zeigten ihm die Tür. Dem einen oder andern der Augenzeugen, soweit sie nichts mit den Opfern zu tun hatten, konnte er die Zunge lösen; die Gesichter der Opfer selbst, sprach man von dem Geschehenen, versteinerten sich in der Entschlossenheit, nichts gesehen zu haben, nichts zu wissen.

Diese gestockte Angst, dieses tief eingebettete Grauen füllte

Gustav mit geradezu körperlichem Mitleid. Von vielen Seiten her versuchte er die Verängstigten zum Reden zu bringen. Es war nicht nur sein Verlangen nach Material; er glaubte, die Geschlagenen würden über das Schrecknis, das ihr ganzes Leben verdarb, leichter hinwegkommen, wenn sie erst sprächen.

Einmal saß er mit einem Tierarzt, einem Krämer, einem Mechaniker bei einem Schoppen Wein. Die erregten sich, als man von dem sprach, was in ihrer Stadt geschehen war. Sie ließen sich gehen, brauchten kräftige Worte. Gustav tat mit. Am Nebentisch wurde man aufmerksam. Noch ehe sie das Lokal verließen, wurden sie festgenommen.

Im Konzentrationslager Moosach nahm man seine Personalien auf: Georg Teibschitz aus Berlin-Charlottenburg, Knesebeckstraße 92, Alter 49 Jahre, eingeliefert wegen Miesmacherei. Man schor ihn kahl, hieß ihn sich ausziehen — ungern trennte er sich von seinem grauen Anzug —, zwang ihn, gestreifte Kleider anzulegen. Der Rock war zu lang, die Hose viel zu knapp, Gustav sah lächerlich aus; wenn sie ihn Kniebeugen machen lassen, wird das in allen Nähten reißen. Er dachte an Johannes. Er hatte Angst vor den Kniebeugen und wartete gleichzeitig darauf, mit einer heimlichen Spannung.

Sie führten ihn auf einen Hof. Stellten ihn in eine Reihe mit fünf andern, hießen ihn strammstehen. Drei junge Landsknechte mit harten, gutartigen, bäurischen Gesichtern bewachten sie.

Die sechs hatten strammzustehen, sonst nichts. Die erste halbe Stunde strengte Gustav die gespannte Haltung nicht übermäßig an. Dumpf, tief in seinem Innern, hatte er immer gespürt, daß sein Unternehmen ein solches Ende haben werde, hier zu stehen, den Körper gestrammt, grausam beaufsichtigt von dummen, gutartigen Jungens. Trotzdem hatte er sich seiner Aufgabe lustvoll hingegeben. Mochten Frischlin und der junge Heinrich sie sinnlos finden: er wußte, sie war ihm gemäß. So lange war Johannes Cohen ein Vorwurf für ihn gewesen, Johannes, aushaltend auf seinem Katheder inmitten von pöbelnden sächsischen Studenten, Johannes der Hampelmann, federnd, Knie beugt, streckt, der tote Johannes, zerbrochene Knochen, zerfetzte Klumpen Fleisches in einem plombierten Sarg. Jetzt konnte Johannes ihm nichts mehr vorwerfen. Sie standen auf gleich.

So dachte und spürte Gustav in der ersten halben Stunde. Von da an spürte er nur mehr: Ich halte das nicht aus. Man hatte sie über Mittag hungern lassen. Sein Nachbar hatte schon lange begonnen, sich zu lockern, zusammenzusinken; der Gummiknüppel hatte ihm wieder zur Strammheit verholfen. Wenn nur der Nacken nicht so weh täte, dachte Gustav. Ich werde jetzt den rechten Fuß vorsetzen. Nein, den linken. Dann werden sie schlagen. Ich werde trotzdem den linken Fuß vorsetzen. Ich werde ihn einfach hochziehen und ein paarmal ausschütteln. Aber er tat es nicht.

Dann endlich durften sie die Glieder rühren. Das war ein großes Glück, es tat zur gleichen Zeit weh und sehr wohl. Es gab Abendessen, eine Schmalzstulle. Gustav war durstig, aber leider gab man ihnen kein Wasser. Statt dessen hieß man sie zum Appell antreten. Sie mußten die Hakenkreuzfahne, die dann eingezogen wurde, auf altrömische Art grüßen und das Deutschlandlied singen. Dann endlich konnten sie schlafen gehen.

Gustav teilte seinen Raum mit dreiundzwanzig andern. Der Raum war eng und stank sehr, es war nicht angenehm, daran zu denken, wie er in einigen Stunden riechen wird.

Erst quälte Gustav der Durst. Das Stroh stach und kratzte, der Gestank wurde immer schlimmer. Doch der Durst ließ ihn den Gestank vergessen, die schmerzhafte Müdigkeit ließ ihn Durst und Gestank vergessen. Scheinwerfer leuchteten die Gebäude ab. In Zwischenräumen, kürzer als eine Minute, lief einem ihr greller Schein übers Gesicht. Wachmannschaften kamen nach Haus, grölten, fluchten. Fernher schrie einer, der wohl „verhört" wurde, er heulte langgezogen. Gustav lag auf der Seite, malmte leicht mit den Zähnen. Schlief ein. Schlief tief. Nicht Scheinwerfer, noch Lärm, noch Durst, noch Gestank störten ihn, bis ihn am frühen Morgen ein grelles Trompetensignal wachriß.

Nachdem sie, stramm neben ihren Lagern aufgepflanzt, ihr Morgengebet gesprochen hatten, kam für Gustav etwas Beseligendes: man holte Wasser. Herrlich war es, das Nasse über die gesprungenen Lippen träufelnd, den Schlund hinunterlaufen zu spüren. Leider drängte der hinter ihm. Allein das Glück kam noch einmal. Es gab Frühstück, warmes, schwarzes Wasser, Kaffee genannt, dazu ein Stück Brot. Dazu freilich auch das Horst-Wessel-Lied und das Deutschlandlied.

Sie marschierten auf den Hof. Standen versammelt, viele hundert Sträflinge, in ihren grotesken, gestreiften Kleidern. Die Hakenkreuzfahne wurde aufgezogen. Sie grüßten sie auf alt-römische Art, „Heil Hitler".

Sie turnten. Es war ein schwerer, schwüler Tag, dicke, dunkelgraue Wolken am Himmel. Gustavs Abteilung hatte zunächst Dauerlauf zu üben. Zwanzig Minuten lang. Schon nach wenigen Minuten begann Gustav zu schwitzen, aber der Dauerlauf fiel ihm nicht schwer. Vor zwölf Stunden war er erschöpft zu Tode gewesen; seltsam, wieviel geheime Kraftreserven der Mensch hat. Sie kletterten über eine Eskaladierwand. Wieder Dauerlauf. Sie knieten, den Kopf zum Boden. Sehr lange.

Es fing an zu regnen. Gustav wartete, daß man sie endlich Kniebeugen machen lassen werde. Aber das tat man nicht. Vielmehr hieß man sie sich auf den feuchten Boden werfen und dort herumkriechen nach Kommando: Bein vor, Arm vor, Gesäß hoch, anderes Bein vor, andern Arm vor, aufstehen, niederwerfen, wieder hoch, wieder nieder. Es regnete stärker. Der kahlgeschorene Kopf wurde in der Nässe peinlich kalt. Schmutzige Pfützen bildeten sich auf dem kümmerlichen Rasen. Niederwerfen, in die Pfützen hinein, wieder hoch, wieder nieder, auf den Bauch in die Pfütze, schaukeln. „Deutschland in Ehren, zu Wasser und zu Lande", schrie der kommandierende, besternte Landsknecht. Und „das ist eine gesunde Übung", schrie er. „Da kann sich niemand darüber beschweren. Und wenn sich die ausländischen Juden darüber beschweren, dann beschweren wir euch mit Sandsäcken." Er lachte schallend. „Mitlachen", kommandierte er. Sie lachten mit.

Sie traten zur Arbeitseinteilung an. Es gab drei Gruppen von Häftlingen: leichtverbesserliche, schwerverbesserliche, unverbesserliche. Der Häftling Georg Teibschitz war wegen Miesmacherei eingeliefert worden, sonst lag nichts gegen ihn vor; er war vorläufig unter die Leichtverbesserlichen eingereiht. Man wies seiner Gruppe leichte Arbeit zu. Wie in vielen andern Lagern war man auch in Moosach, da man durchaus keine Arbeit für die Häftlinge finden konnte, auf den Gedanken gekommen, eine neue Straße anzulegen. Bedürfnis nach einer solchen Straße gab es freilich keines; die Umgebung von Moosach war Sumpf und Moor, schwach bevölkert, die Anlegung der Straße infolge der Bodenbeschaffenheit schwierig. Allein Arbeit ist um ihrer selbst willen da.

Gustav hatte also Kies zu schieben. Der Karren war schwer, das Gelände weich, glitschig, immer wieder sank der Karren ein, an einigen Stellen war auf beiden Seiten grundloser Sumpf. Aber Gustav war kräftig. Bald allerdings schwoll die Haut seiner Handflächen an und bekam Blasen.

Etwa acht Minuten dauerte es, bis man den vollen Karren von dem Kiesstapelplatz zur Arbeitsstätte geschoben hatte, weniger als die Hälfte brauchte man für den Rückweg mit dem leeren Karren. War man mit dem beladenen Karren in der Nähe des Ziels, dann freute man sich auf die Erholung des Rückwegs. Gustav beschaute seine Kameraden. Einundzwanzig von den dreiundzwanzig seines Schlafraums waren da, kahlgeschoren oder mit ganz kurzem Haar, zumeist hatten sie wildes Gekräusel um die Wangen oder auch richtige Bärte; zwei hatten Haarbüschel in Form eines Hakenkreuzes. Einige trugen Brillen, die meisten hatten die Gesichter von Intellektuellen. Alle schauten abgezehrt aus, erschöpft, stumpf, manche schienen am Rande der Verblödung; fast alle hatten sie blaue und schwarze Flecken im Gesicht. Jetzt wußte Gustav, wie der wirkliche Johannes des Lagers Herrenstein ausgeschaut hatte. Anders als der Hampelmann seiner Visionen, viel erschreckender in seinen schmutzigen, gestreiften Kleidern. Für solche Betrachtungen hatte Gustav aber nur Zeit, wenn er den leeren Karren schob; schob er den vollen, dann, bald, dachte er nur mehr: Wann werde ich da sein? und: Wäre ich erst auf dem Rückweg.

Sie marschierten zurück ins Lager. Sangen das Horst-Wessel-Lied. Sprachen das Tischgebet: „Komm, Herr Jesus, sei unser Gast / Und segne, was du uns bescheret hast. / Schütze unsre deutsche Nation / Und unsern Reichskanzler Hitler, ihren größten Sohn." Aßen Kohlrübensuppe und Brot. Wuschen das Geschirr. Marschierten hinaus auf den Hof. Standen stramm. Ließen den Musterungsappell über sich ergehen. Grölten, während der Befehlshaber die Front abschritt: „Heil Hitler". Sangen das Deutschlandlied. Traten zum Turnen an.

Und diesmal, endlich, kamen die Kniebeugen. Sie gingen anders vor sich, als Gustav sich vorgestellt hat. Da war nichts von schnellem, federndem Auf und Nieder. Vielmehr vollzogen sie sich in vier Zeiten, jede, nach der Uhr gemessen, zwei Minuten. Erste Zeit: auf Fußspitzen, zweite: in die Kniebeuge, dritte: wieder auf Fußspitzen, vierte: Grundstellung. Hob man die Absätze nicht an, ging man nicht tief genug in die Beuge, dann halfen Fußtritte nach. Die Stiefel der Landsknechte waren groß und schwer. Gustav, während er in der Beuge hockte, dachte an seinen Großvater Immanuel, wie der ihm einmal, als seine Mutter sehr krank war, erklärt hatte: „Gam su letovo — Auch dies zum Guten." Er hatte nicht begriffen, wieso etwas Schlechtes zum Guten dienen könnte. Der Großvater hatte ihm erklärt, es werde „angerechnet". Es gebe da eine Art Buchführung, und was unten als böse erscheine, auf der Debetseite, erscheine oben als gut, als Guthaben. Ganz verstanden hatte der kleine Gustav nicht. Jetzt, langsam, dämmerte ihm, was der Großvater gemeint hatte. Mechanisch wiederholte er die hebräischen Worte. Eins, auf Fußspitzen: gam. Zwei, in die Beuge: su. Drei, wieder auf die Fußspitzen: le. Vier, Grundstellung: tovo. Im übrigen bemühte er sich, nicht umzusinken; denn dann kamen die Stiefel der Landsknechte. Nach einer halben Stunde war er erschöpft. Einmal sank er wirklich um, der Tritt des jungen, bauerngesichtigen Wächters war hart. Von da an dachte er nichts mehr, nur mehr an die zwei Minuten Grundstellung und Ruhe, und während der zwei Minuten Grundstellung und Ruhe dachte er mit Angst an die sechs Minuten Anstrengung, die nun folgen werden.

In der halben Stunde Freizeit nach dem Turnen lag Gustav in einem Winkel. Dann mußten sie antreten, und einer mit Sternen hielt eine Ansprache. Eigentlich sollte man, erklärte er, alle Juden und Marxisten abstechen wie Kälber. Aber das Dritte Reich sei edel und großzügig und mache den Versuch, diese Untermenschen zu erziehen. Erst wenn einer sich als ganz und gar unverbesserlich erweise, mache man Schluß mit ihm. Dies war offenbar der „Unterricht", die „Erziehung". Denn jetzt wurden ihnen Sätze aus dem Buche „Mein Kampf" vorgelesen. Im Chor hatten sie die These nachzusprechen: „So wenig eine Hyäne vom Aase läßt, so wenig ein Marxist vom Landesverrat", und andere Leitsätze des Führers. Dieser Führer, wurde ihnen dann erklärt, sei am 20. April 1889 in Braunau in Österreich geboren; und alles, was er sage und tue, komme direkt von Gott. Wer von den anwesenden Rindviechern die Daten aus dem Leben des Führers und die heute vorgesprochenen Sätze bis morgen nicht auswendig könne, bekomme drei Wochen Bunker. Niedergelegt sei das Evangelium des Führers in dem Buche „Mein Kampf"; die Gefangenen hätten das Recht, dieses Buch zu kaufen, kartoniert um fünf Mark siebzig, gebunden um sieben Mark zwanzig. Das Geld könnten sie von ihren Angehörigen einschicken lassen.

Es waren vierundzwanzig Menschen, die auf diese Art unterrichtet wurden, die meisten Intellektuelle, Professoren, Ärzte, Schriftsteller, Anwälte, und der sie unterrichtete, war ein junger Bauernbursch. Die Häftlinge saßen da in ihren gestreiften Kleidern, blaue und schwarze Flecken im Gesicht, kahlgeschoren oder mit ganz kurzem Haar, zwei mit Haarresten in Form eines Hakenkreuzes. Sie saßen mit leeren Mienen, dumpf, und plapperten im Chor die Sätze, die man ihnen vorsprach, ängstlich bemüht, sie ihren gequälten Gehirnen einzuprägen. Dunkel erinnerte sich Gustav, daß einmal er aus dem Buche „Mein Kampf" vorgelesen hatte, einem Manne namens François, und daß sie gelacht hatten.

Auch in dieser Nacht schlief Gustav schwer und tief. Der zweite Tag verlief wie der erste, der dritte wie der zweite. Das Lager Moosach galt als human; zwar bekam Gustav Tritte und zuweilen einen Schlag über den Kopf, oder ins Gesicht, aber es wurden in diesem Lager die Gefangenen viel seltener zu „Verhören" geführt als in anderen. Worunter Gustav litt, das war die unzureichende Ernährung und das Übermaß des Exerzierens; oft fühlte er sich schwach trotz seines trainierten Körpers und spürte sein Herz.

Schlimm waren die Anstrengungen, schlimmer der Hunger, der Gestank, aber das Schlimmste war das ewige Einerlei, das ewig Graue. Man durfte mit keinem Menschen sprechen, und die Ödnis des Exerzierens zermürbte einen. Sie wollen einen zum Tier machen, dachte Gustav, sie wollen einem den Schädel leer und stumpf machen. Schon hatte er keine Gedanken mehr als solche, ob man heute Kniebeugen üben wird oder Strammstehen oder Kriechen im Gelände, und ob er heute den leichteren Karren oder den schwereren bekommt oder gar den mit dem gesprungenen Griff, der für die Blasen an der Handfläche besonders schlimm ist.

Trotzdem er nicht mit ihnen sprechen durfte, kannte er jetzt seine dreiundzwanzig Stubengenossen genau. Er wußte, wer sanfter war, wer zornmütiger, wer körperliche Arbeit gewohnt, wer nicht, wer kräftiger, wer weniger kräftig, wer es vermutlich länger ertragen wird, wer kürzer. Er wußte, wer mit hoher Stimme „Zu Befehl" sagte, wer mit tiefer, wer laut sang, wer leise. Dies Letztere war sehr wichtig; denn wenn das Horst-Wessel-Lied oder das „Heil Hitler" nicht schneidig genug klang, kam es vor, daß die Laune des inspizierenden Mehrbesternten litt. Am meisten fiel unter Gustavs Stubengenossen ein Mann auf, vielleicht Mitte der Fünfzig, der oft mit den Augen zwinkerte und offenbar eine Brille getragen hatte; noch sah man den leicht vernarbten Einschnitt über der Nase. Die Brille war wohl bei einer „Vernehmung" zerschlagen worden, oder sie hatten sie ihm zum Spaß weggenommen. Dieser Mann hatte auf alles, was man ihm sagte, nur die ängstliche Antwort: „Zu Befehl" und hielt, sprach man ihn an, erschreckt den Arm vors Gesicht. Es war klar, daß sein Hirn versagte. Er störte bei den gemeinsamen Übungen und Arbeiten, er war eine Belastung für seine Mithäftlinge, sogar für die Wachmannschaften. Diesen aber, die selber unter der Langeweile des Dienstes litten, bot die Blödheit des Mannes willkommene Abwechslung, sie zogen es vor, mit seiner Idiotie amüsante Experimente zu machen, statt ihn in eine Anstalt für Geistesgestörte zu stecken.

Die Tage verliefen gleichmäßig, nüchtern. Einmal, wie Gustav seinen Karren auf einer neuen Strecke schob, kam er an einen schwärzlichen Tümpel. Er verschnaufte einen Augenblick. Da sah er in dem besonnten Wasserspiegel einen großen Kopf mit einem schmutzigen Krausbart, ein wenig weißlichen Flaum auf dem Schädel. Er hatte sein Gesicht lange nicht mehr gesehen, früher hatte er es oft gesehen. Mit Interesse beschaute er den Kopf. Er war abgezehrt, die Augen matt, mit blutigen Äderchen. So also sah jetzt Herr Georg Teibschitz aus. Gustav wunderte sich, aber ihm mißfiel dieser Herr Georg Teibschitz nicht. Leider hatte er nicht lange Zeit, das Gesicht zu betrachten, denn sein Karren mußte zurück. Als er den andern Tag an die Stelle kam, war der Tümpel so ausgetrocknet, daß er das Gesicht nicht mehr darin sehen konnte. Er war enttäuscht.

Die Tage gingen hin, es war immer die gleiche folternde Ödnis und Grauheit. Erst gegen Ende der zweiten Woche gab es einen Zwischenfall. Einmal nämlich wohnte ein höherer Offizier der Landsknechte, einer mit Eichenlaub, dem „Unterricht“ der Abteilung bei. Die Abteilung hatte im Chor einen der völkischen Leitsätze zu sprechen: „Gemeinnutz geht vor Eigennutz.“ Sie sprachen den Satz, sprachen ihn mehrere Male. Plötzlich horchte der mit dem Eichenlaub auf, unterbrach. Ließ sie nur mehr in Gruppen zu vieren sprechen. Kam an die Gruppe Gustavs. Da, es war ganz deutlich, sagte eine Stimme: „Gemeinheit geht vor Eigennutz.“ Der mit dem Eichenlaub ließ wiederholen. Wieder kam: „Gemeinheit geht vor Eigennutz.“ Es war der verblödete Brillenlose, alle hörten es, und alle wußten, daß der Verblödete mit dem besten Willen, es recht zu machen, so

348

plapperte. So hatte er offenbar verstanden, so, glaubte er, war der Meinung der Völkischen. Aber der Verblödete war amtlich nicht verblödet, er war böswillig. Er und seine ganze Abteilung wurden bestraft, mit Entzug abwechselnd des Mittag- und des Abendessens. Die Hauptschuldigen aber, jene Gruppe, zu der Gustav und der Brillenlose gehörten, wurden in den Bunker gesperrt.

Die Bunker waren nahe bei der Latrine, es waren frühere Aborte, durch Aufnagelung eines Brettes für ihren neuen Zweck hergerichtet. Ein Bunker war ein und einen halben Quadratmeter groß, vollständig dunkel. Hier also wurde Gustav für eine Woche eingeriegelt, Tag und Nacht. Herausgelassen wurde er nur zu den Mahlzeiten. Erst quälte ihn am meisten der ungeheure Gestank, dann quälte ihn mehr, und von Tag zu Tag schlimmer, die Unmöglichkeit, seine Glieder zu bewegen, sich auszustrecken. Am meisten schmerzte ihn der Rücken.

Es gab Stunden, in denen Gustav in einer Art Halbschlaf hockte, es gab Stunden der wüstesten Verzweiflung, Stunden der Wut, Stunden fiebrigen Nachdenkens, wer wohl etwas für ihn unternehmen werde. Aber es gab keine Stunden mehr, in denen Gustav einverstanden gewesen wäre mit seinem Schicksal. Niemals mehr dachte er: Gam su letovo.

Er war ein Narr, daß er nach Deutschland zurückging. Die beiden Jungens hatten recht gehabt, Heinrich und jener andere. Die Juden haben recht, die in Deutschland bleiben und schweigen. Was für eine freche Überheblichkeit war es, daß er sich für besser hielt als Herrn Weinberg. Ob wohl Bilfinger mit seiner Braut wieder ins Lot gekommen ist? Dieser verfluchte Bilfinger. Der ist an allem schuld. Die Brille müßte man ihm von seinem viereckigen Schädel herunterschlagen. Nein, Johannes Cohen ist an allem schuld. Der hat ihn hierhergelockt. Immer war es Johannes, der ihm alles verdorben hat. Und dann hat er sich's leicht gemacht mit seinen Kniebeugen. Wie ein Hampelmann hüpfen, das ist keine Kunst. Zwei Minuten auf Fußspitzen stehen, das ist etwas anderes, mein Lieber. Vor allem in der dritten Zeit.

Wie hießen doch die Gelasse, in die die Römer ihre Sklaven

einsperrten? Es gibt einen antiken Schriftsteller, der darüber geschrieben hat. Blöd, daß ich nicht auf den Namen kommen kann. In der Max-Reger-Straße habe ich geglaubt, daß ich nicht arbeiten kann, wenn ich nicht weiten Raum zum Aufundablaufen habe. Wenn ich den Leuten vorschlage, sie sollen mir noch eine Mahlzeit entziehen und mich dafür zwei Stunden herauslassen? Sie tun es nicht. Sie haben die Maßstäbe zerbrochen. Jetzt weiß ich es: Columella heißt der Mann, der über die Sklaven geschrieben hat, und die Gelasse heißen ergastula. Mein Gedächtnis. Ich hab immer noch ein anständiges Gedächtnis.

Ein Rindvieh im Quadrat bin ich. Wem nützt es, daß ich hier im Gestank verkomme? Alle haben recht gehabt. Es gibt nichts Lächerlicheres als einen Märtyrer. Dem Johannes Cohen müßte man eins in die Fresse knallen. De mortuis nil nisi bene. Aber man müßte ihm doch eine herunterknallen. Anna hätte mir abraten müssen. In eine Nervenheilanstalt hätte sie mich sperren lassen müssen. Und jetzt haue ich dem Johannes doch eine herunter, mitten hinein in seine gelbe Fresse.

Er schlägt zu. Er trifft die Holzwand des Bunkers. Es ist ein kraftloser Schlag, aber er erschrickt, er fürchtet, jemand habe ihn gehört. Schnell setzt er sich stramm und sagt: „Zu Befehl."

Eines Nachts auch wurde er zu einer „Vernehmung" geführt. Er galt als Miesmacher, er gehörte immer noch zu den Leichtverbesserlichen trotz der Strafe. Wenn man ihn vernahm, so war das nicht aus böser Absicht, sondern lediglich, weil man gerade nichts anderes zu tun hatte. Immerhin kam Gustav von diesem Verhör so zurück, daß er, als man ihn den Tag darauf aus dem Bunker holen wollte, halbschräg dalag, ohnmächtig. Man steckte ihn auf zwei Tage in die Lazarettbaracke. Dann kam er wieder in den früheren Raum, und seine Tage gingen hin wie früher. Nur war jetzt der ältere, brillenlose Mann verschwunden, und es kam vor, daß an seiner Statt Gustav, wenn man ihn ansprach, die Arme vors Gesicht hielt und „Zu Befehl" sagte.

Klaus Frischlin war in diesen Wochen, da er in der Zentralorganisation der Gegenbewegung arbeitete, noch kühler und rechenhafter geworden. Dennoch traf es ihn hart, als er aus seinen Geheimlisten ersah, daß Georg Teibschitz geschnappt worden war.

Er versuchte, Mühlheim zu erreichen. Mühlheim war eng liiert mit völkischen Kollegen. Auf diese Art konnte er für viele seiner Freunde aussichtsreiche Rettungsaktionen einleiten. Ohne Gefahr für ihn selber ging das freilich nicht ab, und seine völkischen Kollegen rieten ihm immer dringender, doch endlich zu türmen. Aber Mühlheim konnte den Bitten derer, die in ihm den letzten Schluck in der Pulle sahen, nicht widerstehen. Ich bin ja ein Narr, sagte er sich. Wozu denn dieses Noch und Noch? Worauf er nach einer endgültig letzten Aufgabe eine allerletzte übernahm.

Seines törichten Freundes Gustav erinnerte er sich oft. Nachrichten von ihm erhielt er freilich spärlich, seit langem hat er überhaupt nichts mehr von ihm gehört. Vermutlich treibt sich Gustav in irgendeiner schönen Gegend des Auslandes herum, in Sicherheit, heiter, in Gesellschaft einer angenehmen Frau. Wenn er, Mühlheim, erst so weit sein wird, daß er endlich ins Ausland verduften kann, wird es nicht viel Mühe machen, ihn aufzustöbern. Längst hatte Mühlheim die Torheiten des Freundes vergessen, immer heftiger sehnte er sich danach, ihn jetzt im Ausland zu treffen.

In dieser Lage traf Mühlheim Klaus Frischlins Anruf. Hastig am Telefon fragte er, ob Frischlin Nachricht von Gustav habe, ob er wisse, wo er sei. Frischlin erwiderte kurz, über all das werde er Mühlheim bei ihrem persönlichen Zusammentreffen informieren. Mit Spannung also erwartete Mühlheim Frischlins Besuch. Der sagte ihm ohne lange Umschweife, daß im Konzentrationslager Moosach ein gewisser Georg Teibschitz sei, identisch mit Gustav Oppermann.

Mühlheim, tief erblaßt, verlor sich, ließ Schmerz und Wut an Klaus Frischlin aus. „Sie waren der einzige, mit dem er Verbindung gehalten hat", fuhr er auf ihn los. „Sie hätten ihm abraten müssen. Er ist ein Kind." – „Woher wissen Sie, daß ich ihm nicht abgeraten habe?" fragte kühl Klaus Frischlin zurück.

Mühlheim starrte hilflos. Sich für jemanden einzusetzen, den die Landsknechte einmal geschnappt hatten, war überaus gefährlich. Seine völkischen Kollegen werden es weit von sich weisen, ihn dabei zu unterstützen. Am Dienstag hat er abfahren wollen. Er reitet sich selber hinein. Es wird gehen wie in dem Gleichnis vom Weinberg. Aber er denkt keinen Augenblick daran, sich zu drücken.

Es gab zwei Möglichkeiten, man wird beide versuchen. Erstens wird man F. W. Gutwetter in Bewegung setzen, und zweitens muß Jacques Lavendel auf das Wirtschaftsministerium drücken, daß man von dort aus interveniere.

Friedrich Wilhelm Gutwetter, über Gustavs Schicksal ehrlich betrübt, war groß erstaunt, als Mühlheim ihn aufforderte, sich für Gustav einzusetzen. Was kann da er tun? Für ihn ist Politik ein fremder Stern. Er wüßte nicht, an wen sich wenden, und wie. Wie soll er es begründen, daß er für einen unbekannten Herrn Teibschitz eintritt? Weiß man denn überhaupt, was man diesem Teibschitz vorwirft? Alle Beredsamkeit Mühlheims prallte an der gepanzerten, kindlichen Naivität des großen Essayisten ab.

Mühlheim wandte sich an Sybil Rauch. Er hatte wenig Hoffnung. Sybil wird sich wohl ähnlich verhalten wie Gutwetter; vielleicht sogar wird sie eine kleine Genugtuung spüren, daß es dem Manne so übel geht, nun er sich von ihr getrennt hat. Allein es kam anders. Sybil, als sie erfaßte, was geschehen war, wurde sehr blaß, ihr Gesicht zuckte, ihr ganzer, dünner, kindlicher Körper zuckte. Sie begann zu flennen, haltlos, ein Kind, sie warf den Kopf vornüber auf die Arme, es schüttelte sie. Dann, als Mühlheim ihr mitteilte, er habe vergeblich mit Gutwetter gesprochen, wurde ihr Gesicht entschlossen und böse. Sie hat nun Wochen, Monate hindurch Gutwetters hymnische Kindlichkeit ertragen, hat sich oft und immer heftiger nach Gustav zurückgesehnt. Wenn Politik für Herrn Gutwetter ein fremder Stern ist, dann wird er eben die Reise nach diesem fremden Stern antreten müssen, wenn anders er bei Sybil Rauch noch Verständnis für sein kosmisches Gefühl zu finden hofft.

Auch Sybil hatte es mit einem widerwilligen, störrischen

Gutwetter zu tun. Aber sie verfügte über wirksamere Argumente als Mühlheim. Bald hatte sie ein Schreiben an sehr maßgebliche Stellen in der Hand, das Aussichten öffnete.

Jacques Lavendel seinesteils unterbrach seine Muße in Lugano und fuhr nach Berlin, um sich einmal nach seinem Freunde Friedrich Pfanz im Wirtschaftsministerium umzuschauen. Allzu gut machte der seine Sache nicht. Sonst könnten nicht Dinge passieren wie zum Beispiel die Geschichten in den Konzentrationslagern. Ob Herr Pfanz glaube, daß solche Geschichten dem deutschen Kredit förderlich seien? Herr Pfanz glaubte es nicht. Auch Herr Jacques Lavendel sah sich bald im Besitz eines Schreibens an maßgebliche Stellen, das nicht ohne Aussicht war.

In Moosach war inzwischen ein andrer Kommandant eingesetzt. Der neue Herr besichtigte das Lager, besichtigte die Arbeiten an der Straße. Es war an dem, daß die Straße gewalzt werden mußte. Man erzählte ihm, dazu bedürfe es einer Dampfwalze von zwanzig Pferdekräften. Der Kommandant hatte einen Einfall. Zwanzig Pferdekräfte, das entspricht der Kraft von achtzig Menschen. Hatte man nicht die achtzig Menschen? Wozu den teuren Dampf? Es wurden also achtzig Häftlinge vor die Walze gespannt; Landsknechte mit Knüppel und Revolver begleiteten sie. Und siehe, die Rechnung stimmte, die Walze bewegte sich. Hü-Hott-Heil-Hitler, kommandierten die Landsknechte. Die achtzig Sträflinge in ihren gestreiften Kleidern mit den bärtigen, abgezehrten, gefleckten Gesichtern, kahl, einige mit der Hakenkreuzfrisur, zogen an, keuchten, zogen. Hü-Hott-Heil-Hitler. Es sollten alle Häftlinge die Methoden des Kommandanten ausprobieren. Man spannte also jeden Tag andre Häftlinge vor. Beliebt war die Arbeit nicht. Die Stricke schnitten ein. Man war abhängig von seinen Arbeitsgenossen. Die Arbeit mußte exakt, im Tempo ausgeführt werden; denn sie wurde vor Augen der Öffentlichkeit ausgeführt.

Ja, der neue Kommandant war sehr stolz auf seine Idee. Diese Straße war ganz mit Menschenkraft gebaut, ohne Maschinen, sie entsprach der neuen Zeit, dem Dritten Reich, dem Geist, der gegen Maschinen kämpft. Er lud Freunde ein, auszuprobieren, ob diese Straße nicht ebensogut fahrbar sei wie jede andere. Ziel zwar hatte die Straße keines; sie führte vom Lager Moosach ins Moor, um das Moor herum und wieder zurück ins Lager, und niemand benötigte sie. Aber es war eine gute Straße, die Freunde und Bekannten des Kommandanten sollten sehen, wie gut sie war.

Sie kamen und sahen. Sie sahen die Gefangenen eingespannt vor der Walze, und das war etwas, was sie nie vorher gesehen hatten. Sie erzählten es ihren Bekannten. Das Lager war abgesperrt, die neue Straße war abgesperrt, aber die Art des Straßenbaues erregte Neugier, sehr viele baten den Kommandanten um eine Erlaubniskarte, sich die Arbeiten anschauen zu dürfen, und er war stolz, welch großem Interesse seine Idee begegnete.

Sybil Rauch war inzwischen nach der süddeutschen Landeshauptstadt gekommen, um hier die Freilassung Gustavs wirksamer zu betreiben. Sie hatte von der Idee des neuen Kommandanten gehört und sich eine Erlaubniskarte zu verschaffen gewußt. Täglich fuhr sie hinaus, wo die Gefangenen vor der Dampfwalze arbeiteten.

Es war am siebenten Tag, als Gustav und die Mannschaften seiner Abteilung vor die Walze gespannt wurden. Seine Gesundheit hatte sich in der letzten Zeit verschlechtert. Er litt an Atemnot. Obwohl er ein kräftiger Mann war, begann das Training ihn immer mehr anzustrengen, und er hatte jetzt mehrmals und immer häufiger Ohnmachtsanfälle.

An dem Tag aber, an dem er vor der Walze war, fühlte er sich ziemlich frisch, und während er im Geschirr zog, Hü-Hott-Heil-Hitler, kamen Gedanken in ihm hoch, wie er sie lange nicht mehr gehabt hatte. Er dachte an jenen Sederabend bei Jacques Lavendel in Lugano, und daß damals Berthold fehlte. Der hätte fragen sollen: „Wodurch unterscheidet sich diese Nacht?" Er hätte sich um Berthold kümmern sollen, nicht um Jean. Jean gehörte zu den Völkischen, vielleicht ist er unter den Wachhabenden. Nein, dazu ist er zu alt. Jean mit seinem würdigen Gesicht müßte eigentlich Minister werden. Sie haben wenig

Führer mit guten Köpfen. Er denkt an die Photos mit den Köpfen, die Georg Teibschitz ihm gezeigt hat. Man kann nicht lachen, wenn man vor eine Dampfwalze gespannt ist und ziehen muß, es schneidet sehr in die Schultern ein, aber lächeln kann man; übrigens merkt man es nicht unter dem Krausbart. Wie langsam die Walze vorwärts kommt, furchtbar langsam. „Geh deinen langsamen Schritt, ewige Vorsehung." Es heißt nicht „langsam", „unmerklich" heißt es. „Geh deinen unmerklichen Schritt, ewige Vorsehung." Ärgerlich, daß er nicht weiter weiß. Dafür hat er jahrelang am Lessing gearbeitet, daß er jetzt den Satz nicht weiter weiß. Wohin die Straße wohl führt, über die sie die Walze ziehen? Sie bauten dem Pharao Städte, die Städte Piton und Ramses. Aber das hatte Sinn, die Straße hier scheint keinen zu haben. Hurra, jetzt weiß er, wie es weiter heißt: „Nur laß mich dieser Unmerklichkeit wegen an dir nicht verzweifeln." Daß ihm das eingefallen war, befriedigte ihn. Er zog leichter, und er dachte nicht mehr.

Sybil war auch an diesem Tage da, und sie suchte die Gesichter der Gefangenen auf und ab. Es waren lauter bärtige Gesichter, fleckig die meisten, schwer zu erkennen. Es war seltsam, zu denken, daß einer dieser Männer in dem Haus an der Max-Reger-Straße eine Nacht wachgelegen hatte, weil er nicht die rechte Farbe für die Tapete fand, und daß er sich Gedanken gemacht hatte über den Tonfall eines Satzes, und daß sie mit ihm geschlafen hatte. Sie saß in ihrem kleinen, lächerlichen Wagen am Straßenrand, auf freiem Feld, der Boden war feucht, der Wagen eingesunken, sie wird sich schwer tun, den Wagen da herauszukriegen. Sie saß da, dünn, kindlich, nachdenklich, und schaute aus ihren trüben Augen auf die Männer. Aber sie erkannte Gustav nicht.

Für den zweitnächsten Tag hatte sie Besuchserlaubnis. Sie kam ins Lager. Man brachte sie in einen Besuchsraum. Hinter einer Schranke, geführt von zwei Landsknechten, erschien ein alter, abgezehrter, schmutziger Mensch. Sie erblaßte tief, sie erschrak bis ins Herz. Aber sie bezwang sich, sie lächelte. Das Lächeln war nicht so kindlich wie sonst, ihr langes Untergesicht zitterte, aber, immerhin, es war ein Lächeln. Dann jedoch — es war vielleicht unklug, denn dieser Mann hieß Georg Teibschitz, allein sie konnte sich nicht länger bezähmen, sie konnte ihn nicht bei seinem falschen Namen rufen — sagte sie, und ihre kleine, dünne Stimme war voll von Freude, Mitleid, Herzlichkeit, Hoffnung, Trost, gutem Anruf: „Hallo, Gustav.“ — „Zu Befehl“, sagte der Mann erschreckt und hob den Arm vors Gesicht.

Zwei Tage später wurde er entlassen. Jacques Lavendel bestand darauf, ihn sogleich über die Grenze zu schaffen; er hatte dafür gesorgt, daß der Ausreise des Herrn Georg Teibschitz nichts im Wege stand. In Begleitung eines Pflegers brachte er Gustav in das Sanatorium eines berühmten Herzspezialisten in der Nähe von Franzensbad in Böhmen.

Sybil wäre gern mitgekommen. Aber Gutwetter bestand auf ihrer Rückkehr. Vorwurfsvoll, weinerlich geradezu, erklärte er am Telefon, sie habe nur drei oder vier Tage wegbleiben wollen, jetzt sei sie schon vierzehn Tage fort. Nun sie ihr Ziel erreicht habe, möge sie endlich auch an ihn denken. Es war dies, daß Gutwetter sich an sie gewöhnt hatte; ihre nüchterne, sachliche Art gab seinen kosmischen Erzeugnissen mehr Substanz. Er brauchte sie, er konnte ohne sie nicht mehr arbeiten. Sybil sah, wie ernst es ihm war. Gibt sie jetzt ihrem Gefühl nach und geht mit Gustav, dann entgleitet ihr Gutwetter vielleicht für immer. Sie beschloß, später zu Gustav zu gehen, und kehrte nach Berlin zurück.

Zwei Monate später, zwei Wochen, nachdem Gustav Oppermann an debilitas cordis, das ist hochgradige Herzschwäche, gestorben war, erhielt Heinrich Lavendel von einem ihm unbekannten Herrn Carel Blaha aus Prag eine Postsendung, bestehend aus drei Stücken.

Das erste Stück war ein Bericht Gustav Oppermanns über seine Erlebnisse in Deutschland. Der Bericht, siebenunddreißig engbeschriebene Maschinenseiten, enthielt detaillierte Angaben über Gewalttätigkeiten, die die völkischen Landsknechte in schwäbischen Gegenden begangen hatten, sowie eine genaue

Schilderung des Konzentrationslagers Moosach. Jedes Wert-
urteil war sorgfältig vermieden.

Das zweite Stück war eine Postkarte. Der Text lautete: „Es
ist uns aufgetragen, am Werke zu arbeiten, aber es ist uns nicht
gegeben, es zu vollenden." Unterzeichnet war die Karte: „Gustav Oppermann, Wrack". Die ursprüngliche Adresse „Gustav
Oppermann" war durchgestrichen und von Gustav Oppermann
handschriftlich geändert worden in „Heinrich Lavendel".

Das dritte Stück war ein Brief Dr. Klaus Frischlins, des Sekre-
tärs von Gustav Oppermann. Er lautete:

„Geehrter Herr Heinrich Lavendel, Dr. Gustav Oppermann,
Ihr Onkel, hat mich beauftragt, Ihnen den anliegenden Bericht
und die anliegende Postkarte zuzustellen. Er hätte es lieber
gesehen, wenn ich Ihnen das Dokument und die Postkarte
persönlich übergeben hätte. Unaufschiebbare Geschäfte nötigen
mich aber, in Deutschland zu bleiben. Ich lasse Ihnen daher die
Schriftstücke durch einen Vertrauensmann zustellen.

Den Bericht hat mir Ihr Onkel zwei Tage vor seinem Ableben
diktiert. Das Sprechen machte ihm große Schwierigkeiten. Er
war aber, wie aus der Klarheit der Diktion hervorgeht, noch im
Vollbesitz seiner Geisteskraft. Nach der Lektüre des Ma-
nuskripts gab er in meinem Beisein vor dem Notar Dr. Georg
Neustadel die eidesstattliche Versicherung ab, nach bestem
Wissen und Gewissen die reine Wahrheit gesprochen zu haben.
Eine Abschrift der notariellen Urkunde füge ich bei.

Nachdem der Notar gegangen war, bat mich Dr. Oppermann, ihm eine Frage zu beantworten, die ihn beunruhigte:
ob ich nämlich ihn und sein Leben für unnützlich hielte. Ich
erwiderte ihm, er habe unter sehr gefährlichen Umständen seine
Bereitschaft gezeigt, für das Richtige und Nützliche einzutreten.
Er habe indes nur gesehen, was ist, und keinen nützlichen Rat
gewußt, was zu tun sei. Er habe einen Marathonlauf gemacht,
um eine Meldekapsel zu überbringen: leider nur sei keine Bot-
schaft in der Kapsel gewesen.

Steigende Atemnot verhinderte Ihren Onkel, zu erwidern. Da
aber deutlich erkennbar war, daß er mehr hören wollte, und da

ich ihm, sosehr ich sein Verhalten als unnützlich mißbilligte, befreundet war, trug ich kein Bedenken, folgendes hinzuzufügen: er habe zwar die Wahrheit nicht gehabt, sei aber ein gutes Beispiel gewesen. Die Arbeit gehe weiter, und wir wüßten, was zu tun sei. Unter ‚wir‘ verstand ich, und wohl auch er, einen sehr großen Teil der deutschen Bevölkerung. Ich versicherte ihm, man werde uns nicht kleinkriegen.

Dr. Oppermann, so schwer ihm das Sprechen fiel, forderte mich wiederholt auf, Ihnen, Herr Heinrich Lavendel, von dieser Unterredung Kenntnis zu geben. Was hiermit geschehen ist. Ihr Klaus Frischlin.“

Information 1933

Kein einziger von den Menschen dieses Buches existierte aktenmäßig innerhalb der Grenzen des Deutschen Reichs in den Jahren 1932/33, wohl aber ihre Gesamtheit. Um die bildnishafte Wahrheit des Typus zu erreichen, mußte der Autor die photographische Realität des Einzelgesichts tilgen. Der Roman „Die Geschwister Oppermann" gibt nicht wirkliche, sondern historische Menschen.

Material über die Anschauungen, Sitten und Gebräuche der „Völkischen" in Deutschland findet sich in Adolf Hitlers Buch „Mein Kampf", in den Berichten jener, die aus den Konzentrationslagern entkamen, sowie insbesondere in den amtlichen Bekanntmachungen des „Deutschen Reichsanzeigers", Jahrgang 1933.

L. F.

Lion Feuchtwanger

Gesammelte Werke in Einzelausgaben

NEUAUFLAGE 1980

Der falsche Nero

Roman
3. Auflage
397 Seiten
Leinen 11,50 M
Best.-Nr. 612 372 7

NEUAUFLAGE 1981

Goya oder Der arge Weg der Erkenntnis

Roman
7. Auflage
Etwa 660 Seiten
Leinen 15,— M
Best.-Nr. 610 706 5

Aufbau-Verlag Berlin und Weimar

Stefan Zweig

Ungeduld des Herzens
Roman. Band 1670

Die Hochzeit von Lyon
und andere Erzählungen
Band 2281

Verwirrung der Gefühle
und andere Erzählungen
Band 2129

Phantastische Nacht
und andere Erzählungen
Band 5703

Schachnovelle
Band 1522

**Sternstunden der
Menschheit**
Zwölf historische
Miniaturen. Band 595

Europäisches Erbe
Band 2284

Zeit und Welt
Band 2287

Menschen und Schicksale
Band 2285

**Länder, Städte,
Landschaften.** Band 2286

Drei Meister
*Balzac. Dickens.
Dostojewski.* Band 2289

**Der Kampf mit dem
Dämon**
*Hölderlin. Kleist.
Nietzsche.* Band 2282

Drei Dichter ihres Lebens
*Casanova. Stendhal.
Tolstoi.* Band 2290

**Die Heilung durch den
Geist**
*Mesmer. Mary Baker–
Eddy. Freud.* Band 2300

**Das Geheimnis des
künstlerischen Schaffens**
Band 2288

Magellan
Der Mann und seine Tat
Band 1830

**Triumph und Tragik
des Erasmus von
Rotterdam.** Band 2279

Maria Stuart. Band 1714

Marie Antoinette
Bildnis eines mittleren
Charakters. Band 2220

Joseph Fouché
Bildnis eines politischen
Menschen. Band 1915

Balzac
Eine Biographie. Band 2183

**Ein Gewissen
gegen die Gewalt**
Castellio gegen Calvin
Band 2295

Die Welt von Gestern
Erinnerungen eines
Europäers. Band 1152

Ben Jonsons »Volpone«
Band 2293

Fischer Taschenbuch Verlag

DAS *Stefan* *Zweig* BUCH

Mit einem Nachwort von Max von der Grün
408 Seiten. Geb.

S. FISCHER

Fischer Bibliothek

„Die Pflege der Tradition und die Kunst des Nachworts"

Ilse Aichinger
Die größere Hoffnung
Roman. Mit einem Nachwort von Heinz Politzer.

Herman Bang
Sommerfreuden
Roman. Mit einem Nachwort von Ulrich Lauterbach.

Albert Camus
Der Fremde
Erzählung. Mit einem Nachwort von Helmut Scheffel.

Joseph Conrad
Freya von den Sieben Inseln
Eine Geschichte von seichten Gewässern. Mit einem Nachwort von Martin Beheim-Schwarzenbach.

William Faulkner
Der Strom
Roman. Mit einem Nachwort von Elisabeth Kaiser.

Otto Flake
Die erotische Freiheit
Essay. Mit einem Nachwort von Peter Härtling.

Jean Giono
Ernte
Roman. Mit einem Nachwort von Peter de Mendelssohn.

Albrecht Goes
Das Brandopfer /
Das Löffelchen
Zwei Erzählungen. Mit einem Nachwort von Albrecht Goes.

Manfred Hausmann
Ontje Arps
Mit einem Nachwort von Lutz Besch.

Ernest Hemingway
Schnee
auf dem Kilimandscharo
Das kurze glückliche Leben
des Francis Macomber
Zwei Stories.
Mit einem Nachwort von Peter Stephan Jungk.

Hugo von Hofmannsthal
Reitergeschichte
und andere Erzählungen
Mit einem Nachwort von Rudolf Hirsch.

Franz Kafka
Die Aeroplane in Brescia und andere Texte
Mit einem Nachwort von Reinhard Lettau.

Die Verwandlung
– Das Urteil –
In der Strafkolonie

S. Fischer Verlag

Fischer Bibliothek

„Die Pflege der Tradition und die Kunst des Nachworts"

S. Fischer Verlag

Fischer Bibliothek

„Die Pflege der Tradition und die Kunst des Nachworts"

Paul Schallück
Die unsichtbare Pforte
Roman. Mit einem Nachwort von Wilhelm Unger.

Arthur Schnitzler
Traumnovelle
Mit einem Nachwort von Hilde Spiel.

Leo N. Tolstoi
Der Tod des Iwan Iljitsch
Erzählung.
Mit einem Nachwort von Nonna Nielsen-Stokkeby.

Jakob Wassermann
Der Aufruhr
um den Junker Ernst
Erzählung.
Mit einem Nachwort von Peter de Mendelssohn.

Franz Werfel
Eine blaßblaue Frauenschrift
Mit einem Nachwort von Friedrich Heer.

Thornton Wilder
Die Brücke von San Luis Rey
Roman. Mit einem Nachwort von Helmut Viebrock.

Die Frau aus Andros
Mit einem Nachwort von Jürgen P. Wallmann.

Tennessee Williams
Mrs. Stone und ihr römischer Frühling
Mit einem Nachwort von Horst Krüger.

Virginia Woolf
Flush
Die Geschichte eines berühmten Hundes.
Mit einem Nachwort von Günter Blöcker.

Carl Zuckmayer
Die Fastnachtsbeichte
Mit einem Nachwort von Alice Herdan-Zuckmayer.

Stefan Zweig
Erstes Erlebnis
Vier Geschichten aus Kinderland. Mit einem Nachwort von Richard Friedenthal.

Legenden
Mit einem Nachwort von Alexander Hildebrand.

Schachnovelle
Mit einem Nachwort von Siegfried Unseld.

S. Fischer Verlag

Franz Werfel

Fischer Taschenbuch Verlag

Lion Feuchtwanger

Lion Feuchtwanger, geboren am 7.7.1884 in München, gestorben am 21.12.1958 in Los Angeles, wurde nach vielseitigem Studium Theaterkritiker und gründete 1908 die Kulturzeitschrift »Der Spiegel«. Im Ersten Weltkrieg in Tunis interniert, gelang ihm die Flucht. Er wurde vom Militärdienst suspendiert und nahm dann an der Novemberrevolution teil. Von München ging er 1927 nach Berlin. Bei einer Vortragsreise durch die USA wurde er vom nationalsozialistischen Umsturz überrascht, lebte 1933–1940 in Sanary-sur-mer (Südfrankreich) und besuchte 1937 die Sowjetunion. 1940 wurde er in einem französischen Lager interniert, floh und gelangte über Portugal in die USA. Bis zu seinem Tode lebte er in Pacific Palisades (Kalifornien).

Fischer Taschenbuch Verlag